愛情禮讚

理性與感性

珍·奧斯汀幽默作品集

SENSE AND SENSIBILITY

ANTHOLOGY OF JANE AUSTEN

珍·奧斯汀 原著　丁凱特 編譯

顛覆傳統的婚姻新觀，文學貞女的戀愛狂想

二〇〇五年，英國女作家珍．奧斯汀的小說《傲慢與偏見》首度改編為電影躍上大銀幕，不僅在二十一世紀重新掀起世人對英國文學的關注，更使得全球讀者爭相閱讀珍．奧斯汀的各大作品。在英國文學史上，珍．奧斯汀是最負盛名的作家之一，更是十九世紀前期的代表人物，後世有人推崇她為「世界十大小說家」之一，甚至將她與莎士比亞相提並論。

珍．奧斯汀於一七七五年出生在英國南方漢普郡的史蒂文頓鎮，父親是當地教區牧師，她在家中排行第七，擁有六位兄弟與一位姐姐。由於出生在鄉間的傳統家庭，珍一生未接受過正規教育，僅有九歲時曾在姐姐的學校陪讀；然而，她受到父親的啟蒙，並充分利用家中藏書，閱讀了大量古典文學和流行小說，也逐漸養成了寫作的習慣。十一歲時，珍開始嘗試創作，她將日常生活中的觀察與見聞作為題材，於一七九四年時完成了第一部小說作品《艾麗諾與瑪麗安》，接著又在一七九七年完成《第一印象》，一七九九年完成《諾桑覺寺》。但由於缺乏知名度，加上資金不足，她的著作一直沒有被出版，只能作為家人消遣的讀物。

一八〇一年，珍的父親退休，全家遷居至著名的療養勝地巴斯，這個地名後來多次出現在她的小說之中。然而，就像《勸導》的女主角安妮一樣，她並不喜歡這個城市；同時，家中的經濟日益拮据，也使得她的生活充滿憂慮與不安。一八〇五年，珍的父親去世，她被迫與母親和姐姐前去投靠在南安普敦的大哥法蘭克。四年後，她又移居查頓，投奔另一名兄長愛德華，之後在這裡度過了大部分的餘生，並專注於寫作上。

一八一一年，她獲得兄長贊助，將《艾麗諾與瑪麗安》以全新的名稱《理性與感性》正式出版，她那帶有諷刺、幽默的獨特文筆首度在世人面前呈現，立刻大受好評。出版商於是在一八一三年，將她的第二部作品《第一印象》改名為《傲慢與偏見》發行，更獲得了廣大迴響，不僅成了她的生涯代表作，更奠定她在當時文

壇的地位。之後的幾年間，她的寫作一刻也未間斷，以幾乎一年一部的速度，陸續出版了《曼斯菲爾德莊園》、《愛瑪》兩部小說。

一八一七年，邁入中年的珍．奧斯汀健康逐漸惡化，為了便於醫治，她又遷至溫徹斯特，這也是她人生的最後一次遷居。她在溫徹斯特療養了兩個月，期間完成最後一部小說《勸導》後，便在當地病逝，享年四十二歲，死後葬於溫徹斯特大教堂。在她過世後不久，她的兄長亨利出版了她生前未能發表的《諾桑覺寺》、《勸導》，讓這兩篇遺作終於得以問世。

儘管她為世人留下了一部部歌詠愛情的不朽佳作，令人意外的是，珍．奧斯汀終身未嫁，也未有子息。二十一歲那年，她曾與一名愛爾蘭人湯瑪斯．勒弗洛相戀，並以他作為《傲慢與偏見》中的男主角達西的原型，但這段感情仍無疾而終。六年後，她接受了一名小她六歲的富有男士求婚，但隔天又反悔。之後，她便未再談過戀愛，僅如同一名觀察者般注視著人們的情愛。

珍一生居住在平靜的鄉村中，過著中產階級的家庭生活，鮮少出入繁華複雜的上流社會，平日接觸的人物也多為地方的地主、牧師。因此，她的作品皆以當時英國鄉村的風俗習慣、戀愛婚姻為題材，故事則大多發生在一般小康家庭的男女之間。她以女性特有的細緻觀察力和輕快諧趣的筆法，真實地描繪出她周圍的日常生活，以及恬靜樸實的田園風光；同時，她在作品中公然挑戰當代的階級意識，以及對婚姻的道德與價值觀。她反對以金錢和權力為基礎的擇偶標準，強調「建立在愛情之上的婚姻」，並鼓勵女性掙脫父母與傳統強加於她們的宿命，忠於自己的愛情。這樣新穎的觀點曾在當時社會掀起軒然大波，屢次遭受保守人士抨擊，為了躲避這些紛擾，珍．奧斯汀終身皆以匿名形式發表作品。儘管如此，她仍為文學界帶來了嶄新的氣息，她的作品兼具浪漫主義的精神，以及維多利亞時期寫實主義的特色，在十九世紀前後的愛情小說中獨樹一格，也因此讀者遍及國內各領域。當時尚未登基的英王喬治四世就曾下令，要在所有住所都放置一套珍．奧斯汀的小說以供閱讀，甚至要求她獻出《愛瑪》的小說初稿。

然而，正因珍．奧斯汀畢生幾乎不曾遠離鄉間，她的小說不論在主題、空間或思想層面上都大受侷限，這也使得對她大肆批評的人不在少數。《簡愛》的作者夏綠蒂．勃朗特便指出她在視角上的狹隘，美國大文豪馬克吐溫更是露骨地說：「一個圖書館只要沒有奧斯汀的書就是好圖書館。」無論如何，若拋開後世的價值觀以及性別歧視，珍．奧斯汀的作品確實超前了她身處的時代，她以高超的組織技巧、生動的敘事能力，以及洗練的犀利文筆，將平凡而有限的日常生活化為清新絕美的故事，足以在世界文學中佔有一席之地。

珍．奧斯汀一生共留下六部小說，尤以《傲慢與偏見》、《理性與感性》最為膾炙人口。本書彙整了全部的作品，分為上、下冊，並以上述二書名作為冊首標題。上冊收錄了《傲慢與偏見》、《曼斯菲爾德莊園》、《諾桑覺寺》三篇，下冊則包含《理性與感性》、《愛瑪》、《勸導》三篇，希望藉由兩大代表作之知名度，將珍．奧斯汀的另外四部經典再度向讀者呈現。同時，全書經過重新編譯、校對，不僅糾正了大量謬誤與生硬處，並將原文中艱澀難懂的詞語加以潤飾，絕對是最為精準、通俗的易讀版本，亦是珍藏經典文學之第一首選。

在此，我們誠摯的邀請各位讀者，與我們一同感受英國淑女的優雅細膩，歌詠珍．奧斯汀筆下的純真愛情，並收藏這套百年不朽的傳世經典。

目錄
CONTENTS

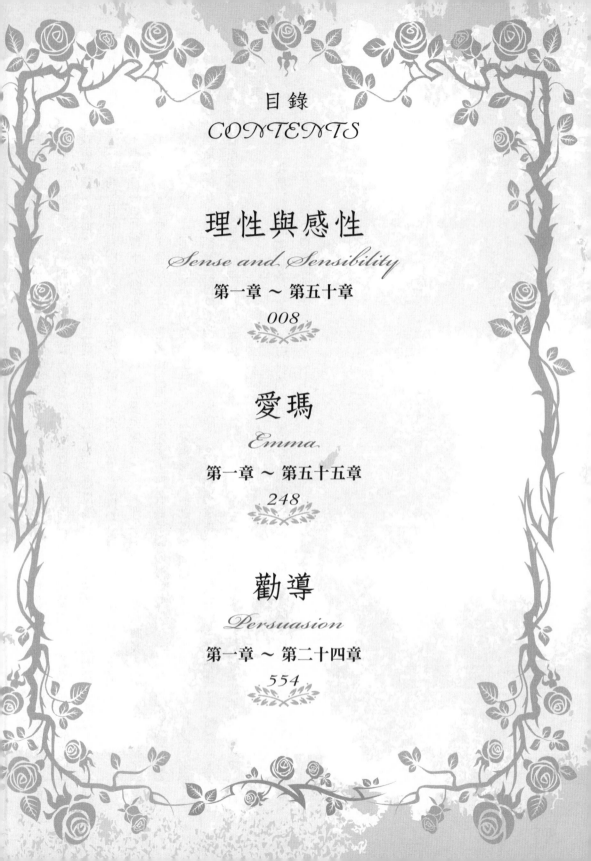

Sense and Sensibility

1811

理性與感性

她是艾麗諾；成熟穩重，情感內斂。
遇上了他，平靜池水掀起波瀾，
理性崩潰，一發不可收拾。
她是瑪麗安；熱情洋溢，天真無邪。
遇上了他，萬里晴空驟臨暴雨，
感性收斂，不再任意妄為。
在愛情與現實的抉擇中，
理性與感性，究竟誰會勝出？

Jane Austen

第一章

達斯伍德家族在蘇塞克斯定居多年。家中有個偌大的莊園，府邸設在莊園中心的諾蘭庭園，數代以來一直過著體面的日子，在鄰里間名聲頗佳。已故莊主是個單身漢，活到很老。他在世時，妹妹長年陪伴他，替他管理家務，沒想到卻早他十年過世。為了填補她的空缺，莊主將侄兒亨利．達斯伍德一家接到家中。亨利是諾蘭莊園的法定繼承人，老達斯伍德打算把家業傳給他。這位老紳士得到侄兒夫婦及其子女陪伴，日子過得倒也開心，並越來越喜歡他們。亨利夫婦除了出於利害關係，也出於善良的天性，對這個老人百般照料，使他晚年享盡了天倫之樂。而那些天真爛漫的孩子也為他的生活增添了樂趣。

亨利．達斯伍德與前妻生下一個兒子，與現在的妻子生了三個女兒。兒子是個穩重的青年，當年他的母親留下一大筆遺產，他在成年時得到了一半，奠定了厚實的家底。不久後他結了婚，又得到一筆財產。因此，父親能否繼承諾蘭莊園，對他遠不如對他的幾個妹妹來得重要。要是父親不繼承這筆家業，這幾個妹妹的財產便微乎其微；她們的母親一無所有，父親僅掌管七千鎊，而對前妻另一半遺產的所有權只在生前有效，他一去世，這一半財產亦將由兒子繼承。

老紳士死了。宣讀遺囑時，才發現它令人既高興又失望。他並不偏頗無情，仍舊把莊園傳給了侄兒，但附加條件卻使它失去了一半的價值。原來，達斯伍德先生之所以想要這筆財產，是顧念妻子和女兒，而非為了自己和兒子著想，但遺產卻偏偏指定由他的兒子和四歲的孫子繼承，這麼一來，他便無權動用莊園的資產，或者變賣它們來贍養他最親近、也最需要贍養的家眷。

全部的家產都因為這個小孩被凍結了，過去，他只不過偶爾隨父母到諾蘭莊園來幾趟，就像其他兩三歲的娃娃一樣，沒什麼特別討喜的地方。但他那牙牙學語、淘氣吵鬧的模樣，卻博得了老紳士的歡心；相較之下，侄媳母女多年照顧的情份卻變得無足輕重。但這個老人也不苛刻，為了表示對三位女士的一片心意，他仍然分給每人一千鎊。

達斯伍德先生起初極為失望，但他生性樂觀，認為只要自己活久一些，憑著這麼大的一個莊園，再加以改善經營、省吃儉用，就能攢下一大筆錢。然而，這筆遲來的財產只在他名下維持了一年，當他叔父死後不久，他也撒手而去。留給女兒們的財產，加上叔父的遺產在內，總共不超過一萬鎊。

當他病危時，家人趕緊找來他的兒子。達斯伍德先生用最後一口氣向兒子做了最後的交代，囑咐他照顧繼母和三個妹妹。

約翰．達斯伍德不像家裡其他人那麼多愁善感，但受到這樣的囑咐也深受感動，他答應盡力讓她們母女過得舒舒適適。他的父親聽到這番許諾便放心了。這時，約翰開始精打細算起來，思考自己到底該為她們盡多少力。

這位年輕人的心地並不壞——要是冷漠和自私也算得上壞心的話。大致上，他很受人尊敬，因為他辦事總是十分得體。假如他能娶個和藹一點的女人，也許還能更受人敬重，甚至自己也會和藹一些；無奈他結婚時還太年輕，太溺愛妻子。約翰．達斯伍德夫人很像她的丈夫，只是心胸更狹窄、更自私。

他向父親許諾的時候，心裡就在盤算，要再給每一個妹妹一千鎊的資助。這件事一點都不難，因為除了目前的收入和母親的另一半遺產以外，他每年還有四千鎊的收入。一想到這裡，他的心裡就暖呼呼的，覺得自己還能再更慷慨一些。「是的，我可以給她們三千鎊，這夠慷慨了！足以確保她們安心度日。三千鎊呀！我很容易就能省出這麼一筆鉅款。」他一連這樣想了好多天，一點也沒反悔。

父親的喪事剛辦完，約翰夫人連個招呼也沒打，就帶著孩子、僕人來到婆婆家裡。誰也無法質疑她這麼做的權利，因為自從她公公嚥氣的那一刻起，這棟房子就屬於她丈夫的了。不過，她的行為實在粗魯，按照人之常情，任何一個女人處在達斯伍德太太的立場上都會很不愉快，何況她是個自尊心強、慷慨大方、又豪放不羈的女人，更對這種唐突無禮的事情深惡痛絕。約翰夫人在婆家從未受過任何人的喜愛，但直到今天她才有機會向她們宣示：必要時，她的行徑可以全然不顧別人的死活！

達斯伍德太太厭惡這種蠻橫無禮的行為，十分鄙視這位兒媳。一見到她走進門，自己也恨不得永遠離開這個家。但在大女兒艾麗諾一再懇求下，她開始考慮是否應該一走了之，最後，出於對三個女兒的憐愛，她只好勉為其難地留下來。看在女兒們的份上，還是不跟她們的哥哥反目比較好。

艾麗諾的勸解奏效了。她的思想敏銳，頭腦冷靜，雖然只有十九歲，卻常為母親出點子。達斯伍德太太性情急躁，做事冒冒失失，艾麗諾常代表妹妹們出面勸阻。她心地善良、感情豐富，但也十分克制自己——對於這點，她的母親還有待學習，但她有個妹妹卻一輩子也不打算學。

瑪麗安在各方面的才幹都足以媲美艾麗諾，她聰慧善感，但做事心浮氣躁。無論是傷心還是高興，都率性而為。她為人慷慨，和藹可親，也很有趣，但一點也不謹慎，與她的母親一模一樣。

艾麗諾見妹妹過於感情用事，不免有些擔心，但達斯伍德太太卻覺得這一點難能可貴，她與瑪麗安極度悲傷的情緒互相感染、助長，就這麼沉緬於哀愁之中，越想越痛不欲生。雖然艾麗諾也很悲痛，不過她還能克制自己，有事能與哥哥商量，見到嫂子也能以禮相待，還勸母親也這麼做，請她多加忍讓。

小妹瑪格麗特是個天真無邪的小姑娘，不過由於染上了不少瑪麗安的浪漫特質，又不如她那麼聰明，加上年紀僅有十三歲，心思完全不如涉世較深的姐姐。

第二章

約翰夫人如今當上了諾蘭莊園的女主人，她的婆婆和小姑們反而落到寄人籬下的地步。不過，事到如今，她對她們反倒客氣起來，她丈夫對她們也十分和氣，這已是他對妻兒之外的人所能表現的最大限度了。他誠懇地請求她們把諾蘭莊園當成自己的家。達斯伍德太太覺得一時無法在附近找到合適的房子，不如暫時待在這裡，於是接受了他的提議。

對於達斯伍德太太來說，待在這個老地方，隨時都能回想起往日的歡樂，倒也不錯。當她高興的時候，誰也無法像她一樣，樂觀地期待著幸福的到來，彷彿期待本身就是一種幸福似的；可是一遇到傷心事，她又胡思亂想、失去理智，就像她高興時難以克制一樣，她傷心起來也是沒完沒了。

約翰夫人打從心底不贊成丈夫資助他的妹妹們——從他們小寶貝的財產中挖掉三千鎊，豈不是會害他變成窮光蛋嗎？她請丈夫重新考慮這件事：自己的孩子，還是獨生子，他怎麼忍心剝奪他這麼一大筆財產呢？達斯伍德的幾位小姐與他只是同父異母的兄妹，根本算不上什麼親人，憑什麼接受他如此慷慨的資助呢？眾所周知，同父異母的子女間向來不存在什麼感情，但他為什麼偏要把自己的錢送給同父異母的妹妹，毀掉自己，也毀掉他們可憐的小哈利呢？

「我父親臨終時囑咐過，」丈夫回答說，「要我幫助寡母和妹妹們。」

「他只是在說瘋話！那時他八成已經神智不清了，要不然他就不會這樣異想天開，要你把自己孩子的財產白白送走一半。」

「親愛的范妮，事實上，他沒有說出具體的數字，只是要求我幫助她們，讓她們過得好一些。他無能為力，索性把事情全部交給我，他總不可能認為我會怠慢她們吧？但他要我承諾時，我又不能不答應——起碼當時我是這麼想的。所以我答應了，而且還必須兌現。她們早晚會離開諾蘭莊園，到別處安家，總得幫她們一把呀！」

「那就幫她們一把呀！可是何必花三千鎊呢？你想想看，」她接著說道，「那些錢一旦扔出去，就再也收不回來了。等你的妹妹們一出嫁，那些錢就消失無蹤了。真是的，這些錢要是能回到我們可憐的兒子手裡——」

「哦，當然，」丈夫一本正經地說道，「那可就不得了了！有朝一日，哈利會怨恨我們花掉他這麼一大筆錢。一旦他的家庭人丁興旺起來，這筆錢可就有用了。」

「一點都沒錯。」

「這樣的話，把錢扣掉一半吧，或許這對大家都好。一人五百鎊也夠她們用了。」

「哦，當然夠用了！世上有哪個哥哥這麼照顧妹妹，即使是對待親妹妹，也未必做得到你的一半！何況你們只是同父異母兄妹，卻還是如此慷慨。」

「我不喜歡吝嗇，」丈夫回答說，「這種情況下，我寧可大方一些，也別太小家子氣。至少不會讓人覺得我虧待了她們，就連她們自己也不會期待更多了。」

「誰知道她們有什麼期待，」夫人說道，「反正我們也不必去考慮她們的期待，問題在於你能拿出多少？」

「當然，我想我可以給她們每人五百鎊，其實，即使沒有我這份補貼，等她們的母親一死，她們每人都能得到三千多鎊，這對於一個年輕女子來說已經相當不錯了。」

「是啊！老實說，她們根本也不需要額外補貼了。她們有一萬鎊可以分，要是結婚了，日子肯定富足得很。即使不出嫁，只靠那一萬鎊生出的利息也能一起過得舒舒服服。」

「的確是。所以我想趁她們的母親還活著時給她一些補貼，這是不是比直接給她們更好呢？我的意思是給她一點年金什麼的，這麼做一定能讓我的妹妹和她們的母親感受到我的心意。一年一百鎊，她們肯定會心滿意足。」

他的妻子沒有馬上同意這個計畫，她猶豫了一會兒。

「當然了，」她說，「這比一口氣送出一千五百鎊好多了。不過，要是達斯伍德太太活超過十五年，我們豈不虧大了！」

「十五年？我親愛的范妮，我看她連十五年的一半也活不到。」

「當然活不到。不過要是一個人能領到年金的話，他就會沒完沒了地活下去。她身強體壯，又不到四十歲。年金可不是開玩笑的！年復一年地給下去，到時想甩都甩不掉！雖然你不懂，但我可吃了年金的不少苦頭，因為我母親遵照我父親的遺囑，每年要支付三個老僕人退休金，這件事真煩人，因為這些退休金每年要付兩次，還要送到僕人手裡。不久後，她聽說有一個僕人死了，但後來又發現沒這回事。我母親傷透了腦筋，她說，她的財產被這樣蠶食下去，一點也不像是自己的。都怪我父親太狠心，不然這些錢本來就是我母親的，愛怎麼用就怎麼用。所以我恨透年金了，要是叫我付年金給別人，打死我也不幹。」

「一個人的收入一年年這樣消耗下去，」約翰說，「當然不是件愉快的事。妳母親說得對，這財產就不像是自己的了。一到了年金支付日，都要照例損失一筆錢，這的確很討厭，它剝奪了一個人的自主權。」

「那還用說！而且沒有人感激你。她們只要按時領錢，反正你也不會多給，所以一點也不會感激你。如果我是你，不管做什麼事，一定會自己作主。我絕不會自討苦吃去給她們年金。每年你都要為此省吃儉用一百鎊，甚至五十鎊，這可不容易！」

「親愛的，妳說得對，還是不要付年金好。偶爾給她們一點錢比給年金好多了，因為給太多錢，她們只會變得揮霍無度，然後在年底花得一點也不剩。這樣最好，我不定時地送她們五十鎊，這樣她們就永遠也不會缺錢用，我還能實現對父親的諾言。」

「當然了。老實說，我認為你父親根本沒叫你資助她們。我敢說，他所謂的幫助，只是請你幫點小忙，例如替她們找間房子啦，幫她們搬東西啦，或是逢年過節時送她們一點食物之類的。我敢說他就是這個意思，要不然豈不太奇怪了？親愛的約翰，你只要想一想，你繼母和她女兒們靠著那七千鎊生出的利息，能過得多麼舒適啊！何況每個女兒還有一千鎊，每年能為她們帶來五十鎊的收益。當然啦，她們會拿出一點孝敬母親。加起來，她們一年有五百鎊的收入，對四個女人家來說還不夠嗎？她們的開銷很少，管理家務不成問題。她們既沒馬車，又沒馬匹，也沒僕人，還不跟外人來往，什麼開支也沒有！你看她們過得多舒服！一年五百鎊呀！我簡直無法想像她們要怎麼花掉一半。你要是再給她們錢就太荒謬了，說起來，她們給你錢還差不多。」

「哦！」約翰說，「妳說得一點也沒錯。我父親的要求肯定就是像妳說的。我終於搞懂了，我要嚴格履行我的諾言，為她們做點事情，就像妳說的。等我母親搬家的時候，我一定盡力幫她安頓好，還可以送她一點小傢俱。」

「是啊，」約翰夫人說，「不過你還必須考慮一點。你父母搬進諾蘭莊園時，史坦希爾那裡的傢俱雖然都賣了，但那些瓷器、金銀器皿和亞麻台布都還留著，統統留給了你母親。因此，等她搬家後，屋裡一定會金碧輝煌。」

「妳考慮得真周到。那可是些傳家寶啊！有些金銀器皿送給我們可就好了。」

「就是嘛！那套瓷器餐具也比我們家的漂亮多了，太漂亮了，她們的房裡根本不用再添擺設了。不過，事情真不公平，你父親只對她們好。老實告訴你，你並不會虧欠你父親，不用理睬他的遺願，因為我們心裡有數：要是他做得到的話，一定會把所有財產都留給她們的。」

這一點無可辯駁。要是約翰原先還有點猶豫不決的話，這句話可就讓他鐵了心。他決定按照妻子說的，像對待鄰居一樣對待他父親的遺孀和女兒就好了，多做一些都是多餘的。

第三章

達斯伍德太太在諾蘭莊園又住了幾個月，這倒不是因為她不想搬走。有一陣子，一見到她熟悉的每個地方，她都會激動不已，可是現在已經不會了。她的情緒開始好轉，不再被那些傷心的往事困擾，而是能想點別的問題了。她急著想離開這裡，不辭辛勞地四處打聽，想在諾蘭莊園附近找間好房子。她留戀這裡，不可能搬得太遠，但也打聽不到一個好地方，既能讓她過得舒適，又能滿足謹慎從事的大女兒的要求。有幾棟房子，她本來很中意，想不到大女兒固執己見，說房子太大住不起，只好作罷。

達斯伍德太太聽丈夫說過，他兒子曾鄭重地答應關照她們母女。丈夫臨終前聽到他的承諾，心滿意足地死了。她也跟丈夫一樣相信兒子的誠意，雖然她覺得有七千鎊也夠花了，但仍然為女兒們感到高興。再看到這位哥哥的心地這麼善良，她也為他感到高興。她責怪自己以前不該誤會他，認為他一毛不拔，他這樣對待繼母和妹妹們，足以說明他多麼關心她們的幸福。她有好長一段時間，對他的慷慨堅信不疑。

她一向鄙視兒媳，如今在她家住了半年，進一步瞭解了她的為人後，又對她更加鄙視。儘管當婆婆的出於母愛，總是會注意禮貌，但要不是發生了某件事，婆媳倆也許還相處不了這麼久呢！對達斯伍德太太來說，發生了這種事，她的女兒們待在諾蘭莊園也是理所當然的。

這件事就出在她大女兒和約翰夫人的弟弟之間，兩人漸漸萌生愛意。那個弟弟是位令人喜愛的年輕紳士，他姐姐住進諾蘭莊園不久，就介紹他與她們母女結識。從那以後他就在這裡消磨了大部分時間。

就利害的角度來說，一名母親或許會設法撮合這種感情，因為愛德華．費拉斯是一位已故富豪的長子。不過，有的母親為了慎重起見，或許反而會阻止這種感情，因為愛德華除了一筆微不足道的資產之外，所有財產都取決於母親的遺囑。達斯伍德太太不屬於以上兩者。對她來說，只要愛德華和藹可親，又真心愛她女兒，而艾麗諾也愛他，那就足夠了。為了錢而拆散一對戀人，這有違她的倫理觀念。而要是有人不認同艾麗諾的優點，也會令她不可思議。

她們之所以賞識愛德華．費拉斯，倒不是因為他人品出眾、風度翩翩。他並不英俊，而他的儀態只有熟識他的人才會喜歡；他太過靦腆，以至於不能顯現本色。不過，一旦消除這種天生的羞怯，他的一舉一動都表明他胸懷坦率、待人親切。他頭腦機靈，又受過教育，但無論在才智還是志向上，他都無法令他的母親和姐姐滿意，她們希望他出人頭地——例如當個……她們也不知道當什麼。她們希望他在世上發光發熱。他母親希望他愛上政治，以便躋身議會，或是高攀一些權貴。約翰夫人抱有同樣的願望，不過，在這個理想實現之前，能先看到弟弟駕著一輛四輪馬車，她也就心滿意足了。誰知道，愛德華偏偏不稀罕權貴和四輪馬車，他一心追求的是家庭的樂趣和生活的安逸。幸好他有個弟弟比他更有出息。

愛德華在姐姐家逗留了幾個禮拜才引起達斯伍德太太的注意，因為她當初太悲傷，忽略了周圍的事情。她看他一聲不響，小心謹慎，就對他產生了好感。他從來不說不合時宜的話，去擾亂她痛苦的心靈。她對他的進一步觀察和贊許是被艾麗諾一句偶然的話引起的。那天，艾麗諾說他和他姐姐很不一樣，這個對比很有說服力，幫他博得了她母親的歡心。

「只要他不像范妮就夠了，」她說，「這代表他為人厚道、親切。我已經喜歡上他了。」

「我想，」艾麗諾說，「要是妳更瞭解他，一定會喜歡他的。」

「喜歡他？」母親笑盈盈地回答，「只要讓我滿意，我一定會喜歡他。」

「妳會很欣賞他的。」

「我還不知道怎麼區分『欣賞』跟『喜歡』呢！」

之後，達斯伍德太太便設法接近愛德華。她的態度和藹，立刻讓他敞開心胸，並看出了他的全部優點。她相信愛德華對艾麗諾有意思，也許正因為如此，她才會那麼欣賞他。不過，她確信他品德高尚。他那文靜的舉止推翻了她對一般年輕人的刻板印象，但一旦瞭解到他待人熱誠、性情溫柔後，倒也不再覺得厭煩了。

她一察覺愛德華對艾麗諾有愛慕之意，便認定他們真心相愛，希望他們很快就會結婚。

「親愛的瑪麗安，」她說，「再過幾個月，艾麗諾八成要訂下終身大事了！我們會想念她的，不過她將會很幸福。」

「啊，媽媽，要是離開她，我們該怎麼辦啊？」

「我的寶貝，不會離太遠的。我們和她就隔著幾哩路，每天都能見面。妳會得到一個哥哥——一個真正的、情同手足的哥哥。我很欣賞愛德華的心腸。不過，瑪麗安，妳幹嘛板著臉？難道妳不贊成姐姐的選擇嗎？」

「也許吧！」瑪麗安說，「我有點意外。愛德華非常和藹可親，我也很喜歡他。但他不是那種年輕人——他缺少了些什麼，他的外表不起眼——我認為他不具備任何真正吸引姐姐的那種魅力。他兩眼無神、缺乏生氣，顯露不出美德與才華；除此之外，他似乎沒有任何嗜好。他對音樂沒興趣，他雖然欣賞艾麗諾的畫，但那不是內行人的眼光。雖然艾麗諾畫圖的時候他總要湊過去，但他對繪畫顯然一竅不通。那是一個情人的眼光，而不是行家的眼光。我喜歡的人必須同時具備這兩種眼光。跟一個趣味不相投的人一起生活，我是不會幸福的。他必須與我志同道合——我們必須喜歡同樣的書、同樣的音樂。哦！媽媽，愛德華昨天夜裡為我們朗讀時，樣子無精打采的，無聊透了！我真替姐姐擔心，但她卻十分冷靜，一副若無其事的樣子。我簡直坐不住了！那麼優美激昂的詩句，被他那唸得那麼平淡無味，誰還聽得下去！」

「我認為，他一定比較擅長讀質樸風雅的散文，但妳偏要他唸考珀的詩。」

「得了吧！媽媽，要是考珀的詩都打動不了他，那他還能讀什麼？不過，我們必須承認興趣上的差異。艾麗諾沒有我這樣的情趣，因此她可以無視這種缺陷，跟他相安無事。但如果是我的話，看到他把書唸得那麼乏味，我可會心碎的！媽媽，我懂的事越多，越覺得我一輩子也見不到一個值得深愛的男人。我的標準太高了！他必須具備愛德華的全部美德，又必須人品出眾、風度迷人。」

「別忘了，我的寶貝，妳還不到十七歲，要放棄還為時過早。妳怎麼會比不上妳母親的幸運呢？瑪麗安，妳跟我的命運只有一點是不同的！」

第四章

「真可惜呀，艾麗諾，」瑪麗安說，「愛德華竟然不喜歡繪畫。」

「不喜歡繪畫？」艾麗諾回答，「妳怎麼會這麼說？的確，他自己不畫，可是他很喜歡看別人畫。我敢跟妳保證，他很有天份，只是沒有機會發揮罷了。要是他肯按部就班地學習，一定會畫得很好的。他不相信自己在這方面的鑑賞力，總是不肯對任何畫發表意見。不過，他天生就有一種精準的眼光，使他總是見解獨到。」

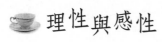

瑪麗安怕姐姐生氣，便閉口不說了。不過，艾麗諾說他讚賞別人的畫，可是這種讚賞還不到如痴如醉的程度——在她看來，只有這樣才算得上真正的鑑賞力。姐姐的錯誤令她暗自發笑，但又佩服姐姐對愛德華的盲目喜愛，正是這種盲目導致了這個錯誤。

「瑪麗安，」艾麗諾繼續說，「我希望妳別認為他缺乏一般的鑑賞力，雖然我知道妳不會這樣想。如果妳真的有這種看法的話，肯定不會對他那麼親切。」

瑪麗安簡直不知道該說什麼。她不想傷害姐姐的感情，又不能說些言不由衷的話。最後只好回答：

「艾麗諾，要是我對他的讚美與妳的認知不盡相同，請妳不要生氣。我不像妳有那麼多機會可以揣摩他在志向、愛好和情趣上的傾向；但是，我很佩服他的德行和理智，我覺得他十分可敬。」

「我敢說，」艾麗諾笑盈盈地說，「這樣的讚美，連他最好的朋友聽了也會很高興的。我無法想像妳能說出更熱情的讚美。」

瑪麗安看到姐姐這麼容易取悅，忍不住也高興起來。

「至於他的德行與理智，」艾麗諾接著說，「凡是常見到他、與他無話不談的人，我想誰也不會懷疑。他有卓越的見識和操守，只是生性靦腆，經常沉默寡言，一時顯現不出來。妳瞭解他，能對他的人品做出公正評價；至於妳所謂的『傾向』，有些事妳不像我那麼瞭解。有時我跟他在一起，而妳卻被母親絆住了。我常常見到他，觀察他的情感，聽到他在文學與鑑賞方面的見解。大致上，我敢斷言：他知識淵博、熱愛讀書、想像力豐富、觀察問題公正而準確，情趣風雅而純潔。他的才能和他的人品一樣，妳越是瞭解，印象就越好。乍看之下，他的風度的確不引人注目，長相也算不上好看，但只要見到他那動人的眼神，妳就會發現他的表情十分可愛。現在我很瞭解他，覺得他非常好看，幾乎可以說是英俊的。妳覺得呢？瑪麗安。」

「艾麗諾，既然妳要我愛他如愛兄長，我就不會看到他外表上的缺陷，就像我看不出他內心有什麼缺陷一樣。」

聽到這句話，艾麗諾嚇了一跳。她後悔自己不該那麼熱烈地讚美愛德華。她對愛德華推崇備至，她相信這種推崇是互相的，但她還不確定兩人互相傾心。她知道，瑪麗安和母親一下子胡思亂想，一下子又信以為真。對她們來說，期待的事就是有希望的，有希望的便是指日可待的。她想把事實向妹妹解釋清楚。

「我不想否認，」她說，「我很欣賞他——我十分尊敬他、喜歡他。」

瑪麗安勃然大怒。

「尊敬他？喜歡他？冷漠無情的艾麗諾。哼！比冷漠無情還糟糕！妳是因為害羞才這麼說，妳要是再說這些話，我就馬上離開這個房間。」

艾麗諾忍不住笑了。「原諒我，」她說，「妳儘管放心，我這樣心平氣和地談論我的感情，絕沒有冒犯妳的意思。請妳相信，我的感情比我表白的還要強烈，而且妳要相信，因為他有那麼多優點，也因為我懷疑他——希望他喜歡我，我才理所當然地產生了這種感情，這既不草率，也不唐突。但是除此之外，妳千萬不要妄加猜測。我不敢保證他真的喜歡我。這種事有時很難說，在沒有徹底摸清他的真實想法以前，我想還是不要放任這種情緒，不要痴心妄想。妳一定能夠理解。老實說，我並不——一點也不懷疑他喜歡我。但是，除此之外，還有其他問題需要考慮。他的經濟並不獨立，我們不瞭解他母親的為人；不過，范妮偶爾會聊到她的作風和見解，我們從不認為她是個和善的人。愛德華肯定也知道，要是他想娶一個財產不多、身價不高的女人，一定會遇到重重阻礙。」

瑪麗安驚奇地發現，她和母親的想像跟事實差了十萬八千里。

「妳真的沒有和他訂婚？」她說，「不過這肯定馬上就會發生了。這樣倒也有兩個好處，一來我不會這麼快失去妳，二來愛德華可以有更多機會提高自己的鑑賞力，以便欣賞妳的特殊愛好，這對你們未來的幸福是不可或缺的。哦！要是他受到妳的天才啟發，也學會畫畫，那該有多好啊！」

艾麗諾把自己的真實想法告訴了妹妹。她不像瑪麗安想像的那樣，把對愛德華的感情看得那麼萬無一失。他有時無精打采，若不是他態度冷淡的話，就代表事情不大樂觀。假如他懷疑艾麗諾的愛，頂多憂慮一番，不會老是垂頭喪氣。或許有個更合乎情理的原因：他的地位不允許他感情用事。艾麗諾知道，他母親既不希望他把現在的家變得更舒適，又不希望他悖離她為他制定的發財之道，自作主張地結婚。艾麗諾心知肚明，心裡也很難感到踏實。她不相信這段感情能開花結果，只有她母親和妹妹依然深信不疑。不！他們相處的時間越久，他的情意就越令人起疑。有時會出現痛苦的幾分鐘，令她覺得他們之間只有友誼罷了。

儘管愛德華不太會顯露出感情，但是一旦被他的姐姐察覺了，也會令她心神不寧，同時更加粗暴無禮。只要被她逮到機會，就會當場對著婆婆嫌東嫌西，趾高氣揚地說她的弟弟前程多麼光明啦、費拉斯太太會幫兩個兒子找門好親事啦、誰家的女兒敢勾引他絕對沒有好下場啦，說得達斯伍德太太既不能裝聾作啞，又不能故作鎮定。她鄙夷地回敬了一句，便走出房間，心想著不管多麼不方便、花費多麼大，也要馬上搬走，不能再讓親愛的艾麗諾忍受這種惡意中傷了，一個禮拜也不行！

正當她這麼想的時候，忽然收到一封信。信中提供了一項及時的幫助，說是有一棟小房子要出租，價格很便宜，因為屋主是她的一位親戚。這位親戚約翰．米多頓是德文郡一位有錢有勢的爵士，信就是他親自寫的，措詞情真意切，表現出友好相助的精神。他說，他知道她需要一個住處，雖然他的這棟房子只是座農舍，但是他保證，只要她喜歡那裡，他一定根據她的需要好好整修一番。他描述了房屋和花園的具體情況之後，便誠懇地邀請她和女兒們一起光臨他的住所巴頓莊園，並親自看看巴頓農舍（這些房子都在同一教區）合不合她的意。看起來，他的確急著想提供她們住處，整封信寫得那麼親切，她讀了哪能不高興呢？尤其是當她遭受家人的冷落之後，更是立刻下定了決心。巴頓位於德文郡，遠離蘇塞克斯，要是在幾個小時以前，光憑著這個缺點，就足以抵銷它具備的一切優勢，但目前它卻成了最大的優點。搬出諾蘭一帶不再是不幸的事情，而是一個迫不及待的目標，與繼續寄人籬下，忍受兒媳的謾罵相比，這簡直是一件樂事！即使諾蘭莊園是個好地方，但有這樣一個女人在這裡當家，還不如永遠離開來得好！她立刻寫信給約翰．米多頓，感謝他的好意，並接受了他的建議。接著就將兩封信拿給女兒們看，以便在寄出前先徵得她們同意。

出於謹慎的考量，艾麗諾一直希望離開諾蘭莊園，不要跟這群人扯上關係。因此她沒有反對母親搬到德文郡的打算；另外，從約翰爵士的信裡看來，那棟房子雖然簡陋，但房租低得出奇，更讓她沒有理由反對。因此，雖然這不是一項吸引她的計畫，雖然她並不想離開諾蘭莊園一帶，但她沒有阻止母親把信寄出。

第五章

達斯伍德太太回信後，馬上喜不自禁地向兒子與兒媳宣布：她已經找到了房子，等一切準備就緒後就不會再打擾他們了。兩人忍不住大吃一驚。約翰夫人沒有吭聲，她丈夫倒還算客氣，說他希望新家不要離諾蘭莊園太遠。當達斯伍德太太得意地回答說她們要搬去德文郡之後，愛德華連忙把臉轉向她，帶著驚訝而關切的口氣重複道：「德文郡？妳真的要去那裡？離這裡這麼遠！去德文郡的哪裡？」達斯伍德太太說，就在埃克塞特以北不到四哩的地方。

「那只是個農舍，」她接著說道，「不過我希望能在那裡接待我的朋友們。這棟房子可以輕易地再增加一兩個房間。如果我的朋友們能不畏辛勞地前來看我，我一定會替他們安排住處。」

最後，她非常客氣地邀請約翰夫婦去巴頓作客，還誠摯地向愛德華提出邀請。雖然她最近與兒媳的一次談話使她下定決心：除非萬不得已，否則絕不在諾蘭莊園多待一天；但那次談話的目的卻絲毫沒有達到——表明這次搬家不是為了拆散愛德華和艾麗諾。她透過邀請愛德華，來向約翰夫人表明：「妳儘管反對這門親事吧！我根本不想理會妳！」

約翰．達斯伍德三番五次地對繼母說，她在離諾蘭莊園那麼遠的地方找房子，他不能幫她搬運傢俱，真是太遺憾了。這時，他的確感到良心不安，因為這下子他連幫她們一點忙都做不到了。傢俱全部用船運走，包括家用亞麻台布、金銀器皿、瓷器、書籍，以及瑪麗安的鋼琴。約翰夫人眼看著東西一包包運走了，不禁嘆了口氣。達斯伍德太太的收入與他們的相比微乎其微，卻擁有這麼漂亮的傢俱，怎能不叫她難受呢？

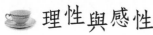

達斯太太租了房子一年，裡頭擺設齊全，馬上就可以住進去。雙方在契約上沒有遇到任何困難，只要達斯伍德太太處理掉她在諾蘭莊園的財物，確定好要雇用幾個僕人，然後就可以啟程了。她對關心的事一向處理得極其迅速，所以很快就辦妥了。她丈夫留下的馬匹，在他死後不久就賣掉了，接著又賣掉了馬車——雖然她想留下這輛車好讓孩子過得舒適些，但艾麗諾卻堅持賣掉它。同樣地，按照艾麗諾的想法，她們又把僕人的數量減少到三名——兩名女僕，一名男僕，都是從她們在諾蘭莊園的僕人中挑選出來的。

那位男僕和一位女僕立刻被派去德文郡，收拾房子迎接女主人。達斯伍德太太與米多頓夫人素昧平生，她寧願先住進農舍，而不願去巴頓莊園作客。約翰爵士已經把房子描述了一遍，她對此深信不疑，也沒打算親自去查看，還是先搬進去再說吧！她想離開諾蘭莊園的心情越來越迫切。兒媳知道她要搬家，不禁得意洋洋，即使在她冷淡地慰留她的時候，也絲毫沒有掩飾這種心情。現在約翰該履行對父親的諾言了，既然他剛來諾蘭莊園時沒有盡到責任，在她們即將離開家中時，也該履行諾言了。但是，達斯伍德太太很快就死了這個心，她從他的話中聽得出，他所謂的幫助只不過是讓她們在諾蘭莊園寄住六個月罷了。他整天喋喋不休，說什麼家庭開銷越來越大呀、要花的錢沒完沒了呀、不論是多麼了不起的人也必須面臨金錢問題呀……聽起來他似乎需要更多的收入，而絕不想開銷。

約翰．米多頓爵士的第一封信寄來後的幾個禮拜，達斯伍德母女的新家便整理妥當，於是她們準備啟程了。

在向如此可愛的地方告別時，母女們的眼淚可沒少流。「親愛的諾蘭莊園，」離開前一晚，瑪麗安在屋外徘徊，一邊說道，「我什麼時候才能不留戀你呢？什麼時候才能安心住在他鄉呢？哦！幸福的家園，你知道我多麼痛苦，也許我再也不能站在這裡看你了！還有你們，多麼熟悉的樹木，你們將一如既往，你們的葉子不會因為我們離去而腐朽，你們的枝條不會因為我們不再觀看而停止搖動！不會的，你們將一如既往，全然不知你們為人們帶來是喜是哀，全然不知在你們陰影下走動的人們發生了什麼變化！可是，誰將留在這裡享受你們給予的樂趣呢？」

第六章

旅途剛開始時，大家心情抑鬱，只覺得道路漫長，索然無味。但是，越接近目標，一見到即將居住的鄉間，沮喪的情緒頓時被興致壓了下去。一走進巴頓山谷，大家便都情不自禁地興奮起來。這裡景色宜人、土壤肥沃、草木茂盛。沿著蜿蜒的山谷走上一哩多，便來到她們的新家，屋前只有個綠茵小院，她們母女穿過一道整齊的小門，走進院裡。

作為一間住宅，巴頓農舍雖然小，倒也小巧舒適。但若作為一間農舍，卻擁有不少缺陷，它造得太過正式，屋瓦與窗板沒有漆成綠色，牆上也沒有爬滿花藤。一條狹窄的走廊直通屋後的花園，走道兩旁各有一間客廳，長寬大約十六呎；客廳內側是下人房和樓梯。屋內的其餘部分則是四間臥室和兩間閣樓。房子蓋好不久，修繕得很好，與諾蘭的住宅相比的確顯得寒酸、矮小，但她們很快收起了剛進屋時勾起的辛酸回憶，因為僕人們見到她們來了，都顯得喜氣洋洋，刻意裝出高興的樣子。現在是九月初，天氣正好，因此她們初次見到這個地方，就留下了良好的印象，這也有助於她們長久喜愛這裡。

房子的位置選得恰到好處。屋後山巒聳立，左右也有峰巒依傍；群山之中有著開闊的高地，以及耕地和林帶。巴頓村大部分建在一座山上，在窗前舉目遠眺，景色十分宜人。房舍正面的視野尤為開闊，整個山谷一覽無遺，眼光所及之處直達遠方鄉間。山谷綿延到屋前，被三面環抱的山巒截斷，但在兩座最陡峭的山巒之間又有另一條支谷沿另一方向岔出。

整體說來，達斯伍德太太對房子的空間和陳設算得上滿意。因為她雖然習慣先前舒適的生活方式，免不了添購傢俱，但這對她也算是一種樂趣。目前她有足夠的錢，可以把每一個房間裝潢得更漂亮。

「至於房子本身，」她說，「的確是太小了，我們一家人住不下，不過現在來不及改建，暫且將就一下吧！也許到了春天，如果我手頭寬裕的話（我想一定會的），我們再考慮改建的事。我希望能常常邀請朋友來這裡聚會，可是這兩間客廳太小了。我有個構想，打算把一間客廳擴大，加進走廊，也許再加進另一間客廳的一部分，把另一間客廳的剩下部分改成走廊。這麼一來，再一間新客廳（這很容易增加）、一間臥室和閣樓，就能把我們的小農舍整修得舒舒服服。我本來還想把樓梯修得漂亮些，但是人不能妄想一步登天，雖然把它加寬一點沒有什麼困難。到了春天，我看看手頭有多少錢，然後再來計畫。」

一個婦女，一生從未賺過錢，現在居然想從一年五百鎊的收入中抽出錢完成這些改建工作。不過，目前她們一致認為，就按現在的樣子也不錯了。她們各自忙著私事，在四周擺上自己的書籍雜物，以便打造自己的小天地。瑪麗安把鋼琴拆封，放在適當的位置，艾麗諾則把圖畫掛在客廳的牆壁上。

第二天早飯後不久，母女們正在忙碌，房東忽然登門拜訪。他歡迎她們來到巴頓，並表示如有短缺不便之處，他願意提供一切方便。約翰．米多頓爵士是個四十多歲的美男子，過去曾到過史坦希爾，不過是很久以前的事，那幾位年輕的表侄女已經不記得他了。他和顏悅色，態度就像他的信一樣親切。看來，她們的來臨使他由衷地高興，她們的舒適成為他最關切的問題。他一再表示自己希望兩家能親密相處，熱忱地邀請她們在安頓好之前，每天到巴頓莊園用餐。他不停地懇求著，簡直到了失禮的程度，但是並不會惹對方生氣。他的一片好心不光掛在嘴上，他離開後不到半個鐘頭，就派人從巴頓莊園送來一大籃蔬果，天黑前又送來一些野味。此外，他執意要替她們去郵局取信，還樂意把自己的報紙送給她們看。

米多頓夫人託丈夫捎了個客氣的口信，表示願意在不為她們帶來不便的情況下，前來拜訪達斯伍德太太，達斯伍德太太同樣客氣地向她提出邀請。於是，這位夫人隔天就被介紹給達斯伍德母女。

當然，她們很想見見她，因為她們未來能否在巴頓過上好日子，在很大程度上取決於她。米多頓夫人約二十六七歲，臉蛋俊俏、身材苗條，儀態嫵媚動人。她丈夫缺少的優雅舉止，她反倒一應俱全。不過，要是她多具備幾分她丈夫的坦率和熱情，舉止就會更加優雅。當她待的時間一長，達斯伍德母女就不像起初那樣對她讚羨不已了，因為她雖然受過良好的教育，卻不苟言笑，態度冷淡，除了簡單地寒暄幾句之外，什麼話也說不出來。

不管怎樣，該說的還是沒少說，因為約翰爵士喜好閒聊，而米多頓夫人也有先見之明，帶來了她的大兒子。那是個六歲上下的小男孩，一旦談話陷入僵局，他就能成為太太小姐們聊天的話題。畢竟大伙兒免不了問問他的名字、今年幾歲、或是稱讚他的長相，然後再問些別的問題——全部都由母親代為回答。令米多頓夫人出乎意料的是，這孩子緊緊偎依在她身旁，一直低著頭。她不由得納悶：他在家裡還大吵大鬧的，怎麼在客人面前就變得這麼害羞？每逢正式探親訪友時，為了提供聊天的話題，人們時常帶著孩子；現在，大伙兒用了整整十分鐘，談論這孩子究竟像父親還是像母親，在哪些地方相似等等。當然，大家的看法很不一致，每個人都對其他人的看法表示驚訝。

過沒多久，達斯伍德母女就會有機會對客人的另外幾個孩子展開一場討論，因為要是她們不承諾隔天去巴頓莊園用餐，約翰爵士說什麼也不肯離去。

第七章

巴頓莊園離農舍約半哩路。達斯伍德母女沿山谷進來時曾從它面前經過，但是從家裡望去，卻被一座山峰阻斷了視線。那座房子高大、美觀，米多頓夫婦保持著一種好客、高雅的生活氣派。好客是為了滿足約翰爵士的願望，高雅則是為了滿足他夫人的願望。他們家裡幾乎隨時都有朋友在作客，什麼客人都有。這關係到兩人的幸福。因為他們無論在性情或舉止上多麼不同，但在缺乏天賦和情趣這一點上卻極為相似，因此只好把自己的生活侷限在一個狹小的天地裡。約翰爵士喜好打獵，米多頓夫人則專職主婦。一個追捕行獵，一個哄逗孩子，這是他們僅有的能耐。對米多頓夫人有利的是，她可以一年到頭地嬌慣孩子，而約翰爵士只有一半時間進行自由活動。不過，家內外的忙碌反倒彌補了天賦和教育上的不足，既讓約翰爵士精神振奮，又讓他妻子在教養子女上大顯身手。

米多頓夫人素以做得一手好菜和善於料理家務為榮，出於這種虛榮心，她對家裡舉行的每次宴會感到其樂無窮。不過，約翰爵士對社交活動的興致卻更加發自內心。他喜歡邀請一大幫年輕人，他們越吵鬧，他就越高興。他成了附近一帶年輕人的好友，因為一到夏天，他就不斷地把大伙兒聚集起來，在室外吃冷凍火腿和燒雞；到了冬天，他的家庭舞會多得不計其數，對於年輕女孩來說，沒有比這更滿意的事了。

鄉裡新來了一戶人家，這對約翰爵士是一件喜事。不管從哪個角度來看，這群新房客都令他著迷。三位達斯伍德小姐年輕漂亮，毫不做作，這足以博得他的好評，因為不做作正是一般的年輕小姐欠缺的特質，裝腔作勢會讓一個人的心靈遠不如外貌具有魅力。爵士性情善良，每逢有人遭逢不幸，總會提供協助。因此，能對幾個表侄女表明一番好意，使他得到做善事的由衷喜悅；而能讓一家女眷住進他的農舍，又使他感到一個愛好打獵者的由衷喜悅。因為身為一個愛好打獵者，他並不常把女人們引進自己的莊園居住，縱容她們得寸進尺。

約翰爵士在門口迎接達斯伍德母女，誠摯地歡迎她們光臨。他陪著客人走進客廳，一再向幾位小姐表示自己從昨天開始就深感不安，因為沒有找來幾位漂亮小伙子迎接她們。他說，除了他之外，她們在這裡只能見到一位男客，那是他一位特別要好的朋友，現在就住在他的府上，不過他既不年輕，也不活潑。賓客很少，希望小姐們見諒。他還向她們保證，以後絕不會再有類似的情況。那天上午，他跑了好幾家，想多邀幾個人來，想不到大家都有約會；幸運的是，米多頓夫人的母親剛來到巴頓不久，她是個快活、和藹的女人，爵士希望小姐們不會感到枯燥乏味。幾位小姐和她們的母親見到席上有兩位素不相識的客人，也就心滿意足，並沒有更多奢望。

米多頓夫人的母親詹寧斯太太是個上了年紀的女人，性情和善，體態肥胖。她嘮嘮叨叨地說個不停，看起來很開心，但也很粗魯。她很能說笑話，自己也常跟著哈哈大笑。到晚飯結束時，她已經說了不少有關情人的俏皮話。她希望小姐們沒把自己的心上人留在蘇塞克斯，還假裝看見她們羞紅了臉，也不管是否真有其事。瑪麗安為姐姐抱不平，感到十分惱火。她將目光轉向艾麗諾，想看看她如何忍受這番攻擊，誰知道艾麗諾看見妹妹那副一本正經的表情，比聽到詹寧斯太太那庸俗不堪的戲謔還痛苦。

從風度上來看，客人布蘭登上校似乎不適合當約翰爵士的朋友，就如同米多頓夫人不適合做他的妻子、詹寧斯太太不適合當米多頓夫人的母親一樣。他沉默、嚴肅，不過相貌倒不令人討厭，儘管瑪麗安和瑪格麗特認為他一定是個老光棍──因為他已經過了三十五歲。雖然他的面孔不算英俊，卻顯得神采奕奕，頗有紳士氣派。

這夥人之中，沒有任何人與達斯伍德母女志趣相投。米多頓夫人性格陰沉，令人反感；相形之下，嚴肅的布蘭登上校、興高采烈的約翰爵士及其岳母倒還有趣得多。米多頓夫人彷彿只有飯後見到四個孩子吵吵嚷嚷地跑進來，才顯得興致勃勃。這些孩子把她拉來拉去、扯她的衣服。於是，大伙兒除了談論他們，其餘話題一律停止。

到了晚上，人們發覺瑪麗安很有音樂才能，便邀請她當眾表演。鋼琴打開了，大家都準備陶醉一番，瑪麗安的歌喉非常好，在眾人的要求下，她演唱了樂譜裡最動聽的幾首歌曲。這些樂譜都是米多頓夫人出嫁時帶來的，似乎一直放在鋼琴上沒有動過，因為米多頓夫人婚後便放棄了音樂。不過，照她母親的說法，她彈得好極了，她也說自己非常喜愛音樂。

瑪麗安的演唱受到熱烈歡迎。每唱完一支歌曲，約翰爵士便高聲讚嘆；而在表演的過程中，他又和人高聲交談。米多頓夫人一次次地叫他安靜，不明白他聽歌時怎能有片刻分心，她則要求瑪麗安演唱一支剛唱完的歌曲。在賓主之中，只有布蘭登上校沒有聽得欣喜若狂。他僅僅懷有敬意地聽著，瑪麗安對他也深表尊敬，相較之下，其他人表現出的庸俗趣味，理所當然失去了她的敬意。上校對音樂的愛好雖沒有達到著迷的程度，但是與其他人的麻木不仁相比，卻顯得難能可貴。瑪麗安合理地認為，一個三十五歲的男人可能早已失去了感情的敏銳和對享樂的強烈感受。她完全可以理解上校的老成持重，這是人類所必需的。

第八章

詹寧斯太太是個寡婦，丈夫臨死時留給她一大筆遺產。她只有兩個女兒，都嫁給了有錢人家，如今無事可做，只好為別人說媒。她撮合起這種事情，只要能力所及，總是滿腔熱情，活力十足；只要是她認識的年輕人，從不錯過一次說媒的機會。她的感覺異常敏銳，善於觀察男女情感，而且喜歡暗示誰家小姐迷住了某位公子，逗得人家滿臉通紅、心花怒放。憑著這雙慧眼，她剛到巴頓不久，便斷然宣布：布蘭登上校愛上了瑪麗安！前一晚在一起時，從他聚精會神地聽她唱歌的神情看來，她就懷疑事情正是如此。後來，米多頓夫婦到農舍拜訪時，他一樣全神貫注地聽她唱歌，事情便八九不離十了。她有百分之百的把握。這將是一樁美好姻緣——男的富有，女的漂亮。自從在約翰爵士家第一次認識布蘭登上校後，詹寧斯太太就急於想為他找個好太太，同時她又愛幫每個漂亮女孩找到好丈夫。

當然，她自己也可撈到不少便宜，因為這為她的玩笑話提供了題材。她在巴頓莊園嘲笑布蘭登上校，到了農舍便嘲笑瑪麗安。對於前者，她的戲弄僅止於他一個人，因此他毫不在乎；但對於後者來說，瑪麗安真不知道該嘲笑這件事的荒謬，還是責難它的冒失。她認為這種玩笑是對一名上了年紀的單身漢的無情捉弄。

達斯伍德太太很難想像，一個比她年輕五歲的男人，在她女兒那充滿青春活力的心目中顯得何等蒼老，於是便大著膽子，對詹寧斯太太說她不該取笑上校的年紀。

「不過，媽媽，至少妳不能否認這是個荒謬的玩笑，儘管它未必會是惡意的。布蘭登上校當然比詹寧斯太太年輕得多，不過他的年紀也幾乎可以當我的爸爸了；而且如果他曾經談過戀愛的話，想必也一定能忍受這種玩笑。太可笑了！要是他沒有足夠的理智的話，他那衰老的身體又怎麼能承受得住呢？」

「衰老？」艾麗諾說，「妳說布蘭登上校衰老？可以想像，他的年齡在妳眼裡比在母親看來要大得多，但妳總不能因此就說他年老體衰吧？」

「妳沒聽他說有風濕病嗎？難道這不是最常見的衰老特徵嗎？」

「我親愛的孩子，」她母親笑著說，「照這麼說，妳一定時常為我的衰老擔心了。在妳看來，我能活到四十歲一定是個奇蹟吧！」

「媽媽，妳誤解我的意思了。我知道，布蘭登上校還沒老到讓他的朋友們現在就擔心會失去他，他可能會再活二十年。但是到了三十五歲就不該考慮結婚了。」

「也許吧，」艾麗諾說道，「三十五歲的人最好別跟十七歲的人結婚。不過，萬一一個女人到了二十七歲還是單身，布蘭登上校想娶她為妻也不為過吧？」

過了一會兒，瑪麗安說道：「一個二十七歲的女人絕不可能對人動情的。要是她家境不好，或是財產不多，認為結婚可以不愁生計，並且過得安穩些，說不定就會甘願去當一名保姆。因此，娶這樣一個女人並沒有什麼不妥的。這是一項實惠的交易，雙方都會稱心如意。在我看來，這根本算不上婚姻，不過這無關緊要。對我來說，這似乎只是一種商品交換，雙方都想圖利自己。」

「我知道，」艾麗諾回答說，「我無法讓妳相信，一個二十七歲的女人可以對一個三十五歲的男人產生愛情，使他成為自己的理想伴侶；但我不贊成妳對布蘭登上校的看法，只因為他昨天（一個潮濕的大冷天）偶爾抱怨了一聲，說一邊肩膀有點痠痛，就認為他和妻子註定要永遠關在病房裡。」

「但他提到了法蘭絨馬甲，」瑪麗安說，「在我看來，法蘭絨馬甲總是與疼痛、痙攣、風濕以及老弱之人所患的各種疾病聯繫在一起。」

「只要他發一場高燒，妳就不會這麼瞧不起他了。坦白說，瑪麗安，妳不覺得發燒時的紅潤臉頰、無神眼睛、急湊脈搏也很有趣嗎？」說完這句話，艾麗諾便走出了房間。

「媽媽，」瑪麗安說道，「我對疾病有一股恐懼，沒辦法向妳隱瞞。我敢說，愛德華・費拉斯的身體不好。我們來這裡都快兩個禮拜了，他還沒來。只有身體欠佳，才會讓他拖延這麼久。還有什麼事能把他留在諾蘭莊園呢？」

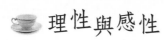

「妳以為他會這麼快來？」達斯伍德太太說，「我並不這麼想。相反地，加果說我對這件事有點擔憂的話，那就是我記得當初請他來巴頓作客時，他有時答應得不夠爽快。艾麗諾是不是已經在期待他來了？」

「我從沒和她提過這件事。不過，她當然在期待。」

「我倒認為妳想錯了。昨天我和她提到，想在那個空房間裝個火爐，她說現在還不急，那個房間可能一時半刻還用不到。」

「這就怪了！這代表什麼呢？不過，他們之間的態度也真令人不可思議！他們道別的時候多麼冷淡、多麼鎮靜啊！他們最後聚會的那天晚上，說起話來多麼無精打采啊！愛德華對艾麗諾的道別跟對我沒有兩樣，都像個親兄長一般。最後一天早上，我有兩次故意把他們兩人留在房裡，可是不知怎麼搞的，他兩次都跟著我走出來。而艾麗諾在離開諾蘭莊園和愛德華的時候，還不如我哭得傷心。直到如今，她還拚命地克制自己。她哪時候沮喪過？哪時候憂傷過？她哪時候想迴避跟別人來往？來往的時候，她哪時候露出煩躁不安過？」

第九章

達斯伍德家母女在巴頓定居下來，日子過得還算舒適。房屋、花園以及周圍的一草一木都熟悉了，原先為諾蘭莊園帶來魅力的那些日常消遣，如今在這裡也都恢復了。自從父親去世以後，諾蘭莊園一直沒有讓她們這麼快樂過。約翰．米多頓爵士在最初的半個月裡天天來訪，他在家裡清閒慣了，見她們總是忙碌個不停，不禁大為驚奇。

達斯伍德家的客人除了巴頓莊園一家之外，就沒什麼人了。雖然約翰爵士一再懇請她們多與左鄰右舍交往，並保證她們可以隨時使用他的馬車，豈知達斯伍德太太生性愛逞強，只能委屈女兒們少與外人來往。凡是步行不能及的人家，她一概拒不往來。其實，附近的人家本來就寥寥無幾，何況也不是都能拜訪到的。剛搬來不久的時候，有一次小姐們出去散步，順著彎彎曲曲的艾倫罕峽谷（就是從巴頓村分出的那條支谷）漫步走去，在離農舍約一哩半的地方發現一棟古老氣派的大宅邸。這座宅邸令她們想起了諾蘭莊園，激起了她們的興趣和幻想，情不自禁地想仔細瞧瞧。誰知一打聽，才明白屋主是個性情和悅的老太太，不幸的是她體弱多病，不能與人來往，也從不走出家門。

鄉間曲徑交錯，景致優美。從窗戶往外望去，一座座高聳的山丘十分迷人，小姐們忍不住想爬上去尋幽探勝。又見谷中灰塵瀰漫，綺麗的景色幾乎被遮斷，只有爬上山頂，才能盡情領略。

一個難以忘懷的早晨，瑪麗安和瑪格麗特邁步向一座山上爬去。她們深深地被透過陣雨灑下的陽光所吸引，加上兩天來陰雨連綿，一直把她們關在家裡，憋得實在受不了。不過，儘管瑪麗安說當天晴空萬里，烏雲將會從山頂上驅散，這種天氣還是無法吸引母親和姐姐出門，她們依然各自在畫畫、看書。於是兩位小姐一起出去了。

她們興高采烈地往山上爬去，每次看見藍天，都為自己的先見之明感到高興。一股令人振奮的強勁西南風迎面撲來，讓她們不由得為母親和艾麗諾的錯過感到惋惜。

「天底下還有比這更開心的事嗎？」瑪麗安說，「瑪格麗特，我們起碼要在這裡溜達兩個小時。」

瑪格麗特欣然同意。兩人逆風前進，活蹦亂跳地又走了二十分鐘。忽然間，頭頂烏雲密佈，接著下起了傾盆大雨。兩人又驚又惱，只好無可奈何地往回跑，因為附近沒有比她們家更近的躲雨處了。不過，值得慶幸的是，她們可以用最快的速度跑下陡峭的山坡，直接衝到她們家的花園門口。

兩人邁開大步。瑪麗安起初跑在前頭，沒想到跌了一跤，瑪格麗特想停下來扶她，卻怎麼也煞不住腳，身不由己地衝了下去，平安到達山腳下。

就在瑪麗安摔倒的當下，碰巧有個男子拎著一支搶、領著兩隻獵犬，朝山上走來，離瑪麗安不到幾碼。他放下搶，跑過去扶她。瑪麗安從地上爬起來，卻發現腳扭到了，根本站不起來。那男子上來攙扶她，但她出於羞怯，不願意讓他幫忙。事態緊急，他硬是把她抱起來送下了山，然後穿過花園（瑪格麗特進來時沒有關門），徑直抱進屋裡。這時，瑪格麗特也剛剛進來，那名男子把瑪麗安放在客廳的一張椅子上，然後才鬆開手。

艾麗諾和母親一見他們進來，都驚訝地站了起來。兩人目不轉睛地盯著那名男子，對他的出現表示詫異及讚嘆。男子一面對自己的闖入表示歉意，一面解釋理由，態度誠摯大方。他長得非常英俊，再加上聲音與表情，更增添了幾分魅力。即使他又老又醜，光憑他幫了她女兒這一點，達斯伍德太太也會對他感激不盡，何況他年輕英俊，舉止文雅，使她對他更加讚賞不已。

她三番兩次地向他道謝，並帶著她那素有的親切口吻請他坐下。不過都被他婉拒了，因為他渾身又髒又濕。隨後，達斯伍德太太問起他的姓名，他說自己姓威洛比，住在艾倫罕，希望能允許他明天再來問候達斯伍德小姐。達斯伍德太太欣然同意，隨後他便冒著大雨告辭——這使他更加惹人喜愛。

威洛比的堂堂儀表和不凡風度立即受到一家人交相稱讚，她們取笑他對瑪麗安過於殷勤，特別是一想起他那迷人的外表，便更加取笑不已。瑪麗安看得沒有其他人來得仔細，因為她一被抱起，就羞得滿腔通紅，進屋後也顧不上仔細打量他。不過，她也看了個大概，便跟著眾人一起讚美，而且總是那麼起勁。他的人品和風度足以媲美她讀過故事裡的英雄人物。他能不拘禮節地把她抱回家，說明他當機立斷，這使她特別欣賞他的行為。他的一切都很有趣，他的名字動聽，住在她們最喜歡的村莊。瑪麗安很快便發現，在所有的男士服裝中，就屬狩獵夾克最神氣了。她思緒起伏，心裡喜滋滋的，早已把腳踝的痛楚拋到九霄雲外。

這天上午，天一放晴，約翰爵士便登門拜訪。她們一邊告訴他瑪麗安的意外遭遇，一邊迫不及待地詢問他是否認識艾倫罕一位姓威洛比的先生。

「威洛比？」約翰爵士大聲叫道，「怎麼？他在鄉下？不過，這是個好消息。我明天就坐車去找他，請他禮拜四來吃晚飯。」

「這麼說來你認識他了？」達斯伍德太太問道。

「認識他？當然認識！噢，他每年都到這裡來。」

「他是個什麼樣的青年？」

「他的確是個好小子，要多好有多好。一個百發百中的神槍手，英格蘭最勇敢的騎手。」

「就只有這些嗎？」瑪麗安忿忿地嚷道，「他與人熟識以後態度如何？有什麼嗜好、專長和才能？」

約翰爵士愣住了。

「老實說，」他說，「我對這些事不太瞭解。不過，他是個可愛、快活的小伙子，養了一隻黑色的小獵犬，我從沒見過那麼可愛的小獵犬。他今天把牠帶出來了嗎？」

就像約翰爵士說不出威洛比的才能一樣，瑪麗安也無法說出那隻獵犬的顏色。

「但他是誰？」艾麗諾問道，「他是哪裡人？在艾倫罕有房子嗎？」

關於這一點，約翰爵士可以提供較為確切的情報。他告訴她們，威洛比在鄉下沒有自己的資產，他只是來探望艾倫罕府邸的史密斯老太太，在那裡住幾天罷了，他與老太太有親戚關係，以後將會繼承她的財產；然後又補充說：「是的，達斯伍德小姐，老實告訴妳吧，他很值得追求。除了這裡，他在索默塞特郡還有一座小莊園。如果我是妳的話，就絕不會把他讓給妹妹，儘管他們一起滾下了山。瑪麗安小姐別想獨佔所有的男人，不然布蘭登會吃醋的。」

達斯伍德太太和顏悅色地笑了笑，然後說道：「我相信，我的女兒不會像妳說的那樣去追求威洛比先生，讓他為難。她們從小沒有受過這種教育。男人不必害怕我們，讓他永遠當個有錢人吧！不過，我很高興從你的話裡得知，他是個體面的年輕人，還可以結識一下。」

「我認為他是個完美的小伙子，」約翰爵士重複說道，「我記得去年聖誕節，在巴頓莊園的一次小舞會上，他從晚上八點一直跳到凌晨四點，一次也沒坐下。」

「真的嗎？」瑪麗安大聲嚷道，眼裡閃閃發光，「而且優雅自若，精神抖擻？」

「是的。而且早上八點就起床了，騎馬去狩獵。」

「我就喜歡這樣。年輕人就該這樣子，不論喜歡什麼，都應該孜孜不倦。」

「啊，啊，我明白了，」約翰爵士說，「我明白了。妳現在要去追求他啦！從此再也不管可憐的布蘭登了。」

「約翰爵士，」瑪麗安氣沖沖地說道，「我很不喜歡你的用詞。我討厭人們用陳腐不堪的字眼來開人玩笑。『追求』也好，『征服』也好，都令人噁心透頂。這種說法真是粗俗不堪，如果說它們一開始還算得上妙語的話，那麼講久了，美妙之處也早已喪失殆盡。」

約翰爵士聽不懂這番指責是什麼意思，但還是開心地笑了，彷彿聽懂了似的。然後又回答說：

「是呀，無論如何，妳肯定會征服不少人。可憐的布蘭登！他已經受到了沉重的打擊。我可以告訴妳，他很值得妳去追求，儘管發生了這起扭傷腳踝的事件。」

第十章

瑪麗安的救命恩人（這是瑪格麗特對威洛比的稱呼）隔天一早就來了。達斯伍德太太對他禮貌備至，而且和藹可親，這全是約翰爵士美言的結果，也出於她自己的感激之情。威洛比在拜訪期間見到的一切都使他確信：他意外結識的這家人通情達理，舉止文雅，平易近人。對於她們的嫵媚，他無須再次訪問便深信不疑。

艾麗諾五官端正，身段婀娜。瑪麗安長得更漂亮，她的身材雖不及姐姐來得勻稱，但個子高䠷，顯得更加惹人注目。她的面孔十分漂亮，若是用一般的言語來讚美她，說她是個美麗的少女，倒也與事實相去不遠。她的皮膚黝黑，但彷彿半透明似的，異常光潤；她眉清目秀，笑起來十分迷人；她眼珠烏黑、機靈、熱情，任誰見了都會喜愛。一開始，她還不敢向威洛比傳送秋波，因為一想起他抱她回家的情景，就覺得十分難為情。當這種感覺漸漸消釋，情緒鎮定下來之後，她看到他極具紳士教養，既坦率又活潑，尤其重要的是，她聽他說自己酷愛音樂和舞蹈，不禁向他投出了讚賞的目光。於是，他來訪的後半段時間，絕大部分是用來與她交談。

想跟瑪麗安聊天，只要提起一項她喜歡的娛樂也就夠了。一觸及這樣的話題，她就再也沉默不住，談起話來既不靦腆，也不顧忌。他們很快就發現彼此都喜好音樂和舞蹈，而這種愛好又源於他們完全一致的見解。為此，瑪麗安大受鼓舞，便想進一步測試他的觀點。她問起他的讀書愛好，提及了她最喜愛的幾位作家，而且談得眉飛色舞。無論一個二十五歲的年輕人過去多麼討厭讀書，面對這麼優秀的作品還不趕緊拜讀的話，那一定是個十足的傻瓜！他們的興趣相似得驚人，兩人喜歡相同的書籍、相同的段落，即使出現一些異議，只要經她一爭辯，眼光一閃，也都煙消雲散。凡是她所決定的，他都認同；凡是她所熱衷的，他也都喜愛。早在拜訪結束之前，他們就像故友重逢似地親切交談著。

「瑪麗安，」威洛比剛走，艾麗諾便說，「妳這一個上午做得不錯呀！幾乎在所有重大問題上，妳都已經摸清了威洛比先生的見解。妳知道了他對考珀和司各特的看法，確信他對他們的優美詩篇作出了應有的評價；妳還相信他對波普的讚賞是恰如其分的。不過，這麼快就把話題聊完了，你們要怎麼持久地交往下去？不用多久，你們最愛的話題都會一個個用完，再見一次面就能把他對未來和再婚的想法搞清楚，以後妳就沒有東西好問了——」

「艾麗諾，」瑪麗安叫道，「這樣說公平嗎？合理嗎？我的思想就這麼貧乏？不過，我懂妳的意思。我一直太自在、太快活、太坦率了。我違背了大家閨秀的基本禮節！我不該那麼坦率、那麼誠摯，應該沉默寡言、無精打采、呆頭呆腦、遮遮掩掩的。要是我只聊聊天氣、道路，而且十分鐘開一次口，就不會有事了。」

「好孩子，」她母親說，「妳不該生艾麗諾的氣——她只不過是開開玩笑。要是她真的想阻止妳和我們的新朋友快樂地交談，我還要罵她呢！」頓時，瑪麗安又變得心平氣和了。

至於威洛比。他處處表明，能認識她們令他感到榮幸。顯然，他熱切希望進一步增進這種關係。他每天都來登門拜訪。起初，他以問候瑪麗安為藉口，但她們對他越來越親切，使他大受鼓舞，還沒等到瑪麗安的身體完全康復，就已經不需要找這種藉口了。瑪麗安在屋裡關了幾天，但是從來沒有這麼快活過。威洛比是個精明的小伙子，他思路敏捷、精力旺盛、性情開朗。這種氣質正合瑪麗安的心意，因為這些氣質加上他那副迷人的儀表，以及他那顆火熱的心——這顆心如今又因為瑪麗安變得更加火熱——已博得了她的無比鍾情。

和他在一起逐漸成為她的最大樂趣。他們一起讀書，一起交談，一起唱歌。他極具音樂才能，讀起書來也充滿感情，這正是愛德華所欠缺的。

威洛比在達斯伍德太太眼裡也一樣完美無缺。艾麗諾不認為他有什麼可挑剔，只是他有個與瑪麗安十分相似、因而使她特別喜愛的傾向——也就是在任何時候都對自己的想法侃侃而談，不看對象，也不分場合。他喜歡匆匆下結論，一旦注意力被什麼吸引住，便不顧一切地盡情欣賞，完全不顧基本的禮貌；本來一些符合人情世故的禮儀，他也往往加以蔑視，處處都表明他不夠謹慎、小心。對此，儘管威洛比和瑪麗安極力進行辯護，艾麗諾還是不能贊同。

瑪麗安開始領悟到，自己十六歲半就產生一種絕望的情緒——認為一輩子也見不到一個令她滿意的理想男人——也未免過於輕率，不可理喻。無論是在不幸的關頭，還是在快樂的時刻，威洛比都是她理想中的情人，能夠引起她的愛慕。而且他的行為表明，他在這方面的願望是熱切的，能力也是超群的。

她母親起初沒有因為威洛比將來會發財，便計畫讓瑪麗安嫁給他；但過不到一個禮拜，她也產生了期待的心情，並暗自慶幸能找到愛德華和威洛比這兩個好女婿。

布蘭登上校對瑪麗安的愛慕是被他的朋友們先發現的，現在這些人早已注意不到，卻第一次被艾麗諾察覺出來了。大伙兒的注意力都轉移到他那位更加幸運的情敵身上。上校還沒萌生愛意時就招來別人的戲謔，而當他真的產生了感情，該受人嘲弄的時候，卻得到了解脫。艾麗諾不得不承認：他的感情實際上是被她妹妹激發起來的。雙方的情投意合讓威洛比產生了感情，但是雙方性格上的格格不入也並未妨礙布蘭登上校產生好感。她為此深感憂慮，因為一個三十五歲又沉默寡言的人，要怎麼跟一個二十五歲又朝氣蓬勃的人競爭呢？既然她無法給他鼓勵，只好衷心希望他不要那麼痴心。她喜歡他——儘管他莊重、矜持，她仍然認為他是個有趣的人；他的言談舉止雖然一本正經，卻也溫文爾雅。他的矜持似乎是精神受到某種壓抑的結果，而不是因為天性憂鬱。約翰爵士曾暗示過，他以前遭受過創傷和挫折，這讓她有理由認為他是個不幸的人，因而對他充滿了敬意和同情。

也許正因為上校受到威洛比和瑪麗安的冷眼看待，艾麗諾便更加同情他、敬重他。那兩個人覺得他既不活潑，又不年輕，就對他存有偏見，一直設法貶低他的優點。

「布蘭登就是那種人，」一天，他們一起議論他時，威洛比說道，「表面上人人都稱讚他，內心裡誰也不喜歡他。大家都願意見到他，可是誰也不想跟他說話。」

「我也是這麼想的。」瑪麗安說道。

「不過，不要誇大其詞，」艾麗諾說，「你們兩人都不公正。巴頓莊園一家人對他十分器重，我自己每次見到他總會設法與他聊一陣子。」

「他能受到妳的青睞當然很好，」威洛比回答說，「但是別人對他的器重，卻實在是一種責備。誰會心甘情願去接受米多頓夫人和詹寧斯太太這種女人的讚美呢？那簡直是一種恥辱，只能使人一笑置之。」

「不過，也許像你和瑪麗安這種人的批評，可以彌補米多頓夫人和她母親的敬重。如果說她們的讚美是責備，那你們的責備就是讚美啦！因為與你們的偏見相比，至少她們不是那麼沒有眼光。」

「為了袒護他，妳竟變得這麼無禮！」

「我的被保護人（按照妳的說話方式）是個很有理智的人，而理智對我總是富有魅力。是的，瑪麗安，即使他是個三四十歲的人，但他見過世面、去過國外、讀過不少書、善於思考；我發現他在許多問題上都能提供我不少知識，他回答我的問題時總是非常乾脆，顯示出良好的教養和性情。」

「也就是說，」瑪麗安帶著輕蔑的口氣大聲說道，「他告訴過妳，東印度群島氣候炎熱，蚊子令人討厭啦！」

「我毫不懷疑，假如我問他這些事的話，他會這麼告訴我的。但遺憾的是，這都是些我早就知道的事。」

「也許，」威洛比說，「他還可以扯得更遠，例如從印度回來的財主、蒙兀兒金幣和東方轎子。」

「我可以冒昧地說，他的見聞之廣是你望塵莫及的；但你為什麼要討厭他呢？」

「我沒有討厭他。相反地，我認為他是個十分可敬的人。大家都稱讚他，可是沒人注意他。他有花不完的錢、用不完的時間，每年添購兩件新外套。」

「除此之外，」瑪麗安嚷道，「他既沒有天賦和情趣，也沒有朝氣。他的思想缺乏光彩，他的心靈缺乏熱情，他的聲音刻板單調。」

「你們一下子為他冠上了那麼多缺陷，」艾麗諾回答說，「完全是憑著你們自己的想像。相形之下，我對他的稱讚就顯得微不足道了。我只能說他是個很有理智的人，受過良好的教育，見多識廣，舉止文雅，而且我認為他宅心仁厚。」

「達斯伍德小姐，」威洛比大聲說道，「妳對我太不客氣了。妳是在設法說服我，讓我違心地接受妳的看法。但這是不可能的，不管妳多麼善辯，都會發現我是心意堅決的。我之所以不喜歡布蘭登上校，有三個無可反駁的理由。其一，我希望天氣放晴，他偏要跟我說會下雨；其二，他對我的車幔吹毛求疵；其三，他死也不肯買我的棕色牝馬。不過，要是讚美他的品格能讓妳滿意的話，我很樂意這麼說，雖然這種讚美肯定會為我帶來痛苦。作為對我的報答，妳不能剝奪我一如既往不喜歡他的權利。」

第十一章

達斯伍德母女剛來德文郡的時候，完全沒有想到馬上會有這麼多約會。請帖接二連三，客人絡繹不絕，簡直沒有空去做些正經事。然而，情況就是如此，等瑪麗安康復後，約翰爵士事先訂下的娛樂計畫便一個個付諸實行。莊園裡開始舉行私人舞會；人們經常趁著十月陣雨的間歇，舉行水上遊藝會。每逢這種聚會，威洛比勢必會到場。當然，這些聚會悠閒自如，恰好可以進一步增進他和達斯伍德母女的關係，讓他有機會目睹瑪麗安的嫵媚多姿，表露一下他對她的傾慕之情，同時也想從她的言談舉止中，得到她也傾心於己的確切證據。

艾麗諾對他們的相戀並不意外，她希望他們不要表現得太露骨。曾有一兩次，她冒昧地建議瑪麗安克制一點。瑪麗安討厭遮遮掩掩的，覺得縱情任性也無傷大雅，反而是克制感情不值得稱道。在她看來，這不僅沒有必要，而且是對陳腐觀念的屈服。威洛比也有同感，他們的行為始終可以說明他們的觀點。

只要威洛比在場，瑪麗安眼裡便放不下其他人。他做的每件事都很正確，說的每句話都很高明；如果莊園裡的晚會以打牌作結束，那麼他就會竭盡一切作弊之能事，寧可犧牲自己和其他人，也要為她湊一手好牌；如果當晚的主要活動是跳舞，那麼他們有一半時間都一起跳，即使不得已被拆散一兩次，也會盡量靠在一起，不給別人插嘴的機會。這種行為自然惹得眾人譏笑不已，但是譏笑並不使他們感到難為情，也似乎並不令他們感到惱火。

達斯伍德太太完全能體會他們的心情，她只覺得心裡暖呼呼的，哪裡還顧得上阻止他們？在她看來，這僅僅是熱情奔放的年輕人傾心相愛的表現。

這是瑪麗安的幸福時刻，她把心獻給了威洛比。她從蘇塞克斯來到這裡時，還對諾蘭莊園滿懷深情，認為這種感情什麼時候也不會消散。可是如今，威洛比的出現為她現在的家帶來了魅力，她對諾蘭莊園的一片深情很有可能淡薄下去。

艾麗諾就沒有這麼幸福。她的心裡並不那麼安寧，對於各項娛樂也並不真心歡喜，因為這些娛樂既不能為她提供一個伙伴，藉以取代在諾蘭莊園的那個人，又不能使她減少對諾蘭莊園的思戀之情。無論是米多頓夫人還是詹寧斯太太，都不能為她提供她喜歡的那種談話，儘管後者是個健談的女人，而且從一開始就很優待她，使她能時常聆聽她的談論——她早已把自己的經歷向艾麗諾重複了三四遍，要是艾麗諾的記性還算好，就會記得早在剛認識時就聽過了詹寧斯先生最後一場病的詳細情形，以及他臨終前幾分鐘對妻子說了些什麼。

如果說米多頓夫人比她母親令人滿意些，那只是因為她比較少言寡語。不用仔細觀察，艾麗諾就能發現，她之所以少言寡語，只是因為她性情嫻靜，和理智毫無關係。她對丈夫、母親和別人都是這樣，因此不能期望她會親切一些。她除了重複前一天說過的話之外，什麼也說不出來；她的冷漠少言是無法改變的，因為她的心情也總是一成不變。對於丈夫安排的各種聚會，只要一切都辦得體面氣派，兩個大孩子又跟著她，她就不會表示反對。但是，她似乎從不露出比坐在家裡更快樂的表情。她雖然也出席，但從不介入眾人的交談，因而不能為別人增添樂趣。有時只有當她照顧那些調皮搗蛋的孩子時，人們才知道她在場。

艾麗諾覺得，在她新結識的人裡，只有布蘭登上校具有一定的才幹，能激起她結交的欲望，帶來交往的樂趣。威洛比可就不行了，儘管她愛慕他、敬重他，甚至像姐妹般地敬重他，但他畢竟處在熱戀之中，只知道討好瑪麗安。也許，他若是少獻點殷勤，反而會更討眾人喜歡。布蘭登上校很不幸，他本想追求瑪麗安，但瑪麗安對他沒有意思。不過，透過與艾麗諾交談，他得到了最大的安慰。

艾麗諾越來越同情上校，因為她猜想他已經嘗到了失戀的痛苦。這種猜想來自一天晚上他在巴頓莊園無意間透露的一句話。當時，別人都在跳舞，他倆一起坐了下來。上校兩眼直盯著瑪麗安，沉默了幾分鐘之後，淡然微笑說：「據我所知，妳妹妹不贊成第二段愛情。」

「是的，」艾麗諾回答道，「她的想法十分天真無邪。」

「依我看，更確切地說，她認為不可能存在第二次愛情。」

「我認為她是這樣想的。但我不曉得她怎能這樣想，這豈不有損於自己父親的人格？他就娶過兩任妻子。不過，再過幾年，她就會根據自己的常識和觀察，把看法修正得合理一些。到那時候，她的觀點在除了她以外的任何人看來，都會比現在更容易解釋、更容易辯護。」

「可能是吧，」上校答道，「但年輕人的偏見也別有一番親切感，誰肯忍心拋棄它們，而去接受那些普通的觀點呢？」

「在這一點上，我不能同意你的看法，」艾麗諾說，「瑪麗安的觀點帶有各種錯誤，無論世人有多麼狂熱和無知也不能苟同。不幸的是，她的思想嚴重蔑視禮儀，我希望她能進一步認識世界，這才能帶給她極大的好處。」

上校停頓了一會兒，然後繼續說道：

「妳妹妹是不是無差別地反對第二次愛情？難道任何人這麼做都是有罪的嗎？難道凡是第一次做出錯誤選擇的人，無論對象朝三暮四，還是因為命運多舛，就該一輩子漠然處之？」

「老實說，我對她的詳細想法並不瞭解。我只知道，我從未聽她聊過有哪一樁二次戀愛是可以寬恕的。」

「這種看法，」上校說，「是不會持久的。感情上的變化——不，不要痴心妄想了，因為年輕人富於幻想，一旦被迫改變主意，隨之而來的總是些平庸、危險的觀點！我這樣說是有切身體驗的。我從前認識一位女子，她在性情和心地上很像妳妹妹，像她一樣思考問題、判斷是非，但是她被迫改變了——被一系列不幸的事件逼迫的——」說到這裡，他忽然停住，彷彿覺得自己說得太多了。看到他的臉色，艾麗諾不禁起了疑心，她明白他不想提起那位女子的事情。其實不難想像，他之所以會如此動情，肯定與過去的祕密有關。艾麗諾沒去多想，不過，要是換成瑪麗安，卻不會這麼輕易放過；憑著她活躍的想像，很快就會把整個故事構思出來，一切情節都會被納入一場愛情悲劇中，令人憂傷至極。

第十二章

第二天早晨，艾麗諾與瑪麗安一同散步，瑪麗安向姐姐透露了一件事。艾麗諾早就知道瑪麗安個性大而化之，但這件事實在太過分了，不免大為驚訝——瑪麗安欣喜異常地告訴她，威洛比送給她一匹馬。這匹馬是他在索默塞特郡的莊園裡親自飼養的，正好可供女人騎乘。她也不想想母親從不想養馬，即便母親可以改變決

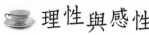

心，允許她接受這件禮物，那也得再多買一匹，並雇個傭人騎著那匹馬，然後再蓋一間馬廄——她全沒考慮這一切，就毫不猶豫地接受了禮物，並欣喜若狂地告訴了姐姐。

「他準備馬上派馬伕去索默塞特郡取馬，」她接著說，「馬一到我們就能天天騎了！妳可以跟我一起使用。親愛的艾麗諾，妳想想，在這片丘陵草原上騎馬狂奔多麼愜意啊！」

她不願意從這幸福的幻想中醒來，更不想去領悟這件事背後不幸的現實。有好長一段時間，她拒接承認這些現實——再雇一個傭人，那花不了多少錢，母親絕不會反對；傭人騎什麼馬都可以，隨時都可以去巴頓莊園牽一匹；至於馬廄，只要有個棚子就夠了。接著，艾麗諾大膽地表示，從一個自己並不瞭解、或者最近才瞭解的男人那裡接受禮物，她懷疑是否恰當，這句話讓瑪麗安再也受不了。

「妳想錯了，艾麗諾，」她激動地說道，「妳認為我不夠瞭解威洛比。的確，我認識他不久，可是天底下的人除了妳和媽媽之外，我最瞭解的就是他了。熟不熟悉跟時間與機緣無關，只取決於性格。對某些人來說，即使相處七年也無法相互瞭解；而對另一些人來說，七天就綽綽有餘了。假如我接受的是我哥哥的馬，而不是威洛比的馬，我會覺得更不恰當，那才讓我良心不安呢！我對約翰很不瞭解，雖然我們一起生活了許多年；但對於威洛比，我早就有了定見。」

艾麗諾覺得最好別再觸及這個話題。她知道妹妹的脾氣，在如此敏感的問題上與她針鋒相對，只會使她更加固執己見。於是，她便轉而設法激起她的母女之情，向她解釋：母親是很溺愛子女的，要是她同意接受這份財產，那一定會為母親帶來諸多困擾。這麼一講，瑪麗安的態度立刻軟了下來。她答應不向母親提起送禮的事，以免惹得她好心地答應；她還答應下次見到威洛比時告訴他，不能收他的禮物了。

瑪麗安信守諾言，當威洛比來訪時，艾麗諾聽到她低聲向他表示自己很遺憾，不得不拒絕他的禮物。她同時敘述了她改變主意的理由，說得他不便再懇求。但是威洛比顯然十分關心，他以同樣微弱的聲音回答道：「不過，瑪麗安，雖然妳現在不能使用這匹馬，但牠仍然歸妳所有。我先代為保管，直到妳領走為止。等妳離開巴頓組成自己的家庭時，『麥布皇后』會來接妳的。」

這一席話被艾麗諾無意間聽到了。她從威洛比的說話內容、從他說話時的神態、從他直呼她妹妹的名字，立刻發現他們兩人如此親密、直率，可謂情投意合極了。從這一刻開始，她不再懷疑他們之間已經互許終身。唯一令她意外的是，他們兩人性情如此坦率，她竟然一直被蒙在鼓裡，直到今天才發現這一秘密。

次日，瑪格麗特向她透露了一些端倪，這使得真相更加明朗。前一晚，威洛比和她們待在一起，當時客廳裡只剩下瑪格麗特、威洛比和瑪麗安，於是瑪格麗特便趁機觀察了一番。隨後，當她和大姐單獨待在一起時，她擺出一副神氣十足的樣子向她透露情報。

「哎，艾麗諾，」她嚷道，「我想告訴妳瑪麗安的一個秘密。我敢說，她很快就會嫁給威洛比先生了。」

「自從他們在丘陵地邂逅以來，妳幾乎天天這麼說，」艾麗諾答道，「我想，他們認識還不到一個禮拜，妳就一口咬定瑪麗安脖子上掛著他的相片，誰知道那其實是伯祖父的肖像。」

「但是，這次確實不一樣。我敢說，他們很快就會結婚，因為他有一根瑪麗安的頭髮。」

「小心點，瑪格麗特。那也許只是他伯祖父的頭髮。」

「艾麗諾，那的確是瑪麗安的頭髮，我幾乎可以保證。因為是我親眼看到他剪下的。昨晚喝過茶，妳和媽媽都離開房間後，他們就開始竊竊私語。威洛比好像在向瑪麗安請求什麼，然後他就拿起她的剪刀，剪下她背後的一根頭髮。他吻了吻頭髮，然後捲起來包在一張白紙裡，裝進他的皮夾。」

瑪格麗特的說法有憑有據，艾麗諾不能不相信了。況且，她也不想再去懷疑，因為情況與她耳聞目睹的完全一致。

瑪格麗特並不總是那麼機靈，有時難免引起姐姐的不快。一天晚上，詹寧斯太太在巴頓莊園硬要她說出誰是艾麗諾的意中人（她一直對此興致勃勃），瑪格麗特瞥了姐姐一眼，然後回答：「我不能說，是吧？艾麗諾。」

可想而知，這句話引起了一陣哄堂大笑，艾麗諾也試圖跟著笑，但這滋味並不好受。她知道瑪格麗特要說的是誰，她無法容忍這個人的名字成為詹寧斯太太的笑柄。

瑪麗安倒是真心誠意地同情姐姐，想不到反而幫了倒忙。她滿臉通紅，悻悻然地對瑪格麗特說：

「記住，不管妳猜的是誰，都沒有權利說出去。」

「我從來沒有猜過，」瑪格麗特答道，「那是妳親口告訴我的。」

眾人一聽更開心了，繼續逼瑪格麗特再透點口風。

「啊！瑪格麗特小姐，全部告訴我們吧！」詹寧斯太太說，「那位先生叫什麼名字呀？」

「我不能說，太太。不過我知道他叫什麼名字，還知道他在哪兒。」

「喔！我們也猜得出他在哪兒，當然是在諾蘭莊園啦！大概還是那個教區的副牧師。」

「不，他不是。他根本沒有職業。」

「瑪格麗特，」瑪麗安氣沖沖地說，「妳知道的，這都是妳憑空想像，實際上根本沒有這個人。」

「哦？這麼說他已經過世了？瑪麗安，我敢保證曾有過這麼一個人，他的姓氏是『F』開頭。」

令艾麗諾感激不盡的是，米多頓夫人這時說了一句話：「雨下得好大呀！」不過她知道，夫人之所以打岔，並非出於對自己的關心，而是因為她對丈夫和母親熱衷於這種低級趣味感到厭惡。她提出的話頭很快被布蘭登上校接了過去，因為他在任何場合都很顧慮別人的心情。於是，兩人開始聊起了下雨的事。威洛比打開鋼琴，要求瑪麗安坐下來彈一支曲子。由於大家都想結束這個話題，談話很快就不了了之。但對艾麗諾來說，要恢復鎮定可不容易。

當晚，大家組成一個觀光團，準備隔天去參觀一個景色優美的地方。那裡距離巴頓大約十二哩，歸布蘭登上校的姐夫所有。但要是上校沒有興致，誰也別想隨意去遊覽，因為主人當時出門在外，嚴禁其他人擅自進入。這地方美極了，令約翰爵士大為讚賞——近十年來，他每年夏天至少會組織兩次旅行，相當具有發言權。上午，大家在當地的小湖中乘船遊覽。所有人帶上便餐，坐上敞篷馬車，按照觀光團的規格行事。

在場的幾個人認為，這似乎是一次冒險的行動，因為季節不對，兩週來每天都在下雨。由於達斯伍德太太感冒，艾麗諾勸她留在家裡。

第十三章

大家原本打算去惠特韋爾遊覽，但結果完全出乎艾麗諾的意料之外。她本來預期會被淋得渾身濕透、累得精疲力竭、嚇得膽戰心驚……然而事情比這還要更糟，因為他們根本沒去成。

十點鐘左右，觀光的人們聚集到巴頓莊園，準備吃早飯。雖然昨晚下了一整夜雨，早晨的天氣卻相當舒適。天上的烏雲正被驅散，太陽逐漸顯現。大伙兒興高采烈，迫不及待地想玩樂一番，而且下定決心：即使有天大的困難，也風雨無阻。

吃早飯的時候，郵差送信來了，其中有一封是給布蘭登上校的。他接過信，一看到寄件人姓名和地址，臉色頓時大變，隨即走出了房間。

「布蘭登怎麼啦？」約翰爵士問。

誰也無法回答。

「但願他沒收到壞消息，」米多頓夫人說，「一定有緊急的事，不然布蘭登上校不會這麼突然離開我的飯桌。」

大約過了五分鐘，他又回來了。

「上校，應該沒有壞消息吧？」他剛走進房裡，詹寧斯太太便說道。

「絕對沒有，太太，謝謝妳。」

「是從亞維農寄來的吧？但願信上不是說妳妹妹病情加重了。」

「沒有，太太。信是從城裡寄來的，只是一封公文。」

「如果只是一封公文，怎麼能使你這麼心煩意亂呢？得了，這不可能。上校，把事實說出來吧！」

「我的好媽媽，」米多頓夫人說，「妳在說些什麼呀。」

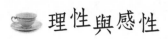

「也許是告訴你，你的表妹要出嫁了？」詹寧斯太太說，對女兒的責備置若罔聞。

「不，真的不是那回事。」

「噢，那麼，我知道是誰寄來的了。上校，但願她安然無恙。」

「妳在說誰呀？太太。」上校問道，臉色有點發紅。

「哦！你知道我在說誰。」

「非常抱歉，夫人，」上校對米多頓夫人說，「今天不巧收到這封信。這是封公文，要我馬上到城裡去。」

「到城裡去？」詹寧斯太太嚷道，「在這個季節，你去城裡會有什麼事？」

「我們相處如此融洽，」上校接著說，「離開你們真是我的莫大損失。令我更加不安的是，你們要去惠特韋爾，恐怕需要我親自帶路才行。」

這對眾人如同當頭棒喝。

「布蘭登先生，如果你寫張便條給女管家，難道不行嗎？」瑪麗安性急地說道。上校搖了搖頭。

「我們一定要去，」約翰爵士說，「事到如今，不能延期了。布蘭登，你可以等明天再進城，就這麼決定啦！」

「但願能這麼輕易就決定。但是我無權延後行期，哪怕一天也不行！」

「只要告訴我們你有什麼事，我們可以斟酌能不能延後。」詹寧斯太太說。

「要是等我們回來再進城，頂多晚六個小時罷了。」威洛比說。

「我一個小時也耽擱不得。」

這時，艾麗諾聽見威洛比低聲對瑪麗安說：「有些人就是不肯與大家一起同樂，布蘭登就是其中之一。我敢說他害怕著涼，於是就使了這個詭計。我願意打賭五十個基尼，那封信是他自己寫的。」

「我毫不懷疑這一點。」瑪麗安回道。

「布蘭登，我知道，」約翰爵士說，「一旦你下定決心，別人就休想說服你；不過我還是希望你慎重考慮一下。你想想，這裡有從牛頓趕來的三位凱利小姐，有從農舍趕來的三位達斯伍德小姐；還有威洛比先生，他為了去惠特韋爾，特地比平常早起了兩個小時。」

布蘭登上校再次表示遺憾，同時又說這實在是沒辦法的事。

「那好吧，你什麼時候回來？」

「我們就在巴頓等你，」米多頓夫人接著說，「希望事情解決後就離開城裡。我們一定等你回來再去惠特韋爾。」

「謝謝妳的一番好意，但我不確定什麼時候能回來，因此不敢貿然答應。」

「哦！他一定得回來，」約翰爵士大聲說道，「他如果到週末還沒回來，我就去找他。」

「對，去找他，約翰爵士，」詹寧斯太太嚷道，「到時候，你也許會發現他在幹什麼好事呢！」

「我不想去探究別人在幹什麼，我想，這是件使他感到羞恥的事情。」

這時，僕人進來通報，說布蘭登上校的馬準備好了。

「你不會要騎馬進城吧？」約翰爵士接著問。

「是的，我只騎到霍尼頓，然後改乘驛車。」

「好吧，既然你堅持要走，我祝你一路順風。不過，希望你能改變主意。」

「老實說，我真的無能為力。」

上校隨即向眾人辭別。

「達斯伍德小姐，難道我今年冬天沒有機會在城裡見到妳和妳妹妹了？」

「恐怕毫無機會。」

「這麼說，我們分別的時間會比預料中來得長了。」

他對瑪麗安鞠了一躬，什麼也沒說。

「喂，上校，」詹寧斯太太說，「臨走前請你務必告訴我們你要去做什麼。」

上校只向她說了聲「再見」，然後就由約翰爵士陪同走出了房間。

剛才，大家出於禮貌，一直壓抑著滿腹委屈和哀怨，現在一股腦兒發洩出來了。他們七嘴八舌地表示，遇到這種掃興的事情，真叫人惱火。

「不過，我猜得出他有什麼事，」詹寧斯太太眉飛色舞地說。

「真的嗎？太太。」大家幾乎異口同聲地說。

「真的，我看一定是為了威廉斯小姐的事。」

「威廉斯小姐是誰？」瑪麗安問。

「什麼？妳不知道威廉斯小姐是誰？我敢說妳以前一定聽過她。她是上校的一個親戚，親愛的——一個非常親近的親戚。我們不說有多麼親近，以免嚇壞各位小姐。」接著，她稍微降低音量，對艾麗諾說：「她是他的親生女兒。」

「真的？」

「噢！是的，發起呆來很像上校。上校可能會把全部財產都留給她。」

約翰爵士回來了，他和大伙兒一起對這件不幸的事表示遺憾。不過他最後提議，既然大家都聚在一起，總得找點樂子。經過商量後，大家一致認為，或許坐車在鄉下繞繞也能散散心，於是主人便吩咐套馬車。

第一輛車是威洛比的，瑪麗安上車時看上去從沒有那麼開心過。威洛比驅車迅速穿過莊園，一轉眼就不見了。直到大家都回家之後，才看見他們返回，看樣子逛得十分開心，不過嘴上仍含糊地說，他們只是在小道上兜風而已。

後來眾人決定在晚上舉行一場舞會，為一整天劃下完美的句點。又來了幾位凱利家的人，這下子吃晚飯的人數將近二十個，讓約翰爵士極為得意。威洛比像往常一樣坐在艾麗諾和瑪麗安之間。詹寧斯太太坐在艾麗諾右邊，大家剛入座不久，她就轉身俯在艾麗諾和威洛比背後，與瑪麗安竊竊私語，用那兩人也聽得到的聲音說道：「雖然妳詭計多端，但我還是發現了妳的秘密。我知道妳上午去哪裡了。」

瑪麗安臉一紅，慌忙答道：「去哪裡了？」

「妳難道不知道，我們乘著我的馬車出去了嗎？」威洛比說。

「是啊，是啊，厚臉皮先生，我知道得一清二楚，但我一定要查出你們去了哪裡。瑪麗安小姐，我希望妳喜歡自己的新家。我知道那間房子很大，以後我去拜訪的時候，希望你們能添購些新傢俱，我六年前去的時候就該買了。」

瑪麗安慌慌張張地轉過臉去，詹寧斯太太不由得縱情大笑。艾麗諾發現，這位太太一心想查出兩人究竟去了哪裡，早就叫女僕私下問了威洛比的馬車伕。原來他們去了艾倫罕，先在花園裡轉來轉去，又到房子裡各處察看，逛了老半天。

艾麗諾簡直不敢相信有這種事。瑪麗安與史密斯太太素昧平生，而她又在家裡，照理說威洛比不可能提出邀請，瑪麗安也不可能同意進屋。

一走出餐廳，艾麗諾就向瑪麗安問起這件事。令她大感驚訝的是，她發現詹寧斯太太所說的全是事實，瑪麗安還因為她不肯相信而十分生氣。

「艾麗諾，妳憑什麼認為我們沒有去那裡，沒見過那棟房子?這難道不是妳經常嚮往的事情嗎?」

「是的，瑪麗安，不過如果史密斯太太在家，而除了威洛比先生以外又沒有別人同行，我是不會進去的。」

「但威洛比先生是有權帶我去看那棟房子的唯一一人，而且我們乘坐的是敞篷馬車，不可能再坐別人。我這輩子從沒像今天早上過得這麼愉快。」

「一件愉快的事情，未必總是恰當的。」艾麗諾答道。

「剛好相反，艾麗諾，沒有比這恰當的事了。假如我的所作所為真的有不妥之處，我當時就會有所自覺，因為假如我們做錯了事，自己一定會知道的，而一旦有這種自覺，就不可能再感到愉快。」

「不過，親愛的瑪麗安，妳已經因為這件事遭到了冷嘲熱諷，難道還不懷疑自己的行為有些不謹慎嗎？」

「如果詹寧斯太太的幾句玩笑話能證明一個人的行為欠妥，那我們大家就無時無刻不在犯錯了。我既不稀罕她的讚美，也不在乎她的指責。我在史密斯太太的花園裡散過步，還參觀了她的住宅，我不明白這有什麼錯。有朝一日，這座花園、房子都會歸威洛比先生所有，而且——」

「哪怕有朝一日會歸妳所有，妳那麼做也是不合情理的，瑪麗安。」

聽姐姐這麼一說，瑪麗安不由得臉紅了。不過，這些話顯然也令她感到得意，她仔細思考了十幾分鐘，然後又來到姐姐面前，和顏悅色地說道：「艾麗諾，也許我去艾倫罕確實不太檢點，不過威洛比先生執意要帶我去看看。老實說，那棟房子太美了，樓上有一間漂亮的客廳，不大也不小，什麼時候都適用，要是再搭配新式傢俱，就更令人滿意了。那個房間位在屋角，兩側有窗。從一扇窗望去，越過屋後的滾球場草坪，可以看到一片美麗的林地；從另一側，可以望見教堂和村莊，再過去就是我們經常讚嘆不已的山脈。我不認為那個房間有什麼特別的，因為那些傢俱糟透了；不過，要是搭配新傢俱——威洛比說要花費兩三百鎊——它就會成為英格蘭最舒適涼爽的房間之一。」

要是艾麗諾能一直聽她講下去，沒有別人打岔的話，瑪麗安一定會把每個房間都津津有味地描述一番。

第十四章

布蘭登上校突然取消了對巴頓莊園的拜訪，而且始終不肯說明理由，這令詹寧斯太太滿腹狐疑，一直揣測了兩三天。她是個喜歡大驚小怪的女人，心裡不斷地想著到底是什麼原因。她敢保證，他有不幸的消息，於是仔細推測他可能遭遇的各種不幸，認為絕不能讓他瞞過他們大家。

「我敢說，一定是出了什麼傷心事，」她說，「我從上校臉上看得出來。可憐的傢伙！恐怕他已經陷入困境了。真要說起來，德拉佛莊園的年收入從來不超過兩千鎊，他哥哥又把財務搞得一塌糊塗。我想，八成是錢的事情，一定是這麼一回事，我無論如何也要查個水落石出。也許是為了威廉斯小姐的事，對，肯定是為了她的事。因為我當時提到她的時候，上校的表情很不自然。也許她在城裡生病了，八成是這樣，因為我覺得她總是體弱多病的。我敢說，就是為了威廉斯小姐的事，現在想想，上校不太可能陷入經濟困難，因為他是個精明人，莊園的開銷肯定早就結清了。我真不知道是怎麼回事！也許他在亞維農的妹妹病情惡化了，催他過去。他走得匆匆忙忙的，看起來很有可能，唉！我衷心祝福他擺脫困境，還能找個好太太。」

詹寧斯太太就這麼嘮叨著，她的看法變來變去，而且一開始總是很有把握。艾麗諾雖然很關心布蘭登上校，但也無法像詹寧斯太太所期望的，對他的突然離去感到驚訝、猜疑；因為在她看來，情況並沒有那麼嚴重，除此之外，還有真正令她感到驚奇的事，也就是她妹妹和威洛比。他們明知道自己的事情引起了大家的興趣，卻異乎尋常地保持沉默。越是悶不吭聲，事情越顯得奇怪，越與他們兩人的性情不搭調。與他們一貫的作風相違，這明明是件眾所皆知的事，她卻不敢向母親和她公開承認，令艾麗諾感到百思不解。

艾麗諾不難看出，他們還不能馬上結婚，因為雖然威洛比擁有一定的經濟能力，卻並不有錢。依照約翰爵士的估計，他的莊園年收只有五六百鎊，但他揮霍無度，那筆收入幾乎不夠用。令她感到奇怪的是他們訂了婚，卻始終瞞著她，而且根本不可能瞞得住。這與他們平常的做法太不一致了，以至於她有時候也懷疑，他們是不是真的訂了婚。因為這層懷疑，她也就不便去詢問瑪麗安。

威洛比的行為最明白地表達了他對達斯伍德母女的一片深情。在瑪麗安面前，他要多溫柔，就有多溫柔；而對於其他家人，他也表現得殷勤備至。他簡直把農舍當成了自己的家，迷戀不捨，待在這裡的時間比待在艾倫罕還多。假如巴頓莊園沒有大型聚會的話，他會在早上出門活動，然後再最後來到農舍。他守在瑪麗安身旁，他的愛犬則趴在瑪麗安腳邊，消磨掉這一整天。

布蘭登上校離開鄉下一週後的某天傍晚，威洛比似乎對周圍的事物產生了一股異常的親切感。達斯伍德太太無意中提起要在明年春天改建房屋的計畫，立即遭到了他的激烈反對，因為他早已愛上了這裡，覺得一切都十全十美。

「什麼！」他驚叫道，「改建這座可愛的農舍？不，不，我絕不同意，要是您尊重我的意見的話，請不要增添一磚一石，或是擴大一分一毫。」

「你不用擔心，」艾麗諾說，「這是不可能的事情，我母親永遠存不夠錢來改建。」

「那我就太高興啦，」威洛比叫道，「要是她不知道該怎麼善用金錢，我寧願她永遠沒有錢。」

「謝謝你，威洛比。你儘管放心，我不會傷害你或是任何人的感情，而去改建房子。儘管相信我吧！到了春天結帳時，不管剩下多少結餘，我寧可存下不用，也不拿來做些讓你如此傷心的事。不過，你真的這麼喜愛這個地方，覺得它毫無缺陷？」

「是的，」威洛比說，「我覺得它是完美無缺的。唔，嚴格來說，我認為它是可以讓人獲得幸福的唯一建築形式。要是我有錢的話，馬上就把庫姆宅邸拆掉，按照這座農舍的模樣重新建造。」

「想必也不會少了又暗又窄的樓梯，跟四處漏煙的廚房了。」艾麗諾說。

「是的，」威洛比以同樣急切的語氣大聲說道，「一切都要一模一樣。無論是便利的，還是不便利的，都不能有一絲一毫的不同。到了那時，我住進這樣一棟房子，或許就會像在巴頓一樣快樂。」

「依我看，」艾麗諾答道，「你今後即使不幸住進更好的房間，用到更寬的樓梯，一樣會覺得自己的房子是完美無瑕的，就像你現在覺得這座農舍是完美無瑕一樣。」

「當然，」威洛比說，「也許我會非常喜愛我自己的房子，不過這裡將永遠讓我留戀不捨，這是其他地方無法比擬的。」

達斯伍德太太喜滋滋地望著瑪麗安，只見她那雙漂亮的眼睛正含情脈脈地盯著威洛比，清楚地表明她完全理解他的意思。

「我去年來到艾倫罕的時候，經常在想，」威洛比接著說，「但願有人能住進巴頓農舍，每當我從它面前經過，總會對它的位置羨慕不已，同時也對它無人居住深感惋惜。我萬萬沒有想到，當我再次來到鄉下時，從史密斯太太口中聽到的第一條新聞，就是有人搬進巴頓農舍了！當時我既高興、又好奇，之所以有這種感覺，是因為我預感到我將在這裡獲得幸福。瑪麗安，難道事實不正是如此嗎？」他壓低聲音對她說，接著又恢復了原先的語調說：「不過，達斯伍德太太，您要毀掉這棟房子，您想用異想天開的改建摧毀它的簡樸自然！就在這間可愛的客廳裡，我們初次結識，以後又一起度過了許多美妙的時刻，沒想到您竟想把它變成一條平凡無奇的門廊，而大家卻渴望再來這間客廳，因為它迄今為止一直是個既實用又舒適的房間，天底下再氣派的房間也比不上它。」

達斯伍德太太再次向他保證，她絕不會做出那種改建。

「您真是太好了，」威洛比激動地答道，「這讓我放心許多。要是您能作出更多承諾，我就會打從心底高興。請告訴我，不僅您的房子將原封不動，而且我還能發現您和令嬡就跟房子一樣一成不變，永遠與我保持友好。這種情誼使我感到妳們的一切都是那樣親切。」

達斯伍德太太欣然做出了承諾，威洛比一整晚上的舉止表現得親熱又快樂。

「明天來吃晚飯好嗎？」當他告辭的時候，達斯伍德太太說道，「不用太早來，因為我們上午必須去巴頓莊園拜訪米多頓夫人。」

於是，威洛比答應下午四點再來。

第十五章

第二天，達斯伍德太太帶兩個女兒去拜訪米多頓夫人。瑪麗安藉口有事，沒有一起前往。因此母親斷定，

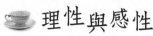

威洛比前一晚一定和她約好了，想趁她們外出的時候來找瑪麗安，於是便滿心歡喜地把她留在家裡。

她們從巴頓莊園一回來，便發現威洛比的馬車和僕人在農舍前面恭候，達斯伍德太太認為她猜對了。想不到一走進屋裡，見到的情景卻與她預料的不一樣。她們剛跨進走廊，就見到瑪麗安匆匆走出客廳，看起來極度悲傷，一直拿手帕擦眼睛，也沒理睬她們，便跑上了樓。她們大為驚訝，徑直走進瑪麗安剛走出的客廳，只見威洛比背對著她們，倚靠在壁爐架上。一聽見她們的聲音，他轉過身來，從他的臉色看得出來，他的心情與瑪麗安一樣十分痛苦。

「她怎麼啦？」達斯伍德太太一進客廳便嚷道，「她是不是不舒服？」

「但願不是，」威洛比答道，竭力裝出高興的樣子，然後說，「不舒服的應該是我——因為我遇到一件令人失望的事。」

「令人失望的事？」

「是的，因為我不能履行與妳們的約會。今天早上，史密斯太太仗著她的權勢，叫她的一個表侄派我去倫敦出差。我剛接受完差遣，告別了艾倫罕。為了讓大家高興，特地來向妳們告別。」

「去倫敦？今天早上就走嗎？」

「馬上就走。」

「這真是太遺憾了。不過，史密斯太太的指派不能不從。希望這件事不會讓你離開我們太久。」

威洛比臉一紅，回答：「您真客氣，不過我未必會馬上回到德文郡。我一年中從不拜訪史密斯太太超過一次。」

「難道史密斯太太是你唯一的朋友？難道艾倫罕是你在附近能住的唯一地方？太奇怪了，威洛比！難道你不願意接受這裡的邀請嗎？」

威洛比的臉色更紅了。他兩眼直盯著地板，只回答道：「您真好。」

達斯伍德太太驚奇地望向艾麗諾，艾麗諾也一樣感到驚訝。大家沉默了一陣子，達斯伍德太太首先開口。

「親愛的威洛比，我再補充一句：你在巴頓農舍永遠是受歡迎的。我不想逼你立刻回來，因為只有你知道這麼做史密斯太太會不會高興。在這方面，我既不想懷疑你的意願，也不想懷疑你的判斷力。」

「我現在的差事，」威洛比困惑地答道，「就是——我不敢說——」他停住了。

達斯伍德太太驚訝得說不出話來。又停頓了一會兒，威洛比淡然一笑，說道：「這樣拖延下去是愚蠢的。我不想再折磨自己了，既然現在不可能和朋友們愉快相聚，只好不再久留。」

隨後，他匆匆辭別達斯伍德母女，走出房間。她們目送他跨上馬車，一會兒便消失了。達斯伍德太太難過得沒有心情講話，很快便走出客廳，獨自傷心去了。威洛比的忽然離去引起了她的憂慮和驚恐。

艾麗諾的憂慮並不亞於母親。她想起剛發生的事情，既焦急又疑惑。威洛比告別時的那些表現——神色本來窘迫，卻裝出一副高興的樣子；更重要的是他不肯接受母親的邀請，表現得畏畏縮縮的。這哪裡像個情人？這一切都令她深感不安。她時而擔心威洛比從來不曾認真考慮過，時而擔心他和妹妹之間發生了不幸的爭吵。瑪麗安走出客廳時那麼傷心，最好的解釋就是兩人真的大吵一場。不過，考慮到瑪麗安那麼愛他，爭吵又似乎是不可能的。

但是，不管他們離別時的具體情況如何，妹妹的苦惱卻是無庸置疑的。她懷著深切的同情，想像著瑪麗安正在忍受的巨大痛苦。大約過了半個鐘頭，母親回到客廳，雖然兩眼通紅，臉色卻不顯得憂鬱。

「艾麗諾，我們親愛的威洛比現在離開巴頓好幾哩遠了，」她說道，一面坐下做她的針線活，「他一路上心裡會是多麼沉重啊！」

「這件事真奇怪。走得這麼突然，好像只是一瞬間的事情。他昨晚和我們在一起時還那麼愉快，那麼叫人高興，那麼熱情！可是現在，只提前十分鐘打了個招呼就走了，好像還不打算回來似的。一定發生了什麼事，雖然他嘴裡不說，行動卻很反常，妳應該也跟我一樣看得出來。這是怎麼回事呢？他們兩個吵架了嗎？可是他為什麼不肯接受妳的邀請呢？」

「艾麗諾，他不是不願意！我看得很明白。他無法接受我的邀請。說實在的，我已經仔細考慮過了。有些事起初在妳我眼裡很奇怪，但現在我已經能作出完美的解釋了。」

「妳知道怎麼解釋？」

「是的，我完全明白。不過，艾麗諾，妳總愛疑神疑鬼的——我知道我的解釋無法讓妳滿意，但是妳也不能說服我改變我的看法。我相信，史密斯太太懷疑威洛比對瑪麗安有意思，硬是不贊成（她或許替他另作了打算），因此便迫不及待地把他調走了。她派他去做什麼事，那只是為了把他支開而捏造的藉口罷了，我想就是這樣。另外，他也知道史密斯太太不贊成這門親事，因此目前還不敢向她坦白他已經和瑪麗安訂婚；但由於他有求於她，又不得不聽從她的安排，暫時離開德文郡。我知道，妳會跟我說，事情也許不是這樣，但我不想聽妳說些吹毛求疵的話，除非妳能提出同樣令人滿意的解釋來。那麼，艾麗諾，妳有什麼好說的？」

「沒有，因為妳已經料到了我會怎麼回答。」

「妳也許會同意，也許不會同意。哦！艾麗諾，妳的想法真令人難以捉摸！妳寧可相信壞的而不相信好的，寧可執著於瑪麗安的痛苦、威洛比的過錯，而不肯替威洛比辯護。妳認為威洛比應該受責備，因為他沒有情意綿綿地向我們告別。難道妳就不考慮他可能是一時疏忽，或是因為失意而情緒低落嗎？一件事並非百分之百地有把握，難道就不去考慮它的可能性了嗎？我們有一千條理由喜愛威洛比，而沒有一條理由瞧不起他，難道現在一點也不能原諒他嗎？難道他不會有一些難以啟齒的理由，暫時不得不保守秘密嗎？說來說去，妳究竟在懷疑他什麼？」

「我也不知道，但我們剛才看到他那副反常的樣子，必然會懷疑發生了什麼不愉快的事情。不過，妳拚命地替他尋求理由，這也合情合理，可是我待人處事卻喜歡誠實公正。毫無疑問，威洛比那麼做一定有充分的理由，我也希望如此；但如果是平常的他，一定會當面承認這些理由。也許這件事應該保守秘密，但他竟會這麼做，仍然使我感到驚奇。」

「不要怪他違背自己的性格，有時候難免如此。不過，妳真的承認我為他做的解釋是公平合理的？我很高興——他被宣判無罪啦！」

「不全然，對史密斯太太隱瞞訂婚的事（如果他們真的訂婚了的話）也許是恰當的，假如真的是這樣，威洛比暫時離開德文郡倒不失為一個好方法；但他們沒有理由瞞著我們。」

「瞞著我們？我的寶貝，妳怪威洛比和瑪麗安瞞著我們？這太奇怪了，妳的目光不是每天都在責備他們兩人輕率嗎？」

「我不需要他們情意纏綿的證據，」艾麗諾說，「但是我需要他們訂婚的證據。」

「我對這兩方面都堅信不疑。」

「但是，他們在這件事上卻對妳隻字未提。」

「這麼明顯的事，還管它提不提！最近兩個禮拜以來，他對瑪麗安和我們的態度，難道還不足以顯示他愛瑪麗安，並把她視為未來的妻子？他對我們那麼戀戀不捨，難道不像是一家人？難道我們之間還不夠心意相通？難道他的神色、他的儀態、他的殷勤、恭敬，不是每天都在尋求我的同意嗎？我的艾麗諾，妳怎麼能去懷疑他們是否訂婚了呢？妳怎麼會有這種想法呢？威洛比明知妳妹妹喜歡他，妳怎麼能想像他不對她表示情意就走了，而且或許一走就是幾個月呢？他們怎麼可能連一句心裡話都不說就分手了呢？」

「說真的，」艾麗諾答道，「別的事情就算了，但有一個情況不能說明他們已經訂婚，那就是他們一直絕口不提這個問題。在我看來，這件事比一切都重要。」

「這就怪了！人家這樣開誠佈公，妳卻老是質疑他們的關係，真是太瞧不起威洛比了。這麼久了，難道他對妳妹妹的舉動都是裝出來的？妳認為他真的這麼冷漠無情？」

「不，我不這樣想。我相信他肯定喜愛瑪麗安。」

「但是按照妳的看法，他卻冷漠無情地離開了她。如果真是這樣，這段愛情豈不是太不可思議了？」

「我的好媽媽，我從來沒有把事情看得如此篤定。我承認我存有疑慮，但是不像以前那麼嚴重了，也許很快就會徹底消散。假如我們發現他倆有書信來往，那麼我的憂慮就會煙消雲散。」

「妳還真會幻想呀！妳一定要見到他們站在聖壇前，才肯認為他們要結婚了。我才不需要這樣的證據，依

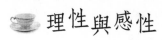

我看，這件事沒什麼好懷疑的。他們沒什麼不可告人的秘密，自始至終都是光明正大的。妳不會懷疑妹妹的心願，妳懷疑的一定是威洛比，但為什麼？難道他不是個體面又多情的人嗎？難道他有什麼反覆無常的地方值得大驚小怪嗎？難道他會騙人？」

「我希望他不會，也相信他不會，」艾麗諾叫道，「我喜歡威洛比，真心誠意地喜歡他。懷疑他的誠實令妳感到痛苦，我心裡也絕不比妳好受。這種懷疑是無形中產生的，我不會刻意去猜測。說實在的，他今天早上的態度把我嚇了一跳，他言詞反常，妳對他那麼好，他卻絲毫沒有回應。不過，這一切倒可以用妳的說法來解釋。他剛和瑪麗安分手，眼看她悲痛欲絕地跑開了；他害怕得罪史密斯太太，想早點回來又做不到；但他又知道，拒絕妳的邀請，說自己要離開一些日子，會讓他在我們一家的眼中變成一個形跡可疑的角色，那會令他感到窘迫不安的。在這種情況下，我認為他應該直截了當地說明他的難處，這樣做會更體面些，也更符合他的性格——但我不想做個氣量狹小的人，只因為一個人跟自己見解不同，或是不像我們想像的那樣得體，就對他的行為提出異議。」

「妳說得很對。威洛比當然無可懷疑。雖然我們認識他的時間不長，他在這裡卻不算陌生人。有誰說過他的壞話？假如他可以自己作主，馬上結婚的話，他不在臨走前把一切都交代清楚才怪呢！可是情況並非如此，從某些方面看來，這是樁不太容易實現的婚約，因為現在為時還太早，保密是十分明智的。」

瑪格麗特走進來，打斷了她們的談話。這時，艾麗諾才開始仔細地考慮母親的話，她承認有些說法是合乎情理的，也希望她說的全都合情合理。

她們一直沒有看見瑪麗安，直到晚飯時她才走進房間，一聲不響地坐到桌前。她的眼眶又紅又腫，看起來正拚了命地忍住自己的淚水。她盡可能避開眾人的眼光，既不吃飯，也不說話。過了一會兒，母親憐惜地抓住了她的手，她那點微不足道的堅強頓時被徹底摧毀了——她的眼淚奪眶而出，拔腿跑出了房間。

整個晚上，瑪麗安都處在極度的悲痛之中。她無法克制自己，也不想克制自己，只要有人稍微提到一點威洛比的事，她就受不了。雖然一家人都盡力地安慰她，但只要一說話，就很難不觸及她認為與威洛比有關的話題。

第十六章

瑪麗安與威洛比分開後的當天夜裡，假如還能睡得著的話，她就會覺得自己是不可寬恕的；假如醒來時不覺得想睡的話，她隔天早晨就沒有臉去見家人。正因為她把鎮定自若視為一大恥辱，也就無法鎮定下來。她整整一夜未闔眼，大部分的時間都在哭泣；起床的時候覺得頭痛，不能說話，也不想吃飯，使母親和姐妹時時刻刻都感到難過，怎麼勸解都無濟於事。她的情感可真夠強烈的！

早飯過後，她獨自走出家門，到艾倫罕待了大半個早上，一面沉緬於往日的歡樂，一面為目前的不幸而悲傷。

晚上，她懷著同樣的心情，演奏了過去常為威洛比演奏的每一首心愛的歌曲，演奏了他們過去常一起歌唱的每一支小調，然後坐在鋼琴前面，凝視著威洛比為她編寫的每一行琴譜，直到心情悲痛到無以復加的地步。這樣的悲傷一直持續著。她可以在鋼琴前坐幾個小時，唱了又哭，哭了又唱，泣不成聲。她讀書也和唱歌一樣，總是設法勾起今昔對比為她帶來的痛苦。她不讀別的書，只讀他們過去一起讀過的那些書。

不過，這種愁雲慘霧的情況很難長久持續下去。過不了幾天，她漸漸平靜下來，變得只有愁眉苦臉而已，但每天仍免不了獨自散步、沉思，這些事情偶爾引起她的悲痛，發洩起來仍像以前一樣不可收拾。

威洛比沒有來信，瑪麗安似乎也不指望收到他的信。這讓母親感到驚奇，艾麗諾又變得焦慮不安起來。不過，達斯伍德太太隨時都能想出新的解釋，這些解釋令她自己感到滿意。

「艾麗諾，妳要記住，」她說，「我們的信件通常是由約翰爵士幫忙傳遞。我們都知道，這件事有必要保密，要是他們的信件傳到約翰爵士手裡，那就沒法保密了。」

艾麗諾無法否認這一事實，她試圖從中找到他們為什麼要保持沉默的動機。對此，她倒有個直截了當的辦法，可以輕易揭開謎底。

「妳為什麼不馬上問瑪麗安，」她說，「問她是不是真的跟威洛比訂婚了？妳是母親，對她那麼仁慈、那麼寬容，提出這個問題不會惹她生氣的。這再理所當然不過，妳這樣寵愛她，而且她過去一向十分坦率，對妳尤其如此。」

「我絕不能問這樣的問題。假如他們真的沒有訂婚，我這麼一問會引起多大的痛苦啊！不管怎樣，這樣做太不體貼了。人家現在不想告訴任何人的事，我卻硬逼著她坦白，那就休想再得到她的信任。我瞭解瑪麗安的心，我知道她十分愛我，一旦條件成熟，她絕不會瞞著我真相。我不想逼任何人跟我分享心事，尤其是自己的孩子，只因為出於一種義務感，就把不想說的事說出來。」

艾麗諾覺得，即使妹妹還很年輕，母親待她也太過寬容了，她又催母親去問，但還是徒勞無功。對於達斯伍德太太來說，任何常識、關心、還是謹慎，全都被她那富有浪漫色彩的性格所掩蓋。

幾天後，才有家人敢在瑪麗安面前提起威洛比的名字。的確，約翰爵士和詹寧斯太太並不那麼體貼人，他們的那些玩笑話曾多次讓瑪麗安心如刀割。但有天晚上，達斯伍德太太無意間拿起一本莎士比亞的書，大聲嚷道：

「瑪麗安，我們一直沒有讀完《哈姆雷特》，我們親愛的威洛比沒等我們讀完就走了。我們先把書放著，等他回來再……不過，那也許得等好幾個月。」

「好幾個月！」瑪麗安大為驚訝地叫道，「不——幾個禮拜都不用。」

達斯伍德太太後悔不該說了那番話，但艾麗諾卻很高興，因為這些話引誘瑪麗安作出了答覆，表明她對威洛比還充滿信心，並瞭解他的意向。

一天早晨，大約在威洛比離開鄉下一週之後，瑪麗安終於被說服了，沒有獨自溜走，而是同意與姐妹一同去散步。迄今為止，每當外出閒逛時，她總是小心翼翼地避開別人，如果姐妹想去高地上散步，她就徑直往小路上溜掉；如果她們想去山谷，她就一溜煙往山上跑去，姐妹倆還沒邁開腳步，她已經消失得無影無蹤。艾麗諾不希望她總是這樣避開他人，最後終於把她說服了。她們沿著山谷一路走去，大部分時間都沉默不語，一方面因為瑪麗安心緒難平，一方面因為艾麗諾已經滿足於剛剛取得的一點進展。山谷的入口處土質肥沃，卻未野草叢生，因此顯得更加開闊。入口外側就是她們剛來巴頓時走的那條長路。她們停下腳步四處眺望。以前在農舍裡，這裡是她們目光遠眺的盡頭，現在站在一個過去散步時從未到達的地點，可以仔細觀看這裡的景色。

她們很快在各種景物中發現一個活的目標，那是一個人騎在馬上，正朝著她們走來。過了幾分鐘，她們看得更清楚，那是一位紳士。又過了一會兒，瑪麗安欣喜若狂地叫道：

「是他，真的是他！我知道是他！」說完就急忙迎上前去，但艾麗諾大叫道：

「真是的，瑪麗安，我看妳是眼花了，那不是威洛比，他沒有威洛比高，也沒有他的氣質。」

「他有，他有！」瑪麗安叫道，「他肯定有！他的風度、他的外套、他的馬，我就知道他很快會回來。」

她一邊說，一邊迫不及待地跑去。艾麗諾幾乎可以確定那個人不是威洛比，她加快腳步追了上去。轉眼間，她們離那位紳士不過三十碼遠了，瑪麗安再定睛一看，心不禁涼了半截，她忽地轉過身，匆匆往回跑。正當姐妹兩人叫她停下來的時候，又聽到一個聲音，彷彿和威洛比的嗓音一樣熟悉，也跟著懇求她停下腳步。瑪麗安驚奇地轉過身，才發現原來是愛德華．費拉斯，連忙又上前歡迎。

在那個當下，愛德華是威洛比以外唯一能被原諒的人，也是能夠讓瑪麗安破涕為笑的唯一人物。她擦乾眼淚，朝他露出微笑。在這一瞬間，她為姐姐感到高興，竟把自己的失望拋到了腦後。

愛德華跳下馬，把馬交給僕人，與三位小姐一起向巴頓走去。他是專程來拜訪她們的。

他受到她們極為熱烈的歡迎，特別是瑪麗安，接待他甚至比艾麗諾還熱情。的確，在瑪麗安看來，愛德華和姐姐這次的相會不過是一種奇怪友情的延續。她在諾蘭莊園就從他們彼此的態度中注意到這種友情，尤其是愛德華，他在這種場合完全缺乏一個戀人應有的態度。他慌慌張張的，見到她們似乎並不高興，看上去既不狂喜、也不快活。他沉默寡言，只有被問到時才會敷衍兩句，對艾麗諾毫無特別親熱的表示。瑪麗安看著這副情景，越來越感到驚訝。她幾乎有點厭惡愛德華了，而這種反感就跟她的其他感情一樣，最終都會使她回想到威洛比，他的儀態與他未來的兄弟形成了鮮明的對照。

寒暄之餘，大家先是沉默了一陣，瑪麗安接著問愛德華，他是不是直接從倫敦來的。他回答自己來德文郡已經兩個禮拜了。

「兩個禮拜？」瑪麗安重複了一聲，對他與艾麗諾在同一個郡裡待了這麼久的時間卻一直沒有見面感到詫異。

愛德華帶著惴惴不安的神情補充說，他住在普利茅斯附近，一直與幾位朋友待在一起。

「你最近去過蘇塞克斯嗎？」艾麗諾問。

「大約一個月前，我去過諾蘭莊園。」

「可愛的諾蘭莊園現在是什麼模樣？」瑪麗安大聲問道。

「可愛的諾蘭莊園，」艾麗諾說，「大概還是每年這個季節該有的樣子——樹林、道路上都鋪滿了枯葉。」

「哦！」瑪麗安嚷道，「我以前見到樹葉飄落時心情有多麼激動啊！一邊走，一邊觀賞秋風吹起落葉，多麼愜意啊！這個季節秋高氣爽，激起人們多麼深切的情思啊！如今，再也沒有人去觀賞落葉了。它們被所有人厭惡，掃得乾乾淨淨，然後刮得無影無蹤。」

「不是所有人都像妳那麼喜歡落葉。」艾麗諾說。

「是的，我的感情跟人們不太一樣，也不常被人們理解。不過，有時候還是遇得到知音。」說著，又陷入了沉思遐想，過了一陣子，又驚醒過來，「愛德華，」她說道，想把他的注意力吸引到眼前的景色上，「這裡是巴頓山谷。看看那些山！你見過這麼美的山嗎？左邊是巴頓莊園，座落在樹林和農場之間。你可以看見房子的一端。再看那兒，那座巍然屹立的最遠的山，我們的農舍就在那座山腳下。」

「這地方真美，」愛德華回答，「不過，這些低窪地到了冬天一定很泥濘。」
「面對著這樣的景色，你怎麼能聯想到泥濘？」
「因為，」他微笑著說道，「在我面前的景物中，就見到一條非常泥濘的小路。」
「好怪呀！」瑪麗安一邊走，一邊自言自語。
「妳們在這裡和鄰居相處得好嗎？米多頓夫婦惹人喜歡嗎？」
「不，一點也不，」瑪麗安答道，「我們的處境糟糕透了。」
「瑪麗安，」她姐姐喊道，「妳怎麼能這麼說？妳怎麼能這麼不公正？費拉斯先生，他們是非常體面的一家人，對我們好極了。瑪麗安，難道妳忘了他們為我們帶來多少愉快的時光嗎？」
「我沒有忘記，」瑪麗安低聲說道，「也沒忘了他們為我們帶來多少令人難堪的時刻。」艾麗諾沒有理會她，只顧著把注意力集中在客人身上，盡力與他保持談話。話題不離她們現在的住宅，偶爾又問他幾個問題，請他發表點議論。他的冷淡和沉默令艾麗諾深感屈辱，不由得有些惱怒。但她決定按照過去的態度來克制自己的情緒，於是盡量不露出生氣的樣子，用她認為對待親戚的應有態度來對待他。

第十七章

達斯伍德太太見到愛德華，只驚訝了一下子。因為在她看來，他來巴頓本來就是意料中的事。她立刻欣喜地對他噓寒問暖，愛德華的羞怯和冷漠經不起這樣的接待，很快就漸漸消失了，後來更被達斯伍德太太那富有魅力的儀態一掃而空。的確，若是有人愛上了她的哪位女兒，不可能不對她也顯出一片深情。艾麗諾滿意地發現，愛德華很快又恢復了常態，他對大家重新親熱起來。看得出他對她們的生活又發生了興趣。但是，他並不快樂。他讚美她們的房子，讚嘆四周的景色，和藹而親切，但依然悶悶不樂。達斯伍德母女都看得出這一點，達斯伍德太太把它歸咎於他的母親，因此當她坐下吃飯時，忍不住對所有自私的父母表示憤慨。

吃完晚飯，大家圍到火爐前。達斯伍德太太說道：「愛德華，費拉斯太太現在對你的前途有什麼計畫？你仍然想當個大演說家？」

「不。我希望我母親已經意識到，我既沒有意願、也沒有才能去從事政治活動。」

「那你打算怎樣建立自己的聲望呢？因為除非你出名了，才能讓你家人感到滿意。你既不愛花錢，又不好交際，也沒有職業，缺乏自信，事情似乎很困難。」

「我不想嘗試，我也不願意出名。我希望自己永遠不要出名。謝天謝地！誰也不能逼我成為天才，成為演說家。」

「你沒有野心，這點我很清楚。你的願望也很有節制。」

「我想和世上其他人一樣有節制，和其他人一樣快樂，也和其他人一樣決定自己的道路。當一名大人物不能使我快樂。」

「如果能才怪呢！」瑪麗安嚷道，「財富和高貴，跟幸福有什麼關係？」

「高貴與幸福沒有太大關係，」艾麗諾說，「但是財富與幸福的關係卻很大。」

「艾麗諾，虧妳說得出口！」瑪麗安說，「財富只有在缺乏其他幸福來源時才能帶給人幸福。就一個人來說，財富除了能提供充裕的生活條件之外，並不能為人帶來真正的幸福。」

「也許，」艾麗諾笑了笑，「我們的結論是一致的。我敢說，妳所謂充裕的生活條件和我所說的財富非常相似。妳一定同意，要是缺少了它們，就沒有任何物質享受可言了。妳的觀點只不過比我的觀點冠冕堂皇一些罷了，妳說，『充裕』的標準是什麼？」

「一年一千八百到兩千鎊，不超過這個數字。」

艾麗諾又笑了笑，「一年兩千鎊？但我的財富標準只有一千鎊，我早就猜到會是這樣。」

「但是，一年兩千鎊是一筆十分有限的收入，」瑪麗安說，「再少就沒法養家餬口了。我想，我的要求並不過分，一群像樣的僕人、一兩輛馬車，還有獵犬，錢太少是不行的。」

艾麗諾聽見妹妹如此精確地計算著未來在庫姆宅邸的開銷，不由得又笑了。

「獵犬？」愛德華重複了一聲，「妳為什麼要養獵犬？並不是所有的人都打獵呀！」

瑪麗安臉色一紅，回答說：「可是大多數人都打獵呀！」

「我希望，」瑪格麗特異想天開地說，「有人能給我們每人一大筆財產！」

「哦，會有的！」瑪麗安叫道，她沉浸在幸福的幻想之中，兩眼激動得閃閃發光，兩頰也變得紅潤。

「我想，」艾麗諾說，「雖然我們的財產不足，但都懷有這樣的希望。」

「哦，天哪！」瑪格麗特叫道，「那樣我會有多快樂呀！我簡直不知道要拿這些錢做什麼！」

看樣子，瑪麗安在這方面毫無疑慮。

「要是我的孩子不靠我的幫助都能成為有錢人，」達斯伍德太太說，「我自己也不知道要怎麼花這麼一大筆錢。」

「妳應該先改建這棟房子，」艾麗諾說，「這樣妳的困擾馬上就會化為烏有。」

「在這種情況下，」愛德華說，「妳們會向倫敦發出多麼可觀的訂單啊！書商、樂譜商、畫商簡直都要發財了！艾麗諾小姐，凡是有價值的新書都要一份；至於瑪麗安，我知道她雄心勃勃，倫敦的樂譜還滿足不了她的需求。至於書嘛，湯姆森、考珀、司各特——這些人的作品她可以毫無節制地買下去。我想可以把每一本都買下來，免得讓它們被庸人們買走，再把那些介紹如何欣賞老樹的書也買下來，不是嗎？瑪麗安。如果我的言語有所冒犯的話，請多包涵，不過我想提醒妳，我還沒忘記我們過去的爭論。」

「愛德華，我喜歡有人提醒我過去的事——無論它是令人傷心的，還是令人愉快的。無論你怎樣談論過去，我都不會生氣。你設想我會怎麼花錢，設想得一點也沒錯——至少一部分是，因為那些零錢確實會被我用來添購樂譜和藏書。」

「妳的大部分財產將會花費在作家及他們的繼承人身上。」
「不，愛德華，我還有別的事情要辦呢！」
「那麼，也許會用來獎勵那些寫出令妳自豪的格言的作者了。什麼『一個人一生只能戀愛一次』呀——我猜妳在這個問題上的看法還是沒變吧？」
「當然了，到了我這個年紀，思想也定型了。之後耳聞目睹的事情也不可能改變這些看法。」
「你瞧，瑪麗安還是像以往那樣堅定不移，」艾麗諾說，「她一點也沒變。」
「她只是變得比以前嚴肅了一點。」
「不，愛德華，」瑪麗安說，「用不著你來取笑我，你自己也不怎麼開心。」
愛德華嘆息了一聲，回答：「妳怎麼這麼想呢？不過，開心素來不是我性格的一部分。」
「我認為開心也不是瑪麗安性格的一部分，」艾麗諾說，「她連活潑都稱不上。她不論做什麼事都很認真，也很性急；有時候話很多，而且總是很興奮——但她通常並不十分開心。」
「我相信妳說得對，」愛德華答道，「但我一直把她當成一位活潑的女孩。」
「我常發現自己犯了這種錯誤，」艾麗諾說，「老是誤解別人的性格，不是過於活潑，就是過於嚴肅；不是太機靈，就是太愚蠢。我也不知道是怎麼搞的。有時候是被他們本人的話影響，有時候是被其他人的議論影響，而自己卻無暇去分辨與判斷。」
「不過，艾麗諾，」瑪麗安說，「我認為完全被別人的意見影響也沒什麼錯。我想，人之所以被賦予判斷力，只是為了聽從別人的判斷——這想必是妳一貫的信條。」
「不，瑪麗安，絕非如此。我的信條從來不主張只聽從別人的判斷，我過去對妳的開導只限於舉止方面，請不要扭曲我的意思。我承認，我經常勸你對待朋友要注意禮貌，但我什麼時候勸妳在重大問題上採納他們的觀點？」
「這麼說來，」愛德華對艾麗諾說，「妳還沒能說服妹妹接受妳那套要注意禮貌的原則了。妳還沒有佔上風吧？」

「恰好相反。」艾麗諾答道，一面意味深長地望著瑪麗安。

「就這個問題而言，」愛德華說，「我的見解完全站在妳這一邊，但在行為上恐怕更傾向妳妹妹。我從來不想唐突無禮，但我太膽怯了，經常顯得畏畏縮縮的。我時常在想，我一定天生就適合結交下人，一來到陌生的朋友之間就感到局促不安。」

「瑪麗安沒有害羞可言，無法為自己的無禮作辯解。」艾麗諾說。

「她對自己的價值瞭解得一清二楚，不需要故作害羞，」愛德華答道，「害羞只是自卑感引起的一種反應。要是我能對自己的儀態更有自信，就不會感到害羞。」

「可是你會變得拘謹，」瑪麗安說，「那更糟糕。」

愛德華不由得一驚。「拘謹？我拘謹嗎？瑪麗安。」

「是的，非常拘謹。」

「我不明白妳的意思，」愛德華紅著臉答道，「拘謹？怎麼個拘謹法？我該說些什麼？妳是怎麼想像的？」

艾麗諾見他如此激動，顯得非常驚訝，但仍想盡可能一笑了之，便說：「難道你不瞭解我妹妹嗎？何必問她什麼意思呢，難道你不知道她把每一個說話比她慢、不像她會欣喜若狂地發出讚美的人都稱為『拘謹』嗎？」

愛德華沒有回答。他又完全回到嚴肅和沉思的狀態，呆滯地坐在原地，半天不出聲。

第十八章

艾麗諾看到朋友悶悶不樂，心裡大為不安。愛德華的來訪為她帶來了非常有限的一點歡樂，而他自己似乎也不怎麼開心。顯而易見，他並不快樂。她希望他依舊對她一往情深，也一度相信自己能激起他的這種深情。但事到如今，他的態度又變得非常捉摸不定，他的眼神不久前還含情脈脈，轉瞬間卻又變成截然相反的態度，對她冷淡起來。

第二天一早，不等其他人下樓，他就與艾麗諾和瑪麗安一起走進了餐廳。瑪麗安想促進他們的好事，於是馬上離開了，留下他們兩個。然而，她還沒走上樓，就聽到客廳門打開的聲音，回頭一看，驚訝地發現愛德華走了出來。

「既然早飯還沒準備好，」他說，「我先去村裡看我的馬，很快就回來。」

愛德華回來後，又對四周的景色重新讚美了一番。他前往村莊的途中，山谷的很多地方給他留下了美好的印象。村子的地勢比農舍高得多，周圍的景色一覽無遺，令他心醉不已。這是個瑪麗安會感興趣的話題，她開始敘說她自己多麼喜歡這些景色，又詢問哪些景物給他的印象最深，想不到愛德華打斷了她的話。「別問得太仔細，瑪麗安。別忘了，我對風景一竅不通，要是聊得太具體，我的無知和審美觀一定會引起妳們的反感。險峻的山嶺卻被我稱為陡峭的山嶺，崎嶇不平的地面卻被我稱為奇形怪狀的地面；在柔和的霧藹中，有些朦朧的遠景，我卻一概視而不見。不過，對於我的誠摯讚賞，妳一定會感到滿意的。我說這裡非常優美——地勢高聳、草木蔥鬱、景色宜人，豐饒的草地點綴著幾幢整潔的農舍。這正是我心目中的美景，因為它將優美和實用融為一體。這裡大概能稱得上風景如畫吧，因為連妳也稱讚它。不難想像，這裡一定是怪石嶙峋、灌木叢生，不過這一切我一概不欣賞，因為我對風景一竅不通。」

「你說的千真萬確，」瑪麗安說，「但你何必這麼謙虛呢？」

「我懷疑，」艾麗諾說，「愛德華為了避免表現得裝模作樣，反而陷入了另一種形式的裝模作樣。他認為，許多人喜歡虛情假意地讚賞大自然，不禁對這種裝模作樣產生了反感，於是便假裝對風景毫無興趣，毫無鑑賞力。他是個愛挑剔的人，要用自己的方式裝模作樣。」

「一點也沒錯，」瑪麗安說，「讚美風景成了一件裝模作樣的事。人人都裝得跟別人一樣，無論是感受起來還是描繪起來，都說得情趣盎然。我討厭裝模作樣，有時候我把自己的感受藏在心裡，因為除了那些沒意義的陳腔濫調之外，我找不到其他的詞語來形容。」

「妳說自己喜歡美麗的風景，」愛德華說，「我相信這是妳的真實感覺。但相反地，妳姐姐必須允許我只具備我描述的那種感受。我喜愛美麗的風景，但不是用藝術的眼光；我不喜歡扭曲、乾癟的老樹。要是它們能更加高大挺拔、枝繁葉茂，我會更讚賞它們。我不喜歡坍塌破敗的農舍，不喜歡蕁麻、薊花、石南花。我寧可住在一棟舒舒服服的農舍裡，也不想住在一間鐘樓上。而一批最瀟灑的盜賊也比不上一群整潔、快活的村民更令我喜愛。」

瑪麗安驚訝地望了望愛德華，又同情地瞧了瞧姐姐。艾麗諾只是一笑帶過。

這個話題沒有繼續下去。瑪麗安默默沉思著，直到一個新玩意兒突然抓住了她的注意力。她一直坐在愛德華旁邊，當愛德華伸手去接達斯伍德太太遞來的茶杯時，他的手剛好從她眼前伸過，只見他一根手指上戴著一只惹人注目的戒指，中間還夾著一根頭髮。

「愛德華，你以前從沒戴過戒指呀，」她驚叫道，「那是不是范妮的頭髮？我記得她答應送你一根頭髮。不過，我想她的頭髮更黑一些。」

瑪麗安口無遮攔地說出了心裡話，但當她發現愛德華被她害得難堪不已時，又對自己的粗心感到惱火。愛德華滿臉通紅地瞥了艾麗諾一眼，然後答道：「是的，是我姐姐的頭髮。妳知道，由於戒指的反光，頭髮的顏色看起來總有些差異。」

艾麗諾剛才接觸到他的目光，同樣顯得很尷尬。但一瞬間，她和瑪麗安都感到十分得意，因為那根頭髮正是她的。兩人結論的唯一區別在於，瑪麗安認為這是姐姐送給他的，而艾麗諾卻知道這一定是愛德華偷偷弄到手的。不過，她無心把這視為一種冒犯，只是裝作毫不介意的樣子，並轉移了話題。但她仍暗地裡下定決心，要找機會仔細瞧瞧，以便確信那根頭髮和她的頭髮是同一個顏色。

愛德華尷尬了好一陣子，最後變得更加心不在焉，一整個上午都一本正經的。瑪麗安自責不該說那番話，但要是她知道姐姐一點也沒生氣的話，就會馬上原諒自己。

還不到中午，約翰爵士和詹寧斯太太就聽聞農舍裡來了一位紳士，連忙趕來拜訪。約翰爵士很快便從岳母那裡得知，「費拉斯」這個姓的第一個字母正是「F」，這為他們未來取笑痴情的艾麗諾提供了大量笑料，不過，他們剛認識愛德華，還不敢立刻說出口。但艾麗諾已經從他們意味深長的表情中看出一切。

約翰爵士每次來訪，不是請達斯伍德母女隔天去家裡吃飯，就是請她們當晚去喝茶。這一次，為了盛情款待她們的客人，他打算連愛德華一起邀請。

「你們今晚一定要跟我們一起喝茶，」他說，「不然我們將會少了很多樂趣；明天你們務必要和我們一起吃晚飯，因為我們會有一大群客人。」

詹寧斯太太進一步強調了這種必要性。「說不定還會舉行一次舞會呢！」她說，「這對妳可就有吸引力啦，瑪麗安小姐。」

「舞會！」瑪麗安嚷道，「不可能！誰來跳舞？」

「誰？噢，當然是你們啦，還有凱利家跟惠特克家的小姐們。怎麼！妳認為某個人（先不說出他的名字）不在了，就沒人能跳舞了嗎？」

「我衷心希望，」約翰爵士說道，「威洛比能再回到我們之中。」

一聽到這話，又見到瑪麗安羞紅了臉，愛德華忍不住懷疑起來。「威洛比是誰？」他低聲向坐在旁邊的艾麗諾問道。

艾麗諾簡短地回答了一句，而瑪麗安的表情也解答了問題。等客人散去後，愛德華立刻走到她跟前，悄聲說道：「我一直在猜測，要不要告訴妳我在猜什麼？」

「你這是什麼意思？」

「要我告訴妳嗎？」

「當然了。」

「好吧，我猜威洛比先生喜歡打獵。」

瑪麗安吃了一驚，顯得十分狼狽，然而一見到他那副不露聲色的調皮表情，她又忍不住笑了。沉默了一陣子之後，她說：

「哦！愛德華！你怎麼能這麼說？不過，我希望那一刻會到來……我想你一定會喜歡他的。」

「我毫不懷疑這一點。」愛德華回答，他對瑪麗安的誠摯和熱情大為驚訝。他本來只是想根據威洛比和瑪麗安之間的關係開個小玩笑，以便讓大伙兒開開心，否則他是不會冒昧提起這件事的。

第十九章

愛德華在巴頓農舍逗留了一個禮拜。達斯伍德太太情真意切地挽留他多住幾天，豈知他偏偏堅持要在這最愉快的時候離去。最後兩三天，他的情緒雖然依舊時高時低，卻有很大的不同——他越來越喜歡這棟房子及附近的環境，每當提起離開一事總會嘆息一聲，然後說他的行程非常悠閒，甚至不知道離開後該去哪裡——但他還是要走。他反覆說道，從來沒有哪個禮拜過得這麼快，還說了些其他的話，表明他的感情起了變化，先前的行動都是虛假的。他在諾蘭莊園過得並不愉快，他討厭住在城裡，但是他這一趟不是回諾蘭莊園，就是去倫敦。他很珍惜她們的一片好意，他的最大幸福就是和她們待在一起。然而，一週過了，他還是要走，儘管沒有人希望他離開，儘管他根本不趕時間。

艾麗諾把他這些奇怪的行動全歸咎於他的母親，雖然她並不瞭解她。而當愛德華遇到什麼討厭的事情，也可以用她當作藉口。儘管她失望、苦惱，有時還為他對自己的反覆無常而生氣，但是一般說來，她總是寬宏地為他的行為加以辯護。回想當初，她母親勸她對威洛比採取同樣的態度時，可就費事多了。愛德華的情緒低落、不夠坦率和反覆無常，往往被歸因於他的經濟能力，歸因於他對母親脾氣的瞭解。他才住了幾天就堅持要走，同樣是因為他不能隨心所欲，在於他不能不服從他母親的意願。子女總是必須服從父母不合理的意願，這實在太不公平了！她很想知道，這些苦難什麼時候能結束，費拉斯太太什麼時候才能改邪歸正，她的兒子什麼時候能得到自由和幸福。不過，這都是些痴心妄想，為了安慰自己，她不得不轉而相信愛德華對她一片鍾情，回想起他在巴頓逗留期間，在神情和言談上對她流露出的任何愛慕之情，尤其是他時時刻刻戴在手指上的那件信物，更令她洋洋得意。

最後一個早上，大家在一起吃飯的時候，達斯伍德太太說：「愛德華，我覺得，要是你有一份職業，為你的計畫和行動增添些趣味的話，你就會成為一個更快活的人。的確，這會為你的朋友們帶來一些不便——你無法再花大量時間在他們身上——不過，」她微笑地說，「這件事對你大有好處，也就是當你離開他們時，會知道該去哪裡。」

「老實說，」愛德華回答說，「我也考慮過這個問題好久。我沒有重要的任務要進行，沒有什麼工作可以忙，也不能使我獲得經濟獨立，這無論在過去、現在或將來，都會是我的一大不幸。遺憾的是，我自身的挑剔和朋友們的挑剔，使我變成一個遊手好閒、缺乏財產的人。我們在就業上從來達不成共識。我喜愛牧師這個職業，但我家人認為那不合乎流行。他們建議我加入陸軍，但那又太拘束了，不適合我。律師也是一個很體面的職業，不少年輕人在法學協會設有辦公室，時常在上流社會拋頭露面，搭乘時髦的馬車在城裡跑來跑去；但我不想當律師，即使我家人叫我隨便研究一下法律就好，我也不願意。至於海軍，它的確很時髦，可是我已經過了適合的年紀了。最後，我也不一定非找個職業不可。於是得到了結論：無所事事是最有利、最體面的選擇。

一般說來，一個十八歲的年輕人也並不想為了工作而忙碌，朋友們都希望我別去工作，我怎麼能拒絕呢？於是我被送進牛津大學，從此便真的無所事事了。」

「我想，這會造成一個後果，」達斯伍德太太說，「既然無所事事沒有促進你的幸福，你就要培養自己的兒子和科路美拉（古羅馬的農業學家）的兒子一樣身兼數職。」

「我要盡可能把他們培養得不像我，」他一本正經地說道，「無論在感情上、行動上、身分上，都不要像我。」

「好了，好了，愛德華，這只是因為你現在心情沮喪，你以為凡是和你不一樣的人一定都很幸福，可是你別忘了，與朋友離別的痛苦對誰來說都是一樣的，無論他們的教育和地位如何。你要看清自己的幸福，你只需要有耐心一點——或者該說抱有希望。你渴望獨立，你母親總有一天會成全你的，這是她的義務。過不了多久，她就會把不讓你憂鬱地虛度青春視為她的幸福。幾個月的時間會帶來多大的變化啊！」

「依我看，」愛德華回答，「再等幾個月也不會為我帶來任何幸福。」

他的沮喪心情雖然難以向達斯伍德太太說明，卻在接下來的離別時刻，為大家帶來了更大的痛苦，尤其是艾麗諾。她必須付出很大的努力、花費很長時間才能克服。不過，她不想學瑪麗安哀聲嘆氣地度過每一天，決心克制住這股感情，在愛德華走後不表現得比其他人更難過。

愛德華走後，艾麗諾坐到畫桌前，整天忙個不停。既不主動提起他的名字，也不刻意避而不談，對於家事仍像以前一樣關心。如果說她這麼做並未減少痛苦，至少也沒讓痛苦繼續增長，這為母親和妹妹們減去了不少憂慮。

瑪麗安覺得，既然自己面對悲傷的方式沒有錯，她姐姐的方式也就不值得稱讚了。她能很輕易地看待自我克制這件事——對感情強烈的人來說，那是不可能的；而對性情鎮定的人來說，也沒有什麼好稱道的。她不否認姐姐的性情確實是鎮定的——雖然她羞於承認這一點，不過她已經用對姐姐的愛證實了自己的想法。

艾麗諾雖然沒有遠離家人，沒有刻意避開她們獨自離家，也沒有徹夜不眠地胡思亂想，但她每天都會花些時間思念愛德華一番，回顧他的一舉一動，而且在不同的時間，思念的方式也不盡相同：有溫柔、憐惜、贊同、責怪、疑慮……應有盡有。也有些時候，如果母親和妹妹們不在眼前，孤獨的作用就會充分顯現出來——她的思想會自由奔馳，雖然她也不會想到別的。這是一個富有情趣的問題，過去和未來的情景總會浮現在她的眼前，引起她的注意，激起她的遐想。

不久後的一個早上，她正坐在畫桌前發呆。這時有客人上門，把她的沉思給打斷了。當時只有她一人在房裡，一聽到庭院入口處的小門被關上的聲音，便抬頭朝窗外望去。她看見有一大群人朝屋子走來，包括約翰爵士、米多頓夫人和詹寧斯太太，以及另外兩個陌生人，一男一女。她坐在窗口附近，約翰爵士一發現她，便徑直穿過草坪，艾麗諾只好打開窗子與他說話——雖然門口與窗戶距離很近，另一處也聽得到說話聲。

「嘿！」爵士說，「我為妳們帶來了兩位稀客。妳喜歡他們嗎？」

「噓！他們會聽見的。」

「聽見也沒關係。那是帕瑪斯夫婦。妳知道的，夏綠蒂很漂亮，從這裡看過去就能看見她。」

艾麗諾知道再過一會兒就能看到她，便沒有這麼做，並請他見諒。

「瑪麗安去哪裡了？是不是看見我們來了就溜掉啦？我看見她的鋼琴還開著呢！」

「八成在散步。」

這時，詹寧斯太太走了過來。她實在等不及開門了，急著想說出她滿腹的言語，便朝著窗戶嚷道：「妳好啊！親愛的？達斯伍德太太好嗎？妳兩個妹妹去哪裡啦？什麼！只有妳在？妳一定歡迎有人陪妳坐坐吧！我把我另一個女兒跟女婿帶來看妳啦！妳知道他們來得多麼突然啊！昨晚喝茶的時候，我彷彿聽見了馬車的聲音，但萬萬沒有想到會是他們。我以為說不定是布蘭登上校回來了，於是對約翰爵士說：『我肯定聽見了馬車的聲音，也許是布蘭登上校——』」

當她講到一半的時候，艾麗諾又轉身歡迎其他人。米多頓夫人介紹了兩位客人。這時，達斯伍德太太和瑪格麗特走下樓來，大家坐好後，詹寧斯太太由約翰爵士陪伴，從走廊走進客廳，一邊走一邊繼續嘮叨她的故事。

帕瑪斯夫人比米多頓夫人小好幾歲，各方面都和她截然不同。她又矮又胖，長著一副俏麗的臉孔，笑盈盈的，十分好看。她的儀態遠不如姐姐來得優雅，卻更有魅力。整個拜訪期間她都面露笑容（大笑時例外），離開時也一樣。她的丈夫是個不苟言笑的年輕人，二十五六歲，看起來比妻子更時髦、更有見識，但不像她那麼愛討好人。他帶著驕傲的神氣走進屋來，一聲不響地向女士們微微點頭，然後迅速把眾人和房間打量了一番後，便拿起桌上的一疊報紙，一直閱讀到離開為止。

帕瑪斯夫人恰恰相反，她的性格熱情，始終客客氣氣的，屁股還沒坐好就開始對客廳和每件擺設稱讚起來。

「哦！多舒適的房子啊！我從沒見過這麼漂亮的房子。媽媽，妳想想，自從我上次離開以來，這裡的變化多大啊！我一直覺得這是一個好地方，太太，」她轉向達斯伍德太太，「妳把它裝飾得這麼漂亮！妳看，姐姐，一切佈置得多麼好啊！我多麼希望自己能有這樣一棟房子。你難道不希望嗎，帕瑪斯先生？」

帕瑪斯先生沒有理睬她，甚至連視線都沒離開報紙。

「帕瑪斯先生沒聽見我的話，」她邊說邊笑，「他有時什麼也聽不見，真是滑稽！」

這件事在達斯伍德太太眼裡真是太有趣了，她從不知道一個人心不在焉時也能這麼有趣，因此忍不住驚訝地看著他們倆。

與此同時，詹寧斯太太又開始喋喋不休，繼續介紹他們前一晚意外見到親友時的情景，直至講完了所有細節才罷休。帕瑪斯夫人一想起當時大家驚訝的模樣，忍不住開心地哈哈大笑起來。大家一致同意：這的確令人喜出望外。

「妳們可以想像，我們見到他們時有多高興啊！」詹寧斯太太補充說。她朝艾麗諾湊過去，小聲地說道：「不過，我還是希望他們不要這樣趕路，因為他們有點事情，從倫敦繞道而來。妳們知道的，」她意味深長地點點頭，用手指著女兒，「她身子不方便。我要她早上待在家裡好好休息，但她偏要跟我們一起來。她多麼渴望見妳們一家人！」

帕瑪斯夫人笑了笑，說這一點也不礙事。

「她二月就要生了。」詹寧斯太太接著說。

米多頓夫人再也受不了這種談話了，便硬著頭皮問起帕瑪斯先生報上的消息。

「沒有，什麼消息也沒有。」他答道，然後又繼續往下看。

「噢，瑪麗安來了。」約翰爵士嚷道，「帕瑪斯，你要見到一位絕世佳人啦！」

他立刻走進走廊，打開大門，把瑪麗安迎進房間。瑪麗安一出現，詹寧斯太太就問她是不是去艾倫罕了。帕瑪斯夫人忍不住縱情大笑起來，以表示她明白這句話的意義。帕瑪斯先生也抬起頭來看了瑪麗安幾分鐘，然後又繼續看他的報紙。這時，牆上掛著的圖畫吸引了帕瑪斯夫人的注意，她站起身，仔細觀賞起來。

「哦！天哪，多美的圖畫！多麼賞心悅目啊！快看，媽媽，多討人喜歡啊！你們聽我說，這些畫真迷人，我一輩子也看不膩。」說完她又坐了下來，轉眼間就把那些畫的事忘得一乾二淨。

當米多頓夫人起身告辭的時候，帕瑪斯先生也放下報紙跟著站起來，伸了伸懶腰，然後環視了一下眾人。

「我親愛的，你睡著了吧？」他妻子一邊笑一邊說道。

他沒有理睬妻子，只是再次審視這個房間，說天花板太低了，而且有點歪。然後點了點頭，便跟其他人一起離開。

約翰爵士邀請達斯伍德母女隔天到他家作客。達斯伍德太太不希望自己上門的次數超過對方上門的次數，於是斷然謝絕了，女兒們可以自行決定。不過，小姐們也沒興趣看帕瑪斯夫婦怎麼吃晚飯，更不指望他們能帶來更多樂趣，因此也藉口天氣不好婉拒了。約翰爵士說什麼也不肯，他說自己會派馬車來接，非要她們去不可。米多頓夫人雖然沒有勉強達斯伍德太太，卻也希望她的女兒們過去；詹寧斯太太和帕瑪斯夫人也跟著一起懇求，彷彿不想讓這一餐變成家庭聚會似的。達斯伍德家小姐們無可奈何，只好答應。

「他們為什麼要邀請我們？」客人們一走，瑪麗安便問道，「我們的房租是不高，但要是每次兩家有客人，我們都要去他家吃飯的話，那麼住在這裡也太辛苦了。」

「和幾週前頻繁的邀請相比，」艾麗諾說，「現在的他們也未必有什麼不友善的企圖。要是他們的宴會越來越乏味，那也不是他們的錯。我們必須從別處尋找樂趣。」

第二十章

第二天，當達斯伍德家的小姐們走進巴頓莊園的客廳時，帕瑪斯夫人也從另一扇門跑了進來，興高采烈地抓住她們的手，對再次見到她們表示高興。

「見到妳們真高興！」她說，一面在艾麗諾和瑪麗安之間坐下，「天氣不好，我還怕妳們不來了呢，那多糟糕啊！因為我們明天就要離開。我們非走不可，因為韋斯頓夫婦下禮拜要來看我們。妳知道嗎？我們來得太突然，馬車都到門口了我還不知道呢！直到帕瑪斯先生問我願不願意和他一起去巴頓。他真滑稽！做什麼事都不告訴我。很抱歉，我們不能多待幾天；不過，我希望我們能很快在城裡重逢。」

她們只能請她打消這個期待。

「不進城？」帕瑪斯夫人笑著說道，「妳們要是不去，我可就大失所望了。我可以在隔壁為妳們找個天底下最舒服的房子，就在漢諾佛廣場。妳們無論如何務必賞光，如果達斯伍德太太不想走出門的話，我很樂意陪著妳們，直到我分娩的時候為止。」

她們向她道謝，但是又不得不拒絕她的一再懇求。

「哦，我親愛的，」帕瑪斯夫人對這時走進屋的丈夫喊道，「你得幫我勸勸幾位達斯伍德小姐今年冬天進城去。」

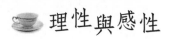

她的丈夫沒有回答，只是向小姐們微微點了點頭，隨即抱怨起天氣來。

「糟透了！」他說，「這種天氣讓每件事、每個人都那麼令人厭惡。一下雨，室內外都一樣單調乏味，讓人對眼前的一切都厭惡起來。約翰爵士到底在想什麼？家裡也不設個撞球室！真是太沒情調了！他就跟這天氣一樣無聊。」

轉眼間，其他人也走進客廳。

「瑪麗安，」約翰爵士說，「妳恐怕今天沒辦法去艾倫罕了。」

瑪麗安板著面孔，一言不發。

「嘿！別在我們面前遮遮掩掩了，」帕瑪斯夫人說，「老實說，我們全都知道了。我很佩服妳的眼光，我覺得他俊俏極了。妳知道，我們在鄉下的房子離他家不遠，距離不超過十哩。」

「都快三十哩了。」她丈夫說。

「哎！差不了多少。我從未去過他家，不過大家都說那是個美麗的地方。」

「是我這輩子見過最糟糕的地方。」她丈夫又說。

瑪麗安仍然一聲不響，雖然從她的面部表情可以看出，她對這段談話很感興趣。

「很糟糕嗎？」帕瑪斯夫人接著說，「那麼，那個美麗的地方大概是別人的住宅了。」

當大家在餐廳坐定之後，約翰爵士遺憾地說他們總共只有八個人。

「我親愛的，」他對夫人說，「就這麼幾個人，太令人掃興了。妳今天怎麼不請吉伯特夫婦來？」

「約翰爵士，你先前提起這件事的時候，難道我沒說過不能再邀請他們了？他們上次才剛跟我們吃過飯。」

「約翰爵士，」詹寧斯太太說，「我們就不用太拘泥禮節了。」

「那樣妳就太缺乏教養啦。」帕瑪斯先生嚷道。

「親愛的，你老是愛得罪人，」他的妻子說，像平常一樣又笑了笑，「你知道你很魯莽嗎？」

「我不懂，說妳母親缺乏教養會得罪誰。」

「啊，你愛怎麼罵我就怎麼罵吧！」那位溫厚的老太太說道，「既然你從我手裡奪走了夏綠蒂，那麼你從此就脫離不了我的控制啦！」

夏綠蒂一想到丈夫擺脫不了母親，不由得縱情笑了起來，然後得意地說，她並不在乎丈夫對她母親多粗魯，因為他們還是得生活在一起。沒有人像帕瑪斯夫人脾氣那麼好，始終開開心心；她丈夫故意冷落她、鄙視她，都不曾為她帶來任何痛苦；他斥責她、羞辱她的時候，她反而感到其樂無窮。

「帕瑪斯先生真滑稽！」她對艾麗諾小聲說，「他總是悶悶不樂。」

經過短暫的觀察，艾麗諾確信帕瑪斯先生就像他表面上的那樣易怒、缺乏教養。也許他像許多男人一樣，由於太重視美貌，結果娶了一個愚蠢的女人，因而變得越來越乖戾了。不過她也明白，這種錯誤沒什麼，一個理智的人很快就會習慣；她認為，或許他一心想高人一等，才會那樣鄙視別人，並對眼前的一切吹毛求疵。這種動機十分普通，不足為奇，但是做法卻本末倒置，他只能使自己在教養上的缺陷高人一等，卻不可能讓任何人喜歡他，除了他的妻子。

「哦！親愛的達斯伍德小姐，」帕瑪斯夫人隨後說道，「我要請妳和妹妹賞光，今年聖誕節來克里夫蘭住個幾天。真的，務必賞光——就趁韋斯頓夫婦還在的時候來。妳無法想像我會有多高興！那一定快樂極了！我親愛的，」她又懇求丈夫，「難道你不希望達斯伍德小姐們去克里夫蘭嗎？」

「當然希望了，」丈夫冷笑了一聲，「這可是我來德文郡的目的。」

「你瞧，」她的妻子說道，「帕瑪斯先生期待妳們光臨，妳們可不能拒絕呀！」

她們急切而堅決地拒絕了她的邀請。

「說真的，妳們一定要來。妳們一定會開心得不得了。韋斯頓夫婦要來作客，快樂極了。妳們不知道克里夫蘭是個多麼可愛的地方。我們現在可開心啦！因為帕瑪斯先生會四處發表競選演說，好多沒見過的人都來我們家吃飯，多開心啊！不過，可憐的傢伙！他也真夠疲勞的！因為他要討好每一個人。」

當艾麗諾對這份職業的辛苦表示同意時，簡直有點忍不住笑。

「要是他進了議會，」夏綠蒂說，「那該有多好啊！是吧？我會笑開懷的！看到寄給他的信上都蓋著『下院議員』的郵戳，那該有多滑稽啊！不過妳知道，他說絕不會讓我寄免費郵件的，他說絕不會這麼做！是吧，帕瑪斯先生。」

帕瑪斯先生不理睬她。

「妳知道，千萬別叫他寫信，」夏綠蒂接著說，「他說那太令人厭煩了。」

「不，」帕瑪斯先生說，「我從沒說過這麼荒謬的話，別把妳的話亂加到我頭上。」

「妳瞧，他多滑稽！他總是這個樣子。有時候他可以半天不跟我說話，然後忽然吐出幾句滑稽的話來——什麼話都有。」

一回到客廳，夏綠蒂便問艾麗諾喜不喜歡帕瑪斯先生，讓她大吃一驚。

「當然了，」艾麗諾說，「他看上去非常和善。」

「哦！妳喜歡他，我真高興，我就知道妳一定會。他是那麼地和氣，我可以告訴妳，帕瑪斯先生很喜歡妳和妳的妹妹們。妳無法想像，要是妳們不去克里夫蘭，他會多麼失望，我無法想像妳們怎麼可能會拒絕。」

艾麗諾只好再次謝絕她的邀請，並且轉移話題。她覺得，帕瑪斯夫人與威洛比是同鄉，或許能具體地介紹一下他的為人。她熱切地希望有人來證實一下威洛比的優點，以解除她對瑪麗安的擔心。她首先問他們是否常在克里夫蘭見到威洛比，是不是與他交情很深。

「哦！親愛的，是的，我很瞭解他，」帕瑪斯夫人回答，「說真的，我沒跟他說過話，但我常在城裡見到他。不知道為什麼，他去艾倫罕的時候，我剛好都不在巴頓。我母親以前在這裡見過他一次，但我當時跟舅舅住在韋茅斯。不過我敢說，要不是因為我們從未一起回鄉的話，我們在索默塞特郡一定會常見到他的。我想他很少去庫姆，不過，即使他常去那裡，我想帕瑪斯先生也不會去拜訪他，因為妳知道，他是反對黨的，而且距離又那麼遠。我很清楚妳為什麼打聽他，因為妳妹妹要嫁給他。我太高興了，她馬上要當我的鄰居啦！」

「老實說，」艾麗諾回答說，「要是妳對這門婚事有把握的話，那代表妳比我更知情。」

「別裝作不知道了，因為大家早就在議論紛紛了。其實，我是經過城裡時聽到的。」

「我親愛的帕瑪斯夫人！」

「我以名譽擔保，我的確聽說了。禮拜一早上，在龐德街，就在我們離城之前，我遇到了布蘭登上校，他親口告訴我的。」

「妳真讓我吃驚！布蘭登上校會告訴妳這種事？一定是妳搞錯了，我不相信布蘭登上校會把這種消息告訴一個外人，即使這個消息是真的。」

「即使如此，我還是得說確有其事。我可以把事情的經過告訴妳，當他遇見我們的時候，立刻回頭跟我們一起走著。我們聊起了我姐姐和姐夫，這時我對他說：『對了，上校，我聽說有一家人剛住進了巴頓農舍，我母親來信說她們長得很漂亮，還說有一位小姐就要嫁給庫姆宅邸的威洛比先生了。請問這是真的嗎？你一定知道，因為你不久前還待在德文郡。』」

「上校是怎麼說的？」

「噢，他沒說什麼。不過看他的神情，彷彿知道確有其事，於是從那時起我就確信無疑了。我敢斷言，這是件大喜事！什麼時候會成真呢？」

「布蘭登上校還好吧？」

「哦！是的，相當好。他對妳讚譽有加。」

「能得到他的讚美，我深感榮幸。他似乎是個很好的人，我覺得他很可愛。」

「我也這麼覺得。他是個可愛的人，可惜太嚴肅、太刻板了。我母親說他也愛上了妳妹妹。老實說，要是他真的愛上妳妹妹，那可是極大的光榮，因為他難得愛上一個人。」

「在索默塞特郡一帶，人們都很熟悉威洛比先生吧？」艾麗諾問。

「哦！是的，相當熟悉。但我不敢說有很多人認識他，因為庫姆宅邸距我們太遠了；但我敢說，大家都認為他相當和善。沒有一個人像威洛比先生那麼討人喜歡，妳可以這樣告訴妹妹。我以名譽擔保，妳妹妹能遇上他真是天大的福氣，倒不是說妳妹妹配不上他，因為妳妹妹太漂亮、太溫柔了，誰都難以匹配。不過我向妳保證，我並不覺得妳妹妹比妳漂亮。我認為妳們兩人都很漂亮。帕瑪斯先生肯定也是這樣想的，只是昨晚不肯承認罷了。」

帕瑪斯夫人關於威洛比的情報並無什麼實際的內容，不過任何讚美他的話，無論多麼微不足道，都會使艾麗諾感到高興。

「我很高興，我們終於見面了，」夏綠蒂繼續說，「希望我們永遠是好朋友。妳無法想像我多麼想見到妳！妳能住在那間農舍真是太好了！我也很高興，妳妹妹就快嫁給一個好對象了！我希望妳能常去庫姆宅邸，大家都說那是個漂亮的地方。」

「妳和布蘭登上校認識很久了，是嗎？」

「是的，很久了，從我姐姐出嫁開始，因為他是約翰爵士的摯友。」她忽然放低聲音，「我認為，要是可能的話，他本來很想娶我。約翰爵士和我妹妹都這麼希望，可是我母親不滿意這樁親事，否則我早就嫁給他了。」

「約翰爵士向妳母親提議之前，布蘭登上校知道嗎？他有沒有向妳表達過衷情？」

「哦！沒有，不過，假如我母親不反對的話，我敢說他求之不得。當時，他只不過見過我兩次，因為我還在上學。不過，我現在幸福多了，帕瑪斯先生正是我喜歡的那種人。」

第二十一章

第二天，帕瑪斯夫婦回到克里夫蘭，巴頓的兩家人又可以互相請來請去了。但是，艾麗諾始終沒有忘掉她們上次的客人，她還在納悶，夏綠蒂怎麼能過得這麼快樂；帕瑪斯先生徒有才智，在擇偶上怎麼會這麼輕率從事；這對夫妻之間怎麼會這麼不般配。

沒過多久，一向熱中於社交的約翰爵士和詹寧斯太太又向她引薦了幾位新朋友。

一天早晨，大伙兒去埃克塞特遊覽，遇見了兩位小姐。詹寧斯太太驚喜地發現，這兩人正好是她的親戚，約翰爵士立刻邀請她們在埃克塞特的行程結束後前往巴頓莊園。回家後，米多頓夫人聽說有兩位小姐即將來訪，不禁大吃一驚。她生平從未見過這兩位小姐，無法得知她們是否文雅——甚至無從得知她們有沒有教養。她根本不相信她丈夫和母親對她們的評價；尤其她們是她的親戚，這又更加不妙了。詹寧斯大大試圖安慰她，要她別去計較她們的缺點，因為她們都是表姐妹。事到如今，要阻止她們已經來不及了，米多頓夫人只好保持樂觀的態度，靜候事態發展，頂多每天輕微地責怪丈夫幾次就夠了。

兩位小姐到達了。從外觀來看，她們很文雅，也很時髦；她們的穿著非常時尚，舉止彬彬有禮，也很滿意這棟房子及裡頭的擺設。因此來到巴頓莊園不到一小時，就博得了米多頓夫人的好感。她立刻讚美她們，說她們的確是兩位十分可愛的小姐——這對於她來說是很熱烈的讚賞。約翰爵士聽到這番讚揚，對自己的眼光更加充滿了自信，並馬上跑去通知達斯伍德家小姐。他向她們保證，史蒂爾姐妹是天底下最可愛的女孩，雖然這樣的誇獎根本沒什麼參考價值。艾麗諾心裡明白，天底下最可愛的小姐在英格蘭隨處可見，但她們的體態、臉蛋、脾氣、智力卻天差地遠。約翰爵士邀請達斯伍德全家立刻出發，去巴頓莊園見見他的客人。多麼個仁慈善良的人啊！即使只是兩個遠房表妹，也巴不得立刻介紹給別人。

「快去吧！」他說，「請走吧，妳們一定要去，妳們非去不可。妳們無法想像她們有多可愛。露西漂亮極了，既和藹又親切！孩子們都纏著她不放，好像她是個老朋友似的。她們兩人都渴望見到妳們，因為她們在埃克塞特就聽說妳們的美貌了，但我告訴她們，妳們的美貌比外面謠傳的還要出色。妳們一定會喜歡她們的，她們送給孩子們滿滿一車玩具，妳們怎麼能不賞個臉呢？妳們知道，說起來，她們也是妳們的遠房表親呢！妳們是我的表侄女，而她們是我太太的表姐妹，因此妳們也有親戚關係。」

但是，約翰爵士說不動她們。他只能讓她們答應幾天內前去拜訪，然後就告辭了，並對她們的無動於衷感到驚訝。他回到家，又把她們的嫵媚多姿向兩位史蒂爾小姐吹噓了一番，就像他剛才向她們吹噓兩位史蒂爾小姐一樣。

她們按照事前答應的來到巴頓莊園了，並被介紹給兩位小姐。她們發現，那位姐姐年近三十，臉蛋長得很普通，看上去就不聰明，一點也不值得稱讚，可是那位妹妹卻相當俏麗。她大約二十二三歲，面貌清秀、目光敏銳，縱使不是非常高雅俊美，也算得上才色出眾。姐妹倆的態度特別謙恭，艾麗諾見她們總是審慎周到地討好米多頓夫人，不禁讚嘆她們懂得人情世故。她們一直與她的孩子嬉戲，誇讚他們長得好看、逗他們開心，滿足他們各種要求；在與孩子嬉戲之餘，又不時贊許爵士夫人在做的事，或是對她的衣服讚譽有加。值得慶幸的是，對於喜歡諂媚的人來說，溺愛子女的母親除了喜歡聽別人讚揚自己的子女，還同樣容易輕信他人；因此，米多頓夫人對史蒂爾姐妹過分地忍讓孩子絲毫不覺得驚奇。看到兩位表姐妹受到小傢伙的無禮冒犯和捉弄，這名母親反倒得意起來；眼看著她們的腰帶被解開、頭髮被抓亂、針線袋被搜遍，剪刀被偷走，卻認為這只不過是一種玩笑罷了。令人訝異的是，艾麗諾和瑪麗安居然也安心地坐在一旁，沒有介入眼前的嬉鬧。

「約翰今天真高興！」當小約翰搶走史蒂爾小姐的手帕，並且扔出窗外時，米多頓夫人說道，「他真是詭計多端！」

過了一會兒，二兒子又死命地去擰史蒂爾小姐的手指，她帶著憐愛的口吻說道：「威廉真淘氣！」

「瞧瞧可愛的小安娜瑪麗亞，」她一邊說，一邊撫摸著三歲的小女孩，她已經有兩分鐘沒吵鬧了，「她總是這麼文靜，從沒見過這麼文靜的小傢伙！」

不幸的是，正當米多頓夫人親熱摟抱女兒的時候，她頭飾上的別針輕輕劃了一下孩子的脖子，惹得這位文靜的小東西尖叫不止，簡直是世上最吵鬧的小孩。那位母親頓時驚惶失措，但還是比不上史蒂爾姐妹的驚恐。在這緊急關頭，似乎只有愛心才能減輕這個小可憐的痛苦，於是三人個個忙得不可開交。做母親的把小女孩抱在膝上，吻個不停；一位史蒂爾小姐跪在地上，在傷口上灑了薰衣草香水；另一位史蒂爾小姐拚命餵她吃糖果。既然眼淚可以換來這麼多好處，這個鬼靈精索性繼續大哭大叫，兩個哥哥要來摸她，她抬腳就踢。眼看所有人合作都哄不住她，米多頓夫人忽然想到，上禮拜發生過一件同樣不幸的事件。那次，小女孩的太陽穴擦傷，後來吃點杏子果醬就好了。於是她趕緊提議用同樣的辦法治療這個不幸的傷口。小女孩聽到後，尖叫聲稍微中斷了一會兒，這為大家帶來了希望，心想她絕不會拒絕杏子果醬的。她母親把她抱出房間，尋找那件靈丹妙藥。雖然母親要求兩個男孩待在房裡，他們卻偏偏跟著一起走出來。現場只剩下四位小姐，幾個小時以來屋內頭一次這麼安靜。

「可憐的小傢伙！」母子幾人一走出房去，史蒂爾家的大小姐安妮便說，「差點兒鬧出一場大禍。」

「我不知道這有什麼大不了的，」瑪麗安嚷道，「除非是另一種情況。不過，這是人們製造驚慌的一貫手法，根本不值得大驚小怪。」

「米多頓夫人真是個可愛的女人。」史蒂爾家的二小姐露西說。

瑪麗安默不作聲，在這種無關緊要的場合，要她言不由衷地去附和是不可能的。因此，禮貌性地說點謊話的任務總是落在艾麗諾身上。她開始竭盡全力談論起米多頓夫人，雖然遠不及露西小姐來得熱烈，卻比自己的真實感情熱烈得多。

「還有約翰爵士，」安妮嚷道，「他是多麼可愛的一個人啊！」

說到約翰爵士，艾麗諾的讚揚也很簡單而得體，並不誇大。她只說：他十分和善，待人親切。

「他們的小家庭多麼美滿啊！我生平從未見過這麼好的孩子。告訴妳們吧！我很喜歡他們。說實話，我總是非常喜歡小孩。」

「就今天早上見到的情況來看，」艾麗諾含笑說，「我認為確實是這樣。」

「我認為，」露西說，「妳覺得這幾個孩子被寵得太過頭了，也許是有一點，不過這對米多頓夫人來說是很自然的。就我而言，我喜歡看到孩子們活蹦亂跳、興高采烈，我不能容忍他們死氣沉沉的樣子。」

「坦白說，」艾麗諾答道，「來到巴頓莊園後，我就不再討厭死氣沉沉的孩子了。」

這句話過後，屋內沉默了一陣子，但很快又被安妮打破。她似乎很健談，突然說道：「妳很喜歡德文郡吧？達斯伍德小姐，我想妳離開蘇塞克斯時一定很難過。」

這話問得太過唐突，艾麗諾驚訝之餘，回答她的確是這樣。

「諾蘭莊園是個極其美麗的地方，是吧？」安妮接著說。

「聽說約翰爵士對那裡讚賞不已。」露西插嘴道，她似乎覺得姐姐有些失禮，需要幫忙緩頰。

「我想，任何人去過那裡都會讚賞不已的，」艾麗諾答道，「只是沒有人能像我們一樣評價它的美。」

「妳們那裡有不少風流的小伙子吧？我看這一帶不怎麼多。就我而言，我認為有了他們，總是增光不少。」

「但妳為什麼會認為，德文郡的風流小伙子沒有蘇塞克斯來得多？」露西說道，似乎為姐姐感到難為情。

「不，親愛的，我當然不是指這裡不多。埃克塞特的英俊男人肯定很多。但妳知道，我怎麼知道諾蘭一帶有什麼樣的英俊男人？我只是擔心，假如達斯伍德小姐們見不到像以前那麼多的男人，會覺得無趣的。不過，也許妳們年輕小姐並不稀罕多情的小伙子。就我來說，只要他們穿戴美觀，舉止文雅，就算得上可愛了，但是我卻不能容忍他們邋裡邋遢、不三不四的。例如說，埃克塞特有位羅斯先生，就是個英俊的小伙子，真是女孩們的夢中情人。他是辛普森先生的書記員，但要是妳哪天早晨遇見他，就會發現他真是不堪入目呢！達斯伍德小姐，我想妳哥哥結婚前也一定是女孩們的夢中情人，因為他很有錢。」

「老實說，」艾麗諾回答，「我無可奉告，因為我並不完全明白這個字的意義。不過，有一點我可以告訴妳：假如他結婚前真的是女孩們的夢中情人，那他現在也還是如此，因為他身上根本沒有一絲一毫的變化。」

「哦！天哪！人們從來不把已婚男人當成夢中情人，大家還有正經事要做呢！」

「天呀！安妮，」她妹妹嚷道，「妳開口閉口都是夢中情人，達斯伍德小姐會以為妳腦袋裡沒有別的東西了。」於是她話鋒一轉，讚美起房子和傢俱。

史蒂爾姐妹真是一對典型的人物。姐姐庸俗無禮、愚昧無知，幾乎一無可取；二小姐雖然樣子俊俏，看起來很機靈，艾麗諾卻看出了她缺少真正的風雅，也有失純樸。因此，離別的時候，她根本不想進一步結識她們。

史蒂爾姐妹卻不這樣想。她們從埃克塞特來的時候，就對約翰爵士夫婦的待人處事之道傾慕不已，而這股傾慕之情有很大原因來自於他漂亮的表侄女。她們公開宣稱，達斯伍德姐妹是她們見過最美麗、最優雅、最多才多藝、最和藹可親的小姐，並熱切地希望與她們深交。艾麗諾很快就發現，深交是她們無法避免的命運，因為約翰爵士完全站在史蒂爾姐妹那邊，他們舉行聚會時總要邀請她們，令她盛情難卻。因此，她們幾乎每天都要在同一間房裡坐上一兩個小時。在約翰爵士眼裡，只要待在一起就算關係密切，而只要他能繼續安排她們聚會，她們就無疑會成為牢靠的朋友。

他竭盡全力地促進她們的友情，還將表侄女們的事向史蒂爾姐妹做了極為仔細的介紹。她們與艾麗諾見了不過兩次面，安妮便恭喜她，說她妹妹真是幸運，竟然在巴頓征服了一位英俊的男士。

「她這麼年輕就出嫁，當然是件好事，」她說，「聽說他真是個好對象，長得英俊極了。我希望妳很快也會遇上這樣的好運；不過，也許妳早就偷偷摸摸地做到了。」

艾麗諾覺得，讓約翰爵士當眾宣布他對她與愛德華的懷疑，並不會比懷疑瑪麗安時更有分寸。事實上，相較之下，爵士更喜歡開艾麗諾的玩笑，因為這個玩笑更新鮮，也更難以揣測。自從愛德華來訪後，每次在一起吃飯時，他總會意味深長地舉杯祝福她情場得意，一邊頻頻擠眉弄眼，吸引了眾人的目光。那個「F」字也總是一再被提起，引發不計其數的玩笑，以至於對艾麗諾來說，它早就成為世上最奇妙的一個字母。

果然，史蒂爾姐妹從這些玩笑裡抓到了把柄。安妮一時好奇，一定要問出那位先生的姓名。而約翰爵士儘管喜歡吊人胃口，但這回卻沒有一直瞞著她，因為正如同安妮很想聽到那個名字一樣，他也很想當眾說出來。

「費拉斯，」他小聲地說道，「不過別說出去，這是個天大的秘密啊！」

「費拉斯？」安妮重複了一聲，「費拉斯先生就是那個幸福的人，是嗎？什麼！原來是妳大嫂的弟弟呀？達斯伍德小姐，那當然是個可愛的小伙子了，我太瞭解他了。」

「妳怎麼能這麼說？安妮，」露西叫道，她總愛糾正姐姐的話，「雖然我們曾在舅舅家見過他一兩次，但要說太瞭解他也未免太誇張了。」

這一番話被艾麗諾聽到了，她感到很詫異。「這位舅舅是誰？他住在哪裡？他們又是怎麼認識的？」她很希望這個話題能繼續下去，雖然她並不想參加。豈知兩人沒有說下去，艾麗諾生平第一次覺得，詹寧斯太太實在太缺乏好奇心，也太缺乏傳話的熱心了。安妮提到愛德華時的態度進一步激起了她的好奇心，因為她覺得那位小姐的情緒怪怪的，懷疑她知道愛德華某些不光彩的事蹟；但是她的好奇毫無益處，因為無論約翰爵士怎麼暗示或是明問，安妮都沒再提起費拉斯這個名字。

第二十二章

瑪麗安一向不能容忍粗俗無禮、才疏學淺甚至與她興趣不合的人，目前正是處於這樣的心情，自然越來越討厭史蒂爾妹妹。她們主動接近她，她都不太理睬。艾麗諾於是認為，正是因為這樣，她們才轉而對她產生了偏愛，尤其是露西，她從不放過任何找她交談的機會，想透過心靈交流增進彼此的關係。

露西生性機敏，談吐也十分得體，饒有風趣。艾麗諾才與她相處了半小時，便一再發現她的謙和。然而，她的才能並不來自於教育，她愚昧無知，目不識丁；儘管她總想表現得優越，卻缺乏最普通的常識。這些都瞞不過艾麗諾的眼睛。本來能透過教育得到充分發揮的才能就這樣浪費了，令艾麗諾不禁感到惋惜；不過，令她無法同情的是，從她在巴頓莊園的阿諛奉承可以看出，她實在不是個正直、誠實的人，和這樣的人交往是很難讓艾麗諾感到高興的。她既虛假又無知，她的孤陋寡聞使她們無法平起平坐地交談，而她的作風也使得她對艾麗諾的關心和尊重變得毫無價值。

「妳一定會覺得我的問題有點奇怪，」一天，她們一起從巴頓莊園前往農舍時，露西對她說，「不過我還是要問，妳真的認識妳大嫂的母親費拉斯太太嗎？」

艾麗諾的確覺得這個問題非常奇怪，但她還是回答說從未見過。

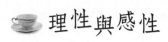

「是啊！」露西應道，「我就說嘛！因為我原本以為妳一定在諾蘭莊園見過她。這麼說來，妳也許不能對我描述她是個什麼樣的人了？」

「是的，」艾麗諾回答道，她在談論對愛德華母親的看法時表現得十分謹慎，同時也不想滿足露西那唐突無禮的好奇心，「我對她一無所知。」

「我這樣打聽她的事，妳一定覺得我很奇怪，」露西說，一面仔細地打量艾麗諾，「不過也許我有正當理由呢！但願我可以冒昧地說出來，不過我希望妳能公正一些，相信我並非有意冒犯。」

艾麗諾客氣地回答了一句，然後兩人又默不作聲地走了幾分鐘。露西才回到剛才的話題，猶豫不絕地說道：

「我不想讓妳認為我唐突無禮，愛管閒事，但我相信自己可以放心地信任妳。的確，處在我這樣的困境下，很希望能聽聽妳的意見，告訴我該怎麼辦。不過，不打擾妳了。真遺憾，妳居然不認識費拉斯太太。」

「假加妳真的想瞭解我對她的看法的話，」艾麗諾驚訝地說，「那就很抱歉了，我的確不認識她。不過說真的，我一直不知道妳與那一家人有什麼關連，因此，坦白說，聽到妳這麼一本正經地打聽她的為人，令我感到有些意外。」

「妳當然會感到意外。不過要是我把整件事情說明白，妳就不會這麼吃驚了。費拉斯太太現在當然與我毫無關係，不過我們以後關係會很密切——至於是什麼時候開始，就取決於她了。」

說罷，她低下頭，神情喜悅而羞澀。接著又斜睨了艾麗諾一眼，看看她有何反應。

「天啊！」艾麗諾說道，「妳這是什麼意思？難道妳認識羅伯特．費拉斯先生？這可能嗎？」一想到將來有這麼一個姐妹，她就不太滿意。

「不，」露西答道，「不是認識羅伯特．費拉斯先生，我與他素昧平生。」她兩眼凝視著艾麗諾，「不過，我認識他哥哥。」

艾麗諾大吃一驚，要不是她一瞬間對這番話起了疑心，心裡說不定痛苦極了。驚訝之餘，她默默地轉向露西，猜不透她憑什麼說這句話，有何目的。雖然她臉色大變，但心裡卻不肯相信。

「妳的確應該驚訝，」露西繼續說道，「畢竟妳肯定一無所知。我敢說，他從未向妳或妳的家人透露過一點兒口風，因為我們決心要保守秘密。目前為止，我一直守口如瓶，除了安妮以外沒有一個親友知道這件事。要不是我深信妳會保守秘密的話，就絕不會告訴妳的。我真的覺得，自己提到這麼多關於費拉斯太太的問題，似乎很莫名其妙，應該解釋一下。我想，費拉斯先生要是知道我跟妳說了，也不會見怪的，因為我知道他很看重妳們一家，總是把妳和另外兩位達斯伍德小姐當成親妹妹。」

艾麗諾沉默了片刻。她剛聽到這些話，感到錯愕不已，但最後還是強迫自己開口。為了謹慎起見，她裝出沉著鎮定的樣子，以掩飾心裡的驚訝和焦慮，然後說道：「請問，妳們訂婚很久了嗎？」

「我們已經訂婚四年了。」

「四年？」

「是的。」

艾麗諾雖然極度震驚，但仍感到不可置信。

「但不久前我才得知你們認識。」她說。

「可是我們已經認識很多年了。妳知道的，他受我舅舅照顧了好長一段時間。」

「妳舅舅？」

「是的，普拉特先生。妳從沒聽他提起普拉特先生？」

「我想有的。」艾麗諾激動地答道。

「他四年前寄住在我舅舅家，我舅舅住在普利茅斯附近的朗斯特伯，我們就是在那裡認識的，因為我姐姐和我常待在舅舅家。訂婚也是在那裡，雖然是在他退學一年後才訂婚的；之後他幾乎總是和我們待在一起。妳可以想像，他瞞著母親，得不到她的認同，我是絕不肯和他訂婚的；但是我太年輕、太愛他了，無法採取應有的謹慎態度。達斯伍德小姐，雖然妳不如我瞭解他，但是妳常見到他，知道他很有魅力，能讓一個女人真心地愛上他。」

「是啊。」艾麗諾不知所云地答道。但沉默片刻之後，她又對愛德華的名譽和專情恢復了信心，認為她的同伴一定是在說謊，於是說道：「與愛德華．費拉斯先生訂婚？老實說，妳的話完全出乎我的意料之外。是的，請妳原諒，不過，妳一定搞錯人了，我們不可能是指同一個費拉斯先生。」

「我說的不可能是別人，」露西笑著叫道，「帕克街費拉斯太太的長子，妳的大嫂約翰．達斯伍德夫人的弟弟愛德華．費拉斯先生，就是我指的那個人。妳必須承認，我把全部幸福都寄託在他身上，才不會把他的名字搞錯呢！」

「真奇怪，」艾麗諾痛心而困窘地說道，「我竟然從未聽他提過妳的名字。」

「的確沒有。考量我們的處境，這並不奇怪，因為我們最重視的就是保守秘密。妳本來並不認識我和我的家人，因此他沒必要向妳提起我的名字；再說，他一向害怕他的姐姐疑神疑鬼，這又構成了足夠的理由，使得他不敢提到我。」

艾麗諾的自信蕩然無存，但她沒有失去理智。

「妳們訂婚都四年了。」她帶著沉穩的口氣說。

「是的。天知道我們還要等多久！可憐的愛德華，他被搞得垂頭喪氣的。」露西從口袋裡取出一幅小畫像，接著說道：「為了避免搞錯，還是請妳瞧瞧他的長相吧。當然，畫得不太像，不過，我想妳總不會搞錯畫中的人物。這幅畫像我已經保存三年多了。」

說著，她把畫像遞給艾麗諾。如果艾麗諾剛才還懷疑對方在說謊的話，那麼這幅畫像就讓她的懷疑一掃而空。她立即歸還了畫像，承認那是愛德華。

「我一直不能回贈他我的一張畫像，」露西繼續說，「我感到非常苦惱，因為他一直想得到。我決定一有機會就找人畫一張。」

「妳說得很對，」艾麗諾平靜地回答道。她們默默地走了幾步，露西又開口了。

「說真的，」她說，「我毫不懷疑妳會保守秘密，因為妳一定知道，瞞著他母親這件事，對我們來說有多麼重要。我敢說，她絕不會同意這門婚事，因為我沒有財產。我想她是個極為傲慢的女人。」

「當然，我可沒有要妳向我吐露實情，」艾麗諾說，「不過，妳認為我可以信任，卻是再正確不過。我會為妳嚴守秘密的，不過恕我直言，我對妳多此一舉地向我洩露秘密感到有些詫異。至少，讓我瞭解了這件事並不會使它變得更保險。」

她一邊說，一邊仔細地盯著露西，希望從她的神色裡發現一些破綻——也許能發現她所說的全都是假話。不過露西仍面不改色，「妳也許會認為，」露西說，「我告訴妳這些事情太輕率了。的確，我認識妳的時間不長，但是憑著別人的描述，我已經對妳們一家人有了深入瞭解。我一見到妳，就覺得像是見到了老朋友一般。況且，我一直向妳打聽愛德華母親的事，確實也該對妳作些解釋。我真是不幸，連個詢問意見的人都沒有。安妮是唯一知情的人，但她頭腦簡單，什麼事都做不好，害得我總是提心吊膽，生怕她洩露出去。妳一定看得出，她的嘴巴是守不住秘密的。我那天聽到約翰爵士提起愛德華的名字，嚇得要命，深怕她一口氣全講出來。妳無法想像，這件事讓我吃了多少苦頭。令我感到驚奇的是，四年來我為愛德華受了這麼多苦，如今居然還好好地活著。一切都懸而未決，與他也難得見面——一年頂多見到兩次。真不知道我的心怎麼還沒有碎！」

說到這裡，她掏出手帕，但艾麗諾卻不那麼憐憫她。

「有時候，」露西擦了擦眼睛，繼續說道，「我在想，我們是不是乾脆分手算了，這對雙方都更好。」她兩眼直直盯著她的同伴，「但有些時候，我又下不了決心，我不忍心傷害他。因為我知道，一旦提出這個問題，一定會害得他痛不欲生。這也是替我自己著想，因為他那麼可愛，我實在無法捨棄他。在這種情況下，達斯伍德小姐，妳說我該怎麼辦？要是換成妳會怎麼辦？」

「請妳原諒，」艾麗諾吃了一驚，只好回答：「在這種情況下，我也想不出什麼主意，還是必須由妳自己作主。」

「當然了，」雙方沉默了幾分鐘之後，露西又說道，「他母親遲早會為他作打算的。可憐的愛德華為此感到十分沮喪！他在巴頓的時候，妳不覺得他變得垂頭喪氣嗎？他離開朗斯特伯來找妳們時悲傷極了，我真擔心妳們會以為他得了重病。」

「這麼說，他是從妳舅舅那裡過來的？」

「哦，是的，他和我們一起待了兩個禮拜。妳以為他是直接從城裡來的嗎？」

「不，」艾麗諾答道，她開始感覺到露西的話是真的，「我記得他對我們說過，他與普利茅斯附近的一些朋友一起待了兩個禮拜。」她還記得她當時很驚訝，因為他沒有再提到那些朋友，連他們的名字都絕口不提。

「難道妳不覺得他悶悶不樂嗎？」露西重複問道。

「的確是這樣，尤其是他剛來的時候。」

「我懇求他盡可能克制自己，免得妳們起了疑心；但他因為不能和我們一起待久一點，加上看到我那麼傷心，因此也十分憂傷。可憐的傢伙！我擔心他現在還是那副模樣，因為他信裡的語氣還是那麼沮喪。在我離開埃克塞特前一晚就收到他的一封信。」說著，她從口袋裡掏出信，漫不經心地讓艾麗諾看了看姓名地址，「妳應該認得他的筆跡，字寫得很漂亮。可是這封信寫得不如平常整齊，大概他太累了，只是隨便寫滿了一頁。」

果然是愛德華的筆跡，艾麗諾無法再懷疑了。她原本認為那張畫像可能是她無意間弄到的，不見得是愛德華的禮物；但他們之間的信件關係只有在確實訂婚的情況下才可能建立起來，別無其他理由。一瞬間，她的情緒一落千丈，雙腿幾乎站都站不住。但是她還是拚了命地克制自己的憂鬱心情。

「在長久的分離中，」露西說，一面把信放回口袋，「互通書信成為我們唯一的慰藉。是的，對我來說，還有他的畫像能作為安慰，但可憐的愛德華卻連這些也沒有。他說他只要能得到我的畫像，就會覺得寬慰多了。他上次去朗斯特伯時，我送給他一根頭髮嵌在戒指上，他說那對他是個慰藉，但還是比不上畫像。妳見到他的時候，也許注意到那只戒指了吧？」

「注意到了。」艾麗諾說，在她那平靜的語氣背後，隱藏著她從未感受過的激動和憂傷。她感到屈辱、震驚和惶恐。

幸好，她們已經來到農舍前，談話不能繼續下去了。史蒂爾小姐和她們一起坐了幾分鐘，便起身告辭回到莊園。這下子，艾麗諾終於得以縱情地去思考、去忍受痛苦了。

第二十三章

儘管艾麗諾通常不太相信露西的話，但她經過認真考慮後，卻再也不能懷疑這件事的真實性，因為她實在沒有理由編造這種謊言。而露西口中的這些事情都有充分而確鑿的證據，除了她自己的主觀願望之外，無論如何也想不出相反的結論。他們在普拉特家的關係也令人無可置疑，愛德華在普利茅斯附近的訪問、他憂鬱的心情、他對自己前途的忿忿不平、他對她的反覆無常、史蒂爾小姐對諾蘭莊園和她們的瞭解、那幅畫像、那封信、那只戒指，都構成了一連串的證據，打消了她的一切顧慮，證明他有負於她，這是再偏心也改變不了的事實。她憎惡他的這種行徑，悔恨自己受了欺騙，感到同情自己。

但她心裡瞬間又湧起了其他念頭——難道愛德華一直存心欺騙她？難道他一直是虛情假意？難道他與露西

的訂婚是真心誠意的？不，不管過去如何，但她現在並不這麼想。他只愛她一個人，這一點她絕不會弄錯。在諾蘭莊園，她的母親、妹妹、大嫂都知道他喜歡她，這絕不是虛榮引起的錯覺。他當然愛她！這一信心使她得到了多大的安慰！有了這一點，她還有什麼不能原諒他的？

回想當初，他已經開始感到她對自己有著一股異常的吸引力，卻偏要留在諾蘭莊園，真是太不應該了。在這一點上，他是無可辯駁的；不過，如果說他傷害了她，那他更傷害了自己，如果說她的情況令人憐憫，那他的情況更是無可挽救。他的魯莽為她帶來了一時的痛苦，而他似乎永遠失去了幸福的機會。她遲早會恢復平靜的，但是他，又有什麼未來可言呢？他和露西．史蒂爾在一起會幸福嗎？像他那樣誠實、文雅、富有見識的人，如果連艾麗諾都不滿意，又會滿意像露西這樣一個無知、狡詐、自私的妻子嗎？

愛德華當時只有十九歲，年輕人的狂熱使他陷入了盲目，除了露西的美貌和溫柔之外，別的一概視而不見。但是之後的四年——四年可以使人成長不少——他也該發現她智慧上的欠缺。同時，由於露西常和下人來往，追求低俗的趣味，也許早就失去了昔日的天真，無法再為她的美貌增添幾分情趣。

愛德華與艾麗諾成婚都會遭受他母親的各種反對了，那麼選擇一個門第更低、財產可能更少的女人為妻子，豈不是更加困難？當然，如果只是在感情上與露西有些疏遠，還不至於使他無法忍受，但要是再加上家人的反對和刁難，對他來說該有多麼抑鬱啊！

艾麗諾痛苦地思考著，不禁為他潸然落淚。她相信，自己並沒做出什麼該遭受這種不幸的事情；同時，令她感到欣慰的是，愛德華也沒做出任何不值得她尊重的事。她覺得，即使是現在，就在她剛遭受這沉重打擊的時刻，她也能盡量克制自己，以避免母親和妹妹產生懷疑。她正是這麼做的，就在她美好的幻望破滅後兩個小時，她就與她們一起吃晚飯。她從妹妹們的臉上看出，誰也沒有想到艾麗諾正在為了隔開她與愛人的重重阻礙暗自悲傷著。瑪麗安依舊暗中眷戀著一位完美的情人，認為她已經完全迷住他了，每一輛馬車駛近她們的住所時，她都渴望著見到他。

艾麗諾雖然一忍再忍，始終把露西的秘密瞞著母親和瑪麗安，但這也並未加深她的痛苦。相反地，令她感到欣慰的是，她用不著告訴她們一些只會帶給她們痛苦的事實，也免得聽見她們責備愛德華。因為大家都愛她，很有可能會發出這種指責，而那將是她難以忍受的。

她知道，她從她們的話裡得不到任何幫助。她們的溫情和悲傷只會加深她的痛苦；而對於她的自我克制，她們既不會以身作則，又不會正面給予鼓勵。當她獨處的時候反而更加堅強些，她能非常理智地克制自己，盡量表現得高高興興的。

雖然她與露西在這件事上的首次談話讓她吃盡了苦頭，但是她很快又渴望和她再次談話。理由不只一個，她想聽她說一些有關他們訂婚的詳細情形，想更清楚地瞭解露西對愛德華的感情，看看她是否真的像她說的那樣對他一往情深；她尤其想透過主動地、心平氣和地重提這件事，讓露西相信她只不過是用朋友的身分來關心這件事的——早上她不自覺地露出焦躁不安的態度，難免惹人起疑。看樣子，露西很可能嫉妒她，因為愛德華總是在稱讚她。這不僅能從露西的話裡聽出來，還能從她才認識她不久，就大膽地向她吐露心事這點看出來。由於艾麗諾深信愛德華真心愛著自己，也就自然而然地認為露西嫉妒她。是的，露西確實在嫉妒她，她的話就是證明。她透露這件事，除了想告訴艾麗諾愛德華是屬於她的，要她以後少跟他接觸之外，還會有什麼動機呢？她不難理解情敵的這番用意，決定用真誠的態度來面對她，克制住自己對愛德華的感情，盡量少與他見面。同時，她還要向露西表明，她並不為此事傷心。如今在這個問題上，她不會再聽到比之前更痛苦的消息了，因此她相信自己能心平氣和地聽露西重新敘述詳情。

露西也像她一樣，很想找個機會再談談，但這樣的機會並不是說有就有。通常散步時最容易甩開眾人，但天氣總是不佳，害得她們無法散步。她們至少每隔一晚就有一次聚會，不是在莊園就是在農舍，但那都不是為了聊天，只是為了吃喝玩樂，打打牌，或是玩一些吵吵鬧鬧的遊戲。

她們就這般聚會了一兩次，但艾麗諾就是找不到與露西私下交談的機會。一天早晨，約翰爵士來到農舍，邀請達斯伍德母女與米多頓夫人一起吃餐，因為他要去埃克塞特俱樂部，米多頓夫人只有她母親和兩位史蒂爾小姐作伴，可能會感到寂寞。艾麗諾認為這是一個大好機會，因為在米多頓夫人文靜的作風下，一定會比她丈夫吵吵鬧鬧的來得自由自在，於是立即接受了邀請。瑪格麗特也滿口答應，瑪麗安一向不喜歡他們的聚會，但母親不希望讓她錯過任何娛樂，硬是要她跟著一起去。

三位小姐前來赴約了，差點陷入可怕的寂寞中的米多頓夫人幸運得救。正如艾麗諾所料，這次聚會十分枯燥，整個晚上都沒有出現一句有趣的話。午飯後，幾個孩子也一起來到客廳，直到喝完茶後才離開，之後又擺起了牌桌，艾麗諾不禁納悶：該怎麼找到跟露西談話的機會呢？這時候，大家紛紛起身，準備打牌。

「我很高興，」米多頓夫人對露西說，「妳今晚不打算為可憐的小安娜瑪麗亞編織小籃子，因為在燭光下編織對眼睛很不好。我們明天再補償她吧，但願她不要因此不高興。」

有這點暗示就夠了。露西立刻回答：「妳完全搞錯了，米多頓夫人，我只是想看看少了我能不能玩牌，不然我早就開始織起來了。我無論如何也不能讓這個小天使掃興。要是妳現在叫我打牌，我就等吃完晚飯再織籃子。」

「妳真好，我真希望別傷了妳的眼睛。妳要不要拉鈴，再多送一些蠟燭來呢？我知道，假如那個小籃子明天還織不好，我那可憐的小寶貝就要大失所望了，因為儘管我告訴她明天也織不完，她卻相信織得完。」

露西馬上將針線台往前一挪，欣然坐了下來，看她那副興致勃勃的樣子，似乎什麼事也比不上為一個被寵壞的孩子編織籃子更令她高興。

米多頓夫人建議打一局「卡西諾」，大家都不反對。但瑪麗安一向不拘禮節，大聲嚷道：「夫人，別把我算進去吧！妳知道我討厭打牌。我想去彈彈鋼琴。自從調過音以來我一直沒碰過它呢！」她什麼也沒說，便轉身朝鋼琴走去。

米多頓夫人的表情彷彿在說：「謝天謝地，幸好我從來沒說過這麼無禮的話。」

「妳知道的，夫人，瑪麗安與那台鋼琴結下了不解之緣，」艾麗諾說，極力想替妹妹的無禮辯解，「我一點也不奇怪，因為那是我聽過音質最佳的鋼琴。」

剩下的五人準備抽牌。

「也許，」艾麗諾接著說，「如果我能不打牌，還能幫上露西小姐一些忙，替她捲捲紙。我看那個籃子的進度還差很多呢！如果讓她一個人來做，今晚肯定做不完；要是她肯讓我插手的話，我會非常喜歡做這件事。」

「如果妳能幫忙，我就真是感激不盡了，」露西嚷道，「因為我發現，原來我算錯了，這要花不少時間呢！萬一讓可愛的安娜瑪麗亞失望了，那多糟糕啊！」

「哦！那實在是太糟糕啦，」安妮說，「可愛的小傢伙，我多麼喜歡她！」

「妳真客氣，」米多頓夫人對艾麗諾說，「既然妳喜歡做這種事，是否能請妳下一局再加入，或是現在先試試手氣？」

艾麗諾愉快地採納了第一條建議，她憑著瑪麗安一向最不屑的、委婉的說話方式，既達到自己的目的，又討好了米多頓夫人。露西爽快地為她挪了個位子，就這樣，兩位美麗的情敵並肩坐在同一張桌前，極其融洽地做著同一件活。這時，瑪麗安埋頭彈奏，完全沉醉在樂曲和幻想之中，忘了屋內還有別人。僥倖的是，鋼琴離兩位情敵很近，艾麗諾斷定，有了這響亮的琴聲做掩護，她能放心大膽地提出那個有趣的話題，而不被牌桌上的人聽見。

第二十四章

艾麗諾以堅定而謹慎的語氣，開口說道：

「我有幸得到了妳的信任，要是我懇求妳繼續說下去，不好奇地追根究柢，豈不是辜負了妳的信任嗎？因此，我冒昧地再次提出這個話題。」

「謝謝妳打破了僵局，」露西激動地叫道，「妳這樣說我就放心啦！不知怎麼搞的，我總是擔心禮拜一那天說話得罪了妳。」

「得罪了我？妳怎麼會這麼想呢？請相信我，」艾麗諾誠懇地說道，「我不希望讓妳產生這樣的看法。妳對我這樣推心置腹，難道還會抱著什麼令我感到不愉快的動機嗎？」

「不過，老實說，」露西回答說，一雙敏銳的眼睛意味深長地望著她，「妳當時的態度似乎很冷淡，很不高興，害得我十分尷尬。我想妳一定是生我的氣了。之後我一直自責不已，不該冒昧地拿我的私事打擾妳。不過我很高興地發現，這只是我的錯覺，妳並沒有怪罪我；事實上，要是妳知道當我向妳傾吐我無時無刻不在思考的事情時，心裡有多麼寬慰的話，妳就會同情我，而不去計較別的了。」

「的確。不難想像，妳把自己的處境說出口，這對妳而言真是個莫大的安慰。你們的處境十分不幸，而且困難重重，需要依靠彼此的感情堅持下去。我想，費拉斯先生的生活完全依賴他母親。」

「他自己只有兩千鎊的收入，單憑這一點錢就結婚，那簡直是瘋了。不過，對我來說，我願意放棄更高的目標。我一向安貧樂道，為了他更不惜與貧窮對抗。但是我太愛他了，要是他娶個讓他母親滿意的妻子，也許能得到她的不少財產，我不想自私地害愛德華失去這些財產。我們只能一直等，也許要等好多年——這對幾乎所有的男人來說，都是件可怕的事。不過我知道，愛德華對我的一片深情是什麼也改變不了的。」

「妳有這種信念，這對妳來說至關重要。毫無疑問，他對妳也抱著同樣的信念。萬一你們彼此的感情淡了（這對等待四年的人來說很常見），妳的處境況會變得很可憐的。」

露西聽到這裡，忽然抬起頭來。但艾麗諾不露聲色，不讓人察覺不出她的話中有什麼可疑的意圖。

「愛德華對我的愛情，」露西說，「自從我們訂婚以來，經歷過長期分離的嚴峻考驗，要是我再去妄加懷疑，那真是無可饒恕。我可以確信無疑地說，他從未因為這個理由為我帶來任何驚擾。」

艾麗諾聽到她的話，簡直不知道是該一笑置之，還是應該發出嘆息。

露西繼續往下說。「我天生就愛嫉妒，因為我們的生活處境不同，他見過的世面也比我多，再加上我們又長期分離，所以我總是疑神疑鬼。我們見面時，哪怕他對我的態度發生一點細微的變化、他的情緒出現一絲莫名其妙的沮喪、他對某一個女人談論得多了些、他在朗斯特伯不像過去那麼快樂，我也能馬上察覺出來。我並不是指我的觀察力總是很敏銳，但在這種情況下，我肯定不會被騙的。」

「說得倒很好聽，」艾麗諾心想，「但我們兩人誰也不會被騙。」

「不過，」艾麗諾沉默了一下子，又說道，「妳又有什麼想法？還是妳什麼想法也沒有，只是採取一個令人憂傷而震驚的態度，等著費拉斯太太過世？難道她的兒子願意一直拖累妳，讓妳長年等待著，索然無味地生活下去，而不肯冒著惹她一時不高興的風險，向她坦白事實真相？」

「要是真的只是一時不高興就好了！可惜費拉斯太太是個剛愎自用、妄自尊大的女人，一聽到這個消息就發起怒來，搞不好還會把所有財產都交給羅伯特。一想到這裡，也看在愛德華的份上，就嚇得我不敢草率行事。」

「也看在妳自己的份上，不然妳的自我犧牲就毫無意義了。」

露西又瞥了瞥艾麗諾，可是沒有出聲。

「妳認識羅伯特．費拉斯先生嗎？」艾麗諾問道。

「不認識，我從沒見過他。不過，我想他與他哥哥不太一樣——傻乎乎的，是個十足的花花公子。」

「十足的花花公子？」安妮重複了一聲，她是在琴聲間斷時偶然聽到的，「噢！她們一定是在議論她們的心上人。」

「不，姐姐，」露西叫道，「妳搞錯啦！我們的心上人才不是十足的花花公子。」

「我敢保證，達斯伍德小姐的心上人不是花花公子，」詹寧斯太太笑著說道，「他是我見過最謙虛、最文雅的年輕人。不過，說起露西，她是個狡猾的小壞蛋，誰也不知道她喜歡誰。」

「噢！」安妮說道，一面意味深長地望著她們，「也許露西的心上人和達斯伍德小姐的一樣謙虛、一樣文雅。」

艾麗諾不由得滿臉通紅。露西緊咬嘴唇，憤怒地瞪著姐姐。兩人沉默了一陣子，露西又打破了沉默。雖然瑪麗安彈起了一支優美的協奏曲，為她們提供有效的掩護，但她還是用很小的聲音說：

「我想老實告訴妳，我最近想到了一個可行的好方法。是的，我有責任讓妳知道這個秘密，因為這與妳有關。妳常見到愛德華，一定知道他最想當牧師，我的想法是這樣的：讓他儘快接受聖職。希望妳能利用妳的影響力，說服妳哥哥把諾蘭的牧師職位交給他。我聽說這是個不錯的職務，而且現任的牧師也活不了多久了，這樣就可以保證我們先結婚，剩下的事情就聽天由命了。」

「我一向樂於表示我對費拉斯先生的敬意和友情，」艾麗諾答道，「不過，難道妳不覺得我在這種時候插手完全是沒必要的嗎？他是約翰．達斯伍德夫人的弟弟——光憑這一點，她的丈夫也會提拔他的。」

「可是約翰．達斯伍德夫人並不同意愛德華當牧師。」

「這樣的話，由我出面更是無濟於事。」

她們又沉默了好半天。最後，露西深深嘆了口氣，大聲說道：

「我認為，最明智的做法還是立即解除婚約。這件事困難重重，雖然免不了難過一陣子，但最終也許會更幸福些。不過，達斯伍德小姐，妳能不能給我一些意見呢？」

「不，」艾麗諾答道，她臉上的微笑掩飾著心中的不安，「在這個問題上，我當然不會給妳什麼意見。妳心裡有數，除非我的意見與妳相同，否則妳是不會聽從的。」

「妳真是誤會我了，」露西一本正經地回答，「在我認識的人之中，我最尊重妳的意見。假如妳對我說：『我勸妳無論如何都要取消與愛德華．費拉斯的婚約，這會讓你們更幸福。』我就會馬上決定這麼做。」

艾麗諾為愛德華的未婚妻如此虛情假意感到羞恥，她回答：「假如我在這件事上真有什麼意見可言的話，一聽到妳這番讚美，也被嚇得不敢開口了。妳太抬舉我了。要把一對情投意合的戀人分開，對一個外人來說實在是無能為力。」

「正因為妳是個外人，」露西有點生氣地說道，特別加重了最後幾個字，「妳的意見才理所當然地受到我的重視。如果我認為妳帶有任何偏見，就用不著去徵求妳的意見。」

艾麗諾認為，最好不要多做辯解，以免讓兩人之間變得過於緊張。她甚至下定決心，再也不提這個話題。因此當露西說完後，又沉寂了好幾分鐘，這回還是露西先打破了沉默。

「妳今年冬天會進城嗎？達斯伍德小姐。」她帶著她一貫得意的神氣問道。

「當然不會。」

「真可惜，」露西回答道，但眼裡不禁露出喜色，「要是我能在城裡見到妳，那該有多高興啊！不過，儘管如此，妳一定還是會去的。毫無疑問，妳的哥哥和大嫂會請妳去作客的。」

「即使他們邀請，我也不能接受。」

「這太不幸了！我本來一直期待在城裡見到妳。一月底，安妮和我要去拜訪幾個親友，他們最近總是要我們去！不過，我只是為了去見愛德華——他二月會到那裡去——不然的話，倫敦對我一點吸引力也沒有，我才沒有興趣去那裡呢！」

過了一會兒，牌桌上打完了一局，艾麗諾也被叫了過去，兩位小姐的秘密交談便宣告結束。不過這也沒什麼不好，因為雙方並沒有任何投機的話題，可以減少她們對彼此的厭惡之情。艾麗諾在牌桌前坐下，憂傷地想道，愛德華不僅不喜歡他這位未婚妻，而且即使與她結了婚也不會感到多麼幸福，只有自己的真摯愛情才能為他的婚姻帶來幸福。因為這個女人與他的婚約，完全是憑著她的自私才得以維持下去，而這個女人似乎也意識到男方已經厭倦這樁婚事。

在這之後，艾麗諾再也沒有提到這個話題，但露西很少錯過講起它的機會，特別是當她收到愛德華的來信時，總要別有用意地向她的朋友報喜。每當這種情況，艾麗諾都能泰然處之，在禮貌的範圍內儘快結束這段談話。因為她覺得這種談話對露西來說是一種不配享受的樂趣，對她來說卻是危險的。

兩位史蒂爾小姐在巴頓莊園的逗留時間一再延長，遠遠超過了最初雙方認定的日期。她們越來越受人喜愛，想走也走不了，約翰爵士更是堅決不讓她們走。雖然她們在埃克塞特有一大堆早就安排好的事，急需她們回去處理，尤其是越到週末，事情越繁忙。但她們還是被說服在巴頓莊園待了將近兩個月，並且協助主人家好好慶祝聖誕節，因為這個節日需要比一般節日更多的家庭舞會和大型晚宴，藉以顯示其重要性。

第二十五章

雖然詹寧斯太太喜歡經常住在女兒、朋友家裡，但她也有自己的固定住所。她丈夫過去在城裡一個不大高雅的街區做生意，經營得不錯。自從他去世以後，她每年冬天都住在波特曼廣場附近的一棟房子裡。眼看一月即將來臨，她不禁又想起了這個家。有一天，令達斯伍德家兩位小姐意外的是，她突然邀請她們一起回去。瑪麗安的表情頓時變得活潑起來，表明她對這個建議並非無動於衷。艾麗諾沒有注意到妹妹的表情變化，當場拒絕了。她以為自己說出了兩人的共同心願，她的理由是，她們絕不能在那種時候離開母親。詹寧斯太太不禁吃了一驚，又把剛才的話重複說了一遍。

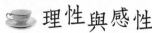

「哦，天哪！妳們的母親一定會讓妳們去的，我懇請妳們陪我一趟，我心意已決。妳們不會為我帶來什麼不便，因為我也不喜歡給自己找麻煩。我只需要打發貝蒂搭公共馬車先回去——這點錢我還是出得起的；這樣我們三人就可以舒舒服服地坐我的馬車離開了。到城裡之後，如果妳們不想陪我出門也沒關係，妳們隨時可以跟著我的女兒一起出去。妳們的母親一定不會反對的，她知道由我來照顧妳們再合適不過了。要是我最後沒有至少讓妳們其中一位嫁個好對象的話，那就是我的錯了。我會在所有年輕小伙子面前美言幾句，妳們儘管放心好啦！」

「我認為，」約翰爵士說，「瑪麗安小姐不會反對這樣的計畫，假如她姐姐也願意參加的話。要是她因為艾麗諾小姐而失去了這些樂趣，那就太可憐了！所以，如果妳們在巴頓住膩了，我勸妳們進城去，一句話也別對艾麗諾小姐說。」

「唔，當然了，」詹寧斯太太嚷道，「不管艾麗諾小姐想不想去，我都非常高興能有瑪麗安小姐作伴。我認為，人越多就越熱鬧，而且我覺得她們倆在一起能更愉快一些，因為要是她們厭煩我了，至少還可以一起說說話，在我背後嘲笑我的毛病。不過，要是不能兩人都去，起碼我還有一個作伴。我的天！妳們想想，直到今年冬天，我一直都是讓夏綠蒂陪著，現在怎麼能一個人悶在家裡呢？夠了，瑪麗安小姐，我們就這麼說定了。要是艾麗諾小姐能馬上改變主意，那就更好了。」

「我很感謝妳，太太，真心地感謝妳，」瑪麗安激動地說道，「我永遠感謝妳的邀請，若是能接受的話，它會為我帶來莫大的幸福——幾乎是我能享受到的最大幸福。可是我母親，我那最親切、最慈祥的母親——我想艾麗諾說的有道理，萬一我們不在，她會不高興的。噢！我說什麼也不能離開她。這件事強求不得。」

詹寧斯太太再次保證，達斯伍德太太完全離得開她們。艾麗諾明白了妹妹的心思，她一心急著跟威洛比重逢，什麼也不想管了；於是她不再反對這項計畫，只說必須讓母親來決定。可是她也知道，即使她不同意瑪麗安進城，儘管她自己不想去，但就算她出面阻止，也很難得到母親的支持。無論瑪麗安想做什麼，她的母親都會熱切地加以成全——她不指望能說服母親謹慎從事，因為無論如何，母親仍會相信瑪麗安和威洛比已經訂婚。再說，她也不敢為她不想去倫敦的動機作辯解。儘管瑪麗安十分挑剔，而且也厭惡詹寧斯太太的作風，卻肯忍受這一切不便，不管這會為她脆弱的情感帶來怎麼樣的痛苦，硬要去追求一個目標，這充分地證明這個目標對她有多重要。艾麗諾雖然目睹了一切，卻仍對妹妹如此看待這件事感到意外。

達斯伍德太太一聽說這次邀請，認為兩個女兒出去走走也不錯，可以為她們帶來很大的樂趣。她看到瑪麗安對自己如此體貼，又看出她其實是想去的，於是不希望她們因為她而錯過這次邀請，非要她們立刻答應不可。接著，她又露出往常的愉快神情，盤算她們能從這次離別中獲得什麼好處。

「我很喜歡這個計畫，」她大聲嚷道，「正合我的心意。瑪格麗特和我會跟妳們一樣，從中受益。妳們跟米多頓夫婦走後，我們就可以自由自在地讀書、唱歌，妳們回來後會發現瑪格麗特大有長進的！我還有個小小的計畫，想把妳們的臥室整修一下，現在可以動工了，而且不會為任何人帶來不便。妳們的確應該去城裡走走。像妳們這樣的年輕女孩都應該認識一下倫敦的生活和娛樂。會有一位慈祥的好太太照顧妳們，我毫不懷疑她對妳們的好意；而且，妳們八成會遇見妳們的哥哥，無論他有什麼錯，或是他妻子有什麼錯，我一想到他畢竟是妳們父親的兒子，就不忍心看著妳們越來越疏遠。」

「雖然妳總是希望我們快樂，」艾麗諾說，「想到這個計畫還有一些缺陷，我一直設法加以克服，但唯有一個缺點，我認為是無法輕易消除的。」

瑪麗安臉色一沉。

「深謀遠慮的艾麗諾，」達斯伍德太太說，「妳又要發表什麼高見了呀？又要提出什麼令人擔心的缺點啊？可別告訴我這要花費多少錢。」

「我指的缺點是：雖然我很欽佩詹寧斯太太的好心，可是我們跟她交往是不會愉快的，她的照顧並不會提高我們的身價。」

「的確是，」她母親回答，「不過，妳們不太有機會跟她單獨相處，妳們還可以跟米多頓夫人一起出門呀。」

「如果艾麗諾因為討厭詹寧斯太太而不去，」瑪麗安說，「那也不必妨礙我接受她的邀請，我沒有這麼多顧慮。我相信，我可以忍得住這種種不愉快。」

艾麗諾見瑪麗安對詹寧斯太太的作風表示滿不在乎，不禁笑了出來，因為她以前總是很難說服她對老太太禮貌一些。她早已在心裡打定主意，要是妹妹堅持要去，她也要一同前往。她認為不該放任瑪麗安輕率行事，不該讓想待在家中休息的詹寧斯太太受到瑪麗安擺佈。作出這個決定毫不困難，因為她想起露西的話——愛德華在二月以前不會進城，而她們的訪問在這之前就會進行完畢。

「我要妳們兩個都去，」達斯伍德太太說，「這些所謂的缺點完全是無稽之談。要是妳們能一起去倫敦，一定會非常愉快的。要是艾麗諾願意屈就的話，她也能在那裡享受到歡樂，也許還能透過跟嫂子一家認識而得到一些快樂。」

艾麗諾常常想找機會潑潑母親冷水，不要讓她以為女兒和愛德華仍然一往情深，以便未來真相大白時，她不會太過震驚。於是她泰然自若地說道：「我很喜歡愛德華，也很樂意見到他；至於他家中的其他人是否認識我，我卻毫不在乎。」

達斯伍德太太只是笑了笑，瑪麗安則驚訝地抬起頭來。艾麗諾心想，她還是不要開口為好。

母女們短暫的議論過後，終於決定接受詹寧斯太太的邀請，這讓她大為高興，一再保證會好好照顧她們。事實上，高興的還不只她一個人，約翰爵士也喜形於色，因為對於一個害怕孤單的人來說，能讓倫敦再多出兩個人實在是件好事，就連米多頓夫人也一反常態，盡力裝出高興的樣子。至於兩位史蒂爾小姐，特別是露西，一聽說這個消息，也表現出前所未有的開心。

艾麗諾違心地接受了這項安排，心裡倒也並不委屈。對她來說，她進不進城都無所謂，因為她看見母親對這個計畫相當滿意，妹妹從神情到語氣都顯得十分興奮時，她也恢復了平常的愉快心情。她無法對這件事表示不滿，也很難對事情的結果加以懷疑。

瑪麗安欣喜若狂，只覺得心神蕩漾，迫不及待。但她也捨不得離開母親，離別時她感到極為悲傷。她母親也一樣感到哀傷——彷彿只有艾麗諾不認為這是永久的訣別。

她們是在一月的第一週啟程的，米多頓夫婦大約在一週後出發，兩位史蒂爾小姐暫時留在巴頓莊園，以後再跟屋裡的其他人一起離開。

第二十六章

達斯伍德姐妹與詹寧斯太太認識還不久，在年齡和性情上又如此不相稱，而且就在幾天前，艾麗諾還對這項計畫提出種種異議，但現在她卻和她坐在同一輛馬車裡，受到她的照顧，成為她的客人，展開了去倫敦的旅程，這叫她怎能不對自己的際遇感到疑惑呢？瑪麗安和母親都擁有青年人的興致和熱情，因此艾麗諾的異議不是被駁回，就是被無視。儘管艾麗諾有時懷疑威洛比是否忠貞不渝，但當她看到瑪麗安的整顆心都洋溢著一股欣喜若狂的期待感，兩眼閃爍著盼望的光芒，就不得不感到自己的前途和心情一片晦暗。她多麼願意沉浸在與瑪麗安同樣的渴望中，懷著同樣振奮的目標，抱著同樣可能實現的希望！不過，威洛比的意向究竟如何，馬上就會見分曉了。他八成已經在城裡，瑪麗安如此急著出發表明了她正是這麼相信的。艾麗諾打定主意，不僅要根據自己的觀察和別人的介紹，重新檢視威洛比的人格，還要留意他對妹妹的態度，以便搞清楚他的用心何在。如果她觀察出的結果不妙，那無論如何也要讓妹妹醒悟；假使結果並非如此，她將作出另一種努力——她要學會避免任何自私的比較，消除一切懊惱，才能對瑪麗安的幸福感到由衷的滿意。

她們在路上走了三天。瑪麗安一路上沉默不語，只顧著沉浸在想像之中。她很少主動開口，即使看見綺麗的景色，也只向姐姐驚喜地讚嘆兩聲。為了彌補妹妹在行動上的不足，艾麗諾按照原先的設想，立即擔負起交際的任務。她與詹寧斯太太有說有笑，而詹寧斯太太對她們也極為友善，時時把她們的舒適放在心上。唯一令她不安的是，她無法在旅店讓她們自由點餐。儘管她一再追問，但她們就是不肯表示是喜歡鮭魚，還是鱈魚；是喜歡烤雞，還是小牛肉片。第三天下午三點，她們抵達城裡。奔波了這麼久，終於能從馬車中解脫出來，大家都準備在熊熊爐火旁好好享受一番。

詹寧斯太太的住宅非常美觀，佈置得很講究，兩位小姐住進了一個十分舒適的房間。這個房間原本是夏綠蒂的，壁爐架上方掛著她親手製作的一幅彩綢風景畫，以證明她在城裡一間了不起的學校裡就讀過七年，而且還頗有幾分成果。

因為晚飯無法在兩個小時之內準備好，艾麗諾決定利用這個空檔寫信給母親，於是便坐下動起筆來。過了一陣子，瑪麗安也寫了起來。「我在寫信回家，瑪麗安，」艾麗諾說，「妳要不要隔一兩天再寫？」

「我不是寫信給母親。」瑪麗安急忙回答，彷彿想避開她的進一步追問。艾麗諾沒有作聲，她意識到妹妹一定是在寫信給威洛比，並隨之作出結論：不管他們如何守口如瓶，但兩人肯定訂了婚。這個結論雖然並不是那麼確鑿，但仍使她感到高興，於是更加快活地繼續寫信。瑪麗安的信很快就寫好了，從長度上來看，那只不過是張便條。接著，她急急忙忙地摺好裝進信封，寫上收信人的姓名地址。艾麗諾心想，她一定能從那行字上看出一個「W」。信剛寫好，瑪麗安連忙拉鈴，請趕來的男僕替她把信送到兩便士郵局。至此，事情就確定無疑了。

瑪麗安的情緒依然十分高漲，但也有點慌亂，這也讓艾麗諾無法感到十分高興。隨著夜幕降臨，瑪麗安越來越心神不寧。她晚飯幾乎什麼也吃不下，飯後回到客廳，似乎正焦慮不安地傾聽著每一輛馬車的聲音，

讓艾麗諾大為欣慰的是，詹寧斯太太正在自己房間裡忙得不可開交，看不到這些情景。茶具端進來了，隔壁人家的敲門聲已經讓瑪麗安失望了不只一次。忽然，又聽到一陣響亮的敲門聲，這次可不會再搞錯了。艾麗諾心想，一定是威洛比來了。瑪麗安再也忍不住了，她猛地站起身，朝門口走去，打開了門，朝樓梯口走了幾步，聽了半分鐘，又回到房裡，那副激動不安的樣子，想必是確信聽見了威洛比腳步聲。她情不自禁地大叫道：「哦！艾麗諾，是威洛比，真的是他！」她似乎正要朝來者懷裡撲去，沒想到進來的卻是布蘭登上校。

瑪麗安震驚不已，失魂落魄地走出了房間。艾麗諾也很失望，但她一向敬重布蘭登上校，仍然歡迎他的到來。讓她感到格外難過的是，他如此厚愛她的妹妹，卻發現瑪麗安一見到他就露出悲傷和失望的樣子。她很快就發現，上校並非沒有察覺，甚至還眼睜睜地盯著瑪麗安走出了房間，驚訝之餘，連對艾麗諾的禮節都忘了。

「妳妹妹病了嗎？」他說。

艾麗諾有些為難地回答說是。接著，她提到了她的頭痛、情緒消沉、過度疲勞，以及可以為妹妹的舉動開

脫的各種藉口。

上校全神貫注地聽著，似乎恢復了鎮靜。這個話題沒有再繼續，他說到自己能在倫敦見到她們，感到非常高興，並禮貌地問起了她們一路上的狀況，問起了家中朋友們的狀況。

談話平靜、乏味地持續著。兩人都悶悶不樂，各自想著別的心事。艾麗諾想問問威洛比在不在城裡，又覺得向他打聽他情敵的事不太恰當。最後，為了找出話題，她問上校這些日子是否一直待在倫敦。「是的，」上校有些尷尬地回答，「幾乎一直待在倫敦。曾經去過德拉佛一兩次，但是一直回不了巴頓。」

他的話以及說話時的神態，讓艾麗諾頓時回想起他離開巴頓時的情景，想起了這些情景帶給詹寧斯太太的不安和猜疑。艾麗諾不禁擔心，她的問題會使人誤以為她對這個問題很好奇，但實際上她並沒有。

不久，詹寧斯太太進來了。「哦，上校！」她像平常一樣興高采烈地嚷道，「見到你高興極啦！對不起，我不能早來幾天，請你見諒，我必須各處看看，處理一些事情。我離家好久了，你知道，人一旦離開家，不論離開多久，回來後總有一堆雜七雜八的事情要做。等一下還要找卡特萊特結帳。天哪！吃完晚飯後我一直忙東忙西的！不過，上校，你怎麼知道我今天回城了？」

「我是在帕瑪斯先生家聽說的，我在他家吃晚飯。」

「哦！原來如此。他們一家人都好嗎？夏綠蒂好嗎？我敢說她現在一定變得圓滾滾了。」

「帕瑪斯夫人看起來很好，她託我轉告妳，她明天一定來看妳。」

「啊，沒問題，我早就料到了。你瞧，上校，我帶來了兩位年輕小姐——你現在只見到其中一位，還有一位不在這裡，那就是你的朋友瑪麗安小姐——你聽了不會覺得遺憾吧？我不知道你和威洛比先生打算怎麼『處置』她。啊！年輕漂亮真是件好事，唉！我也曾經年輕過，但是從來沒有漂亮過，我真是不幸！不過，我有個非常好的丈夫，天底下最美的女人也未必比我幸福呢！啊，可憐的傢伙！他已經去世八年多了，不過，上校，你和我們離別後到哪裡去了？你的事情辦得怎麼樣啦？好了，好了，我們朋友之間就不用隱瞞啦！」

上校以慣有的委婉口氣一一回答了她的詢問，可是沒有一個答案讓她滿意。艾麗諾開始動手泡茶，瑪麗安則迫不得已又返回了。

一看見她進來，布蘭登上校變得比剛才更加沉默不語，詹寧斯太太想勸他多待一會兒，卻無濟於事。當晚沒有其他客人了，太太與小姐們都同意早點就寢。

隔天，瑪麗安起床後，又恢復了往常的精神。看樣子，她對當天滿懷希望，因而忘記了前一晚令人掃興的事情。吃完早飯不久，大家就聽到帕瑪斯夫人的馬車聲音，沒過幾分鐘，她就笑哈哈地走進屋來了。她見到大伙兒十分高興，雖然她一直希望達斯伍德家的小姐們來城裡，但又不禁感到大為驚訝；而她們居然在拒絕她的邀請後又接受了她母親的邀請，這真令她感到氣憤——雖然要是她們沒來的話，她更是永遠不會原諒她們！

「帕瑪斯先生會很高興看到妳們的，」她說，「他聽說妳們和我母親一起來了的時候，妳們知道他說了什麼嗎？我現在記不得了，不過那句話說得真幽默呀！」

大伙兒一起聊了一兩個鐘頭。詹寧斯太太不停對她們提出各種問題，帕瑪斯夫人則無緣無故地笑個不停。之後，帕瑪斯夫人提議，讓兩位小姐一起陪她去商店辦點事。詹寧斯太太和艾麗諾欣然同意，因為她們自己也要去採買些東西；瑪麗安起初雖然不肯去，後來還是被說服了。

無論她們走到哪裡，她顯然總是十分警覺。特別是在眾人準備大量採購的龐德街，她的眼睛無時無刻不東張西望，無論大家走到哪間商店，她對眼前的一切，對別人關心、忙碌的一切，一概心不在焉。她隨時都心神不寧，姐姐買東西時徵求她的意見——儘管這是兩個人都需要的物品——她也不予理睬。她對什麼都不感興趣，只希望趕快回家。她看到帕瑪斯夫人嘮嘮叨叨，簡直壓抑不住心中的懊惱。那位夫人的眼光總是被漂亮、昂貴又時髦的物品吸引，恨不得每一樣都買下，可是又下不了決心，所有時間在她的陶醉和猶豫中度過。

接近中午的時候，她們回到家裡。剛一進門，瑪麗安便急切地奔上樓。艾麗諾跟在後面，發現她滿臉沮喪地離開書桌，證明威洛比沒有來。

「我們出去以後，沒有人送信給我嗎？」她對進來送郵件的男僕說道，得到的回答是沒有。「你確定嗎？」她問道，「你敢確定僕人、腳伕都沒進來送過信？或是便條？」

男僕回答說，沒有任何人來送信。

「好奇怪！」瑪麗安帶著低沉、失望的語氣說道，一面轉身向窗口走去。

「好奇怪！」艾麗諾自言自語地重複道，局促不安地看著妹妹，「假如她不知道他在城裡，就絕不會寫信給他，只會寄到庫姆宅邸。假如他在城裡，卻不來訪，也不寫信，這豈不是件怪事？噢！親愛的母親，妳真不該讓這麼年輕的女兒跟一位這麼陌生的男人訂婚，而且還做得這麼神秘。我真想追問下去，可是他們怎麼肯讓我多管閒事呢？」

經過考慮後，她決定：要是情況再這樣持續下去，她就要用最強烈的言詞寫信報告母親，要她認真追問這件事。

帕瑪斯夫人和詹寧斯太太早上邀請了兩位老太太與她們共進晚餐，因此帕瑪斯夫人在喝過茶後便起身告辭，前去赴晚上的約。艾麗諾好心地幫大家擺好了牌桌，瑪麗安什麼忙也幫不上，因為她一直不肯學打牌；不過，雖然她能因此自由支配自己的時間，但整個晚上絲毫不比艾麗諾過得開心，因為她一直在忍受著期待的焦慮和失望的痛苦。有時候，她勉強讀了幾分鐘的書，但是很快又把書本拋開，重新在室內踱步。每當走到窗前時總要停下腳步，希望能聽到期盼已久的敲門聲。

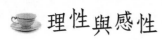

第二十七章

第二天，大家聚在一起吃早餐時，詹寧斯太太說道：「如果天氣再這麼暖和下去，約翰爵士下禮拜也不會離開巴頓的，那些打獵者根本不想錯過一天的樂趣。可憐的傢伙們！我真同情他們，他們似乎也太認真了。」

「確實是這樣，」瑪麗安愉快地說道，一邊朝向窗外的天氣，「我還沒想過這一點呢！遇到這種天氣，好多打獵者都會待在鄉下不走。」

多虧這一番回憶，讓她重新變得興高采烈。「這種天氣確實對他們富有魅力，」她接著說道，一面帶著愉快的神情坐下，「他們有多開心啊！不過，」她又恢復了一些憂慮，「這是不會持續太久的。遇到這種季節，又接連下了好幾場雨，當然不會再下了。再來就會結霜，八成會很嚴重，也許這一兩天就會出現。這種溫暖的天氣恐怕持續不了多久了——唔，說不定今晚就會結霜！」

艾麗諾對瑪麗安的心思瞭解得一清二楚，她不想讓詹寧斯太太看出妹妹的想法，於是說：「無論如何，到了下週末，我們一定能把約翰爵士和米多頓夫人接來城裡。」

「啊，親愛的，我敢保證沒問題的，瑪麗安總是要別人聽她的。」

「看吧！」艾麗諾心想，「這下她要寫信去庫姆了，今天一定就會寄出。」

不過，即使瑪麗安真的這麼做了，那也是偷偷進行的。艾麗諾並沒有看出任何異狀，這讓她不是很滿意。然而，只要見到瑪麗安興高采烈的樣子，她也無法表現得太過彆扭。瑪麗安確實興高采烈，她為溫暖的天氣感到高興，更為霜凍即將來臨感到高興。

這天早上主要忙著送名片到詹寧斯太太的熟人家中，通知他們太太回城的消息。瑪麗安始終在觀察風向，注視著天空的各種變化，想像著馬上就要變天。

「艾麗諾，難道妳不覺得天氣比早上冷嗎？我覺得好像不太一樣，甚至連戴著手套都覺得雙手冰冷，昨天似乎不是這樣。雲彩也在散開，太陽馬上就要出來，下午肯定是個晴天。」

艾麗諾心裡悲喜不定，反而是瑪麗安始終如一。她每天晚上見到通明的爐火，每天早上看到天氣，都認定是霜凍即將來臨的徵兆。

詹寧斯太太對兩位達斯伍德小姐總是非常和善，使她們沒有理由不滿意。同樣地，她們也沒有理由對太太的生活方式和那群朋友感到不滿。她對家中的大小事務總是極為寬容，除了城裡的幾位老朋友（米多頓夫人一直希望她放棄他們），她從不去拜訪別人，唯恐引起她的年輕伙伴不安。在這一點上，艾麗諾高興地發現，自己的處境比原先想像的好，於是也不再去計較那些無趣的晚會。這些晚會充其量只是打打牌，沒有什麼樂趣。

布蘭登上校是詹寧斯家的常客，幾乎每天都和她們待在一起。他上門是為了看看瑪麗安，並跟艾麗諾講點話。艾麗諾和他交談時，往往能比從其他日常事物中得到更大的滿足，但同時也注意到，上校對她妹妹依舊一片深情。她擔心這種感情正在與日俱增。她還傷心地發現，上校經常深情地望著瑪麗安，他的情緒顯然比在巴頓時更加低沉。

進城後大約過了一週，她們才確定威洛比已經來到城裡。那天早上她們坐車出遊回來，看到桌上有他的名片。「天啊！」瑪麗安驚叫道，「他來過這裡！」

得知威洛比就在倫敦，艾麗諾不禁喜上心頭，便放心地說道：「妳放心好了，他明天還會來的。」瑪麗安彷彿沒聽見她的話，等詹寧斯太太一進屋，她就拿著那張珍貴的名片溜走了。

這件事振奮了艾麗諾的情緒，也恢復了瑪麗安的興致，而且讓瑪麗安比以前更加激動不安。從這時開始，她的心情從未回復平靜，她無時無刻不在期待見到他，什麼事情也做不了。隔天早晨，當大家出門的時候，她執意要留在家裡。

艾麗諾出門後，一心想著伯克利街可能發生的事。回家後，她只朝妹妹瞥了一眼，便知道威洛比沒有再來過。就在這時，僕人送來一封便條，擺在桌子上。

「給我的！」瑪麗安嚷道，急忙衝上前去。

「不，小姐，是給太太的。」

但瑪麗安不相信，硬是拿起信來。

「真的是給詹寧斯太太的，真令人生氣！」

「那麼，妳在等信囉？」艾麗諾問道，她再也沉不住氣了。

「是的！有一部分是——但不完全是。」

沉默了片刻。「瑪麗安，妳不信任我。」

「得了吧！艾麗諾，妳還敢說我，妳對誰都不信任！」

「我？」艾麗諾有些窘迫地答道，「瑪麗安，我的確無可辯解。」

「我也沒有，」瑪麗安語氣強硬地回答，「那麼，我們的情況是一樣的了。我們都沒話好說，因為妳什麼也不肯說，而我什麼也沒隱瞞。」

艾麗諾被指責為不坦率，而她又無法為自己辯護，心裡很煩惱。在這種情況下，她不知道該怎麼讓瑪麗安老實一些。

詹寧斯太太很快就回來了，一接到信便大聲讀了出來。信是米多頓夫人寫來的，上頭說他們已在前一晚抵達康迪特街，請她母親和兩位表姐妹明天晚上前去作客。由於約翰爵士有事在身，她自己又患了重感冒，不能親自來伯克利街拜訪。

約定的時刻即將到來，出於對詹寧斯太太的禮貌，她們姐妹理應陪她一同前往，豈知艾麗諾費盡了唇舌才說服妹妹同行，因為她還沒見到威洛比，不想再冒著讓他撲空的危險，跑去自尋開心。

夜裡，艾麗諾發現，人的性情不會因環境發生太大的變化。因為約翰爵士剛到城裡，就想找來將近二十個年輕人，開一場熱鬧的舞會，不過米多頓夫人並不同意他這麼做。在鄉下，臨時舉辦舞會是無傷大雅的；但在倫敦，必須要博得一個風雅體面的好名聲。不過，為了讓幾位小姐滿意，他們還是開了個小舞會，聚集了八九對舞伴、兩把小提琴，並從餐具櫃裡拿出一些小吃。

帕瑪斯夫婦也來參加舞會。自從她們進城以來，一直沒有見到帕瑪斯先生，因為他總是盡可能避開岳母的注意，從不接近她。女士們進來時，他連一點親切的表示都沒有，只是遠遠看了她們一眼，並朝詹寧斯太太點了點頭。

瑪麗安朝室內環視了一下，這已經夠她看出他不在場。她坐下來，既不想找樂子，又不想取悅別人。大約一個鐘頭之後，帕瑪斯先生朝著兩位達斯伍德小姐走去，說想不到會在城裡見到她們。事實上，布蘭登上校起先就是在他家聽說她們進城的消息，而他一聽說她們要來，還說了幾句莫名其妙的話。

「我還以為妳們在德文郡呢！」他說。

「真的嗎？」艾麗諾答道。

「妳們什麼時候回去？」

「我也不曉得。」就這樣，他們的談話結束了。

瑪麗安第一次不樂意在舞會上跳舞，也第一次跳得那樣精疲力竭。一回到伯克利街，她就抱怨起來。

「哎唷！」詹寧斯太太說，「我們都明白原因。假如那個不能說的人來了，妳就一點也不會累了。老實說，連我們邀請他都不肯來，這也未免太不像話了。」

「邀請？」瑪麗安叫嚷道。

「我女兒米多頓夫人是這樣告訴我的。今天早上，約翰爵士似乎在街上遇到過他。」

瑪麗安沒再說什麼，但看起來極為生氣。艾麗諾覺得非常焦急，想減輕妹妹的痛苦。她決定隔天早上寫封信給母親，希望透過喚起她對瑪麗安健康的憂慮，對她進行一番詢問。隔日，吃過早飯後，她發現瑪麗安又在寫信給威洛比（她認為她不會寫給別人），更認為這件事刻不容緩。中午時，詹寧斯太太有事獨自出門了，艾麗諾立刻開始動筆。這個時候，瑪麗安心煩意亂，時而在窗戶之間來回踱步，時而坐在火爐前低頭沉思。艾麗諾在信上敘述了這裡發生的事，指出她懷疑威洛比用情不專，請她務必盡到做母親的本分，要求瑪麗安說明她跟威洛比之間真正的關係。

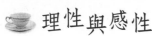

她剛寫好信，就傳來了敲門聲，隨即有人通報說布蘭登上校來了。瑪麗安早已從窗戶望見了他，她什麼客人也不想見，便立刻離開了房間。

上校看起來比平常更加心事重重，他看見只有艾麗諾一個人，雖然嘴裡說很高興，卻一聲不響地坐了好一陣子。艾麗諾確信他有話要說，而且擺明與瑪麗安有關，急切地等待他開口。這已經不是她第一次有這種感覺了，在這之前，上校曾不止一次地說過「妳妹妹今天似乎很不舒服」，或是「妳妹妹似乎不很高興」之類的話，彷彿要透露或是打聽她的事情。過了好幾分鐘，他終於打破沉默，帶著幾分焦慮的語氣問她，自己什麼時候能恭喜她得到個妹夫？艾麗諾沒料到他會提出這樣的問題，一時又想不出答案，只好避重就輕，問他這是什麼意思？上校擠出個笑容，回答道：「妳妹妹與威洛比訂婚早已盡人皆知了。」

「不可能！」艾麗諾回答說，「因為她的家人都還不知道。」

上校似乎吃了一驚，「請妳原諒，我的問題恐怕有點唐突無禮；不過，既然他們公開通信，我不覺得還有什麼秘密可言。人們都在議論他們要結婚了。」

「怎麼可能？你是聽誰說的？」

「很多人——有些妳根本不認識，有些和妳關係密切，例如詹寧斯太太、帕瑪斯夫人和米多頓夫人。不過，儘管如此，要不是僕人今天引我進門時，我無意中看見他拿著一封妳妹妹寫給威洛比的信，我也許還不願意相信呢！我這一趟本來是想問個清楚，但如今已經確信無疑了。難道一切都已經決定了？難道不可能——可是，我沒有資格、也不可能成功。請原諒我，達斯伍德小姐。我知道我不該說這麼多，但我簡直不知所措。妳做事謹慎，我完全能信任妳，告訴我，難道事情已經百分之百確定了——除了需要再隱瞞一些時間以外——再怎麼爭取也……？」

在艾麗諾聽來，這一番話表明了他對她妹妹的眷戀，讓她大為感動。她一瞬間說不出話來，即使心情平復之後，心裡仍然猶豫了好久，不知該如何回答。她對妹妹和威洛比之間的關係一無所知，但她又確信，無論瑪麗安與威洛比的結局如何，布蘭登上校都沒有任何希望。同時，她還想避免妹妹的行動受到指責。經過再三考慮後，她認為最明智、最厚道的做法，就是承認：雖然她從未聽他們當面承認兩人的關係，但她對他們的相愛毫不懷疑，也對他們的通信毫不驚訝。

上校一聲不響、聚精會神地聽著。等她一說完，他立刻從椅子上站起來，激動地說道：「祝福令妹一切順利，也祝威洛比配得上她。」一說完就辭別而去。

艾麗諾並未從這次談話中得到安慰，藉以減輕她在其他問題上的不安感；相反地，布蘭登上校的不幸為她留下了一抹憂鬱，她一心盼望事實能對她的說法加以印證，甚至忘了這種憂鬱感。

第二十八章

之後的三四天裡沒有發生什麼事，這讓艾麗諾後悔不該向母親報告，因為威洛比既沒上門，也沒來信。有一天，她們應邀陪米多頓夫人參加一次晚會，詹寧斯太太因為小女兒身體不適，不能前往。瑪麗安心情過於沮喪，也不刻意打扮，似乎去不去都無所謂，不過她還是一邊準備著。喝過茶，直到米多頓夫人來之前，她就坐在客廳的壁爐前一動也不動，只顧想她的心事。最後，她聽說米多頓夫人在門口等她們，便立刻站起身，彷彿忘了自己正在等人。

她們按時抵達目的地。前面的一排馬車剛一駛離，她們便走下車，登上樓梯，聽見僕人在樓梯平台上傳報她們的姓名。她們走進一間燈火通明的客廳，裡頭賓客滿堂，悶熱難耐。一行人向女主人行過禮後，就來到眾人之間。她們的加入讓室內變得更熱、也更擁擠了，只能跟著大家一起活受罪。大家無所事事地待了一陣子之後，米多頓夫人便坐下玩「卡西諾」，瑪麗安則和艾麗諾在離牌桌不遠處坐了下來。

兩人沒坐多久，艾麗諾就發現了威洛比，他站在離她們幾碼處，正和一個非常時髦的年輕女子熱烈交談。威洛比也很快看見了她，他立刻向她點了點頭，但並不想跟她說話，也不想接近瑪麗安，只是繼續和那位女士交談。艾麗諾不由自主地轉向瑪麗安，看她是否注意到這一切。就在此時，瑪麗安也發現了威洛比，頓時滿臉通紅，迫不及待地就想朝那裡跑去，卻被姐姐一把抓住。

「天哪！」瑪麗安驚叫道，「他在那裡——他在那裡！哦！他怎麼不看我？我為什麼不能跟他說話？」

「我拜託妳安靜一點，」艾麗諾叫道，「別把妳的心思暴露給在場的所有人。也許他還沒有發現妳。」

可是，連她自己也不相信這句話。要瑪麗安在這種時刻安靜下來，那是不可能的。她惴惴不安地坐在那裡，臉色大變。

最後，威洛比終於又轉頭臉來，望著她們兩人。瑪麗安忽地站起身，親暱地喊了一聲他的名字，就朝向他伸出了手。威洛比走過來，卻偏偏是對艾麗諾說話，而不是瑪麗安，彷彿一心想避開她的目光，不理會她的態度似的。他匆匆忙忙地問起達斯伍德太太的狀況，問她們來城裡多久了。艾麗諾被他搞得心慌意亂，一句話也說不出來；但她的妹妹卻一股腦兒地把心裡話全傾吐出來。她滿臉通紅、萬分激動地嚷道：「天哪！威洛比，你是什麼意思？難道你沒收到我的信？難道你不想和我握握手？」

事到如今，他只好握了她的手一下，並竭力讓自己鎮靜下來。艾麗諾看了看他的臉色，發覺他的表情變得穩重些了，又過了一陣子，他心平氣和地說道：

「上禮拜二我有幸到伯克利街拜訪，遺憾的是，妳們和詹寧斯太太碰巧都不在家。我想妳們看見我的名片了。」

「難道妳沒收到我的信？」瑪麗安焦急萬分地叫道，「這裡頭肯定有什麼誤會——一個可怕的誤會。這到底是怎麼回事？告訴我，威洛比，看在上帝的份上，告訴我，這是怎麼回事？」

威洛比沒有回答，他的臉色變了，露出一副尷尬的神態。但是，一看見瑪麗安的目光，他又感到必須馬上克制住自己，於是重新恢復了鎮靜，說道：「是的，妳出於一番好意、通知我妳們已經進城的信件，我很榮幸地收到了。」說罷微微點了點頭，便急忙轉身回到他的朋友面前。

瑪麗安的臉色白得嚇人，兩腿再也站不住，一屁股坐到椅子上。艾麗諾怕她隨時昏過去，一面擋住她不讓別人看見，一面用薰衣草香水讓她鎮定。

「妳去找他，艾麗諾，」瑪麗安一能開口講話，便說道：「叫他到我這裡來。告訴他我還要見他，有話要馬上對他說。我無法安心，他不解釋清楚，我一秒鐘也安心不下來。一定發生了什麼可怕的誤會，哦！妳馬上去找他。」

「那怎麼行呢？不，我親愛的瑪麗安，妳先等等。這不是適當的場合。等明天再說吧。」

她好不容易才攔住妹妹，沒讓她親自跑去找威洛比；至於要勸她別激動、勸她等合適的場合再說，卻是很難辦到的。瑪麗安不停地長吁短嘆，低聲傾訴著內心的悲傷。不一會兒，艾麗諾看到威洛比離開客廳朝樓梯口走去，便告訴瑪麗安他已經走了，今晚說什麼也談不成了，並勸她冷靜。瑪麗安立刻請姐姐拜託米多頓夫人帶她們回家，因為她太難過了，一分鐘也待不下去。

米多頓夫人的一局牌正好打到一半，當她聽說瑪麗安不舒服，想回家，絲毫沒顯露出任何不高興，便連忙把牌交給一位朋友，匆匆告辭了。在返回伯克利街的途中，大家幾乎一言未發。瑪麗安過於傷心，連眼淚都流不出來，只能默默地忍受著。幸好詹寧斯太太還沒回家，她們徑直走回房間，瑪麗安聞了聞嗅鹽（讓昏厥者清醒用），稍微鎮定了些。她很快脫下衣服，爬上了床，似乎想一個人靜一靜。艾麗諾於是走出了房間，當她等候詹寧斯太太回家的時候，仔細地回想了往事。

毫無疑問，威洛比和瑪麗安曾訂過婚；而同樣毫無疑問的是，威洛比對她厭倦了，因為無論瑪麗安是怎樣痴心妄想，自己總不會把這種行徑歸咎於誤解和誤會吧？唯一的解釋就是他變心了，若不是艾麗諾親眼見到他的窘態，她還會更加義憤填膺。那副窘態表示了他內心愧疚，使她不相信他是從一開始就心懷不軌，一直玩弄她妹妹的感情。離別也許削弱了他的愛情，而貪圖物質享受也許使他徹底拋棄了愛情，但是他以前確實愛過瑪麗安，這一點無庸置疑。

至於瑪麗安，這次不幸的會面已經為她帶來了極大的痛苦，以後的結局可能還會使她更加痛苦，艾麗諾越想越感到憂慮重重。相比之下，她自己的處境還算好，因為她能一如既往地敬重愛德華，無論他們將來如何分隔兩地，心裡至少還有個寄託。然而，各種不幸似乎都聚在瑪麗安的身上，並註定了她與威洛比的決裂——迅速地、無可挽回地決裂。

第二十九章

第二天早上，正當一月的清晨還是寒氣襲人、一片黯淡的時候，瑪麗安既不等女僕進來生火，也不等太陽送來溫暖，衣服還未穿好，就伏在窗前，藉著外頭透進來的一縷亮光，一邊流著淚一邊寫信。艾麗諾被她的啜泣聲驚醒，惶惶不安地觀察了她好一陣子，然後溫柔地說道：

「瑪麗安，可以問妳嗎？」

「不，艾麗諾，」瑪麗安回答，「什麼也別問，妳很快都會明白的。」

即使身處絕望，這句話仍說得相當鎮定。不過，話才剛說完，她馬上又感到悲痛欲絕，直到好幾分鐘後才繼續動筆，由於一陣陣失聲痛哭，她只好不時停下筆來。這充分證明了艾麗諾的預感：瑪麗安正在寫最後一封信給威洛比。

艾麗諾默默注視著瑪麗安，不敢輕舉妄動。她本想好好安慰妹妹，想不到她歇斯底里地哀求姐姐千萬別跟她說話。在這種情況下，兩人最好還是趕快分開。瑪麗安心神不寧，穿好衣服後在房裡一刻也待不下去，於是她避開眾人，繞著房屋徘徊，一直踱到吃早餐為止。

早餐時，她什麼也沒吃。艾麗諾真是傷透腦筋，但她既不是在勸她、可憐她，也不是在關注她，而是盡可能將詹寧斯太太的注意力完全吸引到自己身上。

這一頓飯讓詹寧斯太太十分滿意，因此吃了好久。飯後，大家剛在針線桌前坐好，僕人就遞給瑪麗安一封信。瑪麗安迫不及待地接下，只見她臉色變得慘白，轉身跑出房去。艾麗諾立刻明白，信是威洛比寫來的。頓時，她心裡生出一股厭惡感，難過得幾乎連頭都抬不起來。她坐在原地渾身發抖，生怕引起詹寧斯太太的注意。豈知，那位好心的太太看見瑪麗安收到威洛比的一封信，又開始說起玩笑話來。她說，希望這封信能讓瑪麗安稱心如意。由於忙著編織，她完全沒有察覺艾麗諾的傷心樣。等瑪麗安一跑出去，她又安然自得地繼續說道：

「說實在的，我這輩子還沒見過哪個女孩這麼痴情的！我的女兒可比不上她，不過她們過去也夠傻了。說起瑪麗安小姐，她可真是難得。我衷心地希望威洛比別讓她等太久了。看到她滿臉病容，真讓人傷心！請問，他們什麼時候辦喜事呢？」

艾麗諾從不像現在這麼懶得說話，但面對這種挑釁，她又不得不回敬一下：「太太，妳真的相信我妹妹和威洛比先生訂婚啦？我還以為妳只是開開玩笑而已，但妳問得這麼一本正經，代表事情似乎沒那麼簡單。因此我要勸妳別再自欺欺人了。老實跟妳說吧！聽說他們兩人要結婚，沒有什麼話比這更令我吃驚了。」

「真丟人，太丟人了！達斯伍德小姐，虧妳說得出口！他們從一見面就親親我我的，難道我們會不知道他們要結婚嗎？難道我在德文郡沒見過他們天天形影不離嗎？難道我不知道妳妹妹跟我進城是為了訂做婚紗？好了，好了，少來這一套。妳自己神秘兮兮，就以為別人都是笨蛋；但我可以告訴妳，根本不是這樣子，其實這件事兒早就傳得沸沸揚揚了。我對每個人都這麼說，夏綠蒂也是這樣。」

「真的，太太，」艾麗諾嚴肅地說道，「妳誤會了。妳到處傳播這種消息，實在太不厚道了。雖然妳現在不相信我的話，但將來總會發現自己太不厚道了。」

詹寧斯太太一笑置之。艾麗諾也不想再多費唇舌，她急著想知道威洛比寫了些什麼內容，便匆匆忙忙地趕回房間。一打開門，她看見瑪麗安正趴在床上，泣不成聲，手裡抓著一封信，身旁還放著兩三封。艾麗諾坐到床上，抓住妹妹的手，親熱地吻了幾下，也跟著痛哭起來，簡直就跟瑪麗安一樣傷心。兩人同聲悲泣了一陣子之後，瑪麗安把幾封信遞給艾麗諾，然後用手帕捂住臉，哀傷得幾乎要尖叫出來。艾麗諾看見妹妹如此難過，實在大為吃驚，知道其中一定有緣故，便在一旁守著，直到她的悲痛略為平復。之後，她打開威洛比的信，讀了起來：

親愛的小姐：

不久前有幸拜讀來信，請允許我向您致以誠摯的謝意。我很不安地發現，我昨晚的舉止令您不盡滿意。雖然我不知道在哪一點上不幸有所冒犯，但還是懇請您見諒，我敢保證那純屬無意。每當我想起先前與您一家在德文郡的交往，心頭不禁浮起感激喜悅之情，因此便自不量力地以爲即使自己行爲上有所不妥，或是引起一點誤會，也不至於破壞這份友情，我對您一家充滿了眞誠的敬意。但是，若不幸讓您認爲我抱有其他念頭的話，那我只好責備自己在表達上有失謹愼。您只要瞭解以下情況，就會明白我不可能存有別的意思：我早就與別人定了情，而且我認爲不用幾個禮拜就會完婚。我不勝遺憾地寄還我有幸地收到的信件和那根頭髮。

約翰・威洛比

一月寫於龐德街

可以想像，艾麗諾讀完這封信一定會義憤填膺。雖然她還沒讀就知道，這肯定是他用情不專的一份自白，證明他倆永遠不得結合；但她不知道該如何容忍這樣的言語，也無法想像威洛比怎麼能這麼無恥、這麼不顧紳士的體面，竟寄來如此卑鄙、惡毒的一封信。在這封信裡，他既想解除婚約，又不表示任何歉意，不承認自己背信忘義，一口否認自己對她有過任何感情。在這封信裡，一字一句都惡毒之至，表明寫信人已經深深陷進了邪惡的泥淖之中。

艾麗諾又驚又怒地沉思了一陣子，接著又讀了幾遍。每讀一遍，就越痛恨威洛比。由於太痛恨他了，她連話都不敢說，唯恐說出的話讓瑪麗安更加傷心。在她看來，解除這段婚約對妹妹沒有任何壞處，反而讓她逃脫了一場最不幸的災難，逃脫了跟一個無恥之徒的終身結合，這實在是不幸中的大幸。

艾麗諾一心想著那封信的內容，想著寫信人的卑鄙，甚至可能在忖度另一個人的心思——這個人與這件事並無關係，她只是不經意地把他和剛發生的事聯繫在一起。她就這麼想著，漸漸忘了妹妹目前的痛苦，忘了膝上還有三封信沒有看過，忘記了她在房裡待了多久。就在這時，她聽見一輛馬車駛近的聲音，便起身走到窗前，看看是誰來了。原來是詹寧斯太太要出門了，她大吃一驚，因為她知道老太太原本一點鐘才要走。雖然她現在勸不動瑪麗安，但也不想拋下她一個人，於是趕緊跑去告訴詹寧斯太太，說因為瑪麗安身體不舒服，她這回只好失陪了。詹寧斯太太正在興頭上，也欣然同意。

把她送走後，艾麗諾又回去照顧瑪麗安，只見她撐著身子想從床上爬起，但因為長時間缺乏睡眠和營養，差一點摔到地上，幸好艾麗諾及時扶住她。幾天以來，她既沒有食欲，也睡不安穩，現在心裡的期待又落空，頓時感到頭暈目眩，脆弱不堪。艾麗諾立刻為她倒了一杯葡萄酒，她喝下去後覺得好了一些。這時，她總算領了艾麗諾的情，說道：

「可憐的艾麗諾，我害得妳好難受啊！」

「我只希望，」姐姐回答，「我能夠想出方法安慰妳。」

這句話令瑪麗安再也受不了，她忍著極大的痛苦，發出了一聲悲嘆：「噢，艾麗諾，我好悲慘啊！」說完，她又泣不成聲。

見她如此悲傷，艾麗諾再也沉不住氣。

「瑪麗安，要是妳不想把自己和親人都折磨死的話，」她大聲說道，「就請妳克制一下。想想母親，當妳忍受痛苦的時候，也想想她的痛苦。為了她，妳必須克制自己。」

「我做不到！我做不到！」瑪麗安嚷道，「要是我惹妳氣惱了，就請妳離開吧！儘管離開我、痛恨我、遺忘我，但不要這樣折磨我。哼！自己沒遇過傷心事，說起來當然輕鬆了。無憂無慮的艾麗諾，妳是無法知道我有多麼痛苦的。」

「妳說我無憂無慮？瑪麗安！唉，要是妳知道就好啦！我看著妳這麼悲痛，妳卻認為我是快樂的！」

「請原諒我！請原諒我！」瑪麗安摟住了姐姐的脖子，「我知道妳為我傷心，我知道妳心腸好。不過，妳還是——妳一定是快樂的。愛德華愛妳，不是嗎？什麼事能抵銷這樣的幸福呢？」

「很多事。」艾麗諾鄭重其事地說。

「不！不！不！」瑪麗安狂叫道，「他愛妳，而且只愛妳一個，妳不可能有什麼痛苦。」

「看到妳變成這副模樣，我不可能有什麼快樂。」

「妳永遠也看不到我變成另外一副模樣。我的痛苦無論如何也無法消除。」

「妳不能這麼說，瑪麗安，難道妳沒有其他感到安慰的事？沒有朋友？妳的損失就那麼大，大到連安慰的餘地都沒有了？儘管妳現在很痛苦，但妳想想，假如妳更晚發現他的為人，假如你們訂婚好幾個月後才退婚，那妳會遭受多大的痛苦？要是妳不幸地與他多親近一天，妳就會覺得這個打擊越可怕。」

「訂婚？」瑪麗安嚷道，「我們沒有訂婚呀！」

「沒有訂婚？」

「沒有，他不像妳想像的那麼卑鄙無恥。他沒有背叛我。」

「但他對妳說過他愛妳吧？」

「是的——不，從來沒有——絕對沒有。他每天都有這個意思，但是從來沒有明說。有時我以為他說了，其實他從未說過。」

「但是他寫信給妳過吧？」

「是的，事情到了那個地步，難道寫信也有錯？不過我也不確定。」

艾麗諾沒再說話。這時，那三封信引起了她的興趣，她將信的內容匆匆瞧了一遍。第一封信是她妹妹剛進城時寫給威洛比的，內容如下：

威洛比，你收到這封信一定會嚇一跳！我想，要是你知道我在城裡，可能還不只是驚訝呢！有機會來到城裡（雖然是與詹寧斯太太一起），對我們來說眞是太開心了。我希望你能及時收到這封信，今晚就來這裡，不過我想你未必能來。無論如何，希望明天能見到你。再見。

瑪麗安．達斯伍德

一月寫於伯克利街

第二封信是參加了米多頓家的舞會後的隔天早上寫的，內容如下：

昨天沒有見到你，我無法形容自己有多失望；還有，我一個多禮拜前寫給你的信，至今仍然沒有回音，也令我感到驚訝。我無時無刻不在期待你的來信，更期待見到你。請你儘快再來一趟，解釋一下爲什麼讓我空歡喜一場。你下次最好早一點來，因爲我們通常在一點鐘以前出門。昨晚米多頓夫人家舉行舞會，我們都去參加了，我聽說你也受到邀請，但這可能嗎？如果眞是這樣，那你爲什麼沒去呢？難道你變心了嗎？不過我認爲這是不可能的，希望能獲得你親自證明事實並非如此。

瑪麗安．達斯伍德

最後一封信的內容是這樣的：

我該怎麼看待你昨晚的舉動呢？威洛比。我再次要求你作出解釋。我本來準備和你高高興興地見上一面，因爲我們已經久違多時了，而我們在巴頓的親密關係似乎理所當然地會帶來一種親切感。想不到我竟然遭到冷落！我難過了一個晚上，一直想爲你那簡直是侮辱的行爲尋找理由。雖然我尚未替你找到合理的辯解之詞，但仍然想聽聽你自己的解釋。也許你聽信了關於我的某種誤傳，或是上了有心人士的當，因而降低了我在你心目中的地位。告訴我這是怎麼回事，解釋一下你爲什麼要這麼做，那樣的話，我將爲了能消除你的疑慮而滿足。要是我不得不把你想得很壞的話，那會非常痛苦的；不過，如果我眞的必須這樣做、如果你眞的已經不像過去的那樣、如果你對我們的關心只是一片虛情假意、你對我的所作所爲只是爲了欺騙我的話，那你就趁早說出來。現在，我的內心正處於一種猶豫不決的狀態，我希望你是無辜的；然而，無論是哪種情況，只要說明白，都能夠減輕我目前的痛苦。如果你的感情起了變化，就請你退還我的信件和你保存的，我的那一根頭髮。

瑪麗安．達斯伍德

艾麗諾簡直不敢相信，威洛比竟然能對這些情意綿綿的信作出這種答覆。但是，她對威洛比的責怪並未使她忘了瑪麗安的輕率，因為這些信根本就不應該寫。她默默地思考著，令她感到痛心的是，瑪麗安竟然這樣冒失地向對方傾吐心事，平白無故地讓對方抓住把柄，因而受到這番無情嘲弄！瑪麗安發覺艾麗諾讀完了信，便說道，這些信其實也沒什麼，任何人處在相同情況下都會這麼寫的。

「我自以為和他正式訂婚的話，」她補充說，「就會受到嚴格的法律約束。」

「我相信是這樣，」艾麗諾說，「不幸的是，他卻不這樣想。」

「艾麗諾，他以前也是這麼想，我知道的，他有好多個禮拜都是這麼想。不管他為什麼會變成現在這樣子（一定是誰對我施展了最惡毒的詭計），他曾經與我十分親密。就拿那根頭髮來說，他現在說捨棄就捨棄了，但當初卻是向我苦苦哀求才得到的。要是妳當時能見到他的表情，聽聽他的語調，那就好了！妳記得我們一起在巴頓的最後一晚嗎？還有分手的那天早上？他對我說，我們還要過好幾個禮拜才能再見面，我完全忘不了他那個悲傷的模樣。」

她再也說不下去了，只好停頓一會兒。當這陣激動結束後，她帶著更堅定的口氣說道：

「艾麗諾，我受到了無情的利用，但利用我的不是威洛比。」

「親愛的瑪麗安，不是他還有誰？他能被誰唆使呢？」

「受世上所有人的唆使，而不是憑他自身的心願。我寧可相信我認識的所有人都串通起來，詆毀了我在他心目中的形象，也不相信他會這麼殘忍。他信裡提到的那個女人——無論她是誰——總之，除了妳、母親和愛德華以外，任何人都會冷酷無情地說我的壞話。除了你們三人之外，我寧可懷疑天底下的人，也不懷疑威洛比，因為我太瞭解他了。」

艾麗諾不想爭辯，只回答說：「不管是誰這麼可惡地與妳為敵，妳都應該相信自己清白無辜，驕傲地面對他們，讓他們想幸災樂禍也不行。這是一種合理的自豪感，可以抵擋任何邪惡的攻擊。」

「不，不，」瑪麗安嚷道，「在我這種痛苦下是沒有自豪感的。我不在乎誰知道我痛苦，任何人見到我的模樣都可以幸災樂禍。艾麗諾，艾麗諾，沒有遭受過痛苦的人大可以感到驕傲、自豪，甚至以牙還牙，但是我不行。我非得覺得痛苦不可，隨便人們幸災樂禍去吧！」

「可是，看在母親和我的份上——」

「我願意多為妳們著想。不過，要我在悲痛的時候裝出高興的樣子——噢！有誰會這樣要求呢？」

兩人又陷入了沉默。艾麗諾若有所思地在火爐和窗戶之間踱步，既沒感到火爐的溫暖，也沒察覺窗外的景物。瑪麗安坐在床角，把頭靠在床柱上，又伸手拿起威洛比的信，戰戰兢兢地重讀了一遍，然後驚叫道：

「太不像話了，威洛比呀！難道這真是你寫的信？狠心啊！太狠心了，你說什麼也逃脫不了這個指控。艾麗諾，他說什麼也逃脫不了！無論他聽到了有關我的什麼壞話，難道不該先懷疑？難道他不該先告訴我，給我個辯解的機會？『我有幸收到的那根頭髮』——無法原諒！威洛比，你寫這句話的時候良心何在？哼！真是蠻橫無禮！艾麗諾，這有道理嗎？」

「不，瑪麗安，絕對沒有。」

「再說這個女人——誰知道她施展了什麼詭計，預謀了多久，精心策劃到什麼程度！她是誰呢？她會是誰呢？在他認識的女人之中，我聽他說過誰年輕又迷人呢？哦！沒有，沒有——他只會聊到我而已。」

又是一陣沉默。瑪麗安激動不已，最後說道：

「艾麗諾，我要回家。我要去安慰母親。難道我們不能明天就走嗎？」

「明天？瑪麗安！」

「是的，我為什麼要待在這裡呢？我來這裡只是為了威洛比。現在還有誰關心我？還有誰喜歡我？」

「明天就走是不可能的。詹寧斯太太對我們這麼好，我們必須對她有禮貌。即使是按照一般的規矩，也不能這麼匆匆忙忙地走掉啊！」

「好吧，也許可以寬限一兩天。但是我不能在這裡久留，我不能待在這兒任憑那些人說長道短——米多頓夫婦、帕瑪斯夫婦……我豈能忍受他們的憐憫？米多頓夫人那種女人的憐憫！哦！她會怎麼說啊！」

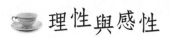

艾麗諾勸她再躺下，於是她躺了一會兒。但是什麼姿勢都不舒服，只覺得心裡煩躁不安，身體也疼痛不止，不由得翻來覆去，然後漸漸歇斯底里起來。幸好，最後艾麗諾讓她服了幾滴薰衣草藥水，很有效果，直到詹寧斯太太回來為止，她一直安安靜靜、一動也不動地躺在床上。

第三十章

詹寧斯太太一回家，就到她們的房間敲了門，不等回應便推開門走了進來，臉上顯出十分關心的表情。

「妳好嗎？親愛的。」她帶著同情的口吻對瑪麗安說，沒想到瑪麗安背過臉去，並不理她。

「她怎麼啦？達斯伍德小姐。可憐的孩子！她臉色很不好。這也難怪，唉！這件事一點也不假，威洛比馬上就要結婚了——沒出息的傢伙！我真是無法容忍。泰勒太太半個小時前告訴我的，而她又是從格雷小姐的一個好朋友那裡聽說的，不然我肯定不會相信。我簡直快氣炸了，唉！我只能說，如果真有其事，那他可就愧對了我認識的一位小姐，我希望他的妻子會煩得他心神不寧。親愛的，妳儘管放心，我會永遠這麼說，我不知道竟有這麼無法無天的男人，要是讓我再見到他，非狠狠訓他一頓不可！不過，瑪麗安小姐，令人安慰的是，天底下值得追求的年輕人不只他一個，光憑著妳那張漂亮的臉蛋，就永遠不缺愛慕妳的人。好了，可憐的孩子！我不再打擾她啦！最好讓她痛痛快快地哭上一場，然後這件事就算了結了。妳知道，幸好帕里斯夫婦和桑德森夫婦今晚會來，可以讓瑪麗安高興一下。」

說完她便轉過身，踮著腳尖走出房間，彷彿她的年輕朋友聽到聲音會更加痛苦似的。

出乎姐姐的意料之外，瑪麗安決定和大家一起吃飯。艾麗諾勸她不要這樣，但是她不聽，她要下樓，她完全承受得住。艾麗諾見她有意克制自己，不由得高興起來；雖然她覺得她很難堅持到最後，但還是安靜地趁瑪麗安躺在床上時替她整理衣服，想等下面一叫開飯，便扶著她進餐廳。

到了餐廳，她雖然看起來萬分沮喪，但胃口比姐姐想像的好得多，也鎮靜得多。不過她一個字也沒說，而且由於心不在焉，對眼前發生的事渾然不覺。

詹寧斯太太的一片好心，雖然往往表現得令人煩惱，甚至荒謬可笑，但艾麗諾仍然禮貌地向她表示感謝，這是妹妹絕對做不到的。而姐妹倆的這位好朋友發現瑪麗安愁眉苦臉，覺得自己有責任替她減輕痛苦，因此也像對待自己的兒女一樣，拚了命地寵愛她。她要讓瑪麗安坐在火爐前的最好位置，要用家裡的各種佳餚餵她吃飽，要拿當天所有的趣聞逗她開心。要不是艾麗諾不敢在妹妹面前嬉笑的話，真要被詹寧斯太太逗樂了！她居然想用五花八門的蜜餞、橄欖及暖烘烘的火爐，來醫治失戀的情傷。瑪麗安再也待不下去了，她哀嘆了一聲，向姐姐做了個手勢，示意她不要跟她走，便站起身來，匆匆離開房間。

「可憐的孩子！」瑪麗安一走出去，詹寧斯太太便大聲叫了起來，「看見她真叫我傷心！沒想到她連酒都沒喝完就走了！還有櫻桃乾也沒吃完！老天！好像什麼也不合她的胃口。我敢說，假如我知道她愛吃什麼，一定派人跑遍全城去買。唉！竟然有人這樣虧待這麼漂亮的小姐，真是不可思議！不過，在一方很有錢，而另一方沒什麼錢的情況下，人們也就不在乎這些了！」

「這麼說來，那位小姐——妳似乎叫她格雷小姐——非常富有了？」

「五萬鎊！親愛的。妳見過她嗎？聽說是個時髦的小姐，但是並不漂亮。我還清楚地記得她的姑媽畢蒂．亨肖，她嫁給了一個大財主，她的家人也都跟著發了財。五萬鎊！據說，這筆錢來得很及時，因為威洛比破產了。這也難怪，誰叫他老愛搭乘馬車、帶著獵犬東奔西跑的！唉，說這些有什麼用？不過是一個年輕小伙子，不管他是誰，既然向一位漂亮小姐求了愛，而且答應娶她，怎麼能僅僅因為自己越來越窮，又有一位富家女願意嫁給他，就突然變心呢？在這種情況下，他為什麼不賣掉馬，出租房子，開除僕人，徹頭徹尾地改過自新？我向妳保證，瑪麗安小姐會願意等到他境況好轉的。不過這沒有用，如今的年輕人是絕對不會放棄追求享樂的。」

「妳知道格雷小姐是個什麼樣的女孩嗎？她是不是挺溫柔的？」

「我從沒聽說她有什麼缺點。是的，我幾乎從沒聽人提起過她，只是今天早上聽泰勒夫人說，華克小姐有一次向她暗示，她認為艾利森夫婦很樂意把格雷小姐嫁出去，因為她和艾利森夫人總是合不來。」

「艾利森夫婦是誰？」

「她的監護人呀！親愛的。不過她現在成年了，可以自己作主了，她已經做出了一個奇妙的選擇，是啊！」詹寧斯太太停頓了一下，接著說道：「妳可憐的妹妹回房間了，想必是獨自傷心去了。難道我們就想不出一個辦法安慰她？可憐的好孩子，讓她孤伶伶地待著，這也太無情了。對了，等一下有幾個客人會來，可能會讓她高興一點。我們要玩什麼呢？我知道她討厭玩『惠斯特』。不過，難道沒有一種遊戲是她喜歡的？」

「親愛的太太，不勞妳費心了。瑪麗安今晚絕不會再離開她的房間。如果可以的話，我倒想勸她早點上床睡覺，她實在需要休息。」

「啊！我看那對她是最好的，晚飯就讓她自己吃，吃完就去睡覺。天哪！難怪她這一兩個禮拜氣色總是不好，垂頭喪氣的，我想她這些日子一直在想著這件事。誰知道今天接到一封信，才知道一切都完了！可憐的孩子！要是我早知道的話，絕不會拿她開玩笑。但妳也知道，我怎麼會猜得到這種事呢？我還一心以為那只不過是一封普通的情書呢！而且妳也知道，年輕人總喜歡別人開開他們的玩笑。天哪！約翰爵士和我的兩個女兒聽到這個消息，會多麼擔心啊！我剛才在回家途中應該去康迪特街一趟，提醒他們一聲。不過明天就會見到他們了。」

「我相信，帕瑪斯夫人和約翰爵士不用妳提醒，也會注意別在我妹妹面前提起威洛比先生，或是拐彎抹角地提起這件事。他們都是善良的人，知道在她面前說這件事會讓她多麼痛苦。還有一點，妳應該也能理解：別人對這件事聊得越少，我心裡的痛苦也會越輕。」

「哦，天哪！我當然理解。妳聽見別人談論這件事，一定非常難過。至於妳妹妹嘛，我敢保證，我絕對不會向她提起這件事。妳都看見了，吃午餐的時候我隻字未提呀！約翰爵士和我的兩個女兒也不會貿然提起，因為他們都很細心，很會體貼人——特別是有我向他們暗示的話，更不成問題，當然我一定會暗示的。對我來說，我認為這種事說得越少越好，忘得也越快。妳知道，說長道短有什麼好處呢？」

「對這件事說長道短只有壞處——而且可能超過其他的舉動，因為對當事人來說，有些舉動比當眾談論還要糟糕。我必須替威洛比先生說一句公道話：他跟我妹妹沒有訂婚，因而也沒有解除婚約。」

「噢！天哪！妳別裝模作樣地替他說話了。誰不知道他帶著妳妹妹把艾倫罕宅邸都逛遍了，還把他們以後要住哪個房間都決定好了！」

艾麗諾看在妹妹的面子上，不想繼續辯解下去。況且，看在威洛比的面子上，她認為也沒有必要繼續堅持。因為要是她力爭到底，瑪麗安固然會深受其害，威洛比也將遭到連累。兩人沉默了不久，詹寧斯太太又嚷道：

「好吧，親愛的，塞翁失馬，焉知非福？想必布蘭登上校就要從中得益了。他就要得到瑪麗安啦！是的，他會得到她的。妳聽我說，要是夏天之前他們還不結婚，那才怪呢！天哪！上校聽到這消息會多麼開心啊！我希望他今晚就來。他與妳妹妹匹配多了，一年兩千鎊，既無債務，又無阻礙——除了一個小私生女，我差點把她忘了。不過花點錢就能打發她去當學徒。我可以告訴妳，德拉佛是個好地方，就像我說的那樣是個風景優美、古色古香的好地方，環境舒適，設施便利，四周圍著園牆，大花園裡種著鄉下最優良的果樹，還有個角落長著一棵好棒的桑樹！天哪！我和夏綠蒂去過那裡一次，差點把肚子撐壞了！除此之外，還有一座鴿棚，幾個可愛的池塘，和一條美麗的河流。總之，只要人們想得到的，那裡應有盡有，而且靠近教堂，離公路只有四分之一哩，任何時候都不會單調無聊，因為屋後有一塊老紫杉樹林，只要坐在裡面，來往的車馬一覽無遺。哦！真是個好地方！離村莊不遠的地方就住著一個屠夫，離牧師公館很近。依我看，它比巴頓莊園好上一千倍。在巴頓莊園，買個肉要走三哩路，沒有鄰居比妳們家距離更近了。好啦，我要儘快給上校一點鼓勵。妳知道，她很快就會忘了悲傷，我們只要能讓她忘掉威洛比就好了！」

「啊，太太，只要能做到這一點，」艾麗諾說，「有沒有布蘭登上校都行。」說完便跑去找瑪麗安了。不出她所料，瑪麗安就在房裡，悶悶不樂地坐在微弱的爐火前。直到艾麗諾進來為止。

「妳最好離我遠一點。」艾麗諾只聽她說了這麼一句話。

「要是妳上床睡覺，」艾麗諾說，「我就離開。」

瑪麗安悲痛難忍，任性地拒不答應。但她經不起姐姐苦口婆心地勸說，很快就順從了。艾麗諾看見她把疼痛的頭部放在枕頭上，就像她希望的那樣安安穩穩地休息著，便走出房間，來到客廳。

過沒多久，詹寧斯太太也來了，手裡端著一隻酒杯，斟得滿滿的。

「親愛的，」她說道，「我剛想到，我家裡還有些康斯坦夏酒，妳一定沒嘗過這麼好的上等酒，所以我為妳妹妹斟了一杯。我那可憐的丈夫！他多麼喜歡這種酒啊！他那痛風症的老毛病一發作，就說天底下沒什麼比這種酒對他更有用了。快端給妳妹妹吧！」

「親愛的太太，」艾麗諾答道，一聽到這酒的神奇效用，不由得微微一笑，「妳真是太好了！但瑪麗安已經就寢了，差不多睡著了。我想，對她最有益的還是睡眠，要是妳允許的話，這杯酒就讓我喝了吧。」

詹寧斯太太雖然後悔自己沒有早來五分鐘，卻也不反對這個提議。艾麗諾大口地喝掉了半杯酒，一面心想：雖然這種酒的療效對她無關緊要，但它既然能治好失戀的創傷，讓她喝與讓妹妹喝豈不是一樣？

正當大伙兒用茶的時候，布蘭登上校進來了。艾麗諾看到他在室內東張西望的表情，立刻判斷出，他既不期待，也不希望見到她。總之，他已經明白了她缺席的理由。但詹寧斯太太不是這麼想的，一見他走進門，她就來到艾麗諾面前，悄悄說道：「妳看，上校看起來跟平常一樣沉重。他還一無所知呢！快告訴他吧，親愛的。」

不久後，上校便拉出一張椅子靠近艾麗諾坐下，然後問起了瑪麗安的狀況。他的態度越來越使她確信，他已經掌握了確切的消息。

「瑪麗安狀況不佳，」艾麗諾說，「她一整天都不舒服，我們勸她去睡覺了。」

「那麼，」上校吞吞吐吐地說，「也許我今天早上聽到的事是真的——我本來不敢相信，看來可能真有其事。」

「你聽到什麼了？」

「聽說有個男子，我推測——簡單來說，有個人，我早就知道他訂了婚——我該怎麼說呢？要是妳已經知道了——而且妳想必一定是知道的——就用不著我說了。」

「你的意思是，」艾麗諾故作鎮定地說道，「威洛比先生要與格雷小姐結婚？是的，這件事我們的確知道，而且直到今天早上才聽說這件事。威洛比先生真是高深莫測！你是在哪裡聽說的？」

「在波爾大街一家文具店，我有事去了那裡。有兩個女士正在等馬車，其中一位正向另一位敘述這樁婚事，似乎並不怕被人聽到，因此我聽得一字不漏。最先引起我注意的，是她一再提到威洛比的名字——約翰・威洛比。接著她十分肯定地說，他與格雷小姐的婚事已經敲定，不需要再保密了——甚至幾週以內就會完婚，還聊到了許多具體的細節。有一件事我記得特別清楚，因為它有助於進一步評斷這個人：他們計畫婚禮一結束就去庫姆宅邸，也就是威洛比在索默塞特的住處。真令我吃驚！我在文具店裡待到她們離開，打聽之下，才知道那個洩露消息的是艾利森太太，後來又聽人說，她正是格雷小姐的監護人。」

「是這樣沒錯。你是不是也聽說格雷小姐擁有五萬鎊？如果我們想找出一個理由來解釋的話，這或許就是一個。」

「很有可能，不過威洛比或許——至少我認為——」上校停頓了片刻，然後不太有把握地補充道：「說起來，妳妹妹——她怎麼——」

「她非常難過。我只能希望不要持續太久，她直到現在都還悲痛不已。我想，直到昨天，她還沒有懷疑過威洛比的情意；甚至現在也——不過我幾乎相信他從未真正愛過她。他一向很不老實！從某些事來看，他似乎是個冷酷的人。」

「唉！」布蘭登上校說，「確實如此。可是妳妹妹——我想妳說過——她不像妳這樣認為吧？」

「妳明白她的脾氣，可能的話，搞不好她現在還想替威洛比辯護呢！」

上校沒有回答。過沒多久，茶杯端走了，牌桌也安置妥當，人們不再談論這個話題。詹寧斯太太本來一直興致勃勃地聽著他們的談話，心想只要艾麗諾一露出口風，布蘭登上校馬上會笑顏逐開，就如同一個充滿希望的年輕人一樣。豈知她竟驚訝地發現，上校整個晚上比平常還要不苟言笑、心事重重。

第三十一章

瑪麗安睡得比預料中還久，但隔天早晨一醒來，卻依然覺得像入睡時一樣痛苦。

艾麗諾鼓勵她多聊聊自己的心情。早飯還沒準備好，她們已經反覆地談論了好幾遍，每次談起來，艾麗諾總是抱著堅定不移的信念，滿懷溫情地開導她，而瑪麗安卻總是像以前那樣容易衝動，沒有主見。她有時認為威洛比和她一樣無辜、不幸，有時又絕望地感到無法原諒他。她時而想讓全世界的人都知道，時而想永遠與世隔絕，時而又想繼續抗爭下去；不過有一件事她倒是始終如一：一聊到這件事，她總是盡可能避開詹寧斯太太，萬一擺脫不了，那就索性什麼都不說。她已經鐵了心，不相信詹寧斯太太體諒她的痛苦。

「不，不，不，這不可能，」她大聲嚷道，「她不會體諒我，她的仁慈不是同情，她的和藹不是體貼，她想要的只是說說閒話。而她現在之所以喜歡我，只是因為我為她提供了話題。」

即使艾麗諾不聽這些話，也知道妹妹思想敏感細密，過分在乎感性，因此看待別人往往有失公正。如果說世上有一大半的人是聰明善良的，那麼，具有卓越才能和良好性情的瑪麗安卻像其他一小半人一樣，既不通情達理，又有失公正。她期望別人和她懷有同樣的情感和見解，當她判斷別人的動機時，只看別人的行為對自己產生什麼樣的後果。一天早飯後，正當姐妹倆一起待在房裡，就發生了一件事，進一步降低了瑪麗安對詹寧斯太太的評價。

詹姆斯太太手裡拿著一封信，心想一定能為瑪麗安帶來安慰。她眉開眼笑地走進房間，一面說道：

「嘿！親愛的，我為妳帶來一樣東西，肯定能讓妳高興。」

瑪麗安聽了這話，頓時幻想起威洛比寄來一封信，寫得情意纏綿，悔恨交加，把過往之事一五一十地作了解釋，令人滿意而信服；接著，威洛比又匆匆忙忙地跑進房來，拜倒在她的膝前，兩眼含情脈脈地望著她，一再保證他信裡說的句句屬實。誰知道，這一切頃刻間便化為泡影——呈現在她眼前的，是她過去從未這麼討厭的母親的筆跡。在那美妙的幻象破滅之後，緊接而至的是極度的失望，她不由得感到，彷彿只有這時才是真正的痛苦。

詹寧斯太太的冷酷無情，即使瑪麗安正處於口才最好的時刻，也無法用言語加以形容；現在的她只能用淚水來譴責她，但這種譴責完全無法被對方理解，老太太又說了許多同情的話，然後便走了出去，還勸她讀讀信，好好安慰自己。但是，等瑪麗安靜下來讀信的時候，她並未從中得到什麼安慰。威洛比的名字充滿了每一頁信紙，母親仍然確信女兒訂了婚，一如既往地相信威洛比忠貞不渝，她只是因為艾麗諾的請求，才來信勸瑪麗安對她們坦率一些。字裡行間充滿了對女兒的溫情、對威洛比的厚愛，以及對他們未來幸福的深信不疑。瑪麗安一邊讀，一邊痛哭不止。

如今，瑪麗安又產生了回家的願望。母親對她來說比過去任何時候都親切，她迫不及待地想走。艾麗諾也拿不定主意，不知道瑪麗安究竟該待在倫敦，還是該回到巴頓，她只是勸妹妹要有耐心，先詢問母親的意見。最後，她終於說服了妹妹。

詹寧斯太太比平常更早離開了她們。因為不讓米多頓夫婦和帕瑪斯夫婦也感染這種悲傷情緒，她是絕不會心安的。艾麗諾想陪她一起出去，卻被她斷然拒絕，獨自出去了一個上午。艾麗諾憂心忡忡，她知道老太太是去散播這些傷心事的，同時從瑪麗安收到的信可以看出，母親至今仍然一無所知，於是她便坐下寫信，準備把發生的一切告訴母親，請求她作出進一步決斷。瑪麗安等詹寧斯太太一走，也來到客廳，一動也不動地坐在艾麗諾的桌前，盯著她寫信，不僅為自己感到傷心，也為母親可能的反應感到不安。

這種情況維持了約十五分鐘。這時，瑪麗安的神經已經緊繃到極點，忽然被一陣敲門聲嚇了一跳。

「是誰呀？」艾麗諾嚷道，「一大早的，我還以為不會有人來打擾呢！」

瑪麗安走到窗口。

「是布蘭登上校！」她惱怒地說道，「我們什麼時候也擺脫不了他！」

「詹寧斯太太不在家，他不會進來的。」

「我才不相信呢！」她說著就往房間裡走去，「一個人自己無所事事，還要厚著臉皮跑來佔用別人的時間！」

儘管瑪麗安的說法有失理性，但事實證明她猜對了——因為布蘭登上校的確進來了。艾麗諾知道他是擔心瑪麗安才來的，而且從他那憂鬱的神情裡確實發現了這種心情，便無法原諒妹妹竟然如此看待他。

「我在龐德街遇見了詹寧斯太太，」打過招呼後，上校說道，「她慫恿我來一趟，而我也答應了，因為我想八成只會見到妳一個人，這是我求之不得的。我想單獨見妳的目的——或是該說願望——就是希望為妳妹妹帶來一點安慰——不，我不該說安慰，而是信念，持久的信念。我對她、對妳、對妳母親的尊敬——請允許我證明這一點，這是發自內心的尊重，希望能幫上一點忙——我想我有理由這麼做，雖然我花了好幾個小時說服自己這樣做是對的，但還是擔心自己有沒有可能做錯。」他停住了。

「我明白你的意思，」艾麗諾說，「你想向我談談威洛比的事，好進一步說明他的人格。你要是說出來，將是對瑪麗安最友好的表示；要是你的消息有助於達到這一目的，我會對你感激不盡，瑪麗安有朝一日也會感激你的。請吧！快告訴我。」

「妳會知道的。簡單來說，去年十月，我離開巴頓的時候——不這麼說無法讓妳明白，我必須從頭說起，達斯伍德小姐，妳會發現我言語笨拙，簡直不知該從何講起。我認為有必要簡短地介紹一下自己。在這件事上，」他深深嘆了口氣，「我沒有什麼好囉嗦的。」

他停下，思考了片刻，接著又嘆口氣，繼續說下去。

「妳大概完全忘了一次談話（這本來也沒什麼特別的），那是某天晚上我們在巴頓莊園進行的一次談話。那一晚有場舞會，我提到我過去認識一位小姐，長得有點像妳妹妹。」

「沒錯，」艾麗諾答道，「我沒有忘記。」聽她這麼說，上校顯得很高興。

「如果我沒有被這段悲傷回憶中捉摸不定的現象和偏見蒙蔽的話，她們兩人在容貌和性情上都十分相似——同樣熱情奔放、同樣活潑好動、喜歡胡思亂想。這位伊莉莎小姐是我的一位近親，自幼就沒有父母，因此我父親成了她的監護人。我們年齡相仿，從小一起長大。我對她一往情深，不過從我現在滿面愁容的模樣，妳或許看不出我也有過這種感情。她對我的一片深情，應該就像妳妹妹對威洛比一樣熾烈；可是我們的愛情同樣是不幸的。她十七歲那年，我永遠失去了她——她嫁人了，違心地嫁給了我哥哥。她有一大筆財產，而我的莊園卻負債累累，這恐怕是我對她舅父和監護人的行為所能作出的最佳解釋。我哥哥配不上她，甚至也不愛她。我本來希望她對我的愛能幫助她度過任何困難，而在一段時間內也確實如此；但到了後來，她受到了無情的虐待，悲慘的處境動搖了她的決心，雖然她答應過我不會——唉！我真是胡說八道，我還從沒告訴妳這是怎麼引起的。我們曾計畫一起私奔到蘇格蘭，想不到我表妹的女僕出賣了我們。我被送到遠方一個親戚家裡，而她則失去了交際和娛樂的自由，直到完婚。我因此受到了嚴重的打擊，不過，假如她的婚姻幸福的話，或許我很快就能釋懷了。但情況並非如此，我哥哥對她沒有感情，打從一開始就對她不好。對於伊莉莎這樣一個年輕、活潑，又涉世未深的女孩來說，造成的後果是可想而知的。起初，她對於這種悲慘的處境逆來順受，但是後來，她漸漸忘了我，又被丈夫帶壞，而且缺乏開導她的親友（我父親在他們婚後幾個月就去世了，而我又隨團駐紮在東印度群島），終於墮落了。要是我還在英國的話，也許——不過我也是希望他們幸福才離開的，畢竟她的結婚為我帶來極大震驚——」上校聲音顫抖地說道，「雖然與兩年後她離婚的消息帶給我的震驚相比，這簡直微不足道。也正是因為這樣，讓我憂愁至今，直到現在，一想到我當時的痛苦——」

他再也說不下去了，急忙站起身，在房裡踱步了幾分鐘。艾麗諾聽著他的敘述，尤其看到他那麼痛苦，感動得說不出話來。上校看見她如此關心，便走過來，緊緊握住她的手，感激地親吻了一下。之後又沉默了幾分鐘，他終於下定決心開口道：

「又過了三年，我終於回到英國。我剛到的第一件事就是尋找她。令人傷心的是，我的搜尋毫無結果。我只查到第一個誘騙她的人，就再也追查不下去了。我有充分的理由擔心，她離開他之後陷入了更加墮落的深淵。她的年金既不足以使她致富，也不夠維持她舒適的生活。哥哥告訴我，幾個月以前，她的年金接受權被移轉給另一個人了。他若無其事地猜想，是生活的奢侈帶來的拮据，迫使她不得不轉讓財產，以應付某種當務之急。六個月之後，我終於找到了她。那時，我從前的一個僕人因為負債被關進拘留所，我到所裡去看望他。在那裡，就在同一棟房子裡，由於同樣的原因，還關著我那不幸的表妹，她完全變了樣——變得病弱不堪，被種種困苦害慘了！面對這個憔悴、萎靡的人，我簡直不敢相信，我過去心愛的那個貌美可愛的女孩，居然淪落到如此悲慘的處境。我望著她，真是心如刀割——但是我不想詳細解釋，進一步害妳傷心。她身處結核病末期，這一點——是的，在這種情況下，這對我倒是個莫大的安慰。生命對她來說，除了為死亡做好充分準備之外，已經別無意義。我看見她被安置在舒適的房間裡，受到妥善的護理。在她去世前的那一段時間，我每天都去探望她，在她生命最後的時刻，我也守在她身旁。」

上校又停下來，想鎮定一下。艾麗諾不由得發出一聲哀嘆，表示對他朋友不幸遭遇的深切同情。

「我認為妳妹妹和我那可憐又可恥的表妹十分相似，」上校說，「希望她不要生氣。她們的命運不可能是一樣的，我表妹性情溫柔，假如意志堅定一些，或是婚姻美滿一些，就有可能和妳妹妹將來的命運一樣。我何必說這些呢？我似乎一直在惹妳煩惱。唉！達斯伍德小姐，我已經有十四年沒有提起這個話題了——一說起來就沒完沒了！我還是冷靜一點——說得簡捷一點。她把唯一的孩子託付給我，那是個女孩，是她與另一個男人生下的，當時只有三歲左右。她很愛這個孩子，總是把她帶在身邊。這是對我的莫大信任，假如條件許可的話，我將很樂意履行我的職責，親自負責她的教養。但是，我沒有妻室，沒有家庭，因此只好把小伊莉莎寄宿在學校，一旦有空就會去看望她，我哥哥死後（大約是五年前的事，我因此繼承了家業），她常來德拉佛看我。雖然我們沒有血緣關係，但大家仍謠傳我們關係密切。三年前（當時她十四歲），我將她從學校領了出來，交給多塞特郡一位可敬的婦人照顧，這位婦人同時也照顧其他四五位女孩。兩年以來，我對她非常滿意。但就在去年二月——大約正好一年之前——她忽然失蹤了。那時我曾允許她跟她的朋友去巴斯探望父親（結果證明這是個衝動的決定），我知道他是位好人，而且我也很瞭解他的女兒。然而，她似乎在隱瞞什麼秘密，什麼也不肯說，也不給我任何線索，儘管她擺明知道一切。而她的父親，一個好心又聰明的人，也無法給我任何線索，因為當那些女孩們在城內閒逛、交友時，他一直待在家裡。他甚至還想讓我相信，他的女兒與此事無關。總之，她不見了，而我什麼也無法知道。之後的八個月，我只能不停地猜測，我心裡想的、我害怕的，甚至我遭遇的，妳想必都能夠預料到。」

「天哪！」艾麗諾叫了出來，「難道——難道是威洛比——」

「第一次得知小伊莉莎的消息，」上校繼續說道，「是因為她去年十月寄來了一封信。這封信來自德拉佛，剛好就是在大家準備去惠特韋爾的那天早上收到的，這就是我突然離開巴頓的原因。我知道，大家當時一定很納悶，而且我或許還得罪了幾個人。我猜威洛比就是這樣想的，從他責難的眼光就能看出，他恨我破壞了大家的遊興——而我卻是為了去安慰一個被他害慘的人。要是他知道這一點的話，會怎麼樣呢？他還會不會繼續向妳妹妹投以歡樂與笑容呢？是的，他的確是這麼做的——儘管沒有一個正常人做得出來——他丟下一名被他誘拐的、年輕、無知的少女，讓她處在無盡的憂傷之中，沒有可以依靠的家庭、沒有任何幫助、沒有朋友，也不知道他在哪裡。他拋棄了她，還騙她說他會回來——而他既沒回來，沒有寫信給她，也沒有安慰她。」

「這實在太可惡了！」艾麗諾大喊道。

「現在我已經向妳說明了他的人格——比揮霍無度、放蕩不羈還要更糟。那麼，請妳想像一下，當我見到妳妹妹依然那麼迷戀他，還說要嫁給他，心裡會是什麼滋味。請妳想像，我有多麼擔心妳們。我上禮拜來到這裡，看到只有妳一個人，便決定問清楚事實真相，不過問清楚後又能怎麼樣呢？我當時的行為一定令妳感到奇怪，不過現在妳應該明白了。眼看妳們如此受騙上當，眼看妳妹妹……但我又能怎麼樣呢？即使我插手干預也沒有用。有時我以為，或許妳妹妹能將他導向正途；但事到如今，他竟做出這麼不光彩的事，誰知道他對妳妹妹有什麼居心？不過，無論他用意為何，只要妳妹妹把自己的處境與伊莉莎的處境相比，考慮一下這位可憐少女淒慘而絕望的處境，設想一下她也一樣對威洛比一片痴情，卻要一輩子自責、痛苦，那麼，妳妹妹就會對自己的情況感到慶幸。確實，這樣的比較對她是好的，她會覺得自己的痛苦微不足道，她的痛苦不是由於行為不端，因此不會自取其辱。相反地，每個朋友都會因此更親近她，對她的遭遇感到同情，對她的堅強感到敬佩，進一步增強對她的喜愛。不過，妳可以自行決定要怎麼把這些話轉告給她，妳應該明白，這些話將對她產生什麼效果。不過，要不是我真的認為這能夠減少她的悔恨，我絕不會拿家中的不幸來煩擾妳，彷彿就像是為了抬高自己、貶低別人似的。」

艾麗諾感激不盡，誠懇地向上校道謝，並向他保證，要是她把這些往事告訴瑪麗安，對她一定大有好處。

「別的事情都好說，」艾麗諾說道，「最讓我痛心的是，瑪麗安一直在設法為威洛比辯解，這麼做比相信他卑鄙更讓她煩惱。她起初會非常痛苦的，但我相信她很快就會平復下來。」她沉默了片刻，然後接著說：「你在巴頓離開威洛比以後，有沒有再見過他？」

「見過，」上校嚴肅地答道，「見過一次。一場決鬥是免不了的。」

艾麗諾被他的神態嚇了一跳，她不安地望著他。

「什麼？你是找他——」

「沒有別的目的了。雖然伊莉莎極不樂意，但還是向我坦白了情人的姓名。威洛比在我回城不到兩週後也來了，於是我就約他見面。我們誰也沒有受傷，因此這次決鬥的事從未走露出去。」

艾麗諾不禁發出了一聲嘆息，但也不敢貿然指責一位具有男子氣概的軍人。

布蘭登上校停頓了一下，又說道：「她們母女的悲慘命運多麼相似！我沒有盡到自己的責任。」

「伊莉莎還在城裡嗎？」

「不，我見到她的時候，她已經快分娩了。孩子出生後，我就把他們一起送到了鄉下，她現在還待在那裡。」

過了一陣子，上校想起自己可能讓艾麗諾離開妹妹太久了，便結束了這次訪問。當他離開時，艾麗諾再次對他表示感謝，並對他充滿了同情和敬意。

第三十二章

艾麗諾很快就把這次的談話內容告訴了妹妹，但效果卻不像她期待的那麼明顯。顯然，瑪麗安並不懷疑這件事的真實性，因為她自始至終都專注地聽著，不提出異議，不發表議論，也不為威洛比辯護，彷彿只想用眼淚表明自己的難受。不過，雖然她的反應讓艾麗諾確信她的確明白威洛比有罪，雖然艾麗諾對這些話的效果感到滿意，雖然瑪麗安不再迴避布蘭登上校，反而主動跟他說話，並對他懷有幾分同情和敬意，雖然她發現她不像過去那樣喜怒無常；但是，她的沮喪情緒卻沒有好轉。她的心已經平靜下來，但依然那樣悲觀、失意。她覺得，發現威洛比的真實人格，比失去他的愛更令人難以忍受。威洛比對威廉斯小姐的勾引和遺棄、那位可憐小姐的悲慘遭遇，以及對他抱著不良企圖的懷疑，所有的一切加在一起，使她內心相當痛苦，甚至不敢向姐姐傾訴心事。而看見她把悲傷悶在心裡，更讓艾麗諾感到痛苦。

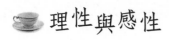

至於達斯伍德太太在回信時的心情和言語，就跟她女兒們先前的心情和言語一樣。她的失望和痛苦不亞於瑪麗安，憤慨之心甚至更甚於艾麗諾。她接二連三地寄來一封封長信，告訴她們自己的心情和各種想法，表示自己對瑪麗安的擔憂，懇求她堅強。連母親都勸她堅強，可見瑪麗安悲痛到什麼地步！連母親都希望她不要過於悔恨，可見這些事情有多麼不光彩！

達斯伍德太太把自己的安慰拋在腦後，要瑪麗安千萬別回到巴頓。因為一旦她回來，無論見到什麼，都會觸景傷情，想起與威洛比相見的情景，並引起極大的悲傷。她勸兩位女兒千萬不要縮短行期——雖然行期從來未明確說定，不過大家都希望她們至少待五六個禮拜。在巴頓，一切都很單調，而在詹寧斯太太那裡，卻能遇上各式各樣的活動、事物、與朋友，她希望這些東西能讓瑪麗安產生幾分興趣，甚至感到幾分快樂，儘管這種想法可能遭到她的唾棄。

為了避免再次見到威洛比，她母親認為待在城裡跟待在鄉下一樣安全，因為凡是她的朋友，都不會再與威洛比來往，因此絕不會再見到面了。而倫敦熙熙攘攘的，也很難不期而遇，相形之下，巴頓比較僻靜，說不定當在他婚後回到艾倫罕時，會碰巧遇見瑪麗安呢！母親認為這件事很有可能，後來更認為這是確定無疑的。

她希望女兒們待在原地不動，還有另一個原因：約翰．達斯伍德來信說，他和妻子二月中旬以前要進城，因此她覺得應該讓她們見一下哥哥。

瑪麗安早就答應按照母親的意見行事，於是老實地服從了，儘管這有違她的期待。她認為，這些建議實在大錯特錯！讓她繼續待在倫敦，也就會讓她失去減輕痛苦的唯一可能性。失去了母親的安慰，使她置身在這樣的環境，跟這些人打交道，會讓她一刻也不得安寧。

不過，令她大為欣慰的是，為她帶來不幸的事，卻將為姐姐帶來好處。至於艾麗諾，她覺得自己無法避開愛德華，卻也在心裡安慰自己：雖然在這裡待太久會妨礙自己的幸福，但對瑪麗安來說，總比馬上回德文郡要好。

她小心翼翼地保護著妹妹，不讓她聽見威洛比的名字。她的努力沒有白費，雖然瑪麗安渾然不知，卻也從中得到不少益處——因為無論是詹寧斯太太，還是約翰爵士、帕瑪斯夫人，都從未在她面前提過威洛比。艾麗諾真希望他們在自己面前也能這樣，因為她從早到晚聽著他們義憤填膺地責怪威洛比。

約翰爵士簡直不敢相信這種事。「一個一向被我們瞧得起的人！一個如此溫柔的人！我還以為英國沒有一個比他更勇敢的騎手了！這事真是莫名其妙！我真心希望他滾得遠遠的，我絕不會再跟他說一句話、見一次面！即使在巴頓樹林旁邊一起待上兩個小時，我也不跟他說一句話。他竟然是這樣一個壞蛋！這麼不老實的一個無賴！我們上次見面時，我還想送他一隻小狗呢！現在不可能了！」

帕瑪斯夫人同樣以她特有的方式表示氣憤，「我決定馬上與他斷絕來往。謝天謝地，其實我從未和他結交過。我真希望庫姆宅邸不要離克里夫蘭那麼近，不過這也沒關係，因為現在就夠遠了。我恨透他了，永遠不要再提起他的名字。我要跟每個遇到的人說，他是個沒用的傢伙。」

帕瑪斯夫人還盡可能地收集有關那場即將實現的婚禮的消息，然後轉告給艾麗諾。她很快就查出新馬車是在哪一家店鋪製造，威洛比的畫像由哪位畫師繪製，或是格雷小姐的禮服是在哪家布料店訂做的。

艾麗諾被人們的關懷弄得心煩意亂，反倒是不聞不問的米多頓夫人，還令她心裡感到一些安慰。在這群朋友中，至少還有一個人對她不感興趣，既不想打聽那些細枝末節，也不擔心她妹妹的健康狀況，這對她著實是個莫大的安慰。

不論是什麼特質，都有可能在特殊的情況下受到賞識。艾麗諾窮於應付過多的勸慰，有時會想：要安慰他人，良好的教養比良好的性情更加重要。

如果這件事常被提起，米多頓夫人每天也會表示幾次看法，說一聲：「真令人震驚！」她從一開始就對達斯伍德小姐的事無動於衷，而且也隻字不提此事。她維護了女性的尊嚴，並指責了男性一番之後，便覺得可以回頭關心自己有興趣的聚會了。她決定（雖然這違背約翰爵士的意願），既然威洛比夫人馬上會成為一個高雅闊綽的女人，她要等她一結婚就送名片去給她。

布蘭登上校體貼而謹慎的問候從不使艾麗諾感到厭煩。他一心想減輕瑪麗安的沮喪情緒，因此充分贏得了與她親切談論此事的特權。兩人交談時總是那麼推心置腹，他沉痛地傾吐了自己的舊怨新仇，並且得知瑪麗安有時會同情地看著他，而每當她與他說話時，語氣總是那樣溫和。這些舉動使他確信，自己的努力增加了瑪麗安的好感，而且為艾麗諾帶來了希望，認為這種好感今後還會進一步加深。不過，詹寧斯太太對此一無所知，她只知道上校仍像以前那樣鬱鬱寡歡，自己絕對無法勸他出面求婚──他也絕對不會拜託她做媒，因此過了兩天便心想：他們無法在夏天之前結婚，非等到米迦勒節不可了；但過了一週之後，她又在想：這門婚事根本就談不成，上校和艾麗諾之間的互動似乎表明，這份福氣將會歸她所有了。一時之間，老太太竟然把費拉斯先生忘得一乾二淨。

二月初，就在瑪麗安收到威洛比來信後不到兩週，艾麗諾不得不沉痛地告訴她：威洛比結婚了。她事先請人代為關注這件事，因為她看到瑪麗安每天早上都在焦慮不安地查看報紙，她不希望讓她從報紙上得到這個消息。

瑪麗安表現得極為鎮靜，一句話也沒說，也沒有掉眼淚。可是過了一會兒，她又突然哭了出來，整天露出可憐兮兮的樣子，那副模樣簡直不輸她剛聽說他們要結婚時的樣子。

威洛比夫婦結婚後就離開了城裡。艾麗諾見妹妹自從遭受打擊以來一直足不出戶，而現在她又沒有遇見威洛比夫婦的危險，便想慫恿她像以前那樣，再去外面走走。

就在這時，剛來到霍爾本的巴特雷特宅邸的兩位史蒂爾小姐，再次來到康迪特街和伯克利街拜訪兩位尊貴的親戚，受到主人十分熱情的歡迎。只有艾麗諾不想見到她們，她們的出現總會為她帶來痛苦。露西看到她還在城裡，不由得喜上眉梢，而艾麗諾卻幾乎無法作出禮貌的回應。

「要是我沒有在這裡看見妳，一定會大失所望，」露西反覆說道，「不過我常在想，我一定會見到妳的，我幾乎敢說，妳不會那麼快離開倫敦。妳在巴頓曾對我說過，妳在城裡待不過一個月，但我當時就想，妳很有可能改變主意。不等見到大嫂就走，那實在太遺憾了！現在，妳想必不會急著走了，妳沒信守妳的諾言，真令我又驚又喜。」

艾麗諾完全明白她的意思，不得不盡力克制自己，裝得像是全然不理解她的弦外之音似的。

「喂，親愛的，」詹寧斯太太說，「妳們是怎麼來的？」

「其實，我們沒搭公共馬車，」安妮洋洋得意地答道，「我們一路上都是搭驛車來的，有個帥氣的小伙子關照我們。當時，戴維斯博士正要進城，我們就想與他一起搭驛車。他還真是大方，比我們多付了十到十二先令。」

「哎呀！」詹寧斯太太叫道，「真了不起，我敢說他還是個單身漢呢！」

「妳們看，」安妮小姐裝模作樣地傻笑道，「每個人都這麼拿博士跟我開玩笑，我想不出這是為什麼。我的表妹們都說，他一定是被我征服了。不過，我要鄭重聲明，我可不是時時刻刻都想著他。那天，表姨媽看到他穿過馬路朝她家裡走去，就對我說：『天哪！妳的情人來了，南茜！』我說：『我的情人？真的嗎？我想不出妳指的是誰。博士可不是我的情人。』」

「哎呀，說得好聽，不過沒有用——我看他就是妳的情人。」

「不，真的不是！」表侄女裝出認真的樣子答道，「要是妳再聽到別人這麼說，請妳務必替我澄清。」

詹寧斯太太為了迎合她，當場作出了承諾，這讓安妮簡直樂不可支。

「達斯伍德小姐，妳大嫂進城後，妳們想必要去跟他們會合了。」雙方的鬥嘴中斷了一陣子，露西又發起了攻勢。

「不，我想不會。」

「哦！我敢說妳們會的。」

艾麗諾不想再跟她爭執下去。

「真開心呀！達斯伍德太太肯讓妳們兩個離開這麼久！」

「哪裡久了？真是的！」詹寧斯太太插嘴道，「她們的訪問才剛開始呢！」

露西啞口無言。

「很遺憾，達斯伍德小姐，我們見不到妳妹妹，」安妮說，「很遺憾她身體微恙。」原來，當她們一來，瑪麗安便走出房間了。

「妳真客氣。我妹妹錯過跟妳們的聚會，同樣會感到很遺憾。不過她近來神經痛得厲害，不適合見客。」

「噢！天哪，真是遺憾！不過露西和我都是老朋友啦！我想她會見我們的，我們保證不說一句話。」

艾麗諾客氣地拒絕了這一提議，「我妹妹也許還躺在床上，或是還穿著睡衣，因此不能來見妳們。」

「喔，如果是這樣，」安妮嚷道，「我們也可以去看看她。」

艾麗諾覺得這實在太唐突了，實在有點受不了；不過，多虧露西嚴厲地責備了姐姐一句，才免得艾麗諾親自開口。露西的這次責備和在許多場合一樣，雖然沒為她的儀態帶來太多可愛的感覺，卻有效地制止了姐姐的舉動。

第三十三章

瑪麗安執拗了一陣之後，還是順從了姐姐的請求，同意陪她和詹寧斯太太出去遛達半小時。不過，她還是訂出了條件：不准拜訪親友，而且只陪她們走到薩克維爾街的格雷商店，因為艾麗諾正打算替母親交換幾件舊式珠寶。

大家來到店門口，詹寧斯太太想起對街有一位太太，她應該去拜訪一下。於是大家說好，趁兩位年輕朋友辦事的時候，她上門坐一下，然後再回來找她們。

兩位達斯伍德小姐走進店內，發現已經有不少顧客，沒人有空招呼她們，只好先等候一下。她們走到櫃台的一頭，因為這裡只有一位先生在排隊。想不到，這個人十分挑剔，也很有眼力；他要訂購一只牙籤盒，為了確定尺寸、樣式和圖案，他把店內的所有牙籤盒都拿來細看，每只都要看上半個小時，最後才終於決定好。在這段期間內，他無暇顧及兩位小姐，只是隨便地瞥了她們幾眼。不過這一回頭也足以讓艾麗諾觀察了他的嘴臉一番：即使打扮時髦，也只不過是個愚昧、計較的卑微小人。

瑪麗安沒有這種惱人的憎惡感，無論那人無禮地打量她們的臉，還是驕傲地鑑定每一個牙籤盒，她都不曾察覺。因為她在格雷商店就跟在自己房間一樣，總是聚精會神地思考著，對周圍的事物渾然不知。

終於作出決定了——連上頭的牙飾、金飾、珠飾都作出了要求，並訂出取貨的日期。那個人從容地戴上手套，又向兩位小姐瞥了一眼，但這一瞥似乎不是為了表示羨慕，而是想讓對方羨慕自己；接著，他故意擺出一副傲氣十足的架勢走開了。

艾麗諾急忙提出了自己的買賣。正要成交的時候，又有一個男子出現在她身旁。她轉頭朝他的臉望去，意外地發現竟然是她哥哥。

兩人都欣喜若狂。約翰．達斯伍德對於能見到妹妹，一點也不感到難堪，相反地，他們都很高興，他對母親的問候也是恭敬、關心的。從兩人的交談中，艾麗諾得知他和范妮進城兩天了。

「我昨天就很想去拜訪妳們，」他說，「可是去不了，因為我們得帶著哈利去埃克塞特交易所看野生動物，剩下的時間則必須陪費拉斯太太。哈利高興極了。我本來打算，今天早上要是有半小時的空閒，我就要去看看妳們；誰知道人剛進城，總有一大堆事要辦！我來這裡為范妮訂製一枚印章。不過，我想明天一定能去伯克利街，拜訪一下妳們的朋友詹寧斯太太，我聽說她是個有錢的女人。米多頓夫婦也很有錢，妳一定要為我引見一下。他們既然是我繼母的親戚，我很樂意表示對他們的敬意。我聽說你們是好鄰居。」

「的確是。他們關心我們的舒適，處處照顧我們，好得我無法形容。」

「老實說，聽妳這麼講讓我高興極了——真的高興極了。不過，這是當然的，他們都是有錢人，和妳們又有親戚關係，本來就該對妳們客氣，提供各種方便，讓妳們過得舒舒服服。這麼說來，妳們在小農舍裡一定過得非常好了，愛德華曾向我們仔細介紹過那棟房子。他說，在同類型的房子中，它是最完美的一棟，還說妳們似乎喜歡極了，說實話，我們聽了也很高興。」

艾麗諾有點為哥哥感到可恥，因此當詹寧斯太太的僕人跑來通報她已在門口等候時，她一點也不感到遺憾。

約翰陪著她們下樓，來到詹寧斯太太的馬車前，並被介紹給這位太太。他再次表示，希望第二天能去拜訪她們，說完就告辭了。

他如期來拜訪了，而且還為妻子未能前來假意道歉了一番：「她要陪她母親，真的沒辦法脫身。」不過，詹寧斯太太很快就叫他放心，也叫他的妻子不必客氣，因為她們都算得上是一家人；她還說，她一定會儘快去拜訪約翰夫人，並帶著達斯伍德姐妹去拜訪她。約翰雖不把妹妹放在眼裡，卻也十分客氣，而對詹寧斯太太更是畢恭畢敬。他進屋不久，布蘭登上校也緊接而至，約翰好奇地打量著他，彷彿在說：只要他是個有錢人，自己也會對他一樣客氣的。

在這裡逗留了半個小時之後，約翰要艾麗諾陪他走到康迪特街，把他介紹給約翰爵士和米多頓夫人。這一天天氣非常好，艾麗諾便欣然同意了。兩人一走出屋子，約翰便開口問道：

「布蘭登上校是誰？他是個有錢人嗎？」

「是的，他在多塞特郡有一大筆資產。」

「很高興聽到這些。他看上去是個很有風度的人，艾麗諾，我想我該恭喜妳，妳這輩子可以指望一個不錯的歸宿了。」

「我？哥哥，你這是什麼意思？」

「他喜歡妳。我仔細觀察過他，對此深信不疑。他有多少財產？」

「我想一年大約兩千鎊。」

「一年兩千鎊？」他說著，心裡激起了一股熱情，「艾麗諾，看在妳的份上，我真希望他能比這再多一倍。」

「我相信你的話，」艾麗諾答道，「但是我敢說，布蘭登上校絲毫沒有娶我的意思。」

「妳錯了，艾麗諾，大錯特錯。只要妳稍作努力，就能把他抓進手掌心。也許他目前還猶豫不決——妳那點微薄的財產使他畏縮不前，他的朋友們也會從中作梗。不過，只要稍稍示好，加以挑逗，就能讓他不由自主地屈服，這對女人來說是很容易做到的。妳沒有什麼理由不去爭取他，不要以為妳過去的那種戀愛——反正，妳知道那種戀愛是絕對不可能的，因為有著無法逾越的障礙——妳是個理性的人，不會不明白這個道理。布蘭登上校很不錯，我一定會對他客客氣氣，讓他對妳和妳的家庭感到滿意。這真是一門皆大歡喜的婚事，總之——」他壓低聲音，得意地說道：「這一定會得到所有人的贊成。」他又想起了什麼，「我的意思是，妳的朋友們都真心希望妳能嫁個好人家，特別是范妮。老實說，她十分關心妳的事；還有她母親費拉斯太太，她是個非常溫厚的女人，我想她一定會感到十分高興的。她前幾天就這麼說過。」

艾麗諾不屑一答。

「要是范妮的弟弟跟我的妹妹能同時完成終身大事，」約翰繼續說道，「那真是件不得了且美妙的大事！但是，這也並非絕對不可能。」

「愛德華先生要結婚了？」艾麗諾果斷地問道。

「還沒完全定下來，不過正在籌劃當中。他有個好母親。費拉斯太太十分慷慨，如果婚事辦成了，她一年將會給他一千鎊。女方是高貴的莫頓小姐，是已故莫頓勳爵的獨生女，有三萬鎊財產——這門親事對雙方來說都很完美，我相信它很快就會實現。一年一千鎊！一個母親能拿出這麼一大筆錢，而且要給一輩子！不過費拉斯太太具有崇高的精神。再告訴妳一個慷慨的例子：那一天，我們才剛進城，她知道我們手頭一時並不寬裕，就在范妮手中塞了二百鎊鈔票。這真是求之不得呀！因為我們在這裡的開銷一定很大。」

他停頓了一下，想聽艾麗諾說句贊成或同情的話。豈知她只是勉強說道：

「你們在城裡和鄉下的開銷想必都很可觀，但是你們的收入也很高啊。」

「事實上，並不像大家想像的那麼高；不過，我倒不是想抱怨。我們的收入當然是很不錯的，我希望有朝一日還能更上層樓。目前進行中的諾蘭公地的圈地工程耗資巨大；另外，我這半年裡還投資了一些地產——東金漢農場。妳一定記得那個地方，老吉布森以前住在那裡，那塊地無論從哪個角度來看都十分理想，緊鄰我原有的土地，我覺得我有義務把它買下來。假如讓它落到別人手裡，我將會受到良心的責備。人要為自己的便利付出代價，我已經花費了一筆鉅款。」

「你是不是認為那值不了那麼多錢？」

「噢！我希望並非如此。在我買下它的第二天本來可以再轉賣的，還能賺一筆；但是說起買價，我真是不幸！當時股票的價格很低，要不是我碰巧把這筆必要的錢存在我的銀行家手裡，那我就得低價賣掉全部股票。」

艾麗諾只能一笑置之。

「我們剛到諾蘭莊園時，也多出了一些龐大開支。妳很清楚，我們敬愛的父親把保留在諾蘭莊園的史坦希爾的財產（這些財產還很值錢呢）全送給了妳母親。我絕不是埋怨他不該這麼做，他當然有權隨意處理自己的財產；不過，這樣一來，我們不得不重新購置大量亞麻織品、瓷器之類的東西，用來彌補家裡少掉的那些用品。妳可以猜想到，這筆開銷讓我們的荷包大失血。費拉斯太太的恩惠真是求之不得。」

「的確是，」艾麗諾說道，「你們得到她的慷慨資助，希望從此能過上優渥的生活。」

「再過一兩年也許就可以了，」約翰一本正經地答道，「不過現在還早。范妮的溫室連一塊磚頭也沒蓋，花園的設計圖才剛畫好。」

「溫室建在哪裡？」

「屋後的小丘上。為了挪出空間，把那些老核桃樹全砍掉了。這座溫室從莊園的每個位置看過去都很漂亮，花園就在溫室前面的斜坡上，漂亮極了。我們已經清除了山頂上的荊棘叢。」

艾麗諾把憂慮和抱怨悶在心裡，令她感到欣慰的是，幸虧瑪麗安不在場，免得她與自己一起受氣。

約翰埋怨夠了，也用不著再去格雷商店為妹妹各買一副耳環（當做見面禮），心裡不禁又變得快活起來，便轉而恭喜艾麗諾能有詹寧斯太太這樣一位朋友。

「她真的是個富有的女人，她的住宅和生活方式都表明她的收入極高。有這麼一個熟人不光是現在有好處，以後還可能為妳帶來好運呢！她邀妳進城，這當然是很大的榮幸，表示她的確很欣賞妳。她去世的時候，想必不會忘了妳。她一定會留下一大筆遺產。」

「我看什麼也不會有，她只有一點寡婦所得財產，將來都會傳給她的女兒。」

「但妳無法想像她會存多少私房錢。只要是一個節儉的人，都會有私房錢的，而這些私房錢總得想辦法處理掉吧？」

「那麼，難道你不認為她會留給她女兒，而不是留給我們嗎？」

「她的兩個女兒都嫁給了有錢人家，我看她沒有必要再給她們遺產。我倒覺得，她這麼賞識妳們，將來就應該考慮到妳們的正當需求。對於一個謹慎的女人來說，這是忽略不得的。她的心地最善良了，她的這些舉動會勾起人們的期待，她一定知道這一點。」

「不過，她還沒有勾起那些親人們的期待呢！說實在的，哥哥，你為我們的幸福著想，也想得太遠了。」

「噢，當然了，」約翰說，彷彿想冷靜一下，「人的能力是有限的——非常有限。不過，親愛的艾麗諾，瑪麗安怎麼啦？她看起來很不舒服，臉色蒼白，人也變得消瘦，是不是生病了？」

「她的確不舒服，最近幾個禮拜老是說神經痛。」

「真不幸。在她這個年紀，不管生什麼病，都會永遠毀掉青春的嬌豔！她的青春太短暫了！去年九月，她還和我見過的所有女人一樣漂亮，一樣令男人動心；她的美貌有一種特別討男人喜愛的特質。我記得范妮以前常說，她一定會比妳早結婚，而且對象也比妳的好。不過她想錯了，我懷疑，瑪麗安現在還能不能嫁給一個年收入五六百鎊的男人，要是妳贏不過她那就奇怪了。多塞特郡！我對多塞特郡不太瞭解，不過，親愛的艾麗諾，我很樂意多認識它一下。我想妳一定會允許范妮和我成為你們第一批、也是最幸運的客人。」

艾麗諾嚴肅地說，她不可能嫁給布蘭登上校。但他一心期待這門親事帶來的喜悅，不肯善罷甘休。他決定千方百計地接近那位先生，盡力促成這門婚事。他從來沒有為妹妹出過力，感到有些歉疚，因此渴望別人能多出點力。讓布蘭登上校向她求婚，或是讓詹寧斯太太留給她一筆遺產，這將是他彌補過失最簡單的途徑。

他們很幸運，米多頓夫人正好在家，約翰爵士也在他們訪問結束前回來。大家都很有禮貌。約翰爵士對任何人都很熱情，雖然約翰不善於識人，但也很快就把他視為一個好人。米多頓夫人見他儀表堂堂，便也認為他值得結交。當約翰告辭離開時，對這兩人都很滿意。

「我要告訴范妮這次美好的見面，」他和妹妹一邊走，一邊說道，「米多頓夫人確實是個優雅的女士！我知道范妮喜歡結交這樣的人。還有詹寧斯太太，她是個規規矩矩的女人，雖然不像她女兒那樣優雅，但妳大嫂也可以毫無顧忌地來拜訪她。老實說，她原來還有點顧忌呢！這是當然的，因為我們之前只知道詹寧斯太太是個寡婦，她丈夫靠著卑劣的手段發了財，於是范妮和費拉斯太太便抱有強烈的偏見，認為她和女兒們都不值得往來。現在，我要回去向她好好地美言幾句。」

第三十四章

約翰．達斯伍德夫人很相信丈夫的眼力，第二天就去拜訪詹寧斯太太和她女兒。她的選擇是對的，因為她發現這位老太太並非不值得親近；至於米多頓夫人，她覺得她是世上最迷人的女性。

米多頓夫人同樣喜歡約翰夫人。這兩人都有點冷漠自私，這讓她們相互吸引。她們的舉止得體而無趣，她們的智力也十分貧乏，這使得她們惺惺相惜。

不過，約翰夫人的舉止雖然博得了米多頓夫人的歡心，卻無法讓詹寧斯太太感到滿意。在她看來，她只不過是個冷漠又傲慢的小妮子，對自己的小姑們毫無感情，幾乎連句話都不跟她們說。她在伯克利街逗留了十五分鐘，其中至少有七分半坐在那裡默不作聲。

艾麗諾雖然嘴裡不想問，心裡卻很想知道愛德華在不在城裡。不過，范妮無論如何也不肯當著艾麗諾的面提起他的名字，除非她能夠告訴艾麗諾：愛德華和莫頓小姐的婚事已經談妥，或是除非她丈夫對布蘭登上校的期待已經實現，因為她相信愛德華與艾麗諾之間的情感依然很深，需要隨時將他們兩人隔離開來。然而，艾麗諾卻從另一個來源得到了消息——沒過多久，露西就上門了，希望得到艾麗諾的安慰，因為愛德華和約翰夫婦一起來到城裡，但她卻見不到他。愛德華擔心被人發現，不敢去巴特雷特宅邸。雖然兩人急於相見，但目前只能以書信來往。

過沒多久，愛德華兩度來到伯克利街，證明他確實在城裡。她們早上出去赴約回來後，就發現他的名片擺在桌上。艾麗諾對他的來訪感到高興，並對自己沒見到他感到更加高興。

約翰夫婦很喜歡米多頓夫婦，雖說他們沒有宴客的習慣，但還是決定舉行一次晚宴，邀請幾位剛認識的朋友到哈利街吃飯。他們在這裡租了一棟不錯的房子，租期三個月。他們還邀請了兩個妹妹和詹寧斯太太，約翰更刻意找了布蘭登上校。上校總是樂意與達斯伍德小姐們共處，他對這番熱切邀請感到幾分驚奇，但更多的是欣喜。屆時費拉斯太太也會在場，但艾麗諾不清楚她的兩位兒子是否也會在。不過，一想到能見到費拉斯太太，就讓她對這次宴會發生了興趣；儘管如今的她不像以前那樣，必須以惶惶不安的心情去面對愛德華的母親，儘管她如今可以抱著無所謂的態度去見她，毫不在乎她的看法；但她仍然一如既往地渴望結識一下費拉斯太太，瞭解一下她的為人。

不久後，她聽說兩位史蒂爾小姐也要參加這次宴會，雖然不太高興，但對於宴會的期待感卻大增。

米多頓夫人十分喜愛兩位史蒂爾小姐，她們對她百般討好，博得了她的好感。雖說露西不夠文雅，她姐姐更粗魯，但她希望她們在康迪特街住上一兩週。碰巧的是，這正合史蒂爾姐妹的意，因為她們從約翰夫婦的請帖中得知，她們將會在設宴的前幾天去作客。

這對姐妹之所以能在約翰夫人的宴席上贏得兩個位子，並非因為她們的舅舅曾經關照過她弟弟許多年，而是因為她們是米多頓夫人的客人。露西很久以來就想親自結識這家人，仔細觀察他們的人品和她必須克服的困難，並趁機討好他們一番。如今一接到約翰夫人的請帖，感到前所未有的喜悅。

艾麗諾的反應截然不同。她立刻斷定，既然愛德華和母親住在一起，那就一定會跟母親一起應邀參加這場晚宴。在發生了這一切之後，第一次跟露西一起去見愛德華？她簡直不知道該如何忍受這些！

她的這些憂慮並不完全理智，當然也並不實際。不過她後來還是消除了憂慮，倒不是因為她冷靜下來了，而是多虧露西的一番好意。原來，露西為了讓艾麗諾大失所望，便告訴她：愛德華禮拜二不會去哈利街。她甚至想進一步加深艾麗諾的痛苦，說他之所以避不見面，就是因為他太愛她了，怕見面後隱瞞不住。

最重要的禮拜二來臨了，兩位年輕小姐就要見到那位令人望而生畏的老太太了。

「可憐我吧！親愛的達斯伍德小姐！」大家一起上樓時，露西說道。原來詹寧斯太太到達後不久，米多頓夫婦也緊接上門，於是大家同時跟著僕人朝樓上走去，「只有妳能可憐我。告訴妳吧！我簡直要站不住了。天哪！我馬上就要見到能決定我終身幸福的那個人了——我未來的婆婆！」

艾麗諾本來可以提醒她一句：她們即將見到的也許是莫頓小姐的婆婆，而不是她的婆婆，藉此立即打消她的緊張。不過她沒有這麼做，只是誠心地對她說，自己的確同情她。這讓露西大為驚奇，因為她希望艾麗諾嫉妒自己。

費拉斯太太是個瘦小的女人，腰板挺直——甚至可以說是拘謹；儀態端莊——甚至可以說是乖僻。她臉色灰黃，五官很小，一點也不漂亮，也毫無表情。不過，當她皺起眉頭，臉上頓時增添了傲慢和暴戾的色彩，這使她免於落得一個面無表情的名聲。她是個話不多的女人，因為她和一般人不同，總是有多少想法就說多少話。而就在她情不自禁地說出的話中，沒有一點是說給艾麗諾聽的，她早已鐵了心，說什麼也不會喜歡她。

對現在的艾麗諾來說，這種態度並不會為她帶來不快。幾個月以前她還可能感到痛苦不堪，可是事到如今，費拉斯太太已經不可能讓她苦惱了。她對兩位史蒂爾小姐截然不同的態度，似乎有意進一步貶低她——這令她覺得十分滑稽。她看到她們母女親切謙和的樣子，不禁感到好笑。露西似乎變得尊貴起來——事實上，若她們跟她一樣瞭解露西，一定會迫不及待地羞辱她。而她自己，雖然更不可能為她們帶來危害，卻反而遭到了她們毫不掩飾的冷落。她還看到史蒂爾姐妹也在拚了命地大獻殷勤，不由地對這四個人鄙視極了。

露西如此被視為貴賓，忍不住欣喜若狂。而安妮聽到別人拿她和戴維斯博士開玩笑，也感到喜不自勝。

酒席辦得非常豐盛，僕人多得不計其數，一切都表明女主人有心炫耀一番，而男主人也有能力供她揮霍。儘管諾蘭莊園正進行整修和擴建，儘管莊園的主人一度只要再缺幾千鎊就得破產，但似乎不想讓人看出他的貧窮。這裡沒有任何東西是貧乏的，除了談話例外。約翰自己沒什麼值得一聽的話，他妻子的話更少。不過這也沒有什麼丟人的，因為他們的大多數客人也是如此。他們有的缺乏理智（包括先天和後天），有的缺乏情趣，有的缺乏興致，有的缺乏氣質。

吃完飯後，女士們回到客廳，這種貧乏表現得更為明顯，因為男士們先前還換了一些不一樣的話題——例如政治啦、圈地啦、馴馬啦——但現在這些都聊完了，直到咖啡端進來為止，太太和小姐們一直在談論著同一個話題：年齡相仿的哈利．達斯伍德和米多頓夫人的二兒子威廉究竟誰比較高。

假如兩個孩子都在這裡，問題就很容易解決，但只有哈利在現場，雙方只好全憑著猜測來推斷。不過，每個人都有發表看法的權利，而且可以一再重複。各人的觀點如下：

兩位母親雖然都相信自己的兒子比較高，但出於禮貌，還是讓賢給對方。

兩位外祖母雖然和做母親的一樣偏心，卻比她們坦率得多，都拚了命地說自己的孫子較高。

露西一心想取悅兩位母親，認為兩個孩子都很高，她看不出有絲毫差別。安妮更加狡猾，伶牙俐齒地把兩個孩子都讚美了一番。

艾麗諾先前發表過看法，認為威廉比較高，結果得罪了范妮跟費拉斯太太，因此她現在覺得沒有必要再去表態。瑪麗安則當眾聲稱，自己從未考慮過這個問題，說不出什麼看法，因此惹得大家都不高興。

艾麗諾離開諾蘭之前，曾為大嫂畫了一組漂亮的屏風，這組屏風剛裱完背拿回來，就放在客廳裡。約翰跟著男賓們走進來瞧了屏風一眼，便殷勤備至地遞給布蘭登上校欣賞。

「這是我大妹的畫作，」他說，「你是個很有鑑賞力的人，肯定會喜歡這兩幅畫。我不知道你以前有沒有見過她的作品，不過人們都認為她畫得很出色。」

上校雖然否認自己很有鑑賞力，但一見到這兩幅屏風，仍然大為讚賞。當然，這些畫也引起了其他人的好奇心，於是大家爭相傳看。費拉斯太太不知道這是艾麗諾的作品，特地要求拿來過目。等米多頓夫人滿意地讚賞過後，范妮便把它遞給了母親，同時好心地告訴她，這是達斯伍德小姐畫的。

「哼！」費拉斯太太說，「很漂亮。」她連看都不看，便又遞還給她女兒。

也許范妮覺得母親太粗魯了，只見她臉上微微泛紅，然後馬上說道：

「這畫很漂亮，是吧？母親。」但她或許又擔心自己表現得太推崇，便補充說道：

「母親，妳不覺得這幅畫有點像莫頓小姐的繪畫風格嗎？她確實畫得好極了。她最後一幅風景畫畫得多美啊！」

「的確很美。不過她每樣事情都做得不錯。」

這真讓瑪麗安忍無可忍。她早已對費拉斯太太大為不滿，一聽她這麼不合時宜地讚賞另一個人，貶低姐姐，儘管她不曉得對方有什麼企圖，卻頓時火冒三丈，氣沖沖地說道：

「我們在讚賞一種特別的繪畫藝術！莫頓小姐算什麼？誰知道她？誰稀罕她？我們在談論的是艾麗諾。」

說完，她從大嫂手裡奪過屏風，一本正經地讚賞起來。

費拉斯太太看起來氣急敗壞，她的身子挺得比以往更直了，惡狠狠地反駁道：「莫頓小姐是莫頓勳爵的女兒。」

范妮看起來也很氣憤，她丈夫卻被妹妹的大膽嚇了一跳。瑪麗安的發怒為艾麗諾帶來了更大的難堪，比那些讓瑪麗安發怒的事還要嚴重。不過布蘭登上校一直盯著瑪麗安，他注意到美好的那一面：瑪麗安有顆熾熱的心，她無法容忍自己的姐姐受到絲毫蔑視。

瑪麗安的憤慨並未到此為止。費拉斯太太如此冷酷、無禮地對待姐姐，使她感到震驚和痛心。她在一股深情厚意的強烈驅使下，走到姐姐的座位前，用一隻手臂摟住她的脖子，臉頰緊貼著她的臉，用低微而急切的聲音說道：

「我最親愛的艾麗諾，不要介意。別讓她們害得妳不高興。」

她再也忍不住了，一頭撲到艾麗諾的肩上，哇的一聲哭了起來。她的哭聲引起了每個人的關切。布蘭登上校站起身，不由自主地朝她們走去。詹寧斯太太也十分機靈地喊了一聲：「唉！可憐的寶貝。」並拿出她的嗅鹽讓她聞。約翰爵士對造成這種痛苦的元凶極為憤慨，他馬上換了個位置，坐到露西身旁，把這件駭人聽聞的事小聲對她說明了一番。

幾分鐘之後，瑪麗安恢復了正常，這場騷動終於結束，她又坐回眾人當中。不過發生了這樣的事，她的情緒總是難以平復。

「可憐的瑪麗安，」她哥哥一找到機會，便小聲對布蘭登上校說道，「她的身體不像她姐姐那麼好，她有些神經質。我們必須承認，對一個年輕又美麗的女孩來說，一瞬間失去了原本的魅力，這真是太痛苦了。說來你可能不會相信，瑪麗安幾個月以前確實很漂亮——簡直就跟艾麗諾一樣漂亮。但現在，你瞧！一切都完了。」

第三十五章

艾麗諾對費拉斯太太的好奇心得到了滿足。她發現她一無是處，在這種情況下兩家再去結親，這是很不理想的。她看清了她的傲慢、自私和對自己的偏見，因此可以理解：即使愛德華與她訂了婚，也一定會遭遇重重困難，使他們遲遲無法完婚。她看清一切後，幾乎為自己感到慶幸！在遇到了一個最大的障礙後，她可以免於遭遇費拉斯太太設下的其他阻礙，可以免於忍受她那反覆無常的脾氣，免於費盡心機地去贏取她的好感；或是說，即使她對愛德華迷上露西無法感到高興的話，至少可以斷定，要是露西更加親切一些，她其實該感到高興的。

令她感到驚奇的是，費拉斯太太的客氣居然讓露西心醉不已。她利令智昏，自視甚高，不知道費拉斯太太對她禮遇有佳，只因為她不是艾麗諾，而且也不瞭解她的真實底細；還傻傻地以為這是對自己的賞識。露西的這種心情不僅從她當時的眼神中看得出來，而且在隔天早上還毫不隱諱地說了出來。原來，在她的特別要求下，米多頓夫人同意讓她在伯克利街下車，也許是為了單獨見見艾麗諾，告訴她自己有多麼高興。

碰巧的是，她剛到不久，就來了一封帕瑪斯夫人的信，把詹寧斯太太請走了。

「我親愛的朋友，」一剩下她們兩人後，露西便嚷道，「我來跟妳談談我高興的心情。費拉斯太太昨天那樣禮遇我，還有什麼比這更令人愉快的呢？她多麼和藹可親啊！妳知道，我原本多麼害怕見到她；可是當我被介紹給她，她的態度是那樣地親切，似乎表明了她非常喜歡我。難道不是這樣嗎？妳全都看見了，難道妳沒有大受感動嗎？」

「她的確對妳很客氣。」

「客氣？妳只發現她客氣嗎？我看遠不只這樣——除了我之外，她對誰也沒這麼親切啊！妳的大嫂也是這樣——和藹可親極了！」

艾麗諾很想聊點別的，可是露西硬要她承認自己為此感到開心，於是艾麗諾只好繼續講下去。

「毫無疑問，要是她們知道你們訂了婚，」她說，「還這麼禮遇妳，那當然再好不過了。然而，情況並非如此——」

「我早就猜到妳會這麼說，」露西急忙答道，「要是費拉斯太太不知情，她絕不會無緣無故地喜歡我——她喜歡我比什麼都重要。妳別想破壞我的好心情。我知道事情一定會有個圓滿的結局，我原本還顧慮重重，其實根本沒什麼困難。費拉斯太太是個可愛的女士，妳的大嫂也是這樣。她們兩人的確都很討人喜歡！我很奇怪，怎麼從沒聽妳說過達斯伍德夫人多麼惹人喜愛呀？」

艾麗諾無話可答，也不想回答。

「妳身體不舒服吧？達斯伍德小姐。妳似乎興致不高，連話都不說。妳一定不舒服。」

「我從來沒這麼健康過。」

「我打從心裡感到高興。不過妳的氣色真的不太好，要是妳真的不舒服，我會感到很難過的——因為妳為我帶來了最大的安慰！要不是多虧了妳的友誼，真不知道會怎麼樣。」

艾麗諾想給她一個客氣的回答，又懷疑自己是否做得到。不過，露西似乎頗為得意，因為她又立即說道：

「是的，我相信妳對我的深厚情誼。除了愛德華的愛，妳的友誼是我最大的安慰。可憐的愛德華！不過現在好了——我們又能夠見面了，而且會經常見面，因為米多頓夫人很喜歡達斯伍德夫人，那樣一來，我們也許可以常去哈利街，愛德華可以有一半時間待在姐姐那裡。何況，米多頓夫人和費拉斯太太也可以互相往來。費拉斯太太和妳大嫂真好，她們不只一次說過，什麼時候都願意再見到我，她們多討人喜歡啊！我相信，要是妳肯告訴嫂嫂我對她的評價，無論妳說得多誇張都不過分。」

艾麗諾不想讓她抱著任何希望，認為她真的會告訴她嫂嫂。露西接著又說：

「我知道，要是費拉斯太太不喜歡我的話，我一定能當場看出來。例如說，假如她一聲不吭，只是隨便地對我鞠個躬，然後再也不理我，再也不和顏悅色地看我一眼——假如我真的遭受如此可怕的待遇，我早就死了這條心啦！那會讓我無法忍受的。我知道，要是她真的討厭起誰來，一定是深惡痛絕。」

聽了這番得意的言語，艾麗諾還沒來得及作出回答，房門忽然被推開了，僕人傳報費拉斯先生駕到，隨後愛德華便走了進來。

這是個令人尷尬的時刻，每個人的臉色都顯示出這一點，一個個目瞪口呆。愛德華似乎不曉得該往房間內走，還是退出去。這種難堪的場面本是他們極力想避免的，現在卻在所難免了——不僅三個人都遇在一起了，而且沒有任何其他人幫忙解圍。兩位小姐先恢復了鎮定，露西不敢上前表示親熱，他們表面上還要保守秘密，因此只能用眼色傳送秋波，與他寒暄了兩句後便不再說話。

艾麗諾倒是想多說幾句，為了愛德華和她自己，她決心將一切處理妥當。稍微定了定神後，她裝出一副坦率的神態，對他的到來表示歡迎，接著又表現得更加神態自若了。儘管露西在場，儘管她知道自己受了虧欠，但還是對他說，自己很高興能見到他，他上次來伯克利街時未能與她見到面，對此她非常遺憾。雖然她馬上察覺露西那雙銳利的眼睛正緊盯著她，卻沒有畏縮——他們本來就是朋友嘛！還算得上是親戚——她仍對他以禮相待。

她的舉止消除了愛德華幾分疑慮，鼓起勇氣坐了下來。不過，他還是比兩位小姐顯得更為困窘，這種情形對一個男人來說雖不多見，但對他來說倒也合乎情理。因為他既不像露西那樣滿不在乎，也不像艾麗諾那樣心安理得。

露西故意裝出一副怡然自得的樣子，彷彿不打算為他們增添安慰似的，一句話也不肯說，說話的幾乎只有艾麗諾一人。至於她母親的身體狀況、她們是怎麼進城的……這些本該由愛德華主動提出的問題，他卻沒有開口，艾麗諾只好主動介紹。

她的一番苦心並未到此結束，沒過多久，她產生了一種慷慨的心情，決定藉口去叫瑪麗安，將另外兩人留在房裡。她果真這麼做了，心中懷著一股無比高尚的精神。她在樓梯口逗留了半天，才去叫她妹妹。當瑪麗安被請來後，愛德華那種欣喜若狂的態度也結束了。原來，瑪麗安聽說愛德華來了，非常高興，便匆匆忙忙地跑到客廳，表現得像平常一樣感情充沛、言詞熱烈。她走上前去，伸出一隻手讓他握住，說話聲流露出一位小姨子般的深情。

「親愛的愛德華！」她大聲嚷道，「這真是值得慶賀的時刻！簡直可以補償一切損失！」

愛德華見到瑪麗安這麼親切，也想作出親切的回應，但是在其他兩位小姐面前，他根本不敢說出真心話。大家又重新坐下，沉默無語地待了一陣子。這時，瑪麗安時而熱情地看看愛德華，時而看看艾麗諾，唯一遺憾的是多了露西這個局外人。愛德華第一個開口，他說瑪麗安變了，擔心她過不習慣倫敦的生活。

「噢！別為我擔心！」瑪麗安興奮而誠懇地回答，說話時眼眶又泛起淚光，「不用擔心我的身體。你看，艾麗諾不是好好的嗎？這就值得我們高興了。」

這句話並不能讓愛德華和艾麗諾感到好過，也不可能博得露西的好感。她帶著不怎麼友善的表情，抬頭望著瑪麗安。

「妳喜歡倫敦嗎？」愛德華隨口問道，希望能岔開話題。

「一點也不喜歡。我原以為這裡會很有趣，結果什麼樂趣也沒有。能見到你，愛德華，是倫敦帶給我的唯一安慰。謝天謝地！你還是老樣子！」

她停頓了一下，沒有人出聲。

「我看，艾麗諾，」她接著又說，「我們應該請愛德華送我們回巴頓。我看再過一兩週就該走了，我相信愛德華不會拒絕接受這一請求吧？」

可憐的愛德華嘴裡嘟噥了一聲，但沒有人聽清楚。瑪麗安看到他有些激動不安，立刻想到那最令她得意的原因上，為此感到心滿意足，又聊起了其他事情。

「愛德華，我們昨天在哈利街好難堪啊！真沒意思，無聊至極！不過，我在這件事上有好多話想跟你說，只是現在不能說。」

她採取了如此可敬的謹慎態度，沒有當場告訴他：他們雙方的那幾位親戚比以往任何時候都討人厭，尤其是他那位令人作嘔的母親——這些話只能等到他們單獨相處時再說。

「愛德華，你昨天為什麼不在那裡？你為什麼不來呀？」

「我在別處有約。」

「有約？有這麼多朋友來找你，還赴什麼約呢？」

「也許，瑪麗安小姐，」露西大聲嚷道，她迫不及待想報復她一下，「妳以為年輕人遇到約會時，一旦不合胃口，就可以不守約嗎？」

艾麗諾頓時怒不可遏，但瑪麗安似乎完全聽不出她話中有刺，她心平氣和地回答：

「我並不這樣想。事實上，我敢保證，愛德華是按照良心做事，才沒有去哈利街。我真的認為，他是世上最有良心的人；每當有約會，無論多麼微不足道，無論多麼違背他的興致和樂趣，他總是小心謹慎地赴約。他最怕帶給別人痛苦，最怕讓別人感到失望，他是我見過最不自私的一個人。愛德華，事實就是如此，我就是要這麼說。什麼？你不想被讚美？那你一定不是我的朋友，因為凡是願意接受我的友愛和敬意的人，就必須接受我的公開讚揚。」

不過，聽了她的這番讚美，有三分之二的聽眾覺得心裡不是滋味，愛德華更是大為不快，起身就走。

「這麼快就要走了？」瑪麗安說，「我親愛的愛德華，這可不行呀！」

她把他拉到一旁，小聲對他說，露西不會再待太久。但是，這樣的鼓勵也無濟於事，因為他心意已決。本來，即使他待上兩個小時，露西也會奉陪到底，但既然他走了，她也隨即離開。

「她為什麼老是到這裡來？」她一走，瑪麗安便說道，「難道她看不出來我們希望她走嗎？她讓愛德華哭笑不得！」

「為什麼？我們大家都是他的朋友，露西認識他的時間比誰都長，他想見見我們，當然也想見見她了。」

瑪麗安目不轉睛地望著姐姐，說道：「妳知道嗎？艾麗諾，妳這樣說話真令我受不了。我看妳這麼話是存心想讓別人反駁妳。要是這樣的話，妳應該知道我絕不會這麼做的，我不會上妳的當，卑微地說些毫無意義的傻話。」

說完，她走出房去。艾麗諾不敢再跟她說什麼，因為自己曾向露西保證過要保守秘密。她無法說出讓瑪麗安信服的理由。儘管將錯就錯的後果是痛苦的，但她只能信守諾言。她只希望，愛德華不要再讓瑪麗安信口開河地胡說一通，也不要再引起他們這次會面所導致的痛苦——她有充分理由期待這一點。

第三十六章

過了幾天，報上登出了一則消息：湯瑪斯．帕瑪斯先生的妻子平安產下一個兒子兼繼承人。這是一條有趣又令人滿意的新聞，至少那些事先瞭解情況的親人都是這麼認為的。

這件事意義重大，關係到詹寧斯太太的幸福，因此使得她暫時改變了作息安排，也影響到她的年輕朋友們的活動安排。這位太太希望盡量與夏綠蒂待在一起，因此每天早上一穿好衣服便過去了，晚上直到很晚才回來。達斯伍德家兩位小姐在米多頓夫婦特地要求下，只好整天在康迪特街度過。在舒適程度上，她們寧可待在詹寧斯太太家裡，但她們又不便違背眾人的願望。因此，她們的時間就轉而花在米多頓夫人和史蒂爾姐妹身上。其實，儘管她們嘴上說要她們作伴，實際上並不歡迎她們。

兩位達斯伍德小姐都是聰明人，不可能成為米多頓夫人的理想伙伴；而兩位史蒂爾小姐更以嫉妒的目光看待她們，認為她們闖入了自己的地盤，瓜分了應該由她們獨享的盛情厚意。雖然米多頓夫人對待艾麗諾和瑪麗安相當客氣，但她絕非真正喜歡她們——因為她們既不奉承她本人，又不奉承她的孩子；又因為她們喜歡看書，她便認為她們喜歡挖苦人——也許她根本不知道什麼叫做「挖苦」，不過那不重要，因為這是大家動不動就喜歡用的指責詞語。

她們的出現對她和露西都是一種約束，不僅限制了一方的遊手好閒，又限制了另一方的處心積慮。米多頓夫人在她們面前什麼也不做，未免感到有些羞愧；而露西平常善於阿諛奉承，現在卻擔心她們因此瞧不起她。這三個人中，對達斯伍德小姐們最不感到煩惱的是安妮，她能夠與她們和睦相處。晚飯後，一見到她們進來，她就會把火爐前最好的座位讓出來，只要她們之中有一位能向她詳細介紹一下瑪麗安與威洛比之間的情史，她便會覺得這麼做是值得的。但是，這種和睦現象並非毫無問題，雖然她經常向艾麗諾表示對她妹妹的同情，並不只一次地在瑪麗安面前流露出對男人反覆無常的責難，但是只得到艾麗諾漠然的神情，以及瑪麗安憎惡的神色回應罷了。事實上，她們只要稍微作出一點努力，就能讓她成為朋友——只要拿博士開她玩笑就夠啦！誰知道她們與別人一樣，根本不想滿足她的願望。因此，如果約翰爵士外出，不在家吃飯，她就一整天聽不到別人拿這件事取笑她，她只能自嘲一番。

不過，這些嫉妒和不滿一點也沒有引起詹寧斯太太的猜疑，她只覺得小姐們待在一起是件愉快的事情。她有時到約翰爵士家，有時在自己家裡，跟她們待在一起。不管在哪裡，她總是精神煥發、興高采烈。她把夏綠蒂的順利康復歸功於自己的精心照料，她很想詳細地敘述一下自己的事，可惜肯聽的只有安妮一人。

只有一件事引起了她的不安，她天天都要抱怨幾句：帕瑪斯先生堅持男人的一個共同觀點，認為所有的嬰兒都是一個模樣，一點都不像一位父親。雖然詹寧斯太太不時能看出這個小傢伙與父母家人的相似處，卻無法讓他父親接受這一看法。她無法讓他相信，這小傢伙和其他小孩不盡相同；甚至也無法叫他認同這一個簡單的意見：這孩子是世上最可愛的一個。

大約就在這時，約翰夫人遇到了一件不幸的事情。原來，就在她的兩位小姑與詹寧斯太太第一次來哈利街拜訪她時，有另一個朋友也來了。這件事本身倒沒有什麼不幸，但總是有人愛對別人的行為作出錯誤的看法，僅憑一知半解就妄下猜測，這使得幸福往往要聽任命運的擺佈。後來的這位太太，她的想像完全超乎事實的可能，一聽見兩位達斯伍德小姐的名字，知道他們是約翰夫人的小姑後，便斷定她們正住在哈利街。由於這樣的誤解，她一兩天後便發來請帖，邀請她們及兄嫂到她家裡參加一個小型音樂會。這不僅為約翰夫人帶來了極大的不便，不得不派車去接兩位小姑，更糟糕的是，她還必須裝得對她們關懷備至，真令她滿腹牢騷！誰知道這種事還會不會有第二次呢？當然，她有權力拒絕她們；但這還不夠，因為當人們認定了一種明知不對的方式時，再想讓他們採取正確的方式，那他們一定會惱羞成怒的。

對於每天赴約，瑪麗安已經逐漸習以為常。她就像一具機械般，每天默默為了晚上的約會作著準備，雖然她並不期望從中得到任何樂趣，而且往往直到最後才知道要去哪裡。

瑪麗安對自己的打扮已變得滿不在乎，只是隨便地梳妝一下，花費的精力還不如安妮對她的衣著付出注意力的一半。她觀察得十分入微，對一切都很好奇，想問出瑪麗安每件衣服的價錢。她可以猜出瑪麗安總共有幾件外衣，而且比瑪麗安自己記得的還準確。分手前，她甚至還希望猜出瑪麗安每週花多少錢在洗衣服上，每年花多少錢在自己身上。雖說是一番好意，但瑪麗安卻認為這比什麼都要失禮，因為她仔細調查了她外衣的價格和樣式，鞋子的顏色和髮型之後，近乎肯定地對她說：「老實說，妳看起來漂亮極了，肯定會征服不少男人。」

聽完這番鼓勵，瑪麗安便向史蒂爾小姐道別，搭乘她哥哥的馬車。馬車停到門口才五分鐘，她們便已準備就緒。其實，她們的大嫂並不喜歡她們這麼守時，因為她已先一步去了朋友家裡，一心希望她們能耽擱一下——這也許會為車伕帶來不便，但太準時卻會為她帶來不便。

晚上的活動不怎麼精彩。跟其他音樂會一樣，與會的有不少人確實對演出有鑑賞力，還有不少人一竅不通。而那些表演者卻像往常一樣，被他們自己和他們的親友視為英國第一流的演奏家。

艾麗諾不喜歡音樂，也不假裝喜歡，她的目光可以毫無顧忌地隨意離開大鋼琴、豎琴和大提琴，屋內的東西她想看什麼就看什麼。當她東張西望的時候，從一伙年輕人中發現了一個人，就是那名曾在格雷商店買過牙籤盒的男士。轉眼間，艾麗諾發覺他正在望著自己，而且正親切地與她哥哥說話。她剛想問哥哥他叫什麼名字時，想不到他們一齊朝她走來。約翰向她介紹說，這個人叫做羅伯特．費拉斯。

他與艾麗諾說話時顯得既客氣又隨便，歪著頭鞠了個躬，如同他的言語般清楚地表明了，他就是露西對她提過的那個花花公子。本來，他母親和姐姐的怪脾氣已經引起了她的反感，現在他弟弟的這一鞠躬又把這種反感推向了頂點。然而，當她對這兩兄弟的如此反差感到詫異時，並沒有因為一方的愚昧、自負，而失去對另一方的謙遜高尚的好感。他們為什麼會如此迥然不同，羅伯特在一次長約十五分鐘的談話中親自作出了解釋：他一說起哥哥，便對他在交際上的笨拙感到惋惜，認為這妨礙了他與上流人士的來往；他還坦率地將這一點歸咎於不幸的私人教育，而不是歸咎於天賦不足。至於他自己，雖然天賦不見得特別優越，但是由於在公學就讀過，與人交往起來比任何人都得心應手。

「說實在的，」他接著說道，「我認為這也沒有什麼大不了。當我母親為此感到遺憾時，我常這麼對她說：『我親愛的母親，別在意。這種不幸是無可挽回的，而且都怪妳不好，妳為什麼不堅持己見，卻偏要聽我舅舅羅伯特爵士的話，讓愛德華在一生最關鍵的時候去受私人教育？妳當初要是把他像我一樣送進西敏斯特公學，而不是送到普拉特先生家裡，那這一切就可以避免了。』這就是我對這件事的一貫看法，我母親已完全意識到了自己的過錯。」

艾麗諾不想與他爭辯，因為無論她對公學的優點有什麼看法，一想到愛德華住在普拉特家裡，就很難覺得開心。

「我想妳是住在德文郡，靠近道利希附近的一棟農舍吧？」羅伯特接著說道。

艾麗諾糾正了他的說法，這似乎令他感到不解：居然有人住在德文郡而不靠近道利希。不過，他對她們的房子還是給予充分的肯定。

「就我本人來說，」他說，「我很喜歡農舍。這些房子總是那麼舒適、幽靜。我敢說，假如我有多餘的錢，我就要在離倫敦不遠處買一塊地，自己蓋棟農舍，隨時可以乘車出城，找幾個朋友娛樂一番。我勸那些要蓋房子的人都蓋座農舍。那天，我的朋友考特蘭勳爵特地跑來徵求我的意見，將博諾米幫他畫的三份設計圖擺在我面前，要我說哪一份最好。我當場把那些圖全扔進了火裡，然後說：『我親愛的考特蘭，哪一份都別用，蓋一棟農舍就好。』」

「有些人認為農舍空間小、環境差，這實在大錯特錯！上個月，我住在我的朋友艾略特家裡，就在達特佛附近。艾略特夫人想舉辦一場舞會。『該怎麼辦呢？』她說，『我親愛的費拉斯，請告訴我該怎麼辦。這座農舍裡沒有一個房間能容得下十對舞伴，晚飯又要在哪裡吃？』我很快就發現這毫無困難，於是說道：『我親愛的艾略特夫人，妳不必煩惱。餐廳足夠容下十八對舞伴，牌桌可以擺在客廳裡，在書房吃茶點，晚飯就在會客室吃。』艾略特夫人聽了非常高興。我們量了一下餐廳，發現剛好能容納十八對舞伴，事情完全按照我的想法作了安排。所以，妳看，只要人們懂得如何籌劃，住在農舍裡就像住在最寬敞的住宅裡一樣，什麼舒適條件都能享受到。」

艾麗諾對此一概表示同意，她認為用不著據理力爭，羅伯特不配她這麼做。

約翰與他大妹一樣不喜歡音樂，因此也在東張西望。他在晚會上想到一個主意，打算回家告訴妻子，徵求她的同意。由於丹尼森太太誤以為他妹妹在他家中作客，因此他應該趁詹寧斯太太出門時，真正請她們來作客。這件事的花費微乎其微，也不會帶來什麼不便；他是個很有良心的人，為了徹底履行對父親的諾言，完全有必要照顧一下她們。但范妮聽到這個建議，不禁大吃一驚。

「你這樣做會讓米多頓夫人難堪的，因為她們天天都跟她待在一起。不然的話，我也會很樂意這麼做的。你知道，我總是願意盡力關心她們，就像我今天晚上帶她們去一樣。不過，她們是米多頓夫人的客人，我怎能把她們從她身邊搶走呢？」

她丈夫認為她的論點沒什麼說服力，但還是對她十分客氣。「她們已經在康迪特街住了一個禮拜，再到我們這樣的近親家住上相同的天數，米多頓夫人不會不高興的。」

范妮停頓了一會兒，又重新打起精神說道：

「親愛的，要是可行的話，我一定誠心誠意地請她們來。可是，我心裡剛打定主意，想讓兩位史蒂爾小姐來住幾天。她們是規矩的好女孩，再說她們的舅舅對愛德華那麼好，我覺得也該款待她們一番。你知道，我們隨時都能請你妹妹來，但史蒂爾姐妹倆可能不會再進城了。你一定會喜歡她們的。其實你已經非常喜歡她們了，我母親也很欣賞她們，而哈利又那樣特別喜愛她們。」

約翰被說服了，他認為必須馬上邀請兩位史蒂爾小姐，而改年再邀請他妹妹的決定又讓他的良心得到了安慰。但在這同時，他又暗中懷疑：再過一年就沒有必要去邀請她們進城了，因為到時候艾麗諾已成了布蘭登上校夫人，瑪麗安則成了他們的座上賓。

約翰夫人為少了一場麻煩感到欣喜，又為自己的急中生智感到自豪。第二天早晨，她寫信給露西，要求她和她姐姐在米多頓夫人方便的時候，馬上來哈利街住上幾天。這個提議理所當然地讓露西十分高興——約翰夫人似乎掛念著她的事，這真是求之不得！能有這樣的機會與愛德華及他的家人待在一起，這對她來說比什麼事情都重要，這樣的邀請比什麼都使她滿足！她在米多頓夫人家作客本來沒有明確的期限，現在卻突然恨不得早點離開。

露西收到信後不久，就把信拿給艾麗諾看。這是艾麗諾第一次感到露西的確有幾分希望。才認識這麼幾天，就得到如此異乎尋常的厚愛，這似乎表明，這家人對她的這番好意並非完全源於對自己的惡意。露西的阿諛奉承已經征服了米多頓夫人的傲慢，卸下了約翰夫人的心防，而這些成果有望取得更大的成功。

兩位史蒂爾小姐搬到了哈利街，她們在那裡非常得意。消息傳到艾麗諾耳裡後，又讓她對事情更加期待。約翰爵士不只一次地去拜訪過她們，回家後詳細描述了她們如何受寵的情況。約翰夫人這輩子從未像喜歡她們一樣喜歡過任何年輕女子。她送給她們一人一只針線盒，她直呼露西的名字——不知道她將來捨不捨得讓她們離開。

第三十七章

帕瑪斯夫人產後已兩週，身體狀況很好，她母親認為沒有必要再把全部時間都花在她身上，每天來探望一兩次也就夠了。於是，她回到家裡，恢復了以前的生活作息。她發現，達斯伍德家的兩位小姐很想再分享先前的樂趣。

她們姐妹回到伯克利街大約過了三四天，一個上午，詹寧斯太太剛探望帕瑪斯夫人回來，見到艾麗諾獨自坐在客廳裡，便神氣十足地走了進來，好讓她明白又發生什麼趣事了。還不等艾麗諾生出這個念頭，她便立刻說道：

「天哪！親愛的達斯伍德小姐！妳有沒有聽到這個消息？」

「沒有，太太。什麼消息？」

「奇怪的事情！不過我會全告訴你的。我剛才到帕瑪斯先生家裡，發現夏綠蒂快急壞了，她一口咬定孩子生了重病——孩子又哭、又鬧，渾身都是疹子。我看了一眼，說道：『天哪！親愛的，這一定是小兒苔蘚！』護士也是這麼說的，可是夏綠蒂不相信，於是請來了多納凡先生。幸虧他剛離開哈利街，馬上就趕來了。他一見到孩子，就說出跟我一模一樣的話——就是小兒苔蘚，夏綠蒂這才放心。多納凡先生剛要走，我忽然問他有沒有什麼消息。他得意地傻笑起來，然後又擺出一本正經的樣子，就像知道什麼秘密似的。最後他小聲說道：『我擔心妳們照顧的兩位小姐得知大嫂身體欠安的消息後會感到難過，因此只好這麼說：我認為沒什麼好擔心的，希望達斯伍德夫人平安無事。』」

「什麼？范妮病了？」

「我當時也是這麼說的，親愛的。『天哪！』我說，『達斯伍德夫人病了？』接著，全都真相大白了。據我所知，事情大概是這樣的：愛德華．費拉斯先生——也就是我常拿來取笑妳的那位少爺（不過我很高興，事實證明這些玩笑毫無根據），看來，這位費拉斯先生與我表侄女露西已經訂婚一年多了。妳看，親愛的，竟然有這種事！除了南茜（安妮），別人居然什麼都不知道！妳能相信會有這種事嗎？他們兩人相愛，這倒不奇怪，但是事情鬧到這個地步，竟然沒有引起任何人的懷疑！這也就怪了！我從來沒有看見他們在一起過，不然我肯定馬上就能看出端倪。由於他們害怕費拉斯太太，因此保守秘密至今。直到今天早上，可憐的南茜——妳知道她是個好心人，但卻沒什麼頭腦——一口氣全說出來了。『天哪！』她自言自語地說，『她們都這麼喜歡露西，將來肯定不會刁難她了。』她說完，就連忙跑到妳嫂子面前。妳嫂子正獨自織著地毯，根本沒想到會發生什麼事——她五分鐘前還對妳哥哥說，她想讓愛德華和某個勳爵的女兒配成一對，我忘了是哪位勳爵；因此妳可以想像，這對她的虛榮心和自尊心是多麼沉重的打擊啊！她頓時歇斯底里起來，拚了命地尖叫。妳哥哥坐在樓下的更衣間，想寫信給鄉下的管家，一聽到尖叫聲立刻衝上樓，接著就發生了一個可怕的情景。當時露西正好來了，她一點也不知情，可憐的孩子！我真同情她，應該說，我認為她受到了十分無情的對待；因為妳嫂子發狂似地破口大罵，露西當場昏了過去。南茜跪在地上失聲痛哭。妳哥哥在房裡踱來踱去，說他不知道該怎麼辦。達斯伍德夫人要她們姐妹馬上離開，妳哥哥只好下跪求她讓她們把衣服收拾好再走。然後，妳嫂子又開始歇斯底里起來，妳哥哥嚇得把多納凡醫生請了過去。當醫生趕到時，屋裡簡直一團糟！他說，露西的狀況很差，幾乎連路都沒辦法走，南茜也差不多。老實說，我真受不了妳嫂子！我由衷地希望，愛德華和露西能夠不受到她的干擾，順利結婚。天哪！要是愛德華聽到了這件事，不知道會有多難過呢！自己的愛人竟然被這樣羞辱！要是他為此大發雷霆，我也一點都不會驚訝！多納凡醫生也這麼想，他和我談過這件事。有趣的是，當他離開後不久，又被請回去哈利街，因為我的表侄女們一走，他們就派人去請費拉斯太太，也許妳嫂子認為她要是聽說了這件事也會歇斯底里，要醫生隨時在一旁待命吧？誰知道呢，不過我一點也不同情這對母女，她們竟然為了金錢和地位做出這種事！愛德華和露西沒理由不能結婚，因為費拉斯太太有能力讓兒子過得舒適，而露西雖然沒有財產，但她比任何人還會精打細算。我敢說，就算費拉斯太太一年只給兒子五百鎊，露西也一樣可以把家務打理好，他們可以找一間跟妳們家一樣——或更大的農舍，再雇兩個女僕、兩個男僕。對了，我還可以替他們找個女僕，因為我們家的貝蒂正好有個妹妹沒事做，可以介紹給他們。」

詹寧斯太太說到這裡停住了，好在艾麗諾相當鎮靜，還能對此事做出一些評論。她很高興地發現，詹寧斯太太並未懷疑她對此事特別感興趣；而且就像她最近希望的那樣，這位太太不再認為她還眷戀著愛德華；而最令她感到高興的是瑪麗安不在場，她覺得自己完全可以不露窘態地談論這件事，並認為自己能對所有相關人士不抱任何偏見地做出判斷。

事情的結局將會如何，她完全捉摸不透，雖然她很想打消這樣的念頭：也就是愛德華和露西不會結婚，而是出現別的結局。她急切地想知道費拉斯太太會怎麼辦——儘管這根本不需要懷疑。她還更急切地想知道愛德華的反應。對於他，她深感同情；至於對露西，她只有一點點同情——而這一點同情還是她好不容易才擠出來的。對於其他人，她則絲毫不在乎。

很快地，艾麗諾又想到，有必要讓瑪麗安做好心理準備。不能再矇騙她了，要立刻向她說明事實真相，盡力讓她在聽別人談論的時候，不要露出為姐姐擔憂、對愛德華不滿的神情。

艾麗諾要做的是件痛苦的事情。她將摧毀掉可能是妹妹的主要精神慰藉，詳細敘說愛德華的事情，這恐怕會永遠毀掉她對他的好印象；另外，在瑪麗安看來，姐姐與她的遭遇極其相似，這也會重新勾起她的傷心。但是，儘管事情令人不快，還是必須去做。

她不想多談論自己的感情，不想談論她自己多麼痛苦，因為更重要的是，該如何把她獲悉愛德華訂婚以來採取的克制態度教給瑪麗安。她說得簡單、明瞭，雖說無法做到不動感情，但沒有過於激動、悲傷。瑪麗安驚訝地聽著，痛哭不止，艾麗諾反倒成了安慰者，無論她自己是否也痛苦不已。她主動地安慰她，一再向她保證自己心裡坦然，並苦口婆心地替愛德華辯解，只承認他有些輕率。

然而，瑪麗安不肯相信那兩個人，愛德華就像第二個威洛比。她明知姐姐曾經真心誠意地愛過他，這怎麼能令她心裡好受呢？至於露西．史蒂爾，她認為她一點也不可愛，一個有理智的男人根本不可能愛上她。因此，愛德華曾愛過她這件事，令她無法置信，更無法諒解，她甚至不肯承認這是很正常的事情。艾麗諾只能透過讓她瞭解人心，進而明白事情的必然性，只有這樣才能使她信服。

在第一次交談中，艾麗諾只聊到訂婚這件事以及訂婚多長時間了。這時瑪麗安心裡實在忍受不了，打斷了姐姐有條不紊的詳細敘述。一時間，艾麗諾只能設法減輕她的痛苦，使她不要那麼大驚小怪、滿腹怨恨。但瑪麗安提出的第一個問題又引出了更多的細節：

「艾麗諾，妳知道這些事多久了？他寫過信給妳嗎？」

「我知道四個月了。露西去年十一月第一次來巴頓莊園時，就私下告訴我她訂婚的事。」

聽了這句話，瑪麗安沒有出聲，雙眼卻流露幾分驚訝的神氣。她不可置信地停頓了一下，然後驚嘆道：

「四個月！這件事妳已知道四個月了？」

艾麗諾證實了這一點。

「什麼？當我遭到不幸，妳忙著照顧我的時候，原來自己也有這種傷心事？而我還責備妳開心呢！」

「實際上完全相反，只是當時還不方便讓妳知道。」

「四個月！」瑪麗安再次嚷道，「這麼鎮定！這麼樂觀！妳怎麼忍得住啊？」

「我只是在盡我的本分。我答應過露西一定要保守秘密，因此我必須向她負責，不能透露一點風聲；我還要向我的親人負責，不讓他們為我擔心，我無法告訴他們事實真相。」

瑪麗安似乎大為感動。

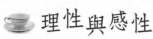

「我常想告訴妳和母親真相，」艾麗諾接著說，「我試過幾次，但想讓妳們相信，勢必要違背自己的諾言。」

「四個月！但妳還愛著他！」

「是的。當時，雖然不只愛他，又怕引起親友的不安，寧可不讓大家知道我有多麼難過。現在，無論是想起這件事，還是談起這件事，我都能做到無動於衷了。我不想讓妳們為我受苦，我可以向妳保證，我已經不再過於哀傷了。我有很多可以自我安慰的地方。我知道，這次失意絕不是自己的輕率引起的，而且我一直忍著不聲張出去。我還替愛德華辯護，說他沒犯下什麼大錯。我希望他非常幸福，也確信他一直很盡責；雖然現在可能有點悔恨，但最後一定會幸福的。露西並不缺乏理智，一定能成就美滿的婚姻。無論如何，瑪麗安，儘管始終不渝的愛情十分迷人，儘管人們可以說一個人的幸福完全取決另一個人，但這並不意味著應該如此——那是不可能的。愛德華要娶露西，他要娶一個才貌卓越的女人，隨著時間的推移、習慣的改變，總有一天，他會忘了自己曾認為有人比她好。」

「如果妳這樣思考問題，」瑪麗安說，「如果失去最珍貴的東西也能輕易地用其他東西加以彌補，那麼妳的堅強和克制就不足為奇，我也更容易理解。」

「我明白妳的意思，妳以為我好像無所謂似的。瑪麗安，這四個月以來，這件事一直懸在我的心上，我不能隨便向任何人傾訴。我知道，一旦向妳和母親作解釋，不但不會讓妳們做好任何心理準備，反而會引起極大的痛苦。告訴我這件事的——而且強迫我聽的人，就是曾與愛德華訂過婚、毀了我一輩子的那個人，而且似乎還很得意——這個人對我存有戒心，我只好不動聲色；當她講到我最感興趣的地方，我偏要裝出愛聽不聽的樣子。這種事還不只發生過一次，我必須三番兩次地聽她敘說她如何滿懷希望、如何欣喜若狂；我知道我與愛德華永遠分開了，但我還沒聽說任何事讓我覺得嫁給他不好，沒有任何事證明他不值得愛，也沒有任何事表明他對我冷漠無情。我要忍住他姐姐的冷酷、他母親的蠻橫，嘗到痴情的苦頭，卻沒有任何回報。而且妳知道得一清二楚，這一切發生的時候，我還不只遇到這一件不幸呢！如果妳認為我還有感情的話，當然也就想像得到，我一直很痛苦。我現在之所以能保持冷靜，能感覺心裡已得到安慰，全都是一直以來努力忍受的關係——這並不是憑空發生的，也不是一開始就發生的——不，瑪麗安，要不是我當時必須保持沉默，無論什麼事——即使是對最親密朋友的義務——也不可能阻止我公開表明我非常不幸。」

瑪麗安被徹底說服了。

「噢！艾麗諾，」她叫道，「我要痛恨自己一輩子。我對妳太殘忍啦！一直以來只有妳在安慰我，我悲傷的時候妳和我共同承擔，就好像只是為我忍受痛苦似的！但我卻這樣感激妳？就這樣報答妳？妳的個性這麼好，我卻一直無動於衷！」

話一說完，接著便是一陣熱烈的親吻。她現在的心情，無論艾麗諾提出什麼要求，她都會滿口答應的。於是，姐姐要求她，發誓絕不用難過的表情跟任何人談論這件事，見到露西絕不露出厭惡的眼色，即使是見到愛德華本人，也要一如既往地熱誠相待，絕不能有任何怠慢。這是極為可貴的退讓，但瑪麗安一旦覺得自己冤枉了別人，只要能彌補過失，叫她做什麼都在所不辭。

她恪守諾言，表現得值得信賴。無論詹寧斯太太如何對這件事嘮叨，她都不動聲色地傾聽著，從不表示一點異議，並且連聲說道：「是的，太太。」她聽她讚美露西，只是身不由己地坐到另一張椅子上；當詹寧斯太太談到愛德華的深情時，她只不過喉頭抽搐了一下。看見妹妹表現得如此堅強，艾麗諾彷彿認為自己能經得起任何考驗。

第二天早晨，她們的哥哥來訪，給她們帶來了更大的考驗：他帶著嚴肅的表情談起了這件可怕的事情，並且帶來了妻子的消息。

「我想妳們都聽說了，」他剛坐下，便一本正經地說道，「我們家中昨天有個十分驚人的發現。」

她們都表示同意。這似乎是個嚴肅的時刻，大家都噤口不語。

「妳們的嫂嫂痛苦極了，」他接著說，「費拉斯太太也一樣。總之，慘不忍睹。不過，我希望這股風暴很快就會過去，別把大家搞得狼狽不堪。可憐的范妮！她昨天歇斯底里了一整天，不過，我不想嚇妳們，多納凡說沒什麼大問題，她體質好，又有意志力，一定撐得住的。她以天使般的堅毅精神堅持了下來，還說她絕不會再看得起任何人。這也難怪，她受騙了啊！她是那樣禮遇她們、信任她們，她們卻這樣忘恩負義。她之所以請這兩位年輕小姐來我們家，全出於一片好心，覺得她們值得器重，都是天真無邪、規規矩矩的女孩，可以成為愉快的伙伴；要不然，在妳這位好心的朋友照料女兒的期間，我們倒想邀請妳和瑪麗安來作客。現在可好了，得到這種回報！可憐的范妮誠懇地說道：『我打從心底希望當初邀請的是妳妹妹，而不是她們！』」

他停了一下，等著對方向他道謝。接受了謝意之後，他又繼續說道：

「費拉斯太太真可憐，范妮第一次向她透露這個消息時，她痛苦的模樣簡直無法形容。她本來懷著慈愛的心，想為兒子安排一門最合適的婚姻，豈知他居然早就跟另一個人秘密訂了婚，她萬萬想不到會有這種事！假如她懷疑他早已有對象，也不可能是那個人。她說：『我還以為自己可以對那個人放心的！』她痛心極啦！不過，我們一起商量過後，她決定把愛德華叫來。他來了，但是說到後來發生的事，真叫人遺憾。費拉斯太太苦口婆心地勸他終止婚約，妳可以想像，我和范妮也在旁幫著勸解，但都徒勞無功。什麼道義啊、感情啊、全被置之度外，我以前從沒想到愛德華會這麼固執、這麼無情。假如他娶莫頓小姐，他母親將會對他十分慷慨：她說要把諾福克的土地傳給他，這些地產不須繳納土地稅，每年整整有一千鎊的收入。後來，眼看大事不妙，她甚至加碼到一千二百鎊！當然，她也向他聲明：要是他仍然堅持要跟那出身低賤的女人結婚，那麼婚後必然會陷入貧窮，到時候，他只能擁有自己本來的兩千鎊，她永遠不要再見到他，也絕不給他一分一毫的幫助；假如他找到一個不錯的職業，她也會千方百計地阻止他富貴。」

瑪麗安聽到這裡，頓時怒不可遏，兩手一拍，大叫道：「天哪！這可能嗎？」

「瑪麗安，」她哥哥回答，「妳有理由對他的冥頑不靈表示驚訝，她母親這樣講道理他都不聽了，妳會驚訝也是難免的。」

瑪麗安正要反駁，但又想起了自己的許諾，只好忍住。

「不過，」約翰繼續說道，「這一切都沒效果。愛德華只說了寥寥幾句話，態度很堅決。無論別人怎麼勸說，他也不肯放棄婚約。不管付出多大代價，他也要堅持到底。」

「這麼說來，」詹寧斯太太再也無法保持沉默了，便帶著直率而誠摯的口氣叫道，「他這麼做倒像是個老實人。請恕我直言，達斯伍德先生，假如他採取另一種做法的話，我反而會把他當成無賴了。我跟你一樣，和這件事多少有點關聯，因為露西．史蒂爾是我的表侄女。我相信天底下沒有比她更好的女孩了，誰也不會比她更配得上一個好丈夫了。」

約翰大為驚訝。不過他性情文靜，很少動怒，也不喜歡得罪人——特別是有錢人，因此心平氣和地答道：

「太太，我絕不想批評您的親戚。露西．史蒂爾小姐也許是位值得欣賞的年輕女子，但是您知道，目前這門親事是不可能的。也許，能和她舅舅照顧過的年輕人秘密訂婚，而這位年輕人又是費拉斯太太這位有錢女人的兒子，這總是一件夢幻的事——總之，詹寧斯太太，我並不想評論您寵愛的任何人的行為，我們大家都祝她幸福。費拉斯太太的行為自始至終都是合宜的，每個慈愛的母親在同樣的情形下都會採取同樣的方式，她表現得體面、大方。愛德華已經做出了命運的抉擇，儘管我擔心這是個錯誤的抉擇。」

瑪麗安發出一陣嘆息，表示了同樣的擔心。艾麗諾替愛德華感到難過，他竟不顧母親的威脅，硬要娶一個不會為他帶來回報的女人。

「好吧，先生，」詹寧斯太太說，「後來怎麼了？」

「說來真遺憾，太太，結果發生了極為不幸的決裂——愛德華被趕走了，他的母親永遠不想再見到他。他昨天離開家，至於去哪裡了，現在是否還在城裡，我一概不得而知，因為我們當然不方便打聽了。」

「可憐的年輕人！他以後怎麼辦啊？」

「是啊，怎麼辦啊？太太！想起來真叫人傷心。明明出生在這麼好的家庭！我無法想像比這更悲慘的事了——靠兩千鎊財產的利息——一個人要怎麼靠這點錢生活呢？要不是他太傻，再過三個月就可以享有每年兩千五百鎊的收入了（莫頓小姐有三萬鎊的財產）。考慮到這一點，我無法想像還有比這更悲慘的事！我們大家都為他擔心，尤其我們完全沒有能力幫助他，又更為他擔心了。」

「可憐的年輕人！」詹寧斯太太叫道，「我真歡迎他來我家住。要是我能見到他，就要這麼對他說。他現在還不能自立更生，不能在外面租公寓、住旅館。」

艾麗諾打從心底感謝她如此關心愛德華，雖然關心的方式令她感到好笑。

「朋友們一心想幫助他，」約翰說，「只要他自愛一些，現在也就沒事了。但事實上，誰也幫不了他的忙。而且他還面臨著另一個懲罰，這或許比什麼都糟糕——他母親決定把那塊土地立刻傳給羅伯特。本來，要是愛德華接受她的條件，這份財產就是他的了。我今天早上離開費拉斯太太時，她正在和她的律師商量這件事。」

「哎呀！」詹寧斯太太說，「她竟然這樣報復！每個人都有自己的做法，不過，我才不會因為一個兒子惹火了我，就把財產傳給另一個兒子。」

瑪麗安站起身，在房裡踱來踱去。

「一個人眼睜睜看著本該屬於自己的財產被弟弟撈走，」約翰繼續說道，「還有什麼比這更令人煩惱的？可憐的愛德華！我真心地對他感到同情。」

就這樣慷慨激昂地又說了一陣子，約翰的訪問便結束了。他一再向妹妹保證說，他確信范妮的病情沒有什麼大礙，請她們不必太過擔心，說完便走了出去。剩下的三位女士對眼前這件事得出了一致的看法——至少對費拉斯太太、約翰夫婦和愛德華行為的看法是一致的。

約翰一走出屋子，瑪麗安便大發雷霆，而她的怒火也使艾麗諾、詹寧斯太太不可能保持沉默，於是她們三人聯合起來，把那一家人狠狠批評了一頓。

第三十八章

詹寧斯太太對愛德華的行為大加讚賞，然而，只有艾麗諾和瑪麗安懂得這種行為的真正價值。只有她們知道，愛德華實在沒有違抗母命的本錢，到頭來，他不僅失去了朋友，還丟掉了財產，除了對得起良心之外，別無其他安慰。艾麗諾為他的剛正不阿感到驕傲，瑪麗安為他受到的懲罰感到憐憫，並寬恕了他的過失。不過，儘管姐妹倆又成了知己，但她們單獨在一起時，誰也不肯多聊這件事。艾麗諾盡可能避而不談，因為瑪麗安說話太偏激，太武斷，總認為愛德華仍然愛著她。很快地，瑪麗安也失去了勇氣，每當她與艾麗諾交談時，總是對自己的行為越來越不滿意。

她感到了這種比較的影響，但是並不像姐姐希望的那樣，促使她克制自己。她感到不斷自責的百般痛苦，懊惱自己以前從未克制過自己。然而，這僅僅帶來了懊惱的痛苦，而沒有改過自新的希望。她的意志變得如此脆弱，以至於仍然認為要克制自己是不可能的，因此越來越沮喪。

之後的一兩天，她們沒聽說哈利街和巴特雷特宅邸有什麼新的消息。詹寧斯太太想儘早去看看她的表侄女，好安慰她們一番，並問問情況。不巧的是，這兩天客人比平常都多，使她脫不了身。

獲悉詳情後的第三天是個風和日麗的禮拜日，雖然才到三月的第二週，卻為肯辛頓花園招來了許多遊客，包括詹寧斯太太和艾麗諾。至於瑪麗安，她知道威洛比夫婦又來到城裡，生怕遇見他們，因此寧可待在家裡，也不想去這種公共場所。

走進花園不久，詹寧斯太太的一位好友也加進來湊熱鬧。艾麗諾並沒有任何不愉快，因為這個人不停地跟詹寧斯太太說話，反而讓她有空想想心事。她沒見到威洛比夫婦，也沒見到愛德華，更沒見到令她感興趣的人。不過後來，她無意間發現了安妮，對方帶著靦腆的表情走過來，表示很高興能見到她們。在詹寧斯太太盛情邀約下，她暫時離開她的伙伴，加入了她們。詹寧斯太太立刻對艾麗諾小聲說道：

「親愛的，讓她全部說出來。只要妳一問，她什麼都會告訴妳。妳知道的，我無法離開克拉克太太。」

幸好，就算她們不開口，安妮也樂意把一切都說出來。否則她們是不可能從別人口中聽到這些話的。

「很高興見到妳，」安妮親暱地抓住艾麗諾的手臂，「因為我最希望的就是見到妳。」她壓低聲音說道，「我想詹寧斯太太都聽說了，她很生氣吧？」

「我想，她一點也不生妳的氣。」

「那就好。米多頓夫人呢？她生氣了吧？」

「我認為，她不可能生氣。」

「我太高興了！天哪！我該怎麼辦啊！我從沒見過露西這樣勃然大怒。她發誓一輩子再也不幫我裝飾新帽子，也不再幫我做任何事。不過她現在已經完全恢復正常，我們又變回了好姐妹。瞧！她為我的帽子打了這個蝴蝶結，昨天晚上還裝飾了羽毛。好啦，連妳也要嘲笑我了。不過，我為什麼不能綁粉紅絲帶？我才不在乎這是不是博士喜歡的顏色；當然，要不是他親口說過，我才不會知道他最喜歡這個顏色。我的表妹們真令我煩惱，有時候我在她們面前，都不知道眼睛該往哪裡看。」

她扯到了另一個話題上，艾麗諾對此無話可說，因此覺得最好還是回到第一個話題。

「不過，達斯伍德小姐，」安妮得意洋洋地說，「人們說費拉斯太太曾當眾宣布愛德華不娶露西了，隨便他們怎麼說吧！不過事實上，沒有那回事，無論露西自己是怎麼想的，別人都沒有資格信以為真。」

「說真的，我以前從沒聽到過這種消息。」艾麗諾說。

「哦！真的嗎？但是我知道確實有人說過，而且不只一個人。戈德比小姐就對史帕克小姐說過，凡是有點理智的人，就不會認為費拉斯先生肯放棄像莫頓小姐這樣一位有三萬鎊財產的女孩，而去娶一無所有的露西．史蒂爾。這是我聽史帕克小姐親口告訴我的，而且，我表哥理查也說過，他擔心費拉斯先生會反悔。愛德華已經三天沒接近我們了，我也不知道自己該怎麼想。我打從心底相信，露西已經認定沒有希望了，因為我們禮拜三離開妳哥哥家，禮拜四到禮拜六整整三天都沒見到他，也不知道他怎麼了。露西一度想寫信給他，但馬上又打消了這個念頭。不過，我們今天早上剛從教堂回家，他就來了，於是真相大白了：原來，他禮拜三離開哈利街之後，立刻騎馬跑到了鄉下某個地方。禮拜四、五兩天，他待在一家旅館裡平撫怒氣。經過再三考慮，他說自己現在一無所有，再和露西繼續保持婚約，只會害著她一起受苦，太沒人性了。他想過當一名牧師，即使是這樣，也只能找個副牧師的職位，要怎麼維持生計呢？一想到不能讓露西生活得更好，他就難以忍受，因此懇求說：只要露西願意，就可以馬上終止婚約，讓他去獨自謀生。這一切我聽他說得清清楚楚，他之所以提出解除婚約，完全是看在露西的份上，為了露西好，而不是為了自己。我敢發誓，他從沒說過討厭露西，也沒說過想娶莫頓小姐——諸如此類的話一句也沒說過。不過，露西當然不想聽他那樣說，因此馬上對他說——妳知道的，又是那些柔情蜜意的話。她說自己絕對不要解除婚約，只要有一些微薄的收入，她就可以和他生活下去；不管他的錢多麼少，她都願意省吃儉用……反正就是這些話。愛德華高興極了，他們倆討論了一會兒，最後愛德華決定馬上去當牧師，等他得到一份牧師俸祿的時候再結婚。就在這時，我不能再聽下去了，因為我表哥在樓下叫我，說理查森太太來了，她要帶我們兩個其中一人來肯辛頓花園。我只好走進房間打斷了他們，問露西想不想去，她當然不肯離開愛德華了，於是我只好自己來肯辛頓了。」

「我不懂妳說的『打斷他們』是什麼意思，」艾麗諾說，「你們不是一起待在房間裡嗎？」

「當然不是了！達斯伍德小姐，妳認為有人會當著外人的面示愛嗎？噢！太丟人了！我相信妳不會這麼想的，」她裝模作樣地笑了笑，「不！不！只有他們兩個待在客廳裡，這些話都是我在門外聽到的。」

「什麼？」艾麗諾驚叫道，「搞了半天，原來妳只是在門外聽到的？很遺憾，要是我事先知道的話，就不會要妳說出這次談話的內容。因為妳不應該偷聽這些話的，妳怎麼能做出這麼對不起妹妹的事？」

「哎！那沒什麼。我只是站在門口，無意間聽到的。我相信，要是換成露西，她也會用同樣的方式對我。在過去一兩年裡，我和瑪莎．夏普常有許多悄悄話要說，她總是毫不顧忌地躲在壁櫥裡、壁爐板後面，偷聽我們說話。」

艾麗諾試圖聊點別的，但安妮一心想著這件事，完全分不了心。

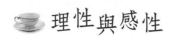

「愛德華說他不久後要去牛津，」她說，「他現在寄住在波爾大街某處。他母親真是個性情乖戾的女人，對吧？妳大嫂也不太厚道了，不過，我不能當著妳的面說他們的壞話；畢竟他們當初還派自己的馬車送我們回家。我當時嚇得要命，還怕妳大嫂向我們討回她兩天前送我們的針線盒；不過，她沒提起這件事，所以我小心翼翼地把它藏了起來。愛德華說他在牛津有些事，要去一段時間。在那之後，只要他一遇到那位主教，就能獲得聖職——我真不知道他會得到什麼樣的聖職。天哪！」她吃吃地笑道，「我敢打賭，我知道我的表妹們聽到後會說什麼。她們會對我說，我應該寫封信給博士，叫他在他任職的教區幫愛德華找個牧師職位，我知道她們會這麼說。不過我當然絕不會做這種事，我會馬上回答：『哎呀！我不知道妳們怎麼會這麼想，竟然要我寫信給博士！』」

「很好，」艾麗諾說，「有備無患，至少妳把回答都想好了。」

安妮正要回答，想不到她的同伴們來了，只好換個話題。

「哎呀！理查森夫婦來了，我本來還有許多話跟對妳說，可是又不能離開他們太久。老實告訴妳，他們都是不得了的人。那男的賺了好多的錢，有自己的馬車；我來不及親自跟詹寧斯太太說這件事，不過請妳轉告她，聽說她沒生我們的氣，還有米多頓夫人也是如此，我覺得非常高興。萬一妳和妹妹離開了，我們一定願意來與她作伴，她要我們待多久都行。不過我想米多頓夫人不會再邀請我們了。再見。很遺憾，瑪麗安小姐不在這裡，請代我向她問好。哎呀！妳不該穿這件花斑細洋紗衣服。真是的，妳怎麼就不怕弄破呢？」

這就是她臨走前最後一句話。她又向詹寧斯太太恭維了幾句後，就被理查森夫人叫走了。艾麗諾從她那裡聽說了一些事情，雖然都是她早已預料到的，但也足以讓她再思考一陣子。一如預期，愛德華要娶露西，這是無庸置疑的；至於何時舉行婚禮，卻無法確定。正如她所料，一切取決於他獲得的職位，但在目前卻是沒有任何希望的。

她們一回到馬車，詹寧斯太太就迫不及待地向她打聽消息。但艾麗諾認為那些消息不是透過正當途徑取得的，還是少說為妙，因此只是敷衍地重複了幾個簡單的消息。她確信，露西為了抬高自己的身價，也樂意讓人知道這些事情：他們還保持著婚約、他們打算如何達到目的……等等。詹寧斯太太聽了之後，說道：

「等他得到一份牧師俸祿？唉！我們都知道這會有什麼結局。他們等了一年，發現一無所獲，到頭來只好屈就一年五十鎊的牧師俸祿，還有那兩千鎊生出的利息，跟史蒂爾先生和普拉特先生的一點施捨。而且他們每年要生一個孩子！老天保佑！他們會窮到什麼地步啊！我要想想能送她們一些什麼，幫他們作一些安排。我那天說過，他們還能雇用兩個女僕、兩個男僕！不，不，他們必須雇一個身強力壯的女孩，什麼活兒都能幹。貝蒂的妹妹現在絕對不適合。」

第二天上午，郵局送來一封信給艾麗諾，是露西寫來的。

希望親愛的達斯伍德小姐原諒我冒昧的來信。不過我知道妳對我非常友好，在我們近來遭遇這些不幸時，妳一定很樂意聽我聊聊我和我親愛的愛德華。因此，我不想過多地表示歉意，只想這麼說：謝天謝地！雖然我們吃盡了苦頭，但現在卻都很好，我們相親相愛，永遠都那麼地幸福。我們忍受了巨大的磨難和迫害；但在這同時，我們又很感激許多朋友們，尤其是妳，我將永遠銘記妳的情誼。我還轉告了愛德華，他也對妳銘感終身。我相信，妳和親愛的詹寧斯太太聽了以下的事實一定會很高興。

昨天下午，我和他幸福地共度了兩個小時。我覺得自己有義務勸他，便告訴他，爲了謹愼起見，要是他同意的話，我願意立刻與他分手。儘管我說得語重心長，但他怎麼也不願意。他說我們絕不分離，只要我還愛他，他就不在乎母親生不生氣；當然，我們的前途不怎麼光明，但是我們必須等待，要從最好的方面著想。他很快就會去當牧師，要是妳有管道把他推薦給誰，賜他一個牧師職位的話——我知道妳不會忘了我們。還有親愛的詹寧斯太太，我相信她會向約翰爵士、帕瑪斯先生等幫得上忙的朋友美言幾句。可憐的安妮不該說那些話，不過她是出於一片好心，所以我也就不再贅述。希望詹寧斯太太哪天上午路過這一帶時，能順便來看看我。這將是莫大的榮幸，我們姐妹仍會很開心見到她。信紙不夠寫了，我就寫到這裡吧。要是妳有機會遇到詹寧斯太太、約翰爵士、米多頓夫人以及那些可愛的孩子的話，請代我向他們問好，向他們轉告我的感謝和敬意。還有瑪麗安小姐也是。

露西
三月寫於巴特雷特宅邸

艾麗諾一看完信，就按照寫信人的真實意圖，把信交給了詹寧斯太太。詹寧斯太太一邊朗讀，一邊得意地讚不絕口。

「真是好極了。她寫得多動人啊！唉！要是愛德華願意的話，和他解除婚約倒也好，真不愧是露西呀。可憐的孩子！我衷心地希望能為他找到一個牧師職位。妳看，她稱我為親愛的詹寧斯太太，真是世上最善良的女孩了！一點也沒錯。那句話寫得好極了。是的，是的，我肯定會去看她，她考慮得多麼周到，把每個人都想到了！親愛的，謝謝妳把信拿給我看，這是我見過最動人的一封信，說明露西很有理智，很有情感。」

第三十九章

兩位達斯伍德小姐已在城裡待了兩個多月，瑪麗安渴望回家的心情與日俱增。她眷戀鄉下的空氣、清閒和靜謐，她認為只有巴頓能使她感到自由自在。艾麗諾幾乎和她一樣歸心似箭，只是不想馬上就走，因為她知道路途遙遠，困難重重，雖然瑪麗安無法認同。不過，她已認真開始考慮回家的事，並向和藹的女主人提起了她們的想法。女主人好心地極力慰留，並提出了一個解決方案；根據這個方案，雖然她們還得再待幾個禮拜才能回家，但艾麗諾似乎認為它比其他方法更加實際。三月底，帕瑪斯夫婦要到克里夫蘭過復活節，詹寧斯太太和兩位朋友也受到夏綠蒂的熱烈邀約，要她們一同前往。艾麗諾是個性情嫻雅的女子，並不稀罕這樣的邀請；但自從妹妹遭遇不幸以來，帕瑪斯先生對她的態度發生了巨大的變化，這次又客客氣氣地親自提出邀請，她只好愉快地接受了。

不過，當她把這件事告訴瑪麗安時，瑪麗安起初的回答卻並不痛快。

「克里夫蘭？」她大為激動地叫道，「不，我不能去克里夫蘭！」

「妳忘了，」艾麗諾心平氣和地說，「克里夫蘭不在……不靠近……」

「但它在索默塞特郡，我不能去索默塞特郡。我曾經盼望過到那裡去——不，艾麗諾，妳別指望我會去那裡。」

艾麗諾並不想勸妹妹克制這種感情，她只想透過激起她其他的感情，來抵銷這種想法。因此她告訴妹妹：去克里夫蘭是個最好的安排，可以讓她們以最實際、最舒適的方式回到母親身邊，而且日期也已經確定，不需要再拖延了。克里夫蘭距離布里斯托只有幾哩遠，從那裡回巴頓不到一天的路程——當然是整整一天。母親的僕人可以很方便地去那裡接她們回家，因為她們不需要在克里夫蘭待超過一個禮拜，只要再三個禮拜就可以回家了。瑪麗安對母親的感情十分深厚，因此輕易地消除了最初的可怕念頭。

詹寧斯太太對她的客人沒有絲毫厭煩，非常誠懇地勸她們和她一起從克里夫蘭回到城裡。艾麗諾感謝她的好意，但不想改變自己的計畫。這計畫也得到了母親的欣然同意，她們回家的一切事宜都盡可能地做好了安排。瑪麗安在這段期間寫了一些日記，心裡也從中得到了幾分安慰。

達斯伍德家的小姐確定要走之後，布蘭登上校第一次來訪，詹寧斯太太便對他說：「唉！上校，真不知道兩位達斯伍德小姐走後，我們倆該怎麼辦。她們堅持要從帕瑪斯夫婦那裡回家。我回來以後，我們將多麼寂寞啊！天哪，我們倆相對而坐，你盯著我，我望著你，就像兩隻貓一樣無聊。」

詹寧斯太太如此危言聳聽地說著，也許想激勵上校提出求婚，以使自己擺脫這種無聊的生活——如果是這樣的話，她馬上就會相信自己的目的達到了。原來，艾麗諾正要替她的朋友畫一幅畫，為了量尺寸，她移動到窗前；這時上校也帶著一種特別的神情跟了過去，與她在那裡聊了幾分鐘。這次談話對那位小姐產生的影響，絲毫沒逃過詹寧斯太太的目光。儘管她是個有頭有臉的人，不想偷聽別人講話，甚至為了讓自己別聽見，還特地把位子挪到正在彈鋼琴的瑪麗安面前。但她仍情不自禁地發現，艾麗諾的臉色變了，而且顯得很激動。她只顧著聽上校說話，手上的事情也停了下來。更進一步證實她的想法的是，當瑪麗安演奏停歇的時刻，她無意間聽見了上校的一些話，聽起來像是在為自己的房子不好表示歉意。這下就無庸質疑了。她很納悶他為什麼要這樣說，但她又猜想或許這是正常的禮節。她沒聽清楚艾麗諾回答了什麼，但從她嘴唇的蠕動可以斷定，她並不介意這一點。詹寧斯太太打從心底稱讚她的誠實。隨後，他們又聊了幾分鐘，可惜她一個字也沒聽見。就在這時，瑪麗安的琴聲剛好又停下了，只聽見上校帶著平靜的語氣說道：

「我怕這件事一時辦不成。」

詹寧斯太太一聽他說出這種不像一名情人說的話，不禁大為震驚。差一點叫出聲：「天啊！還有什麼辦不成的！」不過她忍耐住了，只是悄聲說道：

「這真奇怪！他總不至於想等到更老以後吧？」

然而，上校提出的延期似乎一點也不令他那位漂亮朋友感到生氣；因為他們很快就結束了談話。當兩人分手的時候，詹寧斯太太清楚地聽見艾麗諾帶著誠摯的語氣說道：

「我將永遠對你感激不盡。」

詹寧斯太太聽她這麼表示，不禁喜上眉梢，只是仍感到奇怪：上校聽到這樣一句話之後，居然能面不改色地告辭而去，也不答覆一聲。她沒有想到，這位老朋友求起婚來竟這麼漫不經心！

其實，他們之間談論的是這件事：

「我聽說，」上校滿懷同情地說，「妳的朋友費拉斯先生受到家人的迫害。要是我想得沒錯，他因為堅持不肯放棄與一位可愛小姐的婚約，而被家人完全拋棄了。我沒有聽錯吧？事情是這樣嗎？」

艾麗諾告訴他，確實是這樣。

「把兩個相愛已久的年輕人拆散，」上校深為同情地說道，「或是企圖把他們拆散，這實在太殘酷、太野蠻了。費拉斯太太不知道自己會造成什麼後果——她會把她兒子逼到何種地步。我在哈利街見過費拉斯先生幾次，很喜歡他。他不是那種短時間內就能熟識的年輕人，但我見過他幾次面，十分關心他。何況，身為妳的朋友，我更要祝福他。我聽說他打算去當牧師，勞煩妳告訴他，我從今天的來信中得知，德拉佛的牧師職位目前正空著，要是他願意接受的話，可以讓給他。不過，他目前處於加此不幸的境地，似乎也無須再去懷疑他的意願。我只是希望收入能再多一些，雖然拿的是教區長的俸祿，但金額不大。我想，已故牧師每年只不過能掙二百鎊，雖說以後還會增加，不過恐怕不足以讓他過得舒適。儘管加此，我還是很願意推薦他擔任此職。麻煩妳請他放心。」

聽到這一委託，艾麗諾大為吃驚，即使上校向她求婚也不會比這更驚訝了！就在兩天前，她還認為愛德華沒有希望得到推薦，現在居然有辦法了！他可以結婚了！不過，世上有這麼多人，偏偏又請她去轉告！儘管她的感情裡夾雜著一些不純潔、不愉快的成分，但是她欽佩布蘭登上校的善良，感謝他對自己的友誼。她不僅心裡這樣想，口中也做出了熱情的表示。她誠心誠意地向他道謝，並帶著她認為愛德華受之無愧的讚美口吻，談起了他的為人和性格。她還答應，假如他希望有人轉告這樣一件消息的話，她很樂意擔起責任。儘管如此，她仍然認為，還是由上校自己去說最為妥當。簡單來說，她不想讓愛德華覺得自己受了她的恩惠，這會讓他痛苦不已。想不到，布蘭登上校也是因為同樣的理由才拜託艾麗諾的；他請她無論如何不要推辭。艾麗諾相信愛德華還在城裡，而且幸運的是，她從安妮那兒打聽到了他的住址，因此可以保證當天就告訴他。決定之後，布蘭登上校說起自己將得到一位和善的鄰居，一定會受益匪淺。接著，他又遺憾地提到，那棟房子較小，品質也差。不過艾麗諾對於這一缺陷毫不在乎。

「房子小，」她說，「我想不會為他們帶來任何不便，因為這與他們的家庭人數和收入正好相稱。」

聽了這番話，上校吃了一驚。他發現艾麗諾已經把他們的結婚看成這次推舉的必然結果。在上校看來，德拉佛的牧師俸祿收入有限，凡是習慣了愛德華那種生活方式的人，誰也不敢僅憑這點收入就成家立業。他只好照實對艾麗諾說了。

「這點牧師俸祿只能讓費拉斯先生過上比較舒適的單身生活，不保證他們能夠結婚。說來遺憾，我只能幫到這一步，我對他的關心也只能到此為止。不過，萬一將來我有能力幫上更多，而且對他的看法也依舊維持不變，我一定會像現在希望的一樣盡心盡力。我現在幫的忙一點用都沒有，因為這很難讓他達成他主要的、也是唯一的幸福目標。他的婚姻仍然是一場遙遙無期的美夢。至少，我怕這件事一時辦不成。」

正是這句話被多愁善感的詹寧斯太太誤解了，並理所當然地引起了她的煩惱。不過，當艾麗諾在分手表示謝意時，那副激動而誠懇的神情，也許真的不亞於接受求婚時的模樣。

第四十章

布蘭登上校一走，詹寧斯太太便機警地笑說：「達斯伍德小姐，我就不問上校跟妳說了些什麼了。我以名譽發誓，雖然我盡可能躲得遠遠的，但還是不小心聽到一些，知道他在談什麼。老實告訴妳，我這輩子從未這麼高興過，我衷心地祝妳快樂。」

「謝謝妳，太太，」艾麗諾說，「這確實是一件令我開心的事。我由衷感到布蘭登上校心地善良，能像他那麼做的人實在不多。很少有人像他那麼富於同情心！我真是太驚訝了。」

「天哪！親愛的，妳太謙虛啦！我絲毫不覺得驚訝，因為我最近常想，沒什麼事比這更合乎情理了！」

「妳會這樣想，是因為妳知道上校心地善良。但妳一定沒料到，這機會居然會來得這麼快。」

「機會？」詹寧斯太太重複道，「啊！一個男人一旦下定決心，那他無論如何都會很快找到機會的。好啦，親愛的，我再次祝妳快樂。要是世上真的有美滿婚姻的話，我想我很快就會知道該去哪裡找啦！」

「我想，妳打算到德拉佛去找了。」艾麗諾淡然一笑。

「啊，親愛的，我的確是這樣想。至於說房子不好，我不知道上校有什麼用意，因為那是我見過的最好的房子。」

「他說房子年久失修。」

「唉，那怪誰呢？他為什麼不修理？他不修又該由誰來修？」

這時，一名僕人打斷了她們的談話，傳報馬車停在門口。詹寧斯太太立刻準備出發，便說：

「好啦！親愛的，我還說不完一半就得走了。不過，我們晚上可以好好聊聊，因為我們將會單獨在一起。我就不強迫妳跟我一起去了，妳大概一心想著這件事，不會答應我的。何況，妳還急著告訴妳妹妹呢！」

原來，她們還沒開始談話時，瑪麗安就已走出房間了。

「當然，太太，我會告訴瑪麗安。但是，目前我還不想告訴其他人。」

「啊！好，」詹寧斯太太頗為失望地說道，「那妳就不讓我告訴露西了？我今天還想去霍爾本呢！」

「是的，太太，請妳也先別告訴露西，延後一天不會有什麼關係。在我寫信給費拉斯先生之前，我想還是不要告訴任何人。我馬上就去寫信，最重要的是不能耽擱他的時間，因為他要接受聖職，還有很多手續要辦。」

這幾句話最初讓詹寧斯太太疑惑不解，為什麼一定要急著告訴費拉斯先生呢？不過，沉思片刻之後，她的心裡不禁大樂，又嚷道：

「噢！我明白妳的意思了，費拉斯先生要做證婚人。嗯！這對他再好不過了。是的，他必須先接受聖職。我真高興，你們之間已經進展到這一步了。不過，親愛的，由妳寫信是否不太妥當呀？上校難道不該親自寫信嗎？沒錯，應該由他來寫。」

艾麗諾聽不太懂開頭的兩句話，但她也不打算追問，於是只回答了最後的問題：

「布蘭登上校是個謹慎的人，他有一些顧慮，寧可讓別人代為轉達，也不肯自己直說。」

「所以就只好由妳出面了。嘿！這種謹慎還真是奇怪！不過，我不打擾妳啦！妳自己的事情妳自己最清楚。再見，親愛的。自從夏綠蒂產子以來，還沒有聽過讓我這麼高興的消息呢！」

說完，詹寧斯太太走了出去，但沒多久又回來了。

「親愛的，我剛想起了貝蒂的妹妹。我很願意為她找一個這麼好心的女主人。不過，我不確定她是否能勝任女主人的貼身女僕。她是個出色的女僕，擅長做針線活；不過，這些事情等妳有空時再考慮吧！」

「當然，太太。」艾麗諾答道。其實，詹寧斯太太說的話，她根本沒聽進多少，一心只渴望她快點走，不要把她當成女主人說來說去。

現在，她一心想著該加何下筆——給愛德華的這封信該如何表達。由於他們之間有過特殊的關係，本來對別人來說輕而易舉的事情，對她來說卻變得困難重重。不過，她也擔心自己寫得太多，或是寫得太少，因此只是一直捏著筆，望著信紙出神。就在這時，愛德華走了進來，打斷了她的沉思。

原來，詹寧斯太太剛才下樓坐車時，愛德華正好前來告辭，兩人在門口碰面了。詹寧斯太太急著離開，向他表示了歉意，隨後又叫他進屋，說艾麗諾就在樓上，正有重要的事要跟他說。

艾麗諾原本還感到慶幸，認為無論寫信多麼難以表達，總比當面告知來得簡單。但就在她這麼想的時候，那位客人偏偏走了進來，使得她被迫接受這項最艱鉅的任務。愛德華的出現使她措手不及，他的訂婚消息公開以後，他們一直沒有見過面，再加上艾麗諾也有話對他說，因此兩人不禁難堪了好一陣子。他們一同坐下，樣子顯得十分尷尬，愛德華忘了剛才進門前有沒有先請示過艾麗諾，不過，為了保險起見，等他坐好之後，便按照禮節道了歉。

「詹寧斯太太告訴我，」他說，「妳想跟我談談，至少我認為她是這樣想的，不然肯定不會這樣來打擾妳。不過，要是我不見妳和妳妹妹一眼就離開倫敦，將會抱憾終生。尤其是我可能會離開很久——大概一時半刻不會再見了。我明天要出發去牛津。」

艾麗諾恢復了鎮靜，決定儘快完成這項可怕的差事。她說道：「不過，你總不會不接受我們的祝福就走吧？詹寧斯太太說得一點也沒錯，我有一件重要的事要傳達，正想寫信通知你呢！我剛接受了一項愉快的委託，」她說著，呼吸變得急促起來，「布蘭登上校十分鐘前還在這裡，他要我轉告你，他知道你打算當一名牧師，很願意把德拉佛的牧師空缺交給你，只可惜俸祿不高。請允許我祝賀你有一位如此可敬的知己，我和他都希望這份俸祿能比目前的兩百鎊再多一些，好讓你更有能力——不只是解決自己的吃住問題——總之，可以完全實現你的幸福願望。」

愛德華聽到這條意想不到的消息，似乎大為震驚。

「布蘭登上校？」

「是的，」最難堪的時刻已經過了，艾麗諾鼓起勇氣繼續說道，「布蘭登上校想對最近發生的事表示一下關切——你家人的無理行徑將你推進了痛苦的深淵——當然，瑪麗安和我、以及你的所有朋友都和他一樣關心。同樣地，他的行動也表明了他對你的高度尊敬，以及對你所作所為的贊許。」

「布蘭登上校給我一個牧師職位？這可能嗎？」

「你受盡了家人的迫害，連其他人的好意也要懷疑？」

「不，」愛德華恍然大悟，「我對妳的好意就不會懷疑。因為我知道，這一切都多虧了妳，多虧妳的一片好心。我打從心底感激妳——要是可以的話，我一定會設法回報——但妳知道，我不善於表達。」

「你錯了。事實上，這件事歸功於你自身的美德和布蘭登上校對這種美德的賞識，我根本沒有插手，我根本沒料到他有空的職位可以給你。不過，他身為我和我們一家的朋友，或許會——我知道他一定很樂意送給你。不過，老實說，你不必感激我，我並沒有幫你求情。」

最後，艾麗諾還是承認自己幫了一點忙，但又不想以愛德華的恩人自居，因而承認得很不乾脆。大概也正因為如此，加深了愛德華心中近來出現的懷疑。當艾麗諾說完之後，他坐著沉思了一會，接著用很吃力的樣子說道：

「布蘭登上校似乎是個德高望重的人，我總是聽人們這樣評論他；而且我知道，妳哥哥非常敬佩他。毫無疑問，他是個聰明人，也很有紳士風度。」

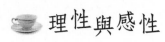

「的確如此，」艾麗諾答道，「我相信，深入認識他之後，你會發現他就跟你聽說的一模一樣。既然你們即將成為鄰居（我聽說牧師公館就在他的宅邸附近），他這樣的人格也就格外可貴。」

愛德華沒有出聲。不過，當艾麗諾轉過頭去，他趁機望了她一眼。他的眼神是那樣嚴肅、憂鬱，彷彿在說：他以後或許會希望牧師公館離宅邸遠一點。

「我記得，布蘭登上校住在聖詹姆士街吧？」他說道，一面從椅子上站起來。

艾麗諾告訴他門牌號碼。

「那我得趕快離開了。既然妳不讓我感謝妳，我只好去感謝上校，告訴他，他讓我成為一個非常——非常幸福的人。」

艾麗諾沒有攔他。他們分手時，艾麗諾誠摯地表示，無論他的處境怎樣變化，都永遠祝他幸福。愛德華雖然很想表示同樣的祝福，卻怎麼也表達不出來。

「下次再見到他的時候，」愛德華一走出門，艾麗諾便喃喃自語道，「他就是露西的丈夫了。」

艾麗諾帶著這種愉快的期待感，坐下來重新回憶過去，回想著愛德華說過的話，設法體會他的感情。當然，也思考一下自己的委屈。

詹寧斯太太回到家裡後，一心想著她掌握的那件秘密（雖然回家前還想跟一群素未謀面的人暢談一番），因此一見到艾麗諾，便又重新聊了起來。

「哦，親愛的，」她說道，「是我叫那年輕人上來找妳的。我做得對嗎？我想妳應該沒遇到什麼困難，他沒有拒絕妳的建議吧？」

「沒有，太太，還不至於那麼糟。」

「嗯，他要多久才能準備好？看來一切都取決於這一點了。」

「老實說，」艾麗諾說，「我對這些事一竅不通，不確定要花多久，要做什麼準備。不過，我想只要兩三個月，就能完成他的授職儀式。」

「兩三個月？」詹寧斯太太叫道，「天哪！親愛的，妳說得倒輕鬆！難道上校能等兩三個月嗎？上帝保佑！這太令我無法忍耐了。雖然人們很樂意讓可憐的費拉斯先生來證婚，但是不值得為了他多等兩三個月啊！一定有別人可以能幫忙的，找個已經有聖職的人。」

「親愛的太太，」艾麗諾說，「妳想到哪裡去了？聽我說，布蘭登上校唯一的目的只是想幫費拉斯先生的忙。」

「上帝保佑妳！親愛的，妳該不會想讓我相信，上校娶妳只是為了要送給費拉斯先生十個基尼的關係吧？」

這場滑稽的對話再也維持不下去了，雙方不免要立即解釋一番，但兩人都覺得十分有趣，並不感到掃興；因為詹寧斯太太只是用一種樂趣取代了另一種，而且還沒有放棄對前一種樂趣的期待。

「當然，牧師公館很小，」一陣驚喜過後，她說，「很可能年久失修了。不過，我當時以為他在為另一棟房子表示歉意呢！據我所知，那幢房子的一樓有六間客廳，我想管家曾對我說過，屋裡能擺十五張床！而且他還向妳表示歉意，因為妳住慣了巴頓農舍！這似乎十分可笑。不過，親愛的，我們得建議上校在他們結婚以前幫忙修繕一下牧師公館，好讓他們住得舒服一些。」

「不過布蘭登上校似乎認為，牧師俸祿太低，他們無法結婚。」

「親愛的，上校是個傻瓜。他自己每年有兩千鎊的收入，就以為別人的錢不夠結婚。請妳相信我的話，只要我還活著，我就要在米迦勒節以前去拜訪一下德拉佛牧師公館。當然，要是露西不在那裡，我是不會去的。」

艾麗諾很同意她的看法，他們很可能什麼也不等了。

第四十一章

愛德華先到布蘭登上校那裡道謝，隨後又高高興興地去找露西。到了巴特雷特宅邸時，他實在太高興了。當詹寧斯太太隔天前來道喜時，露西對她說，她這輩子從未見過愛德華如此興高采烈。

露西自己也樂不可支。她與詹寧斯太太由衷地希望大家能在米迦勒節之前在德拉佛牧師公館聚會；同時，聽到愛德華稱讚艾麗諾，她也聊起她對他們兩人的友情，並且激動不已。她說，無論是現在還是將來，達斯伍德小姐再怎麼為他們付出，她都不會感到驚訝，因為她為自己欣賞的人做事，總是無怨無悔。至於布蘭登上校，她願意把他當成聖人，渴望他能向教區繳納更多的宗教稅。她還暗自下定決心，到了德拉佛，她要盡可能運用他的僕人、馬車、乳牛和家禽。

自從約翰上次來伯克利街，已過了一個多禮拜。大家除了口頭上詢問過一次之外，再也沒有去理會他妻子的病情，因此艾麗諾認為有必要去探望她一回。不過，這種事不僅違背她自己的心願，也得不到她同伴的鼓勵。瑪麗安堅持不肯去，還拚命阻止姐姐去；詹寧斯太太雖然允許艾麗諾使用她的馬車，但是她太厭惡約翰夫人了，即使好奇她在發現弟弟的秘密之後有什麼反應，即使想當著她的面替愛德華打抱不平，卻無論如何也不想再見到她。最後，艾麗諾只好單獨前去進行一次不甘願的訪問，還冒著與大嫂單獨會面的危險——對於這個女人，其他兩位女士都不像她一樣有充分的理由感到憎惡。

馬車駛到屋前，僕人說達斯伍德夫人不在家。但是馬車還沒開走，她的丈夫碰巧走了出來，他很高興見到艾麗諾，告訴她自己正準備要去伯克利街拜訪，還說范妮見到她肯定會十分高興，請她趕快進屋。

他們走上樓來到客廳，裡面一個人也沒有。

「范妮大概在房間裡，」約翰說，「我馬上去叫她，我想她一定不會拒絕見妳的——尤其是現在。我們一向最喜歡妳和瑪麗安。瑪麗安怎麼沒來？」

艾麗諾盡量為妹妹找了個藉口。

「只有妳也好，」約翰回答說，「因為我有許多話要跟妳說。布蘭登上校的這個牧師職位——這是真的嗎？他真的送給了愛德華？我是昨天偶然聽說的，正想去妳那裡打聽一下。」

「這是千真萬確的。布蘭登上校把德拉佛的牧師職位送給了愛德華。」

「真的？哦！這真令人吃驚！他們非親非故，又沒什麼來往！牧師的薪俸又那麼高！一年有多少錢？」

「大約二百鎊。」

「不錯嘛——對一名繼任牧師來說。不過，假如在現任牧師生病時，就馬上推舉他接任牧師職位，也許能得到一千四百鎊呢！他為什麼不在老牧師去世前就做這件事呢？現在為時太晚了，枉費布蘭登上校是個聰明人！真令我感到奇怪，在這麼平常的一件事情上，他竟然這麼沒有遠見！不過我相信，每個人的性情都是會變的。我考慮了一下，認為情況很可能是這樣：愛德華只是暫時接任這個職務，等真正買下聖職的那個人長大了，再正式交給他。是的，是的，就是這麼回事，相信我吧！」

艾麗諾斷然反駁了哥哥的話。她說自己受布蘭登上校之託，負責向愛德華傳達這項建議，因此很瞭解贈送的條件。約翰見她說得有憑有據，只好相信了。

「這真是令人驚訝！」他說道，「上校有什麼目的呢？」

「目的很簡單——想幫助費拉斯先生。」

「好啦，好啦，不管布蘭登上校怎麼想，總之愛德華是個幸運的人。不過，妳別向范妮提起這件事，雖然我已經向她透露過，她也能泰然處之，但仍然不喜歡有人在她面前提起。」

艾麗諾好不容易才忍住心裡的話：要是范妮真的聽說弟弟發財了，才會泰然處之，因為那樣她和她的孩子就不會缺錢了。

「現在，」約翰聲音壓得很低，「費拉斯太太還不知道這件事，我想最好完全瞞著她，能瞞多久是多久。他們一結婚，恐怕她就全都知道了。」

「為什麼要這麼小心翼翼呢？反正，誰也不覺得費拉斯太太會對她的兒子有錢維持生活感到開心。光看她最近的所作所為，就不必期望她會有什麼感情了。她已經和她兒子斷絕了關係，永遠拋棄了他，還逼她的親友也都拋棄了他。的確，她做出這種事，你很難想像她會為了愛德華而感到悲傷或喜悅。她不可能對愛德華的任何事情發生興趣，連孩子的舒適都不管了，又怎麼會感到做母親的不安呢！」

「啊！艾麗諾，」約翰說，「妳說得很有道理，但全是因為妳不懂人性的關係。等愛德華舉辦他那不幸的婚禮時，他母親一定會希望自己從沒拋棄他。因此，可能促成那件事的所有情形，都得盡可能瞞著她。費拉斯太太絕不會忘記愛德華是她的兒子。」

「你真讓我吃驚。我倒覺得，她這時一定忘得一乾二淨了。」

「妳完全錯怪了她，費拉斯太太是天底下最慈愛的一位母親。」

艾麗諾沉默不語。

「我們正在考慮，」約翰停了片刻，然後說，「讓羅伯特娶莫頓小姐。」

艾麗諾聽到她哥哥那正經、自信的口吻，不禁微微一笑，一面冷靜地答道：

「我想，這位小姐在這件事情上是沒有選擇權的。」

「選擇權？這是什麼意思？」

「按照你的說法，莫頓小姐無論嫁給愛德華還是羅伯特都是一樣的，就是這個意思。」

「當然，是沒有什麼差別，因為羅伯特將會成為實際上的長子。至於其他方面，他們都是很討人喜歡的年輕人——我不知道哪一位更好一些。」

艾麗諾沒有再說話，約翰也沉默了一會兒。最後，他又談出了這樣的看法：

「有一件事，親愛的妹妹，」他溫柔地握住她的手，小聲地說道，「我可以告訴妳，而且也願意告訴妳，因為我知道這一定會讓妳高興。我有充分的理由認為——我從可靠的來源得到了消息，雖然我沒有直接聽見費拉斯太太親口說過，但她女兒聽到了，我是從她那裡聽來的——總之，有那麼一門婚事——妳明白我的意思，無論它有什麼缺點，卻更符合費拉斯太太的心意，也不會像這門親事一樣為她帶來這麼多煩惱，我很高興費拉斯太太能這麼想。妳知道，這對我們來說是一件十分可喜的事。『沒什麼好說的，』她說，『兩害相權取其輕，至少這下扯平了。』然而，這件事根本不可能——想都別想！至於感情，妳知道的，那絕對不可能！一切全完了。但是，我想還是要告訴妳，我知道這一定會讓妳感到高興。親愛的艾麗諾，妳沒有任何理由感到後悔，因為妳十分幸運——仔細考慮過後，簡直一樣理想，也許更加理想——布蘭登上校最近和妳在一起嗎？」

這些話不僅沒有滿足艾麗諾的虛榮心，沒有激起她的自豪感，反而害得她神經緊張、頭腦混亂。因此，一見到羅伯特進來時，她覺得非常高興，這下就不用回答他的問題，也不用聽他說三道四了。大家閒談了一會後，約翰想起范妮還不知道艾麗諾來了，便走出去找她，留下艾麗諾獨自打量羅伯特。羅伯特舉止輕浮、無憂無慮，風流放蕩，卻得到母親的溺愛；而他哥哥卻因為正直，反而被趕出家門。這一切都堅定了她對他的反感。

他們才待不到兩分鐘，羅伯特就提起了愛德華，因為他也聽說了那個牧師職位，很想打聽一下，於是艾麗諾又把事情的來龍去脈敘述了一遍。羅伯特的反應大不相同，卻和約翰一樣惹人注意。他肆無忌憚地放聲大笑，一想到愛德華要當牧師，住在一棟小小的牧師公館裡，就令他樂不可支！再想像愛德華穿著白色法衣念祈禱文，發佈約翰．史密斯和瑪麗．布朗結婚公告的模樣，又更令他感到可笑透頂。

艾麗諾沉默不語地等著他停止這種愚蠢的舉動，同時又情不自禁地凝視著他，目光裡流露出極為鄙視的神情。這股神情表現得恰到好處，既發洩了自己的憤怒，又讓對方渾然不覺。羅伯特逐漸從嬉笑中恢復了理智。

「我們可以把這當成玩笑，」他終於止住了笑聲，「不過，老實說，這是一件極為嚴肅的事情。可憐的愛德華！他永遠完了，我感到無比惋惜，因為我知道他是個好心人，或許心地比誰都好。達斯伍德小姐，妳不能憑著妳對他的一知半解，就對他妄下評論。可憐的愛德華！他的言行當然不是最討人喜歡的，不過妳知道，每個人生下來能力就不一樣。可憐的傢伙！要是妳見到他跟一群陌生人共處，那模樣真夠可憐的！不過，憑良心講，我相信他有一副好心腸，比全國的人都好。當這件事發生時，我從來沒有那麼震驚過。我母親第一個告訴我這件事，我認為她是希望我表明立場，於是我立即告訴她：『親愛的母親，我不知道妳現在有什麼打算，但對我來說，要是愛德華真的娶了這個年輕女人，那我就再也不要見到他。』這就是我當時說的。可憐的愛德華！他葬送了自己的前程！永遠把自己排除在上流社會之外！不過，正如我對我母親說的，我對此事一點也不感到驚訝。從他受過的教育來看，他遲早會做出這種事的。我可憐的母親簡直有點發瘋了。」

「你見過那位小姐嗎？」

「是的，見過一次，當她住在這間房子裡的時候。我偶然來拜訪了十分鐘，把她清楚地看了一遍。她只是個彆扭的鄉下女孩，既不優雅，也不漂亮，卻把愛德華迷住了。當我母親告訴我這件事之後，我立刻提出要親自和他談談，說服他放棄這門婚事。但是為時已晚，因為事發當時我不在家，直到他們決裂之後才得知此事，這時已經無法挽救了。要是我早知道幾個小時的話，八成可以想出辦法來，我一定會極力勸說愛德華。我會說：『我的好兄弟，想想你在做什麼。你在追求一門不名譽的婚事，全家都一致反對。』總之，我認為當時還有辦法。但是現在太遲了，妳知道，他註定要窮困潦倒，這是確定無疑的。」

羅伯特剛事不關己地說完這一點，約翰夫人就走了進來，打斷了談話。不過，雖然她從不與外人談這件事，但艾麗諾仍然看得出這件事為她的精神帶來的影響。她的神情有點慌亂，後來又試圖對艾麗諾表現得熱情一些；當她發現艾麗諾和妹妹很快就要離開城裡時，甚至表達了關切，好像她一直希望能多見到她們一樣。陪她一起進來的丈夫在一旁洗耳恭聽，彷彿能分辨出她的哪些話最富有感情，哪些話最溫文爾雅。

第四十二章

之後，艾麗諾又短暫地拜訪了一趟哈利街。約翰恭喜她們不費分文就能回到巴頓，而且布蘭登上校再過幾天也會去克里夫蘭。這次訪問是兄妹倆在城裡最後的往來，范妮含糊其詞地邀請她們有空就來諾蘭莊園作客，約翰則較為熱情但不公開地對艾麗諾說，他很快就會去德拉佛看她。

令艾麗諾感到有趣的是，她發現朋友們似乎都認為她一定會去德拉佛，而那個地方如今偏偏是她最不想拜訪、最不想居住的地方。因為那裡不僅被她哥哥和詹寧斯太太視為她未來的歸宿，而且就連露西在分手時也一再懇請她去那裡看她。

四月初的一個早上，漢諾佛廣場和伯克利街的兩家人分頭從家裡出發，約好在路上碰面。為了夏綠蒂母子的安全，她們安排的行程是兩天，帕瑪斯先生和布蘭登上校的速度較快，等女眷們抵達克里夫蘭不久，就能隨後趕到。

雖然瑪麗安在倫敦沒過上幾天好日子，一心想早點離開，但是臨走之際，她又依依不捨地向那棟房子告別。因為她在這棟房子裡最後一次享受到對威洛比寄予厚望與信任的樂趣，而如今這種希望與信任已經永遠破滅了。威洛比還在這個城市忙於新的應酬、新的規劃，而這一切她卻無緣分享了。

艾麗諾離別時倒很高興。她沒有什麼值得留戀的事物，因此也沒有任何遺憾。她慶幸自己擺脫了露西的友情所帶來的煩惱，慶幸自己能把妹妹帶走，讓威洛比不會再見到她。她希望回巴頓安靜地住上幾個月，可以讓瑪麗安的心情恢復平靜，也可以讓她自己的心情變得更加平靜。

旅途一帆風順，第二天便進入索默塞特郡。在瑪麗安的想像中，這裡時而是個可愛的地方，時而又是個禁地。第三天早上，她們就抵達了克里夫蘭。

克里夫蘭是一棟寬敞的現代建築，座落在一片傾斜的草地上。四周沒有花園，但是遊樂場地頗為寬廣。這裡有開闊的灌木叢和縱橫交錯的林間小徑，一條環繞農地的光滑礫石路直通到屋前。草皮上點綴著零散的樹木，房子四周被樹木所包圍，樅樹、山梨、刺槐生長得十分茂密，其間點綴著幾株倫巴底白楊，把那些下人房遮蓋了起來。

瑪麗安走進屋裡，因為意識到距離巴頓只剩八十哩，距離庫姆宅邸不到三十哩，心情不禁激動起來。她在屋裡待不到五分鐘，便趁著眾人幫助夏綠蒂把嬰兒抱給女管家看的時候，又跑了出來，偷偷穿過蜿蜒延伸的灌木叢林，向遠處的高地上爬去。她站在希臘式的神殿前面，目光掠過寬闊的田野向東南方眺望，最後落在地平線的山脊上。她想，站在這些山頂上，也許就能看見庫姆宅邸。

她來到了克里夫蘭，在這極為難得又痛苦的時刻，不禁悲喜交集，熱淚盈眶。當她繞著另一條路回到屋裡時，她感到了鄉間的逍遙自在，可以隨心所欲地單獨行動，不受約束地到處閒逛。因此她決定，在帕瑪斯夫婦家逗留期間，她每天都要享受這樣的獨自漫步。

她回來的時候，眾人正走出屋外，想在房屋周邊參觀一番，她便跟著走了出來。大家來到菜園，一面觀賞牆上的花朵，一面聽著園丁抱怨各種病蟲害；接著走進暖房，因為霜凍結束得晚，再加上管理不善，害得夏綠蒂最喜愛的幾株花草被凍死了，她忍不住哈哈大笑；最後來到家禽飼養場，只聽飼養員失望地說起老母雞不是逃跑了，就是被狐狸叼走了，而一窩小雞也紛紛夭折，夏綠蒂又笑了出來。就這樣，上午剩下的時間很快便消磨過去了。

整個早上，天氣晴朗而乾燥。瑪麗安在計畫戶外活動時，從未考慮過在克里夫蘭逗留期間，會發生什麼天氣變化。因此，她萬萬沒想到，晚飯後一場大雨竟害得她再也出不去了。本來，她想趁著黃昏到希臘式神殿去散散步，也許還能在附近好好逛逛。如果天氣只是冷一些、潮濕一些，還不至於阻止得了她；但在這樣的大雨中，即使是她也不可能出門散步的。

她們安靜地消磨著時光。帕瑪斯夫人抱著孩子，詹寧斯太太在織地毯，她們談論著留在城裡的朋友，猜想米多頓夫人有什麼交際應酬，帕瑪斯先生和布蘭登上校當晚能否趕到雷丁。艾麗諾雖然不關心這些，卻也跟她們一起聊著。瑪麗安則找到了書房，很快就弄來一本書。

帕瑪斯夫人個性和悅，待人友善，她那坦率熱忱的態度大大彌補了她在記憶和風度上的缺陷——這種缺陷往往使她有失風雅。她的和藹可親在那張漂亮面孔的襯托下，顯得非常迷人；她的缺陷雖然很明顯，但並不惹人厭惡，因為她並不自負。除了她的笑聲之外，艾麗諾能包容她的一切。

第二天，兩位男士終於抵達，並趕上了晚餐。屋裡一下子增加了兩個人，著實令人高興，他們帶來的趣聞更為大家的談話增添光彩。下了一個早上的雨，大家的談話興致本來已變得十分低落。

艾麗諾過去很少見到帕瑪斯先生，但就在那不多的接觸中，她看出他對她妹妹和她自己的態度變化莫測，不知道他回到家中會如何對待她們。她發現，他對所有的客人都非常斯文，只是偶爾對妻子和岳母有點粗魯；艾麗諾心想，他本來能為一個可愛的伙伴，卻因為自負，以為自己比別人聰明，而不能做到這一點。至於他個性的其他方面，艾麗諾認為，就他的性別和年紀而論，絲毫看不出任何異乎尋常的地方。他吃東西比較講究，作息不固定，喜歡孩子，卻又假裝怠慢；本該用來辦正事的時間，他卻消磨在打撞球上。不過，大體來說，艾麗諾對他的喜愛高過了原先的預期，雖然這份喜愛無法再增加一分一毫。她看見他的貪圖享樂、自私自利和驕傲自大，又想起愛德華的寬宏大量、樸實無華和虛懷若谷，不由得自豪起來。

布蘭登上校最近去了一趟多塞特郡，艾麗諾從他口中聽到了愛德華的部分消息。布蘭登上校把艾麗諾視為愛德華和自己的朋友，向她聊起了德拉佛牧師公館的大致情形，敘說了它的各種缺陷，以及他對這件事及其他事情上的態度。他見到她時高興的模樣、他願意與她交淡、尊重她的意見，這一切都可說明詹寧斯太太對於他中意她的懷疑確有道理。假如艾麗諾不像一開始那樣依然認定瑪麗安才是上校真正的心上人，那麼或許也會跟著產生這種懷疑。但事實上，除了詹寧斯太太向她提起過以外，她幾乎從沒動過這樣的念頭。她不得不承認自己觀察得更為仔細——她注意他的眼睛，而老太太只看見他的行為。當瑪麗安得了重感冒的時候，布蘭登上校顯露出焦慮不安的神情時，由於沒有溢於言表，因此並未被詹寧斯太太所察覺，而艾麗諾卻能從這副神情中發現熾熱的情感和一名情人不必要的驚慌。

瑪麗安來到這裡的第三天和第四天傍晚，又兩度出去散步，不僅漫步在灌木叢間的碎石地上，還踏遍了四周的庭園。尤其是庭園的邊緣地帶，這裡比別的地方更加荒涼，樹木最古老，草也最高。而瑪麗安居然冒冒失失地穿著濕鞋和濕襪子席地而坐，結果得了重感冒，最初一兩天雖然她滿不在乎，甚至矢口否認，但病情越來越嚴重，引起了眾人的關切。大家都想為她開一帖處方，卻一律被拒絕了。雖然她病得很重，但好好休息一夜就能復原。她上床後，艾麗諾好不容易才說服她試了一兩種最簡單的藥方。

第四十三章

第二天早晨，瑪麗安仍然在平常時間起床，並且說自己好多了。為了證明自己的確有好轉，她又忙起平常在做的事。但是，一天之中，她不是哆哆嗦嗦地坐在火爐前，手裡拿著一本書讀不下去；就是有氣無力、無精打采地躺在沙發上，這完全無法說明她病情好轉。後來，她實在太不舒服，只好早早上床睡覺。布蘭登上校對艾麗諾的鎮靜自若感到吃驚，她雖然不顧妹妹的反對，整天照料她，夜裡逼她吃藥，但她和瑪麗安一樣，都相信睡眠就很有效，因而並不感到真正可怕。

但是，瑪麗安渾身發燒，折騰了一夜之後，兩人的期望落空了。瑪麗安硬撐著爬下床，由於坐不住，又回到了床上。艾麗諾立即採納了詹寧斯太太的意見，派人去請帕瑪斯夫婦的醫生。

醫生來了，他診斷了病情，雖然一面鼓勵艾麗諾說她妹妹再幾天就能康復，一面卻又斷言她得了病毒性感冒，並且說出了「傳染」兩個字。帕瑪斯夫人嚇了一跳，不禁為自己的小孩擔憂。詹寧斯太太從一開始就認定瑪麗安病得很重，現在聽到哈里斯先生的診斷，露出十分嚴肅的臉色。她認為夏綠蒂的確應該小心，催促她馬上帶著孩子離開家裡。儘管帕瑪斯先生認為她們的憂慮毫無根據，但又覺得妻子那副心急如焚的模樣實在令他難以忍受，便決定讓她離開。就在哈里斯先生來之後不到一小時，夏綠蒂就帶著孩子及保姆，朝住在巴斯幾哩外的一個親戚家出發了。在她的熱切懇求下，她丈夫答應過一兩天就去那裡陪她。她幾乎同樣熱切地懇求母親也去那裡陪她。不過，詹寧斯太太是個好心人，她當眾宣布，只要瑪麗安病還沒好，她絕不離開克里夫蘭。既然是她把瑪麗安從她母親身邊帶走的，那就有責任照顧好她。艾麗諾發覺，老太太任何時候都樂於助人，她一心想分擔她的辛勞，而且憑著她豐富的護理經驗，給了艾麗諾很大的幫助。

可憐的瑪麗安被這場病折磨得無精打采，總覺得自己渾身痠痛，再也不指望明天可以復原了。一想到明天的計畫全被這場倒楣的病毀了，她的病情不禁變得更加嚴重。原來，她們明天就要踏上歸途，一路上有詹寧斯太太的僕人關照，後天下午就能給母親一個驚喜。她很少說話，但一開口就是為這次的耽擱而哀嘆。不過，艾麗諾試圖幫她打起精神，讓她相信被延遲的時間非常短暫，而她自己也是這麼認為的。

第二天，病人的狀態幾乎沒什麼起色。這時，屋內的人數又減少了，雖然帕瑪斯先生很不想走（一方面是出於真心的憐愛，一方面是不想對妻子言聽計從），但最後還是被布蘭登上校說服，準備履行對妻子的諾言。當他準備動身的時候，布蘭登上校又費了很大的力氣，才說出自己也想走；不過，好心的詹寧斯太太這時再度出面干預。她認為，上校的「情人」正為妹妹擔心，這時候離開豈不是讓兩人都無法心安嗎？她立刻告訴上校，她需要他留下來，當晚上艾麗諾在樓上陪妹妹時，她需要他和她一起打牌。她極力挽留他，上校裝模作樣地推托幾句後便答應了。帕瑪斯先生也支持他留下，他似乎覺得，留下一個男人，在緊急情況下能幫幫艾麗諾的忙，或者替她出主意。

這一切安排當然都是背著瑪麗安進行的。她並不知道由於自己的關係，克里夫蘭的主人們相繼離去。她見不到帕瑪斯夫人並不覺得訝異，也不關心，她從來不提起她的名字。

帕瑪斯先生離開後兩天，瑪麗安的病情依然如故。哈里斯先生每天都來照料她，仍然判斷她很快就會復原。艾麗諾同樣很樂觀。不過其餘的人卻絲毫不這麼想。詹寧斯太太早在瑪麗安剛發病不久，就斷定她好不了了；布蘭登上校相信了詹寧斯太太的可怕預言，他試圖說服自己消除憂慮，因為醫生的診斷證明了這種憂慮十分荒誕。但他每天仍然要孤單地待上好久，以讓他滋生種種傷心的念頭，他無法消除再也見不到瑪麗安的憂慮。

然而到了第三天早晨，兩人差一點打消這種悲觀的心理。哈里斯先生宣布，病人的情況大有好轉。她的脈搏跳動得有力多了，所有症狀都比他上次來時好轉。艾麗諾證實了自己的樂觀想法，不禁欣喜若狂。讓她感到高興的是，她在寫給母親的信裡，一直堅持自己的見解，而沒有接受她朋友的判斷，完全不把瑪麗安的那場小病放在心上。她幾乎確定了瑪麗安可以上路的時間。

但是，這一天的最後並不像一開始那麼順利。接近傍晚時分，瑪麗安的情況又惡化了，比以前更加嚴重、更加煩躁不安。艾麗諾仍然很樂觀，認為之所以出現這種變化，只不過是因為鋪床的時候，曾讓她坐起身一會兒。她讓妹妹服下醫生開的鎮靜劑，滿意地看著她睡著了，她認為這能產生最好的效果。儘管瑪麗安不像艾麗諾期望的睡得那麼安穩，卻也睡了相當久。艾麗諾一心想觀察效果如何，決定自始至終守著她。詹寧斯太太不知道病人的變化，早早上床睡覺了，她的女僕（也是主要的護士）正在女管家房裡嬉戲，剩下艾麗諾獨自守著瑪麗安。

瑪麗安睡得越來越不安穩。她姐姐目不轉睛地望著她不停地翻身，聽見她嘴裡不停發出一些模糊不清的囈語，簡直想把她從痛苦的睡夢中喚醒。忽然，瑪麗安被屋裡的某種聲音驚醒了，急忙爬起來，激動地大喊道：

「媽媽來了？」

「還沒有，」艾麗諾答道。她掩飾自己的恐懼，扶著瑪麗安重新躺下，「不過，我想她很快就會到。妳知道，從這裡回巴頓路途還很遠。」

「她千萬不要繞道從倫敦來，」瑪麗安帶著同樣焦急的神情叫道，「要是她去了倫敦，那我就永遠見不到她啦！」

艾麗諾驚愕地發覺妹妹有些不正常了。她一面安撫她，一面急切地為她把脈。她的脈搏比以前跳得更弱、更急促，同時仍發狂似地叨唸著媽媽，艾麗諾越來越不安，決定立刻叫人把哈里斯先生請來，同時再派人去巴頓找母親。作出決定之後，她立刻想到要找布蘭登上校商量。她拉鈴叫僕人來替她照顧妹妹，然後匆匆下樓來到客廳。她知道，平常即使在比現在還要晚的時間，也能在客廳裡見到布蘭登上校。

事不宜遲。她當即向他坦白她的憂慮和困難。對於她的憂慮，上校沒有勇氣、也沒有信心幫她消除，只能默默地聽她說；不過她的困難卻能立刻解決，因為上校自告奮勇要當這一名使者，去把達斯伍德太太請來。他那爽快的態度彷彿表明了自己早有心理準備似的。艾麗諾起先不答應，但是很快就被說服了。她用簡短而熱情的語言向他表示感謝。當上校派僕人送信去給哈里斯先生，並且動身去租用驛馬的時候，艾麗諾寫了一封短信給母親。

在這樣的時刻，能得到布蘭登上校這樣一位朋友的安慰——母親能有這樣的人陪伴，怎能不令人感到慶幸呢？他的精明能給母親一些指點，他的關心能消除她的憂慮，他的友情能減輕她的痛苦！要是這種震驚能夠得到減輕的話，那麼憑著他的言談舉止，以及他的出面幫忙，一定能夠達到這樣的效果。

此時，無論上校心情如何，做起事來仍然有條不紊。他雷厲風行地作好每一項必要的準備，精確計算自己可能回來的時間，一秒鐘也不耽擱。驛馬甚至提早牽來了，布蘭登上校帶著嚴肅的神情握了握艾麗諾的手，嘀咕了幾句，便匆匆鑽進了馬車。此時大約十二點，艾麗諾回到妹妹房間等候醫生，同時細心照料她。這一晚，兩人幾乎一樣痛苦。瑪麗安痛苦得睡不安穩，不停說著夢話；艾麗諾則憂心如焚。一個個鐘頭過去了，哈里斯先生還不見蹤影。艾麗諾先前並不憂慮，現在一旦憂慮起來，感到格外痛苦。她不願叫醒詹寧斯太太，只好讓女僕陪著她熬夜，不過她仍不時向艾麗諾暗示女主人的想法，讓她更加煩惱。

瑪麗安依舊語無倫次地叨唸著母親。每當她說出母親的名字，可憐的艾麗諾便心如刀割。她責備自己沒有把妹妹的病當成一回事，天真地以為很快就會康復；現在卻覺得一切努力都有可能瞬間化為泡影。她想像她那苦命的母親來得太晚，已經見不到她的寶貝孩子了。

艾麗諾剛想再叫人去找哈里斯先生，或是請其他醫生時，哈里斯先生終於到了——不過時間已經過五點了。但他的意見多少彌補了耽誤的時間——他承認病人發生了意料之外的可怕變化，但並沒有太大的危險。他滿懷信心地說道，用一種新的療法能夠解除病人的痛苦。他的信心也多少傳給了艾麗諾。哈里斯先生答應三四個小時之後再來，當他離開的時候，病人和她那焦慮的姐姐已經比一開始鎮靜多了。

到了早晨，詹寧斯太太聽說了夜裡的情形，大為關切，一再責備她們不該瞞著她。她先前就感到擔憂，因此對昨晚的事並不意外；雖然她不斷安慰艾麗諾，但仍深信瑪麗安的情況危急，使得她的安慰之中沒帶有任何希望。她的心情確實十分悲痛。像瑪麗安這麼年輕、可愛的一個女孩，居然會英年早逝，任誰都會感到痛惜的。瑪麗安還有別的理由得到詹寧斯太太憐憫：她當了她三個月的同伴，現在仍受她照顧，大家都知道她受了很大的委屈，一直鬱鬱寡歡；另外，她還看到最愛的姐姐受苦。至於她們的母親，老太太一想到瑪麗安對她大概就像夏綠蒂對她自己一樣，她對她的同情又變得更加誠摯了。

哈里斯先生第二次來得很準時。他希望上次開的藥方能產生些效果，但希望落空了。燒沒有退，瑪麗安只是變得更安靜了——這有些反常——一直昏迷不醒。艾麗諾見他害怕了，自己也跟著害怕起來，建議另請醫生。但哈里斯認為沒有必要，他還有別的藥可以試試。這是一種新藥，他相信一定會有效。最後，他又做了一番鼓舞人心的保證，但這回艾麗諾再也不相信他了。她十分鎮靜（除了想起母親的時候），但是幾乎絕望。直到中午，她一直處於這種狀態，守在妹妹床邊一動也不動，腦際浮現出一個個悲哀的景象、一個個悲痛不已的朋友。詹寧斯太太的話又使她的情緒降到最低點——這位太太毫無顧忌地把這次發病歸咎於瑪麗安由於失戀而引起的、歷時數週的身體不適。艾麗諾認為她說得很有道理，因此精神上又增加了新的痛苦。

正午時分，艾麗諾開始幻想，覺得妹妹的脈搏可望有所好轉。但是她非常謹慎，因為害怕希望落空，甚至沒有向朋友說出。她等待著、觀察著、一次次地把脈，最後，外表的鎮定實在壓抑不住內心的激動。她冒昧地請詹寧斯太太幫妹妹把脈，並讓她承認病情的確暫時好轉；但老太太極力地說服她的年輕朋友不要抱更大的期望。艾麗諾仔細考慮了一切現象，也告訴自己不要抱有希望，但仍阻止不了心中浮現出希望。半個小時過去了，她幸運地發現那個可喜的癥兆仍然存在，甚至還出現別的癥兆。從瑪麗安的呼吸、皮膚和嘴唇上，她欣喜地見到了病勢好轉的跡象。瑪麗安帶著清醒而倦怠的神情凝視著她。現在，憂慮和希望同樣使她感到沉重，心裡一刻也不得安寧，直到哈里斯先生四點鐘出現為止。這次，哈里斯說，瑪麗安的痊癒速度出乎他的意料之外，一再向她表示祝賀。這終於為她帶來了信心和安慰，眼裡迸發出喜悅的淚光。

瑪麗安在各方面都大有好轉，哈里斯先生宣布她已完全脫離險境。詹寧斯太太也許對自己的預感曾經被證實過感到有些得意，便欣然接受了他的看法。她帶著誠摯的喜悅承認，瑪麗安很有可能完全康復。

不過，艾麗諾高興不起來。她的喜悅屬於另一種形式，並沒有讓她表現得興高采烈。一想到瑪麗安恢復健康，可以回到朋友中間、回到溺愛她的母親身邊，不由得感到無比欣慰；但是，她的喜悅沒有表露在外，既無言語、也無笑容，而是全部藏在心底。

整個下午，她不間斷地守在妹妹身邊，安撫她的所有憂慮，回答她那虛弱的身心提出的每一次詢問，提供她需要的每一樣東西，甚至幾乎注視著她的每一個眼神、每一次呼吸。當然，有時候，舊病復發的可能性又會促使她回想起恐懼不安的滋味；不過，在她反覆的檢查下，發現所有復原的現象都在持續發展著。六點鐘的時候，她見瑪麗安舒舒服服地睡著了，便消除了一切疑慮。

布蘭登上校回來的期限快到了。艾麗諾相信，母親一路上一定提心吊膽，但到了十點——或是再晚一點——她就能解脫了。還有上校，或許也同樣可憐！時間過得太慢了，還把他們蒙在鼓裡。

七點鐘，艾麗諾見瑪麗安還在熟睡，便來到客廳和詹寧斯太太一起喝茶。她早上擔心受怕，中午又抱著熱烈期望，都沒吃多少東西；現在她終於能帶著滿意的心情，享受這頓可口的茶點。吃完後，詹寧斯太太想讓她在母親來之前休息一下，由自己代為照顧瑪麗安。不過艾麗諾並不感覺疲勞，此時也沒有睡意，更不想離開妹妹。於是，詹寧斯太太陪她上了樓，回到病人房間，確認一切都很正常後，便讓她留在那裡，而她則回到自己房間寫信，然後睡覺。

這天夜裡十分寒冷，風雨大作。但是艾麗諾太過高興，對此全然無動於衷。儘管狂風陣陣，瑪麗安照樣酣睡著，而正在趕路的人們——雖然他們目前遭遇各種不便，但等著他們的會是美妙的回報。

時鐘敲過了八點。假如已經十點的話，艾麗諾一定會確信自己聽到了馬車聲。不過，儘管趕路的人幾乎還不可能抵達，但她真的聽到了馬車聲。她走進隔壁的更衣間，打開一扇百葉窗，想證實一下自己的聽覺，立刻發現她的耳朵沒有聽錯——一輛馬車閃爍的車燈映入眼簾。她想，從車燈那搖曳不定的光明可以看出，馬車由四匹馬拉著。這除了表明她可憐的母親過於驚慌之外，還可以說明他們為什麼來得這麼快。

艾麗諾的心情從未像現在這樣難以平靜。一見到馬車停在門口，她就意識到母親此刻的心情——疑慮、恐懼，也許還有絕望——也知道她會說些什麼。一想到這一切，她的心裡就無法平靜。因此，她剛把妹妹交給詹寧斯太太的女僕，就匆匆忙忙跑下樓。

她走過一條走廊時，聽到玄關那裡一片忙亂，知道他們已經進到屋裡。她朝著客廳跑過去——走進去，想不到，她只看見威洛比。

第四十四章

一見到他，艾麗諾頓時驚慌失措，不自覺地轉身就走。她正想打開門，卻被威洛比一把攔住，聽見他帶著命令而非懇求的口氣說道：

「達斯伍德小姐，請妳等一下，半個小時——十分鐘就好。」

「不，先生，」艾麗諾毅然回答，「我不想留下，你不是來找我的。我想僕人忘了告訴你，帕瑪斯先生不在。」

「即使他們告訴我，」威洛比激動地說道，「帕瑪斯一家都見鬼去了，也休想趕我出門。我是來找妳的，只找妳一個人。」

「找我？」艾麗諾錯愕地說道，「好吧，先生，快說吧——如果可以的話，不要那麼激動。」

「請妳坐下，這兩點我都能做到。」

艾麗諾遲疑了一下，有些茫然不知所措。她忽然想到，說不定布蘭登上校會剛好回來遇見他；不過，她已經答應要聽他說下去，而且她的好奇心也被勾起來了。她想了想，認為應該儘快讓他說完，因此最好順著他的意思。她悄悄走到桌邊坐下，威洛比則坐到對面的椅子上，足足有半分鐘的時間，兩人一句話也不說。

「請快說吧，先生，」艾麗諾不耐煩地說，「我沒太多時間。」

威洛比彷彿正在沉思，似乎沒有聽見她的話。

過了一陣子，他突然說道：「我從僕人那裡聽說，妳妹妹已經脫離危險。感謝上帝！這是真的嗎？的確是真的嗎？」

艾麗諾不肯出聲。威洛比又更加著急地問了一次：

「看在上帝的份上，告訴我她脫離險境了沒有？」

「我們希望是這樣。」

威洛比站起身，走到房間對面。

「要是我半個小時前得知這些情形——可是既然我已經來了，」他又回到座位上，裝作愉快的樣子說道，「又有什麼關係呢？達斯伍德小姐，這也許是我們最後一次——就讓我們快樂地相處一次吧！我現在很有興致。告訴我——」他的臉忽然變得通紅，「妳認為我是個壞人，還是個蠢蛋？」

艾麗諾更加驚訝地看著他。她認為他一定是喝醉了，不然很難解釋這種奇怪的舉止。於是她立刻站起身，說道：

「威洛比先生，我勸你還是快回去庫姆，我沒有閒工夫和你待在一起。不管你找我有什麼事，最好還是等明天再說，可以想得更周到，解釋得更清楚。」

「我懂妳的意思，」威洛比意味深長地微微一笑，極為鎮定地說道：「是的，我喝得醉醺醺的。我在馬爾波羅吃了些冷牛肉，喝了一品脫黑啤酒，就醉倒了。」

「在馬爾波羅？」艾麗諾越來越不明白他想幹什麼。

「是的——我今天早上八點離開倫敦，在那之後，我只離開馬車十分鐘，在馬爾波羅吃了點飯。」

威洛比說話的時候態度穩重，兩眼炯炯有神。艾麗諾漸漸意識到，無論他抱有什麼不可饒恕的愚蠢動機，至少不是因為喝醉酒才來克里夫蘭的。她想了片刻，說道：

「威洛比先生，我明白，出了這些事情之後，你這樣跑來找我談話，一定是有著特殊理由了。你來這裡究竟有什麼目的？」

「我的目的是，」威洛比鄭重地說道，「讓妳不要像現在這樣如此憎恨我。我想為過去作點解釋，表示一些歉意——把全部的內心話告訴妳，讓妳相信：雖然我一直是個傻瓜，但並不是壞蛋——藉此取得瑪麗安妳妹妹的諒解。」

「這就是你來這裡的真正原因？」

「的確是這樣。」威洛比答道，語氣非常熱切，使艾麗諾頓時想起了過去的他。她不禁覺得他是誠懇的。

「如果是為了這個，那你就不用擔心了，因為瑪麗安已經原諒了你——她早就原諒了你。」

「真的？」威洛比嚷道，「不過她會再次原諒我的，而且理由更加充分。好了，現在可以聽我說了吧？」

艾麗諾點點頭表示同意。

她期待著，只見威洛比沉思片刻，然後說道：「我不知道妳是如何解釋我對妳妹妹的行為，把什麼邪惡的動機加在我身上。也許妳已經不太瞧得起我了，不過，還是值得聽我說說，我會把一切來龍去脈告訴妳。我最初與妳們一家結識的時候，並沒有別的用心、別的意圖，只想讓自己在德文郡的日子過得愉快些——實際上也比以往過得更愉快，妳妹妹那可愛的容貌和有趣的舉止很難不引起我的喜愛。而她對我，幾乎從一開始就——仔細回想她當時的情況，想想她的模樣，簡直令人吃驚！我的心竟然那麼麻木不仁！不過必須承認，我起初只是被激起了虛榮心，於是千方百計地去討好她，而不想報答她的愛情。」

聽到這裡，艾麗諾向他投去極為憤怒、鄙夷的目光，並打斷了他的話：

「威洛比先生，你沒有必要再說下去了，我也沒有必要再聽下去。像這樣的話不會導致任何結果，不要讓我痛苦地聽你說下去。」

「我非要妳聽完不可，」威洛比回答，「我的財產一向不多，但我揮霍無度，又愛跟比自己有錢的人來往。當我成年以後（甚至在成年以前），債務逐年增加；雖然等我的表姑史密斯太太過世後，我就能得到一大筆錢，但這種希望遙遙無期，於是我一直想娶個有錢的女人，好重振家業。所以，要我愛妳妹妹是不可能的，我是這樣的卑鄙、自私、殘忍——對此，達斯伍德小姐，無論妳用多麼憤慨、鄙夷的目光譴責我都不過分——我就是這麼做的，一方面想贏得她的愛，另一方面又不想去愛她。不過，有一點可以說明，即使我的內心充滿自私和虛榮，卻不知道自己造成了多大的傷害，因為我當時還不懂什麼是愛情。但是我後來懂了嗎？這很難說，因為假如我真的愛她，我會犧牲愛情而去追求虛榮嗎？另一方面，我肯犧牲她的感情嗎？但我偏偏這麼做了，我一心想避免陷入貧窮；其實，有了她的愛情和友誼，貧窮一點也不可怕。如今我雖然發了財，卻失去了能夠為我帶來幸福的一切事物。」

「這麼說來，」艾麗諾有點心軟地說道，「你確實認為自己曾經愛過她了。」

「見到這樣的丰姿美貌、柔情蜜意而不動心？天底下有哪個男人做得到呢！是的，我漸漸發現自己打從心底喜歡她。我此生最幸福的時刻，就是和她一起度過的。那時，我認為自己的感情光明正大、無可指責；不過，即便是在當時，雖然我下定決心向她求愛，但又不願意在極度貧困的處境下與她訂婚，因此便一天天拖延下去。對此我不想加以辯解，也不想停下來讓妳責怪我的荒唐。本來是理所當然的事，我卻猶豫不決，這比荒唐還糟糕！不過，我最後終於下定決心，一找到和她獨處的機會，就立刻表白愛意。但就在這時——就在之後幾個鐘頭內，我還來不及找機會私下跟她交談，卻出現了突發狀況——一個不幸的狀況，使得我的決心、我的幸福毀於一旦。我的事跡敗露了，」一說到這裡，他有些猶豫地低下了頭，「史密斯太太聽說了我的一段風流史，也許是某個遠房親戚告密的，為了讓我在史密斯太太面前失寵——但是我不需要再多作解釋，」他臉孔漲得通紅，用疑問的目光望著艾麗諾，「妳和布蘭登上校的關係密切，大概早就聽說過這件事了。」

「是的，」艾麗諾答道，臉色同樣變得通紅，但她重新狠下心來，決定不再憐憫他，「我全都聽說了。坦白說，我無法理解，在這件可怕的事情上，你要如何為自己開脫罪責。」

「請別忘了妳是聽誰說的，」威洛比說道，「那能保證對我公平嗎？我承認，伊莉莎的身分和人格應該得到尊重，我並不想辯解，但這也不代表我無話可說，要是她那強烈的感情和貧乏的理智——不過，我無意為自

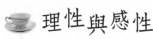

己辯護。她對我的一片深情應該得到更好的對待，我經常懷著自責的心情回憶她的柔情蜜意，但願沒發生這件事就好了。我不僅傷害了自己，還傷害了另一個人，這個人對我的一片深情簡直不亞於那個女孩，而她的心地——哦！真是高尚無比！」

「但是，妳對那個不幸女孩的冷漠無情——儘管我很不願意談論這件事，但還是要說——你的冷漠無情並不能為你對她的拋棄開脫，別以為拿她缺乏理智當藉口，就可以為自己的殘忍作解釋。你應該知道，當你在德文郡盡情享樂，快樂地追求新歡的時候，她卻陷入了窮困潦倒的深淵。」

「我以名譽擔保，我並不知道這件事，」威洛比著急地回答道，「我忘了告訴她我的地址。而且，她要查出這一點並不困難。」

「好吧，先生，史密斯太太說了些什麼？」

「她一見到我就立刻責備我的過失，讓我顏面無光。她這個人一向潔身自愛、思想純正——這一切都對我不利。我無法否認事情本身，也無法避重就輕；我相信，她在事前就對我的行徑產生了懷疑，而且對我這次來訪期間不夠關心她、很少把時間花在她身上，也感到不滿。總之，我們最後決裂了。我只有一個辦法可以挽救自己，她曾表示如果我願意娶伊莉莎，就原諒我的過去，但這是不可能的。於是她當晚就正式宣布不再寵愛我，把我趕出了家門。我隔天早晨就得離開，因此反覆想著將來該怎麼辦。我愛瑪麗安，而且我深信她也愛我——可是這都不足以克服我對貧窮的恐懼，不足以克服我對金錢的盲目喜愛。我當時認為，只要我能向我現在的妻子求婚，一切就能迎刃而解。可是我還來不及離開德文郡，便遇到一個令人苦惱的問題。當天我和妳們約好一起吃飯，必須對不能去赴約表示道歉；然而，到底是該寫信，還是當面述說，我一直舉棋不定。我很怕再見到瑪麗安，甚至懷疑自己見到她時能否堅持自己的決心。可是事實證明，我在這點上低估了自己——因為我去了，見到了她，發現她很痛苦，我離開她時她依然很痛苦——但我離開了她，並希望永遠別再見到她。」

「威洛比先生，你為什麼要來呢？」艾麗諾用責備的口吻說道，「寫一封信就夠了，為什麼一定要來呢？」

「對於我的自尊心來說，這是必要的。我不忍就這樣離開，讓妳們和左鄰右舍懷疑我與史密斯太太之間出了什麼事；因此，我決定在前往霍尼頓的途中，順道去農舍看看。見妳妹妹確實是件可怕的事，而且更糟糕的是，我只見到她一個人，其他人都不在。我前一晚離開她時，心裡才剛下定決心，要回報她的感情，而只要再多幾個小時，她就永遠屬於我了。我記得，當我從農舍往艾倫罕走去時，不知有多高興、多快活；但是，在這最後一次見面中，我懷著一種內疚的心情來到她的面前，簡直連掩飾感情的能力都沒有了。當我告訴她自己必須馬上離開德文郡時，她是那樣悲傷、那樣失望、那樣懊悔——我永遠無法忘記。另外，她還那樣信任我！哦，上帝！我是個多麼狠心的無賴！」

兩人又沉默了一陣。艾麗諾首先開口。

「你告訴她不久就會回來？」

「我不知道自己說了些什麼，」威洛比不耐煩地回答，「回想也沒有用。後來，妳親愛的母親進來了，她是那樣地和藹可親，對我推心置腹，讓我更加痛苦。謝天謝地！這的確使我感到痛苦，我當時悲傷極了。達斯伍德小姐，妳不知道，回憶過去的悲傷對我反而是一種安慰。我憎恨自己的愚蠢、卑鄙，過去忍受的一切痛苦如今反而使我感到欣喜萬分。妳瞧！我走了，離開了我心愛的人，去找那些我並不感興趣的人。我進城的途中——我是騎馬離開的，一路上也沒人作伴——沒有半個人可以交談，心裡卻是多麼地愉快！盼望著未來，一切都那麼吸引人！再回想著巴頓，多麼令人欣慰的情景！哦！那是一次愉快的旅行。」

他停住了。

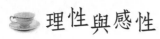

「嗯，先生，」艾麗諾說道，她雖然憐憫他，又希望他快走，「就這樣？」

「就這樣？不，難道妳忘了城裡發生的事？那封卑鄙的信？她沒拿給妳看？」

「看了，來往的信件我都看過。」

「當我收到她第一封信的時候（我一直待在城裡，很快就收到了），當時的心情簡直無可言喻，用更簡單的話來說——非常痛苦。信上的字字句句，用個老掉牙的比喻來說——假如那位寫信人在場的話，一定會禁止我這麼說的：『猶如一把把利劍刺進我的心窩』。聽說瑪麗安就在城裡，用同樣老掉牙的比喻說：『如同晴天霹靂！』她會狠狠責備我的！我瞭解她的情趣、她的見解，比瞭解自己還來得多，也來得親切。」

艾麗諾的心在這次不尋常的對話中經歷了多次變化，現在不自覺又軟化了下來。然而，她覺得自己有義務制止她的同伴抱著最後的那點期待。

「這是不正常的，威洛比先生。別忘了你是有婦之夫。你只需要說些你認為我願意聽的內容。」

「瑪麗安在信中對我說，她仍然像以前那樣愛我——儘管我們分離了好幾個禮拜，她的感情始終不渝，她也深信我跟她一樣。這些話喚起了我的悔恨感——我在倫敦住久後，漸漸感到心安理得，變成了一個冷酷無情的惡棍——我自以為淡忘了對她的情感，便以為她對我也一定是這樣。我對自己說，我們過去的相愛只不過是無聊時的一場兒戲。為了消除一切顧忌，我時常心想：『我會很高興聽到她嫁給了一個好人家。』但這封信讓我認清了自己。我感到她比世上任何女人都可愛，而我卻無恥地利用了她。但是，我和格雷小姐的事情剛訂下，已經沒有退路了，唯一的辦法就是避開妳們。我沒有回信給瑪麗安，想藉此避開她的注意。我甚至一度決定不去伯克利街。但是我最後決定，最明智的辦法還是裝成一個普通的朋友，擺出一副冷漠的態度，於是一天早晨，我眼看妳們都出門了，便進去留下了我的名片。」

「眼看我們都出門了？」

「是的。要是妳聽說我經常注視著妳們，經常差一點遇見妳們，妳一定會感到驚訝。當妳們的馬車駛過的時候，我鑽過好多間商店，只為了不讓妳們發現。既然我住在龐德街，就幾乎每天都能看見妳們之中的某一位。只有處心積慮地避開妳們，才能使我們分離這麼久。我盡量迴避米多頓夫婦，以及我們雙方都認識的任何人。但是，我不知道他們已經來到城裡。就在約翰爵士進城的第一天，還有我去詹寧斯太太家的第二天，我兩次遇見了他。他邀請我晚上去他家裡參加舞會，要不是他為了引誘我，說出妳們姐妹倆都會光臨，我當然會放心地前往了。第二天早上，我又接到瑪麗安寄來的一封短信——仍然那樣情深意長、推心置腹——一切都突顯出我的行為多麼可惡。我無法回信，雖然一試再試，但一句話也寫不出來。不過我相信，我那天無時無刻不想著她。達斯伍德小姐，如果妳能同情我，就請想想我當時的處境吧！我一心想著妳妹妹，又不得不在另一個女人面前扮演情人的角色！那三四個禮拜再糟糕不過了。最後，這就不用我說了，我遇上了妳們，我表現出一副可笑的醜態！那是個痛苦的夜晚！一方面，瑪麗安美麗得像個天使，用那樣的語氣在呼喚我！她向我伸出手，一雙迷人的眼睛帶著急切的神情盯著我，要我作出解釋！另一方面，蘇菲亞那雙善妒的眼睛又看著這一切──好一個夜晚！我只好狼狽地離開了妳們，但我已經看見了瑪麗安白得像死人般的臉──那是我見到她的最後一面、最後的形式。當我今天想到她真的快死了，想到當我出現在她面前，她會用什麼表情看著我時，就不禁感到欣慰。一路上我都是這麼想的。」

接著，兩人沉默了一會兒。威洛比首先從沉思中醒來，說道：

「好吧，讓我趕快說完走人吧。妳妹妹確定脫離險境了嗎？」

「我們對此確信無疑。」

「妳那可憐的母親也確信無疑？她可寵瑪麗安了。」

「可是那封信──威洛比，你的那封信。對此你還有什麼話好說？」

「是的，是的，這要特別解釋。妳知道，就在第二天早上，妳妹妹又寫了一封信給我，妳見過上面的內容。我當時正在艾利森家吃早飯，有人從我的住處拿來了那封信，還有其他幾封。不巧的是，蘇菲亞比我先看見了這封信，她一見到那麼大的一封信、那麼精緻的信紙，還有那秀氣的筆跡，立刻疑心大起。本來，她早就聽說過我愛上德文郡的一位年輕小姐，而她前一晚見到的情形又表明了一定就是這位小姐；於是，她變得比以往更加嫉妒。她裝出一副開玩笑的神情，當場把信拆開，讀了出來。她果真讀到了令她沮喪的內容。對於她的沮喪我倒可以忍受，但對於她的感情──那股惡意──卻無論如何也得平息。總之，妳對我妻子的寫信風格有何看法？細膩，溫柔，十足的女人味？難道不是嗎？」

「你的妻子？但信上是你自己的筆跡呀！」

「是的，不過我出力的部分只在於，我像個奴隸般抄寫了一堆我沒臉署名的語句。原稿全是她寫的，包含

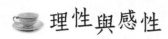

那些巧妙的構思、文雅的措詞。但我能怎麼辦？我們訂了婚，一切都在準備之中，幾乎連日子都敲定了——這麼說真是愚蠢，什麼準備？日子？事實上，我需要她的錢！處在我這樣的境地，為了避免關係破裂，什麼事都做得出來。事到如今，我該如何表示自己的答案呢？這又會使我的人格在瑪麗安和親友們的心中產生什麼變化呢？只能有一種變化。我這麼做等於宣布自己是個惡棍了。『我在她們眼中永遠毀滅了，』我對自己說，『我永遠與她們絕緣了，她們已經把我當成了無恥之徒，這封信只會讓她們把我當成惡棍。』我一面這樣想，一面抄寫我妻子的話，並退回了瑪麗安的最後幾件信物。她的三封信——不巧都放在我的皮夾裡，不然我會否認它們的存在，並把它們珍藏起來——但我不得不把它們拿出來，還有那根頭髮——也放在同一只皮夾裡，我隨身攜帶，想不到卻被妻子找到了。每一件信物都被奪走了。」

「你錯了，威洛比先生，你有很大的責任，」艾麗諾說，語氣中情不自禁地流露出憐憫，「你不該這樣說自己的妻子，或是我妹妹。那是你自己的抉擇，不是別人強加給你的。你妻子有權要求你對她客氣一些，至少得尊重她。她一定很愛你，否則不會嫁給你。而你這麼不客氣地對她、這麼不尊重地議論她，這對瑪麗安並不是什麼彌補，我認為也不可能使你的良心得到安慰。」

「不要談到我妻子，」威洛比說著，重重嘆了口氣，「她不值得妳憐憫。我們結婚的時候，她就知道我不愛她，但我們還是結了婚，來到庫姆宅邸度蜜月，然後又回城尋歡作樂。達斯伍德小姐，現在妳同情我嗎？還是我的話都白說了？依妳看來，我的罪過是否比以前少了一些呢？哪怕一丁點也好。」

「沒錯，當然少了一點——只有一點。大致上，你證明了你的錯誤沒有我想像的那麼大。你證明了你的心沒有那麼壞。但我簡直不知道——你讓別人受了這麼大的苦——我簡直不知道，怎麼會有這麼惡劣的事！」

「妳妹妹痊癒之後，能不能把我的話傳達給她？讓我在她心目中也能像在妳心目中一樣，減少一點罪過。妳說她已經原諒了我，我想，要是她能更加瞭解我的心情，她就會更加自然、更加溫和，而不那麼嚴肅地原諒我。告訴她我的痛苦、我的懺悔，告訴她我未對她變心。如果妳願意的話，請告訴她：我此時此刻比過去任何時候都要愛她。」

「我會把那些可以為你辯護的話都告訴她。但是你還沒告訴我，你今天到底是來做什麼的？還有你是怎麼聽說她生病的？」

「昨天晚上，我在德魯比後巷劇院遇見了約翰．米多頓爵士，他一認出我（這是兩個月來的第一次），立刻就向我搭話。自我結婚以來，他一直不理睬我，我對此毫不驚訝，也不怨恨；但是現在，他懷著對我的滿腔怒火，以及對妳妹妹的深切關心，情不自禁地想把那些可能令我懊惱的事告訴我，雖然也許他不認為我真的會懊惱，因此，他索性直截了當地告訴我說，瑪麗安在克里夫蘭得了斑疹傷寒，性命垂危。當天早上他收到詹寧斯太太的來信，說她命在旦夕，連帕瑪斯夫婦都被嚇跑了。我大為震驚，再也掩飾不了慌張。約翰爵士看到我心裡難過，忍不住也心軟了。他消除了幾分敵意，臨別時幾乎就要跟我握手，還說他想起了曾答應要送我一隻小獵犬的事。至於我，一聽說妳妹妹生命垂危——而且直到此刻仍把我視為世上最大的惡棍，蔑視我、仇視我，我心裡真是說不出的滋味。有什麼罪名不能加到我身上呢？有一個人肯定會把我描述得無惡不作。我感到害怕！於是決定在今天早上八點坐上馬車。現在妳都知道了。」

艾麗諾沒有回答。她心想：一個才貌出眾的人，天性溫和、善良，卻因為獨立過早，染上了遊手好閒、愛慕虛榮的壞習性，對他的性情和幸福造成了不可彌補的損害。世風讓他變得奢侈虛榮，而奢侈虛榮又讓他變得冷漠自私；為了追求虛榮，他不惜損人利己，結果陷入了一場真正的愛情；但是對金錢的追求，又迫使他犧牲這段真愛。各種錯誤不僅導致他墮落，而且使他受到懲罰。過去，他不顧道義、不顧情感，不顧一切利害，硬生生斬斷了這段愛情；但現在，這種愛情再也得不到了，卻支配他的全部思緒。至於那門婚事，他曾為此讓瑪麗安吃盡苦頭，如今卻可能成為不幸的源頭，而且更加無法挽回。艾麗諾就這樣沉思了幾分鐘，忽然被威洛比打斷。原來，他也同樣從痛苦的沉思中驚醒，猛地站起身，準備離去。

「待在這裡沒有用，我該走了。」

「你要回城嗎？」

「不，去庫姆宅邸。我有事要去那裡，過一兩天再回城。再會。」

威洛比伸出手。艾麗諾不得不把手伸出，威洛比親熱地一把握住了。

「妳真的有改變了對我的看法？」他鬆開她的手，一邊靠在壁爐架上。

艾麗諾對他說，她的確改變了部分對他的看法。她還說願意寬恕他、同情他、祝他好運——甚至對他的幸福表示關心，給了他如何促進幸福的建議。不過，威洛比的回答卻並不怎麼令人開心。

「關於這點，」他說，「我會努力地活下去。雖然家庭幸福已經不可能了，但只要能想到妳們姐妹倆正在關心我的命運和行動，這就能成為——這會讓我有所警惕——至少，這會成為生活中的動力。當然，我永遠失去了瑪麗安。假如我有幸可以再次——」

艾麗諾一聲斥責，打斷了他的話。

「好吧，」威洛比答道，「再會。我要走了，不過我仍然提心吊膽。」

「這是什麼意思？」

「我害怕妳妹妹結婚。」

「你完全錯了。你現在更別想得到她了。」

「但她會被別人得到的。假如他偏偏就是我最不能容忍的那個人——不過，我不想繼續留下來，讓妳看出被我傷得最深的人，卻是我最不能原諒的人，從而失去妳對我的同情心。再會，上帝保佑妳！」

說完，他幾乎是用跑的離開房間。

第四十五章

威洛比離開很久之後，艾麗諾一直思緒紛亂，心中充滿各種想法，每一種都使她異常哀傷，竟連妹妹都被置之腦後了。

威洛比——就是半小時前還被她深惡痛絕地視為卑鄙小人的那個人，儘管他有無數的錯，但是這些錯已為他帶來了痛苦，這也多少引起了她的一點惻隱之心。一想到他與她們恩斷義絕，不由得感到一陣惋惜。她很快就意識到，自己的惋惜正中他的下懷，而他根本不配得到這些。她覺得有些事明明無關緊要，卻左右了她的看法，包括了他異常迷人的外表——他那坦率，多情、活潑的神態，其實這些特質根本不算什麼美德——還有他對瑪麗安仍然一往情深——其實沉迷於這種感情並不能算是無辜的。不過，在剛開始的一段時間內，她卻覺得情況的確是如此。

最後，艾麗諾回到瑪麗安身邊，發現她正在甦醒，好好睡了一覺之後，她的精神逐漸回復。艾麗諾不由得感慨萬千：過去、現在、將來、威洛比的來訪、瑪麗安的健康、母親的即將抵達，這一切令她情緒激動，絲毫不顯疲態。她唯一擔心的是在妹妹面前不自覺地洩露了真相。好在，這種擔心並沒有持續太久，因為威洛比離開後不到半小時，她又聽見一輛馬車的聲音，再次跑下樓。為了不讓母親多忍受一刻的憂慮不安，她立刻跑進玄關。一來到外門，恰好遇上母親，把她扶了進來。

達斯伍德太太提心吊膽的，幾乎認定瑪麗安已經不在人世了。她連話都說不出來，無法詢問瑪麗安的情況，甚至也無法問候艾麗諾；但是，艾麗諾不等母親開口，立刻報告了令人欣慰的喜訊。母親激動不已，前一刻還嚇得半死，轉眼便欣喜若狂，她由女兒及她的朋友扶著走進客廳，流著喜悅的淚水，雖然依舊說不出話來，卻一再擁抱艾麗諾。同時，她不時地轉身去握布蘭登上校的手，那股神情彷彿在表示她的感激之情，又深信他也在分享此時的巨大喜悅。上校的確在享受著這陣喜悅，只是表現得比她還要安靜。

達斯伍德太太早就作好了心理準備，當布蘭登上校來巴頓接她時，她並不感到震驚。原來，她太擔心瑪麗安了，早已決定當天就啟程來克里夫蘭。布蘭登上校還沒抵達，她就準備好上路了。凱利夫婦隨時準備將瑪格麗特領走，因為母親不想帶她去可能會染病的地方。

瑪麗安持續好轉，達斯伍德太太那副歡天喜地的神情，證明她確實像她一再宣稱的那樣，是世上最幸福的女人。艾麗諾聽到她這麼說，並且看見她的各種舉止，有時不禁納悶：母親是否還記得愛德華。但是，達斯伍德太太對於艾麗諾寫給她的那些關於失戀的信件內容深信不疑，目前又興致正高，一心只想到那些令她高興的事情。瑪麗安已經逃離了死亡的邊緣，但她開始覺得，當初正是由於自己看錯了人，慫恿瑪麗安不幸地迷戀威洛比，結果害她差一點送了命。令艾麗諾意外的是，瑪麗安的康復還為母親帶來了另一種喜悅。當她們兩人一有機會說悄悄話，母親便告訴她：

「我們終於單獨在一起了。我的艾麗諾，妳不知道我有多高興，布蘭登上校愛上了瑪麗安，這是他親口跟我說的。」

艾麗諾感到既高興、又痛苦，既驚奇、又冷靜。她一聲不響地專心聽著。

「妳從來不像我，親愛的艾麗諾，不然我會對妳的冷靜感到奇怪。假如要我為了家人著想，我會希望布蘭登上校娶妳們之中的一個。我相信，妳們兩人之中，瑪麗安嫁給他會更幸福。」

艾麗諾很想問她憑什麼這樣想，因為她確信，只要考慮她們的年齡、性格和感情，就沒有任何理由。但母親對有趣的事情總愛異想天開，因此她還是不問為好，只是一笑置之。

「昨天我們走在路上，他向我傾吐了心情，事情來得非常突然。妳儘管相信我吧！我發現上校跟我一樣，掩飾不了自己的悲痛。也許他認為，按照現代的道德來看，一名朋友不應該抱有如此深切的同情——或是他根本沒這麼想——他忍不住大為激動，告訴我他對瑪麗安抱有真誠、深切和堅貞的愛情。我的艾麗諾，他從第一次看見瑪麗安的時候開始就一直愛著她。」

不過，艾麗諾明白，問題不在於布蘭登上校是怎麼說的，而是在於母親太富有想像力，喜歡加油添醋，因此無論什麼事情，她總是喜歡誇大其詞。

「上校對瑪麗安的愛大大超過了威洛比那些似真似假的感情，比他熱烈得多，也真誠、專一得多——妳愛怎麼說都可以——他明知親愛的瑪麗安早就不幸地迷上了那個不像話的年輕人，卻始終愛著她！不夾著任何私心，不抱有任何希望！說不定他還願意看著她與別人幸福地生活在一起呢！多麼高尚！多麼坦率！多麼真誠！

他不會欺騙任何人的。」

「布蘭登上校出色的人品是有目共睹的。」艾麗諾說。

「我知道，」母親鄭重地答道，「要不然，有過這樣的前車之鑑，我才不會去鼓勵這種愛情呢！甚至也不會為此高興。上校如此積極主動，如此心甘情願地來接我，這足以證明他是最值得器重的人。」

「然而，」艾麗諾答道，「這次事件並不足以顯示他的人格，因為即使這之中不存在什麼善心，只要出於對瑪麗安的愛，他也會這樣做的。長久以來，詹寧斯太太、米多頓夫婦與他一直很親近，他們都很喜愛他、敬重他。即使是我自己，雖然認識他不久，對他卻相當瞭解，我也十分敬愛他、欽佩他。如果瑪麗安能和他結合，我也會像妳一樣，認為這門婚姻真是我們一家的喜事。妳是怎麼答覆他的？妳給了他一線希望嗎？」

「哦！我的寶貝，我當時無法說出什麼希不希望的，因為瑪麗安說不定就快死了。不過，上校沒有要求我鼓勵他，他並不是在向一位母親求情，只是想對一位朋友說出心裡話罷了，想不到一開口就停不下來。起初我實在不知該回答什麼，但是過了一會，我就跟他說了：只要瑪麗安還活著（我相信會的），我最大的幸福就是促成他們的婚事。自從我們來到這裡，聽到瑪麗安脫離險境的消息之後，我就具體地給了他鼓勵。我告訴他，只要一些時間，就能解決一切問題；瑪麗安的心不會永遠留在威洛比這樣一個人的身上，上校的優點一定能很快贏得那顆心。」

「不過，從上校的心情來看，妳還沒有讓他感到同樣樂觀。」

「是的。他認為瑪麗安的感情已經根深蒂固，在很長時間裡是不會改變的。即使她忘了舊情，他也不敢輕易相信在年齡、性情上相差甚遠的自己能夠博得她的愛。不過他完全想錯了，他的年齡比瑪麗安大，正好是個有利條件，可以使他的性格、信念堅定不移；至於他的性情，我深信恰好可以讓妳妹妹感到幸福。他的外貌、風度對他也很有利。我的偏愛並沒有讓我陷入盲目，雖然他沒有威洛比英俊，但他臉上有一股更討人喜愛的氣質。要是妳還記得的話，有時威洛比的眼神中藏有一種我不喜歡的氣息。」

雖然艾麗諾一點也想不起來，但母親又接著說道：

「他的言談舉止不僅比威洛比更討我喜歡，而且我知道也會更討瑪麗安喜愛。他舉止斯文、真誠待人、樸實自然，又有男子氣概，跟威洛比那矯揉造作、不合時宜的活潑性格比起來，更適合瑪麗安。我敢說，即使威洛比變得和藹可親，瑪麗安嫁給他也不會像嫁給布蘭登上校一樣幸福。」

她停住了。女兒不完全贊同她的意見，但是她沒聽見女兒的話，因此也沒有生氣。

「要是瑪麗安嫁到德拉佛，和我們來往就方便了，」達斯伍德太太接著說，「而且搞不好──因為我聽說那是個大村子──事實上，那附近一定有棟小房子，或是小農舍，會像我們現在的房子一樣適合我們。可憐的艾麗諾！又有人打算把她帶去德拉佛了。但是，她的意志是堅定的。

「還有他的財產，妳知道，到了我這個年紀，任何人都會關心這個問題。雖然我不知道──也不想知道他究竟有多少財產，但是數量肯定不少。」

說到這裡，有外人進來打斷了她們的對話，艾麗諾趁機離開房間，想獨自思考一番。她祝福她的朋友如願以償，但在祝福的同時，又為威洛比感到痛心。

第四十六章

這一場病雖然讓瑪麗安元氣大傷，但好在時間不長，復原速度並不會很慢。她年輕、身體好，再加上有母親的護理，恢復得十分順利。母親來之後第四天，她已經可以搬進帕瑪斯夫人的房間了。一搬進去，她就迫不及待地想向布蘭登上校道謝，於是，上校應她的請求，前來探視她。

上校走進房間，看見她那副變了樣的病容，抓住了她伸出來的蒼白的手，心情相當激動。艾麗諾心想，這股激動不僅出自對瑪麗安的愛，也不僅出自他知道別人明白他的感情。她很快就發現，上校看她妹妹的眼神是憂鬱的，臉色也在不斷變化，大概是過去的許多悲慘情景重新浮現在他的腦際；他早已看出瑪麗安與伊莉莎十分相似，現在又見到她那空虛的眼神、蒼白的皮膚、虛弱地斜躺著的姿態，以及對他感激涕零的熱情模樣，進一步增強了她們之間的相似感。

達斯伍德太太對這一幕的觀察並不亞於女兒，但是觀察的結果卻大相逕庭。她只能看到上校那些最簡單、最明確的感情流露；而看了瑪麗安的言談舉止後，卻要竭力使自己相信，她流露出的情感已經超出了感激的程度。

又過了一兩天，瑪麗安的身體越來越好，達斯伍德太太於是提起回巴頓的事。她的安排決定著其他兩位朋友的安排——因為她們不走，詹寧斯太太也無法離開克里夫蘭，布蘭登上校也是。在他和詹寧斯太太共同建議下，達斯伍德太太終於同意使用他的馬車，以便使生病的女兒一路上過得舒適些。而上校也得到達斯伍德太太和詹寧斯太太的邀請（詹寧斯太太十分熱心，不僅自己好客，而且還代表別人表示好客），高興地答應在幾週內拜訪農舍。

離別的那天到來了。瑪麗安特別向詹寧斯太太道別了老半天，她是那樣誠懇、感激，話中充滿了敬意和祝福，彷彿在彌補過去的怠慢似的；隨即，她帶著朋友般的熱忱向布蘭登上校告別，由他攙扶著鑽進了馬車。達斯伍德太太和艾麗諾也跟著上了車。她們啟程後，留下的人談起她們，心情不禁頗為落寞。不久後，詹寧斯太太上了自己的馬車，與女僕聊了一下，為失去兩位年輕朋友找點安慰。緊接著，布蘭登上校也獨自回德拉佛了。

達斯伍德母女趕了兩天路。瑪麗安習慣了旅途的顛簸，並不覺得十分疲倦；而她的旅伴也懷著無比深厚的感情，對她關懷備至，盡量讓她感到舒服。只要她身體健康，精神鎮定，人們也就得到了安慰。對艾麗諾來說，觀察瑪麗安使她感到特別愉快。幾個禮拜以來，她看著妹妹忍受痛苦，心裡的痛苦既不敢說出口，又無法埋在心底；而現在，她卻帶著別人無法分享的喜悅，以及平靜的神情。她相信這全是謹慎思考的結果，最後也必然帶來滿足和快樂。

巴頓就快到了，映入眼簾的景致，每一塊田、每一棵樹都能勾起一段奇特又痛楚的回憶。此時，瑪麗安陷入了沉思。她轉過臉去，避開眾人的視線，一本正經地朝窗外凝視。艾麗諾對此既不驚訝，也不想指責她。當她攙扶瑪麗安下車時，發現她正在流淚，她認為這種激動是理所當然的，並且感到同情。之後，她察覺瑪麗安已經能進行理智的思考了，當她剛跨進客廳，就帶著冷靜的神情環視四周，彷彿決心立即熟悉一下可以使她想起威洛比的每一件物品。她的話不多，但每句話都令人高興；雖然有時會忍不住嘆息，但總會補償似地又露出笑容。晚飯後，她朝鋼琴走過去，想試著彈彈看，想不到第一眼看見的譜是齣歌劇，而且是威洛比送給她的，裡面有幾支他們最喜愛的二重奏，外頁上還有他寫下的她的名字。她搖了搖頭，把琴譜推到一邊，剛彈奏了一下子，就抱怨手指無力，只好把鋼琴重新關上，不過又堅決地說以後要多加練習。

第二天早上，這種令人快樂的跡象並沒有減少。相反地，休息過後，她的身心都得到增強，言談舉止顯得更有精神。她希望瑪格麗特快點回來，想到全家人又將齊聚一堂，一起消遣、娛樂，真是她心目中最大的幸福。

「等天氣放晴，我的體力也恢復後，」瑪麗安說，「我們要每天一起散步，走到很遠的地方去。我們要走到丘陵邊緣的農場，看看那些孩子怎麼了；我們要走到約翰爵士在巴頓十字路的新農園和修道院屬地；我們還要去小修道院遺址那裡，探索一下它的地基，找到它最深的地方。我知道我們會很快樂，我們會愉快地度過這個夏天。我的意思是，我們絕不能晚於六點鐘起床，一直到吃晚飯時間為止，我要把每一分鐘都花在音樂和讀書上。我已經訂好了計畫，決定好好學習一番。我很熟悉我們的書房，那裡只有消遣之類的書籍；不過，巴頓莊園有很多書值得一讀。我還知道，從布蘭登上校那裡可以借到更新的書。只要我每天花六小時讀書，一年就能獲得很多知識。」

艾麗諾佩服妹妹訂出一項如此遠大的計畫。這種熱切的幻想過去曾使她陷入懶散和任性，現在又讓她的這項如此合乎情理、又富有自我克制的計畫增添了極端的色彩，她不由得笑了出來。不過，一想起自己尚未履行她對威洛比的諾言，她的笑聲又變成了嘆息。她擔心，將那些事情告訴瑪麗安，可能會讓她再次心神不寧，至少會暫時阻礙了她那忙碌而平靜的美好前程。因此，她決定把這不幸的時刻延後，等到妹妹完全康復再告訴她。不過這個決心最後又被打消了。

瑪麗安在家裡待了兩三天。天氣一直不好，像她這樣的病人無法出門。不過，終於出現了一個和煦的早晨，瑪麗安由艾麗諾攙扶著，在屋前的籬笆路上散步。

瑪麗安自從生病以來一直沒有活動過，身體還很虛弱，因此兩人不得不慢慢走。剛走過屋角，來到一處能瞻仰屋後大山的地方，瑪麗安停下腳步，舉目朝山上望去，然後平靜地說道：

「那裡，就在那裡，」瑪麗安用一隻手指出來，「就在那個山坡上——我跌倒了，而且第一次見到了威洛比。」

說到最後三個字，她的聲音低沉下來，但隨即又恢復了正常。

「我很高興，我見到那個地方一點也不覺得痛苦。艾麗諾，我們還能談論這件事嗎？」她的話說得有點吞吞吐吐，「還是這麼做是錯的？我希望現在可以談了，照理也該談談。」

艾麗諾親切地請她有話直說。

「至於後悔，」瑪麗安說，「就他而言，我早就後悔過了。我不想跟妳談論我過去對他的看法，只想談論現在的。現在，如果有一點可以讓我滿意的話，那就是我可以認為他並非總是在欺騙我；但最重要的是，如果我可以相信，他從來不像我有時想像的那樣惡劣，因為那個不幸女孩的遭遇——」

她停住了。艾麗諾聽了這句話，欣喜地答道：

「要是妳可以相信這一點，妳認為妳的心裡就會平靜了？」

「是的。這對我心情的平靜有著雙重影響。他與我曾經是那樣的關係，懷疑他居心不良，不僅是可怕的，而我又情何以堪？在我這樣的情況下，除非極不體面、極不謹慎地隨便表白感情，才有可能遭到——」

「那麼，」姐姐問道，「妳要如何解釋他的行為呢？」

「我認為——噢！我很樂意認為，他只是善變——非常地善變。」

艾麗諾沒再多說。她心想：究竟該馬上告訴也真相，還是等她身體更健壯一些呢？兩人默不作聲，又走了幾分鐘。

「我希望他回想起這件事情時，不會比我更不愉快，」瑪麗安終於嘆息地說道，「我的希望並不過分，因為他想起這件事一定會覺得十分痛苦。」

「妳在拿自己的行為與他相比嗎？」

「不，我是拿自己的行為與正確的行為相比——與妳的行為相比。」

「我們的處境並不相似。」

「我們的處境比我們的行為更相似，親愛的艾麗諾，妳不要讓妳的好心去為妳的理智並不贊成的事物作辯解。這場病讓我開始思考——它讓我得到閒暇，可以心平氣和地去認真思考。早在我說得出話之前，我就完全能夠思考了。我仔細回想過去，發現自從我們去年秋天與他結識以來，我的所有行動既對自己輕率，又對別人不夠厚道。我發現，我自己的情感造成了我的痛苦，而在痛苦的時候缺乏堅強的意志力，又差一點讓我送了命。我知道，我的病完全是咎由自取，當時我明知這麼做不好，卻還是糟蹋自己的身體。假如我真的死了，那完全是自作自受。不過，由於這些思考帶給我的情感，讓我不禁對自己的康復感到訝異——真奇怪，我一心渴望活下來，以便有機會向妳們大家贖罪，最後竟然真的康復了！姐姐，萬一我真的死了，那會給妳——我最好的朋友和姐姐——帶來多大的悲痛呀！妳在這些日子裡將我的煩惱和自私看得一清二楚，對我的心思瞭若指掌，我會給妳留下什麼樣的印象啊！還有母親，妳要怎麼安慰她呀！我簡直說不出有多麼痛恨自己。每當我回想過去，總覺得自己沒有盡到應盡的責任，或者太過放縱自己的缺點。我似乎傷害了所有的人。詹寧斯太太好心好意，我不但不領情，還瞧不起她；對米多頓夫婦、帕瑪斯夫婦、史蒂爾姐妹，甚至是對其他人，也總是傲慢無禮、不講道理，無視他們的優點，他們越是關心我，我就越生氣；對約翰、范妮——是的，即使是對他們，儘管他們不值得器重，我也沒有給予他們應有的對待；還有妳，妳被我冤枉了。只有我瞭解妳的心事和悲傷，但這又如何呢？這一點都沒有引起我的同情；妳為我樹立了榜樣，但這又如何呢？我有對妳更體貼嗎？我有沒有學習妳的修養，設法減少一下妳的負擔，也來承擔一點像是奉承、回禮之類的事，而不至於讓妳獨自應酬呢？沒有！無論在我覺得妳開心的時候，還是在得知妳的不幸之後，都沒盡到職責和親情。我一心認為除了自己之外，誰都沒有悲傷；我只顧著沉溺在被欺騙的懊悔情緒中，拋下妳獨自一人，還說不關妳的事，害得妳痛苦不已。」

這番激動的自責突然停止了。艾麗諾雖然誠實，不愛說恭維話，但是她急著安慰妹妹，立刻對她表示了讚揚和鼓勵；而瑪麗安憑著自己的坦率和悔悟，也的確應該受到這些嘉獎。她緊握著姐姐的手，回答說：

「妳真好——將來一定會為我作證。我已經訂下了計畫，要是我能堅持不懈的話，我將會克制自己的情感，改變自己的脾氣，不再讓別人感到煩惱，也不再讓自己感到痛苦。現在，我將只為家人而活。妳、母親和瑪格麗特今後就是我的一切，妳們三人將分享我全部的愛。我絕不會再產生離開妳們的念頭。如果我與外人來往，那只是為了表明：我的態度已經變得謙恭起來，我的心靈已經煥然一新。我也可以文質彬彬、寬宏大量地講究禮儀，履行一下生活中的繁文縟節。至於威洛比，要我忘掉他是沒有意義的；無論環境如何改變，我永遠也忘不掉他。不過，這必須有個節制，要透過信仰、理智和不斷的忙碌來加以克制。」

瑪麗安停了一下，接著又低聲補充道：「假如我能瞭解他的心，那麼一切都好辦了。」艾麗諾已經猶豫了好一陣子，考慮是否該馬上把話說出口。她發覺，既然猶豫無法解決問題，索性一口氣全說出來。

她盡可能說得小心謹慎，讓那位迫不及待的聽者先做好心理準備。她簡單地敘說了威洛比用來辯解的主要論點，如實地傳達了他的悔意；不過，對於他現在的愛慕，則說得較為委婉。瑪麗安一聲不響。她不停地顫抖，兩眼緊盯著地上，嘴唇變得更加蒼白。無數個問題湧上她的心頭，但是她一個也不敢提出。她一字不漏地傾聽著，一隻手不知不覺地緊緊握住了姐姐的手，臉上沾滿了淚水。

艾麗諾怕她疲勞，帶著她朝家裡走去。雖然瑪麗安沒有直說，但艾麗諾卻能輕易猜出她對什麼感興趣。因此，在回到農舍之前，她一直在談論威洛比以及他們之間的談話。任何細節，凡是說出來沒有關係的，她總要津津樂道地說個明白。她們一進屋，瑪麗安就感激地吻了姐姐一下，並且流著眼淚，清楚地說出了幾個字：

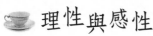

「告訴媽媽。」隨後就上樓了，想獨自清靜一下。艾麗諾不便打擾，於是走進客廳，去完成瑪麗安交代的這項使命。

第四十七章

達斯伍德太太聽到威洛比的辯詞，心裡也頗有感觸。令她感到高興的是，威洛比的部分罪責得到洗刷。她為他感到惋惜，並祝他幸福；但是，過去的感情是無可挽回了，沒有任何事物能恢復瑪麗安對他的信任，也不可能再認為他的人格完美無瑕。任何事物也抹煞不了瑪麗安受他折磨的事實，抹煞不了他對伊莉莎犯下的過錯。同時，也沒有任何事物使他再像過去一樣受到瑪麗安的欣賞，並損及布蘭登上校的利益。

假如達斯伍德太太能像女兒一樣，親自聽到威洛比的自白，親眼目睹他的痛苦，那她很有可能對他更加憐憫；但是，艾麗諾既沒有這種本事，也沒有這種願望，去讓母親也產生跟她自己一樣的那種情感。經過冷靜考慮後，她對威洛比的錯誤有了理性的認識，因此她只想簡單說明一下真相，透露與他的真正人格有關的事實，不想大發慈悲地加油添醋，以免讓母親胡思亂想。

當晚，大家聚到一起的時候，瑪麗安又主動提起威洛比。這麼做並不輕鬆，她先是忐忑不安地沉思了半晌，開口的時候，臉頰泛起紅暈，聲音也不停顫抖。

「我想向妳們保證，」她說，「正如妳們所希望的，我一切都明白了。」

達斯伍德太太正想打斷她，以便安撫幾句，豈知艾麗諾很想聽聽妹妹的意見。她急忙做了個手勢，要母親先別出聲。瑪麗安慢吞吞地說道：

「艾麗諾今天早上的話，讓我得到極大的安慰，因為我終於聽到了我一心想聽的話，」一瞬間，她的聲音變得哽咽，但隨即恢復了鎮靜，「我已經心滿意足。我不希望有什麼變化，因為在這一切之後，再和他一起是不會幸福的。我絕不會再信任他、尊重他，任何東西也無法消除我的這種看法。」

「我知道，我知道，」母親叫道，「和一個放蕩的人在一起哪裡能幸福！他破壞了我們最親愛的家人的安寧，誰還能跟他在一起呢？不——我的瑪麗安用不著由這樣的人為她帶來幸福！她的良心，她那敏感的良心，擁有她的丈夫應該擁有卻沒有的情感。」

瑪麗安嘆了口氣，重複說道：「我不希望有什麼變化。」

艾麗諾回答：「妳的想法完全像是一個有頭腦、有見識的人。妳也許跟我一樣，不只從這次事件，還從其他的許多事件中領悟了不少道理，以至於妳明白跟他結婚肯定會陷入重重困難，感到萬分失望。在這種情況下，憑著他那反覆無常的性情，一切是很難維持下去的。要是妳結了婚，也一定是個窮光蛋。連他都承認自己揮霍無度，他的行為更表明了他簡直不知道什麼叫作節制。憑著那點微薄的收入，他的開銷那麼大，妳又缺乏收支概念，一定會造成不少痛苦，這些痛苦絕不會因為妳事先不知情而減輕幾分。我知道，一旦妳明白自己的處境，妳的自尊心和誠實感會促使妳省吃儉用；也許，妳能夠節制自己的花費，不過一旦超出這個限度——何況即使妳一個人省吃儉用，也無法應付婚前就已有的債務！假如妳設法減少他的物質享受，難道妳就不擔心，妳不但不能說服這麼自私的一個人，反而會使讓他後悔不該娶妳，認為是妳讓他陷入這樣的困境嗎？」

瑪麗安的嘴唇顫抖了一下，她重複了「自私」這兩個字，彷彿在說：「妳真的認為他自私嗎？」

「他的一切行為，」艾麗諾答道，「自始至終都建立在自私之上。正因為自私，他先是玩弄了妳的感情，後來，當他真正傾心於妳的時候，又遲遲不肯表白，最後又離開了巴頓。他自己的享樂，他自己的安適，才是他一切行為的最高準則。」

「確實如此，他從來沒把我的幸福放在心上。」

「現在，」艾麗諾接下去說，「他對自己的所作所為感到懊悔，他為什麼要懊悔呢？因為他發現事情不合他的心意，沒有讓他覺得幸福。他覺得娶了一個不如妳溫柔的女人，但這是否意味著娶了妳就會幸福呢？不，那將會出現其他麻煩，他會為了錢苦惱。目前因為沒有這樣的問題，他才會認為無所謂。也許到時他很快就會心想：一項不用納稅的田產和一筆可觀的收入可以帶來無窮的物質享受，這比妻子的脾氣重要得多了！」

「我毫不懷疑這點，」瑪麗安說，「我沒有什麼好後悔的，只怪自己太傻。」

「應該怪妳母親不夠謹慎，孩子，」達斯伍德太太說，「我才該負責任。」

瑪麗安不想讓母親說下去，艾麗諾卻對兩人的自責感到高興。不過，她不想再追究過去，以免削弱了妹妹的興致。於是，她抓住第一個話題，接著說道：

「我想，從整件事中可以公平地得到一個結論：威洛比的一切災難都起因於他對伊莉莎．威廉斯的不道德行為。這一項罪惡是他所有小錯誤的根源，也是他現在滿腹怨艾的根源。」

瑪麗安頗有感觸地贊同這一說法。母親也提起布蘭登上校受了多少委屈，又有多少美德。不過，女兒似乎沒有聽進去多少。

果然不出艾麗諾所料，隨後的兩三天裡，她發現瑪麗安不像過去那樣重視健康。但是，她的決心並未動搖，仍然顯得很高興、平靜，因此姐姐能夠放心：她的身體遲早會好起來的。

瑪格麗特回來了，一家人又聚在一起。要是她們剛來巴頓時對學習還不熱衷的話，也計畫在將來要努力學習。

艾麗諾一心想得到愛德華的音信。自從離開倫敦以來，她一直沒有聽過他的消息，不知道他有什麼新的打算，甚至不知道他目前的確切住址。由於瑪麗安生病的緣故，她與哥哥通了幾封信。約翰的第一封信寫道：「我們對不幸的愛德華一無所知，也不敢問起他，不過能斷定他還在牛津。」這是他信中提供的全部消息，之後的幾封信裡甚至連愛德華的名字都沒出現。不過，艾麗諾並非註定要對他的行蹤永遠地一無所知。

一天早上，家中的僕人去埃克塞特出了一趟差。回來後，女主人問他出差時聽到了什麼新聞，他隨口答道：

「太太，我想妳應該知道，費拉斯先生結婚了。」

瑪麗安嚇了一跳，立刻望向艾麗諾，只見她面色蒼白，歇斯底里似地倒在椅子上。達斯伍德太太回答僕人的詢問時，目光也不由自主地朝同一方向望去。她從艾麗諾的臉上看出她十分痛苦，不禁大為震驚，隨即又看見瑪麗安的病容，令她同樣感到悲痛，一時間甚至不知道該先照顧哪個女兒才好。

僕人看見瑪麗安小姐身體不適，又喚來了另一位女僕，跟達斯伍德太太把瑪麗安扶進房間。此時的瑪麗安已經大為好轉，母親把她交給瑪格麗特和女僕照料，自己則回來艾麗諾面前。艾麗諾雖然心緒混亂，但已經恢復了理智，而且也能說話了。她現在正在詢問那名僕人的消息來源。達斯伍德太太立刻替女兒發問了：

「湯瑪斯，誰告訴你費拉斯先生結婚了的？」

「太太，我今天早上在埃克塞特親眼見到費拉斯先生，還有他的太太，也就是史蒂爾小姐。他們乘坐一輛四輪馬車，停在新倫敦旅館門前，當時我正好去那裡送信給莎莉那位當郵差的兄弟。我走過那輛馬車的時候，碰巧抬頭看了一眼，立刻發現是史蒂爾家的二小姐。我摘下帽子向她致意，她把我叫住，問起了太太您的情況，還問起了幾位小姐，特別是瑪麗安小姐。她吩咐我代她和費拉斯先生向妳們致意，還說他們非常抱歉，沒有時間來看望妳們，因為他們急著趕路。不過，他們回來時一定會來看望妳們。」

「可是，湯瑪斯，她有告訴你她結婚了嗎？」

「是的，太太。她笑嘻嘻地對我說，她一到那裡就改了姓氏。她一向是位和藹可親、心直口快的年輕小姐，待人客客氣氣的。於是，我冒昧地祝她幸福。」

「費拉斯先生是不是跟她一起坐在馬車裡？」

「是的，太太。我看見他仰靠在車內，但是沒有抬頭，他一直都是個話不多的先生。」

艾麗諾不難想像他為什麼不抬頭，達斯伍德太太或許也想出了同一種解釋。

「車裡沒有別人嗎？」

「沒有，太太，就他們兩個。」

「你知道他們是從哪裡來的嗎？」

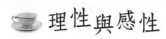

「他們是直接從城裡來的，這是露西小姐——費拉斯夫人告訴我的。」

「他們還要繼續向西？」

「是的，太太——不過不會待太久。他們很快就會回來，到時肯定會來這裡。」

達斯伍德太太看看女兒。但艾麗諾心裡有數，知道他們不會來了。她聽到這個消息，就徹底看清了露西這個人，也深信愛德華絕不會再接觸她們。她小聲對母親說，他們或許要去普利茅斯附近的普拉特家。

湯瑪斯的消息似乎說完了。艾麗諾似乎還想多聽一些。

「你離開之前看見他們出發了嗎？」

「沒有，小姐。馬剛剛牽出來，我不能再逗留了，我怕耽誤時間。」

「費拉斯夫人看起來身體好嗎？」

「是的，小姐，她說她的身體好極了。在我看來，她一向是個非常漂亮的小姐，而且好像還非常得意。」

達斯伍德太太想不出別的問題了，她立刻打發湯瑪斯離開。瑪麗安早就說過自己不想吃飯，達斯伍德太太和艾麗諾一樣沒有胃口。瑪格麗特或許會覺得，兩個姐姐近來總是心神不寧，總是動不動就吃不下飯，她自己還比較幸運，從來沒有挨過餓呢！

當甜點和酒擺上桌後，餐桌旁只剩下達斯伍德太太和艾麗諾兩人。她們待了很久，都在靜靜地沉思。達斯伍德太太擔心說錯話，不敢隨便安慰女兒；她現在發現，自己不該相信艾麗諾過去的說明，因為她當時已經為瑪麗安吃盡了苦頭，為了不增加妹妹的痛苦，因此把一切都看得輕描淡寫。她發現，自己本來很瞭解艾麗諾和愛德華之間的感情，但艾麗諾的小心體貼卻誤導她得到了錯誤的結論，認為他們的感情實際上比她原先想像的淡薄許多。照這樣說來，她似乎對艾麗諾有失體諒——不！簡直有失仁慈。至於瑪麗安的痛苦，由於顯而易見，使得她專注其中，忘了艾麗諾可能也忍受著同樣的痛苦，只不過她更能克制、更有毅力罷了。

第四十八章

艾麗諾發現，一件不幸的事情，無論心中多麼認定它會發生，但實際發生後，仍然與想像之間有著不同之處。她發現，當愛德華尚未結婚的時候，她總是不由自主地抱有一線希望，希望能出現某種事件，讓他無法與露西結婚；希望他自己能下定決心，朋友們能從中調解，或是露西能遇到其他的姻緣，讓一切皆大歡喜。但是他現在已經結婚了，艾麗諾責備自己不該心存僥倖，這種僥倖心理大大增加了這則消息帶來的痛苦。

愛德華居然這麼快就結婚了，沒有等到他獲得牧師俸祿。這在剛開始的時候讓艾麗諾感到吃驚。但是她很快就領悟到，由於露西處心積慮，一心只想儘快把他弄到手，其他事情也不顧了。他們在城裡結了婚，現在正趕著去她舅舅家。愛德華在距離巴頓不過四哩的地方見到了她母親的男僕，還聽到了露西的話，這時他又作何感想呢？

艾麗諾心想，他們很快就會在德拉佛定居。德拉佛，就在這個地方，一系列的事件激起了她的興趣，使她既好奇，又想迴避。一瞬間，她彷彿看見他們住在牧師公館裡，看見露西是個精明的女主人，她把體面和節儉融為一體，生怕別人看出她在省吃儉用；她一心一意追求自身利益，極力巴結布蘭登上校、詹寧斯太太以及每一位有錢的朋友。至於愛德華，她不知道自己看到什麼，也不知道自己希望什麼——他幸福？還是不幸福？反正都不會讓她高興。她索性不去考慮他會是什麼模樣。

艾麗諾原以為倫敦的親友們會寫信告知這件事，並進一步介紹點詳細情形；誰知道一天天過去了，仍舊音訊全無。她不知道應該責怪誰，乾脆埋怨起每一位朋友，他們要不就是不體諒人，要不就是太懶惰，「母親，妳什麼時候寫信給布蘭登上校？」她一心想找個辦法，突然提出了這樣的問題。

「好孩子，我上禮拜寫了封信給他，我期待能見到他，而不是再收到他的信。我懇切地敦促他趕快來我們這裡，說不定這兩天就會到了。」

這句話很有效，讓艾麗諾又有了一絲希望。布蘭登上校一定能帶來一點消息。剛想到這裡，就有人騎著馬走來。艾麗諾情不自禁地朝窗外望去。那人在門口停住了，他一定就是布蘭登上校，這下子她可以聽到更多細節了！期待之中，她不禁顫抖起來。但是——那不是布蘭登上校——既不是他的風度，也不是他的身型，如果可以的話，她希望他是愛德華。她再仔細一看——她沒有搞錯，正是愛德華。她離開窗前，坐了下來。

「他特地從普拉特家趕來看我們。我一定要冷靜，一定要克制住自己。」

轉瞬間，她發覺發現母親和瑪麗安的臉色也變了，她們都在望著她，並互相耳語了幾句。她真恨不得告訴她們，要她們明白：希望她們不要冷落他、怠慢他。可是她什麼也沒說。

大家一聲不響，默默地等待客人進屋。先是聽到他走在石子路上的腳步聲，沒過多久，他走進走廊；再一轉眼，又出現在她們面前。

愛德華進屋的時候，神情不太高興。他的臉色因為不安而變得蒼白，看起來是擔心受到冷遇，他知道，自己不配受到禮遇。不過，達斯伍德太太心頭一熱，還是想順著女兒的意思，於是她揣測了艾麗諾的心願，強作笑顏地迎上前去，伸出手來，並祝他幸福。

愛德華臉色一紅，結結巴巴地回答了一句。艾麗諾也只是隨著母親動了動嘴唇，然後又巴不得自己也和他握握手，但已經來不及了，她只好帶著誠懇的態度再度坐下，聊起了天氣。

瑪麗安盡可能退到隱蔽的地方，不讓別人看見她在傷心。瑪格麗特對事情不完全瞭解，她認為保持尊嚴是她義不容辭的責任，因此找了個離愛德華很遠的地方坐下，一直沉默不語。

艾麗諾對這個乾燥的季節表示過喜悅後，出現了一陣尷尬的沉默。達斯伍德太太主動打破僵局，表示希望費拉斯太太一切安好。愛德華慌忙作了肯定的回答。之後又陷入尷尬。

雖然艾麗諾害怕聽到自己的說話聲，但還是硬著頭皮說道：

「費拉斯夫人在朗斯特伯嗎？」

「朗斯特伯？」愛德華驚訝地回答道，「不，我母親在城裡。」

「我是指，」艾麗諾一面說，一面從桌上拿起針線活，「愛德華・費拉斯夫人。」

艾麗諾不敢抬頭看，但她母親和瑪麗安卻一齊把目光投向愛德華。愛德華臉上一紅，似乎有些茫然。遲疑了一陣之後，他說道：

「也許妳指的是我弟弟——妳指的是羅伯特・費拉斯夫人。」

「羅伯特・費拉斯夫人？」瑪麗安和母親帶著極為驚奇的語氣重複道。艾麗諾雖然說不出話來，眼睛卻帶著同樣驚訝的神情凝視著愛德華。愛德華從座位上站起來，走到窗前，顯然不知如何是好。他撿起一把放在那裡的剪刀，一邊說話一邊亂剪，把剪刀都給弄壞了。這時，只聽他急忙說道：

「也許妳們還不知道——還沒聽說，我弟弟最近與那位二小姐——露西・史蒂爾小姐——結婚了。」

在場的人除了艾麗諾之外，都帶著無法形容的驚訝表情，把他的話重複了一遍。艾麗諾一頭俯在針線活上，只覺得心情過於激動，簡直忘了自己身在何處。

「是的，」愛德華說，「他們是上禮拜結婚的，現在在道利希。」

艾麗諾再也坐不住了。她幾乎用跑的離開了房間，一關上門，便喜不自禁地哭了出來，她起先認為喜悅的淚水永遠也止不住了。愛德華本來始終沒有望向她，直到那時才看見她匆匆忙忙地跑走了，也許還看見了她激動的神情，因為他緊接著就陷入沉思，任憑達斯伍德太太說什麼都沒有用。最後，他一言不發地離開房子，朝村裡走去。留下的人見到他遭遇了如此奇妙、突然的變化，不由得都錯愕不已，只能任憑她們的想像力隨意發揮。

第四十九章

在達斯伍德母女看來，愛德華解除婚約一事似乎是不可思議的，但這確實是真的。而他將如何利用這個契機，她們卻都能輕而易舉地預料到。因為四年前，他就曾瞞著母親輕率地訂過一次婚，現在這門婚事泡湯了，想必他會馬上再訂一次婚。

其實，愛德華來巴頓的目的很簡單，就是請求艾麗諾嫁給他。由於他在這種事情上並非毫無經驗，這一次他仍然如此惴惴不安，如此需要別人加以鼓勵，需要出去透透新鮮空氣，真是不可思議。

不過，他在路上如何迅速地堅定了決心，如何迅速地將決心付諸行動，又以何種方式表達衷曲，這一切都無須贅述了。需要說明的只有：大約四點鐘——也就是他上門三個鐘頭後，大家一同坐下吃飯的時候，他已經把他的意中人追到手了，並且取得了她母親的同意。他聲稱自己是世上最幸福的人，事實上也的確如此。他的處境確實令他異常高興，除了求婚被接受之外，還有其他事情使他的心情格外高昂。他絲毫不用責備自己，他終於擺脫了一段長期為他帶來痛苦的愛情，擺脫了一個他早已不再愛慕的女人——而且立即贏得了另一個女人。可是想當初，他剛產生這個念頭時，心裡幾乎是絕望的，他不是從疑慮不安，而是從痛苦不堪中獲得了幸福。他毫不掩飾地表白了這種變化，那股發自內心的高興模樣，他的朋友們過去從未見過。

他向艾麗諾敞開了心扉——他坦承了自己全部的弱點和過失，並帶著二十四歲的人具有的明理和尊嚴，敘說了自己最初對露西那種幼稚的眷戀。

「這是我的愚蠢和懶惰引起的，」他說，「是我懵懂無知、無所事事的結果。當我十八歲脫離普拉特先生的照顧時，要是我母親肯給我一些工作，我想——不，我敢肯定這種情況絕不會發生。因為當我離開朗斯特伯的時候，雖然自認對他的外甥女一往情深，但如果有正經事能讓我忙上幾個月，疏離她幾個月，特別是多跟人們交際，那很快就會消除對她異想天開的愛。可是我回到家裡，卻沒有事可做——既沒為我選好職業，也不讓我自己選擇，完全無所事事，直到我十九歲進入牛津大學。我在世上無事可做，只能沉溺於愛情的幻想；再加上我母親沒給我一個舒適的家庭——我與弟弟處得不好，又討厭結識新朋友，也就自然而然地往朗斯特伯跑，只有在那裡才會覺得自在、受歡迎。就這樣，我從十八歲到十九歲，絕大部分時間都消磨在那裡。露西似乎非常親切，長得也很漂亮——至少我當時是這麼想的。我很少見到別的女人，無法比較，看不出她有什麼缺陷；因此，儘管我們的訂婚是愚蠢的，而且事實證明的確是愚蠢的，但這在當時並非一件不可置信的蠢事。」

僅僅幾個小時，達斯伍德母女的心裡就產生如此巨大的變化和幸福，她們將會開心地度過一個不眠之夜。達斯伍德太太高興得有點忐忑不安，她不知道該如何喜愛愛德華，如何讚美艾麗諾才好——不知道該如何才能對愛德華的遭遇表示慶幸，又不會傷害他那脆弱的感情；如何才能給他們一起暢談的閒暇，又能按照自己的心願多瞧瞧他們，多和他們歡聚一會兒。

瑪麗安只能用眼淚表示她的喜悅。她不免開始比較、開始懊悔。她的喜悅之情雖然像她對姐姐的愛一樣真心誠意，但這種喜悅既沒讓她興奮，也沒讓她開口說話。

至於艾麗諾，她的心情又如何呢？自從她得知露西嫁給了別人，愛德華解除了婚約，到他讓她迅速地燃起希望之火的這段期間，她的心裡百感交集，難以平靜。但是在這之後——當她消除了一切懷疑、焦慮後，她將現在的情況與剛才的情況比較——見到他爽快地解除了婚約，見到他立即從此事中獲得了益處、向她求婚，就像她一直預料的那樣，向她表露了深刻、堅貞的愛情——這時她反而變得沉悶起來，需要好幾個小時才能恢復平靜。

愛德華在農舍住了至少一個禮拜。因為無論她們對他有什麼要求，他與艾麗諾相聚的時間絕不能少於一個禮拜，否則他們連心裡話的一半也聊不完。對兩個正常人來說，他們頂多能滔滔不絕地說上幾個鐘頭；但對於戀人來說又不一樣了，在他們之間，一個話題至少得重複二十遍才能結束——否則根本算不上是交談。

露西的結婚理所當然是大家最感到驚奇的事，當然也成為了兩位情人第一個談論的話題。艾麗諾對於這對男女都十分瞭解，他們的婚事無論從哪個角度來看，都是她生平聽說最不可思議的事。他們是怎麼湊到一起的，羅伯特受了什麼誘惑，竟娶了一個他說過自己一點也不愛慕的女孩——何況這個女孩已經跟他哥哥訂了婚，還讓他哥哥因此遭到家庭的拋棄——這一切真令她百思不解！對她而言，這是一件好事，但仍然十分荒唐。

愛德華只能試圖推測原因：也許他們先是不期而遇，一方的阿諛奉承激起了另一方的虛榮心，逐漸導致了以後的事情。艾麗諾還記得羅伯特在哈利街對她說的話，他曾說要是自己及時出面的話，哥哥的命運或許就不同了。她把那些話向愛德華重複了一遍。

「羅伯特就是那種人，」愛德華回答道，「也許，他們剛認識時，他腦中就有這種念頭。露西起初也許只想求他幫我的忙，後來才逐漸誤入歧途的。」

不過，他們之間究竟預謀了多久，愛德華同樣也不得而知。因為自從離開倫敦後，他一直待在牛津，除了露西的信件外，沒有其他管道得知她的消息，而露西的來信始終沒有變少，信裡的情意也始終沒有淡薄，因此他從未起過疑心。直到最後，露西寄來了一封信，才讓他恍然大悟。的確，一聽說自己解除了這一門婚事的當下，他又驚又喜，不禁愣住了半天。他把那封信交給艾麗諾：

親愛的先生：

我認爲自己早已失去了你的愛情，因此有權利去愛另外一個人；而且我毫不懷疑，我與他的結合將與我過去認爲與你的結合一樣幸福。既然你把心交給了別人，我也就不屑與你結婚了。衷心祝福你作出了幸運的抉擇。如果我們不能一直維持友誼（我們如今的關係使得我們必須如此），那絕非我的錯。我可以向你保證：我對你沒有惡意。我還相信你是個寬容大度的人，不會來妨礙我們。你弟弟徹底贏得了我的愛情，我們兩人早已離不開彼此。我們剛在教堂完婚，現在正在奔赴道利希的途中，因爲你親愛的弟弟很想看看這裡，我們計畫在那裡逗留幾週，不過，我想先寫信告訴你一聲，就這樣。

你永遠的祝福者、朋友和弟媳

露西．費拉斯

註：我已經把你的信都燒掉了，至於你的肖像，有機會我一定奉還。請你也將我的信燒掉，至於戒指和頭髮就隨你高興吧。

艾麗諾看完信，一聲不響地遞了回去。

「我不想問妳對這封信的文筆有什麼看法，」愛德華說，「要是在以前，我無論如何也不會把她的信拿給妳看。她成為我的弟媳，這已經夠糟了；要是成為我的妻子，我一見到她寫的信就難受！可以這麼說，自從我們犯下傻事的半年後到現在，這還是我從她那裡收到的唯一一封信，上頭的內容足以彌補文筆上的缺陷。」

沉默了片刻，艾麗諾說道：「不管事情是怎麼發生的，他們肯定是結婚了。你的母親咎由自取，這是對她最恰當的懲罰。她出於對你的不滿，把一筆足以維持生計的資產送給了羅伯特，結果卻讓他有能力為所欲為。實際上，她是用一年一千鎊的錢，收買一個兒子去做另一個被她剝奪了繼承權的兒子想做卻沒做到的事。我想，羅伯特娶露西給她帶來的打擊，未必會比你娶露西帶來的打擊小。」

「是的，因為羅伯特一向是她最寵的孩子。她將會受到更大的打擊，而且出於同樣的原因，她也會更快地原諒他。」

如今，他們之間的關係如何，愛德華不得而知，因為他沒有再與家人聯繫過。他收到露西的信不到二十四小時，就離開了牛津，心裡只有一個目標：要走最近的路趕到巴頓。他與艾麗諾的事不作出個了結，就什麼事也不想做。他如此刻不容緩地追求這一結果，足以推想出，儘管他一度嫉妒過布蘭登上校——儘管上校對自己比較謙虛、也很誠懇——但是他並不覺得自己會受到冷遇。不過他卻說自己確實是這樣預料的，而且說得那麼娓娓動聽。至於他一年以後會怎麼重提這番話，就只能留給這對夫妻去想像了。

露西之前讓湯瑪斯帶回的口信，完全是個騙局，只為了惡意中傷愛德華。艾麗諾對此看得一清二楚；至於愛德華，他徹底看透了露西的本性，他毫不懷疑地相信，她天性邪惡、乖戾，而且卑鄙至極。雖然早在他認識艾麗諾之前，就從露西的一些見解中看出了無知和狹隘，但他把這些缺陷都歸咎於缺乏教育的結果。直到收到她最後一封信之前，他一直認為她是個親切善良的姑娘，對她一片深情。也正因為抱著這種想法，他沒有結束這門婚約——儘管這門親事一直是他煩惱和懊悔的根源。

「當我被母親拋棄，孤立無援的時候，」愛德華說，「我認為不管我的真實情感如何，我都有義務加以克制，由她來選擇是否維持婚約。在這種處境下，我已經沒有任何條件打動一個人的虛榮心，而她又如此誠懇、熱切地堅持要與我同甘共苦，這讓我怎能不設想，她的動機不是出自純真無私的愛情呢？即使是現在，我也無法理解她是出於什麼動機，或是什麼幻想，才願意委身於一個她絲毫不愛慕的人，而這個人不過只有兩千鎊的財產。畢竟，她無法預料到布蘭登上校會送給我一份牧師俸祿。」

「她的確無法預料。不過她也許在想：說不定會出現對你有利的事態。你的家人也許會網開一面。無論如何，維持婚約對她並無害處，因為她已經證明，這既不束縛她的意志，也不束縛她的行動。這當然是一門體面的婚事，很可能取得親友們的體諒。就算不能出現更有利的情況，她嫁給你也總比維持單身來得好。」

當然，愛德華馬上意識到，沒有什麼事情比露西的行為更理所當然了，也沒有什麼事情比她的動機更顯而易見了。

艾麗諾嚴厲責備愛德華，就像女人總是責備男人的行為輕率一樣（而這種輕率又抬高了女人的身價），說他在諾蘭與她們相處了那麼久，他應該感到自己有多麼反覆無常。

「你的行為當然是非常不對的，」她說，「姑且不說我自己的看法，我們的親友都因此產生了錯覺，異想天開地期待起一些你當時的處境不允許的事情。」

愛德華只好說自己太無知，誤信了婚約的力量。

「我頭腦太簡單了，以為只要訂下了婚約，跟妳在一起也沒什麼關係。只要想到婚約，就能讓我的心像我的尊嚴一樣純潔無瑕。我很愛慕妳，但我總是對自己說，那只不過是友誼罷了；直到我開始拿妳和露西比較，才知道一切都無法挽回了。我想，在那之後，我不該繼續留在蘇塞克斯。而我留下來的理由不外乎是：反正，除了我自己之外，我並不會傷害任何人。」

艾麗諾微微一笑，搖了搖頭。

愛德華高興地聽說布蘭登上校即將光臨農舍，事實上，他不僅想跟布蘭登深交，而且還想親自告訴他，對於贈送德拉佛的牧師職位一事，他再也不感到難堪了。「當時我很不禮貌地答了謝，他一定以為我對他的施捨始終耿耿於懷。」

過去，他對這件事不太感興趣，如今在艾麗諾的幫助下，已能對那裡的住宅、花園、土地、教區範圍、土質狀況以及宗教稅率有所瞭解。她從布蘭登上校那裡聽到大量資訊，而且記得非常仔細，因此瞭若指掌。

在這之後，他們之間只剩下一個問題還沒解決。他們因相愛而結合，贏得了朋友們的爭相稱讚。他們非常瞭解彼此，這使得他們無疑會幸福。唯一缺少的是生活費用。愛德華有兩千鎊，艾麗諾有一千鎊，再加上德拉佛的牧師俸祿，這就是他們擁有的全部資產，而達斯伍德太太則沒有餘力資助他們。他們兩人還沒有熱戀到失去理智，認為一年三百五十鎊能為他們帶來舒適的生活。

愛德華仍然期待母親可能改變對他的態度，但艾麗諾卻不這麼想。因為，既然愛德華還是不願娶莫頓小姐，既然費拉斯太太也不喜歡露西，那麼她不免擔心：羅伯特如此冒犯他的母親，除了讓范妮漁翁得利之外，不會有別的結果。

愛德華到來後大約四天，布蘭登上校也來了。這令達斯伍德太太感到心滿意足，自從遷居巴頓以來，家裡第一次迎來這麼多客人，以至於屋內都快容納不下了。愛德華享有先來的特權，上校每晚不得不到巴頓莊園投宿，第二天一大早再從那裡過來，正好打斷那對戀人早飯前的第一次密談。

布蘭登上校曾在德拉佛住了三個禮拜。三個禮拜以來，他閒來無事，總在思考三十五歲與十七歲之間的不協調之處。他帶著這樣的心情來到巴頓，只有在看見瑪麗安恢復了元氣，受到她的友好歡迎，並聽到她母親鼓舞人心的發言時，才重新振奮起來。果然，在這樣的朋友之間，受到如此的禮遇，他又變得興致勃勃。露西結婚的事還沒傳進他的耳裡，因此他來訪的最初幾個小時內，全部花在聆聽新聞上。他邊聽邊感到驚訝，並且發現，幸虧他原先幫了費拉斯先生的忙，因為這下艾麗諾也能從中得到好處了。

不用說，兩位先生的交往越深，對彼此的好感也與日增長。他們在道義和理智上、性情和思考方式上都很相似，即使沒有其他助力，也足以使他們友好相處。而他們又同時愛著兩姐妹，更使得他們的互敬不可避免了。

城裡的來信若是早來幾天，或許會讓艾麗諾全身的神經都激動起來，不過現在讀起它的時候，與其說是激動，不如說是喜悅。詹寧斯太太來信述說了這段奇異的故事，發洩她對那位負心女子的滿腔怒火，傾吐她對可憐的愛德華的深切同情。她說，愛德華太嬌慣那個女孩了，現在在牛津或許都快心碎了！她寫道：

我認爲，從沒有一件事做得這麼鬼鬼祟祟！因爲就在兩天前，露西還來我這裡坐了兩三個小時，沒有人對這件事起過疑心，就連南茜這個可憐的孩子也沒有！第二天，她哭哭啼啼地跑來了，嚇得大驚失色，深怕費拉斯太太找她出氣，又不曉得該如何去普利茅斯。看樣子，露西在結婚之前把她的錢全借走了，可憐的南茜總共剩下不到七先令。於是我很高興地送給她五個基尼，把她送到埃克塞特。她想在那裡與伯吉斯太太一起待幾個禮拜，我希望她能再次碰到博士。應該說，露西沒有帶著南茜一起走，這眞是太過分了！可憐的愛德華，我無法忘了他，妳應該請他去巴頓，瑪麗安小姐應該能好好地安慰他。

約翰的來信語氣更加嚴肅，他說費拉斯太太是世上最不幸的女人，可憐的范妮也相當痛苦——他認為這兩個人受到這樣的打擊還能活下來，簡直是個奇蹟！羅伯特的罪過不可饒恕，但露西更是罪大惡極，他以後再也不會向費拉斯太太提起他們兩人。即使費拉斯太太有朝一日會原諒兒子，也絕不會承認他的妻子是她的媳婦，也不會允許她出現在她面前。他們偷偷摸摸地結婚，更加重了他們的罪過。他要求艾麗諾跟他一起對這件事表示遺憾：寧可讓露西嫁給愛德華，也不該讓她在家中造成這更大的不幸。

費拉斯太太至今還未提起過愛德華的名字，我們一點也不覺得奇怪；不過，令我們大爲驚訝的是，在這種時候，家裡竟沒有收到愛德華的任何書信。也許他怕招惹是非，乾脆保持沉默。我打算寫封信去牛津，給他一個暗示，就說他姐姐和我都認爲，他應該寫一份誠懇的求情信，或許可以寄給范妮，由她轉交給母親。因爲我們都知道費拉斯太太心腸軟，最希望跟自己的子女保持良好關係。

這段話對愛德華的未來相當重要。他決定試圖與母親和解，雖然並未完全遵照姐夫的方式。

「一份誠懇的求情信？」愛德華重複道，「難道他們想讓我乞求母親原諒羅伯特的忘恩負義？我不能委曲求全——我對這件事情既不感到羞恥，也不感到後悔。我覺得非常幸福，不過他們才不在乎這些。我不知道我該求什麼情。」

「你可以請求得到寬恕，」艾麗諾說，「因為你犯了錯。我認為，你現在不妨大膽一些，對那次訂婚惹得你母親生氣表示於心不安。」

愛德華同意這樣做。

「當她原諒你之後，你再坦承第二次訂婚，也許要謙恭一些，因為在她看來，這幾乎跟第一次訂婚一樣草率。」

對於這點，愛德華沒什麼好反對的，但他仍然不肯寫一封誠懇的求情信。要他作出這種不光彩的讓步，與其寫信，他寧可親口去說。為了不難為他，大家決定：他不寫信給范妮，而是去一趟倫敦，當面請求她幫忙。

「如果他們真的願意促成這次和解，」瑪麗安帶著重新恢復的坦率性格說道，「那我會覺得，或許約翰和范妮也並非一無是處。」

布蘭登上校只待了三四天，便與愛德華一同離開巴頓。他們立即前往德拉佛，以便讓愛德華認識一下他未來的住所，並決定需要作出哪些整修。在那裡待了兩夜之後，他再啟程去倫敦。

第五十章

費拉斯太太似乎一向怕別人說自己太心軟。為了掩人耳目，她先是很有分寸地堅決回絕了一陣後，才把愛德華叫到面前，宣布他又成了她的兒子。

近來，她的家中亂成一團。她本來有兩個兒子，但是幾週前，愛德華咎由自取，害她失去了一個兒子，接著羅伯特又同樣自作自受。短短半個月內，她一個兒子也沒有了。現在，在愛德華的幡然悔悟下，她又有了一個兒子。

儘管愛德華再次有了一線生機，但在他透露第二次訂婚的消息前，並不覺得這線生機是萬無一失的。他擔心一旦這件事情公諸於世，又會再度改變他的身分，就像之前一樣。他帶著惶恐的心情，小心翼翼地透出了口風。出人意料的是，在場的人顯得異常平靜。起初，費拉斯太太盡可能地勸說他，叫他不要娶艾麗諾，告訴他莫頓小姐是個更高貴、更有錢的女人。為了增加說服力，她又談到莫頓小姐是貴族的女兒，有三萬鎊財產，而艾麗諾只是個無名鄉紳的女兒，財產不到三千鎊。可是當她發現愛德華堅決不答應之後，她根據以往的經驗判斷，最明智的方法還是順從他。於是，這位母親忿忿不平地拖延了一陣之後（這是為了別讓其他人懷疑她心腸太好），終於公開宣布，同意愛德華與艾麗諾結婚。

說到她打算如何資助他們，那是下一步的事。不過，有一點很明確——雖然愛德華現在是她唯一的兒子，卻不是她的長子了；因為一方面，她每年照常給羅伯特一千鎊，另一方面，又對愛德華一年兩百五十鎊的牧師俸祿無動於衷。除了她原先送給愛德華和范妮的各一萬鎊之外，對於現在和將來都沒有作出任何承諾。

不過，這已經滿足了愛德華和艾麗諾的心願，而且超出了他們的期待。倒是費拉斯太太自己，卻仍裝腔作勢地自我辯解，似乎只有她認為自己給得太少了。

愛德華取得了足以維持生活的收入，在獲得牧師職位之後，便萬事俱備，只等新房了。布蘭登上校渴望儘快迎接艾麗諾，房子正加火如荼地修繕當中。誰知道，由於工人莫名其妙地耽擱，工程總是一拖再拖。艾麗諾失望地等了一段時間之後，便遵照慣例，打破了當初不準備好就不結婚的誓言，在早秋時節的巴頓教堂舉行了婚禮。

他們婚後的第一個月是與朋友在大宅邸度過的。在這裡，他們可以監督牧師公館的工程進度，隨意到現場指揮。可以選擇壁紙、規劃灌木叢、設計園景。詹寧斯太太的預言雖然有些搞錯，但也算是實現了——因為她可以趕在米迦勒節前往牧師公館拜訪愛德華夫婦，而且就像她確信的那樣，她發覺艾麗諾和她的丈夫是世上最幸福的一對夫妻。實際上，他們也沒有別的奢望，只盼著布蘭登上校和瑪麗安能結成良緣，他們的乳牛能吃到上好的牧草。

他們剛定居下來，幾乎所有的親友都趕來拜訪。費拉斯太太跑來瞧瞧這對幸福的小夫妻，當初她允許兩人結婚時，還有些不甘願呢！就連約翰夫婦也不惜破費從蘇塞克斯遠道而來，向他們祝賀。

一天早晨，當他們一同在德拉佛宅邸前散步時，約翰說道：「我的好妹妹，我不想說自己失望——這樣說也許有點過分，因為事實上，妳當然是世上最幸運的女孩了。不過，坦白說，要是我能稱布蘭登上校為妹夫的話，那我會感到欣喜之至的。他在這裡的財產、地位和住宅，一切都是那樣優越！還有他的樹林！現在長在德拉佛山坡上的那種樹木，我在多塞特郡的其他地方還從未見過呢！也許瑪麗安不是他喜歡的那種女性，不過我想妳們最好常讓他和妳們待在一起。因為布蘭登上校在這裡非常愉快，誰也說不準會發生什麼事情——要是兩個人待在一起，而沒有其他旁人——妳們可以把瑪麗安打扮得風姿綽約。總之，妳們不妨給她一個機會。妳懂我的意思。」

至於費拉斯太太，雖然來看望了兒子和媳婦，而且總是裝得有情有義，但他們從來沒有真正得到她的寵愛；反倒是羅伯特和露西，沒過幾個月，他們卻贏得了費拉斯太太的歡心。露西的自私與精明一開始讓羅伯特陷入了窘境，後來又幫助他擺脫了這種窘境。她那阿諛奉承的本領一旦得到機會施展，便設法讓費拉斯太太原諒了羅伯特的選擇，完全恢復了對他的溺愛。

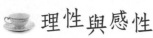

露西在這件事上的行為以及她獲得的榮華富貴，可以被視為一個鼓舞人心的事例：只要鍥而不捨地追求自身利益，無論遭遇多少阻力，最後都能得到回報的，唯一要犧牲就是時間和良心。羅伯特最初去巴特雷特宅邸拜訪她時，本來是帶著他哥哥所說的目的去的。他只打算勸她放棄這門婚事，而且樂觀地認為這件事很快就能解決。想不到他在這件事情上盤算錯了。因為雖然露西透露出了一點希望，讓他認為自己遲早能夠說服她，但每次總是差那麼一點，必須再見一次面，才能達到最後的目的。露西靠著這個辦法把他牢牢套住，事情也就順理成章地發生了。他們不再談論愛德華，而是漸漸地只談起羅伯特。一聊到這個話題，羅伯特總是比什麼時候都健談，而露西也馬上顯得興致勃勃。雙方很快就發現，羅伯特已經完全取代了哥哥的位置，他為自己贏得了露西的愛感到得意，為他戲弄了愛德華感到驕傲，為不經母親同意就秘密結婚感到自豪。之後發生的事情，大家都知道了。他們在道利希快樂地度過了幾個月，因為露西可以擺脫許多舊識，羅伯特還設計了幾棟豪華的農舍。不久後，他們回到城裡，在露西的唆使下，羅伯特出面和解，輕易取得了母親的寬恕。理所當然，一開始只有羅伯特得到寬恕。露西則裝出低聲下氣的樣子，一再對羅伯特的罪過感到自責，對自己受到的苛刻待遇表示感激，幾個禮拜後，終於得到了費拉斯太太的欣賞。儘管太太表現得有些傲慢，但露西仍對她的寬宏大量感到欽佩——不久之後，她便迅速達到了最受寵愛的位置。對於費拉斯太太來說，露西變得像羅伯特和范妮一樣不可或缺，愛德華曾因想娶她而得不到真誠的諒解，艾麗諾雖然財產和出身都勝她一籌，卻被當成了討厭的第三者。無論在什麼場合，費拉斯太太都宣稱露西是她最喜歡的媳婦。他們在城裡定居，得到了費拉斯太太充分的資助，並與達斯伍德一家維持著良好關係。露西與范妮之間一直嫉妒、敵視著彼此，她們的丈夫也是；羅伯特和露西更不時為了生活中的大小事爭吵，不過，只要這家人還住在一起，問題就永遠無法得到解決。

愛德華究竟做了什麼，以至於失去了長子的名義，可能使許多人感到困惑不解，而羅伯特又憑什麼繼承了這個權利，可能會使人們更加疑惑。這種安排雖然沒有正當的原因，其結果卻是無可非議的。因為從羅伯特的生活派頭來看，他似乎從未對自己的鉅額收入感到愧疚，既不覺得留給哥哥太少，也不覺得自己擁有太多。要是再看看愛德華樂天知命、家庭美滿的情形，他似乎也對自己的命運同樣感到稱心如意，並不想跟弟弟交換。

艾麗諾出嫁以後，在妥當的安排之下，一方面使自己盡可能少與家人分離，一方面又不讓巴頓農舍完全荒廢，因為她母親和妹妹有大半時間和她住在一起。達斯伍德太太頻頻造訪德拉佛，既可以散散心，又別有用意。她想把瑪麗安和布蘭登上校撮合在一起，她的想法雖然比約翰來得光明磊落，但也的確夠熱切了。現在，這已成為她夢寐以求的目標。儘管她十分珍惜和女兒在一起的機會，但是她更願意把這種樂趣永遠讓給她尊貴的朋友；何況，親眼見到瑪麗安嫁進大宅邸，也是愛德華和艾麗諾的願望。他們都感覺得出上校的悲傷和自己的責任，一致認為：瑪麗安將為大家帶來慰籍。

在大家的安排下，瑪麗安終於瞭解上校的美德，以及上校對她的一片深情，如今，她該怎麼辦呢？

瑪麗安天生就有個特殊的命運。她註定要發覺自己的看法是錯的，而且要用自己的行動否定自己的思想；她註定要推翻十七歲時形成的那股愛情，而且懷著崇高的敬意和真摯的友情，心甘情願地把心交給另一個人。而這另一個人，由於過去的一次戀愛經驗，受過的痛苦並不亞於她。也就是他，兩年前曾被瑪麗安認為太老了，不能結婚；也就是他，現在必須穿著法蘭絨馬甲保護身體。

不過，事情就是如此。瑪麗安沒有像她曾經天真地期望的那樣，淪為不可抗拒的感情的犧牲品，沒有像她冷靜之後所決定的那樣，打算終其一生守在母親身邊，只能讀書消遣。如今到了十九歲，她發現自己已屈服於新的感情，擔負起新的義務，住在一棟新房子裡，做了妻子、家庭主婦，一個村莊的女主人。

如今的布蘭登上校就像喜歡他的人們認為的那樣，理所當然是非常幸福的。瑪麗安為他過去的一切創傷帶來了安慰。有了她的關心與陪伴，他的心智恢復了活力，情緒重新快活起來。每個朋友也都高興地意識到，瑪麗安為他帶來了幸福，也從中找到了自己的幸福。瑪麗安愛一個人絕不會三心二意，她的整顆心就像一度獻給了威洛比那樣，現在完全獻給了她的丈夫。

威洛比聽到他結婚的消息，感到極度悲痛。過了不久，史密斯太太故意原諒了他，將對他的懲罰推向了最高點。她明確地表示，當初若是他與一個正派的女人結婚，她本來就願意厚待他。這使他想到：假如他過去能好好地對待瑪麗安，他馬上就能獲得幸福，變得富有起來。威洛比悔恨自己的不道德行為，他的懺悔是誠懇、無可懷疑的；同樣無可懷疑的是，有很長一段時間，他一想起布蘭登上校就滿心嫉妒，一想起瑪麗安就後悔莫及。但若是他一輩子得不到安慰，他從此遠離塵世，變得意志消沉，最後鬱鬱而終——這也太令人無法置信了。因為他仍頑強地活著，而且活得很快樂。他的家庭並非總是悶悶不樂。他的馬、他的狗，以及各式各樣的遊獵活動，都為他帶來了不少家居之樂。

儘管失去瑪麗安的他變得粗野，但他對瑪麗安始終懷有一股敬愛之情，使他對發生在她身上的每件事都深感興趣，並暗自將她視為完美女人的典範。在之後的歲月裡，他的身邊不乏美麗的少女，但都因比不上布蘭登夫人而被他唾棄。達斯伍德太太仍然住在農舍裡，沒有搬到德拉佛。令約翰爵士和詹寧斯太太感到幸運的是，瑪麗安出嫁之後，瑪格麗特也恰好到了適合跳舞的年齡，而且也應該有個心上人了。

Emma

1815

愛瑪

立誓不婚的富家女愛瑪，
化身邱比特，穿梭於男女之間，
為人穿針引線、編織良緣，
卻意外地弄巧成拙，
精心傑作成了一幕幕鬧劇。
正當她灰心喪氣，卻驚覺
愛神的箭竟射中了自己！
她是否會打破誓言，臣服愛情？

Jane Austen

第一章

愛瑪·伍德豪斯小姐優雅、聰明、快樂又富有，上帝彷彿將最美好的恩典集中於她一身。她在世上已生活了將近二十一年，極少遭遇苦惱或傷心的事。

她是兩姐妹中年幼的一個，父親是位很有愛心的人，對女兒溺愛無比。姐姐出嫁後，她便擔當起家中女主人的角色。她的母親在很久以前就過世了，只在她心中留下一點模糊的記憶。不過，一位傑出的家庭女教師填補了這個空缺。

泰勒小姐在伍德豪斯家生活已經十六年，她不僅是個家庭女教師，更是這一家人的朋友。她非常喜愛兩位小姐，尤其是愛瑪。她們兩人與其說是師生，更像是姐妹。泰勒小姐脾氣溫和，即使在任教時期，也很少加以管教，如今，教師的權威更是蕩然無存，他們就像朋友一樣相依為命。愛瑪十分天真率性，雖然她很尊重泰勒小姐的判斷力，但仍喜歡自己作決定。

災難降臨了──只是個小小的災難，而且來得並不痛苦──泰勒小姐結婚了。她首先感覺到失去泰勒小姐的悲傷，在這位好友結婚的日子裡，愛瑪第一次悲哀地想像起未來。婚禮之後，新人離去了，餐桌旁只剩下她和父親，沒有其他人能為這漫長的夜晚助長氣氛。父親吃完飯後便上床休息了，只有她在爐前痛惜自己的損失。

她朋友的這樁婚姻擁有幸福的前景。韋斯頓先生的品格、家境、年齡及脾氣都無懈可擊，愛瑪想到自己憑著自我犧牲的精神和慷慨的友誼促成這樁婚姻，頓時感到有些滿足。但那天早上對她來說卻是憂鬱的，她無時無刻不感到泰勒小姐的重要，她回憶起她慈祥的容貌──十六年來一直是那樣地慈祥──以及自己五歲時便從她那裡學習知識，並一起嬉戲；回憶起她隨時逗她開開心心，在她小時候生病時無微不至，讓她心中時常洋溢著感激之情；在伊莎貝拉出嫁後的七年裡，家裡只剩下她們兩人，兩個人推心置腹，無所不談，那更是美好的回憶。她是個難得的朋友，既有才華、知識，態度又極謙和。愛瑪盡情地向她傾訴自己的各種想法，而從未發現她的慈愛有任何瑕疵。

她該如何忍受這種改變呢？是的，她的朋友距離他們不足半哩遠，但愛瑪意識到，半哩之外的韋斯頓太太一定與當初的那位泰勒小姐有著天壤之別。儘管她天生便具有優越感，卻面臨著孤獨的可怕。她熱愛自己的父親，但他絕非她的合適伴侶，無論是正經的、還是逗趣的話題都聊不起來。

伍德豪斯先生結婚時已不年輕，父女之間的年齡差距被他的模樣和習慣襯托得更加顯著。他體弱多病，也無暇培養心智，於是未老先衰。雖然他的愛心和脾氣處處贏得人們的喜愛，但他的涵養卻一無可取。

相對來說，她的姐姐嫁得並不算遠，只不過在十六哩外的倫敦，但她並不能隨意回家。愛瑪必須在哈特菲爾德宅邸熬過十月許多漫長的夜晚，才能在聖誕節前夕盼到伊莎貝拉夫婦和他們的孩子，享受與人相處的喜悅。

海伯里是個規模不小的村子。儘管哈特菲爾德宅邸有自己的草坪、灌木叢和名字，但其實位於海伯里；然而，全村也找不到第二個能與它匹配的住宅了。伍德豪斯家是當地的望族，愛瑪的父親又是一位公認的紳士，因此她在村裡也有不少熟人。然而，沒有一位能代替泰勒小姐。面對這令人憂鬱的變化，愛瑪只能胡思亂想，直到父親醒來，她才不得不強裝笑顏，好讓父親開心。他是個神經質的男人，有點憂鬱傾向，喜歡跟自己熟悉的人來往，在離別時總是感到很難過；他討厭任何變化，由於婚姻總是造成變化，因此他從來不贊成，包括女兒的婚姻也是。他是個有點自私的人，很難理解別人的想法。如今，他不得不與泰勒小姐分別，於是認為：泰勒小姐作了一件令人悲傷的事。他認為她住在哈特菲爾德會幸福得多。愛瑪微笑著，盡可能說些快樂的事，好將父親的思緒從這件事上轉移；不過，當茶點端上來時，卻無法阻止他一字不漏地重複午餐時講過的話。

「可憐的泰勒小姐！我真希望她能回來這裡。韋斯頓先生為什麼要娶她呢？這多可惜呀！」

「我可不同意你的看法，爸爸。韋斯頓先生是個優秀的男人，絕對配得一位賢慧的妻子。她現在有了自己的家，怎麼可能再跟我們一起生活，忍受我的種種缺點？」

「她自己的家？她自己的家有什麼好？我們的家比她大三倍。再說，我的寶貝，妳絕對沒有任何缺點啊。」

「我們可以常去拜訪他們，他們也可以常來看我們，我們應該時常來往。我們必須開始這麼做，儘快去拜訪這對新婚夫妻。」

「老天！我哪可能走那麼遠啊？蘭道爾宅邸離這裡那麼遠，我連一半距離都走不到！」

「不，爸爸，沒有人想要你用走的。我們當然要坐馬車去。」

「馬車？可是就這麼一點路，詹姆士不會想套車的。當我們進屋拜訪的時候，可憐的馬兒該待在哪裡呢？」

「把牠們拴在韋斯頓家的馬廄啊。爸爸，你忘了我們已經解決這個問題了嗎？昨晚我們已經和韋斯頓先生談過這件事。至於詹姆士，我敢說，他一定會想去蘭道爾宅邸，因為他的女兒就在那裡當女僕。那可是你的功勞，爸爸，你給了漢娜那份工作，要不是你提起漢娜，誰也不會想到她——詹姆士對你感恩戴德呢！」

「我真高興當時想起了她，因為我不想讓可憐的詹姆士覺得自己矮人一截；此外，我相信她會是一名好傭人。她是個言行得體的姑娘，我對她的評價很高。每次我看到她，她便會很優雅地向我請安。而且妳叫她來這裡當女工的時候，我注意到她開門時總是很小心，從不發出聲響。我敢說，她會成為一名了不起的僕人。對於可憐的泰勒小姐來說，身邊有個熟人該是多大的安慰啊！妳知道，要是詹姆士去看自己的女兒，她就能聽到我們的消息。他會把我們大家的情況都告訴她的。」

愛瑪不遺餘力地鼓勵父親說出這些樂觀的想法，而且還希望藉著一副五子棋，讓父親愉快地度過晚上的時光。她要把遺憾藏進內心，不願提起任何難過的事。棋桌已經擺好，但立刻又變得多餘——一位客人上門了。

奈特利先生是個明理的人，年紀約三十七八歲。他不僅是這一家人的老友，又因為他是伊莎貝拉丈夫的哥哥，與這一家的關係更為密切。他的家距離海伯里約一哩，是這個家庭的常客。這一天他比平時更受歡迎，因為他是直接從倫敦伊莎貝拉的家過來的，通報了住在布朗斯維克廣場的一家人全都安好的消息。這讓伍德豪斯先生興奮了一陣子。奈特利的歡樂情緒一向能使他高興，他那些關於「可憐的伊莎貝拉」以及孩子們的問題全都得到了令人滿意的答覆。之後，他一本正經的評論道：

「奈特利先生，感謝你這麼晚了還來看我們。我真怕你在路上受了驚嚇。」

「不會，先生，今晚月光十分明亮，而且天氣暖和——所以我必須離你的火爐遠一點。」

「可是路上一定非常潮濕泥濘，希望你沒有著涼。」

「泥濘？先生，看看我的鞋子吧！上面連一點泥巴都沒沾到。」

「哎呀！這可就怪了，早飯時這裡下過一場大雨，足足有半個小時。那場雨大極了，我甚至想勸他們延後婚禮呢！」

「順帶一提，我還沒跟你們道喜，但我明白你們正在體會的痛苦，所以也就不急著說出口了。不過，我希望大家都勇敢面對，讓這件事平靜地過去。你們一家如何了？誰哭得最凶？」

「啊！可憐的泰勒小姐！真是一件悲傷的事。」

「恕我失禮，伍德豪斯先生和小姐。但我絕不會說『可憐的泰勒小姐』。我很尊敬您一家，但唯獨在成家問題上例外！無論如何，服侍一個人要比服侍兩個人來得容易。」

「尤其是兩個人之中還有一個如此異想天開、惹人生氣！」愛瑪嘲諷道，「我知道你就是這麼想的——如果我父親不在場，你一定會這麼說。」

「我相信的確是這樣，親愛的，」伍德豪斯先生嘆了口氣，「恐怕我有時非常異想天開、惹人生氣。」

「我親愛的爸爸！你不至於認為我跟奈特利先生真的這麼想吧？多麼可怕的念頭！噢！不是的，我說的是我自己，你知道的，奈特利先生最喜歡挑我的毛病——那是個玩笑，全是開玩笑。我們的交談一向有話直說。」

的確，奈特利先生是少數幾位能看出愛瑪缺點的人，還是唯一肯告訴她這些缺點的人。儘管愛瑪自己並不喜歡這種話，但她知道聽在父親耳裡會感到更加不開心；因此，她甚至不想讓父親看出大家認為她並不完美。

「愛瑪知道我從來不巴結她，」奈特利先生說，「但我並沒有在指責誰。泰勒小姐已經習慣於服侍兩個人，但現在只需要服侍一位，所以她一定過得很好。」

「嘿！」愛瑪想轉移話題，「要是你想知道婚禮的事，我很樂意告訴你，因為在場的所有人都舉止得體。每個人都準時出席，而且展現出最佳面貌，沒有流下一滴眼淚，也沒有露出難過的表情。不是嗎？我們都覺得，只不過分開半哩遠，每天都會見面的。」

「愛瑪對任何事都能忍受，」她父親說道，「可是，奈特利先生，她其實很難過失去了泰勒小姐。我敢說她一定會想念她的，比自己想像的程度來得多。」

愛瑪扭過臉，強裝出微笑，卻止不住湧出的淚水。

「愛瑪不可能不想念那樣一位伙伴，」奈特利說，「要不然，我們過去也不會那麼喜歡她了。但是，她知道這樁婚事對泰勒小姐多麼棒，也知道泰勒小姐到了這個年齡，成家對她來說是求之不得的；因此她絕不會讓自己的悲傷蓋過喜悅。泰勒小姐的每一位朋友看到她的婚姻如此幸福，都會感到欣慰。」

「你忘了一件事，」愛瑪說，「一件非常重要的事——牽線的人正是我。四年前，當時大家都說韋斯頓先生絕不會再婚，但我還是促成了這樁喜事，沒有什麼比這件事更讓我得意了。」

奈特利對著她搖了搖頭。她父親天真地回答道：「啊！親愛的，真希望妳沒做過什麼媒，也沒有預言過什麼事，因為妳說的話都會成真。拜託妳別再幫人做媒了！」

「我保證不替自己做媒，爸爸。但是我必須幫其他人。這可是世上最有趣的事！尤其是在成功之後！大家都說韋斯頓先生絕不會再婚了——老天！可不是嗎？韋斯頓先生已經鰥居了這麼久，過得愜意極了，不是去城裡做點生意，就是跟這裡的朋友們消磨時光，不論到哪裡都受人歡迎——如果韋斯頓先生願意的話，他根本不需要獨自度過每一個夜晚。可不是嗎？韋斯頓先生當然絕不會再婚。有些人甚至謠傳他在妻子死前發過誓，或是他兒子和舅父不允許他再婚。關於這件事有著各式各樣的謠言，但我一個也不相信。四年前的那一天，我和泰勒小姐在百老匯遇到他，當時下起了毛毛雨，他殷勤地跑去農場主人米歇爾那裡，為我們借來了兩把傘。我當時便下定決心，要替他做媒。親愛的爸爸，我做得這麼成功，你總不會要我就此放棄吧？」

「我不明白妳說的『成功』是什麼意思，」奈特利說，「成功必須經過一番努力。假如妳是經過了四年的努力才促成這樁婚姻，那就算得上十分周到。不過我猜，妳所謂的做媒只不過為這件事做了一點計畫而已。妳在一個閒得發慌的日子自言自語說：『要是韋斯頓先生可以娶泰勒小姐的話，對泰勒小姐來說可就太好了。』之後又這麼自言自語了一陣子。這算什麼成功？妳有什麼功勞？有什麼好得意的？只不過是運氣好罷了。」

「難道你從來沒有體驗過猜中一個謎題的喜悅嗎？我真同情你。我還以為你有多聰明呢！猜中問題並不只靠著運氣而已，其中一定還包含了某種天份。我只不過說了『成功』兩個字，就讓你緊咬不放，我不知道自己這麼不配使用這個詞。你想像出了兩幅場景——也許還可以有第三幅——介於什麼都不做跟什麼都做之間。假如我沒有促成韋斯頓先生上門作客，也沒有給他一些鼓勵，沒有在許多事情上製造機會，或許根本就不會有任何結果。我認為你必須相當瞭解哈特菲爾德宅邸後，才能明白這件事。」

「一位像韋斯頓那樣直率的男人，和泰勒小姐那種理智的女人單獨在一起，就可以沉著應付他們自己的事。妳的插手可能對他們毫無益處，而且還可能對妳自己有害呢！」

「愛瑪幫助別人時從不考慮自己，」伍德豪斯先生聽不太懂，又打斷他們的話，「但是，我親愛的，請妳別再替人做媒了，那不但愚蠢，而且還破壞別人的家庭生活。」

「再一次，爸爸，再替艾爾頓先生做一次就好。可憐的艾爾頓先生！你會喜歡他的，爸爸，我必須為他找一位太太。海伯里沒有人配得上他，他在這兒住了整整一年，房子那麼舒適，再單身下去簡直太可惜了。當他今天把新人的手放在一起時，我就有了這種想法。他彷彿也想接受同樣的儀式！我對艾爾頓先生的印象很好，這是我為他貢獻一些心力的唯一辦法。」

「艾爾頓先生無疑是個俊俏的年輕人，而且是個好青年，我很敬重他。但是，親愛的，假如妳願意向他表示關心，那就邀請他與我們一起吃頓飯。那將是更好的方式。搞不好奈特利先生也很想見見他。」

「我隨時都很樂意，」奈特利笑道，「我還同意您的說法，那將是更好的方式。愛瑪，請他來吃飯吧！請他吃最上等的肉；至於說太太，就留給他自己選擇，相信他自己吧！一個二十六七歲的男人總會照顧好自己的。」

第二章

韋斯頓先生出身於海伯里一個鄉紳世家。他的家族在過去兩三代時逐漸累積財富，躋身上流社會。他受過良好的教育，年輕時得到了一小筆遺產後，厭倦了家族的事業，於是投身軍旅，這讓他奔放的天性和對社交的興趣得到了滿足。

韋斯頓上尉是個受歡迎的人。靠著軍隊的關係，他結識了約克郡一個望族──邱吉爾家的小姐。邱吉爾小姐愛上他並未讓任何人意外，除了她的兄嫂大吃一驚以外。這對傲慢自大的夫婦從未見過韋斯頓上尉，因此認為：這種關係對他們的地位是一種侮辱。

然而，邱吉爾小姐已經成年，對自己的財產享有使用權──她的財產在家族中所佔比例甚小──誰也休想阻止她結婚。婚後，她被邱吉爾夫婦逐出家門，而她的婚姻則並未帶來多少幸福。她那善良的丈夫對於她付出的犧牲，始終以無微不至的關懷來回報，然而，儘管她有足夠堅定的決心不顧兄長的反對，但是，對於激怒兄長的遺憾，卻是她的決心無法克服的；同時，她也懷念過去的奢華生活。他們過著入不敷出的日子，即使如此，也無法與恩斯坎比宅邸裡的生活相提並論。她並沒有移情別戀，但她既想當韋斯頓夫人，又想當邱吉爾小姐。

韋斯頓上尉在大家的心中──除了邱吉爾一家──是個門當戶對的佳偶。但結果證明，這樁婚姻糟糕之至，她的妻子在婚後三年過世時，他比婚前更加貧窮，而且還得撫養一個孩子。不過，他很快就不必再為孩子的開銷擔心了，因為孩子很快就成了和解的媒介。由於邱吉爾夫妻膝下無子，加上對這名孩子的母親深表同情，他們表示願意領養法蘭克。這位歷經喪偶的父親雖有種種不情願，但在審慎考慮下，還是將孩子送到了富有的邱吉爾家。之後，他只需追求自身的舒適，並盡可能改善自己的家境。

他的生活極需一場改變。於是他離開了軍隊，開始從商。他的幾個兄弟在倫敦已經奠定了堅實的商業基礎，這讓他得到了開業的有利條件——不過也只是個小店罷了。他在海伯里有一棟小房子，他的閒暇時間幾乎都在那裡度過。在繁忙的業務和交友的歡樂之中，他又愉快地度過了約二十年。這時，他的財富日漸充盈，足夠買下海伯里隔壁的一小片地產，而他長期以來渴望的事——與像泰勒小姐這樣一位沒有嫁妝的女人結婚，也能夠獲得實現了。

讓泰勒小姐嫁給他的計畫已經進行一些時日了，但這並沒有動搖他在買下蘭道爾宅邸後再結婚的決心。他已經盼望買下那間宅邸已久，一直在努力地工作著，直到一切終於成為現實。終於，他買下了房子，娶到了太太，開始了新生活，比以前任何時候都要來得幸福。他從來不是個憂鬱的人，即使是在他的前一次婚姻中也是如此；但是，他的第二段婚姻卻向他證明了一位聰明、可愛的女人能帶來多大的喜悅，也證明了選擇別人比被人選擇要愉快得多，讓對方感激也比感激對方更加快樂。

他喜歡一切按照自己的意思做，他的財產完全歸自己管。至於法蘭克，他已經逐漸成為他舅舅實際上的兒子，領養的關係早已公諸於世，並且會在成年時獲得邱吉爾的姓氏；因此，他已經不需要父親的資助，他父親也毫不擔心這一點。他的舅媽是個強悍的女人，連丈夫都對她百依百順，因此韋斯頓先生很難想像，兒子在這樣一個悍婦的保護下，會有什麼問題。他相信他們之間的親情是理所當然的。他每年都會去倫敦見兒子一面，並為他感到自豪。他在海伯里說自己的兒子已經是個英俊的年輕人，大家也都為他感到驕傲，並關心他的成長。法蘭克．邱吉爾成了海伯里眾多引以為傲的事情之一，大家都渴望見他一面；然而，他從未光臨過這個村子，即使大家常聽說他要來拜訪父親，但這件事從未實現過。

現在，大家都心想，父親新婚是件大事，兒子這回總該來拜訪了。無論是在佩里太太與貝茨太太和小姐共進茶點時，還是在貝茨母女回訪時，在這件事上都沒有任何異議。法蘭克．邱吉爾先生終於要來了，這種希望隨著他寄給繼母的賀信得到了加強。一連幾天，海伯里居民之間寒暄中都少不了韋斯頓太太收到的那封信。

「我猜，你一定聽說過法蘭克．邱吉爾先生寫給韋斯頓太太的那封漂亮的信吧？我知道那一定是封美好的信，是伍德豪斯先生告訴我的。伍德豪斯先生看過那封信，他說他這輩子從未看過那麼棒的信。」

那封信收到了高度重視。當然，韋斯頓太太因此對這位年輕人產生了很好的印象。信上的內容禮貌備至，令人愉快，證明他是個善良的人。他們的婚姻受到了來自各方的祝賀，這封信又是最受歡迎的。她感到自己是世上最幸福的女人，她的年紀已十分成熟，很明白大家對她的幸福有怎樣的看法；唯一的缺憾便是必須與朋友們分離，不過他們之間的友誼絕對不會因此淡去，誰能忍得了與她分開呢？

她知道，愛瑪會時常想念她，而她也是。她難過地想像少了她陪伴的愛瑪會變得怎麼樣。不過，可愛的愛瑪性格並不懦弱，對於眼前的局面，她比多數的女孩更有能力應付，她能夠以愉快的心情去克服小小惆悵。她欣慰地想到蘭道爾宅邸與哈特菲爾德之間的距離如此接近，即使一個女人獨自步行也很方便；而韋斯頓先生的脾氣溫和，經濟富裕，這些條件都不會妨礙他們在未來一起消磨半數的夜晚。

泰勒小姐常常為了自己成為韋斯頓太太心懷感恩，除了有些時候覺得遺憾之外，她的滿足——不只是滿足——她的愉快都是那樣的真實。

愛瑪很瞭解自己的父親，但當他們在舒適的蘭道爾宅邸與韋斯頓太太道別，或是晚上目送她陪丈夫坐上馬車時，聽到父親仍然用「可憐的泰勒小姐」表示惋惜時，愛瑪感到十分詫異。每當韋斯頓太太離開，父親沒有一次不嘆一口氣，說道：

「唉！可憐的泰勒小姐。她要是能留下來，一定會很高興的。」

泰勒小姐的損失已經無可挽回——也沒有跡象顯示他不會再對她表示憐憫，但幾週以來的交往為伍德豪斯家帶來了些許安慰。鄰居們的祝賀聲已經消散，人們也不再拿這件傷心的事來嘲弄他，讓他感到沮喪的結婚蛋糕也終於吃光。他認為，凡是對他有害的東西，對其他人也一定不利；於是，他誠摯地勸說人們不要再製作結婚蛋糕。這項嘗試以失敗告終後，他又設法勸阻任何人吃蛋糕，甚至不厭其煩地請教佩里醫生。這位醫生在不斷追問下，儘管看起來頗為不情願，仍不得不承認說：結婚蛋糕也許的確對很多人——或許對大部分人的健康都不好。這個觀點證實了伍德豪斯先生的看法，於是他便希望說服新婚夫婦的每一位訪客。不過，蛋糕還是被吃光了，而他的好心直到蛋糕消失殆盡前一直無法消除。

海伯里流傳著一種奇怪的謠言，據說有人看見佩里家的孩子手中拿著一塊韋斯頓太太的結婚蛋糕——但是伍德豪斯先生絕不相信這種無稽之談。

第三章

伍德豪斯先生熱衷於用自己的方式進行社交。他很喜歡請朋友到家中作客。由於他久居哈特菲爾德，而且他的脾氣溫和，加上他的財富、他的房子和他的女兒，使得他能夠在自己小小的交際圈內隨心所欲。除了這個圈子之外，他與其他家庭沒有多少來往。他害怕熬夜，也害怕大型晚會，除了遵照規矩來訪的客人，其他人一概不來往。他算得上十分幸運，因為海伯里教區和鄰近郊區的唐維爾寺——奈特利先生的住處——都很瞭解他的習性，加上有愛瑪的勸說，使得他能夠與被他選上的客人一同進餐；除非他不堪疲勞，他仍然喜歡晚間聚會。一個禮拜之中，愛瑪幾乎每天都會陪他玩牌。

韋斯頓夫婦和奈特利的來訪是出於真摯的友誼；而另一位單身的年輕人艾爾頓來訪，則是想用伍德豪斯家雅致客廳中的社交活動，以及他女兒的美麗微笑，來填補自己孤獨的夜晚時光——而他絕不會被拒於門外。

除此之外，還有另一群常客，包括了貝茨太太、貝茨小姐以及哥達太太。這三位女士幾乎總是哈特菲爾德宅邸一請就來，而且經常是由馬車接送。伍德豪斯先生認為對於詹姆士和馬匹來說，這算不上什麼。假如一年只接送一次，反而會惹人埋怨。

貝茨太太是海伯里一位牧師的遺孀，她的年紀太大了，除了喝茶打牌之外，幾乎什麼事也做不了。他與自己的獨生女一起過著單調的生活。儘管處在這種不幸的處境中，仍能激起大家對一位老太太應懷有的敬意。她的女兒是一位既不年輕、不漂亮，也不富有的單身女子，卻受到非同一般的愛戴，也正是這種愛戴害她陷入這樣的處境。她從未使人覺得她美麗，也從未使人覺得她聰明過人。她的年輕歲月在不知不覺中逝去了，中年時光全花在照顧衰老的母親上，以及設法善用一筆微小的收入。不過，她是個愉快的女人，任何人提起她時心中都不乏善意。創造這種奇蹟的正是她那如影隨形的善意和知足的天性。她熱愛每一個人，對每一個人的幸福都關懷備至，對每個人的優點都讚譽有加。她認為自己是最幸福的人，有如此傑出的母親，還有大家的祝福，周圍不但有眾多好鄰居和朋友，自己還有一個衣食無缺的家庭。她那純樸、知足的性格，正是她最引以為傲的寶物。她能針對芝麻小事侃侃而談，這正合伍德豪斯先生的意，他最喜歡那些瑣碎的交談和無害的謠言。

哥達太太是一位女教師，任職於一所學校——但不是女校，不是職業學校，也不是大學；既不是那種講長篇大論的地方，也不是提倡知識與道德的地方；在那裡，年輕小姐們支付鉅額費用，學習無用的知識——她任教的是一所合法的、可靠的舊式寄宿學校。在這種學校裡，才藝和知識被用合理的價格出售，小姐們或許會誤入歧途，選了一些可笑的科目，再也無法重獲智慧。哥達太太的學校擁有很高的聲譽，因為大家都說海伯里是個非常有益身心的地方。她有一間大房子和大花園，給孩子們吃豐富而健康的食品。夏天時，她讓孩子們在太陽下盡情奔跑；冬天時，則親手為孩子們包紮凍瘡。因此，一看到四十個年輕的孩子排成兩行，跟在她身後走去教堂，大家一點也不覺得奇怪。她是個樸素的女人，年輕時曾經辛勤工作，於是便理所當然的認為現在有權享受一下吃茶或是訪友之類的娛樂了。另外，她曾接受過伍德豪斯先生的各種幫忙，所以也感覺自己必須偶爾離開她那掛滿了刺繡裝飾的客廳。只要可以，她就會湊到他的壁爐前，為自己省幾枚六便士的硬幣。

這就是愛瑪時常邀請的幾位女士。她為了自己的能力感到愉快，在她看來，失去了韋斯頓太太的缺憾是無法彌補的；但她看到父親心情舒暢，自己也感到喜悅。不過，這三位女人的聒噪也令她覺得，假如每一晚都這麼度過的話，那也太可怕了。

一天早上，她正等待這樣一個夜晚的來臨，哥達太太派人送來一張便條，以恭敬的口吻懇請讓史密斯小姐一起來作客。這真是個不錯的請求，史密斯小姐是一位十七歲的小姐，愛瑪不但很熟悉她的長相，而且一直對她的美貌深有好感。她回覆了一封非常禮貌的邀請函，並不再對夜晚的逼近心懷恐懼了。

哈麗葉．史密斯是個孤兒，幾年前被人送進了哥達太太的學校，她的身分近來從普通生提高為寄宿生——這就是她為人所知的過往。除了海伯里的幾個朋友之外，她沒有什麼親戚。不久前，她去鄉下拜訪幾位同學，剛剛才回來。

她是個非常漂亮的女孩，她的容貌也正好是愛瑪喜歡的那種。她的身材矮小豐滿，金髮碧眼，皮膚白皙，五官端正，表情也十分甜美。還不到深夜時分，愛瑪對她儀態的喜愛已超過了對她容貌的喜愛，並打定主意要與她維持友誼。

雖然她並未對史密斯小姐談吐中的智慧感到驚訝，卻發現她非常迷人——沒有令人不自在的羞怯，也不會太過冒昧。她舉止得體，態度恭敬，為自己能夠光臨哈特菲爾德宅邸感到滿心歡喜。這裡的一切物品都比她想像中來得高雅，她顯得由衷地著迷。愛瑪認為她相當具有美感，值得加以培養。那對柔和的藍眼睛和天生的麗質，不應埋沒在海伯里的下等社會中；她認識的熟人全都配不上她，而她的同學雖然都是些好人，但只會對她有害——馬丁一家人是奈特利的佃戶，租用著他大片的土地——她相信他們非常厚道，她還知道奈特利對他們的評價很好——不過，他們一定是些粗俗的人，不適合跟一位知識和風度幾近完美的女孩來往。她要關照這位女孩，提升她的地位，讓她遠離不雅的人群，把她帶進上流社會，讓她形成自己的觀點和風範。這將是一件有趣的事，肯定是一樁善舉，而且會成為生活中的寄託和樂趣，還可以顯示出自己的能力。

她沉浸在對那雙藍眼睛的讚美之中，專心地交談和傾聽，腦子裡一邊構思自己的計畫，夜晚的時光就這樣轉瞬而逝。她一向習慣盯著錶，希望晚餐快點準備好，好讓這種晚會畫上句點；今天卻在不知不覺中發現餐桌早已擺設妥當。儘管她平常做事總是很積極，但今天的動作又遠比平時來得勤快。她的計畫在她心頭激發出真正的善意，她一再勸大家多吃點雞肉和干貝。她知道客人們會樂於聽從她的催促，因為大家都盼望能早點回家睡覺。

每逢這種情況，可憐的伍德豪斯先生便會面臨一番天人交戰。他喜歡看到桌子上鋪好桌布，但又認為吃晚飯對健康有害，因此一見到任何餐點擺上桌布，便會感到難過。儘管他善意地歡迎客人們享用桌上的一切，但又擔心他們的健康，一看到他們張開大口咀嚼，就難免痛心疾首。

他誠心建議大家學他喝一小盤稀麥片粥就好，當女士們正痛快地掃蕩一桌的佳餚時，他卻說道：

「貝茨太太，我建議妳試著吃一顆那種雞蛋。煮得很軟的蛋對健康沒有壞處。塞爾比任何人都更懂得如何煮蛋，妳完全不必害怕——妳看！它們全都很小，吃一小顆對身體不會有害的。貝茨小姐，讓愛瑪幫妳拿一小塊水果餡餅——只吃一小塊就好。我們的餡餅是用蘋果作的，妳在這裡不必害怕吃到不衛生的果乾。我並不推薦那種牛奶蛋糕，哥達太太，要喝半杯葡萄酒嗎？只喝一小杯，一小杯就好了，我認為這對妳沒有壞處。」

愛瑪聽著父親繼續嘮叨，但她卻親自以更令客人滿意的方式，替她們斟酒、加菜。當晚送大家離開的時候，她看到大家玩得盡興——尤其是史密斯小姐——心裡也感到喜悅。愛瑪在海伯里是個有頭有臉的人物，能被引見給她既是件榮幸的事，令她受寵若驚；當這個卑微、感激的小姐離去的時候，心裡充滿了濃濃的謝意。因為伍德豪斯小姐不僅一整晚都在款待她，最後還跟她握了手！

第四章

哈麗葉．史密斯與哈特菲爾德一家的友誼很快就成為事實。愛瑪果斷地向她發出邀請，鼓勵她經常前來作客。隨著她們關係密切，兩人之間的默契也逐漸加深。愛瑪早就預見到，她或許會是自己最棒的散步伙伴；自從韋斯頓太太走後，她在這一活動上損失慘重。她父親的散步範圍從不超過矮樹叢以外，因此韋斯頓太太結婚後，她的活動範圍便大受限制。她曾獨自步行至蘭道爾，但一點樂趣也沒有。因此，能有史密斯小姐這樣的一個伙伴，對她來說再好不過了。她對這位小姐的認識日益深入，感到越來越滿意，完全實現了自己最初設想的目標。

哈麗葉並不聰明，不過她樂天知命，而且並不自負。如今，愛瑪已完全相信哈麗葉正好是她所需要的那種年輕伴侶，也是她的家中需要的角色，這兩種需求再也不可能由韋斯頓太太來滿足了。她們是不同類型的人，情感也完全不同。韋斯頓太太是令她感激和尊敬的人，哈麗葉則是她喜愛並派得上用場的人。韋斯頓太太不必為她做任何事，哈麗葉卻相當樂意。

她希望為哈麗葉做的第一件事，便是設法查出著她父母的身分。但是哈麗葉本人對此也是一無所知。愛瑪盡可能查出她喜歡的東西——但她無論如何也無法相信，處在自己的地位上，竟然什麼也查不出來。哈麗葉毫無心機，她只知道相信哥達太太灌輸給她的東西，並不願意進一步探究真相。

哥達太太、學校的老師、女同學和學校的所有事情是她談話的主要內容。除此以外，就只會聊到阿貝米爾農場中她熟悉的馬丁一家。馬丁一家在她腦中佔有重要地位，她跟他們一起度過了愉快的兩個月，此時也很樂意聊起那次拜訪中的趣事，以及當地的許多奇人異事。在好友的鼓勵下，她變得十分健談，愛瑪也趁機得知另一個階層有趣的生活景象，並迷上她那單純、幼稚的愉快口吻：「馬丁太太有兩個客廳，真的是兩個很棒的客廳呢！足足有哥達太太的房間那麼大！她有一個跟了她二十五年的貼身女僕，還有八頭母牛，兩頭是奧爾德牛，一頭小母牛是韋爾奇品種，真是一頭可愛的韋爾奇小牛！馬丁太太說，應該叫她們『成年牛』才對。花園裡有個漂亮的涼亭，那可是個又大又漂亮的涼亭！能坐得下十二個人呢！明年的時候，人們會在那裡喝茶。」

一開始，愛瑪什麼也沒想，只感到滑稽。當她對那個家庭深入瞭解後，才產生了另外的感情。她原以為他們全都生活在一起——有母親、女兒、兒子和媳婦——哈麗葉曾提到一位馬丁先生，她總是用嘉許的口氣提起她，說他的脾氣多麼地好。後來愛瑪才明白，他是一位單身男人，所謂的馬丁太太則是他的母親。她開始擔心起她可憐的朋友，或許會在這番殷勤款待和善意中遭遇危險，她必須保護好她。

有了這種偏激的想法後，她開始對這個問題窮追不捨，時常要哈麗葉多聊聊馬丁先生的事——這個話題顯然並不討人厭。哈麗葉很樂意地聊起她參加他們在月光下的散步、以及晚間的許多遊戲，還有他的活潑和殷勤——有一天，他跑了三哩路，只為了替她弄一點核桃，因為她偶然提到自己多麼喜歡核桃——在任何事上他都一樣殷勤！有一天晚上，他叫家裡牧羊人的兒子來客廳唱歌給她聽；他很喜歡唱歌，而她也會唱一些。她相信，他非常聰明，而且無所不知；他還有一群好羊，羊毛的拍賣價格比鄉下其他人都高。而且她相信大家對他的評價也都很好，她母親和姐妹都很喜歡他；有一天，馬丁太太對她說，世上不可能有比他更好的兒子了，她敢說他未來一定是個好丈夫——不過她不急著要他結婚，也不希望他結婚。

「做得好！馬丁太太！」愛瑪想到，「妳對自己的利益十分清楚。」

當她離開馬丁家時，好心的馬丁太太還送了哥達太太一隻肥美的鵝，那是哥達太太見過最美的鵝。於是，哥達太太在一個禮拜日把鵝宰來煮後，請學校裡的所有老師——奈許小姐、普林斯小姐和理查森小姐——一起共進晚餐。

「我猜，馬丁先生對自己職業以外的事懂得並不多吧？他不會讀書吧？」

「噢！不！應該說，是的，我不知道；不過我相信他讀過很多書，但不是妳想像的那種書。他讀農業報告之類的書，就放在一個窗台旁邊。有的晚上在我們打牌之前，他會大聲朗讀一些優美的文章，很有意思。我知道他讀過《韋克菲爾德的牧師》，但沒有讀過《森林浪漫曲》，也沒讀過《修道院的孩子》；當我提起這些書名，他說自己從未聽說過這些書，不過他會儘快找來讀。」

至於下一個問題——

「馬丁先生長什麼樣子？」

「噢！不好看，一點也不好看。起初我覺得他長得很一般，但現在卻覺得不那麼一般了。妳知道的，過一段時間就會習慣了。妳從沒見過他？他每隔一段時間就會來海伯里，而且每週騎馬去金斯頓去的路上都會經過這裡。他時常從妳家門前經過。」

「可能吧，也許我見過他不只一次呢！但是我想不起來，無論是騎馬還是走路，反正年輕農夫很難引起我的好奇心。他們是一群我認為沒必要來往的人，假如是低幾個階級的人，加上容貌可愛，或許能激起我的興趣，我也許會想幫他們一點忙；但是農夫不會需要我的幫助。也就是說，他們不值得我費心。」

「的確是這樣。啊！是的，妳不可能注意到他，但他非常熟悉妳，我的意思是熟悉妳的長相。」

「我毫不懷疑他是個可敬的年輕人，也祝他一切安好。妳認為他多大了？」

「他六月八日剛滿二十四歲，距離我的生日只差兩個禮拜又一天！太巧了！」

「才二十四歲。這麼年輕何必急著結婚呢？他母親說得對，不必著急。他們家保持原狀就很不錯了，假如他匆匆忙忙娶了個太太，一定會後悔。六年以後，假如他賺一些錢，遇到一位相同階級的年輕女孩，到時再結婚也不遲。」

「六年後？親愛的伍德豪斯小姐，他那時就三十歲了！」

「是啊，除非生在有錢人家，不然大部分的男人不到這個歲數，不會有經濟能力成家。照我看來，馬丁先生也不例外，他的財產完全得靠自己賺。不論他去世的父親為他留下多少錢，我敢說一定不多。雖然他可能靠著自己的智慧，或是遇上好運發財致富，但要是想立刻產生什麼變化，那幾乎是不可能的。」

「的確是這樣。不過他們過得很舒適，除了僕人以外，他們家什麼都不缺。馬丁太太常吵著要雇位僕人呢！」

「不管他什麼時候結婚，哈麗葉，我希望妳不要捲進這樁麻煩。我的意思是指認識他的妻子。認識幾位有家教的姐妹，不應該受到反對，但他不可能跟任何值得妳深交的女人結婚。考量妳不幸的出身，妳應該格外慎選朋友。毫無疑問，妳是一位紳士的女兒，妳必須盡自己所能維護這種地位，否則妳的人格就很有可能被人貶低。」

「是啊！我猜一定會有這種人的。但是，伍德豪斯小姐，妳對我這麼友善，我什麼人都不怕。」

「妳能這麼想很不錯，哈麗葉。但是，我希望妳在優良的社交圈裡建立穩固的基礎，即使不依靠哈特菲爾德和我也能獨立。我希望看到妳永遠只跟上流人士結交，為了達成這個目標，建議妳最好不要有那種奇怪的朋友。所以，我跟妳說：假如馬丁先生結婚時妳還留在這裡，希望妳不要去結識他的妻子，那個女人或許也是農夫的女兒，根本沒受過教育。」

「當然，是啊！我沒想過馬丁先生會跟一個沒受過教育的人結婚，對方應該要有良好出身才對。不過，我不是反對妳的看法——我也不希望結交他的妻子——但我要保持跟馬丁小姐們的關係，尤其是伊莉莎白。要是我必須放棄跟她的友誼，我會非常難過的……」

愛瑪一邊聽她猶豫地說出這段話，一邊仔細觀察她，並未看出任何愛情的跡象。那個男人只不過是她的一位仰慕者罷了，她相信除此之外沒有其他關係。另外，從哈麗葉的態度來看，她願意服從自己為她作出的任何安排。

就在第二天，他們遇見了馬丁先生。當時她們正走在唐維爾路上，馬丁先生是步行；他非常尊敬地打量過愛瑪之後，便轉向她的同伴，目光中毫不掩飾高興的心情。愛瑪朝前走了幾步，當哈麗葉與馬丁先生交談時，她立刻用敏銳的目光掃過這名年輕人。這個人就是羅伯特．馬丁，他的外表整潔，看起來相當懂事，除此之外似乎就沒有別的優點了。她將他與其他男人做了一番比較，認為哈麗葉欣賞的那些特質全都微不足道，她始終很有禮貌，但馬丁先生彷彿連禮貌是什麼都不知道。

兩個人僅僅相處了幾分鐘，為了不讓愛瑪等太久，哈麗葉很快又跑了回來。臉上掛著微笑，情緒有些激動，愛瑪真希望她能儘快平靜下來。

「沒想到我們竟然遇到了他！多奇妙啊！他說自己本來打算繞過蘭道爾宅邸，忽然改變了計畫，沒想到我們也走了這條路。他以為我們平常都走通往蘭道爾宅邸的那條路。他還沒有弄到《森林浪漫曲》，伍德豪斯小姐，他跟妳想像的一樣嗎？妳覺得他怎麼樣？妳覺得他很樸素嗎？」

「當然樸素了，不過與他缺乏文雅相比，這根本算不上什麼。我不能期待過高，也沒有期待過高，但我沒想到他竟然那麼粗魯笨拙，毫無風度可言。坦白說，我原以為他有幾分文雅。」

「真的是這樣，」哈麗葉壓抑地說道，「他的確不像真正的紳士那麼文雅。」

「哈麗葉，我認為，自從妳認識我們以來，已經見過了幾位真正的紳士，妳一定為他們與馬丁先生之間的差異感到驚訝吧！妳在哈特菲爾德宅邸見過一些不錯的典範。他們都是些有教養的人們，見過他們後，要是還看不出馬丁先生是個下等人的話，我倒會感到吃驚。妳一定會納悶之前為什麼沒看出他這麼討厭，難道妳現在不是這麼想的嗎？難道妳還沒有感到震撼——那麼笨拙、粗魯的嗓音，一點家教也沒有，我站在這裡都能聽到。」

「當然，他跟奈特利先生不同，沒有那種優雅的風度，走路姿勢也沒有奈特利先生優美。這種不同我看得很清楚，但奈特利先生是個非常高尚的人啊！」

「奈特利先生的風度不同凡響，拿馬丁先生和他相比是不公平的。或許妳在一百個人之中也找不到一位像奈特利先生這麼典型的紳士。妳認為韋斯頓先生和艾爾頓先生怎麼樣？拿馬丁先生與他們任一個相比，看看他們的禮貌、姿態，談吐、氣質等等，一定能看出不同點。」

「啊，是的！差別太大了。但是韋斯頓先生已經幾乎是個老人，他都四五十歲了。」

「因此就顯得馬丁先生多麼無禮。哈麗葉，人的年紀越大，就越講求禮貌，也越討厭吵鬧、粗魯和笨拙。年輕時會忽略的事情，到了老年時就很容易發現。馬丁先生現在已經又笨拙又失禮，等他到了韋斯頓先生的年紀又會怎樣呢？」

「無法想像，真的！」哈麗葉有點嚴肅地說。

「不過不難猜出，他會變成一個遲鈍、粗俗的農夫——完全不顧自己的面子，一心只想著錢。」

「他的確會變成這樣，真是太糟了。」

「他的精力被工作佔據，把妳推薦的書忘得一乾二淨——這不是很明顯了嗎？他腦袋想的全是怎麼做生意，根本顧不上別的事情了。這對於一個忙著賺錢的人來說倒很正常，他讀書做什麼呢？我毫不懷疑他將來會變得非常富有——至於他的無知與粗俗，那跟我們無關。」

「我不知道他是否還記得那本書，」哈麗葉只回答了這一句，口氣極不愉快。愛瑪認為話題應該到此為止，沉默良久之後，她再次開口說：

「從某種意義上來說，艾爾頓先生的風度或許勝過奈特利先生和韋斯頓先生，但是他們更文雅，把他們當成榜樣會更好。韋斯頓先生性情開朗，思緒敏捷，所以大家都喜歡他——但要模仿他可就不太容易了。奈特利先生那種直率、自信的風度也是模仿不來的——儘管對他來說非常合適，因為他的體態、容貌和地位都允許他這麼做。但是，假如任何一個年輕人模仿他的風度，那就令人難以忍受。按照我的想法，一個年輕人要是以艾爾頓先生為榜樣，那是最適合的。艾爾頓先生和藹可親，態度殷勤、文雅；在我看來，他最近又變得更文雅了。哈麗葉，我不知道他是否在刻意討好我們，但他的文雅比以前更明顯了，讓我感到訝異。假如他真的有意——我有說過他是怎麼評論妳的嗎？」

接著，她重複引用艾爾頓先生對哈麗葉的熱情讚美，這些話總算起作用了。哈麗葉臉頰泛紅，露出了微笑，說她一直認為艾爾頓先生非常平易近人。

愛瑪故意將焦點放在艾爾頓身上，是為了將那個年輕農夫從哈麗葉的腦中驅趕出去。她認為，艾爾頓和她將是絕妙的一對，只不過他們之間成功的可能性太大，她的做媒計畫很難有什麼成就感。她擔心別人也可能預料到這一點，不過沒有人能搶在她之前，因為早在哈麗葉第一次拜訪哈特菲爾德宅邸時，她的腦中就已經萌發了這個念頭。她越想越覺得這件事太妙了。艾爾頓是個最合適的人選，算得上一位紳士，而且跟下等人沒什麼來往；同時，由於哈麗葉的出身不明，沒有任何家庭能拒絕她。他有一個舒適的家可供她生活，愛瑪估計他有一筆夠多的收入，海伯里教區的牧師俸祿雖然並不高，但人們都知道他自己另有一筆財產；再說，她對他的評價不錯，認為他是一個善良可敬的年輕人，也不缺乏知識和經驗。

最令她自信的是，他認為哈麗葉是個漂亮的女孩。她確信，隨著在哈特菲爾德的頻繁見面，這一點將為她打下堅實的基礎。至於哈麗葉，他的愛情會對她產生不小的影響，這一點是無庸置疑的；而他自己也是一個討人喜愛的年輕人，任何女孩都會喜歡上他。除了她自己，她認為他的外表缺乏一種優雅的特徵。不過，一個能被羅伯特．馬丁騎馬在鄉下買核桃感動的一位女孩，顯然也不難被艾爾頓征服。

第五章

「我不知道妳對愛瑪和哈麗葉之間的親密關係有什麼看法，韋斯頓太太，」奈特利先生說，「不過我認為這是一件壞事。」

「壞事？你認為這是一件壞事？為什麼？」

「我認為她們誰也不會為對方做任何有益的事。」

「你真讓我吃驚！愛瑪一定對哈麗葉有好處。看到她們親密無間的樣子，我就覺得很愉快。我們的看法也差太多了——認為她們不會對彼此有益？奈特利先生，這句話足以引起我們的爭執。」

「或許妳以為我知道韋斯頓不在家，故意來跟妳吵架？還是妳仍然想繼續跟我的爭論？」

「要是韋斯頓先生在家，一定會支持我的，因為他在這件事上跟我的意見完全一致。我們昨天才剛聊過這個問題，都認為有這樣一個女孩跟愛瑪交往，對她真是太幸運了。奈特利先生，我不允許你評論這件事，你已經習慣單身生活，絲毫不懂伴侶的可貴。也許，沒有一個男人能正確評論一位女子與同性伴侶交往時感受到的快樂。我能想像，你反對哈麗葉，是因為她不具備與愛瑪一樣高的地位；但從另一方面來說，由於愛瑪希望增加她的知識，使得自己也養成了閱讀的習慣。他們會一起閱讀。我知道這就是她的本意。」

「愛瑪從十二歲起就愛讀書，我看過她在不同時期訂出的書單——都是些很好的書，有的是按照字母順序排列的，有的是按照其他順序。她十四歲時訂的閱讀計畫——我曾仔細檢查過，作出了很好的評價。我敢說，她現在或許制定了不錯的書單，但我再也無法指望愛瑪能認真地閱讀了。她不會再去做需要勤奮和耐心的事，也不會再讓她的想像力服從理解力；我可以跟妳保證，泰勒小姐，少了妳的激勵，更別指望哈麗葉能發揮什麼作用。她永遠無法讀完妳希望她讀的一半書籍，妳知道的。」

「說實話，」韋斯頓太太微笑著回答，「當時我就是這麼想的。但是，自從我們分開後，我不記得愛瑪忘了我希望她做的任何事。」

「這種回憶現在再也不可能出現了，」奈特利說完，沉默了片刻，「但是對我來說，儘管眼前沒有迷人的事物，卻必須繼續觀察、繼續傾聽、繼續回憶。愛瑪是家裡最聰明的孩子，所以被寵壞了；她一歲時，便能回答出難倒她十六歲姐姐的問題。她總是那麼敏銳、自信，伊莎貝拉卻遲鈍而笨拙。愛瑪從十二歲開始便是一家的女主人，她失去了唯一能管教她的母親，也由於她繼承了母親的天賦，只能服從於它。」

「奈特利先生，幸虧我不必依靠你的推薦，否則一定會很遺憾的。假如我辭去伍德豪斯家的工作，去找另一份工作，我可不相信你會在任何人面前說我的好話。我敢說，你從不認為我過去是個稱職的人。」

「沒錯，」他微笑著說，「妳更適合這裡，適合做一名妻子，但是一點也不適合做個家庭女教師。妳在哈特菲爾德宅邸時，無時無刻不是為了成為一個賢妻作準備。以妳的能力來說，妳並沒有提供愛瑪足夠的教育。在任勞任怨方面，反而是妳從她身上學到了東西。因此，假如韋斯頓要我向他推薦一名妻子，我當然會推薦泰勒小姐了。」

「謝謝你。要當韋斯頓先生這種和藹可親的男人的好妻子，並不需要太多優點。」

「怎麼了，妳似乎不太願意面對事實。儘管妳能忍受各種壞脾氣，卻從未遇過需要忍受的脾氣。不過，總是有機會的，韋斯頓會因為過於安逸而使脾氣變差；要不就是他兒子的惡作劇會把他激怒。」

「我希望不會發生那種事——那是不可能的，奈特利先生，別往那個方面想。」

「我可不是在預測，只是指出一些可能性罷了。我可不想在聰明的愛瑪前面賣弄預測的技巧。我真心地希望那個年輕人能具有韋斯頓一樣的優點，以及邱吉爾一樣的財富。不過，關於哈麗葉的事我還沒說完呢！我認為她是愛瑪最糟的伙伴，她什麼都不懂，而愛瑪卻什麼都懂。她在各方面都吹捧她，最糟的是她並非刻意那麼做的，而是出於無知的表現。在哈麗葉這樣的人身上，愛瑪怎麼能學到東西呢？至於哈麗葉，我敢大膽地說，她也無法從這種友誼中得到什麼好處。哈特菲爾德宅邸只會讓她學會蔑視自己的出身，她會變得越來越高傲，一旦回到她原本的環境中，只會讓她感到難受。假如愛瑪能讓她的朋友生出智慧，那就算我猜錯了，她的那些努力只不過是些表面功夫罷了。」

「要不是我比妳更信任愛瑪的良知，就會對她現在的處境感到擔憂。我不會為她們的關係感到悲哀，昨晚她看起來多美啊！」

「嗯，妳喜歡談論的是她的外表而非內心，是嗎？沒錯，我不否認愛瑪長得好看。」

「好看？應該說漂亮才對。你能想像有任何人像愛瑪一樣，無論是容貌還是身材都接近完美嗎？」

「我不知道我該想像出什麼，不過我承認，我從沒看過任何人的容貌和身材比她更可愛。但我也算是一個老朋友了。」

「多美的眼睛！乾淨的褐色——面容多麼明亮！端正、潔白！紅潤的臉色就像盛開的花朵，身高和每一個部位都如此勻稱。她的健康不僅呈現在臉色，也呈現她的頭髮光澤、臉型、眼神。有時人們會說一個孩子『像畫裡蹦出來的』，在我的腦中，愛瑪就像是畫裡的女孩，她就是可愛的化身。奈特利先生，難道不是嗎？」

「我對她的外表無可挑剔，」他回答道，「我對她的印象就如同妳所描繪的。我喜歡看她，另外，我還願意額外誇獎她一句，那就是我認為她並不愛慕虛榮，她的虛榮表現在其他方面。韋斯頓太太，我不喜歡她與哈麗葉的親密關係，我深信這種友誼對她們彼此都有害處。」

「奈特利先生，我也同樣深信這種友誼對她們不會有任何害處。儘管愛瑪有各種小缺點，但仍不失為一個傑出的女孩。我們要去哪裡找一個比她更好的女兒、更善良的姐妹、更真摯的朋友呢？那是不可能的。她十分可靠，絕不會將任何人引向歧途。也許她可能犯一次錯，但卻有一百次是正確的。」

「好吧，我不跟妳爭論了。愛瑪是一位天使，我要把我的憂鬱埋藏心底，直到聖誕節把約翰和伊莎貝拉送回來為止。約翰對愛瑪的喜愛是理性的，而不是盲目的愛，伊莎貝拉與丈夫的想法向來一致——除了對孩子的健康問題之外。我相信他們的看法會與我的相同。」

「我知道，你們都太喜歡她了，不可能對她不公正；但是，奈特利先生，我認為自己就像愛瑪的母親一樣，因此我覺得跟你談論她與哈麗葉之間的友誼沒什麼益處。請你見諒。就算她們的友誼造成了一點小小的麻煩，只要能為愛瑪帶來樂趣，她就不可能終止這段友誼，她的父親也完全贊成她們往來。多年來，我的職責是提供忠告，所以，奈特利先生，我冒昧地提出一點小小的忠告，希望你不會感到驚訝。」

「一點也不驚訝，」他喊道，「我感激不盡。這是非常好的忠告，而且這個忠告一定會被遵從的。」

「約翰．奈特利太太很容易受驚，或許會為她妹妹的事感到不愉快。」

「放心吧，」他說，「我不會大吼大叫，我會把不愉快藏在心裡。我對愛瑪的興趣是真誠的，伊莎貝拉跟我的關係並不像和妹妹那麼親密，她從來沒有激起我多大的興趣，也難得有什麼樂趣。但是，大家都對愛瑪既擔心、又好奇。我真想知道她會怎麼做！」

「我也想知道，」韋斯頓太太溫和地說，「很想知道。」

「她總是聲稱自己永不結婚，當然，這一點意義也沒有。不過我的確從未見到她愛上任何人。如果她能深深愛上一個適合的對象，倒也不見得是一件壞事。我希望看到愛瑪愛上某個人，也希望看到她對是否得到對方的愛感到憂慮，那對她是有好處的。不過，周圍沒什麼人迷戀她，而她也很少走出家門。」

「目前看來，似乎很難讓她改變決心，」韋斯頓太太說，「既然她在哈特菲爾德宅邸裡過得那麼愉快，我也不能指望她跟誰墜入情網。我現在不希望愛瑪結婚，不過我向你保證，我心中對她結婚的期盼一點也不少。」

她的話存在某種含意：盡量掩飾一個對他們夫婦有利的想法。他們曾想像過愛瑪的命運，但又不希望這些想法被人察覺。奈特利平靜地轉變了話題：「韋斯頓認為天氣怎麼樣？會下雨嗎？」她便深信，他既不想再談論哈特菲爾德宅邸，也沒有起什麼疑心。

第六章

愛瑪毫不懷疑，她已經將哈麗葉的幻想帶到一個適當的方向，並且將她的感激和虛榮引導到一個很好的目標。自從意識到艾爾頓是個英俊的男人，而且高雅迷人後，她發現哈麗葉變得聰明多了。從一些令人愉快的暗示來看，她確信哈麗葉已經對他產生了好感；她還很有把握地認為，即使艾爾頓現在還沒有萌生出愛意，也遲早會墜入情網。每當他談論她、讚揚她時，都是那麼地熱情洋溢，愛瑪無法想像這件事情還有什麼缺憾。自從哈麗葉來到哈特菲爾德後，她的風度有了驚人的成長，而他也越來越親近她了。

「妳把史密斯小姐需要的一切都給了她，」他說，「是妳讓她變得高尚而優雅；她剛來的時候就已經是個漂亮女孩，不過，依我看，妳讓她增加的魅力遠遠超過了她本身的自然美。」

「我很高興妳認為我幫上了她，但是哈麗葉原本缺少的不過是一點提示罷了。她本身具備一切的自然美、甜美、優雅、可愛，我幫的忙非常有限。」

「假如我能夠表示與一位女士不同的意見──」艾爾頓殷勤地說。

「或許我在她的性格中加入了一些堅毅，還教她考慮了一些以前從未接觸過的觀點。」

「的確如此。那正是令我大為吃驚的事。居然能在性格中加入堅毅！這需要什麼樣的技巧啊！」

「我覺得非常有趣，我過去從未遇過這麼可愛的性格。」

「我毫不懷疑這點。」他嘆息道，就像絕大多數的戀人一樣。又有一天，令她同樣感到欣喜的是，他附和了她一個突然產生的願望──為哈麗葉畫一幅肖象。

「妳以前讓人畫過肖像嗎？哈麗葉，」她問道，「坐著不動讓人畫肖像。」

哈麗葉當時正打算離開房間，這時停下腳步，天真無邪地回答道：

「噢！天哪，沒有，從來沒有。」

她剛離開，愛瑪便感嘆起來：

「擁有她的一幅畫像多棒啊！我願意拿全部財產去換這樣的一幅畫。我幾乎想自己動手幫她畫一張。我敢說你不知道，但兩三年前我非常熱衷於繪畫，還試著為我的幾位朋友畫過像，大家都覺得畫得不錯。不過我最後還是放棄了，假如哈麗葉願意坐在我面前讓我畫，我倒是可以再試試看。擁有她的一幅畫像多棒啊！」

「我同意，」艾爾頓嚷道，「那的確令人喜悅！伍德豪斯小姐，我支持妳為妳的朋友施展自己迷人的才藝。我知道妳的繪畫水準，難道這間屋裡不是到處掛著妳畫的風景和花卉嗎？難道韋斯頓太太的蘭道爾宅邸客廳裡沒有掛著幾幅難以臨摹的素描嗎？」

沒錯，好傢伙——愛瑪心想——可是這跟人像畫有什麼關係呢？你對畫像真是一竅不通呀！別裝出對我的畫這麼狂熱的樣子，把你的狂熱留給哈麗葉吧！「艾爾頓先生，既然你都這樣鼓勵了，我願意盡我所能嘗試一番。哈麗葉的容貌非常雅致，為她畫肖像實在不容易。她的眼睛形狀挺特別的，嘴巴周圍的線條也很難捕捉。」

「的確如此——眼睛的形狀和嘴巴周圍的線條——我相信妳畫得出來的。請妳嘗試看看吧！要是由妳來畫，套用妳自己的一句話：擁有她的一幅畫像多棒啊！」

「但是，艾爾頓先生，我怕哈麗葉不喜歡坐著。她很少想到自己的美貌。你有沒有注意到她回答時的態度？那意思簡直就是在說：『幹嘛幫我畫肖像？』」

「可不是嗎！我的確注意到了。這對我並沒什麼損失，不過我還是希望能說服她。」

哈麗葉很快又回來了，大家立刻向她提出建議。在他們誠懇的催促下，她毫不遲疑地答應了。愛瑪立刻取來畫夾，裡面放著她為許多人畫的肖像，這些肖像沒有一幅是完成的。她將各種作畫方式介紹給大家：微型畫、半身像、全身畫、鉛筆畫、蠟筆畫、水彩畫——她全部都想試。她在繪畫和音樂上付出的心力不多，但進步卻比任何人都來得大。她會彈琴、會歌唱，會幾乎所有的繪畫技巧，唯獨缺乏恆心。她幾乎不費吹灰力氣便達到了優秀的水平，卻都半途而廢。她對於自己的才能心知肚知，不過，要是有人對她的才藝作出過高的評價，她也不會感到遺憾。

每幅畫都有些優點，越是沒有完成的優點就越多。她的風格是生氣勃勃，讓兩位觀眾看得目不轉睛。任何人都會對肖像感興趣，尤其愛瑪的畫又是一流的。

「我沒辦法讓你們看更多的畫，」愛瑪說，「因為我畫的都是家裡的人，這是我父親——這一張也是我父親——不過，當他坐著讓人畫像時，總是太過緊張，害得我只能偷偷畫，所以這兩張都畫得不像。你們看，這是韋斯頓太太，這張也是——這張也是。親愛的韋斯頓太太！她在任何時候都是我最好的朋友，我要她坐在哪裡都行。這是我姐姐，那優雅的身段畫得挺像的！臉也畫得很像。假如她能多坐一會兒，我本來能畫得更好，可是她急著要我幫她的四個孩子畫，所以總是靜不下來。這些是我幫其中三個孩子畫的像——都在這裡，依次是亨利、約翰和貝拉；他們每一個都非常調皮，根本不可能站著一動也不動。想為他們畫像，除了模樣和膚色以外，其他都不容易，要是她們的五官長得比其他孩子都粗俗，倒還好畫一些。這是我為第四個孩子畫的像，他是個嬰兒，是我在他睡著時畫的。你們看，他帽子上的花畫得多像，他頭朝下趴著，睡得舒服極了。這張畫得非常像，我為小喬治感到驕傲。接下來是一張小型素描，是一位紳士的全身像——它是我的最後一張，也是最好的一張——我的姐夫約翰．奈特利先生。這幅畫沒畫幾筆就完成了，當時我有些懊惱，把它丟在一邊，發誓說再也不畫了。因為我好不容易畫完，而且畫得很好——韋斯頓太太跟我的意見一致——但伊莎貝拉卻冷冷地說：『是有點像，不過說實在的，應該要畫得更正式一些。』但我們當時無論如何也無法勸他坐下來。我本來是出於一番好心——總之，我再也忍不住了，所以最後沒有畫完，因為畫完也得不到人家讚美。從那時起，我就發誓再也不為任何人畫像了。可是為了哈麗葉——或者該說為了我自己，因為這其中沒有摻雜什麼夫妻關係——我願意破例一回。」

艾爾頓聽了似乎頗為感動，嘴裡一再重複道：「的確如此，的確沒有摻雜夫妻之類的關係，說的對極了。」愛瑪認為目前的場合十分微妙，不由得心想：是不是應該立刻迴避，讓她們兩人單獨留在房內。但是，由於她想畫圖，所以他們之間的表白只好稍稍延後一下。

她很快便決定了畫像的尺寸和類型。應該要是全身水彩畫，就像約翰的標準一樣。假如她滿意的話，還能在壁爐架上佔有非常重要的位置。

哈麗葉開始坐下充當模特兒。她臉上掛著微笑，臉頰露出紅暈，生怕不能維持固定的姿勢和表情。艾爾頓煩躁不安地站在愛瑪身後，盯著她畫出的每一筆。她想請他移動到不至於影響她作畫的位置，於是對他說，假如他願意為她們朗讀，那就太棒了，不僅能減緩她的緊張情緒，還能消除史密斯小姐的不安。

艾爾頓太樂意從命了。愛瑪安靜地繼續作畫，但也不得不允許他不時轉過頭來觀望——要是連這個要求都不能允許，對一個戀人來說也太過苛刻了。他在短暫的停筆間隙中，經常過來觀看進度，並為此感到著迷。這樣的舉動對愛瑪也不無鼓勵，雖然她不敢恭維他的眼光，但他的愛和她的歡心倒也無可指責。

模特兒非常令人滿意。她對第一天的素描相當喜愛，也希望今後還能再成為模特兒。畫上不乏相像之處，她的姿態十分迷人，愛瑪打算稍微修改一下身體的線條，讓她顯得更高挑、優雅一些。她確信，這幅畫將會成為一幅漂亮的畫像，也有信心將它擺在預定的位置，讓她永遠紀念朋友的美貌，展示自己的才藝，並作為兩人友誼的證明。

哈麗葉第二天將會繼續充當模特兒。艾爾頓也得到了允許，讓他繼續到場為她們朗讀。

「當然，你能來參加，我們將會非常高興。」

隔天的繪畫過程一樣伴隨著禮貌和殷勤，也一樣地成功和令人滿意，進行得既迅速又愉快。見了這幅畫的人都感到高興，但是艾爾頓卻是持續地狂喜，對任何批評意見一概加以駁斥。

「伍德豪斯小姐為她的朋友補充了她美中不足的一點，」韋斯頓太太評論道——她絲毫沒有猜到自己在與一位戀人說話——「眼睛畫得再好不過了，但是史密斯小姐本來沒有那種眉毛和睫毛。那正是她容貌上的缺陷。」

「妳真的這麼看？」他問道，「我不同意妳的看法。我覺得在各方面都像極了。我一輩子從未見過這麼維妙維肖的畫。妳知道，色調效果難免略有不同。」

「妳把她畫得太高了，愛瑪，」奈特利說。愛瑪知道的確是這樣，卻不願承認。艾爾頓便熱心地補充道：

「哦，不！當然不會了，一點也不會太高。因為她坐著，看上去身高當然也不同，總之，這樣正好，必須維持這個比例，對吧？它給人的高度印象正好跟史密斯小姐實際上一樣。的確如此！」

「非常好看，」伍德豪斯先生說，「畫的很好！像以前的畫一樣好，我親愛的。我從來沒見過比妳畫得更好的人。但我唯一不太喜歡的是，她看起來就像坐在室外，肩膀上的披風太小——讓人看了忍不住擔心她著涼。」

「親愛的爸爸，我想給人夏天的感覺，在夏天一個溫暖的日子——看看那些樹吧。」

「可是，親愛的，坐在室外絕對不健康。」

「先生，您怎麼說都行，」艾爾頓叫道，「但我必須說，我認為將史密斯小姐畫在室外是一個最棒的主意！在其他場景都會顯得缺乏風格。史密斯小姐純真的態度——整體來說——啊！簡直太令人崇拜了！我簡直不願意將目光移開。我從來沒見過這麼好的畫。」

下一步要做的是為這幅畫裱框，這可有點困難，但應該立即去做，而且只能在倫敦。這個訂單必須交給某個有知識的人，這個人的品格必須值得信賴。平常這種事都交給伊莎貝拉，但這次千萬不行，因為現在已經十二月，伍德豪斯先生絕不允許她在十二月的大霧中出門。艾爾頓一得知這種煩惱，立刻自告奮勇。「假如信得過我的話，那將是我無限的喜悅！我隨時願意啟程，我對這項任務的期待簡直無法用言語形容。」

他正是太好了！——她承受不住這種想法，無論如何也不能讓他這麼麻煩。但他又一再地懇求，並且一再保證，於是沒過幾分鐘，這件任務便定下了。

艾爾頓要帶著這幅畫去倫敦，選好畫框，再派人送回來。愛瑪認為他可以把畫隨便包起來、既保證畫的安全，又不會增加他的麻煩。但艾爾頓卻因為不夠麻煩而擔心得要命。

「這是一件多麼貴重的寶物啊！」他接過畫時感嘆道。

「這個人過分殷勤，幾乎不像個戀愛中的人，」愛瑪想到，「不過，戀愛或許有幾百種不同的形式。他是個了不起的年輕人，與哈麗葉非常匹配，就像他自己的口頭禪那樣：『的確如此。』」但愛瑪又嘆了口氣，感到苦惱，「他的奉承太多了，假如我是他討好的對象，一定會受不了。雖然我現在只是次要的，受到的奉承還是太多。好在他感激我只是為了哈麗葉。」

第七章

艾爾頓去倫敦之後，愛瑪又發現了向朋友提供服務的機會。哈麗葉像往常一樣，吃過早飯後就一直在哈特菲爾德宅邸，之後回家一趟，再回來吃午餐。只見她情緒激動地提到發生了一件奇怪的事，急著把它說出來。事情只花了半分鐘就講完了：她回到哥達太太那裡，立刻聽說馬丁一小時前來過，留下一個小包裹，那是他的一個妹妹送的。打開包裹後，她發現裡面除了她借給伊莉莎白抄寫的兩首歌詞外，還有一封給她的信。這封信是馬丁寫的，內容是向她求婚。「誰會想到這種事呢？我太吃驚了，簡直不知道該怎麼辦！那封信寫得很好，至少我是這樣想的。信上的口吻彷彿他真的很愛我！所以我馬上就跑回來，想向伍德豪斯小姐請教該怎麼辦。」

愛瑪為她的朋友看上去這麼興奮感到羞恥。

「我說過，」她喊道，「這個年輕人絕不會因為羞於啟齒而錯過任何東西。他要盡其所能地維持關係。」

「妳樂意讀讀這封信嗎？」哈麗葉說道，「請妳讀一讀吧！希望妳讀一讀！」

愛瑪讀完了那封信，感到吃驚。信上的文體大大超過了她的預料，不僅沒有文法錯誤，而且結構高雅，不亞於一位紳士；文章雖然樸實無華，感情卻強烈真摯。信的內容簡短，但表達出良好的理智和熱情的愛戀，她不僅停頓了片刻。哈麗葉站在一旁，急著聽到她的看法，一再說道：「唉！唉！」最後才不得已問道：「是不是一封好信？是不是有點短？」

「沒錯，的確寫得不錯，」愛瑪緩緩回答道，「寫得很好，哈麗葉，每一個方面都很不錯，所以我認為一定是他某位妹妹幫忙寫的。我無法想像那天跟妳說話的那個年輕人能將心意表達得這麼好；然而，這又不是一個女子的口吻——它的口氣太強烈、篇幅太簡短，不是女子那種纏綿的口吻——無疑是個有智慧的男人；我想，可能還有些強烈而明快的思維，手裡一握住筆，便能下筆成章，有些男人就是這樣。是啊！我能理解這種天份。朝氣蓬勃、堅決果斷，既富於感情，又不粗鄙。哈麗葉，這封信比我想像的要好。」說完，她將信遞還給她。

「那麼……」哈麗葉仍然等待著，「那……那……我該怎麼辦呢？」

「妳該怎麼辦？關於哪方面？妳是指關於這封信？」

「是的。」

「妳還有什麼好疑惑的？當然必須寫回信，一定要快。」

「好的。但我該寫什麼呢？親愛的伍德豪斯小姐，請妳給我指點吧。」

「啊，不，不！信最好還是由妳自己來寫。我敢說，妳一定會恰如其分地表達自己的意思，這是最重要的。既不能有絲毫疑惑，也不能回答得模稜兩可。我確信，妳一定會想出許多客套的感激之詞，或是安慰他的詞語，不必提示妳也知道，寫的時候絕不能因為想到他的失望而感到悲哀。」

「那麼妳認為我應該拒絕他了？」哈麗葉垂下了頭。

「應該拒絕他？親愛的哈麗葉，這是什麼意思？妳對這點還有什麼懷疑嗎？我認為——請妳見諒，也許我搞錯了。要是妳對該怎麼回答都沒有頭緒，那我肯定搞錯了妳的意思。我還以為妳是向我請教該如何措詞呢！」

哈麗葉不出聲了。態度稍有些保留，愛瑪繼續說道：

「我猜，妳是想給他一個肯定的答覆吧？」

「不，不是這樣的，也就是說，我沒有這個意思——我該怎麼辦呢？妳有什麼好建議嗎？求求妳，親愛的伍德豪斯小姐，告訴我究竟該怎麼辦。」

「我什麼建議也沒有，哈麗葉，我不插手這件事。妳必須按照自己的感情去面對。」

「我沒想到他這麼喜歡我。」哈麗葉仔細回味著那封信。愛瑪默默忍耐了一會兒，她開始感到那封信中的讚美具有太強的誘惑，最好由自己來開口。

「哈麗葉，我們不妨訂一個規則，也就是一個女人是否該對一個男人產生猶豫。假如她對是否該說『是』猶豫不決，那就應該直接說『不』。半信半疑的態度是相當危險的，作為一個比妳年長的朋友，我認為自己有義務對妳說這番話。但是別認為我試圖影響妳。」

「啊！不，我知道妳完全是為了我好——不過，假如妳能給我一點建議，告訴我該怎麼辦——不，不，我不是這個意思——正如妳所說的，我必須堅定，不能遲疑——這可是件嚴肅的事，也許說『不』比較保險。妳是不是認為我最好說『不』？」

「我絕不會這樣建議的，」愛瑪優雅地微笑道，「不論是什麼樣的抉擇，只有妳最能明白自己的幸福。如果妳喜歡馬丁先生勝過其他人，或是認為他是妳的朋友中最讓妳感到愉快的，那妳還猶豫什麼呢？哈麗葉，妳的臉紅了，聽了我的說法後，此時是不是有其他人浮現在妳的腦際？不要被感激和衝動左右了，此時妳想到了誰？」

哈麗葉沒有作答，一臉迷惑地轉過頭去，站在火爐旁沉思。雖然那封信仍在她手裡，但是她並不閱讀，只是將它搓來搓去。愛瑪耐心地等待著結果，並懷著強烈的希望。最後，哈麗葉遲疑地說道：

「伍德豪斯小姐，既然妳不願意給我建議，我只好自己作出判斷。現在，我幾乎已經決定拒絕馬丁先生了。妳認為我做得對嗎？」

「正確，太正確了！親愛的哈麗葉，妳做出了應有的選擇。當妳猶豫的時候我沒有表達自己的感情，但既然妳已經完全決定了，我可以毫不遲疑地表示贊同。親愛的哈麗葉，我為此感到開心。假如妳跟馬丁先生結婚，我就會失去妳這樣的朋友，那我會很傷心的。因為我絕不會去拜訪阿貝米爾農場的羅伯特．馬丁太太。現在，我可以保證妳會永遠陪在我身邊了。」

哈麗葉沒有想到自身的危險，但這個念頭讓她大受震驚。

「妳不會來拜訪？」她驚訝地喊道，「是的，妳當然不可能來了。但是我從來沒想過這一點，這真是太可怕了！真危險呀！親愛的伍德豪斯小姐，我寧可失去一切，也不願放棄與妳的友誼以及它帶給我的愉快。」

「的確，哈麗葉，失去妳將是個極大的痛苦。但妳那麼做肯定會讓我失去妳；妳差點把自己從這個良好的社交圈放逐出去，那樣我也只好放棄妳。」

「天哪！我怎麼能承受得了這些？假如我再也不能來哈特菲爾德宅邸，那等於要我的命！」

「親愛的，妳的感情多麼可貴！是妳捨棄了阿貝米爾農場！妳永遠拋棄了無知及粗俗的生活圈！我真不知道那個年輕人憑什麼向妳提出那種要求，他未免太過自負了。」

「我認為他並不自負，」哈麗葉說，她的良心不同意這種譴責，「至少他是個善良的人，我會一直感激他、尊敬他……妳知道，雖然他可能喜歡我，但不代表我就應該……當然，我必須承認，自從我來這裡之後，我見過一些人……假如把他跟他們相比，無論是外表還是舉止，都大為遜色；不過，我真的認為馬丁先生是個和藹可親的人，我很滿意他。他那麼迷戀我……還寫了這麼好的一封信……不過，說到要離開妳，無論如何我也不願意。」

「謝謝妳，我最親愛的朋友。我們不會分開，一個女人不能僅因為一個男人向他求婚就以身相許，也不能因為對方單方面的迷戀，或是寫了一封還過得去的信，就嫁給他。」

「啊！不能——而且還是一封短信。」

愛瑪體會到她的朋友十分庸俗，但沒有追究這點，只是說：

「對，他那種小丑般的舉止或許隨時都會惹妳生氣，他會寫一封好的信也不能成為一種小小的慰藉。」

「啊！是的，確實是這樣。沒有人會關心一封信，重要的是要生活在一起；我已經決定要拒絕他了，但我該怎麼辦？該這麼說呢？」

愛瑪向她保證說這沒什麼困難的，並建議她寫一封直截了當的回信。哈麗葉希望得到她的幫助，連忙表示同意。儘管愛瑪口頭上繼續表示拒絕提供任何建議，卻在每個語句的寫作上都給了指導。不過，哈麗葉仍然不想刺激他生氣，也很在意他的母親和姐妹會怎麼想，希望她們別把她看成不知感恩的人。愛瑪於是相信：假如那個年輕人此刻來到她面前，她一定會立刻接受他的求婚。

不過，這封信還是寫出來了，密封好，寄了出去。這下子哈麗葉便安全了。一整晚，她的情緒低落。為了進行安慰，愛瑪有時候聊起自己的情感，有時談起關於艾爾頓的話題。

「他們再也不會邀請我去阿貝米爾農場作客了。」她說話時的語調有些感傷。

「我的哈麗葉，即使妳受到邀請，我也忍受不了與妳分離的痛苦。哈特菲爾德宅邸太需要妳了，不能讓妳去阿貝米爾農場。」

「我再也不想去那裡了，因為我只有在哈特菲爾德宅邸才會覺得幸福。」

接著，話題改變了。「我認為哥達太太知道這一切之後，一定會感到非常驚訝。我相信奈許小姐也會吃驚，因為她認為她的妹妹嫁給了一個好人家，其實對方只不過是個賣麻布的。」

「哈麗葉，看了學校教師那種過度的自豪和做作，真令人遺憾！我敢說，奈許小姐甚至會嫉妒妳得到這麼一個結婚的機會。就連迷倒了一位農夫，在她看來都這麼可貴了，那要是迷倒一個地位更高的人，我猜她一定會看傻了眼呢！那個人從不會去注意海伯里的流言蜚語；因此我猜，他的舉止變化肯定是因為妳跟我。」

哈麗葉臉紅了。她微笑著說，不知道那個人會不會喜歡她。聊起艾爾頓當然會讓她感到興奮，但不久之後，一提起拒絕馬丁的事情，她的心又軟了。

「他應該已經收到我的信了，」她輕聲說道，「真好奇他們正在做什麼……她的妹妹是不是已經知道了……假如他不高興，她們也不會高興的。我希望他不會太過在意。」

「想想那些令妳快樂的朋友吧！」愛瑪嚷道，「此時的艾爾頓先生也許正在讓她的母親和姐妹們看妳的畫像，對她們講述本人比畫裡的人要漂亮得多，等她們問了五六遍之後，他才願意說出妳可愛的名字。」

「我的畫像？他不是把我的畫像留在龐德街了嗎？」

「怎麼會！真是那樣的話，我也未免太不瞭解他了。不會的，我親愛又溫柔的小哈麗葉，相信他吧！在明天出發之前，他絕不會把畫像留在龐德街。那幅畫今晚會陪伴著他，是他的安慰和喜悅。它將會向他的家庭宣示未來的打算，它會把妳介紹給她們，它會在人群之中散播好奇心和愉快的感情。多麼歡樂，多麼生動，多麼難以捉摸！他們的想像力又多麼忙碌不休！」

哈麗葉再次微笑。她的微笑變得越來越開心。

第八章

那天晚上，哈麗葉在哈特菲爾德宅邸過夜。過去的幾個禮拜，她有一半的時間是在這裡度過的，她漸漸有了一間專門的臥室。愛瑪認為，讓她盡可能待在自己身邊，從各方面來說都是最安全的。哈麗葉隔天早上要去哥達太太那裡一兩個小時，她們決定，等她結束行程後就回來哈特菲爾德，在這裡小住幾天。

她不在的時候，奈特利來了，並與伍德豪斯父女在一起聊了一會兒。由於伍德豪斯先生早已計畫出去散步，只好暫且將客人撇下。奈特利不拘泥客套，回答簡潔果斷，與伍德豪斯先生沒完沒了的道歉與多餘的禮貌形成滑稽的對比。

「請見諒，奈特利先生，我相信，如果你認為這麼做不會非常冒昧無禮的話，那我就接受愛瑪的建議，出去散步一刻鐘。太陽已經快下山了，我相信我最好盡可能走個三圈。奈特利先生，恕我失禮了。出於健康的考量，我認為自己應該擁有一些特權。」

「親愛的先生，別把我當成外人了。」

「那就由我的女兒做為我的代表。愛瑪一定很高興能招待你，因為我必須請你原諒，去走完我的那三圈——那是我冬天的例行散步。」

「再好不過了，先生。」

「我原本想請你陪我，但我的腳程很慢，怕會讓你厭煩；再說，你回唐維爾時還得走很長一段路。」

「謝謝您，先生，謝謝，我馬上就走。我認為您越早出發越好。讓我為您拿您的大衣，為您打開門。」

伍德豪斯先生終於走了。但奈特利並沒有馬上離開，而是再次坐下，似乎想再多聊一會兒。他開始提到哈麗葉，談論她用的讚美詞語是愛瑪過去從未聽過的。

「我不像妳那樣把她看成一位美人，」他說，「不過她是個標緻的小女孩，我相信她的天性非常好，至於性格則隨周圍的人而定。如果有好的影響，將會變成一名高尚的女人。」

「我很高興你這麼想，我希望她不會缺乏好的影響。」

「好吧，」他說，「妳急著想被稱讚，那我只好這麼說：妳真的改變了她，妳治好了她原本那種女學生般的傻笑，她真的沒有讓妳失望。」

「謝謝你，假如我什麼忙都沒幫上，一定會很悔恨的；不過，並不是每個人在誇獎別人時都那麼慷慨，你也並不常對我大加讚揚。」

「妳說過，妳今天早上要等她？」

「幾乎隨時都在等，她已經超過約好的時間了。」

「被什麼事耽擱了吧？也許是她的一些客人。」

「海伯里的三姑六婆！惹人厭的倒楣鬼！」

「哈麗葉不像妳一樣，認為每個人都討人厭。」

愛瑪知道這句話很正確，無法辯駁，因此什麼也沒說。

他微笑著補充道：「我不敢說自己知道時間或地點，但我必須告訴妳：我有充分的理由相信，妳的朋友很快就會聽到某件對她有利的事。」

「是嗎？為什麼？什麼樣的事？」

「非常嚴肅的事，我向妳保證。」他仍然一臉微笑。

「非常嚴肅？我只能想到一件事——誰愛上了她？是誰讓你這麼深信不疑？」

愛瑪希望是艾爾頓留下了什麼暗示。奈特利是大家共同的朋友和智囊，她知道艾爾頓一定會向他請教。

「我認為，」他回答道，「哈麗葉很快就會被求婚，對象是個無可挑剔的人——羅伯特．馬丁。今年夏天她去阿貝米爾農場拜訪時似乎讓他下定決心。他被她迷得神魂顛倒，決心娶她為妻。」

「他是個謙和的人，」愛瑪說，「不過，他確定哈麗葉想嫁給他嗎？」

「這個嘛，他有意向她求婚。妳覺得呢？前天晚上他專程來向我請教，他知道我很敬重他們一家，我也相信他把我視為最好的朋友之一。他請教我的意見，問我這麼早成家是否太過魯莽，問我是否認為她太年輕；總之，問我贊不贊成他的選擇。他最擔心的是她的地位高於他，尤其妳又提高了她的地位。我對他的話感到非常高興，因為我從未聽過這麼真誠的表示。他談話時總是十分爽快、坦誠，而且理智。他把自己的情況和計畫，以及結婚後的家庭安排告訴了我。他是個傑出的年輕人，既是個好兒子，也是個好哥哥，因此我毫不猶豫地贊成他結婚。我深信，處在他的地位上，他不可能做得比現在更好了。我也讚美了那位漂亮女孩，最後在愉快的氣氛中送他離去。他過去也許沒有重視過我的意見，但這一次他肯定會對我高度重視。我敢說，他離開我的房子時，心裡一定覺得我是他這輩子最好的朋友。這件事發生在前天，如今，我們可以相當有把握地推測，他會找到機會與這位女孩談。由於他昨天顯然沒有開口，今天他很有可能去哥達太太那裡。她或許會被一位訪客纏住，心裡根本不知道他有多麼迫不及待。」

「請問，奈特利先生，」當他說話時，愛瑪心中暗自發笑，「你怎麼知道馬丁先生昨天沒有開口？」

「當然了，」他回答道，心裡覺得吃驚，「我並不清楚。但這是可以推斷的。她昨天難道不是整天跟妳在一起嗎？」

「好吧，」她說道，「為了報答你跟我說這一切，我可以告訴你一些事情。他昨天開口了——或者該說他寫過信了，而且被拒絕了。」

奈特利要她再說一遍，最後才相信是真的。他又驚訝又難過，站起身的時候臉氣得漲紅，說道：

「那她一定是個蠢蛋！我以前從沒想到。這個愚蠢的小姐到底想幹嘛？」

「啊！」愛瑪叫道，「男人從來就不懂一個女人為什麼要拒絕男人的求婚。在男人的想像中，一個女人應該嫁給向她求婚的任何人。」

「胡說！男人才不會這麼想。但這到底是什麼意思？哈麗葉拒絕了羅伯特？如果這是真的，那簡直太瘋狂瘋了。妳該不會搞錯了吧？」

「我看著她寫回信，再清楚不過了。」

「妳看著她寫回信？妳還替她寫了吧？愛瑪，這可是妳常做的事，是妳說服她拒絕了他。」

「我絕不會允許自己那麼做。不過，假如我真的那麼做的話，我也不會認為自己錯了。馬丁先生是個值得尊敬的年輕人，不過我不認為他配得上哈麗葉，而且我對他居然厚著臉皮寫信給她感到吃驚。照你的說法，他似乎還有些顧慮，真可惜！他竟然克服了這些顧慮。」

「配不上哈麗葉？」奈特利激動地叫道。過了一會兒，他才恢復冷靜，用十分嚴厲的聲音說道：「沒錯，他們兩個的確不匹配，因為他的理智和地位都比她高多了。愛瑪，妳對那個女孩的喜愛蒙蔽了妳的雙眼，妳憑什麼說她比羅伯特．馬丁優越——不論出身、本性還是教育？她不過是個私生女，也沒有什麼社會人脈；在大家心目中，她的身分只不過是個普通學校的寄宿生罷了。她不是個聰明的女孩，也不是一個懂事的女孩；她學到的全是些沒用的知識，她本人太年輕、太單純，不可能靠自己學到什麼。在她這個年紀，不可能有什麼見識；憑著她那點微不足道的智慧，絕不會想出對自己有益的事。她長得好看、脾氣溫和，僅此而已。我曾向他提出唯一的顧慮，就是她配不上他，而且地位也不相當。就財產而論，我認為他本該娶個更富有的女孩；而在尋找一個賢慧的伴侶上，他也找不到比她更糟的人選了。但我不能對一個戀愛中的男人如此分析，再說，我也深信娶她並沒什麼壞處，因為只要她的天性能得到他的指引，或許就能夠被引上正途，得到很好的結果。我感覺到，從這樁婚姻中得益的完全是她；直到現在我也不懷疑，如果大家知道她居然這麼幸運，一定會連聲讚嘆。我甚至覺得妳也會對此感到滿足；我當時立刻就想到，妳不會為了朋友要離開海伯里感到遺憾，而是會為了她的終身大事感到驕傲。我還記得當時曾自言自語：『雖然愛瑪那麼偏愛哈麗葉，可是就連她也會認為這是一樁匹配的婚事。』」

「你根本不瞭解我，竟然敢說出這種話，真令我感到詫異！你想想，他是什麼身分？一個農夫怎麼能配得上我最親密的朋友？即使馬丁先生有各種優點，到頭來還是一個農夫！讓她嫁給一個我不屑結交的人，而我一點也不感到遺憾？真不知道你怎麼會這麼看待我。我很確定我們的想法完全不同，而且不得不認為，你的說法實在有失公平，你對哈麗葉不大厚道。其他人跟我都有不同的見解：在他們二人之中，也許馬丁先生比較富有，但在社會階級方面，他無疑低於她。她的社交圈遠在他之上。假如兩人結婚，那可是委屈了她。」

「一個無知的私生女嫁給一位可敬、博學的農場主人，竟然叫做委屈？」

「說起她的出身，從法律上來看，也許她算不上什麼大人物，但並不影響人們的認知。她不必為前人的錯付出代價，她的社會地位不能因此便低於養育她的人。我敢說，她父親是個紳士，而且是富有的紳士。她的生活費非常充裕，凡是能保障她生活的東西一件不少。她的父親是個紳士，這一點我深信不疑。她又與另一位紳士的女兒關係良好，這一點沒人能夠否認吧？所以，她比馬丁先生優越。」

「不管她的父母是誰，」奈特利說，「或她的監護人是誰，反正他們顯然沒有把她帶進妳所謂的上流社會。在接受過完全不同的教育之後，她被送到哥達太太的學校，盡可能地提高——簡單來說，就是按照哥達太太的方式生活，認識哥達太太的熟人，她的朋友們顯然認為這對她已經足夠了。她本人也沒有更大的心願，在妳讓她當妳的朋友之前，她對自己的生活方式毫無怨言，也沒有產生過其他奢望。夏天，她與馬丁一家一起生活時，感到無比的幸福。當時她並沒有什麼優越感——假如她現在有，那就是妳強加給她的。愛瑪，妳不是哈麗葉的朋友，假如羅伯特沒有確信她傾心於他，就絕不會邁出這麼大的一步。我很瞭解他，他的感情太真摯了，不會選擇那種自私的女人；至於說自負，就我所知，他比任何男士都更不具備這種特質。相信我吧！他有一種能振奮人心的精神。」

對於這番評斷，愛瑪認為最好不直接回答。她再次接著自己剛才的話：

「我剛才已經說過了，這對哈麗葉不公平。哈麗葉追求更好歸宿的渴望，並非像你描述的那麼卑鄙。她不是個聰明的女孩，但是她的心地比你想像的要好，她的理解能力也不該受到如此的輕蔑。不過，先不說她的理解力，就假設她只是那種長相漂亮、脾氣溫和的女孩；讓我告訴你，光這兩點就並非微不足道。因為她真的非常漂亮，一百個人之中肯定有九十九個人會這麼想。在男人們對於美的定義變得更加哲理化之前、在男人們愛上的不是漂亮面孔而是聰明的頭腦之前，一位像哈麗葉這樣的女孩肯定還是會受到崇拜和追求。她有資格選擇自己喜歡的男人。她的脾氣也不是個微不足道的優勢，她的脾氣和禮貌從來都是那麼恰當、謙恭，又願意對別人的好意作出愉快的回應。假如你們男人不認為她是漂亮的，不喜歡女人具有這種美好的天性，那就算是我想錯了。」

「的確，愛瑪，聽了那套濫用的理由，幾乎也讓我產生同樣的想法。寧可沒有理性，也不要那樣濫用。」

「可不是嗎？」她開玩笑般說道，「我知道你們都有那種感覺。我知道哈麗葉這樣的女孩是每個男人都喜歡的，立刻就能迷住他們的感官，滿足他們的渴望。哈！假如你自己要結婚的話，她對你再合適不過了。她才十七歲，剛展開人生，剛開始被人們認識，難道因為她對第一封求婚信表示不同意，就應該受人譴責？不，請你給她一點時間，好好觀察自己的周圍吧！」

「我一向認為這是一種愚蠢的友誼，」奈特利說，「不過我從來沒跟別人談過。現在，我認為這種友誼對哈麗葉簡直太不幸了。在妳的吹捧下，她很快就會對自己周圍的人感到厭惡。一旦虛榮心在弱者的心中紮根，將產生各種惡劣影響。想增加一位年輕女士的欲望比什麼都容易。儘管史密斯小姐是個漂亮的女孩，卻不會有人一直向她求婚。一位有理智的男人——無論妳怎麼描述他們——總之，絕不會選擇愚蠢的女人做妻子；出身名門的男人也不會與這麼一個出生低微的女子結婚。讓她嫁給羅伯特吧！她會因而得到安全感，受到尊敬，永遠過著幸福的生活。假如妳鼓勵她指望一樁不得了的婚姻，假如妳教導她只有跟一位有錢有勢的人結婚才能滿意，那麼她可能一輩子都要住在哥達太太的學校裡了——或者說，在她忍無可忍之前。因為她遲早會嫁給別人，最後或許只能挑一位校長的兒子。」

「我們在這件事上的看法絕不一致，奈特利先生，看來繼續談下去也毫無結果，只會讓對方越來越生氣。不過，要我允許她跟馬丁結婚是不可能的。她已經拒絕了他，而且態度非常堅定；我認為，這麼做是為了防止他鍥而不捨。她必須承擔拒絕他的後果，無論是什麼樣的後果。至於說拒絕，我也不撇清自己對她的影響力；不過我向你保證，現在即使是我也無能為力了。他的外表那麼不堪，他的舉止那麼惡劣，她不可能再對他產生好感了。我可以想像，在她遇到比他優秀的人之前，也許還能忍受。他是她朋友們的哥哥、他竭力討好她，而且在阿貝米爾農場時也沒有更好的人選——這對他是個有利條件，她或許發現自己並不討厭他；但是現在情況有了變化。她知道什麼叫做真正的紳士，除了受過教育、風度優雅的男人之外，哈麗葉不會愛上任何人。」

「胡說，我從沒聽說過這種毫無根據的話！」奈特利叫道，「羅伯特的富有風度、態度誠懇、個性和藹，哈麗葉根本不瞭解他真正的紳士氣度。」

愛瑪沒有回答，表現出漠不關心的樣子，但心裡很不好受，希望他趕快離開。她對自己的所作所為並不感到悔恨，依然認為自己對女性心理的判斷比他正確多了。然而，她對他的眼光往往有一種尊敬感，正因如此，他才敢大聲反駁她，並怒不可遏地和她對視著。這種場面很令人不愉快，就這樣持續了幾分鐘，愛瑪聊起了天氣，但是他沒有回答。他在思考，最後說出了這段話：

「羅伯特沒受到什麼損失——希望他能這麼想。我希望他很快就會這麼想。妳對哈麗葉的看法最好埋藏在心裡。不過，由於妳為人做媒的嗜好早已人盡皆知，要猜出妳的想法倒也不難——作為一個朋友，我要向妳提示：如果那個男的是艾爾頓，我看妳是白費力氣。」

愛瑪笑著否認了。他繼續說下去：

「相信我的話吧！艾爾頓不行。艾爾頓是個非常好的人，而且是海伯里教區受人尊敬的牧師，在擇偶上絕不可能如此冒失。他比任何人都更明白金錢的價值。艾爾頓講話的時候也許富於感情，但他的行為是非常有理智的。他對自己權利的瞭解，就像妳對哈麗葉權利的瞭解一樣清楚。他知道自己是個英俊的年輕男人，也知道無論在哪裡，自己都是個非常受歡迎的人。我曾從他毫不保留的談話中判斷出，他並不想隨意貶低自己。我聽他興致勃勃地提起他妹妹一個好朋友的家庭，在那個家庭裡，每位小姐平均都有兩萬鎊的收入。」

「非常感謝您！」愛瑪再次笑著說道，「假如我下定決心要讓艾爾頓和哈麗葉結婚，能從您口中得到這麼多情報真是再好不過了。不過，目前的我只想讓哈麗葉陪著我自己，不打算再幫人做媒。我不可能超越自己在蘭道爾宅邸的成就。」

「祝妳一切安好。」奈特利一邊說，一邊起身離去。他非常惱怒，替那個年輕人感到可惜，也為自己的失敗感到羞愧，尤其為愛瑪在這件事中造成的影響感到憤怒。

愛瑪也苦惱了好一陣子，不過她苦惱的原因比他更曖昧一些。她並不像奈特利一樣，時常感到自信滿滿，或深信自己的意見是正確的。他離開時帶著的高傲神氣讓她感到沮喪，不過，這種沮喪並沒有維持太久，不久之後哈麗葉就回來了，氣氛立刻恢復正常。哈麗葉在外面待了那麼久，已經讓她感到不安了。那個年輕人如果跑去哥達太太那裡見哈麗葉，以自己的方式向哈麗葉求婚——這種想法令她驚慌不已。不過，哈麗葉回來了，也不是因為那種原因而晚歸，她於是感到心滿意足，並確信自己做的事全是出於女人之間的友誼，無論奈特利怎麼想。

他對於艾爾頓的言論讓她大吃一驚，不過，她認為到奈特利不可能像她觀察得那麼仔細、不可能有像她一樣的興趣、也不可能在這種事情上具備像她一樣的觀察力、而且還是在憤怒下說出那些話的，於是相信：他說的全是自己心裡的願望，而且無憑無據。她必須親自來判斷，不能完全聽信奈特利的話。他當然比她更有可能聽到艾爾頓的真心話，艾爾頓在金錢上也可能不會草率行事；不過，奈特利忽略了熾熱的愛情和各種有趣動機可能帶來的影響，他沒有見識過這種愛情，當然也就無法想像它的效果。但她卻對此屢見不鮮，絲毫不會懷疑它能克服一切合理的顧慮。她相信，艾爾頓並不是一個過份謹慎的人。

哈麗葉歡樂的心情感染了她。她回來時不是在思念馬丁，而是在談論奈許小姐聽說的、關於艾爾頓的事。她興致勃勃的重複了一遍：佩里先生曾經到哥達太太那裡診療一個生病的孩子，他對奈許小姐說，昨天離開克雷頓公園時曾見到艾爾頓，並驚訝地發現艾爾頓正在前往倫敦的途中；儘管今晚是橋牌俱樂部的聚會日，但他卻說明天才會回來——以前他一次也沒有錯過這種聚會。佩里先生勸他延期一天，說少了他的到場，大家一定會很失望，但都徒勞無功。艾爾頓執意要走，說是為了一個特別的原因，任何事情都無法讓他延後。那是一項令人羨慕的任務——保護一件極為珍貴的物品。佩里先生不太明白他的話，但他相信，一定跟某位女士有關。艾爾頓只是鎮定自若地微笑了一下，便興致盎然地驅車離開了。奈許小姐把這一切都告訴了哈麗葉，還講了艾爾頓的許多事情，同時又煞有其事地對她說：「我不知道他去辦什麼事，不過有一點我很清楚，那就是艾爾頓先生喜歡上的女人絕對是世上最幸運的女人，因為艾爾頓先生是絕無僅有的美男子，性情又特別迷人。」

第九章

奈特利可以跟她爭辯，但是愛瑪不會在心中跟自己爭辯。出於憤怒，奈特利很久沒有來拜訪哈特菲爾德宅邸。等他們再次見面時，他那氣沖沖的表情顯示出，他還沒有原諒愛瑪。她感到遺憾，但不僅沒有悔悟，反而在之後幾天中更加心安理得地進行她的計畫。

艾爾頓回來後不久，就將那幅裱框精緻的畫像送來，掛在客廳的壁爐上方。他站直身子望著它，嘴裡讚不絕口；至於哈麗葉，她的依戀之情正變得越來越強烈，這正是她這個年紀和那簡單的頭腦所造成的。愛瑪感到十分滿意。由於艾爾頓與馬丁形成的強烈對比，連哈麗葉也不再去想馬丁了。

她希望增加朋友的知識，計畫讓她進行大量的閱讀，並與她廣泛交談；然而，無論是哪本書，都很少讀到後面的章節，她們的進度往往擱置到明天。隨意閒聊比認真的鑽研更加容易；在腦海中幻想哈麗葉的未來，比努力拓展她的知識、或是板著面孔做枯燥的練習要愉快得多。目前，哈麗葉唯一從事的書面研究，就是將自己發現的各種謎語抄寫在她朋友製作的筆記本上，並畫上符號和圖案。

在這個印刷普及的時代，如此大規模的收藏並不罕見。在哥達太太的學校裡任教的奈許小姐就抄寫過至少三百條謎語。哈麗葉從她那裡得到了啟發，希望能收集到更多。愛瑪幫助她完成這項創舉，由於哈麗葉的筆跡非常漂亮，在形式或數量上都有可能彙編成一卷。

伍德豪斯先生對這種嗜好幾乎像兩個女孩一樣感興趣。常常努力回憶起一些值得她們記住的東西。「我年輕時曾記得許多充滿智慧的謎語——我不知道還記不記得起來，不過希望遲早能想起來。」他每次總會以一句「琪蒂，冷若冰霜的美麗少女」作為收尾。

將海伯里的全部智慧集中起來並不是她女兒的願望。她只希望艾爾頓能幫忙，要求他提供自己記得的好謎語、啞謎、字謎等。她喜歡觀察他沉思時的模樣。與此同時，她能察覺到他的嘴唇流露出的男子氣概。有兩三條漂亮的謎語是由他提供的，當他終於回憶起一個字謎時，不禁雀躍不已，並富有感情地背誦出來：「我的第一個字母表示苦惱，第二個字母要忍受這苦惱，我的全部是一劑解藥，既能緩和、又能治癒苦惱。」

讓她感到遺憾的是，她們在前面幾頁已經收錄了這條字謎。

「艾爾頓先生，你自己幫我們想一條可以嗎？」她問道，「只有這樣才能保證不會跟其他謎語重複，這對你來說不是很容易嗎？」

「啊，不行！我從來沒有想過這種東西。我是個愚蠢的人！恐怕就連伍德豪斯小姐，」他停頓了片刻，「或是史密斯小姐，都無法激勵我編出謎語來。」

然而，就在第二天，他卻突然有了靈感。他短暫拜訪，將一張紙條留在桌上。照他所說，上面是一條字謎，是他的某位朋友寫給一位崇拜的女孩的；不過，愛瑪從他的模樣立刻判斷出，那一定是他自己寫的。

「這不是獻給史密斯小姐收集用的，」他說，「應該是我朋友寫的，我沒有權利將它公開。不過，也許妳們不反對觀看一下。」

這番話主要是對愛瑪說的，而不是對哈麗葉，愛瑪看得出這一點。他的目光十分深沉，發現直視她的眼睛，比直視她朋友的眼睛來得容易。只稍稍停留片刻便離開了。

「拿著吧，」愛瑪微笑著將紙推到哈麗葉面前，「是給妳的。妳自己留著吧！」

哈麗葉渾身顫抖，不敢碰觸那張紙片。愛瑪一向喜歡搶第一，便很高興地自己拿起來看。

致某位小姐：

第一半代表王者的富有與華貴，世界主宰的奢侈與舒適。
第二半顯示出人的另一面，觀察他吧，那是海洋的君王！
啊！堅如磐石，眾望所歸！
人吹噓的力量和自由，全都化爲烏有。
陸地與大海的主宰俯首稱臣，
女人，可愛的年輕女人獨自統治，
妳敏捷的才思能立即猜出這個詞，
願那柔和的雙眼閃爍出贊許的光芒。

她盯著這個字謎，思索著其中的含意，重新閱讀一遍，然後就把紙片遞給哈麗葉，自己微笑著坐下來。哈麗葉卻一頭霧水地望著那張紙。愛瑪心想：「想得好！艾爾頓先生，想得真好。謎底是『求婚（courtship）』。這正是你的感情，這等於直截了當地說：史密斯小姐，請允許我向妳求婚，一眼猜出我的謎和我心中的意圖吧！——願那柔和的雙眼閃爍出贊許的光芒——哈麗葉，對，柔和，用這個字來描寫她的眼睛真是太貼切了——妳敏捷的才思能立即猜出這個詞——哈麗葉的敏捷才思？這樣也好，肯這樣描繪她一定是深深愛上她了。啊！奈特利先生，我真希望你在場，我看這下你不得不承認自己錯了。真是個了不起的字謎！而且一針見血。現在事情就快達到高潮了。」

她還想將思緒帶往更深處，但哈麗葉卻提了一些問題，使她不得不中斷這種愉快的想法。

「伍德豪斯小姐，答案到底是什麼呀？我怎麼也猜不出來。妳來試著幫我猜猜吧！我從來沒遇過比這更難的謎題。是『王國』嗎？不知是哪位朋友寫的——那個女孩又是誰？妳覺得這個謎語好嗎？答案是不是『女人』？——女人，可愛的年輕女人獨自統治——是海神嗎？——觀察他吧，那是海洋的君王——不然是『三叉戟』？還是『美人魚』？『鯊魚』？啊，不！鯊魚這個詞只有一個音節，謎底一定沒這麼簡單。噢！伍德豪斯小姐，妳認為我們猜得出來嗎？」

「美人魚和鯊魚？胡說！我親愛的哈麗葉，妳在想些什麼呀？假如他送來的這個字謎，只是什麼美人魚和鯊魚，那有什麼用處？把紙條給我。聽好了：

致某位小姐：

這其實就是指史密斯小姐。

第一半代表王者的富有與華貴，世界主宰的奢侈與舒適。

這指的是宮廷（court）。

第二半顯示出人的另一面，觀察他吧，那是海洋的君王！

這說的是船（ship）——再簡單不過了。現在看看其中的意思吧。

啊！堅如磐石，眾望所歸！
人吹噓的力量和自由，全都化爲烏有。
陸地與大海的主宰俯首稱臣，
女人，可愛的年輕女人獨自統治。

這一段是非常適當的恭維！接下來是請求。依我看，親愛的哈麗葉，妳不難理解吧？自己輕易把它猜出來吧！毫無疑問，這是為妳寫的。」

哈麗葉無法違抗如此令人喜悅的建議。她讀了最後兩行，頓時感到無比幸福，幾乎坐不住了。她無法說出話，也沒有人想聽她講，只要自己感覺就夠了。愛瑪替她說出了心裡話。

「在這個恭維中，意思十分明確，」她說道，「我毫不懷疑艾爾頓先生的意圖。妳正是他的對象——用不了多久，妳就會得到最完整的證據，我想一定是這樣，絕不會有錯。不過，事情現在就已經非常清楚：他已經下定決心，正如我一開始希望的一樣。一直以來，我就希望這件事發生，如今它發生了，我簡直分不出妳和艾爾頓先生之間的愛情是最稱心如意的，還是最自然和諧的。它的可能性與和諧性都太相稱了！我非常愉快，由衷地向妳祝賀，我親愛的哈麗葉。每一個女人都會為了造就出這樣的愛情感到驕傲的。這種愛情只會產生好結果，它會提供妳需要的一切——體貼、獨立、合適的家；它會讓妳在距離哈特菲爾德不遠處安家，使我們永遠保持友誼。哈麗葉，這將是一樁讓我們永遠自豪的婚姻。」

「親愛的小姐，親愛的小姐！」哈麗葉一邊親熱地擁抱愛瑪，一邊喃喃地唸著，等到終於能進行正常交談時，她相當明白地看出、感覺出、預料到，而且也回憶起：艾爾頓在眾多方面都相當優秀。

「妳的話一直都是對的，」哈麗葉大聲說，「所以我猜、我相信、我希望肯定會是這樣的。要不是妳說了，我根本猜不出來。這遠遠超過我應得的，每個人都想嫁給艾爾頓先生啊！人們對他無可挑剔。他是那麼優越、那麼聰明！這真的是我嗎？」

「我不想問這樣的問題，也不想聽到這樣的問題。那是毫無疑問的，按照我的建議，接受他吧！這就像一齣戲的開場白，後面的才是真正的重頭戲。」

「我敢說，一個月前誰也想不到這種事，像我自己就是！這真是世上最奇怪的事了！」

「當史密斯小姐和艾爾頓先生邂逅時，這種事自然就會發生了。的確很奇怪，這麼明顯、這麼如意的事，竟然立刻化成了現實，更顯得非同一般。由於妳跟艾爾頓先生的住所相近，你們的家世在各方面都門當戶對，你們的婚姻就好比蘭道爾一家的婚姻。看來，哈特菲爾德宅邸能夠促成愛情的產生，並且讓它流向正確的管道。」

「眞正的愛情往往一波三折……」

「就這座宅邸的情形來說，莎士比亞的這行詩應該再多加一行附註才對。」

「艾爾頓先生居然真的愛上我！為什麼不是別人，而是我？我並不瞭解他，只在米迦勒節跟他說過話而已！他是個世間少有的美男子，就像奈特利先生一樣，是大家都尊敬的人！大家都想與他作伴；每個人都說，假如他願意的話，他用不著在家裡吃一頓飯。他受到的邀請比一個禮拜的日子還多，而且他在教堂的演講是那麼地精彩！奈許小姐把他到海伯里以來作過的講道內容都記錄下來了，我的天哪！回想起我第一次見到他的情景——我當時幾乎什麼也不懂！阿伯特家的兩個孩子跟我闖進正廳，正想透過窗簾朝裡頭窺視，突然被奈許小姐趕走了，而她自己卻留在那裡張望。後來她又把我叫回去，讓我也朝裡面看，她真好心！我們都認為他英俊極了！他跟科爾先生挽在一起。」

「這段婚姻對妳的任何朋友來說都是愉快的。當然，先決條件是他們必須頭腦清楚，我們不可能將我們的事告訴一群傻瓜。假如她們渴望看到妳結婚幸福，那麼她們就是頭腦清楚的人；假如她們的願望是讓妳在這裡定居，與熟悉的人一起生活，那這個願望一定會能實現；假如她們的願望只是按照字面上的『嫁個好人家』，那麼這樁受人尊敬的婚姻，一定會讓她們感到滿意。」

「是啊，對極了，妳的話講得太好了，我喜歡聽妳說話。妳什麼都懂，就像艾爾頓先生一樣聰明。多麼了不起的字謎！就算我想一整年也想不出這樣的謎語！」

「從他昨天拒絕的態度來看，我就知道他想好好表現一番。」

「毫無疑問，我認為他表現得很好，這是我讀過的最妙的字謎了。」

「當然了，我也從來沒讀過這麼大膽的字謎。」

「另外，它的長度跟我們以前見過的字謎幾乎一樣。」

「我看這倒是沒什麼稀奇，一般來說，字謎都不能太短。」

哈麗葉目不轉睛地盯著那些句子，幾乎沒聽見愛瑪的話。她腦子裡浮現出一番最讓她滿意的比較。不久，她神采奕奕地說：「用簡短的話語表達心意是一回事，但是像這樣用詩句和字謎表達又是另一回事。」

愛瑪不可能指望她對馬丁的信作出比這更強烈的批評了。

「如此甜美的詩句！」哈麗葉繼續說道，「瞧瞧最後這兩行！但是我該怎麼回覆呢？還是我只要自己猜出來就行了？啊！伍德豪斯小姐，我們該怎麼回覆呢？」

「交給我好了，妳什麼也不必做。我敢保證，他今晚會來的，然後由我會把它送還，我們會說些沒意義的話，妳不必參與。妳只要在適當的時機讓妳溫柔的眼睛閃爍幾下就行了。相信我吧！」

「啊！伍德豪斯小姐，真可惜，我不能將這條字謎收集在我的本子上！我敢說，我收集的東西像這個一樣好的還不到一半。」

「只要不抄最後兩行，沒什麼理由不能把它收集到本子上。」

「啊！可是這兩行……」

「是最好的，對吧？但只能供個人欣賞，真是這樣的話，就保留吧！不會因為妳不抄它，就讓它失去了光彩。這兩行詩不會消失，意思也不會改變。刪掉它們，仍然是一則漂亮的字謎，可以抄在任何本子裡。相信我的活，他不會希望自己寫的字謎被隨意對待，就像不願讓自己的熱情受到捉弄一樣。戀愛中的詩人必須在兩方面都受到鼓勵，要不就在兩方面都失意。把本子拿來，由我來抄寫，那樣就沒有妳的筆跡了。」

哈麗葉照做了。不過，她的思緒幾乎離不開這件事，因為她心裡相當肯定，她的朋友沒有資格抄下這段愛的宣言，將如此珍貴的字句以任何形式公之於眾都太可惜了。

「這本筆記我永遠不會丟掉。」她說。

「好吧，」愛瑪回答，「這是最自然不過的感情了，持續得越久，我就越高興。我父親來了，我把這個字謎讀給他聽，妳不反對吧？這會帶給他極大的歡樂！他喜歡這樣子的東西，尤其是那些稱讚女人的話。他對我們全都非常溫柔，妳必須讓我讀給他聽。」

哈麗葉神色不悅。

「親愛的哈麗葉，不用過度執著於這個字謎。要是妳太過敏感，反而會犧牲了自己的感情。別太在乎這些小小的細節了，假如他希望妳保守秘密，就不會當著我的面留下這張紙片了，而且他當時是把它推向我這裡來的。別太擔心這件事了，就算我們不對著這個字條長吁短嘆，他也會繼續行動下去。」

「噢！不，我希望自己沒有顯得滑稽可笑。請便吧！」

伍德豪斯先生走進門，很快便被引導到這個話題，因為他立刻說出了平常的那個問題：「女孩們，妳們的本子怎麼樣啦？有什麼新東西嗎？」

「是的，爸爸，我有個東西想唸給你聽，是個新東西。今天早上我們在桌子上發現一張紙條，也許是仙女留下的，上面有一則有趣的字謎，我們剛抄進本子裡。」

她讀給他聽，按照他喜歡的那樣緩慢而清晰地閱讀，而且讀了兩三遍，邊讀邊對每一句做出解釋。他聽完之後感到非常喜悅，正如同她預料的那樣，末尾的讚美之詞尤其令他感動。

「對！這的確太正確了，講的恰當極了！非常正確。『女人，可愛的年輕女人。』這個字謎太美了，親愛的，我很容易就能猜出是哪個仙女送來的。沒有人寫得出這麼美好的東西——只有妳，愛瑪。」

愛瑪點了點頭，微笑著。父親思索片刻後溫和地嘆了口氣，補充道：

「我看得出妳像誰！妳親愛的母親在這些方面全都聰明極了！假如我有她的好記性就好了。可是我什麼都記不起來，就連妳聽我提到過的那則謎語也記不得了。我只能想起第一段：

琪蒂，冷若冰霜的美麗少女，
激起熱情，又讓我悲傷，
找來蒙面人相助，
又害怕他的到來，
對我的求婚構成威脅。

我能想起的就這些——不過整個謎語寫得通順極了。親愛的，我想妳抄下它了。」

「是的，爸爸，這則謎語就抄在本子的第二頁。我們是從《優雅文摘》中抄下來的。你知道，是加里克出版的。」

「對，對極了！要是我能多想起一些該有多好啊！『琪蒂，冷若冰霜的美麗少女』，這個名字讓我想起了伊莎貝拉，因為她的教名與琪蒂十分相似，那是她祖母的教名。我希望我們下禮拜能請她來。親愛的，妳想過要讓她住在哪裡嗎？還有她的孩子們該住哪個房間？」

「啊！想好了。她當然要單獨住一間房，就住在她常住的那間；孩子們就像平常那樣住在育兒室。何必改變呢？」

「我不知道，親愛的。不過自從她們上次來過之後，已經有那麼久了！去年復活節來住過短短幾天，之後就沒再來過。約翰的律師職業可真不方便！可憐的伊莎貝拉！她被人從我們身邊奪走了，真傷心哪！她見不到泰勒小姐多麼遺憾！」

「爸爸，至少她不會感到意外。」

「我親愛的，我不確定，反正我第一次聽說她要結婚的消息時感到非常驚訝。」

「伊莎貝拉來的時候，我們必須請韋斯頓夫婦來跟我們一起吃飯。」

「對，親愛的，要是有空就這麼做。不過，」他憂鬱地說道，「她只會回來一個禮拜。這麼短的時間內什麼也不能做。」

「可惜他們不能久留，不過他們似乎別無選擇，約翰．奈特利先生必須在二十八日回到城裡。我們應該知足了，爸爸，因為他們要把自己在鄉下停留的所有時間都用來陪我們，他們並不打算去唐維爾寺住兩天。奈特利先生保證說，今年聖誕節不強迫他們去了——不過你知道，他們已經很久沒相聚了，比我們分離的時間還長得多。」

「親愛的，假如伊莎貝拉去了別的地方，而不來哈特菲爾德宅邸，那實在太殘忍了。」

伍德豪斯先生從不考慮奈特利可能對兄弟提出的要求，也不能容忍任何人對伊莎貝拉的要求，他要絕對佔有他們。他坐著沉思了片刻，說道：

「他要走就走吧！可是我不懂為什麼伊莎貝拉也得走。愛瑪，我想，我要設法說服她多跟我們住一陣子，她和孩子們可以好好住上一段時間。」

「啊！爸爸，這是不可能的，我認為你絕對不會成功。要伊莎貝拉離開丈夫，她才不會答應。」

這是一個顯而易見的事實。儘管伍德豪斯先生極不情願，也只能謙恭地嘆息一聲。愛瑪看到姐姐與姐夫的眷戀之情讓父親的精神大受影響，便立刻轉向其他能讓他振奮的話題。

「姐姐跟姐夫來的時候，哈麗葉也要跟我們一起。我相信她一定喜歡跟孩子們作伴，我們為他們感到自豪，不是嗎？爸爸，我不知道她會覺得哪個最可愛，亨利還是約翰？」

「啊！我也想知道她覺得哪個最可愛。可憐的小傢伙們，他們多喜歡來這裡呀！哈麗葉，他們非常喜歡來哈特菲爾德宅邸。」

「我相信他們是的，先生。我相信他們一定不會不願意來。」

「亨利是個好孩子，不過約翰比較像他母親。亨利是老大，用了跟我一樣的名字，是伊莎貝拉取的；約翰是老二，就用了他父親的名字。他們全都很聰明，還有很多小聰明。他們會跑到我的椅子前，問我『外公，能不能給我們一條繩子？』亨利還跟我要過一把刀子，不過我告訴他說刀子只有外公跟爺爺可以用。我想他們的父親對他們太過粗魯。」

「在你看來也許粗魯，」愛瑪說，「那是因為你太文雅了。不過，假如你拿他跟其他父親相比，就不會這麼想了。他希望他的孩子們活潑而堅強；假如他們搗蛋，又會訓斥他們兩句。他是個慈愛的父親，孩子們都喜歡他。」

「可是他們的大伯一來，就把他們拋得像天花板那麼高，真是嚇死人！」

「可是他們喜歡這樣，他們最喜歡這種遊戲了，要不是他們的大伯訂下輪流玩的規矩，誰也不肯把機會讓給對方。」

「哎！我真是不懂。」

「爸爸，我們都是這樣。世界上總有一半的人無法理解另一半人的樂趣。」

接近中午時，兩位小姐正打算為下午四點的正餐做準備，那條美妙的字謎作者又再次上門。哈麗葉轉身迴避，愛瑪則露出平時掛在臉上的笑容迎接了他。她看出他這一回來是想觀察她們的反應；不過，他的正式藉口是請求原諒他晚上不能出席伍德豪斯家的晚會，並希望不會因此為哈特菲爾德宅邸造成任何不快。不過，要是他真的造成了什麼不愉快，那他寧願放棄其他事情；只是科爾先生一再邀請他吃飯，他已經答應了對方。

愛瑪向他致謝，她說父親一定能找到其他人一起玩牌。他又再次表示願意放棄約會，她則再次表示不能接受。當他準備告辭時，愛瑪從桌子上拿起了那張紙片還給他：

「感謝你好心將這個字謎留給我們。我們對它讚譽有加，已經冒昧地放在史密斯小姐的本子裡了，我希望你的朋友不會認為這麼做不妥。當然了，我只抄寫了前八行而已。」

艾爾頓不知道該說些什麼，他的表情顯得困惑不解，嘴上說出了「很榮幸」之類的客套話，朝著愛瑪和哈麗葉掃視一眼，然後又看見了桌上那本攤開的本子，便捧起來認真地閱讀。愛瑪微笑著說：

「請你代我向你的朋友致歉，不過這麼好的字謎不應該只有一兩位讀者。他編寫它時態度如此殷勤，應該得到每一位女子的嘉許才對。」

「我能很確定地說，」艾爾頓回答道，但態度非常躊躇，「要是我的朋友知道了這種結果，一定會有跟我一樣的想法。假如他看到自己的作品蒙受如此厚愛，一定會認為這是一生最自豪的時刻。」說完，他朝本子望了一眼，將它放回桌上。

他匆匆離去了，愛瑪並不認為他的反應是因為害羞，因為儘管他有上流的氣質和好脾氣，但這些話卻說得毫無感情。她當時幾乎放聲大笑，連忙跑開了，讓哈麗葉獨自留在那裡享受溫情而莊嚴的喜悅。

第十章

儘管時值十二月中，但小姐們的戶外活動並沒有被寒冷所阻止。早上，愛瑪前往了村外一戶貧窮生病的人家做慈善拜訪。

那座民舍所在的巷子與寬闊的大街垂直，之所以提到這條巷子，是因為艾爾頓的磚舍就座落在此。走過幾間簡陋的房子之後，在巷子大約四分之一哩的地方就是這位牧師老舊的宅邸。房子的地段不算理想，與街道靠得太近了；不過，它的屋主卻讓它顯得充滿活力。當兩位朋友從屋外面經過時，忍不住放慢腳步，仔細觀察。

「就是這裡。將來有一天，妳跟妳的謎語本會一起住進這裡。」愛瑪評論道。

「多美的家啊！」哈麗葉說，「多漂亮！奈許小姐最喜歡那種黃色窗簾了。」

「我以前不常走這條路，」愛瑪邊走邊說，「不過，未來這裡將會是個誘人的地方。我要開始熟悉這一區的樹籬、大門、池塘和樹木。」

她發現，哈麗葉一輩子從未來過牧師家附近，因此對這棟房子極感興趣。愛瑪不得不將她的這種行為歸因於愛情。

「真希望能想出辦法，」她說，「不過我想不到什麼上門的藉口——我不能向某個僕人打聽他家的情況，也沒有我父親帶給他們的口信。」

她思考了一下，但什麼也想不出來。沉默幾分鐘後，哈麗葉開了口：

「伍德豪斯小姐。我真好奇妳怎麼不結婚，也不打算結婚？妳這麼有魅力！」

愛瑪笑了，回答道：

「哈麗葉，我的魅力還不足以讓我結婚，因為我還必須找到另一個有魅力的男人。我不僅現在不想結婚，而且我很少有結婚的願望。」

「啊！我不相信妳的話。」

「想讓我受到誘惑，除非是一位比其他人都優越得多的人。妳知道的，艾爾頓先生——」她鎮定下來，「是絕對不行的，我根本不想看到這種人。我不會被他誘惑，我不會放棄未來更好的機會。假如我結婚，以後一定會後悔。」

「天哪！聽一個女人這麼說真是太奇怪了！」

「我可沒有普通女人那種結婚的願望。假如我戀愛，那也將會是一種不同的情況！但我從來沒有戀愛過，這不是我的風格，也不是我的個性。我認為我永遠不會那樣；假如我試圖改變現況，那我就是個傻瓜。幸好我不想，我不想戀愛，也不需要它帶來的地位，因為我相信沒有幾個已婚女人能在丈夫的房子裡擁有我在哈特菲爾德的一半權力，也無法得到像我一樣受人敬愛的重要地位。在任何男人的眼睛裡，我都不像在父親的眼裡這樣永遠是最重要的、最正確的。」

「但是，那樣就會跟貝茨小姐一樣，最後變成一位老處女。」

「哈麗葉，妳描繪的可是個可怕的景象！假如要我變得跟貝茨小姐一樣，那我寧可明天就結婚。她是那麼愚蠢、自得其樂、一臉傻笑，說起話來喋喋不休、毫無氣質！不過，偷偷告訴妳：我相信，除了不結婚之外，我跟她絕不可能有任何共通點。」

「不過，妳仍然會變成一個老處女的！那太可怕了！」

「哈麗葉，別在乎，我不會變成貧窮的老處女，只有貧窮才會讓單身者受到大家蔑視！一個單身女人如果收入微薄一定非常可笑、惹人討厭。老處女才是年輕男女們的笑柄，富有的單身女人則一向受人尊敬。因為貧窮會讓人變得孤僻，那些難以維持生計的人，總是活在非常小的圈子裡，沒什麼自由可言，脾氣也不可能好。不過，貝茨小姐既是單身，又貧窮，卻能符合大家的品位。貧窮確實沒有讓她變得孤陋寡聞。我敢說，假如她有一個先令的話，一定會把六個便士送給別人，沒有一個人怕她，這就是她了不起的魅力。」

「我的天哪！那妳打算怎麼辦呢？等妳老的時候要做什麼呢？」

「哈麗葉，我相信，四五十歲的人不會比二十一歲時更缺少娛樂。女人們的眼睛、雙手和大腦經常從事的活動，到時一樣會讓我忙得不亦樂乎，或是根本不會有什麼變化。假如我減少繪畫，那我會增加閱讀；假如我不學音樂，我會編織毛毯。至於說感興趣的事、熱愛的對象，那的確是自卑的源頭，是單身女人的頭號大敵。不過，我不會有任何問題，我很喜歡我姐姐的孩子們，也很關心他們。我的愛用在他們身上就夠了，他們能成為我的寄託，帶走我的焦慮。雖然我對那些孩子的慈愛都不及對我父親的愛，但他們很適合作為我的目標。我的外甥和外甥女們！我要常常讓一個外甥女陪在我身邊。」

「妳認識貝茨小姐的外甥女嗎？我知道妳一定見過她好幾次，不過妳對她熟悉嗎？」

「是的，很熟悉。她剛來海伯里的時候，我們時常遇見彼此。順帶一提，有個外甥女在身邊，幾乎能讓人忘記驕傲自負。我的老天！把奈特利一家需要我忍受的東西全加在一起，也比不上珍．費爾法克斯家的一半！

一聽到珍的名字就令人作嘔，她對她寫的每封信都要讀上四五遍，對所有朋友都要恭維好幾次；假如她寄給姨媽一款胸衣圖案，或者寄給外婆一雙吊帶襪，那麼整整一個月休想聽她說起別的內容。我願意祝她好運，不過她讓我厭煩得要命！」

她們現在來到了那座民宅外面，閒談停止了。愛瑪非常有同情心，只要她出面，一定能減輕窮人們的痛苦；她不但會注意他們、安慰他們、耐心傾聽並給予忠告，還會解囊相助。她理解他們的習慣，不會在意他們的無知和受到的誘惑，也不去想這些人對她的善心毫不感激，因為他們受過的教育太少。她充滿同情地認識他們的難處，以自己的智慧和好意提供他們幫助。這次她拜訪的是個貧病纏身的家庭，她在這裡逗留了很長一段時間，並且說了各種安慰和忠告後，便與哈麗葉告辭出來。說道：

「哈麗葉，這種景象是對人有益的。與它相比，其他一切都顯得微不足道了！我現在彷彿覺得這輩子除了這些可憐人之外，不會再去考慮其他東西了。可是，誰又知道這種想法什麼時候會從我腦中消失呢？」

「對呀！」哈麗葉附和道，「可憐的人們！令人忍不住想關心他們。」

「事實上，我認為這種印象不會太快抹去。」愛瑪說著，穿過低矮的樹籬，步履蹣跚地走在院子裡狹窄而滑溜的小徑上，最後回到小巷，「不會太快抹去。」她停下腳步，再次朝這個可憐的地方望了一眼，心裡回憶起屋內悲慘的情景。

「唉！親愛的。」她的同伴說。

她們接著向前走去。小巷有些彎曲，走出來之後，她們迎面見到了艾爾頓，距離近得讓愛瑪勉強有時間說完她的話。

「啊！哈麗葉，這可是個確認我們良好想法的機會，」她微笑著說，「假如同情能激發起受苦者的努力，對他們產生安慰，那麼就發揮了重要的作用；假如我們體諒那些可憐人，盡全力幫助他們，卻留下空洞的憐憫，那就太令人沮喪了。」

哈麗葉才剛回答完：「啊！親愛的，是啊。」那位紳士便參與進來。不過，他們交談的第一個話題就是那個貧窮家庭的苦難。他現在得延後拜訪他們了，不過三人在一起進行了很好的交談，內容是關於他們能為這一家做些什麼。

「大家聚在一起做這件事，」愛瑪心想，「這將會增加人們對彼此的愛。假如他們因此公開了感情，我一點也不會感到意外。假如我不在這裡，他們一定會這麼做的，要是我能去其他地方就好了。」

她急忙跟他們拉開距離，踏入了路旁的一條狹窄小徑。可是，她還走不到兩分鐘，就發覺哈麗葉也學著她走上這條小徑。他們很快就會追上她，這可不行！她立刻停下腳步，作勢要繫鞋帶，彎腰蹲在小徑上，要他們繼續往前走。他們照她的話做了，當她等了足夠繫鞋帶的時間後，那家的孩子忽然追了上來，要按照她的指示去哈特菲爾德宅邸領雞湯。這讓愛瑪得到了另一個藉口，她可以與這個孩子並肩步行，一邊跟他交談，讓其他兩人繼續走在前面……不過，儘管不情願，她還是逐漸趕上了他們，因為孩子的腳步很快，而他們卻走得很慢。她對兩人的情況十分關心，艾爾頓講得津津有味，哈麗葉則聽得興致盎然。愛瑪要那名孩子自己先走，自己則開始考慮要怎麼落在後面，但他們忽然都轉過身，使她不得不與他們走在一起。

愛瑪發現，艾爾頓只不過在對自己的同伴敘述昨天與科爾先生聚會時的趣事；當她來的時候，正好聽見他說起昨天吃的東西——威爾特郡史蒂爾頓的乾酪、黃油、甜菜根以及各種甜點。她不禁感到有些失望。

「當然，很快就會進入正題。」她自我安慰道，那將是兩個戀人都感興趣的話題，是通往兩人內心深處的話題。「假如我離他們更遠一些就好了。」

兩人又默不作聲地並肩走著。直到接近牧師宅邸的柵門時，愛瑪突然下定決心：至少要讓艾爾頓帶哈麗葉進去屋子。她再度使出了繫鞋帶的技倆，這一次，她敏捷地一把扯斷鞋帶，並丟進一條水溝裡，然後請求他們停下腳步。

「我的鞋帶有一截不見了！」她說，「我不知道該怎麼辦。真抱歉，為你們兩位帶來這麼多麻煩；艾爾頓先生，我不得不請求在你家稍作停留，請你的管家幫我找一條帶子或是細繩，好讓我把靴子穿好。」

艾爾頓聽到這個建議高興極了，顯得無比殷勤，並帶她們走進房子。她們首先來到他的一間正房，後面是完全一樣的另一個房間，兩個房間之間的門是敞開的，愛瑪與管家一同走進那扇門，她心裡真巴不得艾爾頓把它關上，可是門仍然敞開著。她與管家喋喋不休地交談，希望艾爾頓能因此在隔壁房間裡自由選擇話題。有十分鐘的時間，她除了自己說話的聲音之外，什麼都聽不見，但是她無法拖延更久的時間，不得不結束談話，出現在他們面前。

兩位戀人並肩站在一扇窗戶前，窗外的景色極佳。一瞬間，愛瑪沉浸在自己計畫成功的自豪感之中。不過，事情並非如此，艾爾頓正用欣喜的態度對哈麗葉說，剛才他看到她們經過窗外，故意跟在她們身後。她回答了一些殷勤和表示善意的話，不過並不專心。

「專心，要非常專心！」愛瑪心想，「他是在步步進逼，除非他能保證自己安全，否則不會越雷池半步。」

儘管她的精心策劃並未奏效，但仍自得其樂地認為，眼前的情形對兩人而言都是愉快的享受，最後的結果必然會是那偉大的事件。

第十一章

現在，愛瑪不得不將艾爾頓獨自留在家裡。此刻的她既沒有能力促進他的幸福，也不能幫助他加快步調。姐姐一家不久之後就來訪了，並成了她目前最大的樂趣。她們在哈特菲爾德宅邸暫住的一天中，她除了偶爾向那對戀人提供一些幫助之外，沒有能力做更多的事，反正，只要他們互有好感，就一定能迅速進展。再說她也挪不出時間來關心他們。

約翰．奈特利夫婦這次離開薩里郡的時間比以往長得多。自從他們結婚之後，每一年的長假都會有一半在哈特菲爾德度過，另一半則在唐維爾宅邸度過。不過，今年秋天的每一個假日，他們都帶孩子到海邊去洗海水浴，因此薩里的熟人們也有好幾個月沒見到他們了。伍德豪斯先生根本沒有拜訪過他們，因為誰也別想要他旅行到比倫敦還遠的地方去，即使是為了見伊莎貝拉。現在，伊莎貝拉懷著喜憂參半的心情，到這裡來進行短暫拜訪。

約翰為妻子的旅途勞頓大為操心，絲毫不考慮馬匹的疲勞，也不考慮車伕付出的辛勞。他的操心完全沒有必要，十六哩長的旅程愉快地結束了，奈特利夫婦、他們的五個孩子以及幾名女傭，全都安全抵達了哈特菲爾德宅邸。人們在一派忙碌和歡樂的氣氛中互相打了招呼，並說了許多熱情洋溢的話語。這種吵雜、混亂的場面，要是在別的時候，伍德豪斯先生絕對受不了。伊莎貝拉對哈特菲爾德宅邸的作息和父親的感情非常重視，儘管她作為母親，很希望孩子們立刻吃飽喝足、玩耍一番；但是，她絕不允許孩子們打擾外公，也不准僕人太過溺愛孩子們。

伊莎貝拉是一位身材姣好、小巧玲瓏的女人，個性溫和冷靜，是一家的中心。她是一位賢妻良母，對父親和妹妹的柔情僅次於對丈夫和孩子們的愛。在她的眼中，他們沒有任何缺點。她不是一個聰明敏銳的女人，在這一點上，她繼承了父親的大部分特質：她的體質脆弱，因為對孩子們過分操心；她父親喜歡求助於佩里先生，而她則習慣請教溫菲爾德先生。父女倆還有許多相似之處，例如生性樂善好施、習慣對每一位熟人表示尊敬等。

約翰．奈特利風度翩翩，看起來非常聰明。他在家庭與事業上一帆風順，個性又受人尊敬。不過，由於他態度保守，很難令人感到愉快，有時甚至會當眾沉下臉來。他並不是個愛發怒的人，但他的脾氣並不能算是他的優點；再說，與他討喜的妻子相比，他性格中的各種瑕疵又一覽無遺了。她的甜美突顯了他天性的不足，而他敏捷的思維正是她缺少的。她漂亮的小姨子並不怎麼喜歡他，他的一切錯誤都逃不過她的眼睛。她對伊莎貝拉受到丈夫的各種小傷害相當敏感，而伊莎貝拉自己卻根本察覺不到。假如他在態度中增加一些對愛瑪的恭維，她或許可以不去注意這些傷害；但他的態度就像個冷淡的兄弟和朋友，既不恭維別人，也不放過別人的缺陷——他有時會對她的父親不敬，在這方面，他並不具備應有的耐心。伍德豪斯先生的怪癖和煩躁往往會讓女婿與他針鋒相對，作出合理的規勸或尖銳的反駁。不過，約翰・奈特利其實十分尊敬岳父，也明白岳父給予自己的一切；但愛瑪總認為他說得太多，時常為此感到焦慮和痛苦。雖然每次拜訪的最初並不會發生這樣的事，不過客套的禮儀往往非常短暫。大家坐在一起還沒多久，伍德豪斯先生就憂鬱地搖了搖頭，嘆了口氣，對女兒說自從她上次離開後哈特菲爾德宅邸發生的傷心事。

「噢！我的天哪。」他說，「可憐的泰勒小姐——真令人傷心。」

「可不是嗎？」伊莎貝拉立刻同情地嚷道，「你一定非常想念她！親愛的愛瑪也是！這對你們兩人都是巨大的損失！我替你們感到傷心。我簡直不知道少了她你們要怎麼辦。這的確是個令人傷心的變化，不過我希望她過得好，爸爸。」

「過得好？我親愛的，我不知道，我甚至不知道她能不能適應那個地方。」

約翰平靜地問愛瑪，蘭道爾宅邸的氣氛有什麼值得懷疑之處。

「嗯，沒有，沒有任何值得懷疑之處。我從未看到韋斯頓太太生活得這麼舒服過，她看上去從未像現在這麼好。爸爸只不過是表達心中的遺憾罷了。」

「事關雙方的榮譽。」他漂亮地作答道。

「爸爸，你能時常見到她嗎？」伊莎貝拉以父親喜歡的平淡語氣問道。

伍德豪斯先生猶豫了。「並不像我希望的那麼頻繁，親愛的。」

「啊！爸爸，自從他們結婚以來，我們只有一天沒有見到他們。除了那一天以外，我們總是能在早上或晚上見到他們，有時是韋斯頓先生，有時是韋斯頓太太，不過通常是兩個人一起，不是在蘭道爾就是在這裡。伊莎貝拉，妳可以想像，幾乎都在我們家。韋斯頓先生就跟她一樣好，爸爸，假如你用那種憂鬱的語調講話，會讓伊莎貝拉對他們產生誤解的。大家都懷念泰勒小姐，但是也都能確信，韋斯頓夫婦的確十分努力，他們盡可能地滿足我們，免得我們思念她——這可是千真萬確的。」

「很正確，」約翰說，「跟我從你們的信裡預測的一樣。我們不能懷疑她對你們的關心，她的丈夫是個悠閒而喜歡社交的人，使得這一切變得非常簡單。親愛的，妳一直感到焦慮不安，但我跟妳說了好多次，我認為哈特菲爾德宅邸裡不會發生什麼重大變化，現在，聽了愛瑪的話，我希望妳感到滿意。」

「當然了，」伍德豪斯先生說，「沒錯，我當然不能否認，可憐的韋斯頓太太和她丈夫的確常來看我們，但她拜訪之後總是會離開的。」

「爸爸，假如她不肯走，那韋斯頓先生就傷腦筋了，你幾乎把韋斯頓先生忘了。」

「我也這麼想，」約翰．奈特利先生愉快地說，「我猜韋斯頓先生會有點小抱怨。愛瑪，我必須替他設想一下。我也是一個丈夫，而妳還不是一位妻子；一個男人的抱怨也許會讓我們產生同感。至於伊莎貝拉，她結婚已經很久了，無法體會到將丈夫晾在一邊為他們帶來的不便。」

「哦！我親愛的，」他的妻子聽見後似懂非懂地叫道，「你在說我嗎？我敢說，在提倡注重婚姻關係方面，沒有哪個人比我更加賣力。假如不是由於她離開哈特菲爾德宅邸為大家帶來了悲傷，我一定會認為泰勒小姐是世界上最幸福的女人。至於說大家虧待了韋斯頓先生，我認為他是一位最傑出的男士，受到什麼樣的尊敬都不過分。我相信他是世上脾氣最好的男人，當然，除了你和你兄弟。我不會忘了去年復活節他幫亨利放風箏的事；去年九月，他在半夜十二點特地寫了短信給我，向我保證科布罕不流行猩紅熱，從那時起我就確信，世上沒有比他更關心別人的人了。如果有人配得上他的話，那一定就是泰勒小姐。」

「他的兒子呢？」約翰問道，「他有來參加他們的婚禮嗎？」

「沒有，」愛瑪回答道，「大家都以為他應該在他們結婚後回來探望，但是他沒來。最近沒聽到別人提起過他。」

「妳應該對大家說那封信的事，親愛的，」她父親說，「他寫了信給可憐的韋斯頓太太，向她道賀。那真是一封美好的信，她讓我看過這封信。我認為他那麼做非常好，但大家都不敢說那是他本人的想法。他還那麼年輕，也許是他舅舅——」

「我親愛的爸爸，他都二十三歲了！你忘記過了多久的時間了。」

「二十三？那麼大了？哎呀，我真不敢想像——但他母親去世時他才兩歲呀！唉！真是歲月如梭，我的頭腦不中用了。不過，那的確是一封很好的信，讓韋斯頓夫婦看了相當高興。我記得信是從韋茅斯寄來的，日期是九月二十八日，信的開頭是這麼寫的——『我親愛的夫人』——不過我忘記後面是什麼了。信的署名是『F．C．韋斯頓．邱吉爾』，這一點我記得很清楚。」

「多令人高興，多麼有禮貌呀！」伊莎貝拉嚷道，「我相信他是個可愛的年輕人。可是，他不能在家裡跟父親一起生活，這多麼令人傷心！一個孩子離開自己的父母和家庭總是一件傷心事！我無法理解韋斯頓先生怎麼捨得離開他。放棄自己的孩子？竟然有人會提出這樣的建議！」

「我想，沒有人認真替邱吉爾家著想過，」約翰冷淡地評論道，「不過，妳也不必猜想韋斯頓先生送亨利或約翰離開時的心情。韋斯頓先生個性快活，不是一個感情強烈的人。我懷疑，他從社交中獲得的享受——也就是吃、喝、以及每週與鄰居打牌獲得的樂趣——是否勝過從家庭中得到的享受。」

愛瑪認為這番話幾乎是對韋斯頓先生的指責，心理不能贊同，便想反駁。但她竭力忍了下來，沒有開口。她要盡可能保持祥和的氣氛，姐夫在自己的家庭裡養成了某種榮譽感和價值觀，使得他對一般的人際關係以及親戚們的社交活動充滿鄙視——這一切都必須忍耐。

第十二章

奈特利要與他們一起吃晚飯。這與伍德豪斯先生的願望有些衝突，因為他不願與任何人分享他與伊莎貝拉第一天團聚的時光。不過愛瑪仍將這件事定了下來。除了因為他應該與兄弟受到同樣的待遇之外，不久前他與她發生過爭執，能趁機重修舊好令她感到愉快。

她認為現在是彌補過失的時候了——其實不能算是彌補，她當然沒有錯，而他也絕不認錯。屈服是不行的，但可以假裝忘了那段爭執，她希望這有助於修補友誼。當他走進屋子裡時，愛瑪正與最小的孩子在一起——她是個漂亮的小女嬰，剛出生八個月，第一次來到哈特菲爾德，在姨媽的懷抱中盪來盪去，覺得非常開心。這樣的場面十分有用，他起初還神色莊嚴，發言簡短，但很快便恢復常態，和藹地從她手中接過孩子。愛瑪感到相當滿足，不由得有點冒失地聊起了孩子。

「多麼愜意啊！看來我們對這些孩子的看法一致。雖然聊到男人和女人的話題時，我們的看法往往非常不同，不過，至少我們對這些孩子們從來沒有不同意見。」

「假如妳在評價男人和女人的時候，不要被幻想和心理衝動支配——就像妳與這些孩子們相處一樣——那麼我們的意見就會永遠一致。」

「當然了，我們的意見不和總是因為我的錯。」

「是啊，」他微笑著說，「合情合理。妳出生的時候，我已經十六歲了。」

「那是很大的差距，」她回答道，「毫無疑問，你在那段時間裡的判斷力比我強；可是，在經過二十一年之後，這個差距不是大大縮小了嗎？」

「是的，的確大大縮小了。」

「不過，當我們看法不同的時候，仍然沒有縮小到認同我的觀點的程度。」

「我仍然比妳多十六年的歷練，而且我不是個年輕小姐，沒有受到嬌慣。好了，親愛的愛瑪，讓我們做朋友吧！別再說這些了。告訴妳姨媽，小愛瑪，告訴她應該樹立個好榜樣，不要再發牢騷了，假如她剛才沒錯，現在也可能要犯錯了。」

「說得對，」她叫道，「對極了！小愛瑪，長大要當個比姨媽好的女人，要比姨媽聰明得多，在高傲自負方面要比她少一半。奈特利先生，我再說一兩句話就好：就良好的出發點而言，我們兩人都是對的。我必須說，從我們爭執的結果，根本不能證明對還是錯。我只想知道，馬丁先生是不是非常失望？」

「一個男人最大的失望莫過於此了。」他簡短地回答道。

「噢！我非常遺憾。來，跟我握個手吧。」

就在這親密的接觸過程中，約翰突然出現，問候他：「喬治，你好。」

「約翰，你好。」

接下來的氣氛非常平靜，雖然平靜，卻又非常熱情。在那種真摯的感情中。假如有必要的話，一方將會願意為另一方做任何事。

晚上的時光平靜而適宜討論。為了陪親愛的大女兒聊天，伍德豪斯先生拒絕打牌。這個小小的聚會分成兩區，一區是他和大女兒，另一區是奈特利兄弟。兩區壁壘分明，愛瑪不時在兩個圈子之間往來。

兩兄弟談論的是他們感興趣的內容，不過哥哥在對話中佔了主導地位，他天性健談，一向是個滔滔不絕的演講者。作為一個地方官員，他經常有些法律問題要請教約翰，或是有些滑稽的趣聞可說；作為唐維爾的農場主人，他經常要聊聊每片土地種植的作物，以及講述許多當地消息。這些對於他的兄弟來說一樣非常有趣。下水道計畫、更換籬笆、砍伐樹木、每一畝土地要種麥子、蘿蔔，還是玉米。約翰的冷漠態度不見了，假如他那位興致勃勃的哥哥讓他發問，他懇求似的語氣甚至充滿了渴望。

當這兩位男士聚精會神地交談之際，伍德豪斯先生也正在與大女兒一同充分享受愉快的遺憾和提心吊膽的慈愛。

「我可憐的伊莎貝拉！」他慈愛地拉住她的手，數次打斷她照顧五個孩子，「自從你們上次離開後，時間慢得可怕！你們走了那麼久的路，一定很累吧！親愛的，你們必須早點睡覺。你們離開之前，我要向你們推薦一種麥片粥，我們可以一起喝一碗。親愛的愛瑪，大家都來喝點麥片粥吧！」

愛瑪無法想像這種事，因為她知道兩位奈特利先生跟她一樣，絕不會答應這種要求。伍德豪斯先生對麥片粥表示過讚嘆，並對於有人竟然沒有每晚喝麥片粥表示納悶之後，便莊重地說道：

「親愛的，這可真是令人尷尬——妳秋天在南方度過，而不回這裡。我對海邊的空氣從來沒什麼好印象。」

「爸爸，是溫菲爾德先生推薦的，他建議帶所有孩子一起去，尤其對虛弱的小貝拉的喉嚨很好——既要呼吸海邊的空氣，又要洗海水浴。」

「噢！我的老天，可是佩里對海水的好處卻充滿了懷疑。我一直相信，大海對誰都沒什麼好處，也許我以前沒有告訴妳。有一次，它幾乎讓我溺死。」

「好了，好了，」愛瑪喊道，她認為這是個不吉利的話題，「我拜託你們別再聊大海了，它讓我嫉妒，也讓我難過。我從來沒看過大海！請你們別再說南方的事了。親愛的伊莎貝拉，我還沒聽妳問起佩里先生呢！但他從來都忘不了妳。」

「啊！好佩里先生——爸爸，他過得怎樣？」

「好的很，不過身體不是很好。可憐的佩里得了膽囊病，卻沒時間照顧自己的身體，這太令人傷心了。不過村裡的人老是要找他，我想天底下沒有像他一樣聰明的人了。」

「佩里太太和孩子們呢？他們怎麼樣？孩子們長大了吧？我很尊敬佩里先生，希望他能快點來拜訪我們，他看到我的孩子們一定會非常高興。」

「我希望他明天會來，因為我有一兩個關於健康的問題要請教他。親愛的，等他來的時候妳最好讓他看看小貝拉的喉嚨。」

「噢！父親，她的喉嚨已經好多了。不知道是因為海水的關係，還是因為塗了溫菲爾德先生的一種藥，我們從八月開始就一直塗到現在。」

「親愛的，海水浴是不可能對她有益的，要是我早知道妳需要擦藥，我就會——」

「你們似乎忘了貝茨太太和貝茨小姐，」愛瑪說，「我還沒聽你們提起過她們呢！」

「啊！貝茨一家，妳幾乎每一封信裡都會提到她們。我希望她們都很好。我的好貝茨太太——我明天就去拜訪她們，還要帶孩子們一起去，她們都很喜歡看到我的孩子們。還有貝茨小姐！多好的人！她們都好嗎？爸爸。」

「當然很好，親愛的。不過，可憐的貝茨太太一個月前得了重感冒。」

「我真難過！今年秋天很流行感冒，溫菲爾德先生告訴我說，他從來沒有見過這麼嚴重的感冒——簡直就像流行性感冒一樣！」

「親愛的，的確是，不過不像妳說的那麼嚴重。佩里說，感冒一向很流行，只是十一月的感冒通常沒這麼嚴重。」

「是啊，我不知道溫菲爾德先生是否認為它屬於疾病，不過——」

「啊！親愛的孩子，問題是：在倫敦，這一向是個生病的季節。在倫敦誰都無法保持健康，你們住在那裡真是件可怕的事！距離那麼遠，空氣那麼糟！」

「不是這樣的，那裡的空氣並不糟。我們在倫敦的住處比其他地方優越得多！親愛的爸爸，你不應該把我們家跟倫敦的一般區域混為一談，布朗斯維克廣場區跟其他地方不一樣，那裡的空氣非常清新！我敢說，要我和孩子們住在倫敦的其他地區，我死都不願意！溫菲爾德先生認為，就空氣的清新程度來說，布朗斯維克廣場區是最好的地方。」

「但還是不能跟哈特菲爾德宅邸相比。你們盡情享受吧！等你們在哈特菲爾德住了一週之後，會發現自己的身體煥然一新，氣色也不大相同了。我很難說你們目前的氣色算得上好。」

「爸爸，聽你這麼說真令我難過。不過我向你保證，除了有一點頭痛和心悸之外，我的身體好極了。至於說孩子們上床之前臉色有些蒼白，那是因為他們路途勞累，加上來到這裡太開心，所以更疲憊了。我希望明天你會看到他們好多了，我向你保證，溫菲爾德先生告訴我，他從來沒見過我們一家的身體這麼好。至少我相信，你不會認為奈特利先生看起來像生病了吧？」她轉過頭去，帶著焦慮又愛戀的眼光望著丈夫。

「普普通通，親愛的。我看約翰．奈特利先生的氣色算不上是健康。」

「怎麼會？先生，你是在說我嗎？」約翰聽到自己的名字，叫了出來。

「親愛的，我很難過，因為我父親認為你的氣色不好。不過我希望這只是因為旅途勞累所致。不過，你知道的，我想你離家之前見過溫菲爾德先生。」

「親愛的伊莎貝拉，」他驚嘆道，「請妳別為我擔心，照顧好妳自己跟孩子們吧！」

「我聽不太懂你對你哥哥說的話，」愛瑪大叫道，「就是你的朋友葛拉漢先生想從蘇格蘭聘人管理他的新產業一事。聘得到人嗎？這種保守的偏見不會太固執嗎？」

她就這樣滔滔不絕地說了很久，而且十分得意。當她不得不再將注意力轉向父親和姐姐時，聽到的不過是伊莎貝拉對珍．費爾法克斯的提問。雖然她對珍並不特別感興趣，但這一刻她很樂意試著恭維她。

「可愛的珍．費爾法克斯！」伊莎貝拉說，「我已經很久沒見到她了，頂多偶爾在城裡相遇，她來拜訪她的外婆和姨媽。她們會多麼高興啊！我從愛瑪那裡聽說她不能常住在海伯里，覺得真是太遺憾了。可是現在坎貝爾上校的女兒結了婚，我猜他們再也離不開她了。她是愛瑪多麼好的伙伴啊！」

伍德豪斯先生表示同意，不過又補充道：

「不過，我們的小朋友哈麗葉．史密斯也是一位親切的小姐。妳會喜歡哈麗葉的，對愛瑪來說，她是個好到不能再好的伙伴了。」

「我很高興聽到這件事。不過提到既有學識又高雅的人，還是非珍莫屬了！而且跟愛瑪年紀相當。」

話題在愉快的氣氛中進行著，其他的話題也接著維持了差不多長的時間，而且也都在和諧的氣氛中結束。不過，這一晚並不總是這麼寧靜。當麥片粥送上來的時候，伍德豪斯先生滔滔不絕地談起了它的成份以及益處，並提到很多家庭的飲食習慣都不健康。伊莎貝拉也說，她在南方時曾經雇用過一個女廚師，她總是無法教會她煮出一碗美味、濃度適中的麥片粥。想不到，這是一個最糟糕的話頭。

「啊！」伍德豪斯先生搖了搖頭，慈祥地看著她的臉，大喊道：「你們到南方去不會有好下場的，不行！」在這一刻，愛瑪真希望父親別再講話了。在一陣沉思過後，或許話題又會回到麥片粥上，然而，等了幾分鐘後，他又說道：

「一想到你們今年秋天要去海邊而不是回到這裡，我就感到難過。」

「為什麼難過呢？爸爸，我想那是對孩子有好處的。」

「要是你們非去海邊不可，也最好別去南方，南方是個對健康有害的地方。佩里聽說你們打算去南方後，感到很吃驚。」

「我知道許多人都有這種印象，可是那都是些錯誤的看法。我們在那裡健康極了。我相信溫菲爾德先生是個值得信賴的人，因為他對空氣的品質非常瞭解，而且他的兄弟一家常常到那裡去。」

「親愛的，要是你們真的想去哪裡，那就該去克羅瑪，佩里曾在克羅瑪待過一個禮拜，他認為那是最好的海水浴場。他說，那裡的海面寬廣，空氣純淨。據我所知，大家還可以在海岸邊找到住處，就在大約一哩外，非常方便。你們應該請教佩里才對。」

「不過，親愛的爸爸，兩地的距離可就差多了。一處有一百哩遠，另一處只有四十哩。」

「啊！親愛的，佩里說，只要跟健康有關，其他都可以不考慮。既然要去旅行，那麼四十哩和一百哩又有什麼區別呢？還不如待在倫敦，至少比走了四十哩路去一個空氣惡劣的地方好。這是佩里說的。他似乎認為那是個非常錯誤的判斷。」

愛瑪想阻止父親，可是一點用也沒有。父親說到這個地步，讓她不免擔心姐夫發怒。

「佩里先生，」他用愉快的聲調說，「最好把意見放在心裡，等有人問他再發表。他幹嘛管我做什麼呢？我帶家人去哪個海邊關他什麼事？我希望除了佩里先生的意見外，也可以參考自己的意見。只有吃他開的藥時，才需要聽他的囑咐。」他停頓片刻，變得越來越冷漠，然後用諷刺的腔調補充道：「如果佩里先生能告訴我，如何帶著妻子和五個孩子走一百三十哩路而不多花一毛錢，也不會有絲毫不便，那我就很樂意去克羅瑪海岸。」

「是的，是的，」奈特利插嘴道，「就是這樣。這的確是一種選擇，不過，約翰，關於我剛才的想法，就是把小徑移到朗海姆，多朝右邊轉彎，就用不著全部穿過家中的草地了。我看不出有任何困難，也不會對海伯里的居民有什麼不便。不過，你只要看看現在這條小徑——現在只能看地圖，我希望明天跟你在阿貝米爾農場見面，然後我們就能實地勘查，到時候再請你聊聊你的看法。」

伍德豪斯先生聽到有人對他的朋友佩里作出這麼粗魯的言論，感到有些生氣。儘管他自己沒有意識到，但他的許多思想都來自於佩里。不過，女兒們對他的關注逐漸撫平了他的情緒，而奈特利也很機警地採取了行動，安撫了他的兄弟，這才防止了一起爭端。

第十三章

世上幾乎沒有人比伊莎貝拉這次拜訪哈特菲爾德時更幸福了。她每天早上帶著五個孩子到處拜訪舊友，到了晚上就把一天的見聞講給父親和妹妹聽。除此之外，她沒有其餘的願望，只希望日子過得慢一些。這是一次愉快的拜訪，儘管時間短暫，但是非常完美。

一般來說，晚上與朋友見面的機會比早上少，只有一次應邀出席晚宴，而且還是在其他地方。雖然當天是聖誕夜，但他們無法拒絕——韋斯頓先生絕不允許他們拒絕。他們全家都要過去，就連伍德豪斯先生也被說服，認為參加這個聚會沒什麼不好。

該如何前往是一個問題，他想插手其中，可惜他女婿和女兒的馬車都在哈特菲爾德，因此他除了提些簡單問題之外，就沒什麼好說了。他的問題一點也沒有激起疑問，愛瑪沒費多少口舌便讓父親相信，他們的幾輛車甚至還能讓哈麗葉也一起坐進來。

哈麗葉、艾爾頓和奈特利都被請來作陪了。時間必須早，人數必須少——伍德豪斯先生的習慣和嗜好在每一方面都必須得到滿足。

這真是一個偉大的時刻——因為伍德豪斯先生居然同意在聖誕夜出席外面的聚會。前一晚，哈麗葉在哈特菲爾德宅邸度過，她患了感冒，十分難受，要不是她堅持要回去讓哥達太太照顧，愛瑪絕不肯放她離開屋子。隔天，愛瑪去探望她，發現她已經不可能出席聚會了，她發了高燒，喉嚨痛得很厲害。哥達太太無微不至地照顧她，又請教過佩里先生。哈麗葉病得太重，精神低落，無法拒絕專家的指示，不得不放棄參加這次愉快的聚會。不過，當她說起自己的損失時，難過得流下了淚。

愛瑪陪了她一會兒，為了讓她打起精神，她說起假如艾爾頓知道她的狀況，會感到多麼難過啊！離開時，哈麗葉感到安慰許多，心想大家都會想念她，少了她的在場，那也將會是一次索然無味的拜訪。愛瑪走出門口沒多遠，就突然遇到了艾爾頓，兩人並肩而行，一邊聊著病人的情況。原來，他聽說哈麗葉病得不輕，本打算前去問候，好將她的病情告知哈特菲爾德一家。約翰也來了，他剛帶著兩個較大的兒子去唐維爾宅邸做完例行拜訪。這兩個孩子看來十分健康，臉頰泛著紅光，顯然全歸功於平日的活蹦亂跳，而且迫不及待地想回家吃烤羊肉和大米布丁。一行人聚在一起前行。愛瑪描述了她朋友的主要症狀：「喉嚨痛得像火燒一樣，渾身發燒，脈搏很快，卻很虛弱」等等。她還從哥達太太那裡得知，哈麗葉很可能會得到嚴重的喉炎，她為此擔憂不已。艾爾頓聽了，驚呼道：

「喉炎！希望不是傳染性的。佩里看過了嗎？妳實在不應該只關心妳的朋友，也該關心一下自己才對。我希望妳別遇上危險。佩里為什麼不去看她？」

愛瑪本人一點也不驚慌，她盡力平息這種過度的焦慮，保證說哥達太太對於照顧病人很有經驗。不過，她明白他並不想撫平這種感情，而她也寧願助長這種情緒。不久後，她用若無其事的口吻補充道：

「天氣太冷了，看來馬上要下雪了。假如今晚是去另一個地方參加聚會，我一定會找藉口躲在家裡，而且還要勸父親別去。不過，既然他已經下定決心，我也就不再干涉了，否則韋斯頓夫婦一定會很失望。話說回來，艾爾頓先生，假如是你邀請的話，我就會拒絕了，你的喉嚨已經有點沙啞了，考慮到你明天有好多話要講，我認為今晚待在家裡保養喉嚨倒不失為一個好方法。」

艾爾頓顯得很尷尬，似乎不知道該如何回答。雖然能得到愛瑪的關心，應該心懷感激才對，而不是拒絕她的忠告，但他絲毫不想放棄這次拜訪。不過，愛瑪腦中早已有了先入為主的成見，根本不想聽他的話，觀察他的時候也多了一種奇怪的眼光。她聽到他喃喃地重複道「天氣太冷了」，感到非常愜意，以為自己成功將他從蘭道爾宅邸救出來了，並保證他這天晚上隨時都能去打聽哈麗葉的消息。

「這樣做很好，」她說，「我會替你向韋斯頓夫婦致歉的。」她剛說完，就發現姐夫禮貌地請他上車，艾爾頓也立刻接受了邀請。事情已經無法改變了——艾爾頓要去赴會，他那張漂亮的面孔從未表現出像此刻一般的喜悅，他的微笑從未這麼生動過，當他的眼睛再次與她相遇時，也從未露出這樣的狂喜。

「哎！」她心想，「這實在太奇怪了！我好不容易才把他救出來，但他馬上又跳回去，把孤伶伶的哈麗葉留在那裡養病！真的太奇怪了！不過我相信，許多人——尤其是單身男人，外出吃飯不僅是他們的樂趣，甚至能從中獲得熱情，陪人吃飯彷彿是他們的職業、義務、和尊嚴，因此必須犧牲一切。艾爾頓先生肯定就是這樣，他當然是個親切的年輕人，而且還深深愛著哈麗葉。不過，他卻不能拒絕邀請，只要有人請他吃飯，他就一定會出席。愛情真是個怪東西，他能看透哈麗葉的小聰明，卻不願為她留下來。」

不久後，艾爾頓與他們暫時分手了。她仍然相信，離別時提到哈麗葉的名字讓他顯得大為傷感，他保證會去哥達太太哪裡詢問她的情況。說這句話的時候，他的聲調似乎充滿深情，希望下次見面之前能帶給她一些好消息。接著，他嘆了口氣，微笑著告別而去。在這一瞬間，愛瑪對他的評價變成了嘉許。

沉默了幾分鐘後，約翰開口說道：

「我一生從未見過像艾爾頓先生這麼熱心、又令人愉快的先生。他對女士們關懷備至，跟男士們在一起時，他富有理性，又毫不矯揉造作。但只要是為了討好女士的歡心，他又能展現出所有本領。」

「艾爾頓先生的風度並非完美無缺，」愛瑪回答，「當一個能力中等的人想讓願望得到滿足時，他會盡自己最大的努力，勝過一個能力優秀卻滿不在乎的人。人們對於艾爾頓先生完美的性格和善意總是讚譽有加。」

「是啊，」約翰立刻說道，口吻中夾帶著些許詭異，「他似乎對妳特別友善。」

「對我？」她吃驚地微笑道，「難道你以為我是艾爾頓先生追求的目標嗎？」

「這種想法令我難過，愛瑪，不過我承認。假如妳以前從未想到過，現在不妨開始考慮。」

「艾爾頓先生愛上了我？怎麼會有這種想法！」

「我並沒有這麼說，不過妳可以仔細想想，然後調整妳的言行。我認為妳現在對他的態度完全是一種鼓勵。愛瑪，我是以一個朋友的立場這麼說的。妳最好觀察自己的周遭，搞清楚自己該怎麼做，自己的願望是什麼。」

「謝謝你，不過我向你保證，你完全搞錯了。艾爾頓先生跟我是非常要好的朋友，僅此而已。」說完她便向前走去，心中為這種誤會感到滑稽。那些自命不凡的人們往往因為一些表象，犯下這種錯誤。對於姐夫把她想像得盲目而無知，她感到很不高興。他則沒有再說什麼。

伍德豪斯先生對這次拜訪十分堅決，儘管天氣越來越冷，他似乎完全不打算退縮，最後，他與大女兒共乘一輛馬車，準時抵達。他對這次外出充滿新奇感，對蘭道爾宅邸的生活充滿期盼，所以毫不在意天氣是不是寒冷，再說，他身上的衣服太厚，也實在沒什麼感覺。然而，這的確是個嚴寒的天氣。等第二輛馬車出發之後，天下已開始飄下幾片雪花。天色顯得異常沉重，只要空氣稍有凝滯，便會在一瞬間創造出一個潔白的銀色世界。

愛瑪很快就發現，她的同伴心情並非處在最愉快的狀態。在這種天氣下外出，還要讓孩子忍受宴會的無趣，簡直是一種罪惡。他看不出這次拜訪有哪裡值得付出這麼巨大的代價。驅車前往郊區牧師宅邸的一路上，都是在他的滿腹牢騷中度過的。

「一個人，」他說，「要求別人離開自己家來看望自己時，必須有很好的理由，在這種惡劣天氣時更是如此。他必須是個非常令人愉快的人，像我就不敢這麼做了。看！都下雪了，這變成了一樁荒誕的事情。不讓別人舒服地留在家裡，實在是愚蠢！跑出來的人更是傻！假如我們因為某種召集或是生意上的理由被迫在這種天氣外出，我會認為那是不得已的。但現在呢？我們身上的衣服搞不好比平常還少，卻心甘情願地出發，而沒有任何理由。這種天氣能讓每一個人覺得應該留在家裡，而我們卻要去別人家裡度過五小時無趣的時光，說的話都跟昨天說過的沒兩樣。回來的時候搞不好更糟。四匹馬和四個僕人，把五個凍得渾身發抖的可憐孩子送進比家裡更冷的房間，與糟糕的傢伙們作伴。」

要想愉快地表示同意，愛瑪覺得實在難以做到，她不會模仿別人說：「一點都沒錯，親愛的。」他的同伴往往會這樣表示贊同，但她已經打定主意，絕不會作任何回答。她不能表示順從，也不想爭執，只能保持沉默。她聽著他說下去，扶了扶眼鏡，把衣裳裹緊在身上，但是沒有開口。

他們抵達了，車門打開後，艾爾頓便出現在他們身旁。他身穿黑色禮服，動作非常瀟灑，滿臉微笑。話題終於有了變化，令愛瑪感到高興。艾爾頓非常樂於承擔責任，而且渾身洋溢出歡樂的情緒，她心想：他一定是得到了有關哈麗葉的消息。

「我從哥達太太那裡得到消息，」她一下車馬上就說，「不像我希望的那麼令人愉快——『沒有好轉。』她是這麼回答的。」

他的面孔立刻拉長了，回答時聲音也變得傷感起來。

「唉！我正要告訴妳呢，我回家更衣之前，曾敲過哥達太太的門，結果得到的消息非常令人傷心。史密斯小姐沒有好轉，我很擔心，我原本還暗自希望，她在得到早上那麼真摯的探望之後，肯定會有所好轉的。」

愛瑪微笑道：「我希望，我的探望能安慰她緊張的神經；不過，即使是我也不能讓她的痛苦有所好轉。她得的是真正的重感冒，你也許聽說佩里先生去看過她了。」

「是的——我想——也就是說——我沒聽說。」

「他已經看出了她的主要症狀，我希望明早可以得到更令人安慰的消息。不過，一點都不焦慮也是不可能的。我們今晚的聚會遭受了多麼大的損失！」

「真是太可怕了！的確讓人傷心。大家隨時隨地都會想念她。」

這些對話的發展是可以預料到的，不過，持續的時間應該更長一些才對。但才過了半分鐘，他就開始聊起其他事情，而且語氣顯得極為欣喜，愛瑪於是感到相當沮喪。

「真是個絕妙的設計，」他說道，「使用綿羊皮作馬車篷，多麼舒適的安排！有了這樣的設計，就不會感到寒冷了。這項發明將馬車製作得極盡舒適、完美，車內的乘客與外面的天氣完全隔離開來，一絲空氣也鑽不進去，就不用擔心天氣變化了。哈！我看見下了一點雪。」

「沒錯，」約翰說，「還要再下好一陣子呢。」

「聖誕夜嘛！」艾爾頓評論道，「這種天氣非常應景。我們應該覺得自己很幸運，因為雪不是從昨天開始下的，否則聚會肯定就辦不成了，伍德豪斯先生看到地上有那麼多積雪一定不肯冒險外出；可是現在並沒有什麼影響。聖誕節是個友好的節日，大家都邀請朋友相聚，即使天氣比現在更糟也會不放在心上。記得有一次，大雪讓我在一位朋友家中滯留了一星期。沒有比那更令人愉快的事了。我本來只打算待一個晚上，結果待了七個晚上才走。」

約翰彷彿無法理解那種愉快，只是冷淡地說：

「我可不希望被大雪封在蘭道爾宅邸裡一個星期。」

要是換了其他場合，愛瑪或許會感到滑稽，不過她為艾爾頓的精神狀況感到太過吃驚，完全無法產生其他情感。在等待聚會的過程中，哈麗葉彷彿被拋到了九霄雲外。

「肯定會有溫暖的爐火，」他接著說，「一切都極為舒適，人們也富有魅力。韋斯頓太太是個深受歡迎的人，韋斯頓先生也值得大家尊敬，他是那麼好客、那麼喜愛社交，這個晚會規模雖小，但賓客都經過精挑細選，一定會是最令人愉悅的。韋斯頓家的餐廳裡就適合這麼多人，再多一位就會顯得不舒適，是我的話，我寧可少請兩位，也不會多請兩位。你們贊成嗎？」說完，他轉向愛瑪，「我認為妳一定會表示贊同。不過，奈特利先生也許因為習慣於倫敦的大型晚會，不見得會跟我產生同感。」

「先生，我與倫敦的大型晚會無緣，我從不跟其他人共進晚餐。」

「是嗎！」他驚訝而惋惜地回答道，「我沒想到律師竟然是這麼嚴苛的工作。不過，先生，這一切很快就會讓你得到回報的，屆時你只需付出極少的勞力，便能得到極大的享受。」

「我的首要享受，」約翰穿過敞開的大門，回答道：「就是安全返回哈特菲爾德宅邸。」

第十四章

每一位先生在步入韋斯頓太太的客廳時，都必須稍微調整面部表情。約翰必須驅散一下怒氣，艾爾頓則應該減少笑容，以符合這個場合的要求。愛瑪只要自然顯出她的快樂就好了，對她來說，能與韋斯頓夫婦在一起，就是真正的享受。韋斯頓先生是她很喜歡的人，她與韋斯頓先生無話不談，就像對他妻子講話一樣。她跟任何人講話都沒有這麼推心置腹，不論是瑣碎小事，還是大麻煩，或是她父親和她的樂趣，她都相信對方會仔細傾聽，並且感到有趣。無論是哈特菲爾德的什麼事，韋斯頓太太都有著強烈的興趣。經過半小時不間斷的交談後，日常生活的一切瑣事幾乎聊完了，雙方都感到心滿意足。

這種愉快或許從一整天的拜訪中都未必能得到。不過，只要一看到韋斯頓太太，見到她的微笑，聽到她的聲音，愛瑪的心底立刻產生一股感激的浪潮。她決定不管艾爾頓的古怪行為，也不考慮任何讓她不愉快的事，盡可能地享受眼前的各種樂事。

不等她到達，哈麗葉感冒的不幸消息已經傳播開來。伍德豪斯先生坐了很久，緩緩道出病情的演變過程，當然，他也講述了自己的各種病史，以及伊莎貝拉與愛瑪的事。當他心滿意足地講到最後時，其他人也到了。韋斯頓太太終於能找到機會轉過身去，歡迎她親愛的愛瑪。

愛瑪一心想暫時忘了艾爾頓，但入席之後才發現，他的座位緊挨在她身旁，於是感到頗為掃興。他靠在她旁邊，不斷地將那副愉快的面孔湊過來，逼她注意，而且還對一切問題發表熱心的評論。結果，她不僅無法把他拋到腦後，心裡反而不可避免地產生這樣的念頭：「真的跟姐夫想的一樣？難道這個男人要把對哈麗葉的愛轉移到我身上？真是太荒謬、太令人難受了！」然而，他仍然對她噓寒問暖、詢問她父親的情況、談起韋斯頓太太的欣喜、談起她的眾多油畫；那種熱烈的態度就像個戀人一樣。愛瑪為了保持自己的風度，真是煞費苦心。為了她和哈麗葉的友誼，她不能表現得太粗魯，暗自希望最後一切都會回復正常；她甚至顯得十分禮貌，但是那需要很大的努力。當艾爾頓喋喋不休說個沒完的時候，她從一旁的隻言片語中聽出韋斯頓先生正在聊他的兒子。她聽到「我兒子」、「法蘭克」兩個名詞，還聽到「我兒子」這個詞重複了好幾次。她彷彿覺得他在宣布兒子即將來訪；不過，她還來不及制止艾爾頓的嘮叨不休，話題就已經結束。

事實上，儘管愛瑪決心永不結婚，但當她聽到法蘭克．邱吉爾這個名字，心中仍然十分感興趣。當韋斯頓先生與泰勒小姐結婚之後，她常常有這樣的念頭：假如她真的要結婚，那麼在年齡和條件方面，法蘭克都是最合適的人選。從兩家人的淵源來看，他似乎與她門當戶對。她不禁假設：凡是認識她的人都會認為他們兩人非常匹配，她確信韋斯頓夫婦也會這樣想。儘管她不想被他誘惑，也不會接受任何人勸說而放棄現有的地位，但還是渴望見他一面，弄清楚他是不是那麼完美，想得到他某種程度的喜愛，讓朋友們以為他們是一對戀人。這個念頭令她愉快不已。

她心裡有了這樣的感情，艾爾頓的殷勤便顯得不合時宜。儘管她表面上非常客氣，心裡卻非常惱火，認為韋斯頓先生也許一整晚都不會再聊起這件事了。不過，事實並非如此。吃飯的時候，她坐在韋斯頓先生旁邊，在艾爾頓喋喋不休的空檔之中，他找機會向愛瑪表達了地主之誼，說：

「如果再來兩位客人，我們的人數就能湊個整數了。真希望另外兩位能來——妳那位漂亮的朋友史密斯小姐和我兒子。要是那樣的話，我會認為我們這次聚會完美無缺。我相信，妳沒聽見我跟其他人談起法蘭克要來的事吧？今天早上，我收到他的一封信，他說兩個禮拜之內就會回來與我們團聚。」

愛瑪表現出恰當的喜悅，並且贊成地說，要是法蘭克和哈麗葉能來，的確會讓這次聚會更加圓滿。

「他從九月開始就一直想回來跟我們團聚，」韋斯頓先生接著說道，「他的每一封信都表達了這種意思，只是他不能隨意運用自己的時間。不過，我確信一月的第二個禮拜就能在這裡見到他。」

「你會多麼高興啊！韋斯頓太太也非常想認識他，她一定也跟你一樣高興。」

「是啊，她會很高興，不過她認為他會延後幾天，她不像我一樣深信他會來，她不像我一樣瞭解他。妳知道的，問題在於——這可是個秘密，不能讓別人知道，我在其他場合從來沒有說過——問題在於那些朋友受到邀請，要在一月份去恩斯坎比宅邸拜訪，法蘭克要回來，就得指望他們延長行期。假如他們不延長，他就無法離開。不過我很瞭解他們，因為恩斯坎比宅邸裡有一個地位顯赫的女士，她的脾氣十分怪異。雖然她每隔兩三年就會邀請他們去一次，但每次總會延長行期，對此我毫不懷疑。我深信一月中就能在這裡見到法蘭克，就像我住在這裡一樣確定無疑。不過，妳的那位好朋友，」他向桌子另一頭的妻子使了個眼色，「她的想像力太差，在哈特菲爾德宅邸不常遇到這種事，因此無法預料到這一切，不過我早已習以為常了。」

「要是還有什麼值得懷疑之處，我很遺憾，」愛瑪說，「不過我傾向於支持你的看法，韋斯頓先生。假如你認為他能回來，我也會這麼想，因為你熟悉恩斯坎比宅邸。」

「是啊，我的這些知識是十分有用的，儘管我一輩子從未去過那裡。她是個老女人！不過我從不說她的壞話，這是為了法蘭克好，因為我相信她很寵愛他。我還一度以為她除了自己以外不會再喜歡任何人呢！可是她對他一向那麼慈愛——當然，偶爾也會有些胡思亂想的時候——照我看，他能激發出她的慈愛之心，是個不小的功勞。雖然我不想跟別人聊這件事，不過我告訴妳，她在一般人面前，是個鐵石心腸、性情乖僻的人。」

愛瑪太喜歡這個話題了，他們一走進客廳，她便跟韋斯頓太太聊了起來，希望她感到愉快。不過，她承認第一次見面一定會有些尷尬。韋斯頓太太表示贊同，又說自己有信心，絕不會為這一次會面感到擔憂的：「因為我想他不會來。我不像韋斯頓先生那麼樂觀。我擔心的是最後什麼也不會發生；我敢說，這件事的經過韋斯頓先生已經全告訴妳了。」

「是的，事情似乎全指望一個脾氣惡劣的老太太。我想這一點是世上最可靠不過的。」

「親愛的愛瑪！」韋斯頓太太微笑著答道，「異想天開的說法有什麼可靠的？」說完她轉向伊莎貝拉，「妳一定知道，親愛的奈特利太太，照我看，我們根本不能保證見到法蘭克，但他父親卻相信他會來。這件事完全取決於他一個舅媽的情緒，簡單來說，就是取決於她的脾氣。妳們兩個就像我的女兒，在妳們面前我可以把真心話都說出來。邱吉爾太太是恩斯坎比宅邸的統治者，她是個脾氣古怪的女人，他能不能回來要看她願不願意放他走。」

「啊！邱吉爾太太，人人都知道邱吉爾太太，」伊莎貝拉回答道，「我向妳保證，我一想起那個可憐的年輕人，心裡就充滿了同情。永遠跟一個脾氣惡劣的人生活在一起，多麼可怕啊！這對我們來說當然無法理解，不過一定會是種悲慘的生活。還好她沒有孩子！假如她生了孩子，一定會讓他們過得非常不幸！」

愛瑪真希望自己能跟韋斯頓太太單獨在一起，那樣她就能多打聽一些情報了，韋斯頓太太一定會更坦率地說給她聽，而不必擔心被伊莎貝拉聽到。她相信，她絕不會瞞著自己有關邱吉爾家的任何事，除了對那個年輕人的看法。不過，目前無法聽到更多消息了，伍德豪斯先生很快就隨她們走進客廳。晚餐後長時間坐在同一個地方對他來說是件受不了的事，因此他愉快地走向人群。

當他跟伊莎貝拉談話的時候，愛瑪終於找到機會，說道：

「這麼說來，妳認為妳兒子的這次來訪還無法確定？我真遺憾！這種處境無論出現在哪裡都是令人不愉快的，越早結束越好。」

「是啊！每一次拖延都令人擔心。我還擔心他們會找到某種藉口讓我們失望。總之，我一想到他們的不情願，就感到難以忍受，邱吉爾一家很希望讓法蘭克跟他們生活在一起，即使讓他對自己的父親表示敬意，他們也會嫉妒。簡單來說，我不指望他會來。希望韋斯頓先生別那麼樂觀。」

「他應該來，」愛瑪說，「就算他只能住兩天，也應該來。一個年輕人連這樣的能力也沒有，那是無法想像的。一個年輕女子落在壞人手裡，也許會受到虐待，並且被迫遠離她想見的人；可是一個年輕男人受到這樣的限制，想見見父親、跟父親一起生活一週都不能的話，那是無法想像的。」

「想知道他該怎麼做，就必須去恩斯坎比宅邸，親自瞭解那一家的生活方式，」韋斯頓太太回答，「想判斷任何家庭中某個成員的行為，也需要採取同樣的謹慎態度。不過我相信，要評論恩斯坎比宅邸，就必須用一般的標準。她是那麼地不可理喻，什麼都非服從她不可。」

「她很喜歡這個外甥。根據我對邱吉爾太太的瞭解，可想而知，儘管她的一切都來自於丈夫，卻不願為丈夫的利益作出任何犧牲；然而，她卻會盡力為他做出一切，這個外甥常常能影響她的意志。雖然他什麼也不欠她。」

「親愛的愛瑪，妳有一副好脾氣，所以妳不懂壞脾氣的人。別管這件事了，我相信他偶爾能對她造成一些影響，至於是在什麼樣的場合下，我就無法預料了。」

愛瑪聽完，淡淡地說：「他不來，我不會滿意的。」

「也許他在某些事情上很有影響力，」韋斯頓太太接著說，「但在其他問題上，影響就很小。離開那個家庭來拜訪我們，就是一件他無法決定的事情。」

第十五章

伍德豪斯先生喝完茶後便迫不及待地想回家。他的三位同伴盡了最大的努力，才將他的注意力從時間上移開，直到另外三位先生也走進客廳。韋斯頓先生活潑、健談，讓朋友們不至於想要提前離開。最後，聚在客廳人數越來越多，艾爾頓的精神極佳，首先步入客廳，韋斯頓太太與愛瑪正坐在一張沙發上，他立刻走過去加入她們的圈子，冒失地坐在兩人之間。

愛瑪心裡盼望著法蘭克的到來，因此樂於原諒他這種失禮的舉止。她聽到他的第一個話題是有關於哈麗葉的，臉上立刻露出友善的微笑，表現出渴望傾聽的樣子。

他說，自己對她那位漂亮的朋友感到極為擔心——她既漂亮，又和善。「我們來蘭道爾宅邸之後，妳有聽說過關於她的消息嗎？我很擔心。我不得不承認，她的症狀讓我感到特別吃驚。」他就這樣聊了很長時間，對別人的問答並不在意；忽然間，他又彷彿為愛瑪感到擔心，而不是哈麗葉。他怕那是一種嚴重的喉炎，急切地希望她能遠離這種病的傳染。他用誠懇的口吻勸她暫時不要再去探病，等佩里先生作出進一步診斷再說。儘管她一笑置之，並試圖將話題拉回正軌，但他對她的極端擔心並沒有停止。她感到無法掩飾的惱怒，正如同他毫不掩飾地裝出愛她而不是愛哈麗葉的表情一樣。假如這是真的，那真是最令人輕蔑、最令人無法原諒的變心！她幾乎忍不住要發怒起來。這時，艾爾頓又轉向韋斯頓太太，對她說：「妳願意支持我嗎？妳願意幫我說服伍德豪斯小姐別去哥達太太那裡，直到史密斯小姐的病被證實不會傳染嗎？妳能利用妳的影響力說服她嗎？」

他接著說：「為別人著想時那麼謹慎，對自己卻這麼粗心大意！她要我待在家裡免得感冒，但她卻不願意避免染上白喉！妳認為這公平嗎？韋斯頓太太，請妳評評理，難道我連這點抱怨的權力都沒有嗎？我相信妳會向我提供支持和幫助的。」

愛瑪看見韋斯頓太太吃驚的表情，感到他的言談舉止毫不含蓄地表現出對自己的興趣，她覺得這是對她的刺激和冒犯，一時不知道該怎麼回答才好。她只能瞪了他一眼，認為這樣子一定能讓他恢復理智。接著，她起身離開沙發，走向姐姐身旁的一個座位，全神貫注地與姐姐交談起來。

她沒有工夫去管艾爾頓的反應為何，因為另一個主題已緊接著開始了。約翰到外面看了看天氣情況，然後回到屋子裡，向大家通報說，整片大地覆蓋著一層白雪，而且還刮著大風雪。他對伍德豪斯先生說道：

「爸爸，您將為您興致勃勃的冬季活動拉開序幕。對您的車伕和馬匹來說，穿越暴風雪可真是件有趣的事。」

可憐的伍德豪斯先生驚訝得說不出話來，其他人卻講個不停，大家不是感到吃驚，就是保持冷靜；不是議論紛紛，就是安慰別人。韋斯頓太太和愛瑪竭力讓父親開心起來，並且把他的注意力從女婿身上移開，他那位女婿正在對他窮追猛打：

「父親，我佩服您的決心，」他說，「竟肯在這種天氣裡外出冒險。當時您肯定看得出馬上就要下雪了，大家也都看得出來。我佩服您的勇氣，我敢說，我們一定能安全到家。再下一兩個小時的雪，道路也照樣通行無阻；再說，我有兩輛馬車，即使一輛在郊外出了事故，還有另一輛呢！我敢說，我們不到午夜就能安全地回到哈特菲爾德宅邸。」

韋斯頓先生以勝利的語氣說，他早知道會下雪，只是擔心伍德豪斯先生聽了會不舒服，怕他用來當成離開的藉口，所以沒有講出來。至於雪下得多大、會不會阻礙他們回家，那只不過是個玩笑罷了。他反而希望路真的不能通行，那樣就能把大家都留在蘭道爾宅邸了。他友善地向大家保證說，這裡有足夠的住處供所有人使用，然後要妻子也表示贊同。他說，只要稍加安排，大家都能住下來。不過，她幾乎不知道該怎麼安排——因為這座宅邸只剩兩個空房間。

「該怎麼辦呢？親愛的愛瑪，怎麼辦？」伍德豪斯先生感嘆道，除此之外什麼也說不出來。他望著女兒，希望能得到一些安慰。愛瑪向父親保證說，他們一定會很安全的，他們的馬匹都很健壯，詹姆士駕車技術精湛，再說還有這麼多朋友在一起。他聽了這番話，才稍稍振作精神。

伊莎貝拉的恐慌與他不相上下。她害怕被困在蘭道爾宅邸，而她的孩子們卻留在哈特菲爾德；她的想像中更是充滿了恐懼，片刻也不願意耽擱。她要父親和愛瑪留在蘭道爾宅邸，她和丈夫立刻出發，以免雪越積越厚。

「親愛的，你最好直接跟車伕說，」她說，「我敢說，現在出發還走得了，假如遇到什麼糟糕的事情，我還能從車裡出來用走的。我一點也不害怕，就算要步行一半的距離也沒關係。反正回家以後我還能換一雙鞋，不是嗎？再說，穿著這雙靴子也不會覺得寒冷。」

「真的嗎？」他回答道，「那樣的話，親愛的伊莎貝拉，這可就是世上最奇特的事了，因為一般來說妳穿什麼都會著涼。步行回家？我敢說，妳腳下那雙漂亮的鞋子正好適合走路，但對於馬匹來說可就糟透了。」

伊莎貝拉轉向韋斯頓太太，請求她贊成這個計畫。韋斯頓太太只好附和。伊莎貝拉又轉向愛瑪，但愛瑪不想放棄一起出發的希望。當大家正在討論的時候，奈特利從外面回來了。他一聽見弟弟關於下雪的報告，便走出去察看。這時候他對大家說，他剛去屋外看過，可以保證無論現在就出發、還是一小時後再走，都不會有一丁點困難。他剛才曾沿著海伯里的道路走了一小段，任何地方的積雪都還不到半吋厚，有些地方甚至沒有積雪；天空只不過飄著幾片雪花，雲彩已經散開，種種跡象都指出很快就會放晴。他跟車伕談過，他們都同意他的意見，認為根本沒什麼好擔心。

這個消息對伊莎貝拉是個極大的安慰，愛瑪為父親著想，同樣覺得愉快，伍德豪斯先生也放下心來。不過，只要他還待在蘭道爾宅邸，剛才被引起的驚慌就很難輕易消除。目前回家沒有什麼危險，但沒有事情能讓他覺得繼續留下來是安全的。大家紛紛開口，有時勸說，有時提議，最後，奈特利和愛瑪的幾句話解決了問題：

「妳父親覺得不舒服，妳幹嘛不走？」

「我準備好了，要是大家都走，我就走。」

「那麼，我打鈴好嗎？」

「好，打吧！」

鈴聲響了，馬車很快就準備好。幾分鐘之後，愛瑪就希望在這次艱難的拜訪之後，其中一位愛惹麻煩的伙伴能回自己家好好冷靜，另外一位則能恢復自己的精神和快樂。

馬車駛了過來。伍德豪斯先生在這種場合總是第一個出現，在奈特利和韋斯頓先生的攙扶下走了出來。但一看見雪仍然在下，看見了夜色比自己想像的還要晦暗，不禁再度感到驚慌。「我害怕路況不好，害怕可憐的伊莎貝拉心裡不高興；再說，可憐的愛瑪是坐在後面那輛車裡，我不知道他們該怎麼辦才好。」於是有人交代了詹姆士，要他駕得慢一些，多等等後面那輛車。

伊莎貝拉緊跟著父親坐上了車。約翰忘了自己本來不屬於這輛車，跟在妻子後面坐了上去。於是，艾爾頓也自然而然地跟著愛瑪上了另一部車。車門關上了，他們不得不一路面對面回去了。假如沒有這一天產生的疑心，此刻便不會變得如此尷尬，他可以跟他聊起哈麗葉，四分之三哩的路程會變得像是三分之一哩那麼短。可是現在，她真希望剛才的事情沒有發生過；她相信，他喝了很多韋斯頓先生的上等葡萄酒，一定會胡說八道。

為了盡量節制對方，愛瑪做好了心理準備，以優雅而平靜的態度談論起天氣和夜晚的危險性。但是，她還來不及開口，他們的車還來不及穿過院門，她就發現自己的想法被打斷了。她的手突然被緊緊抓住，艾爾頓猛烈地向她求愛，他利用這個寶貴的機會，公開了他自認為早已心照不宣的感情。他表達得既充滿自信、又充滿了畏懼、崇拜之情，聲稱假如被她拒絕，他寧可去死。不過，他也自作多情地說，他熱烈的依戀之情不可能得不到任何回報。總之，他已下定決心，要她儘快認真地接受。事情難道真的變成了這樣？沒有顧慮、沒有歉意、沒有羞愧，哈麗葉的戀人艾爾頓竟變成她的愛慕者了。她想設法阻止他，可是沒有效果，他仍然繼續說著。儘管愛瑪怒火中燒，但還是盡可能地保持鎮靜。她知道，這種愚蠢的行為有一半是因為酒醉，幾個小時後也許就能恢復正常。由於對方正處於半醉半醒，她也以半開玩笑的態度回答道：

「艾爾頓先生，你把我當成我的朋友啦！不過我很樂意把你的話傳達給史密斯小姐。只是請你別再對我這麼說了。」

「史密斯小姐？傳達給史密斯小姐？妳這是什麼意思？」他用確信、傲慢而滑稽的腔調重複著她的話。她不禁回答道：

「艾爾頓先生，這真是太令人意外了！我對此只能作出一種解釋：那就是你的大腦現在不正常了，否則你就不會用這種態度對我說話，也不會那樣談論哈麗葉。克制一下自己，不要胡說，我會努力忘掉這件事。」

艾爾頓喝的酒並不多，剛剛只不過精神有些亢奮而已，神智仍然十分清醒。他很清楚自己的意圖，對於她的懷疑，他只是溫和地表示抗議，認為那嚴重地傷害了他的感情。他輕描淡寫地表達了對史密斯小姐的敬意，但那只是朋友間的尊敬，然後又對她提到史密斯小姐感到吃驚。最後，他恢復了剛才的話題，重新表示出自己的熱情，並且迫切要求得到肯定的回答。

她沒有考慮他是否清醒，只認為他既輕浮又不切實際。她不再注重禮節了，回答道：

「我不再懷疑了。你已經說得十分清楚，艾爾頓先生，你讓我感到吃驚，我無法表達自己多麼驚訝。過去一個月我目睹你對史密斯小姐的舉止，每天都留意你對她的關注，現在你卻用這樣的態度跟我講話，這完全是一種輕浮的性格，我沒想到竟然會是這樣！相信我吧，先生，聽到這樣的表白，我感到的絕對不是喜悅。」

「我的老天！」艾爾頓喊道，「這是什麼意思？史密斯小姐？我從來沒有考慮過史密斯小姐，從來沒有注意過她，只把她當成妳的一個朋友，我根本不關心她的死活。假如她幻想過什麼，也只是她的一廂情願，我感到非常遺憾。史密斯小姐？哼！有伍德豪斯小姐在旁邊，誰還會考慮史密斯小姐呀！我以名譽起誓，我的性格中沒有輕浮這一點，我考慮的只有妳而已。許多個禮拜以來，我說過的話、做過的事，全都是為了顯示對妳的愛慕，對此妳不應該抱著懷疑的態度，不！」他用一種示好的語氣說，「我敢說妳看出了我的心思，也理解我的心意。」

愛瑪簡直無法形容自己的感覺，她的厭惡達到了最高點。她完全被這種情緒擊敗了，失去了作出回答的能力。這一陣沉默對艾爾頓來說是一種鼓勵，他試圖再次握住她的手，快樂地叫道：

「迷人的伍德豪斯小姐！請允許我解釋這種有趣的沉默吧——它代表妳一直以來都明白我的心。」

「不！先生，」愛瑪喊道，「它不代表什麼。在這之前我一直尊敬你的看法，結果卻大錯特錯！至於我的看法，我很遺憾你居然產生這種感情，它與我的願望相差甚遠。我的願望是你愛上我的朋友哈麗葉，追求她，你顯然已經在追求她，我一直真誠地希望你能成功。假如我知道以前你來哈特菲爾德宅邸不是為了她，那我會認為你是個居心不良的人。難道我會相信你從未考慮過史密斯小姐？難道你從來沒有認真地考慮過她？」

「從來沒有，小姐，」這次輪到他抗議了，「我向妳保證，從來沒有。認真考慮史密斯小姐？她是個非常好的女孩，看到她生活在受人尊敬的環境中，我為她感到高興，也祝她一切安好。毫無疑問，有些男人或許不會拒絕——每個人都有自己的喜好——不過我認為自己不會被她迷住。我對史密斯小姐開口說話時，不必為了一樁不理想的婚事感到絕望！不會的，小姐，我拜訪哈特菲爾德宅邸完全是為了妳，而我得到的鼓勵——」

「鼓勵？我有給過你鼓勵嗎？先生，你這麼假設實在是大錯特錯。我只不過把你看成我朋友的心上人。不論在那一方面，你對我來說都只是個普通朋友罷了。我感到極為遺憾，幸好這場誤會就此結束了，假如再繼續下去的話，史密斯小姐說不定就會跟著你那種錯誤的觀點走。她也許像我一樣，沒有意識到你十分敏感的那種階級差別；不過，幸好現在只有一方會失望，而且我相信不會維持太久。我目前不考慮結婚。」

他感到怒不可遏，什麼話也說不出來。她的態度太堅決了，懇求顯然毫無用處。雙方都處在極度悔恨的氣氛中，但仍然不得不繼續共處一車。假如沒有這麼強烈的怒氣，兩人肯定會感到絕望般的尷尬。沒有人意識到馬車是何時轉進牧師巷的，也沒有人意識到車子是何時停下的。他一句話也沒有再說便跳下了車。愛瑪這時才想到，必須說一句晚安才行。她的客套話得到了回答，口氣冷淡而高傲。她在無法言喻的憤怒中繼續乘車回到哈特菲爾德宅邸。

父親極為熱情地歡迎她，他為了她單獨乘車穿過牧師巷擔心得渾身發抖，他自己就從來不敢經過那條彎路，尤其駕車的又是個陌生人。在家裡，她的返回彷彿是一切回到正軌所不可或缺的。約翰對自己的壞脾氣感到慚愧，現在完全變了一個人，既善良又殷勤，對父親的舒適也非常關心，非陪他喝一碗麥片粥不可。對於這群旅行者來說，這天是在平靜而舒適的氣氛中結束的，除了愛瑪以外。她的腦中從未受到如此激烈的動盪，她必須努力裝出精神集中、心情愉快的樣子，直到大家離開後，她才能鬆一口氣，平靜地回想這一切。

第十六章

髮卷已經夾好，女僕也已經離開了，愛瑪坐下來思索，品味這淒慘的心情。這的確是件可悲的事情，她一直盼望的每一種前景全都被摧毀了！每一件事都發展成為最不受歡迎的結果！這個打擊對哈麗葉來說如此巨大！這件事的每一個方面都能帶來痛苦和屈辱，不過，與哈麗葉受到的傷害相比全都微不足道。她願意承受這一切恥辱，如果這些恥辱能夠侷限在她一人身上。

「假如我沒有勸說哈麗葉喜歡這個男人，那該有多好！就算他對我的無禮再多出一倍也沒關係。但是——可憐的哈麗葉！」

她怎麼能被蒙蔽得那麼深？他說他從未考慮過哈麗葉——從來沒有！她不斷回想過去的事情，但是一切都那麼令人迷惑不解。一旦她有了某種先入為主的想法，總會將一切事實都扭向那個方向。他的態度一定搖擺不定、惹人懷疑，要不然她絕不會誤會。

那幅畫！他多麼渴望為那幅畫裱框啊！還有那個字謎！還有大大小小的場合——那些舉動看起來多麼像是為了哈麗葉啊！沒錯，那個字謎中的「敏捷才思」和「柔和的眼睛」對兩個女孩都不合適，只是個沒有品味、不切實際的含糊說法。誰又能看透這種愚蠢的胡說八道呢？

當然，她常認為他對她的殷勤毫無必要，尤其近來更是如此。不過她認為那只是他的一貫作風罷了，直到今天之前，她一刻也沒有懷疑過，他對她表示的感激和尊敬只是因為她是哈麗葉的朋友。

關於這件事情的可能性，約翰曾經給過她中肯的意見。她不能否認，這兩兄弟有著敏銳的眼光。她想起奈特利如何對她談起艾爾頓，他警告過她，說艾爾頓在婚姻上絕不會輕率。一想到他們對他性格的判斷比她正確，便讓她感到一陣羞愧。結果證明，艾爾頓在許多方面都與她心裡想的完全相反，她感到非常痛心：他驕傲自大、獨斷專行，很少考慮別人的情感。

艾爾頓想向她求婚，結果適得其反，他在她心目中的地位下降了。他的表白和求婚對她沒有任何益處，她對他的戀情不屑一顧，他的期待對她是一種侮辱。他想要攀上一門好親事，便驕傲地看向她，裝出自己墜入愛河的樣子。可是她卻極為坦然，認為他絲毫沒有受到傷害，也根本不覺得失望，不需要任何安慰；她從他的言行中看不出真正的愛，儘管充滿嘆息和溢美之詞，卻表達不出任何愛情。她不必同情他，他只不過是想藉此提高自己的地位，增加自己的財富，如果他不能如願將哈特菲爾德三萬鎊財產的女繼承人追到手，也會很快轉向只有兩萬鎊的某位小姐，或是只有一萬鎊的另一位。

但是——他居然敢提到鼓勵？竟然認為她看出了他的心思，接受了他的請求，還妄想跟她結婚？不論是在現實中還是在幻想中，他竟認為自己能跟她能平起平坐？他蔑視她的朋友，明明對那些地位高過自己的人們一無所知，竟以為對她的求愛不算冒昧？這正是最令人惱火的事了。

要他感到自己在天賦上遠不及她，在精神的優雅上也無法相提並論，也許這並不公平；或許正是這些不公平讓他無法意識到這一點。不過他必然明白，在財富和勢力方面，她遠遠優越於他；他一定知道，伍德豪斯家在哈特菲爾德已經有好幾代了，而他什麼都不是。哈特菲爾德宅邸的地產當然是微不足道的，它只不過是唐維爾的冰山一角罷了，整個海伯里都屬於那一片地產；不過他們家族在其他方面的財產、在每一領域的勢力，都與唐維爾不相上下。長期以來伍德豪斯家就在當地擁有很高的地位，但艾爾頓來到這裡還不到兩年，除了工作上的熟人外，連個好友也沒有，除了職業和禮儀之外，他實在沒有什麼引人注目之處。然而他居然妄想她愛上了他，而且深信不疑。經過一陣狂亂的批評和自負的想法後，愛瑪逐漸恢復冷靜，承認自己在他面前太過隨和、太謙虛、太注意他了，假如對方無法意識到她真正的意圖，那麼像艾爾頓這種欠缺敏銳的人，就不免把它誤以為是她的傾心。既然對她感情的解釋是錯誤的，他在自身利益的蒙蔽下對她產生誤解，也就不足為奇。

第一個、也是最大的錯誤就發生在她家門口。將那兩個人湊在一起真是太愚蠢了，這是不必要的冒險，是想像凌駕於現實，是對嚴肅事態的嘲弄，還將原本簡單的事情複雜化。她感到相當焦慮、羞愧，決心再也不做這種事了。

「要可憐的哈麗葉愛上這個男人的是我，」她說，「她或許從未想過他的目標是我。假如不是我對她保證說他愛她，她絕對不會對他抱有希望，因為她那麼順從，就像我對她的看法一樣。唉！我勸她不要接受年輕的馬丁，還對此感到自得，雖然這件事做得好，但之後我應該立刻罷手，讓時間去處理接下來的事。但現在呢？可憐的姑娘，她的平靜已經被打破了，對她來說，我只是半個朋友。要是她對這件事都不感到失望的話，我敢說也沒有人要她了。威廉．考克斯？不，我可忍受不了威廉．考克斯，那個出言不遜的年輕律師。」

她想到自己舊習復萌，不由得笑出聲來。接著，她開始了更加嚴肅、更令她沮喪的思索，考慮著已經發生的事、可能發生的事、以及必然發生的事情。想到她不得不向哈麗葉作出令人苦惱的解釋，想到可憐的哈麗葉因此而痛苦不已，想到未來見面時將會非常難堪，想到是否應該繼續維持朋友關係，想到要克制住感情，隱藏起憎恨，避免見到對方——這些想法長時間縈繞在她的腦際，讓她感到極不愉快，就寢的時候，她什麼結論都沒有作出，除了一點確信無疑——她犯了一個大錯。

不過，像愛瑪這樣年輕而生性快活的姑娘，儘管晚上感到一時憂鬱，當早晨的陽光一升起，愉快的精神幾乎又得到了恢復。年輕的心與愉快的早晨都是一樣幸福、充滿活力的，除非心情沮喪到夜不能寢的地步，否則兩眼睜開時必然雨過天青，心中的希望更加光明。

第二天早上愛瑪醒來，覺得比睡前更不舒服，更希望目前的不愉快得到緩和，而且希望能逃避現實。

如果艾爾頓沒有真正愛上她，如果她不是那麼善良親切，她就不會那麼地沮喪；假如哈麗葉的天性不是那麼純潔，感情不是那麼持久；假如除了三位當事人之外，沒有其他人知道此事；假如這一切都是事實，那對她將是個極大的安慰。尤其是不能讓她的父親因此產生片刻的不安。

這是些快樂的想法，再看到地面厚厚的積雪，她又更快樂了。任何能阻隔他們三人的理由都是受歡迎的。對她來說，天氣再好不過了，儘管今天是聖誕節，但是她去不成教堂。伍德豪斯先生如果聽到女兒想去，會感到非常遺憾。這樣一來，她便處於十分安全的情境，心情既不會過於激動，也不會有不愉快且不恰當的想法。地面覆蓋著皚皚白雪，天氣沒有轉晴，空氣中充滿了像是霜雪的懸浮物，對於想外出的人們來說，這是最不適合的天氣。每天早上都是以降雨或降雪開始，每一晚都冷得結凍，這些天來，她一直是個最高尚的囚徒。她與哈麗葉之間除了寫短信之外，沒有其他的來往；不僅禮拜天不能去教堂，連聖誕節也去不成；而且用不著解釋艾爾頓為什麼不來訪。

天氣把大家都困在家裡。雖然她希望並相信他在其他的社交圈中能得到安慰，不過，這種時候還是不出門為好。讓她父親心滿意足地待在家裡，聽他跟奈特利說話，這些都是令人愉快的。奈特利本來在任何天氣下都不會離開他們，但父親卻說：

「啊！奈特利先生，你幹嘛不像可憐的艾爾頓先生那樣待在家裡呢？」

假如不是因為她本人陷入窘境，這幾天的活動其實頗為舒適，因為這種隔絕狀態恰好符合他姐夫的性情，而這位先生的情緒又對同伴有極大的影響力。他在蘭道爾宅邸時的壞脾氣早已一掃而空，在他住在哈特菲爾德的剩餘日子裡，和藹的表情從未從臉上消失過。他總是令人愉快、樂於助人，談起任何人都相當愉悅。儘管愛瑪希望得到歡樂，而且舒適感也的確在持續，但必須對哈麗葉作出解釋的不祥陰影仍然籠罩著她，讓她無法獲得徹底的安心。

第十七章

約翰．奈特利夫婦並沒有被限制在哈特菲爾德宅邸裡太久。對於那些不得不活動的人們來說，天氣很快就得到足夠的改善。伍德豪斯先生跟平常一樣，拚命慰留女兒和孩子們多留幾天，但還是不得不送他們啟程，然後回家繼續悲嘆可憐的伊莎貝拉的命運。伊莎貝拉與她無比溺愛的孩子們在一起，眼裡看見的全是他們的優點，對他們的缺點則視而不見。她總是糊裡糊塗地忙個不停，是個典型的幸福女性。

他們離開的當天晚上，伍德豪斯先生收到了一封信，是艾爾頓寫來的。那是一封長信，格式正規，措詞禮貌：

迫於朋友的請求，我預計於次日離開海伯里前往巴斯，並盤桓數週。由於天氣及事務等諸多不便，不能親自上門告辭，十分遺憾。蒙您的盛情款待，不勝感激，若您有什麼要交代的，我將非常樂於效勞。

愛瑪對此感到既欣慰，又吃驚。艾爾頓此時的離去正是她求之不得的，她很佩服他想出這個方法；至於對通知的形式則不敢恭維。這封信中充滿了對她父親的敬意，卻隻字沒有提起她，怨恨之情再明顯不過。起初她以為，如此一本正經地表示感激的告辭信函，一定會引起她父親的懷疑。

不過事實並非如此，他突然的離去讓伍德豪斯先生相當吃驚，只顧著擔心艾爾頓能不能安全抵達目的地，言語之間並沒有透露出任何異常。這是一封非常有用的信，因為它為他們孤獨的夜晚提供了話題。伍德豪斯先生一再談起他的驚慌，愛瑪則以她慣有的機智勸說他，要他放下心來。

這時候，她決定告訴哈麗葉真相。她相信哈麗葉的感冒已經好得差不多了，只希望在那位紳士回來之前，她也能從另一種症狀之中痊癒。隔天，她便前往哥達太太的住處，為了自己的過錯贖罪。這真是一件殘酷的事，她不得不將自己辛苦塑造的一切希望摧毀，告訴哈麗葉她的戀人性格竟那麼惡劣、承認自己大錯特錯、一切全都是個誤會——過去六週裡所有的觀察、自信以及預測，全都大錯特錯！

這種坦白讓她重新感覺到最初的恥辱。看到哈麗葉的淚水，愛瑪心想：她再也不會喜歡自己了。

哈麗葉勇敢地承受了這個消息，沒有責備任何人，表現出了直率的性格和謙恭的看法。在她的朋友看來，這些想必突顯了她的優點。

愛瑪的心境使她能對這種質樸和謙虛作出極高的評價。溫情和依戀，這些特質似乎全屬於哈麗葉，她自己一點也沒有。哈麗葉認為自己沒什麼好抱怨的，能得到像艾爾頓這樣的人愛慕是極大的榮譽，她根本配不上。除了像愛瑪這樣偏愛她的朋友之外，任何人都不會認為有這種可能。

她的眼淚如潮水般湧了出來，她的悲傷既真誠而不做作，在愛瑪的眼中，任何尊嚴都無法比它更令人起敬。她傾聽她的言語，全心全意地安慰她，這時她確實感覺到，哈麗葉比自己更為優越，能擁有她具備的那些優點，更勝過天才或智慧。

天色不早了，愛瑪必須走了。離開時，她的腦中只留下卑微和謹慎的心情，她克制住自己的幻想，讓它永遠也不能再作祟。接著，她希望能改善哈麗葉的生活，讓她過得舒適快樂；對她來說，這件事的重要性僅次於孝順父親。她要用做媒以外的方式證明自己的愛，把她帶回哈特菲爾德宅邸，向她表示出一貫的善意，努力替她解悶，討她開心，用閱讀和談話將艾爾頓從她腦中掃出去。

她明白，這一切需要足夠的時間。但對於哈麗葉這種年齡的女孩來說，讓她們從夢想破滅到回復正常，這個過程或許能在艾爾頓回來之前就完成。到時候，只讓他們在普通場合見面，就不致顯露出感情，也不致激發她的感情，她認為自己的推測合情合理。

哈麗葉的確認為艾爾頓是個完美的人，還相信沒有一個男人在人品和美德上能與他相提並論；結果證明，她超出愛瑪的想像，堅定地愛上了他。不過她也認為這種情感終究只是一廂情願，不可能長久維持下去。

艾爾頓回家後，毫無疑問會變得冷漠。她不敢想像當哈麗葉看到他，回憶起他的過去時，會不會再度浮現出幸福的表情。

他們住在同一個村子裡，這對三人來說都是一件壞事。他們之中沒有人有能力搬走，也沒有能力對村子產生重大影響。他們必須不可避免地經常見面，長期相處。

在哥達太太那裡，哈麗葉伙伴們的議論紛紛將會使她更加不幸，因為艾爾頓是全校教師和女生崇拜的偶像；所以，她只有在哈特菲爾德宅邸才允許她聽見他的消息，而且以最冷淡的態度敘述。愛瑪認為，直到哈麗葉完全恢復，她心裡才會真正感到坦然。

第十八章

法蘭克．邱吉爾並沒有來。約定的時間越來越近，卻突然收到行程取消的致歉信，讓韋斯頓太太感到很難過，不過他仍在信上寫著「盼望不遠的將來能訪問蘭道爾宅邸」。

韋斯頓太太失望極了，雖然她對於見到這位年輕人並不抱太大希望，但此刻仍比丈夫更加失望。一個生性樂觀的人，對於希望落空並不會感到太沮喪，並且會很快又燃起希望。最初的半小時，韋斯頓先生感到吃驚和難過，但接著又認為，法蘭克在兩三個月之後再來或許更好，那會是一年中最舒適的季節。毫無疑問，到了那時候，他就能與他們多待幾天，肯定比現在倉促來訪來得好。

這種想法讓他恢復了往日的悠然自得。韋斯頓太太天性多慮，她擔心丈夫會因此感到難過，不過她自己感到的痛苦卻更加嚴重。

愛瑪除了替蘭道爾一家感到失望之外，也沒有多餘的心思考慮法蘭克的事。此刻她沒有結識他的欲望，她只想保持心靈的寧靜；不過，她仍然必須進行一般的社交往來。她謹慎地表達了對事情的關心，分擔了韋斯頓夫婦的失望，因為這屬於他們友誼的一部分。

她是向奈特利通報這件事的第一個人。作為圈內人，她對邱吉爾家的行徑表示了適當程度的感嘆，然後便言不由衷地侃侃而談；聊到他會為薩里郡封閉的社交圈增添光彩；聊到人們看到這個新面孔會多麼喜悅；聊到整個海伯里都會像慶祝節日般迎接他；最後聊到邱吉爾家的反應。她發現自己的意見跟奈特利完全相反，並且滑稽的意識到：她竟然站在跟自己真實想法相反的立場上，用韋斯頓太太的論點對付起自己來了。

「邱吉爾家很可能是錯的，」奈特利冷淡的說，「不過我敢說，假如他願意來，他一定能來。」

「我不懂你為什麼這麼說。他當然想來，是他的舅舅和舅媽不准他來。」

「要是他下定決心，我不相信他來不了。沒有證據，我不能相信這種說法。」

「你真奇怪！法蘭克先生做了什麼，讓你這樣懷疑他？」

「我才沒有懷疑他，沒有懷疑他因為與那些人朝夕相處，也變得跟他們一樣——瞧不起自己的親戚，除了享樂之外什麼都不關心。一個年輕人被自大、奢侈的人撫養，自然也會變得自大、奢侈。假如法蘭克想見他父親，他一定能訂出計畫，在九月至一月間來訪。像他這種年紀的男人——他多大了？二十三四歲——不可能做不到這一點，不可能。」

「你說得容易，因為你是個獨立的人。奈特利先生，在判斷一個尚未獨立的人的想法上，你是個最差勁的評論家。你不懂什麼叫做看別人臉色。」

「無法想像，一個二十三四歲的男人，居然連這一點自由都沒有。他不可能缺錢，也不可能沒有時間。相反地，我們知道他這兩樣都很充裕，他很樂意在這個國家的任何地方揮霍它們。不久之前，他曾經去過韋茅斯。這就證明他有能力離開邱吉爾一家。」

「是啊，有些場合他能離開他們。」

「只要他認為一件事值得去做——有娛樂的誘惑——就會存在這種場合。」

「不瞭解一個人的具體情況，便對他的行為妄加評論，這實在太不公平。不屬於那個家庭的一份子，就不會明白他們有什麼困難；只有熟悉了恩斯坎比宅邸，瞭解邱吉爾太太的脾氣後，才能判斷出他的外甥會怎麼做。當然，在某些時候，他或許有比平常更多的自由。」

「愛瑪，有一件事，只要一個男人願意，他隨時可以去做——那就是他的義務。法蘭克有義務關心他的父親，從他信上的承諾來看，他很明白這一點，如果他願意來的話，一定能來。一個理智的男人會果斷地對邱吉爾太太說：『妳知道，為了討妳歡心，我什麼都願意犧牲，但我必須立刻去看望我父親。我知道，要是我現在不能向他祝賀，他一定會很難過的，所以，我明天就出發。』假如他以男子漢的堅定口吻這樣對她說，她就找不到任何拒絕的理由。」

「沒錯，」愛瑪笑道，「不過，他們或許還是會反對他。一個尚未獨立的年輕人說出那種話？奈特利先生，除了你之外，誰都不可能想出那種話；你根本不知道處在與你相反的立場上，要如何兼顧優雅。法蘭克先生難道會這樣對舅舅和舅媽講話嗎？他們撫養他長大成人，還提供他生活所需——想像一下，他站在大廳中央，用全屋子都聽得到的聲音說話？你怎麼會以為他敢這樣做？」

「相信我吧！愛瑪，一個理智的人不會覺得這件事困難，他會認為自己有權這麼做。一個理智的男人當然會以正確的態度作出這種聲明，而這麼做也能提高他的評價，讓他的養育者對他讚賞不已，而優柔寡斷或唯命是從就達不到這樣的效果。大家會在對他的慈愛上增加敬意，他們會覺得可以信賴他，覺得既然這個外甥能孝敬父親，將來也一定能孝敬他們。他們都知道，他應該去向父親祝賀；要是用卑鄙的手段拖延他的時間，讓他屈服於他們的意志，就不是為了他好。假如他能拿出這種魄力，那麼，他們弱小的心靈就一定會折服。」

「我可不敢這麼想。你喜歡讓弱小的心靈折服，不過，假如這些弱小的心靈屬於有錢有勢的人，我認為他們會設法讓自己的心靈膨脹起來，變得像龐大的靈魂一般不可駕馭。我可以想像，奈特利先生，如果讓你和法蘭克先生的位置交換，你當然會表現出截然不同的言行，那也許能產生很好的效果。邱吉爾夫婦大概會被說得啞口無言，那麼，你也就無法明白服從的可貴，無法學會怎麼看人臉色；但對他來說，要想一夕之間變得獨立，並不容易，而且也不可能無視對他們的感激和尊敬，硬是提出各種要求。他可能跟你一樣是非分明，但要在那樣的環境下付諸行動，卻不是那麼容易的。」

「那就是他意志不堅。如果行動表現不出果斷，代表認知上沒有相應的堅定。」

「哎！別忘了環境和習慣的因素！我希望你能理解，一個溫和的年輕人在正面對抗親人時會有什麼樣的心情。要知道，他從小就一直很尊敬他們。」

「假如這是他第一次為了貫徹意志，正當地與別人抗爭的話，那他就是一個懦弱的傢伙。都到了這個年紀了，他應該學會履行義務，而不是對別人唯命是從。隨著他變得越來越懂事，他應該有自己的主張，漸漸擺脫他們的威權。對他們試圖蔑視他父親的舉動，他應該挺身反抗；假如他採取了正當的行動，就不用害怕什麼。」

「在他的事情上，我們永遠無法達成共識，」愛瑪叫道，「可是這毫不奇怪，韋斯頓先生絕不會對愚蠢視而不見，即使對方是他的兒子；不過他很可能希望自己的兒子順從，性格也相當友善，而不是你心中的那種男子漢，我敢說是這樣的。雖然這可能讓他失去一些優點，卻能因此得到某些好的特質。」

「是啊，他的優點在於該行動的時候卻袖手旁觀，在於過著懶散的生活，卻自以為找到了世上最好的藉口來為這種生活辯護。他坐在家裡寫一封詞藻華麗的信，虛偽造作，以為既能維持自己平靜的生活，又能避免受到父親指責，真令我噁心！」

「你的觀點真奇特，想必能讓所有人都滿意。」

「恐怕韋斯頓太太不會滿意。這樣一個舉止優雅、性格謙和的女性，既身為一個母親，又是蘭道爾的女主人，一定會意識到他的疏失。如果他真的重視自己的繼母，我敢說他一定會回來。妳能想像被自己的朋友這樣怠慢嗎？妳認為韋斯頓太太從來沒有思考過這些事嗎？不，愛瑪，那位『友善』的年輕人只適合住在法國，而非英國。他也許非常『友善』、非常有風度、有禮貌，但顯然缺乏英國人該有的圓滑，也不會有英國人覺得他『友善』。」

「你好像已經認定他是個壞人。」

「我？絕對沒有，」奈特利有些不高興地回答道，「我不願意認為他是個壞人，我很樂意承認他的優點，可惜在這方面我什麼也沒有聽說過，除了他的外表，有人說他個子很高，面目清秀，舉止得體，大致上還過得去。」

「光這些就足以在海伯里人見人愛了。我難得見到一位出身高貴、舉止優雅、令人愉快的年輕人。我才不要自己態度不佳，反而要對方具備各種優點。奈特利先生，你難道無法想像他的到來會引起什麼樣的轟動嗎？整個唐維爾和海伯里教區到時只會有一個話題，那就是法蘭克．邱吉爾先生，其他的我們什麼也不考慮，也不會談論其他人。」

「我簡直被妳打敗了。假如我能跟他找到共同話題，那我會很高興認識他的；但要是他只是個花言巧語的紈絝公子，我絕不會讓他佔去我太多的時間。」

「在我的想像中，他能夠適應任何人的品味，既能成為大家喜歡的人，也有這樣的欲望。他會跟你談論種田，跟我談論繪畫和音樂，跟其他人談其他內容。由於他掌握著各式各樣的知識，因而說話時不僅能順應別人的話題，也能主導對話。這就是我對他的看法。」

「我的看法是，」奈特利熱烈地說，「假如真是那樣，他一定是個最令人厭惡的人！難道不是嗎？二十三歲就成了同儕之間的國王、偉人、政治家，能看透每個人的性格，利用每個人的天賦；結果，大家在他面前都像是傻瓜！親愛的愛瑪，到了那時候，妳的良知會讓妳忍受不了這樣一個自大的花花公子的。」

「我不想再談他了，」愛瑪叫道，「你把什麼都想得這麼邪惡。我們兩人都有偏見，你貶低他，我讚揚他。在他真正到來之前，我們不可能達成共識。」

「偏見？我可沒有偏見！」

「但我的偏見很多，而且一點也不引以為恥。我對韋斯頓夫婦的愛使我不可避免地產生對他有利的偏見。」

「我從來不會去想這個人的事情。」奈特利略帶苦惱地說，愛瑪立刻將話題轉向其他方面，但她不懂他為什麼會感到惱火。

只因為一個年輕人的脾氣與他不同，就討厭這個年輕人？這與她平日對他的印象完全相違。她一直認為他是個慷慨大度、值得崇拜的人，她從來沒有想過他會對別人的優點作出不公正的評論。

第十九章

一天上午，愛瑪和哈麗葉並肩散步。對愛瑪來說，關於艾爾頓的事那天已經談得夠多了，她不認為應該繼續談下去。因此，在她們回家的路上，她竭力撇開這個話題，但就在她以為成功的時候，這個話題又突然冒了出來。當時她正提到窮人在冬天遭受的苦難，卻得到一句非常憂鬱的回答：「艾爾頓先生對窮人那麼好！」她便發現必須再接再勵才行。

她們這時正走進貝茨家的房子，她決定去拜訪她們，好將話題引開。拜訪她們從來不需要太多理由，貝茨母女都喜歡客人，愛瑪知道，有些人總是喜歡挑她的毛病，認為她不關心別人，也沒有為她們提供一些基本的樂趣。

關於她在這方面的不足，她從奈特利那裡得到過許多暗示，也有一些是她自己意識到的；但是沒有一種能抵銷她心中的想法：這種訪問令人不快、浪費時間、兩個囉嗦的女人！她們時常接待海伯里的下層人士，愛瑪很怕遇到這些人，所以很少來到這一帶。但是，此刻她作出了決定：絕不能過門不入。她在心裡盤算一番後，便對哈麗葉說：她們現在不用擔心收到珍．費爾法克斯的信了。

這棟房子歸一位商人所有，貝茨母女住在客廳那一層，這個面積狹小的房間便是她們的活動空間。訪客在這裡往往受到最熱情、甚至感恩般的歡迎。那位態度平和、穿著整潔的老太太坐在最暖和的一個角落打著毛線，差點想把她的座位讓給愛瑪；而她那活潑健談的女兒則周到地應酬她們，讓兩位客人有點不知所措。她對她們的來訪表示感激，詢問她們的鞋子濕不濕，以及伍德豪斯先生的身體是否健康，然後愉快地介紹她母親的健康狀況，還從櫥櫃裡取出小點心。「科爾太太剛離開不到十分鐘，她真好，陪我們一起坐了一小時，還吃了一塊點心，說非常喜歡，所以我希望伍德豪斯小姐和史密斯小姐也能賞光吃一塊。」

提到科爾一家，肯定又會扯到艾爾頓的事，因為他們的關係密切。愛瑪知道她們將會談到什麼：她們一定又會再提到艾爾頓寄來的信，計算他離開多久了，他是個多麼好的伙伴，無論他在哪裡都是受人歡迎的人物，「禮儀大師」舞會擠滿多少人……她滔滔不絕地說著，充滿了有趣的內容和少不了的溢美之詞，而且總是設法阻止哈麗葉說出表示感謝的話。

她早就對這一切做好心理準備了，希望在對他的一番誇獎過後，不要進一步談及這個討厭的話題，而是隨意聊聊海伯里女士們的牌局聚會。令她始料未及的是，接下來的話題竟然是關於珍．費爾法克斯。貝茨小姐從這位外甥女的一封信，聊起了科爾家的話題。

「啊！沒錯——我當然知道，艾爾頓先生——科爾太太告訴我說——在巴斯的舞廳跳舞——科爾太太跟我們坐了很久，聊到珍。她一進門就問起珍的事，珍在那裡可是個人見人愛的孩子，科爾太太簡直不知道該怎麼表達自己的讚賞。我得說，珍比任何人都該得到大家的喜愛。她開口就直接問起她的事：『我想，妳們最近應該沒聽說珍的事情吧？因為還不到她寫信的時候。』我回答：『我們今天早上就收到了她的一封信。』我從沒見過她這麼驚訝，『是嗎？那真是太榮幸了！』她說，『真是太意外了，告訴我她寫了什麼。』」

愛瑪十分禮貌地表示出興趣，微笑著說：

「剛收到費爾法克斯小姐的信？真令我高興，她好嗎？」

「謝謝妳，妳真好！」這位姨媽不疑有他地回答道，一邊尋找那封信，「啊！在這裡，我就知道不會放得太遠，不過妳看，我不小心把針線盒壓在上面，把它蓋住了；可是我剛才還看過，所以我確定它就在桌子上。我剛才唸給科爾太太聽過，她走之後我又唸了一次給母親聽，因為這對她來說是個愉快的消息，珍寫來的信！這可不是她能常常看到的。既然妳這麼好心，想聽聽她怎麼說的——不過，我們得先替珍道個歉，因為她的信這麼短，只有兩頁——妳看，還不到兩頁呢！她寫滿一頁，又劃掉了半頁。我母親因為我認得出這些字而感到驚訝，她一直說：『海蒂，我想，要看出這張紙上的每一個字，一定讓妳頭痛不已。』妳是這麼說的嗎？媽媽。後來我對她說，就算沒有人幫忙，她也一定看得清楚。雖然我母親的眼睛不好，但戴上眼鏡仍然能看得很清楚，感謝上帝！真是太幸運了！我母親的眼睛其實好得很，珍常常對她說：『外婆，我敢說妳的眼睛就像妳的身體一樣好。妳做了那麼多精細的手工藝！真希望我的眼神能像妳一樣敏銳。』」

這些話是一口氣說出來的，貝茨小姐不得不停下來喘口氣。愛瑪很有禮貌的誇獎說，費爾法克斯小姐的字寫得好看極了。

「妳真是太好心了，」貝茨小姐以感激的心情回答，「妳的字那麼漂亮，當然有資格評論了。沒有誰的讚美比妳的這番話更讓我們開心。我母親聽不清楚，妳知道的，她耳朵有一點聾。」她轉身對母親說：「媽媽，妳聽見伍德豪斯小姐對珍的字是怎麼評價的嗎？」

愛瑪聽到自己的那番蠢話被複述了兩遍，最後那位老太太才終於聽清楚。她心想，該如何才能讓她們不再提起珍的那封信呢？於是她決定找個小藉口離開現場。突然，貝茨小姐再次轉向了她，吸引了她的注意。

「看吧，我母親的耳聾並不嚴重，只要我提高音量重複兩三遍，她一定能聽見。她已經習慣了我的聲音，但聽珍說話時又聽得更清楚。不過，兩年前她一定不會認為她的外婆耳背，妳知道的，自從她上次離開後已經整整兩年了，我們從來沒有分離這麼長的時間。我對科爾太太說，我們現在幾乎都不瞭解她啦！」

「費爾法克斯小姐很快就要回來？」

「啊，是的，就在下禮拜。」

「是嗎？這真是個令人高興的好消息。」

「謝謝妳。沒錯，是下禮拜。大家都很驚訝，我敢說，她也一定很想見到大家。她不確定是在禮拜五還是禮拜六，因為坎貝爾上校自己在其中一天也會用馬車，他們真好，要專程送她回來。妳知道，他們一向如此。是啊！下個禮拜五或禮拜六，這就是她這封信上說的內容，所以她才沒有按過去的習慣寫信。要是換作平常，我們得等到下禮拜二或禮拜三才能收到她的信。」

「是啊，我也是這麼想的。我剛才還想，恐怕今天很難有機會聽到費爾法克斯小姐的消息了！」

「妳真是好心！要不是因為這樣一個特殊的機會，我們也不會收到她的信，知道她這麼快就要回來。我母親簡直太高興了！她要回來跟我們一起住三個月呢！她信上就是這麼說的。事情的緣由是坎貝爾一家要去愛爾蘭，狄克生太太就勸她父母直接來看她；他們本來打算夏天再去，但是她迫不及待地想見到他們——去年十月她結婚前，她從來沒有離開他們長達一個禮拜過。身處不同的王國肯定十分怪異——總之，她還是寫了一封信催促父母，以夫妻倆的名義請他們直接過去，而他們則在都柏林迎接他們，然後再回貝利克雷格，我猜那是個漂亮的地方——至於有多麼漂亮，珍曾聽說過不少——應該是從狄克生先生那裡聽來的，我不知道她還能從誰那裡聽說。坎貝爾夫婦對於女兒不喜歡經常跟丈夫外出感到不高興，對此我也不想責備他們；當然了，她聽到的一切，可能全是他對坎貝爾小姐提起愛爾蘭老家時說的話。我記得她還在信上寫過，他讓她們看過那個地方的一些風景畫，都是他自己畫的；我相信他是個溫和又有魅力的年輕人。正因為聽了他的描述，讓珍一直渴望去愛爾蘭。」

此時，愛瑪腦中靈機一動，對珍突然產生一種懷疑——有這麼一個富有魄力的狄克生先生，以及她不跟著去愛爾蘭——她為了進一步弄清楚事情真相，便故意說道：

「費爾法克斯小姐能在這個時候回來，妳們一定覺得非常幸運吧？考慮到她和狄克生先生的特殊關係，妳們幾乎不可能指望她離開坎貝爾上校夫婦。」

「妳說得對極了，這正是我們感到害怕的事。因為我們可不喜歡距離這麼遠，又幾個月不見面；要是發生了什麼意外，我們也趕不過去。可是妳看，結果一切都非常圓滿，狄克生夫婦很希望她跟坎貝爾夫婦一起去，而且也相信她會去。珍說，他們的邀請函既友善、又迫切——妳等一下就能聽到。狄克生先生也很關注這件事，自從他在韋茅斯救了珍以後——當時他們在水上聚會，她忽然差點掉入海裡，情急之下他一把拽住了她的衣服——一想到這裡我就忍不住渾身發抖。自從聽說這件事之後，我就非常喜歡這位狄克生先生。」

「不過，儘管費爾法克斯小姐的朋友一再敦促，而她也十分渴望去愛爾蘭，但她最後還是寧可陪伴妳和貝茨太太？」

「是的，這完全是她自己的選擇，而且坎貝爾夫婦也認為她做得很對，他們正打算這樣建議她。事實上，他們很希望她呼吸一下故鄉的空氣，因為她最近身體不太好。」

「這句話令我感到擔心，我認為他們的判斷是明智的。不過狄克生太太一定很失望。我相信她本人並不漂亮，完全不能跟費爾法克斯小姐相提並論。」

「哎！的確不能，謝謝妳這樣讚美她——當然不能！他們的確不能比。坎貝爾小姐的長相平淡無奇，但是卻極為高雅。」

「是啊，當然了。」

「珍得了重感冒。可憐的孩子！那是不久前的事，十一月七日——我會唸給妳聽的——在那之後她就一直不太舒服。剛開始她根本沒提起這件事，因為她不想讓大家擔心，真像她的作風！總是體貼別人！話說回來，她還沒痊癒呢！坎貝爾一家認為她最好回家來，呼吸一下對她有益的空氣。他們相信，在海伯里住上三四個月，一定能徹底痊癒的。既然她身體不舒服，回來這裡肯定比去愛爾蘭更有益處。誰也不會像我們這樣細心照料她。」

「我覺得這是世界上最棒的安排了。」

「所以，她將在下禮拜五或禮拜六回來。坎貝爾家在接下來的禮拜一就要出發前往聖頭港——珍的信上是這麼說的。多麼突然！親愛的伍德豪斯小姐，妳一定能夠想像，我們立刻陷入一片慌亂之中！我還闖了一個大禍，我總會在唸給母親聽之前先自己看一遍，免得信裡有什麼傷心的內容——這是珍交代我的。今天我也像往常一樣小心翼翼地拆開信，可是當我看到信中提起珍生病的消息，立刻嚇得大叫：『我的天哪！可憐的珍生病了！』我母親聽得十分清楚，頓時慌張起來。不過，我讀完信後，發現並沒有一開始想像的那麼嚴重，於是我就冷靜地唸給她聽，她才放下心來。妳看我多不小心！假如珍沒辦法馬上痊癒，我們就要請佩里先生來看病。錢絕對不是問題，當然我們也不會賒帳——妳知道的，他也有妻小要養，不能白白幫別人的忙。言歸正傳，聽聽她寫的吧！我敢說信上的原句肯定比我轉述的要來得清楚。」

「很抱歉，我們必須回去了，」愛瑪瞄了哈麗葉一眼，開始站起身，「我父親在等我呢！我們來的時候本來不打算——我想我不應該待超過五分鐘的，但竟然待了這麼久！現在，我們必須告辭了。」

各種慰留和鼓勵都無法繼續把兩人困在那裡。愛瑪再次回到街上，儘管一切都有違她的意志，儘管她已得知了珍來信的全部內容，但她卻躲過了親耳聽見那封信本身，這讓她感到愉快。

第二十章

珍．費爾法克斯是個孤兒，她是貝茨太太小女兒的獨生女。

費爾法克斯中校與珍．貝茨小姐的婚姻，曾有著榮譽和幸福、希望和樂趣，但現在什麼都沒有留下，只有他在海外戰死的傷心回憶，以及他的寡婦不久後就沉溺於悲傷，死於肺結核的記憶，還有個女孩。

她一生下來就屬於海伯里。三歲時母親去世後，她就成了外婆和姨媽的寵兒，是她們的寶物、責任和慰藉。當時的珍幾乎註定永遠生活在那裡，接受一個貧困家庭所能提供的全部教養，除了天生惹人喜愛的外表、良好的學習能力、以及熱心善良的親戚之外，沒有任何有利的社會條件能改善她的處境。

但是，她父親生前一位富有同情心的朋友改變了她的命運。這個人就是坎貝爾上校，他高度讚賞費爾法克斯，說他是最傑出也最有功勞的軍官。他曾經被他救了一命，因此打算報恩。他一直沒有忘了這一點，並且找到了那個孩子，自願負擔她全部的教育費用。從那時開始，珍成為了坎貝爾家的一員，完全與他們生活在一起，只有偶爾回家看望祖母。

坎貝爾上校打算將她栽培成一位教師。她從父親那裡繼承的財產只有幾百鎊，因此必須設法維生。上校無法在其他方面為她提供資助，儘管他的收入和繼承的遺產頗為豐厚，但他的財富總額不多，而且未來還會全部留給女兒；不過他仍希望讓她受教育，讓她能過著受人尊敬的生活。

這就是珍．費爾法克斯的故事。她被好人收養了，在坎貝爾家受到善待，而且還得到良好的教育，從小與正直、博學的人們一起生活，在最好的文化和教養中耳濡目染。坎貝爾一家住在倫敦，在那裡，每一種天賦都能得到一流大師細心的指導，而她的天性和美麗也值得朋友們為之付出。到了十八九歲，她已經能完全勝任家庭教師的工作。但是大家太喜歡她了，不忍心與她分居，這個可怕的日子因而被延後。大家都認為她還太年輕，要她繼續跟他們一起生活，就像家庭的一份子一樣。這是個充滿樂趣而優雅的環境，但仍然存在著障礙，她的良知冷靜地提醒她：這一切很快就會結束。

珍在容貌和知識上遠遠勝過坎貝爾小姐。那位小姐不可能不注意到她的天生麗質，她的父母也不可能忽略她傑出的智力；然而，他們對她的慈愛一如既往，直到坎貝爾小姐結婚時也不變。機會和幸運往往與人們的需求相違，即使他們並不缺錢，但坎貝爾小姐仍然嫁給了一位富裕的丈夫狄克生先生，他們幾乎是一見鍾情。結婚後，兩人過著愜意舒適的生活，而珍卻不得不為了生計而煩惱。

這件事就發生在最近。珍這時還沒有開始工作，不過根據她的判斷，自己也已經到了必須工作的年紀了。很早之前她就決定在二十一歲時出外掙錢。見習期間，她表現出堅毅的獻身精神，立志放棄人世間的一切樂趣，拋棄所有理性的交往、平等的關係、心情的平靜和希望，永遠承擔起作為教師的屈辱和辛勞。

儘管坎貝爾夫婦在情感上不贊同她，但他們的良知卻不能反對。他們願意永遠為她敞開大門，讓她一直待在家裡，不過這麼做免太自私了。既然遲早要面對，不如現在就採取手段。也許他們認為這麼做更加明智、也更富有愛心。他們必須讓她脫離舒適和閒暇的環境，完全獨立。然而，他們的慈愛之心仍隱隱希望找一個合理的藉口來拖延這一刻。自從女兒出嫁以來，珍的身體一直太不好，於是他們禁止她外出工作，畢竟，她虛弱的身體和不穩定的精神狀態是無法勝任工作的勞累的。

至於不讓她去愛爾蘭這件事，她在寫給姨媽的信上所說屬實；不過有些事並未完全說明白。回到海伯里一事是她自己決定的，她也許想跟自己的親人在一起，度過這完全自由的最後幾個月時光。坎貝爾夫婦欣然同意這個安排，他們說，讓她在土生土長的環境呼吸幾個月新鮮空氣，對她的健康有好處。從這一刻開始，海伯里不再期待從未光顧過的法蘭克·邱吉爾先生，轉而希望看到珍·費爾法克斯，但她能帶給大家的只不過是兩年不見的新鮮感罷了。

愛瑪感到可惜——她付出的總是超過自己的期望，卻少於她的義務！她不得不拜訪自己不喜歡的人，而且長達三個月之久！她為什麼不喜歡珍是個很難回答的問題，奈特利曾當著她的面指出，這是因為她發現珍是一位真正的才女，而她卻希望別人把自己當成才女。雖然這些話被她當場反駁，但她事後仔細回想，卻又無法保證事實不是這樣。她絕不能與她交朋友，雖然不知道為什麼，但她對她總是保持一種冷漠、保守的態度。無論她是否高興，都要表現出冷漠的樣子；再說，她的姨媽又是那麼嘮叨！她在任何人面前都那麼囉嗦！在大家的想像中，她們是那麼親密的朋友——因為他們年齡相仿。這就是她的理由，除此以外，什麼道理也沒有。

她厭惡她，將許多誇大的缺點強加在她身上；無論在什麼場合見到她，都覺得她深深地傷害著自己；兩年來她一直蔑視著她。但在兩年後的首次見面中，她的外表和舉止卻讓愛瑪大為震撼。珍．費爾法克斯非常高雅，甚至可以說是高雅的化身；她的身型高䠷，卻又不會太高；她的身材穠纖合度，正好介於肥胖與消瘦之間；不過，她微露的病容又讓她更傾向兩個極端中較討人喜歡的那一端。至於她的容貌，她的五官比愛瑪見過的所有人都漂亮，那不是一張平凡的臉孔，而是令人賞心悅目的美。她的眼睛是深灰色的，睫毛和眉毛是深黑色，人人都讚不絕口。愛瑪一向喜歡挑剔別人的皮膚，但她的皮膚雖然缺乏血色，卻光滑柔嫩，一點也不蒼白。優雅的舉止更為之增色。照理講，愛瑪應該發出讚嘆之語，也許能不落俗套地說：她與眾不同，優雅不凡。

第一次見面時，她與珍面對面坐著，心裡懷著雙重喜悅——包含愉快的心情和由衷的正義感；這註定了她從此不會再討厭她。當她愛上她的美，理解了她的過去和她的處境，當她考慮到這些優雅特質的命運，想到她將要屈身何處，將如何維生，不對她生出同情和尊敬是不可能的。她想起珍的魅力或許曾令狄克生先生著迷——甚至連她本人都著迷不已——假如真是那樣，沒有任何事比她決心做出的犧牲更令人同情、更加令人肅然起敬了。此刻的愛瑪非常樂意原諒她對狄克生先生的引誘，也願意原諒她使的任何惡作劇——當然，這些都只是她的想像。如果真的存在愛情的話，也只會是不成功的單相思罷了。當她與朋友分離的那一刻，或許早已不由自主地喝下了一劑悲傷的毒藥。她不允許自己去愛爾蘭，決定從此開始努力工作，將自己與他的一切徹底分割。

總而言之，當愛瑪離開她的時候，心中既溫柔又悲傷，一路上四處張望，感嘆海伯里沒有一個年輕人配得上她，她無法想像有任何人的智慧比得上她。

這是一種迷人的感情，但是並不持久，她還來不及當眾宣布自己願意與珍永遠保持友誼，也還來不及矯正以前的偏見和錯誤，只是對奈特利說：「她長得很漂亮，而且不只是漂亮而已！」結果，當珍陪著她姨媽和外婆來哈特菲爾德拜訪，並聊了一個晚上後，過去的一切又死灰復燃了。過去令人惱火的事再次上演。那位姨媽像以前一樣煩人，甚至更加煩人，她不僅對侄女的能力誇耀一番，還詳細敘述了她的健康狀況，然後說出她早餐吃了多少麵包和牛油，中午吃了多麼小片的羊肉；她又展示了她的新帽子，還有她跟母親的新針線包——珍讓她越來越反感了。她演奏了音樂，愛瑪也被邀請彈奏了一曲，但在她眼中，珍在她演奏後說出的讚美之語顯得非常做作，樣子也很志得意滿，彷彿只是為了突顯自己的演奏更加高超；除此之外，更嚴重的是她本人那麼冷淡、那麼謹慎！完全看不出她真實的想法，就像是包在一件叫做禮貌的大衣中，以免受到任何侵犯，這種態度真是令人作嘔。

在一切都糟糕透了的情況下，如果說還有什麼大事的話，那就是她在狄克生家的問題上比其他事更加保守。她似乎故意不說出狄克生先生的性格和年紀，不對他的交友關係加以評論，也不對他的婚姻發表意見。除了一些普通的讚嘆之外，沒有任何額外的敘述。但她的作法適得其反，愛瑪回想起了她的第一個臆測：或許需要掩飾的事情超過了她自己的願望，或許狄克生先生曾是她十分親密的朋友，或許他選了坎貝爾小姐只是為了將來那一萬二千鎊。

在其他話題上，她也表現出相似的保守。當她在韋茅斯的時候，法蘭克也在那裡，據說兩人還有過來往，但愛瑪無論如何也無法從她那裡打聽到他的消息。

「他長得好看嗎？」

「我相信大家都認為他是個很不錯的年輕人。」

「他的脾氣好嗎？」

「人們一般都是這樣認為的。」

「他看上去聰明嗎？是不是顯得很有學識？」

「在海水浴場或是在倫敦一般的交際場合，很難對這些事做出判斷。能判斷出來的只有他的禮貌舉止，我相信大家都認為他的舉止十分得體。」

愛瑪不能原諒她。

第二十一章

愛瑪不能原諒她。但是，奈特利既沒有看出她激動的情緒，也沒有看出憎恨的心情，只看見了適當的關注和愉快的舉止；於是，當他隔天早上再次來到哈特菲爾德宅邸與伍德豪斯先生談事情的時候，對愛瑪作出了一番嘉許：他一直認為愛瑪對珍的看法有時公允，現在他看到她的態度大為改善，感到相當喜悅。

他與伍德豪斯先生談了正事，文件一收拾好，他便開口說：「那真是個令人愉快的夜晚，非常愉快。妳和費爾法克斯小姐演奏的音樂非常好聽。舒舒服服地坐在這裡，與兩位這麼好的小姐同樂一整個晚上，有時演奏音樂，有時侃侃而談，真是莫大的享受！愛瑪，我敢保證，費爾法克斯小姐一定也認為那是個愉快的夜晚。一切都稱心如意。我很高興妳讓她彈了那麼久，她外婆家沒有鋼琴，在這裡一定感到非常盡興。」

「能得到你的讚美，我十分榮幸，」愛瑪微笑道，「真希望我沒有怠慢了客人。」

「不，親愛的，」她父親立刻插嘴道，「妳當然沒有，沒有一個人的周到和禮貌比得上妳的一半。真要說的話，我認為妳過分周到了。昨晚的小鬆餅——假如讓每個人都吃一塊，我覺得也就夠了。」

「不，」奈特利幾乎同時說道，「妳並沒有怠慢客人，在周到和禮貌上都無可挑剔。所以，我認為妳一定很懂我。」

愛瑪露出詭異的表情，「當然了，」她說道，「費爾法克斯小姐有些保守。」

「我知道她有一點保守，不過妳很快就能包容這個缺點，那只不過是害羞罷了，穩重的舉止應該受到禮遇。」

「你認為她害羞，但我一點也看不出來。」

「親愛的愛瑪，」他挪到一個離她較近的椅子上，「我希望妳不會跟我說，妳過了一個不愉快的夜晚吧？」

「噢！不。我對我自己提問時的不屈不撓感到高興，也為得到的回答如此簡略感到滑稽。」

「我很遺憾。」他僅僅這麼回答道。

「希望大家都度過了一個愉快的夜晚，」伍德豪斯先生以慣有的平靜說道，「我過得很愉快。有一陣子，我覺得火燒得太旺，稍微向後挪了一點兒，就不再有什麼不舒服了。貝茨小姐非常健談，態度親切，只是話說得有點太快，不過，一切都令人愉快；貝茨太太也一樣，當然，是不同的風格。費爾法克斯小姐長得非常漂亮，真是個漂亮、高雅的小姐。奈特利先生，她一定覺得那是個愉快的夜晚，因為能跟愛瑪在一起。」

「對極了，先生。而且愛瑪一定也覺得愉快，因為她能跟費爾法克斯小姐在一起。」

愛瑪發現了他的焦慮，希望讓他冷靜下來，便以不容置疑的誠懇態度說道：

「她是個誰也不捨不得移開目光的漂亮女孩。我總是用羨慕的眼光盯著她，我打從心底同情她。」

奈特利露出滿意的表情，還來不及作出回答，伍德豪斯先生又把話題轉到貝茨一家：

「太可惜了，她們一家竟過得那麼拮据！我常這樣想——但又不敢走得太遠——給她們一些小小的禮物——我們剛宰了一頭小豬，愛瑪考慮送給她們一塊五花肉或是一條腿。雖然不大，但是味道鮮美。我親愛的愛瑪，我認為我們最好送一條腿，要是其他部位，除非她們能精心炸成豬排，就像我們家一樣，一點兒豬油也不留。絕對不能烤，沒有人的胃受得了烤豬肉的。妳同意嗎？親愛的。」

「親愛的爸爸，我已經送一隻後腿過去了，我知道這正是你的願望。她們可以把它醃來吃，味道好極了，五花肉她們可以隨意烹飪。」

「對，親愛的，一點都沒錯。雖然我還沒想到，不過這麼做最好。她們可不能把腿醃得太鹹。假如不醃太久，而且燉得很軟——就像塞爾煮的一樣；吃的時候配一根燉蘿蔔、紅蘿蔔或防風根一道吃，一定會對健康有好處。」

「愛瑪，」奈特利又說道，「我有一個消息要告訴妳，一個好消息。我是在來這裡的路上聽到的，我想妳會感興趣的。」

「消息？哦！當然，我一向喜歡聽消息！是什麼消息？你幹嘛笑得那麼奇怪？是從哪裡聽來的？蘭道爾宅邸？」

「不，我沒有去蘭道爾，我連蘭道爾附近都沒去過。」剛一說完，門突然打開了，貝茨小姐和費爾法克斯小姐走進屋來。貝茨小姐滿口道謝，還說有消息要通知，不知道該先講那個。這時，奈特利才意識到自己錯失說出口的機會了。

「啊！親愛的先生，今天早上好嗎？親愛的伍德豪斯小姐，我簡直不知道該怎麼感謝才好。那麼漂亮的後腿肉！你們真是太慷慨了！你們聽說了嗎？艾爾頓先生要結婚了。」

在這之前，愛瑪甚至連想一下艾爾頓的時間都沒有，一聽到這話，她徹底驚呆了，不禁顫抖了一下，臉頰也稍稍漲紅。

「那正是我要講的消息。我想妳會感興趣的，」奈特利微微一笑，暗示兩人之間的某種默契。

「你是從哪裡聽來的？」貝茨小姐嚷道，「你怎麼會知道這個消息呢？奈特利先生。我收到科爾太太的信還不到五分鐘呢！應該不可能超過十分鐘——我當時戴上帽子，穿好短大衣，正準備出門——我剛到樓下跟帕蒂說那塊豬肉的事，珍就站在走廊，對嗎？珍，我母親擔心我們沒有夠大的盆子裝肉，所以我打算下樓看看，珍就說：『我替妳去看好嗎？妳有點感冒，帕蒂又在清洗廚房。』我就說：『我親愛的——』這時候，有人送來一張便條。是一位霍金斯小姐——我知道的就這些，是巴斯的一位霍金斯小姐。可是，奈特利先生，你怎麼會知道呢？這是科爾先生告訴科爾太太的，她馬上就寫了便條給我，一位霍金斯小姐——」

「一個半小時前，我跟科爾先生談了些事情，他剛讀過艾爾頓先生寫來的信，就遞給我看了。」

「哎呀！原來如此。我猜，沒有什麼事比這則消息更令人感興趣了。親愛的先生，你實在太慷慨了，我母親要我代她向你們致上最深的謝意和問候，我們實在不知道該怎麼感謝才好。」

「我認為，」伍德豪斯先生回答，「哈特菲爾德的豬肉比其他的豬肉好得多，所以愛瑪和我的最大樂趣就是——」

「啊！親愛的先生，我母親說，朋友們對我們真是太好了，我們可以自豪地說，自己生在一個幸運的家庭。話說回來，奈特利先生，既然你親眼看過那封信，那麼——」

「信很短，只是個通知——當然裡頭洋溢著歡樂，」他朝愛瑪瞄了一眼，「他真是太幸運了。我忘了信上是怎麼寫的，誰在乎呢？反正大致就像妳說的，他要娶一位霍金斯小姐。從那封信的措詞來看，我看這件事已經確定了。」

「艾爾頓先生要結婚？」愛瑪一找到插嘴的機會，便說道：「每個人都會祝福他的。」

「他現在就結婚未免太年輕了，」伍德豪斯先生評論道，「他最好別那麼匆忙，我認為他的經濟狀況似乎跟以前一樣寬裕。我們仍然會歡迎他來哈特菲爾德宅邸。」

「伍德豪斯小姐，大家要有個新鄰居了！」貝茨小姐快樂地說，「我母親是太高興了，她說她實在無法忍受牧師宅邸裡沒有一位女主人。這真是條大新聞，珍，妳從來沒見過艾爾頓先生！難怪妳特別想見他。」

珍並不顯得特別好奇，她的個性屬於那種興致不太高的類型。

「是啊，我從來沒見過艾爾頓先生，」她回答道，「他是——他長得很高嗎？」

「誰要回答這個問題？」愛瑪嚷道，「我父親會說『是的』，奈特利先生可能會說『不高』，貝茨小姐和我會回答『不高也不矮』。費爾法克斯小姐，只要妳在這裡住久一點，就會明白艾爾頓先生無論在個性還是思想上都是海伯里完美的典範。」

「一點也沒錯，伍德豪斯小姐，她一定會明白的。他是最完美的年輕人了——不過，親愛的珍，如果妳還記得的話，我昨天曾經說過他的身高就跟佩里先生一樣。至於霍金斯小姐，我敢說一定也是個完美的女孩。他是那麼的體貼，他曾經請我母親坐在他家的靠背椅上，這樣才能聽得更清楚一些，因為她有一點聾，妳知道的，只是有點聽不清楚罷了。珍說坎貝爾上校也有一點聾，他希望泡海水浴可以治好這個毛病，可是她覺得那沒什麼效果。坎貝爾上校真是我們的恩人。狄克生先生也是個迷人的年輕人。好人們總是物以類聚，這真是太好了。不過，我們這裡也有艾爾頓先生跟霍金斯小姐，還有科爾夫婦跟佩里夫婦——我敢說沒有一對夫妻比他們更恩愛了，我說，先生，」她轉向伍德豪斯先生，「海伯里應該很少有這樣的人。所以我們都很喜歡我們的鄰居——親愛的先生，我母親最喜歡的東西，就是一捆五花肉——」

「至於霍金斯小姐的身分、長相、以及他們認識多久——」愛瑪說，「我根本無從得知。不過他們的關係應該還不長，他才離開不過四個禮拜。」

誰也沒有進一步的消息，遲疑了片刻後，愛瑪又說：

「費爾法克斯小姐，妳一直沒有說話，但我希望妳對這個消息感興趣。這種事情妳最近遇過很多，在坎貝爾小姐的婚事上一定有頗深的感觸。要是妳對艾爾頓先生和霍金斯小姐的事情不聞不問，我們可不能接受。」

「等我見到艾爾頓先生，我一定會感興趣的，」珍回答道，「但是我缺乏親身的感受；再說，坎貝爾小姐結婚已經好幾個月了，那些記憶已經有些淡忘了。」

「沒錯，伍德豪斯小姐，就像妳說的，他才離開四個禮拜，」貝茨小姐說，「然後才認識這位霍金斯小姐——不過，我還一直以為他會愛上這裡的某位小姐，科爾太太有一次悄悄跟我說過，但我馬上回答：『不會的，艾爾頓先生是個最高貴的年輕人，不過——』簡單來說，我在這種事情上不是特別敏銳，我只能看到表面。而且，就算艾爾頓先生有這種願望，那也不奇怪。伍德豪斯小姐真是好心，允許我繼續說下去，她知道我不會冒犯任何人。史密斯小姐現在怎麼了？她似乎完全康復了。你們最近有約翰．奈特利太太的消息嗎？啊！那些可愛的孩子們。珍，妳知道嗎？我總是把狄克生先生想像成約翰．奈特利先生，我是指他們的外貌——高個子，長相相似，而且不健談。」

「不，親愛的姨媽，他們根本不像。」

「真奇怪！不過沒有人一開始的想法就是正確的。人們總是先形成一種成見，然後由此想像。妳說過，嚴格來說，狄克生先生並不英俊。」

「英俊？啊！根本談不上，非常普通。我說過他長得很普通。」

「我親愛的，妳說過坎貝爾小姐不准別人說他長得普通，而且妳也——」

「至於我，我的看法根本不重要。我一向覺得每個人都很好看，但我敢說，大家一定會認為他長得很普通。」

「哎！親愛的珍，我看我們不走不行了。天氣看來不太好，妳外婆會擔心的。親愛的伍德豪斯小姐，妳真是好心，但我們非走不可了。這真是個令人愉快的消息，我要去科爾太太家一趟，不過頂多只能停留三分鐘。珍，妳最好直接回家，我可不能讓妳在外面淋雨。我們認為她在海伯里已經好多了。感謝妳，我們真的這麼想。我不去哥達太太那裡了，我看她除了豬肉之外，什麼也不會關心。親愛的先生，祝你安好。啊！奈特利先生也要一起去，太好了！我相信，如果珍覺得累的話，你會讓她扶著你的手臂。艾爾頓先生和霍金斯小姐，也祝他們安好。」

愛瑪與父親單獨留在家裡，她的一半注意力集中在父親身上——他感嘆年輕人都那麼急著結婚，而且還是跟陌生人結婚；另一半心思則在思考這件事。對她來說，這是個滑稽的好消息，這代表艾爾頓沒有難過多久。但她卻為哈麗葉感到難過，她現在只希望由自己把這消息告訴她，以免她忽然從別人那裡聽說。現在差不多是她來訪的時候，要是讓她在路上遇到貝茨小姐就糟了！天就快下雨了，愛瑪希望天氣能把她擋在哥達太太那裡。

陣雨下得很急，不過一下子就停了。不到五分鐘，哈麗葉走進門來，只見她一臉焦慮、激動，顯然滿懷心事。她一見到愛瑪，立刻喊道：「啊！伍德豪斯小姐，妳知道發生什麼事了嗎？」聲音透著驚慌。她已經遭受打擊，愛瑪心想，這時候除了傾聽之外沒有更好的方法了。哈麗葉毫不保留地傾訴道：「半小時前，我從哥達太太那裡出來；我怕會下雨，但我認為還來得及跑到哈特菲爾德宅邸，於是我就儘快趕路。路上又拜訪了一家人，那裡有一位女孩正在為我縫製外套，我想看看進度如何；我在裡面只停留了一下，一出來就開始下雨。我不知道怎麼辦才好，於是拚命奔跑，然後到福特商店躲雨。」福特商店是一間經營縫紉用品的商店，不論規模或時髦都是當地一流。「我在那裡等了一分鐘，忽然間，妳知道誰來了——真是奇怪！但是他們常來福特商店買東西——妳知道是誰？是伊莉莎白．馬丁和她哥哥！親愛的伍德豪斯小姐！想想看，我當時幾乎要暈過去！

我就坐在靠近門的地方，伊莉莎白一眼便看見了我，但是他沒看到，因為他正忙著收雨傘。我確定她看見我了，但是她立刻將目光移開。他們朝店裡的另外一頭走去，而我還坐在門口！啊！親愛的，多悲慘啊！雖然外面還在下雨，但我真希望離開那個地方！最後，我猜他看見了我，因為他們沒買東西，卻停下來竊竊私語。我敢說他們談論的是我，也許是他在說服她跟我談談。妳認為呢？因為她很快就走過來跟我打招呼，而且似乎還想跟我握手。她的態度跟以前不一樣了，我看得出她變了，不過，我們還是握了手，一起交談了一陣子，只是我不記得當時說了什麼，因為我渾身顫抖！我覺得她真是太好心了！親愛的伍德豪斯小姐，我當時真難受呀！雖然路已經不能走了，但我下定決心，什麼也不能阻止我離開！這時候，我發現他也朝我走來，不過腳步很慢，彷彿有點不知所措。最後他還是走了過來，開口說了幾句話，真是可怕極了！但我鼓起勇氣，告訴他我該走了。我走出店門不到三碼，他忽然朝我追來，告訴我說，如果我要來哈特菲爾德宅邸，最好繞過科爾先生的馬廄，因為雨把路給淹沒了。啊！親愛的，我難受得簡直要死了！我說非常感謝他，妳知道，我不得不那麼說。然後，我走回伊莉莎白身邊，繞過馬廄，腦中一片空白。啊！伍德豪斯小姐，我寧可付出任何代價，也不想遇見這種事。然而，妳知道，看到他那麼善意的舉止，讓人感到說不出的滿足。看見伊莉莎白也是一樣。啊！伍德豪斯小姐，跟我說些話，安慰我一下吧！」

愛瑪真心希望能安慰她，但她卻無法立刻這麼做。她必須先理一理頭緒。此刻她感到不大高興，那對兄妹的舉止似乎是出自真心，她對他們深感同情；按照哈麗葉的描述，他們的態度是一種奇妙的產物，混和了受傷的愛意和真正的柔情。她過去也覺得他們是些好人，但這就代表他配得上她嗎？反正他們只不過是希望透過與哈麗葉結婚提高自己的地位。再說，哈麗葉的話又有什麼意義？那麼容易取悅，眼光又差，她的讚揚有什麼價值？

她竭力把過去的一切都看得微不足道，希望藉此安慰自己。

「當時或許有些令人尷尬，」她說，「不過妳應對得好極了，事情已經過去，或許永遠——永遠不可能再發生。所以，妳不必想太多。」

「是啊，」哈麗葉說，「不想了。」但她仍然繼續聊著這件事。最後，愛瑪為了把馬丁一家從她腦中趕出去，趕緊告訴她那則消息。她原本打算小心翼翼地講給她聽，但一看到哈麗葉目前的心情，她真不知該高興還是氣憤，該羞愧還是可笑——艾爾頓對她的重要性竟消失無蹤了！

儘管哈麗葉並未產生昨天或是片刻之前聽到這則消息時可能的反應，但她對這件事的興趣很快便增強起來。他們最初的交談才剛結束，她便投入對那位幸運的霍金斯小姐表示出的好奇、遺憾、痛苦和愉快的感情。馬丁一家人又被拋在腦後了。

愛瑪為哈麗葉有過那麼一場巧遇感到高興，它有效減緩了她的震撼。考慮到哈麗葉的地位，馬丁一家絕不會再毫無顧忌地來找她，因為他們既缺乏勇氣，也有礙於尊嚴。自從她拒絕馬丁之後，他的妹妹們再也不到哥達太太那裡上學。整個十二月他們或許連一次相聚的機會都沒有，甚至連交談也不會有。

第二十二章

人類出於自己的本性，往往會對那些受矚目的人產生好感。因此，當一個年輕人要結婚了，別人總是會說他幾句好話。

霍金斯小姐的名字第一次出現在海伯里後不到一週，人們就透過各種消息猜出，她是個最可愛的人——面容秀麗、儀態大方、多才多藝，而且和藹可親。要是艾爾頓回家以後，想誇耀自己的幸福，或是宣揚霍金斯小姐的優點，只要說出她的教名，或是她最喜歡演奏的曲子就行了。

艾爾頓臨走前，遭到了拒絕，受到了羞辱——在受到他認為是一連串熱烈的鼓勵之後，滿心的期待卻破滅了，不僅失去了一位與他匹配的小姐，而且發現自己被誤認為愛上一個配不上他的小姐。他氣憤地離去了，還跟另一位小姐訂了婚——那位小姐當然要勝過前一位。他的損失得到了彌補，回家以後，顯得興高采烈，根本不把愛瑪放在心上，更不把哈麗葉放在眼裡。

那位迷人的奧古斯塔・霍金斯小姐，不僅才貌雙全，而且擁有一筆可以確保豐衣足食、高達一萬鎊的財產。這門婚事確實光彩。他並沒有自暴自棄，還得到了一個身價不凡的女人，而且沒花上太多工夫——兩人一結識，便愛上了對方。他向科爾太太講起事情的經過，從偶然相遇，到格林先生家的宴會，到布朗太太家的晚會，一切都非常順利——她的臉上泛起笑容和紅暈，滿是羞澀和激動的神情——她輕而易舉就動了心——顯得那麼甜蜜可愛——總之，她欣然答應了他的求婚。就這樣，愛慕虛榮的人和謹慎拘謹的人同時得到了滿足。

他既贏得利益，又贏得面子——既獲得財富，又獲得愛情，理所當然成了一個幸福的人。他只談論自己關心的事，希望別人向他祝賀；見到當地的年輕小姐們，表現得熱情大方，談笑自若；而幾個禮拜前，他卻還小心翼翼地向她們獻殷勤呢！

婚禮即將舉行，當艾爾頓再次動身前往巴斯時，大家都希望他下次回海伯里時，一定要把新娘帶來。科爾太太的眼神似乎表明，這種期望是不會落空的。

他這次沒有逗留太久，愛瑪跟他很少見面。不過，即使是難得的一兩次會面，也讓她覺得受夠了，並得到一個印象：他那副傲慢又做作的姿態，跟過去簡直不相上下！事實上，她很納悶，她以前怎麼會認為他討人喜歡。她一看見他，就覺得心裡不舒服，要不是她從道德的角度，把見到他視為一種贖罪、一種懲罰，她真希望這輩子再也不要看見他。她祝他事事順利，但他卻令她感到難受；要是他能搬到二十哩外，那她反而會慶幸不已！

不過，等到他結婚之後，這種痛苦肯定會隨之減少。多了一位艾爾頓太太，將可以緩和許多尷尬的場面。她可以成為他們來往的藉口，過去的親密關係可以逐漸淡去，而又不招人議論。他們可以再度以禮相待。

說起那位小姐，愛瑪很瞧不起她。毫無疑問，她配得上艾爾頓，對海伯里來說，她還算得上多才多藝，也夠漂亮——但是跟哈麗葉比起來，卻顯得不足掛齒。她相信，儘管艾爾頓自視甚高，瞧不起哈麗葉，但他並未找到一個比哈麗葉更好的對象。一切很快就會真相大白，她的個性也許還令人捉摸不定，但她的來頭一定能打聽出來。撇開那一萬鎊不說，看來她絲毫不比哈麗葉優秀。她既沒名望、又沒門第、更沒有顯貴的親戚——霍金斯小姐的父親是布里斯托人，還是個商人，她是他兩個女兒中的小女兒；不過，看來他經商的收益非常有限，也就可以想像他做的不是什麼體面的生意。每年冬天，霍金斯小姐會去巴斯住一段時間，而她的家在布里斯托。雖然她父母幾年前就去世，但她還有一個叔叔，是從事法律行業的，她就跟他住在一起。愛瑪猜他一定是某個律師的跟班，因為太笨，一直無法往上爬。這門親事唯一的榮耀，就在於她的姐姐，她嫁給了一個有錢的紳士，也住在布里斯托附近，他甚至有兩輛馬車！一切就是這樣，這就是霍金斯小姐的榮耀。

要是她能把這些想法告訴哈麗葉，那該有多好！她是受了她的誘導才墜入情網，但要勸說她擺脫這份情感，卻沒那麼容易。顯然，也許能用另外一個人來取代她原本的意中人，哪怕是羅伯特．馬丁這樣的人也行。但是愛瑪又擔心，沒有任何方法可以治好她的創傷。有些人一旦陷入情網，就會始終不渝地愛下去，哈麗葉就是這樣的人。可憐的女孩！艾爾頓這次回來以後，她的心情比以前更糟了。她總會在各種地方遇到他。愛瑪只見過他一次，但哈麗葉每天總有兩三次，要不遇見他，要不聽到他的聲音，要不看到他的背影，或是發生了什麼事，讓她無意間想起他，這一切都在她的心裡激起波瀾。此外，她總是聽到別人談論他，因為除了在哈特菲爾德以外，她周圍的人沒有一個能說出艾爾頓的缺點，大家都認為沒有什麼比談論他更有趣了。因此，每一篇報導、每一個流言——關於他的事、他的未來，像是收入、僕人和傢俱，都被傳得沸沸揚揚。聽到每個人都在稱讚他，她也更加愛慕他了；聽到大家不斷談論著霍金斯小姐的幸福，議論著艾爾頓多麼愛她，她又覺得非常懊惱。艾爾頓走在路上的那副神態，他戴帽子的模樣，全都表明了他正處在熱戀之中！

哈麗葉心中搖擺不定。如果這件事可以拿來開玩笑，而不使這位朋友感到痛苦，也不令自己感到內疚的話，愛瑪一定會覺得它很可笑。在哈麗葉心中，有時是艾爾頓佔了上風，有時是馬丁一家佔了上風，雙方互相遏制著。艾爾頓的訂婚打消了她見到馬丁時的激動，而這則消息帶來的不快，又因為幾天後伊莉莎白來到哥達太太家，而被暫時置諸腦後。當時哈麗葉不在家，這位客人留了一封信給她，寫得十分動人。信裡大部分是表示親切的話，摻雜了一點責怪。當艾爾頓來之前，她一直在思考該怎麼回信；但艾爾頓一來，這些心思也就一掃而空。在他逗留期間，馬丁一家人被忘得一乾二淨。就在艾爾頓再次前往巴斯的那天早上，愛瑪心想，是否該讓哈麗葉去回訪伊莉莎白。

她將會受到怎樣的接待？需要做些什麼？要怎樣才能萬無一失？這令她捉摸不定。既然受到邀請，到時又不能不理睬那位母親和兩個妹妹。絕不能那麼做。但是，那麼做的話，萬一他們重修舊好怎麼辦？

她左思右想，想不出更好的辦法，只好讓哈麗葉去回訪。不過她提醒她，必須讓主人家明白，這只是一次禮貌性的拜訪。她打算用馬車載她去，讓她在阿貝米爾下車，她自己再坐車走一小段路，然後就回來接她。這樣一來，那一家人就來不及使什麼詭計，或是重提往事。

儘管她自知這樣不太妥當，有點忘恩負義，但是還非這麼做不可，否則哈麗葉會怎麼樣呢？

第二十三章

哈麗葉沒什麼心情出門。就在她的朋友去哥達太太家找她的半個小時前，她碰巧來到一個地方，看見一只寫著「巴斯，白鹿街，菲利普·艾爾頓牧師收」的大箱子，被搬到肉店老闆的車上，準備拉到驛車站。於是，這世界上的一切，除了那只箱子和箱上的姓名地址以外，全都從她腦中消失了。

不過，她還是前去赴約了。當車子駛到農莊，她在寬闊的礫石小徑盡頭下了車。這條小徑夾在蘋果樹籬之間，直通到大門口。眼前的這一切，去年秋天曾為她帶來莫大的喜悅，如今更令她觸景傷情。愛瑪與她分手時，見她帶著一種既害怕又好奇的神情四處張望，因此便決定：這次訪問絕不能超過十五分鐘。她獨自坐車離開，利用這段時間去看望一位住在唐維爾的已婚老僕人。

十五分鐘剛過，愛瑪就準時回到了白色大門前。哈麗葉一聽說愛瑪來了，馬上就走出來，身旁也沒跟著一個令人擔心的小伙子。她一個人順著礫石小徑走來，只有一位馬丁小姐送她出門，用客套性的禮節跟她告別。

愛瑪打聽了這次會面的情況。原來，她只見到了馬丁太太和兩位小姐，她們對她的態度有些冷淡，自始至終只聊些極其平常的事；直到最後，馬丁太太突然說起哈麗葉長高了，這才扯出一個比較有趣的話題，一群人才變得比較熱情一些。去年九月，就在這間房子裡，她與她的兩個朋友量過身高，窗戶旁的牆上還留著鉛筆標記——那都是馬丁畫上去的。她們似乎全都記得那一天、那一時刻、那一伙人、那個場景，有著同樣的感受、同樣的遺憾、準備恢復同樣的親密關係。幾個朋友正打算重修舊好，馬車就到了，一切也就結束了。不到半年前，她還欣然地跟這家人一起度過六個禮拜，而這次卻只待了十四分鐘！愛瑪不難想像，這家人想必會覺得憤懣，哈麗葉也肯定會感到苦惱。這件事做得不好，她本來可以付出一些努力，或是多忍受一些痛苦，把馬丁家的地位提升一些——他們已經很不錯了，只要稍微提升一些就好；但她又有什麼辦法呢？不可能有！她不會後悔，一定要把他們拆散！可是，在這個過程中又引起了許多痛苦——她現在就感到很痛苦，想得到一些安慰，便決定回家時順道去蘭道爾拜訪一下。她心裡十分厭惡艾爾頓和馬丁一家，去蘭道爾提振精神，這是絕對必要的。

真是個好主意，只不過，當馬車駛到門口，她們卻聽說男女主人都不在家。他們已經出門多時，僕人猜想他們一定是去哈特菲爾德了。

「真倒楣！」馬車掉頭離開時，愛瑪大聲說道，「現在偏偏見不著他們，太令人生氣了！沒有比這更掃興的了。」她往角落一靠，想好好抱怨一番，或是勸自己打消這些怨氣——這是沒有惡意的人常用的方式。過了不久，馬車突然停住了，她抬頭一看，原來是韋斯頓夫婦攔住了車。愛瑪頓時高興起來，韋斯頓先生似乎比愛瑪還高興，因為他立刻走上前來跟她說：

「妳好！我們陪妳父親坐了一陣子，看到他身體健康，真是高興。法蘭克明天要來了！我今天早上接到一封信，明天晚飯時肯定能見到他。他今天在牛津，要來住兩個禮拜。我早就料到會這樣。要是他趕在聖誕節來，那就連三天也住不上，我寧可他別那麼早來。現在的天氣正好適合他，既晴朗，又不會變來變去，我們可以陪他玩一玩。一切都太棒了！」

聽到這樣的消息，又看到韋斯頓先生喜悅的表情，令人無法不興奮。他的妻子雖然話比較少，也不那麼激動，但言談神情同樣證實了這個消息。連她都認為法蘭克一定會來，愛瑪也就深信不疑，而且由衷地跟他們一樣高興。這是治療沮喪情緒最有效的藥劑，過去的煩惱淹沒在即將發生的喜事之中，她轉念一想，覺得現在不用再提起艾爾頓了。

韋斯頓先生向她敘述了他們在恩斯坎比商量的經過。經過這番商量，他兒子得到了兩個禮拜的自由時間。他還介紹了法蘭克旅行的路線和方式。愛瑪一邊聽著，一邊笑著向他們祝賀。

「我會馬上帶他去哈特菲爾德的。」他臨走前說道。

他的妻子用手臂碰了碰他。「走吧，韋斯頓先生，」她說，「別耽擱了兩位小姐。」

「好吧，好吧，我這就走。」說完，韋斯頓先生又轉向愛瑪，「不過，妳可不要指望他是個多出色的青年。要知道，妳只不過聽了我的敘述，也許他根本沒有什麼特別出色的地方。」話雖如此，他仍然兩眼發光，顯得心口不一。愛瑪露出一副天真無邪的神態，回了兩句不以為然的話。

「明天，大約四點鐘，想想我吧！親愛的愛瑪。」這是韋斯頓太太臨別時的叮嚀，話音裡帶有幾分焦慮。

「四點鐘？他三點就能到了，」韋斯頓先生連忙糾正道。一次令人滿意的會面就這樣結束了，愛瑪變得興高采烈。一切都顯得跟剛才不一樣了，詹姆士趕車時似乎也不像剛才那樣懶洋洋了。她轉頭看了看哈麗葉，見她臉上春意盎然，還掛著一絲溫柔的微笑。

「法蘭克．邱吉爾先生會不會路過牛津，也路過巴斯呢？」她問道，雖然這句話並不能說明多少問題。

不過，地理問題也好，心情問題也好，都不是能一下子解決的。愛瑪處於現在的心情，很有把握地斷定，這兩者到時都會迎刃而解。

這一個令人關注的早上來臨了，韋斯頓太太的忠實學生無論在十點、十一點還是十二點，都沒有忘了要在下午四點想起韋斯頓太太。

「我親愛的、親愛的、焦急的朋友啊！」她走出房間下樓的時候，心想道：「妳總是體貼地為別人的舒適操心，卻從不關心自己的舒適。我想妳現在又坐立不安了，一次又一次地往房間裡跑，想把一切都安排得妥妥帖帖。」她走過門廳時，鐘正好打了十二聲。「十二點了，再過四個小時我也不會忘記妳的。也許明天這個時候——或者更晚一些，我想他們可能全都會來這裡。我看他們一定會很快帶他過來的。」

她打開客廳的門，發現她父親陪兩位男士坐著——正是韋斯頓先生和他兒子。他們才來到不久，韋斯頓先生還來不及說完法蘭克為什麼提早一天到，她父親還在客氣地表示歡迎時，愛瑪就進來了，領受那份屬於她的驚訝和喜悅。

那位被大家談論已久的法蘭克．邱吉爾，現在就在她面前。他被介紹給愛瑪。她認為他受到的讚美並不過分，他是個非常英俊的青年，無論體格、氣派、談吐都無可挑剔。他的臉很像他父親，神采奕奕，生氣勃勃，看起來既聰明又機靈。她立刻覺得自己會喜歡他。他具有一種教養有素而悠然自得的風度，還很健談，使她感到他是有意來結識她的，他們很快就會熟悉彼此。

法蘭克是前一晚抵達蘭道爾的。他急著早一點來，於是改變了計畫，提早啟程，並加緊趕路，提前了半天趕到。愛瑪為此感到高興。

「我昨天就告訴你們了，」韋斯頓先生得意地說道，「我早就告訴你們，說他會提早趕到的。我想到自己以前就常常這樣。沒有人喜歡在路上磨磨蹭蹭的，總會想比計畫提早一些，趕在朋友們開始盼望之前就到達，這多麼快樂！即使路上辛苦一點也是值得的。」

「來到可以盡情放鬆的地方，真令人高興，」那位年輕人說道，「儘管我還不敢指望有多少人家可以拜訪；但是，既然回到家裡，我認為自己可以隨心所欲了。」

一聽到「家」這個字，他父親又得意地看了他一眼。愛瑪立即斷定，法蘭克是個討人喜歡的人，而後來的事又更加堅定了她的看法。他很喜歡蘭道爾，認為那棟房子佈置得令人羨慕；他甚至不肯承認房子太小。他讚賞那個地段、那條通往海伯里的小路、海伯里本身，尤其讚賞哈特菲爾德。他說自己對鄉村一向懷有親切感，因此迫不及待地想來看看。愛瑪心裡有些懷疑，不過，即使他說的是謊話，那也是善意的謊話。他並不像是裝腔作勢，也不像是誇大其詞。瞧瞧他的神態、他的談吐，似乎是真的感到高興。

大致來說，他們聊的話題不脫人們初次見面時常談的話題。小伙子問了不少問題：「妳會騎馬嗎？有舒適的騎道嗎？有散步小徑嗎？鄰居多嗎？也許海伯里的社交比較興盛吧？這附近有幾棟非常漂亮的房子。這裡的人開舞會嗎？喜歡唱歌彈琴嗎？」

他的問題一一得到了滿意的答覆，他們也隨之變得熟稔起來。這時，他趁雙方的父親正談得起勁的時候，把話題轉到了他的繼母身上。一說起這位繼母，他便讚不絕口，加上她為他父親帶來幸福，並且熱情接待了他，不由得滿懷感激。這又證明了他很會討好人。在愛瑪聽來，他發出的每一句讚美之詞，韋斯頓太太都當之無愧；不過，他肯定不怎麼瞭解事實。他除了知道什麼話中聽之外，其他就一竅不通了，「我父親這次結婚，」他說，「是最明智的舉動，每一位朋友都為他高興。他要永遠記住讓他獲得幸福的那一家人，感謝他們對他的恩惠。」

他還不停地表示說，泰勒小姐能有這些功勞，全都該感謝愛瑪。不過他似乎沒有忘記，按照常理，與其說是伍德豪斯小姐造就了泰勒小姐的性格，不如說是泰勒小姐造就了伍德豪斯小姐的性格。最後，他彷彿下定決心要改變話題，便開始驚嘆起泰勒小姐的年輕美貌。

「舉止優雅、和藹可親，這些我早就預料到，」他說，「可是老實說，我原以為她只是一個上了年紀、風韻猶存的女士，卻沒想到韋斯頓太太竟是漂亮的年輕女人。」

「你把韋斯頓太太看得再完美，我也不會覺得誇張，」愛瑪說，「即使你以為她只有十八歲，我也會很高興的。不過，要是你真的這樣說，她一定會跟你吵起來。千萬別讓她知道，你把她說成一個漂亮的年輕女人。」

「我想這倒不至於，」法蘭克回答，「不會的，放心好了，」說著謙恭有禮地鞠了一躬，「跟韋斯頓太太說話，我知道可以稱讚什麼人，而不會被認為誇大其詞。」

愛瑪心裡一直懷疑：他們兩人相識以後，人們會產生什麼樣的期待。她不知道法蘭克是否也有這樣的懷疑，他的那些恭維話究竟該當成是對人們的期待加以證實、還是加以否認的證據。她必須和他多見幾次面，才能瞭解他的個性。至少現在，她認為他還挺好相處的。

她很明白韋斯頓先生現在在想些什麼。她看見他銳利的目光不只一次瞥向他們，臉上露出竊喜的神情。即使他決心不看他們倆的時候，她也相信他時常在側耳傾聽。

她的父親全然沒有這樣的念頭，他根本沒有這樣的眼力和心機，這倒是令人欣慰。幸好他既不贊成結婚，也總是後知後覺。看來，不到一切成為既定事實的時候，他似乎不會認為有哪一對男女心意相通，甚至打算結婚。他能視而不見也好，既不必作出任何令自己不愉快的臆測，也不用懷疑他的客人居心不良，而只要充分發揮他那熱情好客的天性，覺得法蘭克不幸在路上過了兩夜，關心地問起了他一路上的飲食起居，而且急著想詢問他的健康狀況——不過，關於這件事，他要再過一個晚上才能完全放心。

坐了一段時間以後，韋斯頓先生準備告辭，「我得走了，我要去克朗旅店處理乾草的事，還要到福特商店為韋斯頓太太辦一大堆事。不過，你們不必急。」他兒子是個很懂規矩的人，沒聽出他的言外之意，也立即站起身來，說道：

「既然你要去辦事，爸爸，那我就利用這個機會去見一個人。反正遲早要去的，不如現在就去。我有幸認識你們的一位鄰居，」他轉向愛瑪，「一位住在海伯里或是附近一帶的女士，一個姓費爾法克斯的人家。我想，那間屋子並不難找；不過，我認為，說他們姓費爾法克斯並不正確——應該說姓巴恩斯，或是貝茨。妳認識這一家人嗎？」

「當然認識了，」他父親大聲說道，「貝茨太太——剛才我們還路過她家，我看見貝茨小姐就站在窗前。對！對！你是認識費爾法克斯小姐。我記得你是在韋茅斯認識她的，她可是個好女孩啊！你當然得去看看她。」

「今天早上就不必了，」年輕人說，「改天也行。不過，我們在韋茅斯那麼熟——」

「哎！今天就去，別拖拖拉拉了。該做的事總是越快越好；另外，我還得提醒你，法蘭克，你在這裡可要謹慎一點，千萬不要怠慢了她。你看見她和坎貝爾夫婦在一起時，她跟周圍的人總是平起平坐，但是在這裡，她卻跟一個只能窮困的外婆相依為命。你要是不早一點去，就是看不起人家。」

兒子似乎被說服了。

「我曾聽她提起這段淵源，」愛瑪說，「她是位非常文雅的小姐。」

法蘭克同意這一說法，但只是輕輕說了聲「是的」，使愛瑪幾乎要懷疑他是否真的認同。不過，如果珍．費爾法克斯都只能算是「一般」文雅的話，那麼上流社會想必有一套截然不同的高標準。

「如果你以前不太喜歡她的風度，」愛瑪說，「我想你今天一定會喜歡的。你會發現她很討人喜歡，你可以看到她、聽她說話——不行，恐怕你根本聽不到，因為她有個姨媽總是喋喋不休。」

「你也認識珍．費爾法克斯嗎？先生，」伍德豪斯先生說，「那麼請允許我向你保證，你會發現她是個十分可愛的女孩。她是來看望外婆和姨媽的，她們都是很值得敬重的人，我跟她們是老朋友了。我敢說，她們見到你一定會很開心。我找個僕人替你帶路。」

「親愛的先生，不必了，我父親會為我指路的。」

「但你父親不會走那麼遠，他只到克朗旅店，在這條街的另一頭。再說，那裡有好多戶人家，你可能不太容易找到。那條路又很泥濘，除非你走人行道。不過，我的車伕會告訴你怎麼走。」

法蘭克依舊婉拒了，盡可能露出一副認真的神情。他父親也支持他，大聲說道：「老朋友，這大可不必，法蘭克自己會找路的。至於貝茨太太家，他從克朗旅店走一下子就會到了。」

他們終於獲准離開了。這一對父子，一個熱忱地點了點頭，另一個大方地鞠了一躬，隨即便告辭而去。愛瑪對這次會面感到非常滿意，整天都在想像他們在蘭道爾的情景，相信他們過得很愉快。

第二十四章

第二天早晨，法蘭克又來了，是跟韋斯頓太太一起來的。他似乎打從心底喜歡這位太太，也打心底喜歡海伯里。看來他一直親切地陪她坐在家裡，直到她平常出門活動的時間。韋斯頓太太要他選擇散步的路線，他立刻表示要去海伯里。「我相信，無論朝哪個方向，都有非常宜人的地方。不過真要我選的話，我還是會選擇海伯里，那個空氣新鮮、和樂融融的海伯里，無時無刻不吸引我。」在韋斯頓太太看來，海伯里就意味著哈特菲爾德；而且她相信他也是這麼想的。於是，他們便徑直朝這裡走來。

愛瑪完全沒料到他們會來，因為韋斯頓先生才剛來過，想聽別人誇獎他兒子長得英俊；所以，當愛瑪看見兩人手挽手朝他們家走來，不禁又驚又喜。她正想見他，尤其想見他跟韋斯頓太太在一起——她想瞧瞧他對韋斯頓太太的態度後，再決定該對他抱什麼看法，如果他在這方面有所缺失的話，那就什麼也無法彌補。因此，一看見他們在一起，她感到十分高興。他不僅用動聽的言語來表示恭敬之情，而且對繼母的態度也十分得體——沒有什麼比這更能表明，他希望把繼母當成朋友，博得她的歡心。由於他們要相處一整個早上，愛瑪有足夠的時間作出合理的判斷。他們一起在外面閒逛了一兩個小時，先是圍著哈特菲爾德的矮樹叢繞了一圈，然後在海伯里走了一下。法蘭克對一切都愛不釋手，把哈特菲爾德大大讚賞了一番；當他們繼續往前走時，他表示希望認識全村的人。他對眼前的一切都充滿興趣，真是出乎愛瑪的意料之外。

他希望能去看看父親住過多年的房子，也就是他祖父的房子，這說明他是個有情義的人。他想起那個照顧過他的老太太還活著，便在街上到處尋找她住的小屋。雖然他尋找的某些東西、說的某些話並沒有太多意義，但把一切加在一起，仍看得出他對海伯里頗有好感，這在他的同伴眼裡想必是一個優點。

經過觀察，愛瑪心想：既然他現在流露出這種感情，代表他之前並非故意不來。他不是在裝模作樣，也沒有虛情假意，奈特利對他的看法肯定有失公允。

他們第一個停留的地方是克朗旅店。這是當地重要的一家旅店，但規模不大，只養著兩對驛馬，與其說是供來往客人使用，不如說是為附近的居民提供方便。法蘭克的兩位同伴講起了這間大房子的來歷：那是多年前建來當成舞廳用的，當時，這一帶人很多，又特別愛跳舞，有時就在這間房子舉行舞會。不過，這種風光的日子早已不再，如今它的最大用途，就是做為本地一些紳士打牌的場所。一聽說這裡曾是舞廳，法蘭克當即產生了興趣。他沒有繼續往前走，而是在兩扇開著的窗戶前停了幾分鐘，朝裡面張望，估計能容納多少人，為它失去往日的榮景感到遺憾。他覺得這間屋子沒什麼缺陷——它夠長、夠寬、也夠漂亮，在裡面跳舞再好不過了，冬天時應該每兩週在這裡舉行一次舞會才是。他問愛瑪，為什麼不回復這間屋子昔日的風光呢？她在海伯里不是無所不能嗎？愛瑪解釋說，這裡沒有幾戶人家，附近一帶又沒有人願意來。他十分不以為然。他看到周圍有那麼多漂亮的房子，說什麼也不相信竟會湊不齊人數。甚至在愛瑪敘述了各個人家的詳細情況後，仍然認為這其中根本沒什麼不方便的。他就像一個熱中於跳舞的年輕人一樣爭辯著，愛瑪發現韋斯頓家的氣質在他身上完全壓倒了邱吉爾家的氣息，不由得大吃一驚。看來，他就像他父親一樣，性情開朗、熱愛交際，全然沒有恩斯坎比的傲慢和矜持。也許他不傲慢，但他對地位毫不計較，又顯得有些庸俗；只不過，他全然感覺不出自己的態度有何不妥，這只是他個性活潑的一種表現罷了。

經過一番勸說，他終於離開了克朗旅店。一行人快到貝茨家的時候，愛瑪想起他前一天說過想去看看這家人，便問他去過了沒有。

「去了，去了，」法蘭克回答說，「我正要說這件事呢！我去得真是巧，三位女士都見到了，多虧妳事先叮嚀了我。要是我毫無防備地遇上了那位喋喋不休的姨媽，那一定會要了我的命！我糊裡糊塗地多待了一陣子，本來只打算留十分鐘。我還跟父親說，我一定會比他先回家，誰知道我根本脫不了身！我父親找不到我，最後也跑來貝茨家，這時我才驚覺到，我已經在那裡坐了快三刻鐘。那位好心的老太太一直不給我離開的機會。」

「你覺得費爾法克斯小姐看起來如何？」

「氣色不好，很不好，要是一位年輕小姐也會氣色不好的話。不，這種說法不太對，是吧？韋斯頓太太，小姐們是絕不會氣色不好的。說真的，費爾法克斯小姐的臉色天生就這麼蒼白，總是給人一種身體不好的印象。真令人同情。」

愛瑪不同意他的看法，極力為費爾法克斯小姐的臉色辯護起來。「她的確說不上容光煥發，但我認為她也沒有什麼病容。她皮膚白嫩，為她的面孔增添了幾分優雅。」法蘭克恭敬地聽著，坦承自己也曾聽許多人這麼說過，但他認為一個人如果缺乏健康的神采，那是無論如何也無法彌補的。

「好吧，」愛瑪說，「我們不必爭論審美觀。至少除了臉色以外你還是很喜歡她的。」

法蘭克搖搖頭，笑了起來。「我可無法將費爾法克斯小姐和她的臉色分開。」

「你在韋茅斯常見到她嗎？你們常一起參加社交活動？」

他們快走到福特商店了，法蘭克連忙大聲嚷道：「哈！這一定是大家每天都會來的那家商店。我父親說，他每週有六天要來海伯里，每次都會來福特商店買點東西。要是妳們方便的話，我們就進去看看吧！好讓我證明我是本地人，是真正的海伯里公民。我一定要在福特商店買點東西，好證明我的確是這裡的人。他們也許有賣手套吧？」

「哦！是的，當然有手套了。我真佩服你的想法，你在海伯里會很受歡迎的。你沒來之前，大家就很喜歡你了，因為你是韋斯頓先生的兒子；不過，要是你在福特商店花上半個基尼，人們就會更敬佩你的品味了。」

他們進了福特商店。當店員把樣式優美、包裝講究的海狸皮手套和約克手套取下，放在櫃台上時，法蘭克說：「對不起，伍德豪斯小姐，剛才妳提到了一件事，可以再說給我聽聽嗎？告訴妳，無論大家把我看得有多好，都無法彌補我在個人生活中失去的所有樂趣。」

「我只是問了，你在韋茅斯跟費爾法克斯小姐那一伙人很熟嗎？」

「這回我聽清楚了，我得說妳的問題很奇怪。到底熟到什麼程度，必須由她來斷定才是。費爾法克斯小姐一定早就說過這一點，她說的就是事實，我可不想再多作解釋。」

「天哪！你的回答跟她一樣謹慎。可是她不管說什麼事，總是語帶保留，不肯留下任何端倪，因此我覺得你可以盡情談談你跟她結識的經過。」

「真的可以嗎？那我就老實說了。我在韋茅斯常遇見她；我在倫敦時就認識坎貝爾夫婦，在韋茅斯又常常在一起，坎貝爾上校是個親切的人，坎貝爾太太也是個熱心的女人。我很喜歡他們。」

「我想你明白費爾法克斯小姐的生活處境吧？知道她將要做什麼。」

「是的——」他遲疑地說道，「我想我明白。」

「愛瑪，妳談到微妙的話題上了，」韋斯頓太太笑著說道，「別忘了我還在呢！妳談到費爾法克斯小姐的生活處境，法蘭克先生簡直不知該說什麼是好。我要先迴避一下。」

「對我來說，」愛瑪說，「她是一位朋友、而且是最親密的朋友，僅此而已。」

法蘭克似乎完全理解，也十分敬重愛瑪的這份情感。

買好手套之後，幾個人又走出了商店。「妳曾聽過我們剛才談起的那位年輕小姐彈琴嗎？」法蘭克問道。

「聽過她彈琴？」愛瑪重複了一聲，「你忘了她跟海伯里的關係多麼密切嗎？自從我們倆開始學琴以來，我每年都聽她彈奏。她彈得好極了。」

「妳是這樣想的嗎？我一直想聽聽真正有鑑賞力的人怎麼說。我覺得她彈得不錯，也就是說，她彈得很有情調；可惜我對此一竅不通。我很喜歡音樂，但我一點也不會演奏，也無權評論別人演奏得怎麼樣。我常聽見別人誇她彈得好；我還記得一件事，可以證明別人的確是這麼想的。有一個人——很有音樂天賦，他愛上了另一個女人，跟她訂了婚，就快結婚了——可是，只要我們現在聊到的這位小姐肯坐下來彈奏，他就絕不會請他的愛人來彈。看來，他只肯聽其中一個人彈。能受到一個公認的音樂天才青睞，我想這很就是最好的證明。」

「當然了！」愛瑪說道，覺得十分有趣，「狄克生先生很有音樂天賦，是嗎？關於他們的事，我在這半小時從你口中聽到的，比半年裡從費爾法克斯小姐口中聽到的還要多。」

「是的，我說的就是狄克生先生和坎貝爾小姐。我想這是很有力的證據。」

「的確很有力，事實上，真是太有說服力了，如果我是坎貝爾小姐，絕對無法忍受。一個人把音樂看得比愛情還重要，讓我無法諒解。坎貝爾小姐喜歡他這樣嗎？」

「妳知道，她們是很要好的朋友呢！」

「有什麼好的？」愛瑪笑著說道，「寧可要個陌生人，也不要一個特別好的朋友，至少不會再出現這種事。不過，身邊總是有好朋友，什麼事都做得比你好，那有多麼不幸啊！可憐的狄克生夫人！她去愛爾蘭定居也好。」

「妳說得對。對坎貝爾小姐來說，這實在不大光彩。不過，她似乎並不在乎。」

「這樣就更好了——或是更糟。無論她是出於可愛，還是出於愚蠢；是出於朋友之間的坦率，還是出於感覺的遲鈍——至少有一個人肯定感覺到了，那就是費爾法克斯小姐，她一定感覺到這一切的不恰當與危險。」

「說到這個，我倒不認為——」

「哦！別以為我會讓你或是誰談論費爾法克斯小姐的感受。我認為，除了她自己，沒有人知道她有什麼感受；但是，如果她每一次都答應狄克生先生的請求的話，那別人怎麼想都是無法避免的。」

「她們三人之間倒是十分融洽——」法蘭克脫口而出，但馬上又停住，「不過，我也不清楚他們真實的關係究竟如何——私底下究竟如何。我只能看見表面上的和氣。妳從小就認識費爾法克斯小姐，當然比我更瞭解她的性格，更瞭解她在各種場合下的反應。」

「沒錯，我的確從小認識她。我們從小在一起，後來又一起長大，所以大家都以為我們關係密切，感情也很好。可是，我們的感情從來沒有好過。我簡直不知道是怎麼回事，也許我這個人不太厚道，她的姨媽、外婆拚命地寵愛她、吹捧她，讓我忍不住討厭她。再說，她又不愛說話，我絕不會喜歡一個一聲不響的人。」

「這種性格的確令人十分討厭，」法蘭克說，「毫無疑問，這種性格也有不少優點，但從不討人喜歡。保持沉默就不會失言，但也不討人愛。誰也不會喜歡一個一聲不響的人。」

「是的，除非她不再沉默寡言。我和費爾法克斯小姐的關係是親密不起來的，我沒有理由看不起她——絲毫沒有，不過她的言談舉止總是那麼小心謹慎，不敢發表任何一點明確的看法，令人很難不去懷疑她有什麼事瞞著別人。」

法蘭克完全同意她的看法。兩人一起走了這麼遠，想法又這麼接近，愛瑪覺得他們已經很熟悉了，幾乎不相信這只是他們的第二次見面。他跟她原本想像的不太一樣。從他的某些見解來看，他並不是個精通世故的人，也不像嬌生慣養的大少爺，因此比她預料的要好些。他的觀點似乎相當溫和，感情似乎也很熱烈；令她特別感動的是，他不僅要去參觀教堂，還想去看看艾爾頓的住宅；當別人挑剔這棟房子時，他從不跟著附和。他並不認為這棟房子有哪裡不好，屋主也不必因為住在裡面而引以為恥，只要能與心愛的人一起住，那麼，無論是誰擁有這棟房子，他都覺得沒有什麼好丟臉的。要是誰還有更大的奢望，那一定是個傻瓜。

韋斯頓太太笑了，她說他講得不對。他自己住慣了大房子，從沒考慮房子大有多少好處，因此也不懂住在小房子的缺點。然而，愛瑪卻認為他說得很對，這代表他出於美好的動機，想要早一點成家；他也許沒有意識到，要是女管家沒有房間住，或是廚房不夠體面，會對居家舒適帶來什麼損害，但他一定能明白，恩斯坎比不會為他帶來幸福。一旦他愛上了誰，就會毫不猶豫地割捨大筆財產。

第二十五章

第二天，愛瑪聽說法蘭克為了理髮又跑回倫敦，對他的好感頓時削弱了不少。吃早飯時，他似乎突發奇想，坐上一輛輕便馬車出發了，打算晚飯時間再回來。當然，為了這種理由來回跑三十二哩路也未嘗不可，但愛瑪看不慣這種紈絝子弟的習性，以及輕浮的作風。她昨天還覺得他辦事有條有理，花錢有所節制，待人也熱情無私，想不到他今天的表現卻全非如此——愛慕虛榮、恣意揮霍、搖擺不定，這些特質都必將對他造成影響。他不顧父親和繼母是否高興，也不管他的行為會讓大家產生什麼印象、會得到什麼樣的指責。他的父親只覺得這件事很有趣，但韋斯頓太太顯然不喜歡他的行為，因為她什麼也沒有多說，只講了一句：「年輕人都有點衝動。」

愛瑪發現，法蘭克到來之後，除了這點小毛病之外，給她的朋友留下的全是好印象。韋斯頓太太逢人便說他有多麼親切、多麼可愛，她發現他的個性處處討人喜歡。他看來心胸開闊，既開朗又活潑。她發覺他的思想純正，而且總是滿懷深情地提起舅舅，喜歡跟人談論他——他說舅舅是世上最好的人，要是他能讓他自由的話。雖然他並不喜愛舅媽，但又感激她的情意，談起她時總是懷著敬意。這些都是很好的現象。本來，愛瑪已在腦中為他加上了一項殊榮——要不是他心血來潮跑去倫敦理髮，這份殊榮的確當之無愧——要是他還沒有愛上了她，至少也快了，只是因為她態度冷淡，才沒有進一步發展（因為她依然決心終身不嫁）；總之，周遭的人都給了他這種殊榮，把他視為愛瑪的對象。

韋斯頓先生又為這個想法增添了一份信心。他對愛瑪說，法蘭克非常愛慕她，認為她非常漂亮、可愛。法蘭克有那麼多值得讚美之處，愛瑪覺得自己不能再挑剔了，正如同韋斯頓太太說的，「年輕人都有點衝動。」

法蘭克在薩里認識的所有人當中，有一個人對他不那麼寬容。大致上，在唐維爾和海伯里兩個教區，大家對他都做出了公正的評價——一個漂亮的年輕人，一個總是面帶微笑、彬彬有禮的年輕人，即使有些荒腔走板之處，大家也可以寬宏大量地原諒他。然而，他們之中就是有一個人，天生就愛挑剔，沒有被他的微笑和禮貌感化——那就是奈特利。他在哈特菲爾德聽說他去倫敦理髮的事，一句話也沒說。不過，當他抓起一張報紙來看時，愛瑪聽見他自言自語：「唉！我早就料到他是個輕浮的傻瓜。」愛瑪本來想反駁，但仔細一想，又覺得他的話只是要發洩一下情緒罷了，因此也就沒有理會。

韋斯頓夫婦雖然帶來了一則不大好的消息，但從另一個角度來看，他們這天早上卻來得特別湊巧。當他們待在哈特菲爾德時，愛瑪遇到了一件事，想聽聽他們的意見。更湊巧的是，他們的建議正合愛瑪的心意。

事情是這樣的：科爾家已在海伯里定居多年，是一個不錯的人家，待人和善、慷慨大方、謙和樸實；但另一方面，他們出身卑微，靠經商營生，欠缺上流人士的風度。他們剛到這裡時，過著深入簡出的日子；但最近一兩年，他們的收入急劇增加——城裡的店鋪收益增加了，這讓他們的眼光也更高了，想住一棟較大的房子，多結交些朋友。他們擴建了房屋，增添了僕人，擴大了各項開支。如今，他們的財產和生活派頭僅次於哈特菲爾德一家。他們喜歡交際，又新建了餐廳，邀請許多人前去作客，邀的大多是單身漢。愛瑪心想，他們應該不敢貿然邀請那些有頭有臉的上流人家，像是唐維爾、哈特菲爾德，或是蘭道爾一家。即使他們邀請了，她說什麼也不會去。令她遺憾的是，大家都知道她父親的個性，因此她的拒絕也就顯得無關緊要。科爾夫婦都是很體面的人，但應該讓他們明白，他們沒有資格邀請上流人家去他們家作客。愛瑪心想，能讓他們明白這一點的，恐怕只有她了，奈特利不可能，韋斯頓先生更是不能指望。

早在幾個星期以前，愛瑪就在考慮要如何應付這種自以為是的行徑，但等到她終於受到怠慢的時候，心裡卻完全是另一番滋味——唐維爾和蘭道爾都收到了科爾家的邀請，她父親和她卻沒收到。韋斯頓太太解釋說：「我想是他們不敢冒昧地邀請你們，因為你們從不去別人家吃飯。」但這個理由並不充分。她覺得自己應該得到拒絕他們的權利，後來又想到，一些跟她最親近的人都要去作客，即使她真的收到邀請，難道真的能不為之心動嗎？哈麗葉會出席，貝茨一家也會出席，前一天在海伯里散步時，他們講起過這件事；法蘭克也對她沒去感到十分惋惜，還問當天晚上會不會有一場舞會。正是因為存在這種可能性，讓愛瑪越來越不是滋味。就算把這件事視為別人不敢高攀她們，或是視為一種恭維，也只是一種微不足道的安慰。

當韋斯頓夫婦還在哈特菲爾德的時候，請帖送來了。愛瑪不禁慶幸這對夫妻在場。雖然她一看完信就說「當然應該拒絕」，但又馬上請教他們該怎麼辦，他們立即勸她去，而且還很有效。

愛瑪說，考慮到各種原因，她並非完全不想去赴宴。科爾家的請帖寫得那麼得體——「原想早日邀請闔府，只因一直在等待屏風從倫敦運來，好為伍德豪斯先生擋風禦寒，並讓伍德豪斯先生更樂於光臨。」總之，愛瑪很快就被說服了。三個人當場決定了該怎麼做，而又不至於忽略了伍德豪斯先生的舒適。當然必須有人陪伴他，要是貝茨太太不行的話，那就勞駕哥達太太。晚宴時間眼看就要到了，還得勸伍德豪斯先生，讓他同意女兒去赴宴，離開他一個晚上。不過，伍德豪斯先生很快就點頭答應了。

「我不喜歡去別人家吃飯，」他說，「愛瑪也是，我們不習慣鬧得太晚。很遺憾，科爾夫婦居然會這樣安排。如果等夏天的某個下午來跟我們喝茶，或是邀我們一起散步，那就好多了。他們可以這麼做，這樣一來我們可以早早回家，不會沾上晚上的露水，夏天的晚上有露水，我可不想讓任何人被打濕了。不過，你們都希望親愛的愛瑪去吃飯，你們和奈特利先生也都要去，可以照顧她，我就不阻止了，只要天氣好，沒雨、不冷、也沒風。」他轉向韋斯頓太太，臉上露出溫和的責備神情：「哎！泰勒小姐，要是妳還沒結婚的話，就可以待在家裡陪我了！」

「哦，先生，」韋斯頓先生嚷道，「既然是我奪走了泰勒小姐，我就有責任找人代替她。要是你不介意的話，我馬上就去找哥達太太。」

可是，伍德豪斯先生不僅沒有安心，反而更加焦慮了。兩位女士知道要怎樣緩和他的情緒，韋斯頓先生必須保持安靜，一切都得仔仔細細地打點好。

這樣一來，伍德豪斯先生馬上就平靜下來，能像平常一樣講話了。「我很想見見哥達太太，我很敬重她。愛瑪應該寫封請帖給她，可以讓詹姆士送去。不過，得先寫封回信給科爾太太。妳要代我表示歉意，親愛的，盡量寫得客氣些，就說我體弱多病，哪裡都不去，所以不能前去赴會。當然，信的開頭要代我表示問候。不過，妳什麼事都能辦得妥妥帖帖的，用不著我叮嚀。我們得記得跟詹姆士說一聲，禮拜二要用馬車。由他趕車送妳去，我就放心了。自從那條路修好了以後，我們只去過那裡一次；不過，我想詹姆士會將妳平安送到的。妳到了那裡，可得提醒他什麼時候回去接妳，最好把時間訂得早一些。不要待得太晚了，等吃過茶點，妳就會覺得很累了。」

「可是，妳不會希望我還不累就走吧？爸爸。」

「哦！不會的，親愛的。不過，妳很快就會累的，那麼多人七嘴八舌地講話，妳不會喜歡吵吵嚷嚷的。」

「可是，親愛的先生，」韋斯頓先生說道，「要是愛瑪離開，晚會也就散了。」

「散了也沒關係，」伍德豪斯先生說道，「不管是什麼樣的聚會，總之散得越早越好。」

「但您沒有考慮到科爾夫婦的想法。要是愛瑪一喝完茶就走，會讓主人不開心的。雖然他們都是厚道人，但要是有人匆匆忙忙走掉，他們一定會覺得不禮貌；如果走掉的是愛瑪，那又會更令人不高興。我敢說，先生，您不會想讓科爾夫婦掃興、丟臉的。他們是最善良的人，這十年來一直是您的鄰居。」

「不會的，絕對不會的，韋斯頓先生，多謝你提醒了我。要是害他們難過，我會感到萬分抱歉的。我知道他們是值得敬重的人，佩里告訴我，科爾先生從來不喝麥芽酒。你從他外表看不出來，他其實很愛發脾氣。不！我可不想惹他們不開心。親愛的愛瑪，我們得考慮到這一點。依我看，妳寧可忍耐一下，多待久一點，也別冒昧地使科爾夫婦難堪。妳不需要管累不累，要知道，跟朋友們在一起是絕對安全的。」

「哦，是的，爸爸。我一點也不擔心，韋斯頓太太待多久，我也會待多久。我只是為你著想罷了，怕你不肯睡覺，要等我回家。我也不擔心你跟哥達太太相處會不自在，你知道，她喜歡玩牌；但是等她回家後，我怕你一個人坐著，而不按時睡覺。一想到你會這樣，我就一點玩樂的心思也沒有了，你要答應我，別等我回家。」

這位父親答應了，並向女兒提出了幾個交換條件，例如說，要是她回來時覺得冷，一定要讓身子暖一些；要是肚子餓了，就吃點東西；她自己的女僕得等她回來；塞爾和管家得像往常一樣，把家裡的一切都安排妥當。

第二十六章

法蘭克又回來了。如果說他害得父親等他吃晚飯，那也不會讓哈特菲爾德的人知道。韋斯頓太太一心想讓他博得伍德豪斯先生的歡心，即使他有什麼缺點，只要能隱瞞的，她就絕不會洩露。

他回來了，理好了頭髮，怡然自得地自嘲了一番，但似乎一點也不感到羞愧。他就像以前一樣神氣、一樣活潑。愛瑪看到他之後，自言自語地嘀咕道：

「我不知道這樣是不是對的，不過，要是一個聰明人做了傻事，那傻事也就算不上傻事了。壞事永遠是壞事，但傻事卻未必總是傻事，必須看當事人是誰。奈特利先生，他不是一個輕浮、愚蠢的青年，如果是的話，他就不會這麼做了，他也許會為這種舉動感到得意，或是感到羞愧；要不像紈絝子弟那樣大肆炫耀，要不像性格懦弱、不敢展示自己虛榮心的人那樣畏畏縮縮。不，我認為他一點都不輕浮，也不愚蠢。」

隨著禮拜二的來臨，她又可以愜意地再次見到他了，而且見面的時間比以往都要長，可以好好觀察一下他的態度，評斷一下他對她的態度有什麼含意，猜測她在什麼時候必須擺出冷漠的神情，想像那些第一次看見他們在一起的人會有什麼想法。

這次是在科爾家聚會，她始終忘不了艾爾頓即使跟她要好的時候，最惹她不快的一件事就是喜歡跟科爾先生一起吃飯。儘管如此，她還是打算高高興興地赴會。

她父親的舒適可以得到充分的保證了，不僅哥達太太能來，貝茨太太也能。她離家前的最後一項義務，就是等他們吃完飯之後，向他們道別一聲，並且趁她父親深情地欣賞她那身漂亮衣服時，為兩位太太斟滿酒杯，夾上大塊的蛋糕，盡力補償她們的損失——因為剛才吃飯時，她父親出於對她們健康的關心，強迫她們少吃了一些。她為她們準備了一頓豐盛的午餐，希望能讓她們無拘無束地吃個痛快。

她來到科爾家門口時，有一輛馬車比她先到一步，那是奈特利的馬車。愛瑪不由得高興起來。奈特利沒有養馬，也不太富裕，但是健康、好動、富有主見；愛瑪覺得他太愛走路，很少坐馬車，跟唐維爾寺主人的身分不大相稱。這時，奈特利停了下來，扶她走下馬車，她心裡感到暖呼呼的，便趁機對他表示贊許。

「你這樣做才像個紳士，」她說，「很高興見到你。」

奈特利向她道謝，說：「我們居然同時抵達，真是巧！要是我們先在客廳裡見面，我看妳未必會說我比平常更有紳士風度，也不見得能從我的神情舉止中看出我是怎麼來的。」

「不，我看得出來，一定可以。一個人以屈尊的姿態來到某個地方，臉上總會露出一副難為情或是慌張的神情。也許你以為自己能不動聲色，但也只不過是一種虛張聲勢罷了。我每次在這種場合遇見你，都能看出這副模樣。現在，你不用再假裝了，你不怕別人認為你難為情，也不想裝得高人一等。現在，我很願意和你一起走進同一間屋子。」

「不正經！」奈特利答道，可是絲毫沒有生氣。

愛瑪不僅有理由對奈特利感到滿意，也有充分的理由對任何人感到滿意。她受到了熱情的接待和應有的尊敬，大家都像她期望的那樣敬重她。韋斯頓一家抵達後，這對夫婦向她投來了最親切的目光、最熱烈的愛慕之情。那位兒子也喜不自禁地朝她走來，表明他對她有著特別的興趣；吃飯的時候，他就坐在她旁邊。愛瑪心想，他一定是耍了些手段才搶到這個位子的。

客人相當多，因為還請來了另一家人，那是個無可挑剔的鄉下人家，是科爾夫婦特別器重的朋友；此外，還邀請了科爾先生的親戚、海伯里的律師。那些地位不太尊貴的女賓，將與貝茨小姐、費爾法克斯小姐、史密斯小姐一起，到晚上才來。吃飯時，由於人太多，很難找到大家都感興趣的話題。等談過了政治和艾爾頓之後，愛瑪可以全神貫注地聽她的鄰座講些令人愉快的話。她聽見遠處傳來卻又不能不聽的第一個聲音，就是有人提起了珍的名字。科爾太太似乎在講一件有關她的事，愛瑪發現這件事很值得一聽，她那富於幻想的特質這下子有了發揮的空間。科爾太太說，她去看望了貝茨小姐，一進屋就見到一架漂亮的鋼琴——不算很高級，而是一架很大的方形鋼琴。愛瑪先是驚訝，然後開始詢問、祝賀，貝茨小姐在一旁解釋，原來，這架鋼琴是前一天從布羅德伍德琴行運來的，令這對姨媽和外甥女大吃一驚。據貝茨小姐說，起初珍自己也莫名其妙，百思不解，想不出會是誰訂購的；不過，她們現在終於確定了，認為只有一種可能性——當然，一定是坎貝爾上校送的。

「誰也不會想到是別人送的，」科爾太太接著說道，「不過，珍好像最近才收到他們的一封信，隻字未提這件事。她最瞭解他們的習慣，但我倒覺得，不能因為隻字未提，就斷定禮物不是他們送的。他們也許是想給她一個驚喜。」

許多人都同意科爾太太的看法，而且都為這份厚禮感到高興。也有一些人不這麼想，讓愛瑪可以一邊放任自己的想像力，一邊聽著科爾太太講下去。

「我敢說，我從沒聽過這麼令人高興的事！珍彈得那麼好，卻沒有一架鋼琴，真令我感到不甘心！尤其是當我想到，有許多人家放著好好的鋼琴沒人彈，真是太不像話了！昨天我還跟科爾先生說，我一看見客廳裡那架嶄新的大鋼琴，就感到羞恥，我自己連音符都分辨不清，而幾位小姐才剛剛開始學，也許一輩子也不會有出息。而珍真是夠可憐的，那麼有天賦，卻沒有一樣樂器供她使用，連一件最普通的舊琴也沒有。科爾先生完全同意我的看法，不過，他太喜歡音樂了，才忍不住買了鋼琴，希望有哪位好鄰居能夠賞光，偶爾來我們家彈一彈。我們正是出於這種考量，才買下這架鋼琴的。我們非常希望今晚能勞駕伍德豪斯小姐試試它。」

愛瑪得體地表示默認了。她發覺從科爾太太口中再也聽不到什麼新鮮事，便把臉轉向法蘭克。

「你笑什麼？」她問道。

「沒有，妳笑什麼？」

「我？我在想坎貝爾上校既有錢又慷慨，我是因為高興而笑的。這可是一件貴重的禮物啊。」

「非常貴重。」

「我覺得很奇怪，為什麼以前不送。」

「也許是因為費爾法克斯小姐從未在這裡待得這麼久。」

「也許是因為他不讓她用他們自己的琴，那架琴現在一定鎖在倫敦，沒有人去碰它。」

「那是一架大鋼琴，他可能覺得太大了，貝茨太太家放不下。」

「隨便你怎麼說。不過，你的表情卻說明自己的看法跟我是一樣的。」

「我也不知道，我想妳過獎了，我沒有那麼敏銳。我是因為妳笑才跟著笑的，也許還會因為妳懷疑也跟著懷疑；不過，我認為這件事沒什麼問題，如果不是坎貝爾上校送的，那還有誰呢？」

「你認為會不會是狄克生夫人呢？」

「狄克生夫人？很有可能，我沒想到狄克生夫人。她一定也像她父親一樣，知道送鋼琴是最棒的。這件事做得既神秘又突然，也許更像是一位年輕女士策劃的，而不是上了年紀的人。我敢說就是狄克生夫人，我跟妳說過，妳懷疑什麼我也會跟著懷疑。」

「要是這樣的話，你得把嫌疑人的範圍再擴大一點，把狄克生先生也算進去。」

「狄克生先生？有道理，是的，我想到了，這一定是狄克生夫婦一起送的。妳知道，我們那天還說過，狄克生先生很讚賞費爾法克斯小姐的演奏。」

「是呀，這件事證實了我原本的一個看法。我倒不是懷疑狄克生先生或費爾法克斯小姐的好意，而是情不自禁地懷疑：也許是他向她的朋友求婚後，卻不幸又愛上了她；或是他察覺出她對他有點意思。也許我猜錯了，不過我敢說，她不跟坎貝爾夫婦去愛爾蘭，卻寧可回海伯里，其中一定大有文章。她在這裡只能過著貧苦的生活，在那裡卻可以盡情享樂。至於說想呼吸家鄉的空氣，我看那只是個藉口罷了。如果是夏天就算了，但是在一月、二月、三月，家鄉的空氣能給人帶來什麼好處呢？像她這麼嬌弱的人最需要的是溫暖的爐火跟舒適的馬車。我並不要求你認同我的觀點，不過，我還是老實告訴你我的懷疑。」

「說真的，妳的懷疑有著充分依據。狄克生先生喜歡聽她彈琴，不喜歡聽她的朋友彈琴，我看這再明顯不過了。」

「還有，他救過她的命。你聽說過這件事嗎？一次他們去海上，她差一點從船上跌下去，狄克生一把抓住了她。」

「的確，是這樣，當時我也在場。」

「真的嗎？但你似乎什麼端倪也沒看出來。要是我在場的話，一定會發現一些秘密的。」

「也許妳會，但我是個頭腦簡單的人，只看見表面。那是一瞬間的事，儘管引起了不小的震驚，而且還維持了很久——應該有半個小時——我們才又冷靜下來，大家都很驚慌，所以看不出誰特別焦急。不過，也許妳真的能發現什麼秘密。」

說到這裡，他們中斷了談話。這時正是兩道菜之間的空檔，他們不得不忍受這尷尬的場面，學別人一樣一本正經、沉默不語。不過，等餐桌上又擺滿了菜餚，碟子也擺好之後，大家又變得無拘無束，大快朵頤起來。這時，愛瑪說道：

「我看，這架鋼琴背後一定大有玄機。相信我吧！我們很快就會聽說，這是狄克生先生送的禮物。」

「如果狄克生夫婦矢口否認，說他們一無所知，那我們就只好斷定是坎貝爾夫婦送的。」

「不，我敢說不是坎貝爾夫婦送的。費爾法克斯小姐也很明白，不然她一開始就猜得到，而且也不會那麼迷惑不解。你想必不相信我的話，但我卻百分之百確信，狄克生先生是這件事的主謀。」

「妳真是冤枉我了，我完全相信妳的推理。起初，我聽妳說鋼琴是坎貝爾上校送的，便把這件事視為一種父愛的表現，覺得再自然不過；後來又聽妳提到狄克生夫人，就覺得這更像是朋友之間出於友情贈送的禮物。而現在，我只能把它想成是一件表示愛情的禮物。」

這個問題不必再深究了，法蘭克似乎對她深信不疑。愛瑪沒有再說下去，而是轉到了其他話題。晚飯吃完了，甜食上桌了，孩子們也來了，大家像往常一樣交談著，誇獎了孩子幾句。有的人說話充滿睿智，有的人愚不可及，而絕大多數的話既不睿智，也不愚蠢，只不過是些老生常談，跟過時的消息、笑話罷了。

女士們剛在客廳裡坐下，其他女賓也陸續抵達了。愛瑪看見她的好朋友走進來，即使她不讚揚她的端莊優雅，至少也不會只欣賞她那如花的嬌媚和樸實的儀態，還會欣賞她那輕鬆愉快的性格，正是這種性格讓她在失戀時還能聊以自慰，減輕自己的痛苦。誰知道她最近流了多少淚呢？能和大家待在一起，打扮得漂漂亮亮，露出笑盈盈的表情，嘴裡什麼也不說，這就夠令人愉快了。珍看起來更加漂亮，也更有風度；不過愛瑪心想，她說不定樂意結識哈麗葉，樂意拿被有婦之夫愛上的那種危險樂趣，去交換哈麗葉失戀的痛苦。

在這麼多人的場合下，愛瑪用不著去接近她。她不願意談那架鋼琴的事，反正她早已完全掌握了這個秘密；但又覺得必須流露出好奇的樣子，因此故意跟她隔得遠遠的。當別人扯到了這件事時，她發現珍的臉紅了，雖然嘴上說著「我的朋友坎貝爾上校」，臉上卻因心虛而漲紅。

韋斯頓太太是個好心人，又喜歡音樂，對這件事格外感興趣，不斷地談論著，愛瑪不禁覺得好笑。這位太太對音色、彈性和踏板有很多話想說，全然沒有察覺對方一心想迴避這件事。

沒多久，幾位男士也進來了。法蘭克是第一個，也是最英俊的一個。他從貝茨小姐和她外甥女身邊走過，向她們問了好，然後就徑直朝愛瑪走去。起初他一直站著，後來才找了個座位坐下。愛瑪猜得出在場的人們心裡是怎麼想的：她是他的目標，無庸置疑。她把法蘭克介紹給哈麗葉，後來又聽到他們談起了對彼此的看法。「我從沒見過這麼美麗的臉龐，還有她的天真。」哈麗葉卻說：「的確，大家把他捧得太高了，不過我看他長得有點像艾爾頓先生。」愛瑪壓住了心中的怒火，一聲不吭地轉過臉去。

她和法蘭克向珍瞥了一眼，不約而同發出會心一笑。法蘭克告訴愛瑪，他剛才迫不及待想離開餐廳，他不喜歡坐得太久，幾乎每次都是第一個離開的，但是他父親、奈特利、考克斯先生和科爾先生還待在那裡討論教區的事務；不過，待在那裡也很愉快，因為他發現他們是一群富有紳士風度、又通情達理的人。他還對海伯里大加讚揚，覺得這裡有許多不錯的人家。聽了這番話，愛瑪覺得自己過去太看不起這個地方了。她向他問起約克郡社交界的情形，還有恩斯坎比的鄰居，以及各式各樣的問題。從他的回答可以聽出，恩斯坎比與鄰居不常互動，只跟一些上流人家來往；即使日期訂好了，也同意接受邀請，還有可能因為邱吉爾太太身體欠安，或情緒不佳，而臨時失約。他們一家從不去拜訪新來的鄰居。法蘭克雖然有自己的約會，但若真的想順利赴約，或是留朋友住一宿，也並不容易呢！

愛瑪認為，對於一個喜歡出門的年輕人來說，恩斯坎比絕不是個理想的家，反倒是海伯里更適合他。法蘭克在恩斯坎比的重要性是顯而易見的。他並不自誇，卻自然而然地流露出來：有的事他舅舅無能為力，只有他能說服舅媽——他可以說服舅媽任何事情，除了一兩件事例外，例如出國。他一心渴望去旅行，但是舅媽就是不同意。這是去年的事，至於現在，他說自己已漸漸打消了這個念頭。

至於另一個例外，他沒有提到，愛瑪猜想是要好好對待他父親。

「真是不幸，」他躊躇了一會兒，說道，「到了明天，我在這裡就已經待了一週了——剛好是一半時間。我覺得日子從沒過得這麼快過，明天就一個禮拜了！而我還沒玩得過癮呢！而且才剛認識了韋斯頓太太和其他人，我真不願想起這件事。」

「也許你會後悔，時間已經夠短了，你卻花了一整天去理髮。」

「不，」他笑著說，「這根本沒什麼好後悔的。要是我不能打扮得有模有樣的話，我是不喜歡跟朋友見面的。」

這時，其他幾位男士也來到了客廳，愛瑪不得不先離開法蘭克，聽科爾先生說話。等他離開後，她又將注意力轉回法蘭克。她發現他兩眼緊盯著房內另一頭的珍。

「怎麼了？」她問。

法蘭克嚇了一跳，「謝謝妳叫醒了我，」他答道，「我想我剛才太無禮了。不過老實說，費爾法克斯小姐的髮型真是奇特——太奇特了！我忍不住想盯著她看。我從沒見過那麼奇特的髮型！一定是她自己設計的，我得過去問問她，那是不是愛爾蘭的髮型。可以嗎？是的，我要去，非去不可。妳等著看她的反應，看她會不會臉紅。」

他說完就去了。愛瑪看見他站在珍的面前，跟她說話，但是卻剛好站在她們兩人之間，以致於愛瑪根本看不到那位年輕小姐的反應。

他還沒回到座位，韋斯頓太太就坐到了他的椅子上。

「這就是大型聚會的好處了，」她說，「想接近誰就接近誰，愛說什麼就說什麼。親愛的愛瑪，我真想跟妳聊聊。就跟妳一樣，我也看出了一些事情，想趕緊講給妳聽聽。妳知道貝茨小姐和她的外甥女是怎麼來的嗎？」

「怎麼來的？她們是被邀請來的，是吧？」

「哦！是的。但她們是怎麼到這裡來的？用什麼方式來的？」

「我想是走來的，不然還有什麼可能呢？」

「一點也沒錯。嗯，所以我在想，等到了深夜——最近夜裡那麼冷，要叫費爾法克斯小姐走回家，那多可憐啊！我不忍心讓她用走的，所以當韋斯頓先生進來客廳，我就向他提起了馬車的事。妳可以想像，他非常爽快同意了我的請求。我馬上走到貝茨小姐面前，叫她儘管放心，我們的馬車會先送她回家，再回來載我們。我想她一聽到這句話，一定會馬上放下心來。妳一定覺得她會感激不盡。但是她道謝之後，卻又說：『不必麻煩你們了，因為是奈特利先生的馬車載我們來的，而且還會送我們回去。』我很驚訝，但也非常高興。真是個好人呀！一個男人通常不會想到這種事的。總之，憑我對他一貫的瞭解，我倒覺得他是為了她們，才駕車來的。我懷疑，如果只是他自己要坐，根本用不到兩匹馬，那只是為了幫助她們的藉口罷了。」

「很有可能，」愛瑪說，「據我所知，奈特利先生最有可能做這種事了——這種善良的、有益的、周到的事情。他不是個愛獻殷勤的人，卻是個道德高尚的人。由於珍的身體不大好，他認為這是一種合乎人道的行為。為善不欲人知，也只有奈特利先生會這麼做了。我知道他今天租了馬，因為我們是一起到達的，我還為此取笑了他幾句，但他什麼都沒說。」

「嗯，」韋斯頓太太笑著說道，「在這件事上，妳把他看得既單純又無私，完全出於一片善心，但我可不這麼想。當貝茨小姐說話時，我就起了疑心，而且越想越覺得很有可能。簡單來說，我把奈特利先生和珍配成了一對。妳有什麼看法嗎？」

「奈特利先生和珍？」愛瑪驚叫道，「親愛的韋斯頓太太，妳怎麼會這樣想呢？奈特利先生？奈特利先生可不能結婚！妳總不會希望小亨利被趕出唐維爾吧？哦！不，不，亨利必須繼承唐維爾。我絕不贊成奈特利先生結婚，而且我相信這絕不可能。妳居然會這樣想，真令我吃驚。」

「親愛的愛瑪，我會這麼想的原因，我已經告訴妳了。我並不希望他們結婚——我可不想傷害親愛的小亨利——不過，當時的情況卻讓我這樣想。如果奈特利先生真的想結婚的話，妳總不會要他因為亨利而不結婚吧？亨利只是個六歲的孩子，根本不懂這種事。」

「是的，我的確是這麼想的。我可不忍心讓小亨利被人趕出去。奈特利先生結婚？不，我從來沒這樣想過，現在也無法這樣想。再說，那麼多女人，卻偏偏看上珍．費爾法克斯？」

「不僅如此，他一向最喜歡她，這點妳很清楚。」

「但是這門親事太輕率了！」

「我不管輕不輕率，只想可不可能成真。」

「我可看不出有任何可能性，除非妳能提出更充分的根據。我說過，他心地好、為人厚道，這就足以說明他備馬的原因。妳知道，撇開珍不說，他對貝茨一家人一向很尊重，而且總是關心她們。親愛的韋斯頓太太，別亂幫人家做媒了！妳的想法簡直異想天開，讓珍做唐維爾寺的主人？噢！不！千萬不行，為了他著想，我不能讓他做出這種瘋狂的事。」

「也許是有些輕率，但不能說是瘋狂。除了雙方財產不對等、年齡也有點懸殊以外，我看不出有哪裡不匹配的。」

「可是奈特利先生並不想結婚呀！我敢說他根本沒有這種打算，不要灌輸他這種想法。他何必結婚呢？他一個人就過得很好了，有自己的農場、羊群、書房，還得管理整個教區；他還十分喜歡他弟弟的孩子。無論是為了消磨時間，還是為了尋求精神安慰，他都沒有必要結婚。」

「親愛的愛瑪，隨便他怎麼想都行。不過，要是他真的愛上了珍——」

「胡說！他才不喜歡珍呢！我敢說沒有這回事。為了珍，或是她家裡的人，他什麼好事都樂意做的，但是——」

「好了，」韋斯頓太太笑呵呵地說道，「也許，他能為她們做的最大的好事，就是給珍一個好的歸宿。」

「如果這對珍是好事的話，我看對奈特利先生自己就是壞事了。這麼丟臉又有失身分的婚事，他怎麼能忍受跟貝茨小姐成了親家？要她三天兩頭跑到唐維爾寺，感謝他大發慈悲娶了珍嗎？『真是好心，真是幫了大忙！不過你一向是個和藹可親的好鄰居呀！』說著說著，忽然又扯到她母親的那條舊裙子，『倒不是說那條裙子很舊，其實還能穿好久呢！謝天謝地，我們的裙子都挺耐穿的。』」

「真不像話！愛瑪，別學她了。妳一直逗我笑。說真的，我並不覺得奈特利先生討厭貝茨小姐，他不會為一些小事心煩。雖然貝茨小姐總是喋喋不休，但要是奈特利先生想講什麼話，他只要講得大聲一點，蓋過她的聲音就行了。不過，問題不在於這門親事對他好不好，在於他願不願意。我看他是願意的，妳也一定聽他說過，他非常欣賞珍，而且還關心她的健康，擔心她將來的幸福！我聽他說得情深意切，他還讚美她琴彈得多好，嗓子有多美呢！哦！我差一點忘了一件事——就是她收到的那架鋼琴，儘管我們都以為是坎貝爾家送的禮物，但會不會是奈特利先生送的呢？我忍不住要懷疑他。依我看，他即使沒愛上她，也可能做出這種事來。」

「那也不能證明他愛上了她呀！不過，我看這件事不可能是他做的，奈特利先生從不故弄玄虛。」

「我聽他三番兩次地惋惜她沒有鋼琴。一般來說，他不該一直把這麼一件事掛在嘴邊。」

「不見得吧！要是他打算送她一架鋼琴，會事先對她說的。」

「也許是不好意思，親愛的愛瑪。我看八成是他送的，吃飯時科爾太太跟我們講起這件事，我看他一句話都沒說。」

「妳一冒出一個想法，就會想入非非，虧妳還常常這樣教訓我呢！我看不出墜入情網的跡象，也不相信鋼琴是他送的；除非拿出證據，否則我絕不相信奈特利先生想娶珍！」

她們就這樣又爭執了一會，愛瑪當然佔了上風，因為韋斯頓太太總是讓她。後來，屋裡開始有人在忙碌，正在準備鋼琴，她們才停止爭論。就在這時候，科爾先生走了過來，請愛瑪賞個臉，試彈鋼琴。愛瑪剛才顧著跟韋斯頓太太說話，一直沒注意法蘭克，只知道他坐在珍的旁邊；這時只見他也在科爾先生後面，一起請她彈琴。愛瑪一向喜歡當第一，所以便欣然答應了。

她知道自己才藝有限，只彈了拿手的曲子。她彈得倒是不乏韻味，加上邊彈邊唱，頗為動聽。她聽見有人正陪著她一起唱，不禁又驚又喜。原來是法蘭克，他正輕聲而準確地唱起了二聲部。歌一唱完，他請愛瑪見諒，接下來又是一樣——大家都誇他嗓子好，他卻拚命否認，說自己對音樂一竅不通，嗓子也不好。兩人又合唱了一曲，然後愛瑪就讓位給珍了。無論是彈琴還是唱歌，珍都遠勝於她，她從不否認這一點。

鋼琴旁坐著許多人，愛瑪懷著複雜的心情，在不遠處坐下聆聽。法蘭克又唱起來了，看來他們曾在韋茅斯合唱過幾次；不過，一見奈特利聽得那麼入神，愛瑪開始心不在焉。她想起了韋斯頓太太的懷疑，也開始胡思亂想。她反對奈特利結婚，這一想法依然沒有改變，她覺得那樣做只有壞處。那會讓約翰失望，也會讓伊莎貝拉失望；那幾個孩子也要倒楣了——他們會面臨苦不堪言的變化；而她父親的日常樂趣要大打折扣，至於她自己，一想到珍要成為唐維爾寺的女主人，心裡就無法容忍。不！奈特利說什麼也不能結婚，小亨利一定得當唐維爾的繼承人。

過了不久，奈特利回過頭看了看，走過來坐在她身邊。起初兩人只談論這次演唱，奈特利當然是讚不絕口，要不是因為韋斯頓太太的一番話，她也不會覺得有什麼大不了的。她有心試探一下，便談起了他派馬車去載貝茨一家的事。他隨口敷衍兩句，結束了這個話題，愛瑪卻以為，那正說明了他不願多談這件事。

「我經常感到不安，」愛瑪說，「我不敢在這種場合隨便使喚馬車。倒不是我不想，而是你知道，我父親認為不應該讓詹姆士去做這種事。」

「是的，是不應該，」奈特利回答，「不過，我想妳一定常這麼希望。」他笑了笑，似乎感到很高興，愛瑪只好繼續問下去。

「坎貝爾夫婦的這份禮物——」她說，「他們真是太好了，送了這架鋼琴。」

「是呀，」奈特利答道，臉上毫無變化，「不過，要是他們事先說一聲，不是更好嗎？出其不意地送禮太愚蠢了，不僅不會讓人高興，還會給人添麻煩。我還以為坎貝爾上校會理智一些。」

這一來，愛瑪便確定了奈特利跟鋼琴毫無關係。不過，他是否沒有任何特殊的感情——是否沒有一點偏愛——這個疑團卻還無法完全打消。當珍快唱完第二首歌時，聲音變得有些沙啞。

「好了，」歌一唱完，愛瑪自言自語道，「今晚妳唱得夠久了，好了，別唱了。」

但是，又有人要求她再唱一曲。「再來一首？我們可不想累壞費爾法克斯小姐，只要再唱一首就好。」這時，法蘭克說道，「我想，妳唱這首歌一點都不費力。前一小段沒什麼困難，重點在第二段。」

奈特利忽然生氣了。

「那個傢伙，」他氣憤地說道，「一心只想賣弄自己的嗓子，那可不行！」貝茨小姐剛好從旁邊走過，他輕輕碰了碰她，「貝茨小姐，妳瘋了嗎？讓妳的外甥女這樣把嗓子都唱啞了？快去幫一下她。」

貝茨小姐的確為珍擔心，連一句道謝的話都來不及說，就跑過去阻止兩人再唱下去。

就這樣，晚上的音樂節目宣告結束，因為能彈會唱的年輕女士就只有愛瑪與珍。可是沒過多久，又有人提議跳舞，科爾夫婦也表示贊同。所有傢俱都被迅速挪走了，騰出了足夠的場地。韋斯頓太太擅長演奏鄉間舞曲，便坐下彈起了一首迷人的華爾滋。法蘭克帶著殷勤的姿態走到愛瑪面前，拉起她的手，把她領到了上位。

正當其他年輕人還在找舞伴的時候，法蘭克趁機誇她嗓子好，唱得有韻味；可是愛瑪無心理會他，只是東張西望，想看看奈特利怎麼了——這可是一大考驗，他平常總是不跳舞，要是他急著想跟珍跳的話，那就存在某種含意。不過，一時間還看不出什麼跡象，因為他正在跟科爾太太說話，一邊漫不經心地朝一旁觀望，根本不管有人邀請珍跳舞。

愛瑪不再為亨利擔心了，他的權益還是有保障的。她滿懷喜悅跳起舞來。現場只湊起了五對舞伴，但越是這樣，就越是愉快；再說，她覺得自己的舞伴那麼完美，他們這一對又最惹人注目。

遺憾的是，總共才跳了兩支舞。時候不早了，貝茨小姐惦記母親，急著想回家，儘管有人想再跳一支，但她說什麼也不肯，大家只好意興闌珊地收場了。

「也許這樣也好，」法蘭克送愛瑪上車時，說道，「要不然，我就不得不請費爾法克斯小姐跳舞。跟妳跳過之後，再面對她那無精打采的模樣，會讓我覺得提不起勁。」

第二十七章

愛瑪對於屈尊參與這次晚會並不後悔。到了隔天，她心裡還留下許多愉快的回憶。她打破了深入簡出的習慣，這也許是一種損失，但她大受歡迎，出盡了風頭，充分彌補了這種損失。她一定讓科爾夫婦非常高興——他們都是好人，應該讓他們高興！她還留下了一個令人難忘的好名聲。

只有兩件事使她感到不安：她把珍的秘密洩露給了法蘭克，心想這樣是否違背了女人之間的默契。也許這麼做是不正當的，但她心裡的執念太過強烈，忍不住脫口而出。不過，法蘭克一直老老實實聽下去，代表她的看法沒錯，這樣一來，也許說出來也沒什麼不好。

另一件使她懊惱的事也跟珍有關。毫無疑問，自己的才藝遠遠不如人，愛瑪的確為此感到難過，後悔小時候太懶散，於是便坐下來，發奮苦練了一個半小時。

後來，哈麗葉進來了，才打斷了她的練習。假如哈麗葉的讚美能為她帶來滿足的話，也許她馬上就會感到欣慰的。

「唉！要是我能彈得跟妳和費爾法克斯小姐一樣好，那就好了！」

「別把我們相提並論，哈麗葉，我彈得沒有她好，就像燭光與陽光相比一樣。」

「哦！天哪，我認為還是妳彈得比較好。我看妳彈得跟她一樣好，說真的，我比較喜歡聽妳彈。昨天晚上，大家都誇妳彈得好。」

「凡是內行人都能分出高下。事實上，哈麗葉，我的水準只夠讓人誇獎，但珍卻彈得好多了。」

「但我還是認為妳彈得跟她一樣好，即使有什麼高低之別，也沒有人聽得出來。科爾先生說妳彈得很有韻味，法蘭克先生也誇讚妳，他說自己把韻味看得比技巧來得重要。」

「唉！可是珍卻兩者兼具呀！哈麗葉。」

「妳確定嗎？我看得出她有技巧，但我並不覺得她有什麼韻味。誰也沒有說過。我不喜歡聽義大利歌曲，一句也聽不懂；再說，妳也知道，她必須彈得好才行，因為她還得教別人呢！昨天晚上，考克斯姐妹還在想她能不能嫁到哪戶好人家。妳覺得考克斯姐妹看起來如何？」

「就跟平常一樣——庸俗至極。」

「她們告訴我一件事，」哈麗葉支支吾吾地說，「但也不是什麼重要的事。」

愛瑪忍不住想追問到底，儘管怕她又提到艾爾頓。

「她們告訴我，馬丁先生上禮拜六跟她們一起吃飯。」

「噢！」

「他有事去找她們的父親，是她們的父親留他吃飯的。」

「噢！」

「她們不停地談論他，尤其是安妮。我也不知道她是什麼意思，反正她問我今年夏天還想不想再去那裡住。」

「她的意思就是無禮地打探別人的私事。安妮就是這種人。」

「她說他在她們家吃飯那天真討人喜歡。他就坐在安妮旁邊，奈許小姐說，考克斯姐妹都很樂意嫁給他。」

「很有可能，我看她們兩個都是海伯里最俗氣的女孩。」

哈麗葉要去福特商店買東西。愛瑪覺得，為了小心起見，最好還是陪她一起去。說不定又會不小心遇到馬丁家的人，以哈麗葉現在的心情來說，那樣十分危險。

哈麗葉對一切事物都很喜歡，也容易被人左右，因此買東西往往會花很長的時間。就在她盯著細紗布猶豫不決的時候，愛瑪走到門口想看看熱鬧。在海伯里，即使是最熱鬧的地段，也未必能看到多少行人，因此她期望看到的不外乎是佩里先生匆匆走過去、威廉·考克斯先生走進律師事務所、科爾先生家的馬剛散步結束、郵差騎著一頭騾子在閒晃。事實上，她只看到肉販手裡拿著托盤、一個老太太提著一籃東西走出了店門、兩條惡狗正在爭一根髒骨頭、一群調皮的孩子圍在麵包店的窗前緊盯著薑餅。不過，她倒覺得挺有趣的，便一直站在門口。即使什麼都看不見也沒關係，反正別看到不合自己意的東西就好。

她朝前往蘭道爾的路上望去。那裡出現了兩個人，是韋斯頓太太和法蘭克，他們來了海伯里，想必正要去哈特菲爾德；不過，他們先走到貝茨的一家門口——貝茨家比福特商店更接近蘭道爾。兩人正要敲門，忽然看見了愛瑪，便立刻從對街走過來。由於昨天大家玩得很開心，見面時格外高興。韋斯頓太太告訴愛瑪，他們正要去貝茨太太家，聽聽那架新鋼琴的聲音。

「法蘭克告訴我，我昨晚答應過貝茨小姐說今天早上要來。雖然我什麼都不記得，但是他說得信誓旦旦，所以我就來了。」

「趁韋斯頓太太去串門子的時候，」法蘭克說，「我希望妳們能允許我跟妳們同行，如果妳要回家的話，我就在哈特菲爾德等韋斯頓太太。」

韋斯頓太太有些失望。

「我還以為你要跟我一起去呢！要是你出現了，她們一定會很高興的。」

「我？我會礙事的。不過——也許我在這裡也會礙事。看樣子，伍德豪斯小姐似乎並不歡迎我，每次我舅媽買東西的時候，總會把我支開，說我太煩人了；看來伍德豪斯小姐也會這麼說。我該怎麼辦呢？」

「我不是來辦事的，」愛瑪說，「我只是在等朋友。她可能馬上就買好了，然後我們就會回家。不過，你最好還是陪韋斯頓太太去。」

「好吧，要是妳也希望我去的話。不過，」法蘭克微微一笑，「如果坎貝爾上校委託的是個粗心的朋友，要是鋼琴的音質不好——那我該怎麼辦呢？我可不會學韋斯頓太太說好話。她自己去也許比較好，不中聽的話被她一說也變得中聽了，但我不擅長說謊。」

「我才不相信你呢！」愛瑪答道，「我相信，必要的時候，你也會跟別人一樣口是心非。不，那架鋼琴音質應該不會不好。其實，要是昨晚我沒有誤會費爾法克斯小姐的意思的話，事實應該恰恰相反。」

「要是你願意去的話，」韋斯頓太太說，「就陪我一起去吧！我們不會待太久，然後就去哈特菲爾德。她們先回去，我們隨後再上門。我真希望你能陪我去，人家會覺得這是多大的面子啊！我一直以為你想去。」

法蘭克不再說話了，跟著韋斯頓太太回到貝茨家門口。愛瑪目送他們走進屋子，然後就來到櫃台前，站在哈麗葉身旁。她費盡心思想讓哈麗葉明白，如果她想買素色薄紗，就不必去看花色布料；藍色緞帶再怎麼漂亮，跟她的黃色衣料也不搭。最後，終於決定好要買的東西，也說好了送貨地址。

「要我送到哥達太太家嗎？小姐，」福特太太問道。

「不——對，送到哥達太太家。但我的樣本還留在哈特菲爾德呢！還是請妳送去哈特菲爾德吧。不過，哥達太太想先看看，樣本什麼時候都可以帶回家，可是這條緞帶馬上就要用——所以，最好送到哈特菲爾德——至少把緞帶送過去。可以請妳分成兩包嗎？福特太太。」

「用不著勞煩福特太太，哈麗葉。」

「那就不麻煩了。」

「一點也不麻煩，小姐。」福特太太熱心地說道。

「哦！我真希望包成一包。那就請妳全都送到哥達太太家吧！我也不知道——不行，伍德豪斯小姐，我看還是送到哈特菲爾德，我晚上再拿回家，妳說呢？」

「妳不要再猶豫了，請送到哈特菲爾德吧，福特太太。」

「啊，太好了，」哈麗葉滿意地說，「其實我根本不想送到哥達太太家。」

這時，外面有人說著話，一邊朝商店走來。那是兩位女士，說話的正是其中的一位，原來是韋斯頓太太和貝茨小姐。

「親愛的伍德豪斯小姐，」貝茨小姐說，「我專程跑來請妳賞個臉，去我家稍坐一會，談談對我們那架新鋼琴的看法。史密斯小姐也一起去。妳好嗎？史密斯小姐。很好，謝謝，我拜託韋斯頓太太跟我一起來，務必請妳們跟我回家。」

「希望貝茨太太和費爾法克斯小姐都——」

「都很好，多謝妳的關心。我母親身體很好，珍昨晚有些著涼。伍德豪斯先生怎麼了？聽說他身體很好，我真高興。韋斯頓太太告訴我妳在這裡，我說：『噢！那我一定得跑一趟，我想伍德豪斯小姐一定會允許我邀請她的。我母親一定很樂意見到她，現在我們家裡又來了貴賓，她不會拒絕的。』法蘭克先生也說：『伍德豪斯小姐對鋼琴的看法值得一聽。』我說：『可是，要是有人肯跟我一起去，我就更有把握請到她了。』法蘭克說：『等我一下，讓我把手邊的事忙完。』妳相信嗎？伍德豪斯小姐，天底下沒有比法蘭克更熱心的人了，他在替我母親的眼鏡裝螺絲呢！那根螺絲是今天早上掉的。真是太熱心了！我母親已經不用這副眼鏡了——不能戴了。順帶一提，所有人都該配兩副眼鏡，是的，珍也是這麼說的。我今天本來打算把眼鏡拿去約翰・桑德斯那裡修，可是早上的事情太多了，一直沒去成。一下子是帕蒂跑來說廚房的煙囪要清掃，我對她說：『哎！帕蒂，別拿這種事來煩我。瞧！老太太眼鏡上的螺絲掉了。』一下子是瓦里斯太太叫孩子送來了烤蘋果。他們一家總是對我們這麼客氣，有人說瓦里斯太太脾氣不好，講話很難聽，但我從未遇過這種事。這倒不是看在我們是客人的份上，畢竟，我們一家才三口，能吃多少麵包呢？再說，親愛的珍幾乎吃不下什麼東西，妳要是看見她的胃口，一定會大吃一驚。我不敢讓我母親知道珍吃得這麼少。可是中午的時候珍肚子餓了，就吃了很多烤蘋果，這對身體有好處，因為那天我問過佩里先生——我是碰巧在街上遇見他的。倒不是說我過去曾經懷疑——我常聽伍德豪斯先生勸人家吃烤蘋果。我想伍德豪斯先生認為，只有這樣吃蘋果才對身體有益；不過，我們比較常吃蘋果布丁。好了，韋斯頓太太，我想妳已經說服兩位小姐了吧？」

愛瑪說了幾句「非常樂意」之類的話。於是，幾個人終於走出了商店。臨走前，貝茨小姐又說道：

「妳好！福特太太。請妳原諒我剛才沒看見妳，聽說妳從倫敦採購了一批漂亮的新緞帶。珍昨天回來時很高興，謝謝妳，那副手套很合適——只是腕口太大了一些，不過珍正在改小。」

「我剛才說了什麼？」等大伙兒回到街上，她又說起來了。

愛瑪心想，她東扯西扯地說了一大堆，誰知道她又要談哪一件事。

「老實說，我想不起剛才說了什麼。啊！我母親的眼鏡，法蘭克先生真是個熱心的人啊！他說：『我認為我應該能把螺絲裝回去，我最喜歡做這種事了。』妳知道，這說明他非常──我必須說，雖然我曾聽過不少有關他的事，也猜了不少，但他真是好得沒話說。韋斯頓太太，我向妳表示由衷的祝賀，他就像一對慈愛的父母教出的孩子，我們永遠忘不了他的熱心。當我從食品櫃拿出烤蘋果，希望他能賞臉吃一些，他馬上就說：『哦！沒有比這更好的水果了，我從沒見過這麼漂亮的烤蘋果。』妳知道，這些話真是──我認為這絕對不是客套話。那些烤蘋果真令人喜愛，瓦里斯太太烤得真棒──可惜我們只烤兩次，伍德豪斯先生說最好烤三次，不過伍德豪斯小姐是不會在乎的。毫無疑問，那些蘋果本身就是好的材料，都是產於唐維爾──奈特利先生慷慨贈送的，他每年都送我們一麻袋。我想他應該有兩棵蘋果樹，我母親說，那個果園從以前就很有名；不過，那天我真是大吃一驚──因為那天早上奈特利先生來了，珍正在吃蘋果，於是我們就聊起了蘋果，說珍多麼喜歡吃，奈特利先生就問我們是不是快吃完了。『我看妳們大概快吃完了，我再送一些給妳們吧！我家裡還有好多，怎麼也吃不完。今年威廉．拉金斯留下了不少給我。我要再送妳們一些，以免腐爛了可惜。』我拜託他別送，雖然我們的確快吃完了──我絕不敢說還剩很多，因為其實只剩五六個，而那幾個還得留給珍，但我不好意思收他的禮物，雖然他早已送了那麼多。珍也是這麼說的。奈特利先生走了以後，珍差點跟我大吵一架──也不算吵架，我們從未吵過架；不過，我承認蘋果快吃完了，她聽了很不高興。她怪我沒跟奈特利先生說我們還剩很多。哎！不過，該說的我都說了。就在那天晚上，威廉送來了一大籃蘋果，就是同樣品種的。我非常感激，就下樓跟威廉聊了起來，我們可是老朋友了！之後，我從帕蒂那裡得知，威廉說他的主人一顆蘋果也不剩了。不過他似乎並不在乎，一想到主人賣掉了更多，他就覺得很高興，他總是把主人的收成看得比什麼都重要。但是霍奇斯太太似乎不太高興，因為她的主人今年春天再也吃不到蘋果餡餅了。威廉把這件事告訴帕蒂，叮嚀她別跟任何人講，因為霍奇斯太太會生氣的。反正，賣了那麼多袋蘋果，剩一點送別人也無所謂。帕蒂是這樣說的，我的確大吃一驚！這件事我絕不能讓奈特利先生知道，他會非常──我本來也想瞞著珍，但卻糊裡糊塗地說溜了嘴。」

貝茨小姐剛把話說完，帕蒂就打開了門。客人們走上樓，貝茨小姐一邊在後面好心地提醒大家注意安全。

「請小心，韋斯頓太太，轉彎處有一個台階。請小心，伍德豪斯小姐，我們的樓梯太暗了，又暗又窄。史密斯小姐，請小心。伍德豪斯小姐，妳沒有撞到腳吧？史密斯小姐，小心轉彎處的台階。」

第二十八章

她們走進那間客廳，裡面安安靜靜的。貝茨太太沒有在做平常做的事，而是坐在火爐邊打瞌睡；法蘭克坐在隔壁的一張桌子旁，正聚精會神地修理眼鏡；珍則背對他們站著，目不轉睛地望著鋼琴。

那位年輕人雖然正忙著，但是一見到愛瑪，仍露出一副喜不自禁的表情。

「真令人高興，」他說，聲音壓得很低，「比我預料的早了十分鐘。妳看！我想幫點忙，妳覺得我修得好嗎？」

「什麼？」韋斯頓太太說，「還沒修好啊？要是你是個工匠的話，按照這樣的速度，可賺不到什麼錢。」

「我又不是以修眼鏡為生，」法蘭克答道，「我剛才幫費爾法克斯小姐把鋼琴放穩，原來不大穩，可能是因為地板不平；妳看，我們已經在一支琴腳下墊了紙。妳來了，真好，我還擔心妳趕著回家呢！」

他讓愛瑪坐在身邊，為她挑了一顆最好的烤蘋果，還請她幫忙，指點他修眼鏡，直到珍再一次在鋼琴前坐下。愛瑪心想，珍之所以動作這麼慢，全是因為心神不寧。她剛得到這架鋼琴，心裡難免激動，必須冷靜一下才能彈奏。無論這種心情的起因為何，愛瑪只能表示同情，並盡可能不洩露給她旁邊的人知道。

珍終於開始演奏了。儘管最初的幾小節彈得有氣無力，但鋼琴的品質逐漸顯露出來。韋斯頓太太跟以往一樣，聽得十分愉快。愛瑪也讚嘆不已。還有那架鋼琴，經過各種嚴格的鑑定之後，證實是高級品。

「不管坎貝爾上校委託的是誰，」法蘭克說，一邊朝愛瑪笑了笑，「他都沒有挑錯人。我在韋茅斯常聽人提到坎貝爾上校很有鑑賞力，我敢說，他們都很講究高音的柔和。費爾法克斯小姐，我想，他也許曾仔細叮嚀那位委託的朋友，或是親自寫了信給布羅德伍德琴行。妳覺得呢？」

珍沒有回頭，因為韋斯頓太太也正在跟她說話。

「這樣不好，」愛瑪小聲說道，「那是我亂猜的，別惹她難過。」

法蘭克笑著搖了搖頭，似乎既不懷疑也不憐憫。不久後又說道：

「費爾法克斯小姐，妳現在這麼快樂，妳在愛爾蘭的朋友一定為妳感到高興。我敢說，他們經常想到妳，心想鋼琴什麼時候才會送到。妳認為坎貝爾上校知道這件事的進展嗎？妳認為這是他直接委託的呢？還是只是訂貨，而沒有說好送達時間呢？」

珍不能再置若罔聞了，她不得不作出回答。

「在收到坎貝爾上校的來信之前，」她故作鎮靜說道，「我只能猜測罷了。」

「猜測——啊！人有時會猜對，有時會猜錯——但願我能猜到自己還要花多久才能把這顆螺絲裝好。伍德豪斯小姐，人在全神貫注下說的話，全是胡說八道。我想，真正的工匠是不會開口的，但我們這些人卻總是心不在焉——費爾法克斯小姐提到了『猜測』。瞧！裝好啦！太太，」他對貝茨太太說，「我很高興幫妳把眼鏡修好了，現在沒問題了。」

那對母女誠摯地向他道謝。為了避開那位女兒，法蘭克走向鋼琴，請珍再彈一曲。

「要是妳肯賞臉的話，」他說，「那就彈一首我們昨晚上跳過的華爾滋，讓我重新回味一遍吧！妳不像我那麼樂在其中，總是無精打采的。我想，昨晚散會時妳一定很開心，但我真想再多跳半個小時——無論如何都想跳啊！」

珍彈了起來。

「真高興再次聽到這支愉快的曲子。要是我沒記錯的話，我們在韋茅斯也跳過這支舞。」

珍抬起頭來看了看他，滿臉漲得通紅，連忙又彈起另一首曲子。法蘭克從鋼琴旁的桌上拿起一份樂譜，轉過頭來對愛瑪說：

「這首曲子我從沒聽過，妳熟悉嗎？是克雷默出版的，是一本新的愛爾蘭樂曲集。在這裡看到這樣一本樂譜一點也不意外，一定是跟鋼琴一起送來的。坎貝爾上校真是設想周到，對嗎？他知道費爾法克斯小姐在這裡買不到樂譜。我很欣賞他的這份用心，這說明他的關懷的確發自內心，只有發自內心才可能做到這種程度。」

愛瑪希望他不要這麼苛刻，但又忍不住覺得有趣。她朝珍瞥了一眼，只見她臉上還留著一絲微笑，頓時意識到：儘管珍羞得滿臉通紅，但臉上卻流露過喜色。這讓愛瑪不再同情她了——別看珍表面上誠實、親切，心裡卻藏著不可告人的秘密。

法蘭克把所有樂譜拿到珍面前，與她一起翻閱。愛瑪趁機小聲說道：

「你說得太露骨了。她一定會聽出你的意思。」

「我希望她聽出來，這沒什麼好難為情的。」

「但我卻感到有些難為情呢！要是我沒冒出那些想法就好了。」

「我很高興妳有這種想法，並且告訴了我。我已經發現了她的秘密，任由她去難為情吧！要是她做了虧心事，當然應該感到羞愧。」

「我看她並非毫無愧疚。」

「我看不出什麼跡象。她現在在彈『羅賓．阿戴爾』——那可是他最愛的曲子。」

過了不久，貝茨小姐從窗前走過，看見奈特利正騎著馬走來。

「哎呀！是奈特利先生！可以的話，我一定要跟他談一談，好好答謝他。我不開這扇窗戶，以免你們著涼，不過我可以去我母親房間。我敢說，要是他知道誰在這裡，一定會樂意進來的。你們大家為我們的小屋增添了多少光彩呀！」

貝茨小姐還沒說完，就走到了隔壁房間，一口氣打開窗戶，叫住了奈特利。他們兩人的對話，所有人都聽得一字不漏，彷彿是在同一個房間裡似的。

「你好嗎？你好嗎？謝謝！你昨晚用馬車載我們回來，真是太感謝了。我們回來得正是時候，我媽媽正好在等我們。請進吧！快進來，你會到幾位朋友。」

奈特利似乎打算讓大伙兒聽見他的話，他以十分堅決而洪亮的聲音說道：

「妳的外甥女好嗎？貝茨小姐，我向妳們問好，特別是妳的外甥女。費爾法克斯小姐好嗎？希望她昨晚沒著涼，她今天怎麼樣？」

貝茨小姐不得不直接回答了問題，奈特利才肯聽她說別的事。在場的人都被逗樂了，韋斯頓太太意味深長地看了愛瑪一眼，但愛瑪還是搖搖頭，說什麼也不相信。

「太感謝你了！感謝你讓我們坐馬車。」貝茨小姐又說。

奈特利打斷了她的話。「我要去金斯頓，妳有什麼事嗎？」

「哦！天哪，金斯頓！你要去那裡嗎？那天科爾太太還在說，她想請人去金斯頓買點東西。」

「科爾太太可以叫僕人去。我能為妳效勞嗎？」

「不用了，謝謝，還是快進來吧。你知道誰在這裡嗎？伍德豪斯小姐和史密斯小姐，她們可真好，特地來聽聽那架新鋼琴，先把馬拴在克朗旅店，進來吧！」

「好吧，」奈特利從容地說，「或許可以待五分鐘。」

「韋斯頓太太和法蘭克先生也來啦！真令人高興，有這麼多朋友！」

「不行，現在不行，謝謝。我待不了兩分鐘，得儘快趕去金斯頓。」

「哦！進來吧。他們一定會很高興見到你的。」

「不了，不了，你們家高朋滿座，我改日再來拜訪，聽一聽那架鋼琴。」

「唉，真遺憾！哦！奈特利先生，昨晚大家玩得多快樂呀！你見過這樣的舞會嗎？難道不快樂嗎？伍德豪斯小姐和法蘭克先生——我從沒見過跳得這麼棒的一對舞伴。」

「哦！的確是——我不得不這麼說，因為我們的對話他們想必都聽得一清二楚。還有，」他將嗓門提高，「我不明白為什麼不提一提費爾法克斯小姐，我認為她也跳得很好。韋斯頓太太是英國最出色的鄉村舞曲演奏家，誰也比不上她。現在，妳的朋友們如果心懷感激的話，一定會說幾句我倆的好話。可惜我不能待在這裡聽了。」

「哦！奈特利先生，再待一會兒吧！有一件重要的事——真令人吃驚啊！珍和我都為那些蘋果大吃一驚！」

「怎麼了？」

「想想看，你把剩下的蘋果都給了我們，一個也沒有留下，真叫我們大吃一驚！霍奇斯太太可生氣了，威廉·拉金斯說你不該這麼做的。哎！他走了，他從不讓人感謝他。我還以為他不會走，要是不提一提這件事也太可惜了——哎！」她又回到屋裡，「我留不住他。奈特利先生不肯留下來，他問我有沒有什麼事要委託他——」

「是的，」珍說，「我們什麼都聽見了。」

「哦！是的，親愛的，我也這麼想，因為房門一直開著，奈特利先生的說話聲音也很大，你們一定什麼都聽見了。他說：『我要去金斯頓，妳有什麼事嗎？』所以，我就告訴他——哦！伍德豪斯小姐，妳要走了嗎？妳好像才剛來呢！妳真是個好人。」

愛瑪覺得該回家了，她們已經在這裡逗留了很久。大家看了看錶，發現已經過了大半個上午，於是韋斯頓太太和法蘭克也起身告辭，不過他們只能陪兩位年輕小姐走到哈特菲爾德大門，然後返回蘭道爾。

第二十九章

要一個年輕人完全不跳舞是可行的。即使很長時間不參加任何形式的舞會，身心未必會受到多大的損害；但是，一旦開了頭——一旦體驗過快速旋轉的樂趣，那麼，只有傻瓜才會不想繼續跳下去。

法蘭克曾在海伯里跳過一次舞，從此上了癮。那一天，伍德豪斯先生被說服了，跟女兒來蘭道爾玩了一個晚上，在最後半小時裡，兩位年輕人一直在計畫下一次舞會的事。法蘭克首先想出了這個主意，並且滿腔熱血地促成這件事；而那位小姐很瞭解這麼做的難處，也關心場地和客人的問題；不過，她還是很想讓大家再來看看法蘭克先生跟伍德豪斯小姐跳起舞來有多麼賞心悅目。那樣的話，她就不必擔心再被人拿來跟珍比較了。她先用腳步量出這個房間的大小，看看能容納多少人；然後又量了量另一間客廳的大小。儘管韋斯頓先生說這兩個房間一樣大，他們還是希望另一間會更大一些。

法蘭克的第一個建議是，既然舞會在科爾家開始，也應該在科爾家結束，並且邀請同樣一批客人、同樣一位樂師。大家欣然接受了他的建議。韋斯頓太太痛快地承諾，無論大家想跳多久，她都奉陪。接著，她開始思考，應該邀請哪些人，計算每對舞伴會佔去多少空間。

「妳、史密斯小姐、費爾法克斯小姐，這樣就三個人了，加上考克斯家的兩位小姐，就有五個人。」她重複說道，「除了奈特利先生以外，還有吉伯特家的兩個人、小考克斯、我父親、我自己。是的，這樣就可以痛快地大玩一場了。妳、史密斯小姐、費爾法克斯小姐，這樣就三個人了，加上考克斯家的兩位小姐，就有五個人——五對舞伴跳舞，還是有足夠的空間的。」

可是，馬上有人提出異議：

「五對舞伴跳舞？場地真的夠嗎？我覺得不夠。」

又有人說：

「不管怎麼說，五對舞伴太少了，不值得特地開舞會。仔細想想，真的太少了，只有五對可不行。如果只是一時心血來潮的話，那還說得過去。」

有人說吉伯特小姐可能在她哥哥家，也得一併邀請她；還有人說，要是邀請吉伯特太太的話，她也會跳舞的。不知道是誰為考克斯家的小兒子說了句話，接著，韋斯頓太太又提到一家表親，這家人一定要邀請，還提到一位老朋友，說無論如何也不能漏了他們。這樣一來，舞伴數量至少增加到十對，他們興致勃勃地評估該如何安排。

兩個房間的門剛好正對。「可不可以兩間都用到，穿過走廊來回跳呢？」這似乎是個最好的主意，但又有幾個不大滿意，愛瑪說這太不方便了。韋斯頓太太為了晚飯大傷腦筋，伍德豪斯先生也從健康的角度著想，堅決表示反對。一旦他心裡不高興，別人也不好再堅持下去。

「噢！那不行，」他說。「那麼做太草率了。我不能讓愛瑪參加！愛瑪身體不好，會得重感冒的，可憐的小哈麗葉也會著涼的，你們大家都會著涼。韋斯頓太太，妳會一病不起。求妳別讓他們討論這麼荒唐的事了。這位年輕人，」他壓低了聲音，「一點都不為別人著想。別告訴他父親。這個年輕人太不像話，今天晚上他不斷地打開門，從沒想到別人，也不想想會有風吹進來。我倒不是希望妳責怪他，但是他的確不太像話！」

聽到這樣的指責，韋斯頓太太不免有些遺憾。她知道這些話的份量，竭力加以勸解。之後，每扇房門都關上了，穿過走廊跳舞的主意也被駁回了，大家又回到最初的構想。多虧法蘭克的一片好意，十五分鐘前被認為容納不下五對舞伴的房間，現在容納十對卻綽綽有餘。

「我們太講究了，」法蘭克說，「我們把場地算得太寬了。這裡完全容得下十對舞伴。」

愛瑪表示反對。「那太擁擠了！跳起舞來連轉身的地方也沒有，還有什麼比這更糟糕的呢？」

「一點也沒錯，」法蘭克一本正經地回答，「的確糟糕。」他繼續測量房間的寬度，最後仍然說道：

「我認為容納得下十對舞伴。」

「不！不！」愛瑪說，「你也太不講理了。大家靠得那麼緊，那多難受啊！最無趣的事，就是大家擠在一起跳舞——尤其是擠在一個小房間裡！」

「這倒是無可否認，」法蘭克回答，「我完全贊成妳的看法。擠在一個小房間裡跳舞——伍德豪斯小姐，妳形容得真好！不過，既然都已經決定到這一步了，誰也不肯就此甘休。我父親會很失望的。大致上——我也不確定——我還是認為這裡完全容得下十對舞伴。」

愛瑪意識到，他的殷勤已經近似於固執，寧可提出異議，也不願失去與她跳舞的樂趣；不過，愛瑪還是接受了他的恭維，對其他的一切視而不見。如果她曾想過要嫁給他的話，那或許還值得停下來再次考慮，觀察一下他的感情、他的脾氣；不過，無論他們是出於什麼目的認識的，他還是十分討人喜歡的。

第二天還不到中午，法蘭克就來到了哈特菲爾德。他笑容可掬地走進屋來，看來是想繼續談論昨天的計畫。真相馬上就大白了，原來他是來宣布一項替代措施的：

「我想，伍德豪斯小姐，」他直截了當地說道，「我希望，我父親的小房間沒有壞了妳的跳舞興致。對於這項計畫，我帶來了一個新的建議，是我父親想出來的，只要你同意，就可以付諸實行。也就是說，這個舞會不在蘭道爾舉行，而在克朗旅店舉行的話，我有幸跟妳跳最初兩支舞嗎？」

「克朗旅店？」

「是的。如果妳和伍德豪斯先生不反對的話（我相信你們不會），我父親希望朋友們能賞光前往那裡。他保證那邊的條件好多了，大家會像在蘭道爾一樣受到熱烈的歡迎。只要妳滿意，韋斯頓太太也不會反對，我們都是這麼想的。哦！妳昨天說得一點也沒錯！讓十對舞伴擠在蘭道爾的哪個房間都是行不通的，令人無法忍受！我認為妳從頭到尾都是正確的，只是急著想找到一條方法，不肯退讓罷了。換個地方有何不可呢？妳一定會同意，妳會嗎？」

「只要韋斯頓夫婦不反對，應該就沒有人會反對。我認為這是個好主意。就我而言，我很樂意——看來也只能這麼做。爸爸，難道你不認為這是個絕妙的法子嗎？」

愛瑪不得不解釋了一遍又一遍，她父親才聽懂她的意思。還必須費了一番唇舌，才能讓他接受。

「不，我認為這絕不是個好法子，而且糟透了——比原來的計畫更糟。旅店裡的房間既潮濕又危險，又不通風，也不適合住人。如果一定要跳舞，最好還是在蘭道爾跳，我這一輩子還沒走進過克朗旅店呢！也不認識旅店老闆。哦！不行，這個計畫糟透了，在克朗旅店比在哪裡都更容易感冒。」

「我本來想說，」法蘭克說，「換一個場地的最大優點，就是不容易感冒——在克朗旅店比在蘭道爾保險多了！對於這一改變，也許只有佩里先生會感到遺憾而已。」

「先生，」伍德豪斯先生激動地說，「要是你認為佩里先生是那種人，那就大錯特錯了。不管我們誰生了病，佩里先生都十分關心。不過我不明白，克朗旅店怎麼會比你父親的家裡還保險？」

「因為空間大呀！先生。我們根本不用開窗，一整個晚都不用。先生，您也很清楚，正是因為開窗，讓冷空氣不停吹到人身上，才會感冒的。」

「開窗？可是，邱吉爾先生，應該不會有人想在蘭道爾開窗吧？誰也不會這麼魯莽！我從沒聽過這種事。打開窗戶跳舞？我敢說，無論是你父親，還是韋斯頓太太，都不會允許這麼做。」

「哎！先生——可是有時候，就是會有些傻傻的年輕人溜到窗簾後面，偷偷把窗戶推上去。我自己就常遇到這種事。」

「真的嗎？先生，天哪！我怎麼也想像不到。不過我不常出門，對什麼事都感到奇怪。話說回來，這的確不太一樣，要是我們好好聊一聊，也許——這件事必須從長計議，要是韋斯頓夫婦哪天早上肯光臨的話，我們可以仔細談談，看看該怎麼辦才好。」

「但是，很不湊巧的是，我的時間不多——」

「噢！」愛瑪打斷了他的話，「會有足夠的時間談論每個細節的，不用著急。要是能在克朗旅店開舞會，爸爸，那馬匹就容易安頓了，那裡離馬廄很近。」

「的確很近，親愛的，這一點很重要。倒不是怕詹姆士抱怨，而是應該盡可能讓馬省點力氣。如果我能確認那裡的通風狀況——可是史托克斯太太靠得住嗎？我不確定。我不認識她，連面都沒見過。」

「我敢擔保這一切萬無一失，先生，因為有韋斯頓太太在，她會負責監督一切。」

「瞧，爸爸！這下你該滿意了吧？韋斯頓太太跟我們那麼親，她最小心謹慎了。你還記得幾年前我長疹子的時候，佩里先生說的話嗎？『要是讓泰勒小姐把愛瑪小姐裹起來，你就不必擔心了，先生。』我有好幾次聽你用這句話誇獎她！」

「是呀，一點也沒錯，佩里先生的確是這麼說的，我一輩子也忘不了。可憐的小愛瑪！妳那次病得可不輕啊！要不是佩里細心診治，還不知會嚴重到什麼地步呢！有一整個禮拜的時間，他每天要來四趟。他起初說病情穩定的時候，我們感到非常欣慰，可是麻疹畢竟是一種可怕的病——希望伊莎貝拉的孩子出麻疹的時候，一定要請佩里醫治。」

「我父親和韋斯頓太太目前都在克朗旅店，」法蘭克說，「看看房子能容納多少人。我從那裡趕來哈特菲爾德，急著聽聽妳的意見，想說服妳去為他們出主意。要是妳肯答應的話，他們一定會十分高興。少了妳，他們做什麼事都不會滿意。」

愛瑪一聽說他們這麼器重她，不禁感到得意。她父親則表示，希望她謹慎考慮這件事。於是，兩個年輕人便動身前往克朗旅店。韋斯頓夫婦都在等著，看到愛瑪，覺得十分快活。夫妻倆都很忙碌，雖然方式不太一樣：妻子不太滿意，丈夫卻覺得一切都完美無缺。

「愛瑪，」韋斯頓太太說，「這壁紙比我預料的還差！瞧，有些地方髒透了。牆壁又黃又破，真是無法置信。」

「親愛的，妳太挑剔了，」丈夫說道，「那有什麼關係呢？在燭光下根本不明顯，就像蘭道爾一樣乾淨。我們的俱樂部晚上舉辦活動時，也是什麼都看不出來。」

兩位女士交換了一下眼色，似乎在說：「男人從來就不在乎髒不髒！」而兩位男士也暗自心想：「女人就愛吹毛求疵，瞎操心！」

不過還有一件棘手的事，是兩位男士無法忽視的，就是餐廳的問題。當初建造舞廳的時候，並沒有把用餐考慮在內，只在隔壁蓋了一間小小的牌室。該怎麼辦呢？這間牌室必須用來打牌，即使不打牌，空間也還是太小；旅店內還有一個大得多的房間，也許可以當成餐廳，卻在建築的另一側，必須穿過一條又長又破的走廊。這是個難題，韋斯頓太太擔心年輕人經不起走廊裡的寒風，而兩位男士一想到要擠在一起吃晚飯，就覺得難以忍受。

韋斯頓太太提議不要吃晚飯，只要在房間裡擺一些三明治就好，但有人認為這樣太寒酸。舉行舞會而不請人家吃飯，這簡直就是欺騙的行為，太丟臉了。韋斯頓太太只好再想一個權宜之計，她朝那個小房間看了看，說道：

「我看這個房間不會很小啊。你知道，我們又沒有太多人。」

這時，韋斯頓先生正邁著步伐穿過走廊，一面大聲嚷道：

「妳總是說這條走廊太長，親愛的，其實根本不長，樓梯那裡也沒什麼風。」

「但願我們能搞清楚客人的喜好，我們希望讓所有人都滿意。」韋斯頓太太說道。

「是呀！一點也不錯，」法蘭克嚷道，「妳想聽聽鄰居們的意見，不如先問問他們之中的代表人物——例如科爾夫婦。他們離這裡不遠，要我去邀請他們嗎？或是貝茨小姐？她離這裡更近。我不確定貝茨小姐是否瞭解每個人的喜好，我看我們確實必須廣泛徵求一下意見。要我去請貝茨小姐來嗎？」

「唔——如果你願意的話，」韋斯頓太太頗為猶豫地說，「如果你認為她派得上用場。」

「從貝茨小姐口中聽不到你想要的情報的，」愛瑪說，「她只會表現得興奮不已、感激不盡，但什麼也不會跟你說。甚至當你問她問題時，她也不會聽。我認為這沒什麼用。」

「但她很有趣，有趣極了！我很喜歡聽貝茨小姐說話。反正我不必把她們一家都請來。」

這時，韋斯頓先生走了過來，一聽說要請貝茨小姐，堅決表示贊同。

「對呀，去吧！法蘭克，去把貝茨小姐請來，馬上把這件事定下來。我猜她一定會喜歡這項計畫的。我認為她可以提供不少意見，我們太挑剔了。雖然她永遠都是那麼活潑，不過，還是把她們兩個都請來，嗯，兩個都請來。」

「兩個都請？爸爸！那位老太太又能——」

「那位老太太？不，當然是那位年輕小姐了。法蘭克，要是你只請來了姨媽，而沒請外甥女，那我就會覺得你是個傻子。」

「哦！請你原諒，爸爸，我一時沒搞懂你的意思。當然，既然你開口了，我一定盡力把她們兩個都請來。」說完，他拔腿就跑去了。

還沒等他把那位兩位女士請來，韋斯頓太太又把走廊查看了一番，發現缺陷其實比她想像的還少，甚至是微不足道。於是，難題解決了。其他的小細節，像是桌子、椅子、燈光、音樂、茶點、晚飯，也一一做了安排，或者留給韋斯頓太太和史托克斯太太日後解決。受邀的人一定都會到場。法蘭克寫了信給恩斯坎比，要求多寬限一些日子，這當然沒有被拒絕。那將是一次令人愉快的舞會。

貝茨小姐來了以後，誠心表示贊成。作為一名參謀，她一無是處；但作為一名贊同者，卻能受到熱烈的歡迎。她的話說得既全面又具體、既熱烈又滔滔不絕，讓人聽了更高興。隨後的半小時裡，大家在一個個房間裡來回察看，有的在想點子，有的在聆聽，全都沉浸在未來的歡樂之中。臨別前，愛瑪明確答應了這次晚會的主角，要與他跳最初兩支舞。她還聽到韋斯頓先生小聲對妻子說：「他邀請她了，親愛的。他做得很對，我就知道他會這麼做！」

第三十章

只差一件事，就可以讓愛瑪對即將舉行的舞會感到完全滿意——日期要訂在法蘭克還留在薩里的時候。儘管韋斯頓先生滿懷信心，但愛瑪還是認為，邱吉爾夫婦說不定只允許外甥住滿兩週，想多一天都不行，而兩週內舉行舞會似乎是不可能的。準備工作必須到第三週才能完成，而且還要再花幾天進行籌劃。在她看來，一切或許會白忙一場。

然而，恩斯坎比的人還挺大方的。法蘭克的舅父母顯然不太高興，但也沒有反對，一切都順順利利。但是，令人擔心的事往往一樁接著一樁，愛瑪現在又有了新的煩惱：奈特利對舞會漠不關心，不知是因為他自己不跳舞，還是因為事先沒找他商量，看來他已決心不關心這場舞會，也不想來湊熱鬧。愛瑪主動把舞會的事告訴他，他只回答道：

「好吧，如果韋斯頓夫婦願意花這麼大的力氣，只為了幾小時的享樂的話，那我也沒什麼意見，雖然我可不想奉陪。哦！當然，我非去不可，我無法拒絕，儘管它很無趣，而且我寧可待在家裡檢查帳目。說實話，我真想待在家裡。開心地看別人跳舞？我不知道那有什麼有趣的。我相信，優美的舞蹈就像美德一樣，一定有其本身的價值。旁觀者往往抱著不同的看法。」

愛瑪覺得這些話是針對她說的，不由得十分生氣。然而，他的冷漠與氣憤並不是因為珍。他反對舞會，並不是受了她的情緒的影響——因為當珍一想到舞會，心裡就高興得不得了，開朗地說道：

「哦！伍德豪斯小姐，但願舞會能順利舉辦。不瞞妳說，我相當期待。」

因此，奈特利並不是為了討好珍，才寧願與威廉·拉金斯作伴的，不是的！愛瑪越想越覺得韋斯頓太太完全猜錯了，奈特利對珍確實友好，也很憐憫——但並不愛她。

她很快就沒工夫跟奈特利爭執了，還高興不到兩天，事情就一下子泡湯了。邱吉爾先生寄來一封信，催外甥趕緊回家，因為邱吉爾太太病了。據說，她兩天前寫信給外甥時，身體就已經很差，只是因為不想給人添麻煩，才一直拖到現在。不過，她的病情越來越重，實在輕忽不得了，只好懇請他立刻返回恩斯坎比。

韋斯頓太太立刻寫了一封便條，將這則消息轉告了愛瑪。法蘭克要走，非走不可；儘管他並不擔心舅媽，也沒有減少對她的厭惡，但還是得在幾小時之內啟程。他瞭解舅媽的病情——要不是為了達成某種目的，她從來不生病。

韋斯頓太太又寫道：「他只能利用早飯後的時間匆匆去一趟海伯里，向幾位好朋友道個別，預計他很快就會抵達哈特菲爾德。」

這個不幸的消息讓愛瑪再也吃不下早飯了。她一看完便條，除了長吁短嘆之外，什麼事也不想做。舞會泡湯了！那個年輕人走了！一切都化為泡影！太不幸了！本來會是多麼愉快的一個夜晚啊！每個人都那麼興高采烈！她和她的舞伴將是最開心的一對！「我早就知道會這樣。」這麼想，是她唯一的安慰。

她父親的心情則大不相同，他更關心邱吉爾太太的病情，想知道她會怎麼治療的；至於舞會，讓親愛的愛瑪失望雖然不好，但待在家裡還是安全一些。

愛瑪等了多久，她的客人才來。不過，他那副滿面憂愁和無精打采的樣子，卻足以彌補這一點。由於即將離開，他的心裡十分難受，連話都不想說。起初，他只是坐著沉思，等再回過神來，說道：

「沒有什麼比離別更讓人傷心了。」

「但你還會再來，」愛瑪說，「你不可能只來蘭道爾這一次吧？」

「唉！」法蘭克搖了搖頭，「我不知道什麼時候才能再來，但我會極力爭取的！這將是我唯一的目標！如果我舅舅和舅媽今年春天肯去倫敦——但我又擔心，因為他們去年就沒去，我擔心他們已經沒有這種習慣了。」

「我們的舞會肯定開不成了。」

「唉！那場舞會！我們當初何必等呢？為什麼不把握機會好好享樂呢？好事就這樣錯過了，太愚蠢了！妳曾經預料過會有這樣的結局，唉！伍德豪斯小姐，怎麼老是被妳說中呢？」

「說真的，我為此感到遺憾。我寧可大玩一場，也不要有這種先見之明。」

「如果我能再來，我們還是要舉行舞會。我父親認為非這麼做不可。妳可別忘了妳的諾言呀！」

愛瑪親暱地望著他。

「多麼開心的兩個禮拜啊！」法蘭克接著說，「一天比一天有趣、快活！每一天都讓我更不想離開，能住在海伯里的人真是幸福啊！」

「既然你這麼喜歡這裡，」愛瑪笑著說道，「我想冒昧地問一下：你剛來的時候是不是有點不情願？我們是不是比你預期的好？我想一定是的。我想你一定沒想到會喜歡上我們。要不是你當初不喜歡海伯里，也不會拖那麼久才來。」

法蘭克難為情地笑了。儘管他否認有那樣的想法，愛瑪還是認為事實如此。

「你今天早上就要走嗎？」

「是的，我父親會來這裡接我，我們一起回去，然後馬上動身。恐怕他隨時會到。」

「甚至抽不出五分鐘去拜訪費爾法克斯小姐和貝茨小姐嗎？真令人遺憾！貝茨小姐見多識廣、能言善辯，也許能幫你增長見識呢。」

「是啊——我已經去過了。經過她家門前時，我想還是進去一下好了。我本來只打算待個三分鐘，但因為貝茨小姐不在家，就多留了一會兒。她出去了，我認為應該等她回來。雖然她這個人時常鬧笑話，但是誰也不想瞧不起她；我最好還是去看看她，然後——」

法蘭克頓住了，站起身來，朝窗口走去。

「總之，伍德豪斯小姐，」他說，「也許——我看妳不至於一點也不懷疑——」

他看著愛瑪，彷彿要猜出她的心思。愛瑪簡直不知該說些什麼，這彷彿是個預兆，預示一件十分認真的事，而這又不是她所樂見的事。因此，她強迫自己開口，希望能迴避這件事：

「你做得很對，你去看看她是應該的。所以——」

法蘭克默不做聲，愛瑪心想他一定在看著她，也許在思考她的話，揣測她的態度。她聽見他嘆了口氣。他當然有理由嘆氣，他不敢相信愛瑪在鼓勵他。尷尬地過了一會後，他又坐下來，以比較堅定的口吻說：

「我本來還想把剩下的時間奉獻給哈特菲爾德，我真喜歡這裡——」

他又頓住了，站起身來，顯得非常困窘。他比愛瑪想像的還要愛她，要是他父親不來的話，誰知道會發生什麼事呢？過了不久，伍德豪斯先生也來了，為了保持禮節，他又冷靜了下來。

這種難堪的場面只維持了一下子。韋斯頓先生做事一向乾脆俐落，只說了一句：「該走了。」那位年輕人嘆了口氣，只得表示同意，起身告辭了。

「我會知道你們大家的情況的，」法蘭克說，「這是我最大的安慰。我將會知道這裡發生的任何一件事。我請韋斯頓太太跟我通信，她好心地答應了。哦！要是思念一位不在身旁的人，跟一位女性通信可是一件樂事啊！她會把一切都告訴我。讀著她的信，我彷彿又回到了我熱愛的海伯里。」

說完這席話，他和愛瑪親切地握了握手，懇切地說了聲「再見」，隨即離去了。他走了，愛瑪覺得離別的滋味真不好受，心想他這一走，對他們的社交圈將是多大的損失，她擔心自己會過於難過、過於傷感。

這是一個不幸的變化。法蘭克來了以後，兩人幾乎天天見面。在過去的兩週裡，他的到來無疑為蘭道爾增添了不少活力。每天早上都想見到他、期待見到他，而他總是那麼殷勤、那麼活潑、那麼風度翩翩！這兩個禮拜真是快樂極了，但現在哈特菲爾德又要回到過去的老樣子，真是可惜！法蘭克有這麼多優點，而可貴的是，他幾乎表示了他愛她——至於這份愛有多深、能否持久，又是另一回事了；但她現在可以肯定，他確實非常愛她。一想到這裡，再加上其他各種念頭，她不禁意識到：她一定也有點愛上他了，儘管她曾下定決心不談戀愛。

「一定是這樣，」她心想，「這麼無精打采、渾渾噩噩，也不想做任何事，覺得家裡的一切都索然無味！我肯定墜入了情網。唉！有些人視為不幸的事，卻有些人認為是好事。即使沒有人跟我一樣為法蘭克的離去而惋惜，也會有許多人跟我一起為開不成舞會而悲嘆。但是，奈特利先生卻會感到高興，他可以一整晚陪著可愛的威廉．拉金斯了。」

不過，奈特利並沒有露出得意之情。但他還是說自己為了別人的失望感到遺憾，並用親切的口吻補充了一句：

「愛瑪，難得妳有機會跳舞，真不走運，太不走運啦！」

愛瑪有好幾天沒有見到珍，心想她對這個不幸的變化一定也感到遺憾。可是等兩人見面時，她那副滿不在乎的樣子真令人作嘔！然而，她最近身體特別不好，頭痛難忍；據她的姨媽說，即使舉行舞會，珍恐怕也無法參加。因此，把她的冷漠態度歸咎於身體欠佳，也是合情合理的。

第三十一章

愛瑪仍毫不懷疑自己墜入了情網，只是不確定程度多深。起初她以為愛得很深，後來又覺得只有一點點。她很喜歡聽人家談到法蘭克，也因為他，變得比以往更喜歡見到韋斯頓夫婦。她時常想念法蘭克，一心盼望他的來信，好知道他的近況，以及今年春天有沒有可能再來蘭道爾。不過，她又不允許自己悶悶不樂，也不允許自己在經過一個早上之後，仍然顯得懶懶散散。她照樣忙碌、快活。

儘管法蘭克討人喜歡，她還是覺得他有缺點。她雖然想念他，當她繪畫或做針線的時候，還為兩人的未來設想上千種有趣的畫面、構思出許多微妙的對話，杜撰過一封封情書；但在她的想像中，法蘭克每次向她求愛時，她都拒絕了他。他們之間雖然互有情意，最後卻還是朋友罷了；每次分離時都依依不捨，但最後還是要分離。她一意識到這一點，就認為自己愛得並不深。雖然她早已下定決心永不離開父親、永不出嫁，但要是她真的萌生出強烈的愛，那心中肯定會產生一番天人交戰。

「我從來沒想到『犧牲』這個字，」她心想，「我做出那麼多機靈的回答，巧妙的否定，卻從沒暗示過『犧牲』。我覺得我不一定要有他才能幸福。沒有他或許會更好，我當然不會愛得更深，因為我已經愛得夠深了。」

不過，一想到法蘭克的感情，她同樣感到滿意。

「毫無疑問，他肯定深深愛上了我——種種跡象都表明了這一點！等他再來的時候，如果仍然情意綿綿，那我可得小心，千萬不能給予他鼓勵。既然我已經下定決心，就一定要堅持到底。我當然不是怕他誤會，不，如果他認為我對他有意思的話，就不會這麼悶悶不樂了。要是他覺得我在鼓勵他的話，臨別時就會是另一種態度。不過，我還是得小心。前提是他還像現在一樣對我情深意切，不過我也不敢說他會不會這樣。我看他不是那種人——我才不指望他忠貞不渝。他的感情是熱烈的，但一定也是善變的。總之，幸好我沒有對他寄託太多心思。我很快就會恢復正常的，到了那時候，這會成為一件好事，因為聽說人一生都要墜入情網一次，而我會輕而易舉地掙脫出來。」

韋斯頓太太收到法蘭克的來信以後，也讓愛瑪看了。愛瑪對自己此時的欣喜之情感到訝異，不由得搖了搖頭，覺得自己以前低估了愛情的力量。那是一封長信，寫得很出色，詳細敘述了一路上的情形以及心情，充滿了愛慕和感激之意，以及自然而真摯的敬重之情，還描繪了各地有趣的事物，筆調生動而流利。信裡沒有可疑的、表示歉意和關心的詞語，只有向韋斯頓太太表達敬意的語句。他稍微提到了海伯里與恩斯坎比在社交生活上的差異，但也足以表明他的感觸，要不是拘泥於禮儀，他還可以寫多少內容啊！信裡自然少不了她的芳名，他不止一次地寫到「伍德豪斯小姐」，而且每次都能引起愉快的聯想，不是稱讚她情趣高雅，就是回憶她說過什麼話。她的名字最後一次出現時，雖然寫得樸實無華，絲毫沒有殷勤的意味，但卻能看出她的重要性，這想必是對她最大的恭維。在信件最下方的空白處，密密麻麻地寫了兩行字：「妳知道，禮拜二我來不及來去向伍德豪斯小姐那位美麗的朋友道別。請代我表示歉意，並向她告別。」

愛瑪相信，這完全是為了她寫的。他所以想到哈麗葉，只因為她是她的朋友；他筆下的恩斯坎比也跟她預料的差不多，邱吉爾太太正在康復；他還不確定什麼時候還能再來蘭道爾，甚至不敢奢望。

雖然這封信的主要內容——也就是表達的情感，讓她感到得意，並大受鼓舞；但等她把信摺好還給韋斯頓太太時，卻發現它並未激起太持久的感情。少了這個寫信人，她仍然過得好好的，而他也應該如此。她沒有改變初衷，除此之外，又冒出了一個念頭，更加堅定了拒絕他的決心：他還想著哈麗葉，稱她為「美麗的朋友」，或許當她拒絕他以後，他有可能轉而愛上哈麗葉。難道不可能嗎？毫無疑問，哈麗葉在見識上遠遠比不上他，但她那嫵媚動人的臉蛋、熱烈純真的舉止卻令他著迷。而且從家庭出身和社會關係來看，她或許隱含了優越的條件呢！這件事要是實現了，對於哈麗葉來說多麼值得慶賀。

「我不能多想這件事了，」她心想，「我不能再想下去了，這樣胡思亂想是危險的。不過，奇怪的還不只這樣呢，我們已經不再兩情相悅了，這倒能讓我們之間建立一種真正無私的友情，我已經在引頸期盼這種友情了。」

心繫哈麗葉的幸福是件好事，但還是節制為好，因為馬上就要出現一件不幸的事。起初，海伯里流行的話題是艾爾頓的婚事，當法蘭克來了之後，大家又把興趣集中在這件事情上；因此，如今法蘭克離開了，大家又回來關注艾爾頓的婚事了。他的婚期已經訂下，很快就會帶著新婚妻子回來這裡。大家幾乎還來不及細談恩斯坎比來的第一封信，就開始聊起「艾爾頓和他的新娘」了。愛瑪聽得相當厭煩，她不在乎艾爾頓；過了三個禮拜的快樂日子，哈麗葉也漸漸變得堅強了。不過，顯然她的心情尚未完全平靜下來，還經不住即將到來的新馬車、教堂鐘聲等事物的刺激。

可憐的哈麗葉被弄得心神不寧，需要愛瑪多加安慰和關心。愛瑪覺得她為哈麗葉做再多也不過分，但是，她的勸說一直沒有效果，兩人總是無法達成共識，這真是件沉重的差事！哈麗葉恭敬地聽她說話，然後說道：「一點也沒錯，就像妳說的，不值得去想他們，我再也不去想了！」然而，即使換了個話題，在接下來的半小時裡，哈麗葉仍然像之前那樣，被艾爾頓夫婦的事搞得心急如焚、坐立不安。最後，愛瑪只好再換一個說法安慰她。

「哈麗葉，妳的憂愁就是對我最有力的指責。我知道，這一切都怪我不好。不過妳放心吧，我沒有忘了我的責任。我自己受了騙，也騙了妳——我將為此後悔一輩子。」

哈麗葉大為感動，只能發出幾聲感嘆。愛瑪接著說道：

「我並沒有要妳為了我振作起來，或是為了我不去想艾爾頓先生；因為這麼做全是為了妳自己。我心裡好不好受沒關係，重要的是妳應該學會自我克制，並明白自己的責任，盡量避免引起別人的懷疑，愛惜自己的身體，維護自己的名譽──我就是因為這樣，才苦口婆心地勸妳。遺憾的是，妳對此沒有足夠的認識，也沒有照我說的去做。我的心情倒是其次，但我不希望妳陷入更大的痛苦之中。也許我有時候會想，哈麗葉會記得該怎麼做──或是說，不會忘了體諒我。」

這番觸動情義的話比什麼都有效。哈麗葉很喜歡愛瑪，一想到自己忘恩負義，對她不夠體貼，就難過了好一陣子。等愛瑪安慰過她，減輕了她的痛苦之後，她心裡仍舊覺得過意不去，並下定決心去做她應該做的事情。

「妳是我最好的朋友，而我卻辜負了妳的心意！沒有人比得上妳！我對誰也不像對妳這麼敬重！哦！伍德豪斯小姐，我多麼忘恩負義呀！」

這一番肺腑之言，加上神情的襯托，使愛瑪覺得自己從未這麼愛過哈麗葉，也從未這樣珍惜她的感情。

「沒什麼比溫柔的心靈更有魅力，」她自言自語說，「熱情、溫柔的心靈，加上親切、坦率的儀態，比世上最聰明的頭腦還有吸引力。我毫不懷疑，我親愛的父親正是憑著溫柔的心靈受到大家愛戴，伊莎貝拉也是憑著溫柔的心靈得到眾人喜愛。我沒有這樣的心靈，但我懂得珍惜這樣的心靈。哈麗葉比我好，具有溫柔的心靈所帶來的魅力和幸福。親愛的哈麗葉！即使是世上最聰明的女孩，也取代不了妳。哦！珍那麼冷漠，哈麗葉抵得過一百個她！有一位這樣的女孩當妻子，那真是再可貴不過了。」

第三十二章

人們第一次見到艾爾頓太太，是在教堂裡。不過，儘管一個坐在長椅上的新娘能打斷別人的虔誠祈禱，卻滿足不了大家的好奇心，還得透過正式的登門拜訪，才能斷定她是真的很漂亮、還是只有一點漂亮、還是根本不漂亮。

對愛瑪來說，與其說是出於好奇心，倒不如說是出於自尊和禮儀；她決定不要最後一個去拜訪她。她要哈麗葉陪她一起去，以儘早度過那最尷尬的場面。

她再次走進這棟房子——這棟三個月前她藉口繫鞋帶而枉費心機走進去的房子——不由得勾起了回憶。上千個惱人的念頭湧進她的腦海裡，那些恭維、那些字謎、那些荒謬的誤會。可憐的哈麗葉也在回憶過去，但她表現得很不錯，只是臉色蒼白，沉默不語。當然，拜訪為時不長，愛瑪來不及仔細端詳一下新娘，也說不出對她有什麼看法，只能空泛地說她「衣著講究，樣子討人喜歡」。

愛瑪並不真的喜歡她。她不想挑剔，但又覺得她並不文雅——她幾乎要說，作為一位小姐、一個陌生人、一個新娘，她有些過於大方了。她的容貌相當出色，但是她的神情、言談、舉止都不優雅。愛瑪心想，至少以後會慢慢顯現出來。

至於艾爾頓，他的舉止似乎並不——不，她可不能對他的舉止輕率下結論。婚禮後的接待，一向是件尷尬的事情，新郎必須很有雅量才能順利應付。新娘則容易多了，她們有漂亮的衣服陪襯，還有羞答答的特權，而新郎只能依靠自己的聰明才智。她認為艾爾頓真是不幸，居然跟他剛娶的女人、原先想娶的女人以及別人希望他娶的女人共處一室。她只得承認，他有理由顯得笨拙、做作、不安。

「唔，伍德豪斯小姐，」兩人走出牧師宅邸以後，哈麗葉一直不見朋友作聲，便先開了口，「伍德豪斯小姐，」她輕輕嘆了口氣，「妳覺得她怎麼樣？難道不可愛嗎？」

愛瑪回答時有些支支吾吾。

「哦！是的，非常——非常討人喜歡的小姐。」

「我認為她長得挺美的，相當美。」

「的確穿得很講究，那件長裙特別漂亮。」

「艾爾頓先生會愛上她，我一點也不意外。」

「哦！是呀——一點也沒什麼好意外的。那麼富裕，又剛好遇見了艾爾頓先生。」

「我敢說，」哈麗葉又嘆了口氣，「我敢說她很愛艾爾頓先生。」

「也許吧，可是並不是每個男人都能娶到最愛他的女人。也許是霍金斯小姐想要有個家庭，並認為這是她所能找到最好的對象。」

「是呀，」哈麗葉誠摯地說，「八成是這樣的，沒有人能找到比他更好的對象了。嗯，我由衷地祝他們幸福。伍德豪斯小姐，我想我今後不會再耿耿於懷了。他還是那麼出眾，不過妳知道，人結了婚就會不一樣了。真的，伍德豪斯小姐，妳不用擔心，我現在可以一邊欣賞他，而不會感到難過。知道他沒娶一個配不上他的女人，真是莫大的安慰！艾爾頓太太看上去真是可愛，完全配得上他。真是幸福啊！他叫妻子『奧古斯塔』，多麼甜蜜呀！」

新婚夫婦前來回訪了，這一次，她可以看得更清楚，作出更公正的判斷。哈麗葉剛好不在哈特菲爾德，伍德豪斯先生負責應酬艾爾頓，她則獨自跟那位太太聊了十五分鐘。透過這短暫的交談，她深深地瞭解到：艾爾頓太太是個愛慕虛榮、自以為是的人，既缺乏教養，舉止又無禮；即使算不上愚蠢，也可以說是無知。艾爾頓跟她朝夕相處，肯定不會有什麼好處。

要是換成哈麗葉，就會匹配多了。雖然她本人不夠聰明、優雅，但她能讓他結交上聰明、優雅的人。至於霍金斯小姐，從她那自命不凡的神態來看，或許她正是那一類人之中的佼佼者。這樁婚姻唯一值得稱道的，就是她那位住在布里斯托附近的有錢姐夫，而這位姐夫唯一值得稱道的，就是他的住宅和馬車。

她聊起的第一個話題是楓樹莊，「我姐夫薩可林先生就住在那裡。」與哈特菲爾德相比，哈特菲爾德的庭園較小，但整潔漂亮，房子較具現代感；艾爾頓太太對房間的大小、房門以及屋內外的一切似乎留下了極好的印象。「真的跟楓樹莊太像了！像得令我驚訝！這個房間從形狀到大小，都跟楓樹莊的晨間客廳一模一樣，我姐姐最喜歡那間客廳了。」這時，她要求艾爾頓附和她：「難道不是嗎？我簡直以為這裡是楓樹莊呢！」

「還有這座樓梯，妳知道，我一進來就發現這座樓梯多麼相似，還蓋在同一個位置。我忍不住要感嘆起來！說真的，伍德豪斯小姐，在這裡能讓我想起楓樹莊這樣一個我最喜愛的地方，我真是高興，我在那裡愉快地度過了多少個月呀！」說著，她輕輕嘆了口氣，「毫無疑問，那是個迷人的地方。對我來說，那就像是我的家呀！伍德豪斯小姐，等妳哪天像我一樣離開了家，看到什麼事物跟家中的東西有些相似，妳會覺得多麼高興啊！我總說這是結婚的一個壞處。」

愛瑪盡可能少回答，可是艾爾頓太太就想要這樣，她只想一個人喋喋不休地講下去。

「跟楓樹莊像極了！不只房子——我敢說，照我的觀察，那座庭園也像極了。楓樹莊的月桂樹也是這麼繁茂，位置也一樣，就在草坪對面；我還看見一棵大樹，四周圍著一條長凳，也勾起了我的回憶！我姐姐、姐夫一定會迷上這裡。家中有大型庭園的人，總是喜歡類似的庭園。」

愛瑪懷疑人們是否真的有這種想法，她的見解倒不是這樣，認為家中有大型庭園的人，就不會喜歡別人的庭園。然而，她用不著反駁，只是回答道：

「等妳在這一帶多多參觀之後，恐怕就會覺得妳對哈特菲爾德評價過高了。薩里到處都很美。」

「哦！是呀，這點我很清楚。妳知道，薩里可是被稱為英格蘭的花園啊。」

「是呀，但我們也不會獨享這份殊榮。我相信，有許多郡也被稱為英格蘭的花園。」

「不，我想沒有吧，」艾爾頓太太答道，露出得意的微笑，「除了薩里以外，我沒聽說過哪裡有這樣的美稱。」

愛瑪啞口無言。

「我姐姐、姐夫答應春天來看我們，最晚夏天，」她接著說道，「到時我們就可以去遊覽了。等他們來了之後，我們可以盡情暢遊。他們一定會坐那輛四輪大馬車，能坐得下四個人，我們可以到各個風景區好好遊覽一番。我想，到了那個季節，他們絕不會坐輕便馬車來。真的，快到春天的時候，我一定要叫他們坐四輪馬車來，那樣比較好。妳知道，伍德豪斯小姐，當客人來到這種風景優美的地方，我們總希望他們到處看看。薩可林先生特別喜歡遊覽，去年夏天他們才買下那輛四輪馬車，我們坐著它去金斯韋斯頓玩了兩次，開心極了！伍德豪斯小姐，我想每年夏天有不少人來這裡觀光吧？」

「不，這附近沒有，妳口中的那種風景勝地離這裡還有段距離。我想我們這一帶的人都喜歡清靜，寧可待在家裡，也不願意出去遊玩。」

「啊！想要舒服的話，最好還是待在家裡。沒有比我更戀家的人了，在楓樹莊，我的戀家是人盡皆知的。賽琳娜去布里斯托的時候就說過：『我說服不了這個女孩離開家，只好一個人出門了——儘管我不喜歡獨自坐在馬車裡，連個伴也沒有。奧古斯塔真是個好女孩，從不肯踏出家門一步。』她重複說了好多次，其實，我並不主張整天待在家裡，我認為那樣反而很不好。跟外界適當地作些交流，才是最好的。不過，我完全理解妳的情形，伍德豪斯小姐，」她看了看伍德豪斯先生，「妳父親的身體一定是個很大的妨礙。他怎麼不去巴斯休養看看？他真的該試一試，我推薦他這麼做。放心，我敢說這對伍德豪斯先生有好處。」

「我父親以前試過不只一次了，可是沒什麼效果。妳應該聽過佩里先生吧？他認為去了也未必會有什麼效果。」

「啊！那太遺憾了。我向妳保證，只要水土適宜的話，就會產生奇妙的功效。我在巴斯的時候就見過許多這樣的例子！那是個令人心曠神怡的地方，我看伍德豪斯先生有時心情低落，去那裡一定會有好處。至於對妳的好處，我就不必多言了，巴斯對年輕人來說是個好地方。妳一直過著深入簡出的生活，我真想介紹妳進入那裡的社交界。我馬上就能為妳介紹幾位上流人士，只需要一封信。我在巴斯的時候，一直跟派特里奇太太住在一起，她是我的好朋友，一定會樂意照顧妳的，由她帶妳進入那裡的社交界，再合適不過了。」

愛瑪好不容易才忍住不作出失禮的舉動。居然輪得到艾爾頓太太為她介紹——仰仗她的一個朋友帶她進社交界，而這位朋友說不定只是個庸俗的寡婦！伍德豪斯小姐的尊嚴，哈特菲爾德的尊嚴，簡直蕩然無存！

但她還是忍住了，本想指責的話一概沒說出口，只是冷漠地向艾爾頓太太道了謝，「我們不可能去巴斯的，我相信那裡不適合我父親，也不適合我。」接著，為了避免再度發火，她立刻轉了話題：

「艾爾頓太太，早在妳來之前，海伯里就盛傳妳的琴藝十分精湛。」

「哦！沒有這回事。老實告訴妳，差得遠了，跟妳說這些話的人大錯特錯！我很喜歡音樂——如痴如醉，我的朋友都說我有些鑑賞力；至於其他方面，老實說，我的琴彈得差勁透了。我知道妳彈得很好聽，說真的，能遇上喜歡音樂的人，讓我感到極為欣慰。我一點也離不開音樂，它是我生命中不可或缺的要素。無論是在楓樹莊還是在巴斯，我總是喜歡跟愛好音樂的人在一起。當初艾先生提到我未來的家，擔心我受不了這裡的冷清，我就這麼對他說過。他知道我以前住慣了什麼樣的房子，怕我嫌這裡的房子差呢！但我老實地告訴他，我可以放棄社交活動，包括宴會、舞會、劇場，因為我不怕冷清，我可以自己找到消遣的方式，完全不用依賴別人；至於房子比我以前住的小，我根本就不在意，我相信，這點犧牲根本算不了什麼。沒錯，我在楓樹莊過慣了奢華的生活，但我告訴他，想讓我幸福，不一定要有兩輛馬車，也不一定要有寬敞的房子。不過我說：『老實說，要是附近沒有熱愛音樂的人，我想我是活不下去的。』別的都沒關係，但要是少了音樂，生活對我來說就是空虛的。」

「可以想像，」愛瑪笑盈盈地說，「艾爾頓先生一定會跟妳說，海伯里有一些非常喜歡音樂的人。考慮到他的動機，希望妳別以為他言過其實。」

「的確如此，我對此毫不懷疑。我很高興能置身這樣一個環境，希望我們能一起舉行幾次美妙的小型音樂會。我想，伍德豪斯小姐，我們應該組織一個音樂社團，每週在你們家或我們家聚會一次。這個計畫怎麼樣？只要我們好好經營，我想很快就會有人支持的。這樣還可以激勵我經常練習，妳知道，對於已婚的女人，人們往往說她們很容易荒廢了音樂。」

「可是妳那麼熱愛音樂，當然不會有這種危險了！」

「但願如此，可是看看身旁的人，真令我不寒而慄。賽琳娜完全放棄了音樂，再也不碰鋼琴了——儘管以前彈得那麼好。傑佛瑞太太（就是以前的克萊拉．派特里奇）、兩位米爾曼小姐（就是現在的伯德太太和詹姆士．庫伯太太），還有不勝枚舉的例子。說真的，真夠叫人害怕！我以前很氣賽琳娜，現在卻開始明白了，結婚的女人有很多事要做，今天早上我跟管家聊家務事就花了半個小時。」

「不過這種事情，」愛瑪說，「很快就會走上正軌的——」

「嗯，」艾爾頓太太笑著說，「我們等著看吧。」

愛瑪見她堅定地想放棄音樂，也就無話可說了。隔了一會，艾爾頓太太又找到了話題。

「我們去過蘭道爾了，」她說，「男女主人都在家，兩人似乎都很親切。韋斯頓先生似乎是個出色的人，他的妻子看起來也真好，一副賢妻良母的模樣，使人一見面就喜愛不已。她是妳的家庭教師吧？」

愛瑪吃了一驚，什麼也說不出來。不過，她還來不及回答「是的」，艾爾頓太太又接著往下講。

「雖然早就有聽說，但見到她如此雍容大度，還是令我吃驚呢！她是個真正有教養的女人。」

「韋斯頓太太的儀態總是十分得體。既端莊，又樸實、優雅，足以成為所有年輕小姐的榜樣。」愛瑪說。

「當我們在那裡的時候，妳猜誰來了？」

愛瑪大為茫然，聽她的口氣像是一個老朋友，那她怎麼猜得到呢？

「是奈特利！」艾爾頓太太說道，「就是奈特利呀！難道還不巧嗎？他那天來的時候我不在家，因此一直沒見過他。當然，他是艾先生特別要好的朋友，所以我也特別想見他。我經常聽艾先生提到『我的朋友奈特利』，便迫不及待地想見見他。我的丈夫說得沒錯，奈特利是個真正的紳士，我很喜歡他，我認為他的確是個很有紳士風度的人。」

到了客人該走的時候了。愛瑪總算可以鬆一口氣。

「這女人真令人受不了！」她感嘆道，「比我想像的還糟糕，實在叫人受不了！奈特利？我簡直不敢相信，才見過人家一次面，就直呼他的姓名？還說他是個紳士呢！一個自命不凡、庸俗不堪的女人，開口閉口就是『艾先生』，只會吹噓自己，擺出一副傲慢的姿態，炫耀她那俗不可耐的做作。認為奈特利先生是個紳士？我懷疑奈特利先生會不會反過來誇她是個淑女呢！我簡直不敢相信！還叫我和她一起組織一個音樂社團？人家還以為我們是好朋友呢！還有韋斯頓太太！看見我的家庭教師是個大家閨秀，也要大驚小怪！真是太不像話了，我從沒見過像她這樣的人。拿她與哈麗葉相比，那簡直就是對哈麗葉的汙辱。哼！法蘭克要是在這裡，會怎麼說呢？他會多麼氣憤，又會覺得多麼可笑啊！唉！又來了，又想到了他，總是會先想到他！」

這些念頭迅速從她腦際閃過，等艾爾頓夫婦告辭完，伍德豪斯先生安靜下來準備說話的時候，愛瑪總算能靜靜心地傾聽了。

「哎，親愛的，」父親從容不迫地說，「我們以前從未見過她，看樣子是個漂亮的年輕太太，我看她很喜歡你。她說話有點快，話說得太快就容易刺耳；可是，我可能也太挑剔了，不喜歡陌生人的聲音，說話也沒有妳和泰勒小姐好聽。不過，她似乎是個熱情、端莊的小姐，能成為艾爾頓先生的好妻子。但是依我看，他還是不結婚為好，這次的婚禮沒向他們祝賀，我已經表示了最真誠的歉意，說夏天一定會上門拜訪。唉！從這件事就可以看出，我的身體有多麼不好！但我真的不喜歡牧師宅邸巷的那個轉角。」

「我敢說，爸爸，他們會認為你的道歉是真誠的。艾爾頓先生很瞭解你。」

「是呀！可是，對於一位新娘來說，我還是應該去祝賀一番的，不然十分失禮。」

「爸爸，你一向不贊成女人出嫁，怎麼會急著去向一個新娘道賀呢？你不會以為這是什麼好事吧？要是你表現得太過認真，豈不代表你鼓勵別人結婚？」

「不，親愛的，我從沒鼓勵任何人結婚，但我總希望對女士要有適當的禮貌——特別是對新娘。妳知道，親愛的，無論如何，新娘總是最該被重視的。」

「哦，爸爸，如果這還算不上鼓勵別人結婚的話，我真不知道怎樣才算了。想不到你也會鼓勵女孩們想入非非啊！」

「親愛的，妳誤會了，這只是禮貌問題，而不是鼓勵別人結婚。」

愛瑪閉口不語了，父親又變得神經質了，完全無法理解女兒。她想起艾爾頓太太那些氣人的話，久久不能釋懷。

第三十三章

後來發生的事表明，愛瑪用不著改變對艾爾頓太太的不良印象。她起初的看法非常正確，第二次見面時她認為艾爾頓太太還是這樣，以後每次見面時她得到的都是這種印象——自命不凡、愚昧無知、缺乏教養。她略有幾分姿色，也有幾手才藝，卻沒有自知之明，以為自己見多識廣，能為鄉下帶來生氣。她還認為自己一直是個有頭有臉的人物，成為艾爾頓太太之後更是如此。

誰也不會覺得艾爾頓跟妻子有什麼不合的地方。看起來，他不僅對她感到滿意，而且感到驕傲。瞧他的神情，似乎在慶幸自己為海伯里帶來了一個好女人，就連伍德豪斯小姐也無法與她相比。在艾爾頓太太新認識的人之中，有的喜歡誇獎別人，有的雖然缺乏眼力，但見到貝茨小姐對她那麼好，於是就想當然爾地以為，新娘一定就像她自己形容的那樣既聰明又和藹，因此大多數人對她都很滿意。對艾爾頓太太的讚美也就理所當然地流傳開來了。愛瑪並未從中作梗，寧可重複她一開始的那句評語：「衣著講究，樣子討人喜歡」。

在另一方面，艾爾頓太太甚至變得比一開始更糟——她對愛瑪的態度發生了變化。上一次她提出了成立社團的建議，愛瑪沒有理會，也許她生氣了，於是變得越來越冷淡、越來越疏離。儘管這也沒什麼不好，但她這麼做是出於一番惡意，這使得愛瑪越來越討厭她。艾爾頓夫婦都對哈麗葉很不客氣，百般嘲諷、冷落怠慢，愛瑪心想，這一定能很快治好哈麗葉的心病。可是，這種情緒卻使得她倆十分沮喪，毫無疑問，哈麗葉的一片痴情成了他們夫婦揶揄的話題，而愛瑪插手過這件事，很可能也被拿來討論過了，艾爾頓把她說得一無是處，以作為報復。夫妻倆都很討厭她。當他們無話可說的時候，總是開始詆毀起愛瑪；當他們不敢公開冒犯她的時候，就會變本加厲地鄙視哈麗葉，把氣出在她身上。

艾爾頓太太非常喜歡珍，而且從一開始就如此。她並不是為了拉攏一位年輕小姐，好跟另一位年輕小姐作對。她還不只是簡單讚美了幾句，而是在人家並未要求的情況下，主動去幫助她、與她交好。在愛瑪失去她的信任之前，大約是第三次見到她的時候，就聽她講了一番俠義心腸的話：

「費爾法克斯小姐真是迷人！伍德豪斯小姐，我完全被她迷住了。人既甜美又有趣，那麼嫻靜，還那麼多才多藝！說真的，我認為她才華出眾，我可以毫不顧忌地說她的鋼琴彈得太棒啦！也許妳會笑我太輕率，可是說真的，我的確是這樣想的。她的處境太令人可憐了！伍德豪斯小姐，我們得為她做點事，讓她有個出頭的機會，她這樣的才華不該被埋沒。妳一定聽過兩句動人的詩句：『花兒兀自綻放，而芬芳徒留荒野。』我們不能讓可愛的費爾法克斯小姐應驗了這兩句詩。」

「我想那是不可能的，」愛瑪平靜地回答，「等妳更瞭解費爾法克斯小姐的處境，明白她跟坎貝爾上校夫婦過著什麼樣的日子，就不會認為她的才能可能被埋沒。」

「哦！親愛的伍德豪斯小姐，她現在這樣深入簡出、沒沒無聞，完全被埋沒了。無論她在坎貝爾家得到多少好處，那樣的日子都已經結束了！我想她也意識到了這點。她羞怯不語，一看就知道她心裡有些氣餒。我卻因此更喜歡她。說實話，我覺得這是個優點，我認為人應該要含蓄一點——能被我說含蓄的人並不多見。不過，出身卑微的人常有這種特點，讓他們格外惹人喜愛。哦！說實在的，費爾法克斯小姐是個非常可愛的人，我實在太喜歡她了。」

「看得出來。不過我真不知道，無論是妳，還是費爾法克斯小姐的熟人們，或是認識她更久的人，對她還會有什麼其他的——」

「親愛的伍德豪斯小姐，敢作敢為的人沒什麼做不到的。不用擔心，只要我們以身作則，大家都會跟著仿效的，儘管不是人人都有我們這樣的家境。我們有馬車可以接她，送她回家。我們有這樣的生活條件，無論是什麼時候，多了一個珍・費爾法克斯也不會帶來絲毫不便。當僕人為我們送上晚飯的時候，我從不會後悔剩下太多，害得費爾法克斯小姐吃不完。我腦中裡從沒有這種想法。我已經習慣了那樣的生活，也許這就是我持家的最大問題——太過鋪張、花錢太隨便。也許我不應該什麼事都比照楓樹莊，因為我們可沒有薩可林先生那麼多收入；不過我已經下定決心，要提攜費爾法克斯小姐。我一定要常請她來我家裡，無論在什麼場都要盡量介紹她，要多舉行一些音樂會讓她表現才能，還要為她找一個合適的工作。我這個人交遊廣泛，相信很快就能為她找個理想的職位。當然，我姐姐和姐夫來我家的時候，我也要把她介紹給他們，我敢說他們會很喜歡她的。等他們互相熟悉之後，她就不會怕生了，因為他們都很和藹可親。當大家一起出去玩的時候，說不定還可以替她在四輪馬車裡留個空位。」

「可憐的珍！」愛瑪心想，「妳真是太倒楣了。即使這是妳勾引狄克生先生的懲罰，也未免太重了！居然要受到艾爾頓太太的照顧！開口閉口都是『費爾法克斯小姐』，老天！但願她別到處叫我『愛瑪・伍德豪斯』呀！不過我敢說，這個女人的嘴巴看來是沒有遮攔的！」

愛瑪用不著再聽她自我炫耀了。過了不久，艾爾頓太太的態度變了，她也得到了安寧——既不用當艾爾頓太太的朋友，也不用跟著她一起當珍的熱心保護人，而是跟普通人一樣，偶爾打聽一下珍的事情，發生了什麼，或是做了些什麼。

她興致勃勃地旁觀著。艾爾頓太太這麼關心珍，令貝茨小姐感激涕零，艾爾頓太太是她最尊敬的人，既溫柔、又親切，既多才多藝、又不惜屈尊——這正是艾爾頓太太希望得到的名聲。愛瑪唯一驚訝的是，珍居然接受了這種好意，而且似乎還能容忍艾爾頓太太。她聽說珍跟艾爾頓夫婦一起散步，跟艾爾頓夫婦一起坐著，跟艾爾頓夫婦共度一天！這太令人吃驚了！像珍這麼有情調、這麼有自尊心的人，居然能容忍跟牧師一家來往，簡直令她難以置信。

「真是搞不懂她呀！」她心想，「一個月一個月地待在這裡，受盡艱難困苦！現在又要放下尊嚴去領受艾爾頓太太的關心，傾聽她那無聊的絮叨，而不回到一直愛著她的那些伙伴之中。」

珍來到海伯里，原本只計畫待三個月，但坎貝爾夫婦答應了女兒的要求，決定繼續住到施洗約翰節。珍很快就收到信，邀請她到他們那裡。據貝茨小姐說——消息都是她提供的——狄克生太太的信寫得極為懇切。只要珍肯去，就願意派來馬車與僕人，還可以找幾個朋友，解決旅途上的一切困難。但珍還是拒絕了。

「她拒絕這次邀請，一定有什麼理由，而且是比表面上更充分的理由，」愛瑪歸納道，「她一定在做某種懺悔，不是坎貝爾夫婦引起的，就是她自己造成的。一定有人十分擔心、謹慎，態度也很堅決，不允許她跟狄克生夫婦住在一起。但她又何必答應跟艾爾頓夫婦待在一起呢？這是另一個難解的謎。」

有些人知道她對艾爾頓太太的看法，她向他們說出了自己的困惑。韋斯頓太太開始為珍辯護。

「親愛的愛瑪，她在牧師宅邸未必有多快樂，但總比待在家裡好。她姨媽是個好人，但天天跟她作伴，一定讓人十分厭倦。我們先別責怪她為什麼要去那裡，而要先想想她原本住的環境。」

「妳說得對，韋斯頓太太，」奈特利熱切地說，「費爾法克斯小姐跟我們一樣，會對艾爾頓太太作出正確判斷的。要是她可以選擇的話，絕不會跟她來往。但是——」他以責備的眼光對愛瑪笑了笑，「別人都不關心她，她只好接受艾爾頓太太的關心啦！」

愛瑪覺得韋斯頓太太瞥了她一眼，臉上微微一紅，連忙回答：

「依我看，艾爾頓太太的關心只會讓費爾法克斯小姐感到厭倦，我認為，她絕不會嚮往艾爾頓太太的邀請。」

「如果那位姨媽一定要接受艾爾頓太太的好意，」韋斯頓太太說，「那或許會使得費爾法克斯小姐不得不違背本意。儘管她在理智上並不想這麼做，當然，她也可能想換一換環境。」

兩位女士急著聽奈特利再說下去。他沉默了一陣子，然後說道：

「還有一點必須考慮。艾爾頓太太跟費爾法克斯小姐說話時，跟背地裡提到她是不一樣的。我們都知道，人與人相互交談時，無論你多麼討厭某一個人，談話時都不會流露出來。除此之外，妳也可以想像，費爾法克斯小姐無論在心智和儀態上都勝過艾爾頓太太，艾爾頓太太很可能會因為敬畏她而表現得恭恭敬敬。艾爾頓太太過去可能從未見過像費爾法克斯小姐這樣的女人，不管她多麼自命不凡，都無法否認自己相形見絀，並且表現在行動上。」

「我知道你很欣賞費爾法克斯小姐。」愛瑪說。她想起了小亨利，心裡浮現一種既驚恐又微妙的情感，想不出該接著說些什麼。

「是的，」奈特利回答，「誰都知道我很欣賞她。」

「不過，」愛瑪露出懷疑的神情說道，但馬上又停住了——無論如何，還是儘早接受這個壞消息吧！她急忙接著說：「不過，或許連你自己也不明白究竟欣賞到什麼程度。說不定有一天，你會為此大吃一驚。」

奈特利正埋頭扣上皮靴上的紐扣，或許是因為太過用力，或許是因為其他原因，他回話時臉都紅了：

「哦！是嗎？可惜妳知道得太晚了，科爾先生六個禮拜以前就向我透露過了。」

他頓住了。愛瑪感到韋斯頓太太踩了一下她的腳，心裡頓時亂了方寸。過了一會兒，奈特利繼續說道：

「不過，我可以向妳擔保，那是絕不可能的。我敢說，即使我向費爾法克斯小姐求婚，她也不會嫁給我——何況我絕不會向她求婚。」

愛瑪覺得很有意思，回踩了一下朋友的腳，隨即高興地大叫：

「你倒很有自知之明，奈特利先生，我不得不這麼說。」

奈特利似乎沒有注意她的話，只顧著沉思。過了不久，他以不太高興的口氣說道：

「這麼說，妳認定我要娶珍．費爾法克斯了。」

「沒有，我沒有這麼想。你常責備我亂替人家做媒，我哪敢這樣冒犯你呢？我剛才的話並沒有什麼意思，只是鬧著玩的。噢！老實說，我一點也不希望你娶費爾法克斯小姐，或是任何叫做珍的人。要是你結了婚，就不會這樣悠閒地跟我們坐在一起了。」

奈特利又陷入沉思。「不，愛瑪，我想我對她的欣賞程度永遠不會令我吃驚。我向妳保證，我從未對她有過那種念頭。」過了一會，又說：「費爾法克斯小姐是個非常可愛的女孩，但即使是她也並非十全十美。她有一個缺點，就是不夠坦誠，而男人都喜歡娶坦誠的女人。」

愛瑪一聽說珍有缺點，不由得喜上眉梢，「看來，你立刻反駁科爾先生了？」

「是的，立刻，他只稍微透了個口風，我就說他誤會了。他請我原諒，之後就沒再說話了，他並不想裝得比鄰居更聰明、更機靈。」

「在這一點上，親愛的艾爾頓太太就大不一樣了，她想比天底下所有的人都聰明、機靈！我不知道她是怎樣議論科爾一家的，她既放肆又粗俗，會怎麼稱呼他們呢？她稱呼你為『奈特利』，又會稱呼科爾先生什麼呢？所以，費爾法克斯小姐接受她的邀請，答應跟她在一起，我並不覺得奇怪。韋斯頓太太，我最看重妳的意見。我寧可相信費爾法克斯小姐希望離開貝茨小姐，而不是她的智力勝過艾爾頓太太；我不相信艾爾頓太太會承認自己在思想和言行上不如別人，我也不相信她除了受過一點微不足道的教育之外，還會有什麼教養。我可以想像，費爾法克斯小姐去她家時，她會沒完沒了地誇獎她、鼓勵她、款待她，還會喋喋不休地介紹她那些偉大的理想，從幫她找一個好工作，到帶她坐四輪馬車出去遊玩。」

「費爾法克斯小姐是個有感情的人，」奈特利說，「我認為她的感情是強烈的，性情也很好，凡事寬容、自制，卻不夠坦率。她沉默寡言，而我卻喜歡性情坦率的人。不，要不是科爾提到我可能對她有意思，我腦中還從未有過這種念頭。我每次見到費爾法克斯小姐，跟她交談，總是懷著讚賞和愉快的心情；除此之外，沒有其他想法。」

「那麼，韋斯頓太太，」奈特利走了以後，愛瑪得意地說道，「妳現在對奈特利先生要娶珍有什麼看法？」

「哦，說真的，親愛的愛瑪，雖然他老是說自己不愛她，但要是最後真的愛上她了也不奇怪。別跟我爭了。」

第三十四章

海伯里及附近一帶，凡是跟艾爾頓有過交情的人，都想向他表示慶賀，為他們夫妻倆舉行宴會。請帖接二連三地送來，艾爾頓太太欣喜之餘又有些擔心，擔心天天都得出門應酬。

「我是怎麼了？」她說，「我知道跟你們在一起會過著什麼樣的生活。我敢說，完全是花天酒地，我們彷彿成了社會名流了！如果鄉下的生活就是這樣，那倒也沒有什麼可怕的。我敢說，從下週一到週六，我們哪一天也空不出來！即使不是像我這麼有錢的女人，也完全不必擔心。」

凡是對她的邀請，沒有一個被拒絕。她在巴斯早已養成習慣，認為參加晚會是理所當然的，而在楓樹莊住過以後，又更喜歡宴會了。她見到海伯里的人家沒有兩間客廳，做糕餅的手藝又差勁得不像話，打牌時也沒有霜淇淋招待，不禁有點吃驚。貝茨太太、佩里太太、哥達太太實在太落伍，一點常識也沒有，不過她馬上就會教她們如何安排好一切。到了春天，她要答謝眾人的好意，舉行一次盛大的宴會——每張牌桌都點上蠟燭，擺上沒拆封的名牌；除了原有的僕人以外，還要臨時雇幾個幫手；在適當的時間點，按照適當的次序為客人端上茶點。

這時候，愛瑪也覺得必須在哈特菲爾德為艾爾頓夫婦舉行一次宴會，絕不能落於人後，否則就會遭到猜疑，認為你記恨於人。一定得舉行一次宴會。伍德豪斯先生沒有反對，只是像往常一樣，說自己不坐在末席，但又不知道該由誰代他坐末席。

要邀請誰，這一點也不傷腦筋。除了艾爾頓夫婦以外，還有韋斯頓夫婦和奈特利——當然也少不了哈麗葉。不過，愛瑪並不是那麼樂意邀請她，當哈麗葉懇求別讓她去的時候，愛瑪反倒感到特別高興。「除非逼不得已，我寧可不跟他在一起。我看到他和他那可愛、活潑的妻子在一起，心裡很不是滋味。如果伍德豪斯小姐不見怪的話，我寧可待在家裡。」這正中她的下懷，眼見她的朋友表現得如此剛毅，她心裡感到非常高興。現在，她可以邀請她真正想邀請的第八個人了，那就是珍。自從上次跟韋斯頓太太和奈特利談話以來，她比以往任何時候都更覺得對不起珍。奈特利的話總是縈繞在她的心頭，他說珍得不到別人的關心，只好接受艾爾頓太太的關心。

「沒錯，」她心想，「至少對我來說是這樣，而且他指的正是我。太不像話了，我跟她同齡，又一向瞭解她，本應該對她好一些。她再也不會喜歡我了，我冷落她太久了；不過，我以後要更關心她。」

每一份請帖都得到了滿意的答覆，被邀請者全部都會赴約，而且都很高興。不過，就在宴會剛開始準備的時候，卻發生一件不巧的事。很早之前就說好，奈特利家的兩個孩子春天要來陪外公和姨媽住幾個禮拜，但他們的父親卻臨時說要送他們來，並且在哈特菲爾德住一天——恰好就是舉行宴會的那一天。他工作上的急事不容他拖延時日。父女倆感到不安起來，伍德豪斯先生認為，餐桌上頂多只能坐八個人，否則他的神經就受不了，而現在卻冒出了第九個人！愛瑪也認為這個消息實在是太不幸了。

儘管她無法安慰自己，卻能夠安慰父親。她說，雖然約翰一來，會讓人數增加到九個，但他總是沉默寡言，不會增添太多雜音。她認為，他總是板著臉，又很少說話，要是讓他坐在她對面，那真是一件倒楣的事。

儘管愛瑪覺得倒楣，伍德豪斯先生卻覺得是件好事。約翰來了，但韋斯頓先生卻臨時被叫到了城裡，無法赴約。這讓伍德豪斯先生鬆了一口氣。愛瑪見父親放寬了心，加上兩個小外甥也到了，姐夫聽說自己來得巧的時候又顯得那麼安靜，她心裡的不悅也煙消雲散了。

這一天到來了，客人也準時到齊了。約翰似乎從一開始就擺出和藹可親的樣子。吃飯的時候，他沒把哥哥拉到窗前，而是在跟珍說話；韋斯頓太太穿著花邊禮服，戴著珠寶，打扮得非常漂亮，約翰默默地盯著她——他只想好好看幾眼，方便回去講給伊莎貝拉聽——不過珍是個老朋友，又是位文靜的小姐，倒是可以聊一聊。吃早飯前，他帶著兩個兒子出去散步，回家路上遇見過她，當時下起了雨。他理所當然要說幾句表示關心的話。

「妳今天早上沒走遠吧？費爾法克斯小姐，不然一定被雨淋濕了。我們差一點來不及趕回家，我想妳馬上就折返了吧？」

「我只去了郵局，」費爾法克斯小姐說，「雨還沒變大就回家了。我每天都要走一趟，我們家中總是由我去取信。這樣也好，可以趁機出去走走。早飯之前散散步對我有好處。」

「我想，在雨中散步應該沒什麼好處吧？」

「那當然了，但我出門時根本沒下雨。」

約翰微微一笑，說道：

「也就是說，妳是存心想出門走走的。因為當我遇見妳時，妳離家門還不到六碼遠。亨利和約翰早就感覺到雨滴了，而且隨後也馬上下起大雨了。在人一生中的某個階段，郵局也許充滿魅力。但等妳到了我這個年紀，就會覺得根本不值得冒雨去取信。」

珍臉上微微一紅，然後答道：

「我可不敢指望有你這麼好的條件。即使上了年紀，我也不敢對信漠不關心。」

「漠不關心？哦！不，我從沒說妳會對信漠不關心。這與關不關心無關，一般來說，它只會招惹麻煩。」

「你指的是業務上的信，我說的是傳達友誼的信。」

「我總覺得傳達友誼的信更沒意義，」約翰冷冷地回答，「妳知道，工作上的事還能讓妳賺錢，但友誼上的事卻賺不到什麼錢。」

「啊！你是在開玩笑。我太瞭解約翰先生了，我敢說，他最懂得友情的重要。你不像我這麼重視信件，我可以理解；不過，之所以會不同，並不是因為你比我年長十歲，而是環境問題。你的親人總是在身邊，而我可能永遠也無法像你一樣。因此，除非我一點感情都不剩了，否則即使遇上比今天更糟的天氣，我仍然會去郵局的。」

「我剛才說妳會隨著年齡增長而慢慢變化，」約翰說，「這是指，時間往往會讓處境產生變化。一般來說，除非天天見面，否則人與人之間的感情會逐漸淡薄——不過，我指的變化不是在這個方面。費爾法克斯小姐，作為一個老朋友，妳一定會允許我抱著這種期望：十年以後，妳也會像我一樣，身邊有許多親友圍繞。」

這話說得很親切，絲毫沒有冒犯的意思。珍高興地說了聲「謝謝」，似乎打算一笑置之。但是她臉紅了，嘴唇顫抖著，眼裡含著淚水。就在這時，她的注意力被伍德豪斯先生吸引了，伍德豪斯先生按照往常的慣例，正在逐一招呼客人，對女士們尤其客氣，最後輪到了珍。只見他彬彬有禮地說道：

「費爾法克斯小姐，聽說妳今天早上出門淋了雨，我感到很不安。年輕小姐應該多保重身體才是。親愛的，妳換過襪子了嗎？」

「換了，先生。謝謝您對我的親切關懷。」

「親愛的費爾法克斯小姐，年輕小姐總是必須受到關懷。我希望妳外婆、姨媽身體也都好，她們是我的老朋友了。要是我身體再好一些，就會當一個更好的鄰居。我敢說，妳今天讓我們蓬蓽生輝，我和我女兒都明白妳的好意，能在哈特菲爾德接待妳，真是萬分榮幸。」

這位善良有禮的老先生坐下了，心想自己已盡到了責任，讓每位漂亮小姐都感到賓至如歸，心裡不由得十分舒暢。

這時，珍冒雨出門的事被艾爾頓太太聽到了，她開始對珍進行勸導。

「親愛的珍，這是怎麼一回事呀？冒著雨去郵局？這可不行啊。妳這個傻孩子，怎麼能做這種事呢？這代表我一不在，就沒有人能照顧妳。」

珍很有耐心地向她解釋說，自己沒有著涼。

「哼！我才不信呢。妳真是個傻孩子，都不會照顧好自己。居然跑去郵局！韋斯頓太太，妳聽說過這種事嗎？我們真該好好管住她。」

「我也正想勸她幾句呢！」韋斯頓太太以親切、規勸的口氣說道，「費爾法克斯小姐，妳可不能冒這種險啊！妳動不動就感冒，必須特別小心才行，尤其在這個季節。我總覺得，春天是最需要小心的。寧可晚一兩個鐘頭，甚至晚半天再去取信，也不要冒著著涼的危險。難道妳不這樣想嗎？是啊，我知道妳是很明理的，絕不會再去做這種事了。」

「哦！她絕不會再做這種事了，」艾爾頓太太急忙說道，「我們也不會讓她再做這種事了。」說著，她意味深長地點了點頭，「一定要想個辦法，我要跟艾先生說一說，每天早上都派一個僕人去拿信，順便也幫妳拿。妳知道，這能省下不少麻煩。親愛的珍，我認為妳用不著顧慮，就接受我們的一番好意吧！」

「妳真是太好了，」珍說，「但我不能放棄早晨的散步啊。醫生叮嚀我盡可能多去戶外走走，所以我就把郵局當成了目的地。說真的，我以前還沒遇過哪個早上天氣這麼差呢！」

「親愛的珍，別再說了。這件事已經決定了，」艾爾頓太太裝模作樣地說道，「有的事情我可以自己作主，而不必徵求我丈夫同意。妳知道，韋斯頓太太，做妻子的說話應該謹慎才是；不過，親愛的珍，我可以自豪地說，我的話多少還是有份量的。因此，除非遇到無法克服的困難，不然這件事就算說定了。」

「對不起，」珍懇切地說道，「我絕不會同意這個做法，無緣無故麻煩你們的僕人。如果我不想去拿信的話，那就叫我外婆的僕人去拿，我不在的時候都是這麼做的。」

「哦！親愛的，帕蒂要做的事太多了！使喚一下我們的僕人，也算是給我們面子呀！」

珍似乎並不打算退讓，但她沒有回答，而是又跟約翰說起話來。

「郵局真是個了不起的機構！」她說，「辦事準確又迅速！只要想像他們有那麼多郵件要處理，而且還能處理得那麼好，就叫人吃驚！」

「的確是很有條理。」

「很少出現疏失或差錯！往來全國各地的信件成千上萬，卻很少有送錯地方的；而真正遺失的，我想一百萬封裡也找不出一封！再想想每個人的筆跡千奇百怪，有的寫得那麼潦草，都必須一封封辨認，越想越令人驚嘆！」

「郵局裡的人做習慣就變成行家了。他們一開始就必須眼明手快，經過不斷練習後，又更加眼明手快。如果妳還需要其他解釋的話，」約翰笑了笑，「他們是為了賺錢，這就是他們有本領的關鍵原因。既然收了錢，他們就必須好好服務。」

他們又談起了千奇百怪的筆跡，發表了一些看法。

「我聽人說，」約翰說道，「同一家人的筆跡往往很相似；而由同一個老師教出來的人，筆跡也會很相似。我還以為這種現象只限於女性，因為男生除了小時候學點書法以外，長大後就很少接受訓練，筆跡自成一格。我看伊莎貝拉和愛瑪的筆跡就很相似，我總是分辨不出來。」

「是的，」他哥哥有些遲疑地說，「是很相似，我懂你的意思——可是愛瑪的筆跡比較剛勁有力。」

「伊莎貝拉和愛瑪的筆跡都很秀麗，」伍德豪斯先生說，「可憐的韋斯頓太太也是如此——」說著，她朝韋斯頓太太又是嘆息，又是微笑。

「我從沒看過哪位先生的筆跡比——」愛瑪開口說道，看了看韋斯頓太太，但一見到韋斯頓太太在聽別人說話，便停了下來，同時思索道：「現在我該怎麼提起他呢？我不該當著所有人的面直接說出他的名字吧？我是不是該拐彎抹角呢？妳在約克郡的那位朋友——約克郡跟妳通信的那個人。我想，如果我心裡有鬼，那就只能這麼說，不行，我可以心安理得地說出他的名字。好，說就說吧！」

韋斯頓太太不再聽別人說話了，愛瑪便又開口：「我所見過的男士當中，就數法蘭克先生的字寫得最好。」

「我可不欣賞他的字，」奈特利說，「太小了，缺乏力道，就像女人寫的一樣。」

兩位女士都不同意他的話，認為那是對法蘭克的卑劣毀謗。「才沒有呢。字的確寫得不大，但很清楚，而且很有力道。韋斯頓太太沒把信帶來讓大家看看嗎？」韋斯頓太太的確沒帶，她回過信後就將它收起來了。

「假如我們在另一個房間裡，」愛瑪說，「假如我的寫字台就在旁邊，我一定能拿出他的一份手跡來。我有一封他寫的信。韋斯頓太太，妳不是『雇用』他幫妳寫過一封信，難道妳忘了嗎？」

「『雇用』這個詞是他自己說的——」

「好，好，我的確有那封信，吃完飯可以以拿出來，讓奈特利先生看個究竟。」

「嘿！像法蘭克先生那樣愛獻殷勤的年輕人，」奈特利冷冷地說，「寫信給伍德豪斯小姐這樣的漂亮女士，當然要無所不用其極了。」

晚宴端上桌了。艾爾頓太太早已一廂情願地作好了準備，當伍德豪斯先生還沒走過來邀請她進餐廳，她就說道：

「我一定得先走嗎？我真不好意思走在前面。」

珍去取信的事被愛瑪聽到了。她很好奇珍這回冒雨出門是否有什麼收穫。她猜想一定有，要不是滿懷希望收到一位很親近的人的信，絕不會那麼堅持的，愛瑪覺得她看起來比平常更興高采烈、更容光煥發。

愛瑪本想打聽一些郵局的事，以及從愛爾蘭寄信要多少郵資，但話一到嘴邊，又重新吞了下去。她已下定決心，絕不說任何傷害珍的話。大家跟著另外兩位女士走出客廳，兩人手挽著手，親熱的模樣與她們的美貌和風度十分相配。

第三十五章

吃完飯，女士們回到了客廳，愛瑪發現她們身不由己地被分到不同的圈子。艾爾頓太太心懷成見，又沒禮貌，硬是纏著珍不放，並且冷落她。她只好一直和韋斯頓太太待在一起，有時聊天，有時沉默，別無選擇。即使珍希望艾爾頓太太安靜一下，她很快又會喋喋不休起來。雖然兩人幾乎都在低聲耳語，但別人仍能聽出她們在聊些什麼：郵局、感冒、取信、還有友情。後來又說起了一件事——也是珍同樣不願談及的一件事——問她是否聽說過什麼好職位，然後說出自己如何為她煞費苦心。

「現在已經四月了！」她說，「我真為妳著急。眼看就要六月了。」

「但我從沒說過一定要在哪個月——我只預計大約等到夏天。」

「妳真的沒聽過什麼消息嗎？」

「我連打聽都沒打聽過，我現在還不想打聽。」

「噢！親愛的，動作越快越好，妳不知道找一個好家庭有多難哪！」

「我不知道！」珍搖了搖頭，「親愛的艾爾頓太太，誰能完全明白我的考量呢？」

「但妳見的世面沒有我多呀！妳不知道，好職位人人搶著要，這種事我在楓樹莊見得可多了。像是薩可林先生的侄女布雷格太太，想在她家工作的人就絡繹不絕，因為她常在上流社會活動。教室裡還點蠟燭呢！妳可以想像那有多好啊！全英國的家庭中，我最希望妳去布雷格太太家。」

「坎貝爾上校夫婦要在施洗約翰節回倫敦，」珍說，「我得去陪他們一陣子，他們肯定也這麼希望。之後我或許就能自由安排了；不過，我希望妳先不要費神去打聽。」

「費神？妳多慮了。妳怕給我添麻煩，可是親愛的珍，老實說，坎貝爾夫婦未必比我更關心妳。過幾天我寫封信給派特里奇太太，叫她替我留心找個合適的人家。」

「謝謝，我倒希望妳別這麼做，因為我還不想麻煩任何人。」

「好孩子，時間一下就過了。現在是四月，馬上就是六月、七月；要辦好這件事可不容易，因為妳毫無經驗。好機會可不是天天都有的，也不是說找就找得到的。我們一定要馬上開始打聽。」

「對不起，太太，我還沒有這個打算。我自己不打聽，也不希望朋友們為我打聽。我一點也不擔心會找不到工作，城裡有些辦事處，去那裡總會有結果的。那些仲介所——倒不全是賣身的，而是賣腦力的。」

「哦！親愛的，賣身？妳嚇壞我了。如果妳是在抨擊奴隸制度，那我可要說，薩可林先生一向是主張廢除奴隸制度的。」

「不，我沒有想到奴隸制度，」珍回答，「請妳放心，我想的是家庭教師這個行業。我只是要說，去找一下仲介所的廣告，一定能很快找到一個合適的職位。」

「合適的職位？」艾爾頓太太重複道，「是呀，那也許比較適合普通人。我知道妳很謙虛，但妳的朋友絕不會希望妳隨便找一個職位——一個不起眼的普通人家，既沒有社交圈，生活又不優渥。」

「我明白妳是一片好心，但我並不在乎這些。我並不想去富裕人家，那只會讓我忍不住跟人家比較，感到更難受罷了；我只想找一個紳士家庭。」

「我懂，我懂，妳什麼人家都肯去。但我比妳挑剔多了，我敢說，善良的坎貝爾夫婦一定支持我的看法。妳有那麼棒的才能，應該多出入上流社會；光憑妳的音樂知識，就有這種資格，無論是多幾個房間，還是跟雇主多麼親密。也就是說——誰知道——如果妳會彈豎琴的話，那就無往不利。不過，妳彈得一手好琴，又有副好嗓子，即使不會彈豎琴也沒關係。妳一定要找一個體面、舒適的職位，不然的話，坎貝爾夫婦和我都不會安心的。」

「體面、舒適，當然也是一樣重要的，」珍說，「不過，我是認真的，我不想現在就麻煩別人。非常感謝妳，艾爾頓太太，我感謝關心我的每個人，但我真的希望等夏天再說。我要在這裡再待兩三個月，就像現在這樣。」

「儘管放心吧，」艾爾頓太太欣然回答，「我也是認真的，我一定會隨時留意，還要叫我的朋友隨時留意，不要錯過任何好機會。」

她就這樣喋喋不休地說著，直到伍德豪斯先生走進房間。這時，她的虛榮心又換了個目標，愛瑪聽見她小聲對珍說道：

「瞧，我親愛的老朋友來啦！妳知道，他多會獻殷勤呀！我太喜歡他了，我欣賞那些有趣的老式禮節，比現代人的落落大方更合我的口味。要是妳能聽見他在吃飯時對我說的那番恭維就好了。哦！跟妳說吧，我擔心艾先生要嫉妒死了！他很注意我的衣服，妳覺得我這件衣服怎麼樣？是賽琳娜挑選的——我覺得挺好看的，但不知道是否綴飾過多。雖然我討厭太花俏的衣服，但人家都希望我這樣穿，妳知道，新娘就得穿成這個樣子。我生來就喜歡樸素，但像我這樣的人是少數，如今大家都在追求虛飾與華麗。我想把我那件銀白色的毛葛料衣服也加上這種裝飾，妳覺得會好看嗎？」

賓客們剛重新聚集在客廳裡，韋斯頓先生就來了。他很晚才回家吃晚飯，一吃完便趕到了哈特菲爾德。大家對他的到來並不感到意外，但仍覺得很高興。要是在吃飯前看見他，伍德豪斯先生一定會有些怨言，現在到反而更好。只有約翰心裡十分詫異：一個人去倫敦辦了一天事，晚上不肯安份地待在家裡，卻要走半哩路來別人家，在寒暄客套和吵吵嚷嚷中過完一天——這實在難以理解！要是他是來妻子接回家的，倒也情有可原；但他的出現卻有可能讓宴會更晚結束。約翰驚異地望著他，聳了聳肩。「我真不敢相信，他會做出這樣的事。」

韋斯頓先生全然不知自己冒犯了別人，仍然像往常一樣興高采烈。他外出了一整天，有好多話題可以侃侃而談，而他也充分利用了這項權利。韋斯頓太太問起他吃晚飯的事，他一一作了回答，請妻子放心，她交代僕人的事，僕人一概沒有忘記，還把他在外面打聽到的消息告訴了大家，然後就轉入夫妻間的話題。雖然主要是對妻子說的，但他相信屋內的人們都很感興趣。他交給太太一封信，那是法蘭克寫的，他擅自拆開了。

「看吧，看看吧！」他說，「妳會很高興的。只有幾行字，唸給愛瑪聽聽吧。」

兩位女士一起看了信。韋斯頓先生笑嘻嘻地坐在一旁，不停說著話。他把音量放低了一點，但大家還是聽得見。

「瞧，他要來了。真是個好消息，妳覺得呢？我就說他很快還會來的，對吧？但妳總是不相信我。下禮拜就會到城裡了——我敢說，最晚下禮拜會到。因為邱吉爾太太做事總是迫不及待，他們搞不好明天或禮拜六就到。至於她的病，當然算不了什麼。不，法蘭克就在倫敦，讓他來一趟再好不過了。他們一來就能待上很長一段時間，法蘭克會有一半時間跟我們在一起，正合我意。這是個好消息吧？看完了嗎？愛瑪也看完了吧？把信收起來，我們再找機會好好談談，現在不行，別讓別人聽到了。」

韋斯頓太太感到萬分欣慰，神情和談吐之間對此毫不掩飾。她很高興，祝賀的話也說得既熱烈又坦率。但愛瑪就沒有那麼開心了，她想起了自己的感情，好奇自己應該激動到什麼地步。她覺得自己一定相當激動。

不過，韋斯頓先生過於急切，只顧著自己說話。他聽了妻子說的話，覺得十分得意，又跑去向全屋的人宣布這一則他們早就聽到的消息，讓他們也高興一下。

幸虧他一廂情願地認為所有人都很開心，沒有注意到伍德豪斯先生或奈特利的冷淡反應。接著，他打算告訴珍，但她正與約翰聊得起勁；之後他看見艾爾頓太太就在一旁，而且正閒著，便跟她說起了這件事。

第三十六章

「我希望不久後就能向妳介紹我的兒子。」韋斯頓先生說。

艾爾頓太太很願意把這個舉動視為對她的一種特別恭維，於是便眉開眼笑。

「我想妳一定聽說過法蘭克・邱吉爾，」韋斯頓先生接著說，「而且知道他是我的兒子，儘管他跟我不同姓。」

「哦！是的，我很樂意結識他。我敢說艾先生一定會馬上去拜訪他。如果他能光臨牧師宅邸，我們都會感到不勝榮幸。」

「妳太客氣了。我想法蘭克一定會十分開心的。他最晚下禮拜就會到倫敦，這是信上寫的。今天早上我在路上遇見郵差，看見了我兒子的信，便把它拆開了——不過，信不是寫給我，是寫給我太太的。不瞞妳說，法蘭克總是寫信給她，我幾乎沒收到什麼信。」

「這麼說來，你的確該把信拆開！哦！韋斯頓先生，」艾爾頓太太裝模作樣地笑了起來，「這種行為十分不好啊！我拜託你別讓鄰居也學你這麼做。老實說，要是我也遇到這種事，一定不會善罷甘休！哦！韋斯頓先生，我簡直不敢相信，你居然會做出這種事來！」

「是呀，男人都是壞傢伙，妳得多留意才是，艾爾頓太太。這封信告訴我們——它是封短信，寫得很匆忙——說他們馬上就要來倫敦，這是為了邱吉爾太太——她整個冬天身體都不好，覺得恩斯坎比太冷，因此要來南方住一暫子。」

「是呀！我想是從約克郡來的，恩斯坎比在約克郡吧？」

「是的，距離倫敦大約有一百九十哩，路程相當遠。」

「是呀，比楓樹莊到倫敦還遠六十哩；不過，韋斯頓先生，對於有錢人，路程遠近又算得了什麼呢？我姐夫時常東奔西跑，你聽了肯定會大吃一驚——他和布雷格先生駕著馬車，一個禮拜跑了兩趟倫敦呢！」

「從恩斯坎比這麼遠的地方趕來，」韋斯頓先生說，「麻煩就在於，聽說邱吉爾太太已經一個禮拜沒離開沙發了。法蘭克在上一封信上說到，她的身體太虛弱，每次去暖房都得讓法蘭克和他舅舅扶著！但現在倒好，她迫不及待地想進城，只打算在路上過兩夜，法蘭克的信上是這麼寫的。當然，女人的體質就是特別虛弱，艾爾頓太太，妳必須承認這一點。」

「不，我才不會承認，我總是站在女人這一邊。跟你說吧！要是你知道賽琳娜對於在旅館過夜的看法，就會知道為什麼邱吉爾太太要千方百計地避免在旅館裡過夜了。賽琳娜說，她每次旅行都要帶上自己的被單，對一切加以防範；邱吉爾太太是不是也會這麼做？」

「放心吧，有身分的女士會怎麼做，邱吉爾太太就會怎麼做。在英國，邱吉爾太太的地位絕不會輸給任何女士——」

艾爾頓太太急忙打斷了他的話：

「哦！韋斯頓先生，別誤會我的意思。賽琳娜可不是什麼有身分的女士，別這麼說。」

「她不是嗎？那就不能拿她來衡量邱吉爾太太了。邱吉爾太太可是個實實在在的高貴女士。」

艾爾頓太太心想，她不該這樣否認。她絕不想讓人家以為自己的姐姐不是個有身分的女士，但她缺乏大言不慚的勇氣。正當她想著該怎麼補救時，韋斯頓先生又說道：

「我不是很喜歡邱吉爾太太，也許妳猜得到；不過，我只跟妳這麼說。她很喜歡法蘭克，所以我也不想說她的壞話，再說她現在身體不好。不過，偷偷告訴妳，艾爾頓太太，我不相信邱吉爾太太真的有病。」

「要是她真的有病，為什麼不去巴斯呢？或是克利夫頓？」

「她覺得恩斯坎比太冷了，她受不了。其實，我看她是在恩斯坎比住煩了，想換換環境。那個地方太偏僻，雖然是個好地方，但真的太偏僻。」

「是呀！我敢說，就像楓樹莊一樣，沒有地方比它更偏僻的了。周圍有那麼大的農場！就像與世隔絕一樣。邱吉爾太太也許沒有賽琳娜那樣的身體、那樣的心情，能享受與世隔絕的生活；或是缺乏消遣方式，適應不了鄉下生活。我總是說，女人的消遣越多越好，謝天謝地！我有這麼多的消遣，即使沒有朋友也沒關係。」

「法蘭克二月的時候在這裡住了兩個禮拜。」

「我聽說過。他下次來的時候，會發現海伯里的社交界增加了一員——如果我算得上是一員的話；不過，他也許還不知道我的存在吧？」

她這番話顯然是想討人恭維，果然，韋斯頓先生馬上彬彬有禮地說道：

「親愛的太太！除了妳以外，誰也不會這麼想。不知道妳的存在？我相信，韋斯頓太太最近的信裡寫的幾乎都是艾爾頓太太。」

盡到了責任之後，韋斯頓先生可以回過頭來聊聊兒子了。

「法蘭克走的時候，」他說，「我們都不知道什麼時候能再見到他，這也讓今天的消息令人格外高興。這太出人意料了！其實，我一直相信他很快就會回來的，但就是沒人相信我。法蘭克和韋斯頓太太都心灰意冷。『我怎麼能來呢？舅舅與舅媽怎麼肯答應我呢？』——但我總認為會發生可喜的變化。妳瞧！果然出現了，我以前就說，如果這個月過得不順利，下個月一定會有所補償。」

「一點也沒錯，韋斯頓先生，我以前也常對某位先生這麼說。他當時正在求婚，但事情進展得不順利，讓他絕望了，說按照這樣的速度，即使到了五月，婚姻之神也不會庇佑他們！哦！我花了多少力氣才打消了他那悲觀的想法！就說馬車吧，我們對馬車不抱什麼希望，有一天早上，他垂頭喪氣地跑來找我——」

她輕咳了一聲，韋斯頓先生連忙抓住機會，繼續往下說。

「妳說到五月——就是在五月，邱吉爾太太不知是聽了誰的話，還是自己決定的，要到一個比恩斯坎比暖和的地方——也就是倫敦。因此，法蘭克整個春天都會經常來我們這裡——春天是人們外出探親訪友的好季節，白晝長、氣候宜人，讓人忍不住往外跑。他上次來的時候，我們想玩得痛快些，但是那陣子陰雨連綿，非常潮濕，妳知道二月的天氣總是那樣。這一次時機正好，可以玩個痛快。艾爾頓太太，我們不確定他什麼時候會來，無時無刻不在盼望著，這種心情搞不好比他來了還令人高興。我希望妳會喜歡我兒子，不過別以為他是個天才，大家都認為他是個好青年，但別以為他是個天才。韋斯頓太太非常喜歡他，她認為誰也比不上他。」

「放心好了，韋斯頓先生，我相信我會喜歡他的。我已經聽到了那麼多讚美法蘭克先生的話。不過，老實說，我是個有主見的人，絕不會盲目聽信別人的話。我可以先跟你說，要是我對你兒子有什麼評價，就會有話直說，絕不會奉承人。」

韋斯頓先生沉思了一下，隨即說道：

「我希望，我對可憐的邱吉爾太太不會太苛刻。要是她真的病了，我就不應該錯怪了她。不過她的性格有些奇怪，我很難對她抱著寬容的態度。艾爾頓太太，妳不會不懂我跟這家人的關係，也不會不懂我的遭遇。偷偷告訴妳，這一切全怪她，是她從中挑撥的。要不是因為她，法蘭克的母親絕不會受到欺侮。邱吉爾先生也有些傲慢，但是跟他妻子比起來，根本算不了什麼。更讓人無法容忍的是，她根本沒什麼門第可以炫耀。邱吉爾先生娶她的時候，她是個毫無地位的人，勉強算是個紳士的女兒；但自從嫁到邱吉爾家以後，就變得趾高氣揚，比邱吉爾家的人還要目中無人。不過，跟妳說吧！她只不過是個暴發戶。」

「咳，真令人生氣啊！我最討厭暴發戶。我在楓樹莊的時候，就最討厭這種人了，因為附近就有一戶這樣的人家，老愛裝模作樣，把我姐姐、姐夫氣壞了！你一提起邱吉爾太太，我立刻就想起了他們。那家人姓塔普曼，搬來不久；明明有許多卑賤的親戚，卻擺出好大的架子，還想跟那些名門世家攀親帶故呢！他們在西屋住不到一年半，沒人知道他們是怎麼發財的。他們來自伯明罕，你也知道，那不是個容易發財的地方，我總覺得這個地名聽起來不吉利。不過，有關塔普曼一家的其他事就不清楚了，雖然我敢說有不少可疑之處。從他們的態度看得出，他們自以為可以跟我姐夫平起平坐，這太不像話了！薩可林先生在楓樹莊住了十一年，更別提他父親——至少我是這麼想的，我敢說，老薩可林先生在去世前就買下了這幢宅邸。」

茶點端來了，打斷了他們的談話。韋斯頓先生說完了想說的話，馬上趁機溜掉了。

用完茶點，韋斯頓夫婦和艾爾頓坐下來陪伍德豪斯先生打牌。其他人則自由活動，愛瑪懷疑這群人能否合得來，因為奈特利似乎不想交談，艾爾頓太太只想要別人聽她說話，不過沒有人想理會她，使她心裡氣惱，一言不發。

倒是約翰的話比哥哥來得多。他隔天一大早就要離開，因此說道：

「愛瑪，我看兩個孩子的事不需我多交代了，妳收到了姐姐的信，信裡一定把一切都寫得很詳細。我沒什麼好叮嚀的，只有一點：不要寵壞了他們，不要動不動就餵他們吃藥。」

「我倒希望讓你們夫妻倆都滿意，」愛瑪說，「因為我要盡可能讓他們玩得開心——這是伊莎貝拉希望的——而要開心，就不能恣意嬌慣和隨便吃藥。」

「要是妳覺得他們煩人，就把他們送回家。」

「那很有可能。你是這麼想的嗎？」

「我是怕他們吵得妳父親受不了，甚至成為妳的累贅，因為妳最近的客人比較多，以後說不定還會更多。」

「還會更多？」

「是的，妳一定感覺到了，最近半年，妳的生活方式發生了很大的變化。」

「變化？不，我什麼都沒感覺到。」

「毫無疑問，妳的交際活動比以前多了不少。就像這一次，我才來這裡待一天，就看到妳開起了宴會！以前曾經發生過這樣的事嗎？妳的鄰居越來越多，妳跟他們的往來也越來越多。最近妳寫給伊莎貝拉的每一封信，講的都是剛舉行過的娛樂活動，例如在科爾先生家吃飯啦、在克朗旅店跳舞啦；光說妳跟蘭道爾一家的來往，就是很大的變化。」

「是呀，」他哥哥連忙說道，「都是蘭道爾造成的。」

「是的，依我看，蘭道爾今後帶來的影響也不會減少，因此我覺得亨利和約翰有時可能會妨礙到妳。要是這樣的話，希望妳把他們送回家。」

「不，」奈特利大聲說道，「不一定要這麼做。把他們送來唐維爾，我有時間。」

「說實在的，」愛瑪嚷道，「你的話讓我感到可笑！我倒想知道，我舉行了這麼多次聚會，你哪一次沒有參加？又憑什麼認為我沒空照顧兩個小孩？我的這些聚會——你是指在科爾家吃過一次飯、提起過要開一次舞會可是沒開成嗎？我懂你的意思，」她朝約翰點了點頭，「你碰巧在這裡遇見這麼多朋友，就高興得無法掩飾。而你——」轉向奈特利，「你知道，我難得離開哈特菲爾德兩個小時，哪來的到處玩樂？至於我親愛的小外甥，我得說，要是愛瑪阿姨沒空照顧他們，我看他們跟著奈特利大伯也未必會好到哪去。愛瑪阿姨離開家一小時，他就要離開五小時——即使他待在家裡，也只會埋頭讀書，或是埋頭算帳。」

奈特利似乎竭力想忍住笑。就在這時，艾爾頓太太跟他說起話來。

第三十七章

愛瑪靜下心來想了一下，終於確定自己聽到法蘭克要來的消息以後，心裡到底有多麼激動。她很快就意識到：擔心也好、尷尬也罷，都不是為了自己，而是為了他。她的情意完全消失了，根本不值得考慮。可是法蘭克的感情無疑更深一些，要是他這次回來還跟過去一樣痴情，那就不妙了。如果分離兩個月還不能讓他情意淡去，那她就大禍臨頭了。他們必須謹慎行事，愛瑪不打算再捲入感情的糾葛，也不想鼓勵他的感情。

愛瑪希望自己能阻止他露骨地向她求愛，但又隱約預料到會發生些什麼事——她覺得今年春天一定會出現一場危機，一件足以改變她目前安逸生活的大事。

沒過多久（比韋斯頓先生預料的要久），愛瑪就有機會觀察法蘭克的情感了。恩斯坎比那一家人並未像原訂的那麼早抵達倫敦，但法蘭克到達倫敦不久就前來海伯里。他騎了兩個小時的馬，又從蘭道爾直奔哈特菲爾德。愛瑪可以用她敏銳的目光，斷定他心裡是怎麼想的，並決定該怎麼應付。兩人極其友好地相見了。毫無疑問，法蘭克十分高興，但愛瑪幾乎立即察覺到，他不像過去那麼喜歡她了。由於分離的緣故，加上他或許看出愛瑪無意於他，因此便自然而然地產生了這種結果，這也是愛瑪求之不得的。

法蘭克還是一樣興高采烈，他很喜歡談論上次來作客的事，提到一些往事時，心裡也並非毫無悸動，而且有些忐忑不安。他只待了十五分鐘，便匆匆趕去拜訪海伯里的其他人家了。「我在街上遇見許多老朋友，當時只停下來問候了一聲——不過，我認為要是不上門拜訪，人家一定會見怪的。儘管我很想在這裡多留一會，但是不得不趕緊離開。」

愛瑪毫不懷疑他的感情消逝了，不過一想到他的激動情緒，以及匆忙的離去，她忍不住擔心他舊情復萌。於是，為了謹慎起見，她決定不要跟他待在一起太久。

十天當中，法蘭克只來過這麼一次。他一次次地希望前來，一次次地計畫要來，但始終沒有來成。他說舅媽不讓他離開。要是所言屬實，那就可以斷定，邱吉爾太太來到倫敦，並未治好她那任性和神經質的毛病。她是真的病了，法蘭克在蘭道爾就說過自己對此深信不疑。雖然其中可能存在心理因素，但他回想起來，總覺得她的身體一日不如一日。不管他的父親怎麼懷疑，他都不覺得她的病是憑空捏造的，也不覺得她還跟以前一樣健壯。

看起來，倫敦並不是適合她待的地方。她受不了那裡的喧鬧，神經始終處於煩躁和苦惱之中。十天之後，她的外甥寫信來蘭道爾，說計畫改變了。他們馬上要搬到里奇蒙德，有人向邱吉爾太太推薦了那裡的一位名醫。他們選了一個舒適的地點，租了一棟房子，心想換個地方對她大有好處。

愛瑪聽說，法蘭克似乎十分興高采烈，並且感到慶幸。他有兩個月的時間（因為房子租了五、六兩個月）能跟好朋友們離得這麼近。愛瑪還聽說，他在信上滿懷信心地寫道，他可以經常陪著他們，無論是什麼時候。

愛瑪看出了韋斯頓先生對這件事的想法——他認為法蘭克之所以滿心喜悅，最根本的原因就在於她。愛瑪希望事情並非如此，兩個月的時間足以證實這一點。

韋斯頓先生的喜悅是不容置疑的。如今，法蘭克真的要住在他們附近了。對於一個年輕人來說，九哩路算得了什麼呢？騎馬只要一個小時，他會經常回來的。里奇蒙德和倫敦有著天壤之別，一個是能天天見到他，一個卻永遠見不到他。十六哩——不，十八哩——去曼徹斯特街足足有十八哩遠，這可是個不小的阻礙！即使他抽得出時間，一個來回也得花上一天。他待在倫敦毫無益處，跟住在恩斯坎比一樣；可是里奇蒙德距離適中，來往方便，既不會太近，也不會太遠！

這次變化可以立即促成一件好事——克朗旅店的舞會。這件事從未被遺忘，但大家一直無法訂出一個日子。如今，各項準備工作又重新開始。邱吉爾一家搬到里奇蒙德後不久，法蘭克寫來一封便條，說他舅媽的狀況好多了，他隨時都能來跟他們一起過一整天，勸他們把日子訂得早一些。

韋斯頓先生的舞會即將成為現實。過不了多久，海伯里的年輕人就可以痛痛快快地玩一場了。

伍德豪斯先生不打算參加。一年當中，這個季節對他來說比較不煩惱；無論做什麼，五月總比二月來得好。他們已經跟貝茨太太說好，那一晚由她來哈特菲爾德陪他，還向詹姆士作了必要的吩咐。他滿心希望親愛的愛瑪不在家時，親愛的小亨利和小約翰都會相安無事。

第三十八章

沒有任何事再來阻礙舞會。那一天接近了，到來了。大家焦急地等了一個早上之後，法蘭克終於在宴會開始前趕到了蘭道爾，一切都按照計畫走。

他與愛瑪許久沒有見面。這一次雖然必須在克朗旅店的舞廳裡相見，但至少比一般的會面來得好。韋斯頓先生一再懇求愛瑪儘早趕到，以便趁客人到來之前先徵求一下她的意見，看看房間佈置得是否穩當，愛瑪不好意思拒絕，只好跟這個年輕人在一起默默地待了一陣子。她先去接哈麗葉，到達克朗旅店的時候，蘭道爾一家恰好比她們先到一步。

法蘭克似乎已經迫不及待了，雖然嘴上沒說，但從眼神就能看出，他打算痛痛快快地玩一個晚上。他們一起到各處走走，看看一切是否安排妥當。過了不久，又來了一輛馬車。愛瑪以為客人來了，不由得大吃一驚。「這麼早！」她剛叫出來，卻立刻發現對方也是老朋友，也跟她一樣是來出主意的。接著又來了一輛馬車，是韋斯頓先生的親戚，也是提早來執行同樣的使命。看樣子，也許馬上會有半數的客人趕來察看準備工作。

愛瑪意識到，韋斯頓先生並非只相信她一個人的鑑賞力，因此對於他把自己視為好友和知己，並未覺得多麼榮幸。她喜歡他的坦率，但要是他不那麼坦率，品格就會更高尚一些。他應該對每個人都好，而不是跟每個人交朋友。她喜歡的是這樣的人。

大家來回巡視，對房間品頭論足。後來沒事做了，就在壁爐前圍成半圓，說起即使已經五月了，晚上生個火還是很舒適的之類的話題，直到聊起其他的事情。

愛瑪得知，韋斯頓一家曾在貝茨太太家門口停下車，請貝茨小姐和珍乘坐他們的馬車，但她們已說好由艾爾頓夫婦來接送。

法蘭克就站在愛瑪旁邊，但是神情有些不安，表明心裡不自在。他一邊東張西望，朝門口走去，一邊留心有沒有馬車的聲音。他不是對舞會迫不及待，就是對她退避三舍。

他們聊起了艾爾頓太太。「我想她應該快到了，」他說，「我很想見見艾爾頓太太，我常聽人說起她。我想她很快就會到的。」

外面傳來了馬車聲，他連忙往外跑，隨即又轉過身，說道：

「我忘了，我還不認識她呢！我從沒見過艾爾頓夫婦，用不著我去迎接。」

艾爾頓夫婦出現了，笑容滿面，禮儀周到。

「貝茨小姐和費爾法克斯小姐呢？」韋斯頓先生說著，向四下望了望，「我們還以為你們會帶她們來呢！」

這不是什麼嚴重的錯誤，很快又派了馬車去接她們。愛瑪很想知道法蘭克對艾爾頓太太會有什麼樣的第一印象，對她那精美考究的服裝、那笑容可掬的模樣有何反應。介紹過後，法蘭克很快就有了自己的看法。

不一會兒，馬車折返了，有人說在下雨。「我要叫他們準備幾把傘，爸爸，」法蘭克對父親說，「可不能忘了貝茨小姐。」說完轉身就走。韋斯頓先生跟在後面，卻被艾爾頓太太拉住了，她想跟他說說對法蘭克的看法，讓他高興一下。

「真是個帥氣的小伙子！韋斯頓先生。你知道，我曾說過我會有自己的看法的，現在我可以高興地告訴你，我太喜歡他了。相信我吧！我從不恭維人。我認為他是個非常英俊的小伙子，言談舉止也具有紳士風範，既不自大，也不傲慢。你要知道，我最討厭自大的年輕人。楓樹莊容不下這種人，薩可林先生和我對他們一向沒有耐心。但賽琳娜太溫和了，比我們能容忍多了。」

當艾爾頓太太誇法蘭克的時候，韋斯頓先生一直專心地聽著。但當她一談到楓樹莊，他就想起有些女賓剛到，得去迎接一下，便笑嘻嘻地走開了。

艾爾頓太太轉向韋斯頓太太。「我看一定是馬車把貝茨小姐和珍接來了。我們的車伕跟馬匹速度很快，我相信比誰家的都快。派馬車去接朋友，真是件樂事呀！我知道妳好心提出要去接她們，可是下一次就完全沒必要了。妳放心好了，我會隨時關照她們的。」

貝茨小姐和珍由兩位男士陪同走進來。艾爾頓太太似乎覺得自己跟韋斯頓太太一樣，也有責任迎接她們。不過她與其他人的話，很快就淹沒在貝茨小姐的滔滔不絕之中。貝茨小姐進屋時就在說話，直到在火爐前坐下後還在說。開門的時候，只聽她說：

「你們真是太好了！根本沒有雨。沒什麼大不了的，我沒什麼關係，鞋子很厚。珍說——噢！」她一進門就叫道，「真是燈火輝煌啊！太好了！設計得真棒，應有盡有。燈光這麼亮。珍，珍！妳看！妳以前看過嗎？哦！韋斯頓先生，妳一定得到了阿拉丁的神燈。史托克斯太太都快認不出自己的房間了，我進來的時候遇到她，就站在門口。我說，哦！史托克斯太太——」這時，韋斯頓太太過來問候她，「很好，謝謝妳，太太。我想妳身體還好吧？我很高興，我還擔心妳會頭痛呢！我經常看見妳路過，知道妳一定有不少麻煩事。聽說妳身體很好，我真的很高興。啊！親愛的艾爾頓太太，謝謝妳的馬車！來得正是時候，珍和我正準備出門呢！好舒適的馬車呀！我敢說，韋斯頓太太，我們得為此感謝妳，艾爾頓太太十分親切地寫了封信給珍，不然我們就要坐妳的車了。一天裡有兩個人想用車載我們呀！從沒見過這麼好的鄰居。我跟我母親說：『老實說，媽媽——』謝謝，我母親身體很好，她去伍德豪斯先生家了。我讓她戴了披巾保暖——那條新的大披巾，是狄克生太太結婚時送的禮物。她太好了，還想到了我母親！妳知道，那是在韋茅斯買的，狄克生先生挑選的。珍說還有另外三條，他們猶豫了一下，坎貝爾上校喜歡橄欖色的。親愛的珍，妳確定鞋子沒濕嗎？只下了一點雨，但我還是擔心。法蘭克先生真好，還找了塊草席讓妳踩著走，他太客氣了，我一輩子也忘不了。哦！法蘭克先生，我要告訴你，我母親的眼鏡後來再也沒有壞過，那個螺絲再也沒掉過。我母親時常誇你脾氣好，對吧？珍，我們不是常聊起法蘭克先生嗎？啊！伍德豪斯小姐來了。親愛的伍德豪斯小姐，妳好，我很好，謝謝，很好。這裡簡直就是仙境呀！」她得意洋洋地看著愛瑪，「不過，說實在的，伍德豪斯小姐，妳看上去真是——妳覺得珍的頭髮怎麼樣？妳最有眼光。那是她自己梳的，梳得多好啊！我想倫敦的理髮師也梳不了這麼好。啊！一定是休斯大夫跟休斯太太。我要去跟休斯夫婦聊一聊。你好！你好！我很好，謝謝。好開心呀，是嗎？

親愛的理查先生呢？哦！在那兒。別打擾他，讓他跟年輕小姐們聊天吧！你好嗎？理查先生，那天我看見你騎著馬進城——這一定是奧特維太太！還有善良的奧特維先生、奧特維小姐、卡洛琳小姐。這麼多朋友！還有喬治先生和亞瑟先生！你們好，大家都好，我很好，非常感謝。是不是又來了一輛馬車？會是誰呢？也許是尊貴的科爾一家吧？說真的，跟這麼多朋友在一起，多有趣啊！多暖和的火啊！我快熱死了。不，謝謝，我不喝咖啡——從來不喝。可以給我來杯茶，先生，等等吧，不急——哦！送來了。一切都這麼棒！」

法蘭克回到愛瑪身邊。貝茨小姐一靜下來，愛瑪就不由自主地聽見了艾爾頓太太和珍之間的談話，因為她們就站在她身後不遠處。法蘭克則在沉思。艾爾頓太太先是對珍的衣服和容貌大加恭維，珍也得體地接受了她的讚美。隨後，艾爾頓太太顯然要珍也恭維她一下，便說道：「妳看我的長裙怎麼樣？妳覺得上面的花飾怎麼樣？萊特為我梳的頭好看嗎？」還問了許多問題，珍都耐心而客氣地作了回答。艾爾頓太太又說：

「一般來說，誰也不會比我更不講究穿著了；但在這樣的場合，人人都緊緊盯著我，為了韋斯頓夫婦的面子——我敢說，他們是為了我才舉辦舞會的。在這棟屋子裡，除了我身上外，就看不到任何珍珠了。聽說法蘭克舞藝高超，不曉得風格怎樣，他真是個帥氣的小伙子，我好喜歡他。」

就在這時，法蘭克興致勃勃地講話了，愛瑪不由得猜想他聽到了這番讚美。兩位女士的說話聲暫時被蓋過，後來法蘭克停住了，才又聽見艾爾頓太太的聲音。當時，艾爾頓先生來到兩位女士身邊，他的妻子嚷道：

「哦！終於找到我們了，是吧？我剛才還跟珍說，你一定迫不及待地要找我們呢！」

「珍？」法蘭克重複了一聲，臉上露出驚訝不快的神情，「這樣稱呼也太隨便了——不過，我想費爾法克斯小姐不會介意吧？」

「你喜歡艾爾頓太太嗎？」愛瑪小聲問道。

「一點也不喜歡。」

「你真是忘恩負義。」

「忘恩負義？什麼意思？」他皺著的眉頭舒展開了，臉上露出了笑容，「妳該不會要說——算了，我父親在哪裡？我們什麼時候開始跳舞？」

愛瑪簡直猜不透法蘭克，他的情緒似乎很古怪。接著，他離開去找父親，沒過多久，就跟韋斯頓夫婦一起回來。原來，他們遇到了一個小小的難題，必須找愛瑪商量——韋斯頓太太剛想到，這場舞會應該請艾爾頓太太開頭，但這麼做又違背了他們的心意；他們本想給愛瑪這份殊榮的。當愛瑪聽到這件可笑的事情時，表現得很鎮定。

「要找誰當她的舞伴呢？」韋斯頓先生說，「她會覺得法蘭克應該請她跳舞。」

法蘭克連忙轉向愛瑪，要她履行之前的諾言。他父親露出一副滿意的神情，這時，韋斯頓太太也要這位父親與艾爾頓太太跳舞。最後，由韋斯頓先生與艾爾頓太太領頭，法蘭克與愛瑪居次。愛瑪雖然一直認為這場舞會是特地為她舉行的，但現在不得不屈於艾爾頓太太之後。這一來讓她幾乎想結婚了。

這一次，艾爾頓太太佔了上風，虛榮心得到了盡情的滿足。雖說她原本想先跟法蘭克跳，但換一個舞伴也沒什麼損失。愛瑪儘管受了點小挫折，但一看到跳舞的人排成一條長長的人龍，不禁又為今晚的樂趣感到期待。唯一令她感到不安的是，奈特利沒有跳舞，他就站在觀眾當中。其實，他不應該待在那裡，應該跳舞——不該去跟那些當丈夫的、當父親的和打牌的人混在一起。他看起來多年輕啊！他待在那伙人中間，也許比待在任何地方都更突出。他高大的個子，長得既結實又挺拔，待在那些身寬體胖、彎腰駝背的中老年人之間，格外引人注目。在那一列排隊的年輕人中，除了她自己的舞伴以外，誰也無法跟他比。他往前走了幾步，這足以表明只要他肯跳的話，一定能跳得十分優雅。愛瑪每次接觸到他的目光，他也總會報以一笑。不過，大致上，他的表情比較嚴肅。愛瑪希望他能更喜歡這個舞廳，也能更喜歡法蘭克。他似乎常在注視她，她不敢認為他是在欣賞她的舞姿；但要是他是在責怪她的話，她也不害怕。她和舞伴之間沒有任何輕佻的舉動，兩人不像情人，反倒更像是一對融洽的朋友。法蘭克不像以前那樣思戀她，這是毋庸置疑的。

舞會愉快地進行著。韋斯頓太太的一番苦心沒有白費，每個人看來都很快樂。大家就一再誇獎這是場令人愉悅的舞會，雖然期間並沒有出現任何值得一提的插曲。不過，愛瑪特別在乎一件事——宴會前的最後兩支舞開始了，哈麗葉卻沒有舞伴，年輕小姐之中只有她一人枯坐著。由於男女人數相等，要找到一個閒著的人是不可能的。但當愛瑪一看見艾爾頓悠閒地走來走去，也就不感到奇怪了。他是絕不會邀請哈麗葉跳舞的，愛瑪猜想，或許他隨時會溜進牌室裡。

不過他並不想溜，卻來到人多的地方，隨口跟人談話，或是走來走去，彷彿想突顯自己的悠然自得。他偶爾會走到哈麗葉前面，或是跟她身邊的人聊幾句。愛瑪看得一清二楚，她正從隊伍的末端往前走，一轉頭就能把一切看在眼裡。當她走到隊伍正中央，艾爾頓距離她更近了，她能聽清楚他和韋斯頓太太之間的一字一句。她還發現，在她前面的艾爾頓太太這時不僅在聽，而且還在使眼色鼓勵丈夫。心地善良的韋斯頓太太離開座位，對艾爾頓說：「艾爾頓先生，你不跳舞嗎？」艾爾頓連忙回答：「韋斯頓太太，如果妳肯跟我跳，我很樂意奉陪。」

「我？哦！不——我幫妳找一位更好的舞伴。我可不會跳。」

「如果吉伯特太太想跳的話，」艾爾頓說，「我一定很樂意——雖說我覺得自己是個結過婚的老傢伙，過了跳舞的年紀了，可是只要能跟吉伯特太太這樣的老朋友跳舞，我會感到不勝榮幸的。」

「吉伯特太太不想跳舞，反倒是一位年輕小姐沒有舞伴，我很願意看她跳舞——就是史密斯小姐。」

「史密斯小姐？哦！我沒注意到。妳真是太好了，如果我不是個結過婚的老傢伙的話——不過，我不該再跳舞了，韋斯頓太太。請原諒我。換成其他事的話，我都會欣然從命，但我已經過了跳舞的年紀了。」

韋斯頓太太沒再說什麼。愛瑪可以想像，當她回到座位上的時候，一定覺得十分驚異，臉上無光。這就是艾爾頓啊！那個溫文爾雅的艾爾頓。她又朝四下望了望，只見艾爾頓走到奈特利面前，打算跟他好好談一談，一邊又開心地跟妻子眉來眼去。

愛瑪不想再看下去了。她怒火中燒，害怕自己的臉也跟著發起燒來。

過了不久，她看見一個令人高興的畫面：奈特利帶著哈麗葉朝舞池走去！她從來沒有這麼驚訝過，也很少這麼高興過。她心中滿是喜悅和感激之情，既為哈麗葉，也為她自己。雖然距離太遠，但一接觸到奈特利的目光時，她的神情充分表達了她的心意。

結果正如她所料，奈特利的舞跳得極為出色，哈麗葉也表現得十分幸運，或許是因為剛才發生過那麼糟糕的事情。她的心情也反應在肢體上，她跳得比平常更起勁，快步旋到了舞池中間，而且一直笑容滿面。

艾爾頓又躲進牌室去了，愛瑪覺得他的樣子十分可笑。在愛瑪看來，他雖然越來越像他的妻子，卻又不像她那麼冷酷無情。艾爾頓太太對舞伴大聲說出了自己的心情：

「奈特利對可憐的史密斯小姐伸出援手了！真是厚道啊。」

快吃晚餐了，大家都開始動作。這時候，貝茨小姐又開始滔滔不絕地絮叨起來，直到她在餐桌前坐下，然後拿起湯匙為止。

「珍，珍！親愛的珍，妳在哪兒呀？這是妳的披肩。韋斯頓太太要妳披上它，她說走廊裡可能有風，雖然她盡可能地避免——釘住了一扇門，還用了不少席子——親愛的珍，妳得披上披肩。邱吉爾先生，哦！你真是太好了！你幫她披上了！多讓人高興啊！舞也跳得好極了！是呀，親愛的，我是跑回家了，我說過的，先送她外婆上床，再回來這裡，誰也沒發現。就像我跟你說的，我一聲都沒說就走了。外婆很好，一整個晚上跟伍德豪斯先生過得很愜意，說了很多話，還下了棋。她走之前樓下準備了茶點、餅乾和烤蘋果，還有酒。她有幾次擲骰子運氣好極了。她還問了好多你的事，像是玩得高興不高興啦、有哪些舞伴啦。我說：『哦！我不會搶在珍之前告訴妳的。我走的時候她在跟喬治．奧特維先生跳舞。明天她一定會一五一十告訴妳的。她的第一個舞伴是艾爾頓先生，我不知道誰會請她跳下一輪，也許是威廉．考克斯先生吧？』親愛的先生，你太好了，對誰都那麼好。我還走得動。先生，你太好了，一手扶著珍，一手扶著我。等一等，我們先退後一點，讓艾爾頓太太先走。親愛的艾爾頓太太，她看上去多高雅呀！多美的花邊呀！簡直就是今晚的皇后！注意，到走廊了，有兩個台階，珍，小心。哦！不，只有一階，我還以為有兩階，太奇怪了！我從沒見過這麼舒適、這麼氣派的——到處是蠟燭。我剛才講到妳外婆，珍，有一件小事不是很如意。妳知道，烤蘋果和餅乾其實是很好的，但是先上了一盤鮮美的什錦燉蘆筍，伍德豪斯先生認為蘆筍沒燉爛，叫人原封不動地端了回去。外婆最愛吃什錦燉蘆筍，因此感到很失望。不過我們約好不跟任何人提這件事，怕親愛的伍德豪斯小姐聽到了，覺得過意不去！啊，真是燈火輝煌啊！真想像不到，這麼講究、這麼豪華！我從沒見過這種場面。我們要坐哪裡呢？坐哪裡都行，只要別讓珍吹到風，我坐哪裡都可以。哦！坐這邊嗎？嗯，我敢說，邱吉爾先生，有你指揮就絕對錯不了。親愛的珍，這麼多的菜，我們要怎麼向外婆說出一半呀？還有湯！天哪！我不該這麼早吃飯，可是聞起來太香了，我忍不住想吃。」

吃完飯後，愛瑪總算有機會跟奈特利說話。不過，當大家又回到舞廳時，愛瑪向他拋了個媚眼，請他來到她面前，好向他道謝。他激動地譴責了艾爾頓的行為，簡直怒不可遏。艾爾頓太太的態度也得到了應有的批評。

「他們不只是想傷害哈麗葉，」奈特利說，「愛瑪，他們為什麼要跟妳作對呢？」

他以敏銳的目光，笑盈盈地看著愛瑪。她沒有回答，於是他又說：「我想，無論艾爾頓先生怎麼樣，她的妻子也不該生妳的氣呀？不過，老實說吧！愛瑪，妳確實曾希望他娶哈麗葉。」

「是的，」愛瑪答道，「因此他們不肯原諒我。」

奈特利搖了搖頭，又露出體諒的微笑，說道：

「我不怪妳，交給妳自己去觀察吧。」

「你要我自己去觀察這些虛偽的人嗎？我天生自負，難道會承認自己錯了嗎？」

「不是妳的自負天性，而是妳的認真精神。要是妳的第一種特質讓妳誤入歧途，那第二種特質就會為妳指明方向。」

「我承認我完全看錯了艾爾頓先生。他有點心胸狹小，你早就發現了，但我卻沒有。我還一直以為他愛上了哈麗葉，那全是一連串荒唐的誤會造成的！」

「既然妳這樣坦承了錯誤，我不得不說句公道話：妳替他挑的對象比他自己挑的還好。哈麗葉有一些好特質，是艾爾頓太太完全沒有的。任何一個有頭腦、有品味的男人都寧可娶一個樸實無華、天真無邪的女孩，也不要娶艾爾頓太太那樣的女人。我發現哈麗葉比我想像的還要健談。」

愛瑪高興極了。這時，韋斯頓先生再次催大家去跳舞，打斷了他們的談話。

「來，伍德豪斯小姐，奧特維小姐，費爾法克斯小姐，妳們在做什麼呀？來，愛瑪，為妳的伙伴開個頭。每個人都懶洋洋的！像睡著了一樣！」

「什麼時候要跳，我都樂意效勞。」愛瑪說。

「妳打算跟誰跳？」奈特利問。

愛瑪遲疑了一下，回答道：「如果你邀請我的話，就跟你跳。」

「是嗎？」奈特利說完，伸出了手。

「當然了，你已經證明你會跳舞，再說我們並不是親兄妹，一起跳舞沒什麼不合適的。」

「兄妹？當然不是了。」

第三十九章

跟奈特利作過一番簡短的交談之後，愛瑪感到非常愉快。這是這場舞會留下的美好回憶之一，隔天早上她在草地上散步時仍然不斷回味著，感到十分高興。他們在艾爾頓夫婦的問題上達成了和解，對這對夫妻的看法非常相似，而奈特利對哈麗葉的稱讚、對她的認同，更令她感到滿意。艾爾頓夫婦的傲慢無禮昨晚不斷地掃她的興，後來卻造成了令人滿意的結果。她還期待著另一個美好的結果——治好哈麗葉的相思病。從哈麗葉在離開舞會前說話的態度來看，希望並不小。她彷彿突然睜開了眼睛，看清艾爾頓並不是她想像的那種傑出人物。狂熱已經過去，愛瑪不必擔心她會再次心跳加速。她相信，艾爾頓夫婦出於惡意，必然還會故意怠慢哈麗葉，而哈麗葉可能也需要這樣的刺激。哈麗葉的頭腦清醒了、法蘭克沒有深深地愛上自己、奈特利又沒有跟她爭吵——愛瑪覺得今年會有個多麼快樂的夏天啊！

這一天早上她不會見到法蘭克。他說必須在中午前趕回家，因此不能在哈特菲爾德停留。愛瑪對此毫不遺憾。

將這些想法整理一遍、考慮一番，妥善解決之後，愛瑪興高采烈地回到屋裡，去照顧兩個小外甥和他們的外公。就在這時，鐵門打開了，走進來兩個她意想不到的人——法蘭克扶著哈麗葉——真的是哈麗葉！愛瑪一看就知道，肯定出了什麼事。哈麗葉臉色蒼白，神情驚慌，法蘭克正在安慰她。鐵門距離前門不到二十碼。很快地，三個人就走進玄關，哈麗葉立刻倒在一張椅子上，暈了過去。

雖然哈麗葉暈過去的原因很令人好奇，不過謎底很快就會解開。不久之後，愛瑪就知道了事情的全部經過：

哈麗葉和哥達太太學校裡另一個寄宿生比克頓小姐（她也參加了舞會）一同出門散步，沿著前往里奇蒙德的路走。這條路的行人很多，似乎很安全，卻讓她們受了驚。離開海伯里大約半哩處有個轉彎，兩邊都是榆樹，樹蔭遍地，有一段路十分僻靜。兩位小姐沿著路走了一陣子，突然發現前面不遠的地方，路邊的草地上有一群吉普賽人。一個男孩走過來向她們乞討，比克頓小姐嚇壞了，發出一聲尖叫，一邊叫哈麗葉跟她一起跑。兩人衝上一個陡坡，跳過坡頂的一道小樹籬，拚命地狂奔，抄一條捷徑回到了海伯里。但是，可憐的哈麗葉跟不上她，她跳舞的時候抽過筋，在跑上山坡時腿又抽筋，一點也跑不動了。她驚恐萬分，只能待在原地不動。

假如兩位小姐再勇敢一些，那些遊民未必會對她們怎麼樣。但是，眼見一個任人宰割的小姐，他們當然不會錯過機會。哈麗葉馬上遭到了五六個孩子圍攻，為首的是一個壯女人和一個大孩子；一伙人吵吵嚷嚷的，雖然沒有惡言惡語，卻露出一副凶相。哈麗葉越來越害怕，她拿出錢包，給了他們一個先令，懇求他們別再要了，也別欺負她。這時候她已經能走路了，儘管走得很慢，不過，她的驚恐和錢包卻有著極大的誘惑，那群人全都跟著她——或者該說圍著她，繼續跟她要錢。

法蘭克就是在這時遇見她的。她正在渾身發抖地跟他們談條件，他們卻大吼大叫，蠻橫無理。幸虧他在海伯里耽擱了一下，才遇到這個緊急關頭。那天早上天氣宜人，他打算步行一段路，讓馬在海伯里的另一條路上等他，因為前一晚他向貝茨小姐借了一把剪刀，為了歸還，她不得不進屋坐了一會兒。那群吉普賽人發現法蘭克之後，原先是哈麗葉被他們嚇得發抖，現在卻輪到他們自己嚇跑了。哈麗葉緊緊抓著他，什麼話都說不出來，硬撐著往回走，一到哈特菲爾德就昏倒了。

這就是事情的來龍去脈，有些是法蘭克口述的，有的是哈麗葉清醒後說的。見到她神智恢復正常，法蘭克就不再耽擱了。愛瑪說她會告訴哥達太太哈麗葉的情況，並通知奈特利那群吉普賽人的事，隨即又向法蘭克表示感謝之意，法蘭克便離開了。

這真是一場奇遇——一個英俊的年輕人和一個可愛的女孩就這樣相遇了，即使是最冷漠的心靈和頭腦，也很難不多作聯想。至少愛瑪是這樣想的。任何人碰上了她遭遇的場面、目睹了他們一起出現、聽了他們述說事情的經過，難道不會覺得這是命運的安排嗎？何況是像她一樣富於幻想的人呢？

這真是太不尋常了！在愛瑪的記憶中，當地的年輕小姐從沒遇過這樣的事；如今，偏偏有這樣一個人，在這樣一個時刻，遇到這樣一件事，而另一個人又恰好路過那個地方，把她救了出來！確實很不尋常！愛瑪越想越覺得事實如此。法蘭克正想克制住對愛瑪的愛，而哈麗葉則在漸漸打消對艾爾頓的一片痴情。這一切正在促成一樁美滿的好事，這件事會讓他們兩情相悅。

當哈麗葉昏迷時，愛瑪跟法蘭克聊了幾分鐘。法蘭克興致勃勃地談到哈麗葉緊緊抓住他的手臂，臉上流露出驚慌、天真、又激動的神情。而哈麗葉醒來講述事情的經過後，他又對比克頓小姐的愚蠢表示憤慨，言詞極為激烈。然而，一切只能順其自然，愛瑪不會做出什麼舉動，也不會透露一點口風。不，她已經嘗到了多管閒事的苦頭。插手不管總不會有什麼壞處吧？那只不過是個心願罷了，她絕不會踰越本分。

愛瑪決定不讓父親知道這件事，因為那會引起他的不安。但她很快又意識到，這件事是瞞不住的。不到半小時，這件事就傳遍了海伯里。那些多嘴的年輕人和下人對這種事最感興趣了，轉眼間就沉浸在這則新聞帶來的樂趣之中。昨晚的舞會似乎被拋到了腦後，取而代之的是吉普賽人。可憐的伍德豪斯先生直打哆嗦，而且還要愛瑪她們答應以後絕不經過矮樹叢。這一天剩餘的時間裡，許多人都來問候哈麗葉，也來問候伍德豪斯父女，讓他相當欣慰。他回答說，她們的身體狀況都不太好——雖然這並非事實，但愛瑪並不想插嘴，因為父親就喜歡替女兒編織一些病症，好讓她引人注目。

吉普賽人匆匆逃跑了。海伯里的年輕小姐們幾乎還來不及感到驚慌，就又可以平安無事地出門散步了。整件事情很快就被人們遺忘，只有愛瑪和她的外甥們沒有忘。亨利和約翰每天都要她講講哈麗葉和吉普賽人的故事，要是她在哪個細節上講得跟上一次有一點出入，他們就會毫不含糊地糾正她。

第四十章

幾天後的一個早上，哈麗葉帶著一個小包裹來看愛瑪。她坐下後猶豫了一陣，說道：

「伍德豪斯小姐——如果妳有空的話，我想跟妳講一件事，算是一種坦白吧？然後，妳知道的，一切就算結束了。」

愛瑪大為驚訝，但還是要她快說。哈麗葉不僅言詞一本正經，表情也一本正經，愛瑪便有了心理準備，知道一定發生了不尋常的事。

「在這件事情上，」哈麗葉接著說道，「我有責任向妳坦白，也不想瞞妳。從某個角度來說，幸好我完全變了，所以應該讓妳知道，好讓妳也高興。我以前沒有克制住自己的感情，真是丟人，也許妳能諒解我吧？」

「是的，」愛瑪說，「我想我能諒解。」

「為什麼我總是想入非非啊！」哈麗葉激憤地嚷道，「簡直是瘋了！現在，我看他絲毫沒什麼特別的地方，也不在乎他是否——事實上，我寧可不看他。是的，為了避開他，要我滾多遠都行。不過，我一點也不羨慕他妻子，我不像以前那樣羨慕她、嫉妒她。也許她有各種優點，但認為她脾氣壞，而且令人討厭，我永遠也忘不了她那一晚的表情！不過，妳放心好了，伍德豪斯小姐，我不會詛咒她，不，祝他們幸福吧，我不會有一絲懊悔。為了讓妳相信我的話，我現在就毀掉這個不該留著的東西——我很清楚，」她的臉上泛起紅暈，「無論如何，我現在就把它毀掉——尤其當著妳的面毀掉，讓妳看看我的決心。難道妳猜不出包裹裡是什麼嗎？」她帶著羞澀的神情問道。

「猜不出來。他給過妳什麼東西嗎？」

「沒有——那些東西稱不上禮物，但我卻把它們當成了寶貝。」

哈麗葉把包裹伸到她眼前，愛瑪看到上面寫著「最珍貴的寶物」幾個字，不禁感到好奇。哈麗葉把包裹打開，在多層錫箔下，是一只漂亮的唐橋小盒。哈麗葉打開小盒，裡面整齊地墊著柔軟的棉花。除了棉花之外，愛瑪就只看到一小塊藥膏。

「現在，」哈麗葉，「妳一定想起來了。」

「不，我真的想不起來。」

「天哪！我們在這個房裡見面的最後幾次，就曾用過一次藥膏，沒想到妳居然忘了！就在我喉嚨痛的前幾天——也許就在約翰夫婦來的那一晚——妳忘了他用妳的小刀割傷了手指，妳叫他貼上藥膏嗎？可是妳沒有藥膏，就叫我給他一塊。我把我的剪了一塊，不過太大了，他又剪得更小些，把剩下那塊拿在手裡把玩一下，然後才還給我。我當時把它當成寶貝收了起來，不時拿出來賞玩。」

「親愛的哈麗葉！」愛瑪叫道，一邊用手捂住臉，跳了起來，「妳真令我羞愧得無地自容！唉！這下我全想起來了，但我不知道妳一直留著這個東西——我記得他割破了手指，我叫他貼藥膏，又說我沒有啊！啊！這全是我的錯！當時我口袋裡明明有好多！是我耍的一個小聰明！我真該愧疚一輩子！」她坐下來，「所以——還有什麼？」

「妳當時真的有？我還以為妳沒有，妳演得好像啊！」

「這麼說來，妳真的為了他留下這塊藥膏？」愛瑪說，她已不再羞愧，只覺得既驚訝又好笑，心想：「天哪！我怎麼沒有想到把法蘭克的藥膏放在棉花裡保存呀？我絕不可能做出這種事。」

「妳看，」哈麗葉又看著小盒子說道，「這裡還有一件更珍貴的東西，我是說之前很珍貴——因為這東西原本的確是屬於他的，而那塊藥膏卻不是。」

愛瑪急著想看看那件更珍貴的寶物。那是一個舊鉛筆頭，裡面沒有筆芯。

「這確實是他的，」哈麗葉說，「妳還記得那天早上嗎？不，妳大概不記得；但真的有一天早上——我忘了是哪一天，可能是那之前的禮拜二或三，他想在筆記本裡寫個備忘，是關於杉樹酒的事，奈特利先生在教他怎麼釀杉樹酒，他想把它記下來；但他拿出鉛筆之後，發現只剩下一點點筆芯，於是妳又借了一支給他，舊的那一支就被撂在桌上了。不過，我一直盯著它，一找到機會就把它拿起來，一直保存到現在。」

「我的確記得，」愛瑪叫道，「記得一清二楚！是在談釀酒的事。哦！是的，奈特利先生和我都喜歡那種酒，艾爾頓先生似乎也決心要愛上它。我記得一清二楚。等一等，奈特利先生就站在這裡，對吧？我記得他就站在這。」

「啊！我不知道，我記不得了。我記得艾爾頓先生坐在這裡，大約就是我現在坐的地方。」

「好吧，說下去。」

「哦！就這些了，我沒有其他東西可以給妳看了。現在我想把這兩樣東西都扔到火裡，我想讓妳看著我這麼做。」

「我可憐的哈麗葉！收藏這些東西真的讓妳覺得開心嗎？」

「是呀，誰叫我那麼傻！不過我現在覺得非常羞愧，想把它們燒了，也能一口氣忘掉它們。妳知道，他都結婚了，我真不該留著什麼紀念品——但我就是捨不得丟掉它們。」

「可是，哈麗葉，藥膏也要燒掉嗎？鉛筆頭就算了，但藥膏或許還能用呢！」

「燒了比較好，」哈麗葉回答，「我一看到它就討厭，一定要處理掉。燒吧！感謝上帝！艾爾頓先生的事從此一刀兩斷。」

「那麼，」愛瑪心想，「法蘭克的事又是什麼時候開始的呢？」

過了不久，她就十分篤定這件事已經開始了，而且不由得想道：那個吉普賽人說不定為哈麗葉帶來了好運。在那次驚嚇之後大約兩週，她們偶然進行了一次長談。當時愛瑪並不在意這件事，因此覺得聽到的訊息更加可貴。當時她只說：「不管妳什麼時候結婚，哈麗葉，我都要為妳出些主意。」然後就忘了這件事。沒過多久，哈麗葉卻認真地回答：「我永遠也不結婚。」

愛瑪抬起頭來，立刻明白了一切。她猶豫了一下，思考該不該理會她的話，然後說道：

「永遠不結婚？這可是個新的決定。」

「但也是個永遠不會改變的決定。」

又遲疑了片刻之後：「我想不會是因為艾爾頓先生的緣故吧？」

「艾爾頓先生？」哈麗葉氣憤地大叫，「噢！不！跟艾爾頓先生毫不相干！」

愛瑪陷入了沉思。她應不應該再談下去？她應不應該繼續追問，還是裝作深信不疑？要是那麼做，哈麗葉或許會認為她冷漠無情，或是在生她的氣。要是她一聲不吭的話，也許會逼得哈麗葉毫無保留地說出來。於是她下定決心，決定把想說的話、想知道的事，一次講個清楚。她事前已經思考過了，如果哈麗葉要她出主意的話，她該對她說些什麼才好。

「哈麗葉，我不想假裝不懂妳的意思。妳那終身不婚的決心，是出於這樣的一個想法，也就是——妳看上的那個人地位比妳高得太多了，絕不會娶妳的，對嗎？」

「哦！伍德豪斯小姐，請相信我，我不會如此冒昧地——不過，能遠遠地愛著他，想著他比世上所有的男人都好，那已是一樁樂事，任何人都會抱著感激、驚異和崇敬之情的，尤其是我。」

「我毫不意外，哈麗葉。他幫了妳那麼多忙，足夠燃起妳的熱情了。」

「幫忙?哦!那是一種難以言喻的恩德!一想起這件事,想起我當時的心情——眼見他走過來,那副威風凜凜的模樣——而我卻那麼可憐。變化如此之大!頃刻之間,我就從可憐兮兮變得不亦樂乎。」

「這很正常,是的,妳能這麼想當然是很好的;但是,這樣的想法是否能帶來好的結果,我就不敢說了。我建議妳不要放任自己的感情,哈麗葉,我絕不敢說妳的感情能得到回報。想想妳在做些什麼,也許妳應該趁還來得及的時候,儘早克制住自己的感情。無論如何,不要意氣用事,除非妳確定他也喜歡妳。要仔細觀察他,根據他的行為做出抉擇。我現在對妳說這些,是因為我今後不會再給妳任何建議了,我決心不再干預。從今以後,我會裝作什麼都不知道,我們也不要再提起誰的名字。我們以前犯過錯,現在一定要謹慎。無疑地,他的條件比妳優越,也一定會有人加以反對,但這並不代表沒有希望,因為門第比你們更懸殊的人都結合了。我希望妳不要過於樂觀。不過,無論結果如何,妳放心好了,妳會喜歡上他,代表了妳很有眼光,這足以永遠得到我的器重。」

哈麗葉什麼也沒說,滿心感激地吻了她的手。愛瑪深信,她的朋友產生這番心意並非壞事,這種心意能提升她的心智、培養她的情操——而且一定會把她從墮落的危險中解救出來。

第四十一章

就這樣,哈特菲爾德迎來了六月。大致上,這段期間他們並未發生什麼重大變化。艾爾頓夫婦仍在談論薩可林夫婦的來訪,談論坐他們的馬車一事。珍依然住在外婆家,由於坎貝爾夫婦再次將歸期延後至八月,因此她或許得在這裡再住上兩個月,只希望她能避開艾爾頓太太的多管閒事,不要那麼快接受一個稱心的職位。

奈特利越來越討厭法蘭克了。他開始懷疑,他對愛瑪的追求是種兩面手法。愛瑪是他的目標,這似乎無庸置疑，種種跡象都表明了這一點：他自身的殷勤、他父親的暗示、他繼母的默許——全都是一致的，也說明的確有這麼一回事。可是，就在人們認為他傾心於愛瑪，而愛瑪又把他跟哈麗葉聯想在一起的時候，奈特利卻開始懷疑他想玩弄珍的感情。他猜不透這件事，不過似乎能看得出一些端倪——至少他是這麼想的，當然，他也設法避免犯下愛瑪過去的那種錯誤。他第一次起疑的時候，愛瑪並不在場；當時他正和蘭道爾一家和珍在艾爾頓家吃飯。他發現法蘭克瞥了珍一眼——而且不只一眼。後來他跟他們待在一起時，忽然想起之前見到的情景，又忍不住觀察起來。當然，他的觀察可不像考珀詩裡的：我自己創造了我見到的景象。

他越來越懷疑法蘭克和珍之間有一種私底下的好感，甚至是私底下的默契。

有一天吃過晚飯後，他跟平常一樣來到哈特菲爾德，準備在那裡度過一晚。愛瑪和哈麗葉正要出門散步，他便陪她們同行。回來的時候，他們遇到一大群人——韋斯頓夫婦和他們的兒子、貝茨小姐和她的外甥女，他們也覺得似乎快下雨了，最好趁早出來散散步。當一行人來到哈特菲爾德門口時，愛瑪知道父親一定會歡迎這群人，便請大家進屋喝杯茶。蘭道爾一家立刻答應了，貝茨小姐喋喋不休了半天，最後也認為應該接受她的盛情邀請。

大家走進庭園時，佩里忽然騎著馬經過。幾位男士聊起了他的馬。

「順帶一提，」法蘭克對韋斯頓太太說，「佩里先生打算買馬車的事怎麼樣了？」

韋斯頓太太顯得很驚訝。「我還不知道他有這種打算呢！」

「真是奇怪，我明明是聽妳說的呀！三個月前妳寫信給我時提到的。」

「我？不可能！」

「是妳說的沒錯，我記得一清二楚。妳當時還說，他似乎馬上就要買。佩里太太高興得不得了，這件事正是她的主意呢！因為她覺得佩里先生老是冒雨出門，對身體不好。妳應該想起來了吧？」

「老實說，我從來沒聽說過這件事。」

「沒聽說過？真的沒有？天哪！這怎麼可能呢？那我一定是在做白日夢——不過這件事應該是真的吧。史密斯小姐，看妳走路的樣子，似乎是累了，回家休息一下就好了。」

「什麼？什麼？」韋斯頓先生嚷道，「佩里要買馬車？佩里要買馬車嗎？法蘭克？我很高興他買得起馬車了。你是聽他自己說的嗎？」

「不，爸爸，」兒子笑著答道，「我好像不是聽誰說的。真奇怪呀！我的確記得幾個月以前，韋斯頓太太寄來恩斯坎比的一封信裡提到了這件事──可是現在她卻堅持從沒聽說過這件事，那當然是做夢了。我這個人很會做夢，我不在海伯里的時候，常會夢見這裡的每一個人──所有朋友都夢過之後，就開始夢到佩里夫婦了。」

「這件事還真奇怪，」他父親說，「你居然會夢見你在恩斯坎比不太可能想起來的一些人。佩里要買馬車？還是他太太勸他買的？我相信，總有一天會成真的，只是時機未到。有時候夢境也可能會應驗呢！嗯，法蘭克，你的夢說明了即使你不在這裡，心中仍然想著海伯里。愛瑪，我想妳也很會做夢吧？」

愛瑪沒有聽見。她匆匆跑去找父親，要他準備迎接客人，因此沒有聽見。

「哎，說實話，」貝茨小姐大聲說道，她一直想要別人聽她說話，「如果一定要我發表些意見的話，那就不可否認，邱吉爾先生也許──我不是說他沒夢見，我有時也會做些古怪的夢──不過，我得說今年春天他們確實有這種想法，是佩里太太親口告訴我母親的，科爾夫婦也知道這件事──不過那完全是個秘密。我母親以為她已經說服了佩里先生，珍，難道妳忘了我們一回家外婆就告訴我們了嗎？我不記得我們去哪兒了，也許是蘭道爾，是的，我想是蘭道爾。佩里太太一向喜歡我母親──大家都喜歡我母親──她悄悄告訴了她，也不介意我母親透露給我們，但是不能再跟別人說。從那天開始，我從沒向誰提起過。不過，我不敢保證我從沒說溜嘴，因為你們都知道我愛說話，不時會冒出一句不該說的話。不像珍，我敢說她一向守口如瓶。她去哪裡了？哦！就在後面。我清清楚楚地記得佩里太太來過。真是個奇特的夢啊！」

眾人走進客廳。奈特利從法蘭克臉上看出一種故作鎮靜的困窘神情，又把目光轉到珍的臉上。她就走在後面，正在擺弄她的披巾。韋斯頓先生已經走進去了，其他兩位先生站在門旁，想讓珍先進。奈特利認為法蘭克想吸引珍的注意，他似乎正目不轉睛地盯著她；然而，他只是白費心思，因為珍從兩人中間走進客廳時，對誰也沒看一眼。

沒有時間再多作議論了，奈特利跟著眾人一起，在大圓桌旁坐下。這張大圓桌是愛瑪買來的，除了她，誰也無法說服她父親捨棄原本那張小折疊桌而來使用它。四十年來，他一天在那張小折疊桌上吃兩餐，上面總是擺得滿滿的。大家高興地喝完了茶，似乎誰也不急著走。

「伍德豪斯小姐，」法蘭克看了看身後那張桌子，說道：「妳的外甥把他們那盒字母卡拿走了嗎？以前一直放在這裡。今晚天氣有點陰沉，不像夏天，反倒像冬天。有一天早上，我們玩那些字母卡玩得很開心，我想再讓妳猜猜。」

愛瑪很喜歡這個主意，於是便拿出盒子，將字母卡擺滿了桌面。兩人迅速排出單字讓對方猜，或是讓其他人猜。大家安安靜靜地玩遊戲，正合伍德豪斯先生的心意，他不喜歡韋斯頓先生之前玩的吵吵鬧鬧的遊戲。現在，他快活地坐著，帶著慈愛的傷感，感嘆「孩子們都走了」，要不就拿起眼前的一張字母卡，滿懷深情地說愛瑪的字寫得多好。

法蘭克把一個字放在珍面前。她朝整個桌面環顧一圈，便用心思考起來。法蘭克坐在愛瑪旁邊，珍坐在兩人對面，奈特利能夠一眼看見他們三人。他表面上裝得漫不經心，但仔細觀察著。珍猜出了那個字，笑盈盈地將字推開了。哈麗葉也拿起這個字，苦苦思索起來。她請奈特利幫忙，猜出了那個字是「犯錯」，珍頓時臉紅了——這代表這個字隱含了某種意義。奈特利將它與夢聯想在一起，可是又想不出這究竟是怎麼一回事。他擔心這件事與愛瑪有關，這些字母正是法蘭克獻殷勤和耍花招的手段。

奈特利憤怒地繼續觀察他，同時懷著極大的驚訝和懷疑看著其他兩位被蒙在鼓裡的伙伴。他看到他為愛瑪拼了一個字母較少的字，帶著一副狡猾的神情讓她猜。愛瑪一下就猜出來了，覺得很有趣，但又覺得應該譴責一下那個字，於是說道：「無聊！太丟人了！」這時，法蘭克瞄了珍一眼，說道：「我可以把這個給她嗎？」愛瑪一邊笑，一邊竭力表示反對：「不，不，不應該給她，絕對不行。」

但是這個字還是交到了珍的手裡。法蘭克帶著一本正經的神情，請她來猜。奈特利也好奇那是什麼字，便用盡辦法瞄向那個字，不久就發現是「狄克生」。珍似乎也看出來了。她很明白其中的含意，以及對方巧妙的意圖，因此露出不大高興的神情。她發現有人看著她，臉立刻漲得通紅，說道：「我不知道題目還包含了別人的姓氏。」隨即氣呼呼地把字母推到一邊，看樣子像是決心再也不玩了。她轉過頭去，一聲不響。

「啊，一點也沒錯，親愛的，」她的姨媽大聲嚷道，「我本來也想這麼說呢！我們該走了，天色不早了，外婆正在等我們。親愛的先生，您真是太好了。我們真的該告辭了。」

珍連忙起身，想離開桌邊，其他人也都想回去了。奈特利發現，法蘭克似乎又把一組字母推到她面前，但她看也不看。隨後大家就四處尋找自己的披巾，屋裡一片混亂。最後人們是怎麼分手的，奈特利也不得而知。

當其他人離開後，奈特利還留在哈特菲爾德，想著剛才見到的情景。當蠟燭拿來的時候，他認為自己身為一個朋友，有責任提醒一下愛瑪，問她一個問題。他不能眼看她陷入危險，而不救她一把。

「請問，愛瑪，」他說，「我是否可以請問：妳和費爾法克斯小姐猜的最後一個字有什麼有趣的，又有什麼令人氣憤的？我看見那個字了，感到很納悶，為什麼它讓妳感到那麼有趣，卻又讓另一個人感到那麼氣惱？」

愛瑪頓時慌張起來，她不便把真正的原因告訴他。雖然她心中的疑惑尚未完全打消，卻又因為自己洩露了秘密而羞愧難當。

「噢！」她尷尬地說道，「這沒什麼，只是一個小玩笑罷了。」

「似乎只有妳和邱吉爾先生這麼想。」奈特利一本正經地答道。

他希望愛瑪再回答，但她沒有說話。奈特利滿腹狐疑地坐了一會，腦海裡閃過各種不好的念頭。這是徒勞的干預——愛瑪的慌張、那直言不諱的親密關係，似乎都表明她已有了意中人。但他還是不肯放棄，他對她負有責任，寧可做出不受歡迎的干預，也不能讓她受到傷害；寧可遭遇不測，也不要有一天後悔自己失職。

「親愛的愛瑪，」他懇切地說，「妳認為妳很瞭解我們所談的那位先生和那位小姐之間的關係嗎？」

「你是說法蘭克和珍之間嗎？哦！是的，非常瞭解。你為什麼要懷疑這一點呢？」

「難道妳從沒發覺他們兩個互相愛慕嗎？」

「從來沒有，從來沒有！」愛瑪激動而坦率地叫道，「我這輩子從來沒有這種想法！你怎麼會這麼想呢？」

「近來我似乎看出了他們彼此傾心的跡象——一些眉目傳情的舉動，他們似乎不想讓別人知道。」

「哦！真是太可笑了。我很高興，竟然連你也會胡思亂想。不過，這可不行，你的嘗試是錯的。他們兩人之間並沒有什麼，儘管放心吧！你所看到的現象只是一些特例——是一種全然不同的情感引起的。這很難解釋清楚，唯一可以解釋的一點就是：天底下沒有比他們更不合的兩個人了。也就是說，我相信女方是這樣，男方也是這樣。我敢說那位先生完全無心。」

愛瑪自信的口吻使奈特利大為震驚，得意的神氣又讓他無言以對。她興致勃勃，還想繼續聊下去，問出他是如何起疑的、如何看見他們眉目傳情的，以及一切事情的來龍去脈；但他的興致卻沒有那麼高。他覺得自己幫不上忙，情緒又大受刺激，不想說話。伍德豪斯先生每晚都會生起爐火，奈特利怕待在火邊，會讓心裡也冒起火來，因此很快就告辭了，回去感受唐維爾寺的冷清和寂寞。

第四十二章

海伯里的人早就盼望薩可林夫婦來臨，後來聽說他們要到秋天才能來，不禁感到失望。如今，沒有任何新鮮事來豐富人們的生活，每天交換新聞時，大家只能繼續聊著其他的話題，例如邱吉爾太太的消息、她的身體狀況、韋斯頓太太的近況——她的孩子即將出世，她與鄰居們都為此感到欣喜。

艾爾頓太太大失所望。她本想盡情地玩樂、炫耀一番，這下全泡湯了。不過，當她再三思考後，覺得即使薩可林夫婦不來，也可以先去遊覽博克斯山；等秋天他們來了，再跟他們去一次也無妨。於是，這件事就這麼定了。愛瑪從未去過博克斯山，也想去看看那裡的景物。她跟韋斯頓先生說好，挑了一個風和日麗的早上坐馬車出發。他們只計畫找兩三個人一起去，講究雅致但並不鋪張；比起艾爾頓夫婦和薩可林夫婦的吵吵嚷嚷、大張旗鼓，不知要好多少。

想不到，後來韋斯頓先生又向艾爾頓太太提議，既然她姐姐與姐夫不能來，不妨兩群人一起同行，艾爾頓太太答應了。聽了這件事，愛瑪不禁有些驚訝，而且不太高興。她不必強調自己對艾爾頓太太的厭惡，因為那麼做勢必責怪韋斯頓先生，進而傷了韋斯頓太太的心。因此，她不得不接受這項安排，冒著惹人恥笑的風險。她滿腹委屈，雖然表面上順從了，心裡卻暗自責怪韋斯頓先生。

「我很高興妳能同意我的做法，」韋斯頓先生欣慰地說，「不過，我早就猜到妳會同意的。這種活動人太少就沒意思了，人多才有意思。再說，她畢竟是個性情和善的人，不應該把她撇在一邊。」

愛瑪嘴裡沒表示反對，心裡也沒表示同意。

如今正是六月中旬，天氣晴朗。艾爾頓太太迫不及待地要訂下日期，跟韋斯頓先生討論帶鴿肉餅和冷羊肉的事。就在這時，一匹拉車的馬跌斷了腿，計畫全被打亂了。要等那匹馬傷癒也許不用多久，但準備工作卻無法按時進行了，只能慢慢等待著。

「這豈不是太令人生氣了嗎？奈特利，」她叫道，「多適合出遊的天氣呀！一次次的耽擱，一次次讓人掃興，真令人討厭。我們該怎麼辦呢？照這樣下去，一年就快結束了。跟你說吧，去年還不到這時候，我們就已經從楓樹莊到金斯韋斯頓痛快地玩了一次呢！」

「妳最好來唐維爾玩玩，」奈特利回答，「沒有馬也能來。嘗嘗我的草莓吧！熟得很快。」

如果奈特利一開始並未當真，後來卻不能不當真了，因為對方欣喜地同意了。「哦！這再好不過了。」唐維爾的草莓圃向來很有名氣，但即使沒有這個理由，這位太太也想出去玩玩。她三番兩次地答應前往——她似乎把這視為一種親密的表示，或一種特別的恭維，為此沾沾自喜。

「你儘管放心，」艾爾頓太太說，「我一定會去。你訂個日子，我一定到。我能帶費爾法克斯小姐一起去嗎？」

「我想再邀請一些人，」奈特利說，「在跟他們說好以前，我無法決定日子。」

「啊！這件事交給我吧。你知道，我也算是個主人，這可是我的聚會呀！我要帶朋友來。」

「我希望妳帶艾爾頓來，」奈特利說，「但我不想勞駕妳去邀請別人。」

「啊！你真是狡猾。但你想想，交給我的話，保證萬無一失。我可不是任性的年輕小姐，已婚的女人辦事總是很牢靠的。這是我的聚會，交給我吧。我來替你邀請客人。」

「不，」奈特利平靜地回答，「在這世上，只有一個結了婚的女人能得到我的允許，可以隨意邀請客人來唐維爾，那就是——」

「是韋斯頓太太吧？」艾爾頓太太覺得很委屈，打斷了他的話。

「不，是奈特利太太——在她出現之前，我要自己來辦這件事。」

「啊！你真是個怪人！」艾爾頓太太嚷道，她聽了這個答案，感到相當得意，「你真是幽默。好吧，我把珍和她姨媽帶來，其他人由你去請。我根本不排斥與哈特菲爾德一家見面。不用顧慮，我知道你跟他們有交情。」

「只要我能請得到，妳肯定能見到他們。我回家途中會順便去看看貝茨小姐。」

「完全沒有必要，我天天見到珍。不過，隨便你吧！那只是一個早上的活動，非常單純。我會戴一頂大帽子，手臂上挽著一只小籃子，也許就是有粉紅色緞帶的這一只。珍也會帶一只籃子。什麼排場也沒有——就像吉普賽人的聚會。我們就在你的園子裡逛逛，自己採草莓，放一張桌子在樹蔭下，在那裡休息。一切從簡就好，難道你不這麼想嗎？」

「不全然，桌子放在餐廳裡就好了。要讓一切從簡，我認為只有在室內最能顯現出來。等妳在園子裡吃膩了草莓之後，屋子裡還有冷肉盤。」

「好吧——隨便你，只是別準備得太豐盛了。順帶一提，需要我或我的管家幫助出主意嗎？不用客氣，奈特利，如果你想讓我去跟霍奇斯太太談談，或是找些什麼——」

「我絲毫沒有這樣的打算，謝謝。」

「好吧，不過，要是有什麼困難的話，我的管家可是非常機靈的。」

「我敢保證，我的管家也認為自己非常機靈，不需要別人幫忙。」

「要是我們有頭驢子就好了，每個人最好都騎驢子來——珍、貝茨小姐和我——我丈夫在旁邊走路。我一定要勸他買頭驢子。在鄉下生活，怎麼可以少了牠呢？因為一個女人無論有多少消遣，總不可能一天到晚關在家裡，而你知道的，夏天路上塵土飛揚，冬天又泥濘不堪。」

「妳在唐維爾和海伯里之間不會遇到這種問題。唐維爾小路從來沒有塵土，現在完全是乾的；不過，要是妳願意，就騎驢子來吧，妳可以跟科爾太太借。我希望一切都讓妳滿意。」

「我知道你一定會這麼做的，我的好朋友，儘管你表面上很冷淡，但我知道你的心裡最熱情不過了。我常對艾先生說，你是個不折不扣的幽默家。是呀，請相信我，奈特利，在這項計畫中，我完全感受到了你對我的關心。」

奈特利不想把桌子擺在樹蔭下，還有一個理由：他想說服愛瑪以及伍德豪斯先生也來參加。要是坐在戶外吃飯，勢必會害伍德豪斯先生生病了。這絕對不行。

伍德豪斯先生收到他真摯的邀請，也欣然同意了。他已經兩年沒有去唐維爾。「要是當天風和日麗，我、愛瑪以及哈麗葉倒可以走一趟。我可以跟韋斯頓太太靜靜地坐著，讓兩個女孩到花園裡逛逛。我想，在這個季節應該是不會感冒的。我很想再看看那棟老房子，也很樂意陪陪韋斯頓夫婦和鄰居們。我認為奈特利先生請我們去是理所當然的——很友好、也很明智，比在外面吃飯明智多了，我可不喜歡那麼做。」

奈特利很幸運，每個人都欣然接受了邀請。看來人人都像艾爾頓太太一樣，把這項活動當成是對他們自己的一種恭維。愛瑪和哈麗葉都十分期待，韋斯頓先生則主動承諾，說願意請法蘭克也來參加——儘管這麼做大可不必。奈特利只好說歡迎他來。韋斯頓先生便立即寫信，編出種種理由勸他來。

這時候，那匹跛腳的馬傷癒了，大家又在喜滋滋地計畫著去博克斯山玩的事。最後決定：先在唐維爾玩一天，第二天再去博克斯山。

在接近施洗約翰節的一個晴朗中午，伍德豪斯先生安安穩穩地坐上馬車了，馬車的一扇窗戶被拉了下來。他被安頓在寺內一個最舒適的房間裡，生了一個早上的火，因此感到很愉快，興致勃勃地談起了話，還勸大家也來坐下，以免中暑了。韋斯頓太太似乎是走來的，先消耗一下體力，當別人出去玩了之後，她就可以留下來陪他說話。

愛瑪已經好久沒來寺院了。她對這棟房子和庭園一向很感興趣，一心想仔細地觀察一下，好喚醒過去的某些記憶，並糾正錯誤的印象。

這棟房子又大又氣派，位置良好，地勢較低，也十分隱蔽。花園很大，一直延伸到草場，上面有一條小溪流經，從寺院幾乎看不見這條小溪。那裡還有一排排茂密的樹木，保存得十分完好。愛瑪看著這一切，想到自己和主人的親戚關係，不禁感到由衷的驕傲和得意。與哈特菲爾德相比，這座房子更大一些，風格截然不同，佔地面積廣闊，格局有些雜亂，但房間都很舒適——愛瑪不由得肅然起敬，覺得住在其中的是個徹頭徹尾的紳士世家。約翰．奈特利的性格雖有些缺點，但無疑配得上伊莎貝拉。她們家的親屬、名聲和地位，也不會使那家人蒙羞。愛瑪一邊四處遛達，一邊沾沾自喜，直到前往種草莓的地方。大家都聚集在那裡，獨缺法蘭克一人，所有人都期盼他隨時從里奇蒙德趕來。艾爾頓太太穿了她最喜歡的衣服，戴著大帽子，挎著籃子，準備開始採草莓、談論草莓——「它是英國最好的水果，人人都愛，而且很有營養。這是最好的草莓圃、最好的品種。自己採才有趣，吃起來更有滋味。上午無疑是最好的時間，一點也不會累。麝香草莓是最好的品種——其他的都比不上——麝香草莓很少見——大家都喜歡辣椒草莓——白木草莓味道最好——倫敦的草莓價格——布里斯托產量最多——楓樹莊也是——打算翻修草莓圃，但園丁的意見總是不一致——味道十分鮮美，只是太膩了，不宜多吃，還不如櫻桃——紅醋栗比較清爽——採草莓的唯一缺點是要彎腰，太陽這麼大，累死了——再也受不了啦！得去樹蔭裡坐坐。」

這類談話持續了半個小時，中間只被韋斯頓太太打斷過一次，她牽掛法蘭克，出來問問他的消息——她對他的馬不放心。

人們在樹蔭下找到可以坐的地方。愛瑪聽到了艾爾頓太太跟珍在說話，她們正在談一個理想的職位，艾爾頓太太當天早上得到消息，高興得不得了——不是在薩可林家，也不是在布雷格太太家，但也僅次於這兩家——是在布雷格太太的表姐家，她是薩可林太太的熟人，在楓樹莊頗有名氣；她快活、可愛、高貴，她的背景、勢力、職業、地位等，全都是一流的。艾爾頓太太滿懷熱情，急於定下這件事，絲毫不准她的朋友拒絕。珍一再告訴她，自己目前還不想工作，但她還是把之前勸她儘快謀職的理由重複了一遍，並堅持要代她寫一封回覆的信。珍看起來有些懊惱，說話也越來越尖刻；最後，她採取了一個對她來說並不尋常的果斷行動，建議再去走一走。「幹嘛不散散步呢？奈特利先生不想帶我們參觀花園嗎？我想看看整座花園。」看來，她對於朋友的執拗再也受不了了。

天氣很熱。大家零零散散地在花園裡走著，遛達了一陣之後，來到一條寬而短的路上，兩旁都是菩提樹，非常涼爽。這條路位在花園外側，與小河平行，似乎是散步區的盡頭。它的盡頭是一道立著高柱的矮石牆。雖然這樣的設計是否有意義還值得討論，但這條路確實十分迷人，周圍的景色美不勝收。寺院幾乎就座落在一個斜坡的下方，斜坡到了庭園外側，變得越來越陡。半哩外是一道巍峨的陡坡，坡上林木茂盛，坡下是阿貝米爾農場，地勢適宜而隱蔽，前面是草場，小河就在附近，繞著草場蜿蜒而過。

這樣的景色真令人賞心悅目。英國的青蔥草木、農林園藝、宜人風光，在燦爛陽光的輝映下，毫無令人抑鬱之感。

愛瑪朝路的那一頭望去，一眼就看見了奈特利和哈麗葉。這兩人十分顯眼，默默地走在最前面。奈特利與哈麗葉！真是一對奇怪的組合。不過，見到他們在一起，愛瑪又覺得很高興。奈特利曾一度不屑與哈麗葉為伍，見到她就會毫不客氣地走開；但現在，兩人似乎談得很投機。過去也曾有一度，愛瑪不願讓哈麗葉來到這麼接近阿貝米爾農場的地方；但現在，她一點也不擔心了。讓她看看那旖旎的景物、豐饒的牧場、茂盛的果園、婦婦上升的炊煙，是不會有什麼問題的。她在牆邊趕上了他們，發現兩人只顧著說話，而沒有在觀賞景色。奈特利正在向哈麗葉介紹農作物方面的知識，見到愛瑪時微微一笑，彷彿在說：「這都是我所關心的事，我有權利談論這些事，沒有人能說我在替羅伯特．馬丁做媒。」愛瑪當然沒有懷疑，這件事早已過去，馬丁或許不再愛哈麗葉了。他們在這條路上又逛了一會兒，樹蔭下非常涼爽，這是愛瑪覺得一天中最快活的時間。

接著，大家回到屋內用餐。當眾人坐下後，法蘭克還是沒來。韋斯頓太太不斷地張望，韋斯頓先生也心神不寧，但仍嘲笑妻子多慮。韋斯頓太太說什麼也放心不下，因為他曾非常肯定地表示會來：「我舅媽的身體大為好轉，我一定能來。」然而，就像許多人說的，邱吉爾太太的身體隨時可能發生變化，那樣一來，她的外甥就來不了了。最後，韋斯頓太太終於被說服了，她堅信，邱吉爾太太一定是病了，而他來不成了。這段期間，愛瑪一直盯著哈麗葉，發現她神態自若，不動聲色。

用過冷餐之後，大家再次走出戶外，看看還沒看過的景物，例如寺院的老魚池。伍德豪斯先生覺得莊園最高的地方沒有小河的濕氣，便在那裡兜了一小圈，然後就不想再動了。愛瑪決定留下來陪他，這樣韋斯頓先生就能帶他妻子去活動一下、散散心，看來她需要調劑一下精神。

奈特利竭盡心力，想讓伍德豪斯先生玩得開心。他為這位老朋友準備了一本本的版畫冊，從櫃子裡拿出一盒又一盒的紀念章、浮雕寶石、珊瑚、貝殼等珍品，供他消磨一個上午。這番好心完全得到了回報，伍德豪斯先生玩得相當快樂。當他正想開始欣賞第二遍時，愛瑪就走進了玄關，想看一看房子的結構和平面圖。她剛一進來，就看見珍匆匆從花園裡溜進來。她沒料到會遇見愛瑪，先是吃了一驚。不過，她也正要找她。

「要是有人問起我，」她說，「是否能請妳告訴他我回家了？我馬上就走。我姨媽不知道時間這麼晚了，也不知道我們出來這麼久了——不過，我想家裡的人一定在等我們，我非立刻回去不可。我沒跟其他人說，只怕會引起麻煩；有人去了魚池，有人去了菩提小路。等他們回來後才會想起我，到時能不能請妳告訴他們我回家了？」

「既然妳這麼要求了，當然可以。但妳該不會要一個人走回海伯里吧？」

「的確是——這有什麼壞處呢？我走路快，二十分鐘就到家了。」

「不過，一個人走太遠了，實在太遠了。讓我父親的僕人送妳回去吧。我去叫馬車，五分鐘就到。」

「謝謝，謝謝——千萬別叫車。我還是用走的吧，難道我會怕一個人走路嗎？說不定我以後還得照顧別人呢！」

珍說得十分激動，愛瑪深為同情地回答：「那也用不著現在就去啊。我先去叫馬車，不然炎熱的天氣會讓妳吃不消的。妳已經累了。」

「是的，」珍答道，「我累了，但不到筋疲力盡——一開始走路就會有精神了。伍德豪斯小姐，人都有心煩的時候。老實說，我煩透了。要是妳真想幫忙，最好不要管我，只在必要的時候傳達一聲我走了。」

愛瑪體諒她的心情，催她趕快離開，並懷著朋友的熱忱目送她安然離去。珍臨別時的神情充滿了感激之情，她那告別的話——「哦！伍德豪斯小姐，有時一個人獨處多好啊！」——似乎是出自一顆過分沉重的心靈，看得出長久以來她一直在忍耐，甚至對一些最愛她的人也是如此。

「唉！這樣的家！這樣的姨媽！」愛瑪回到玄關時，心想，「我的確同情妳。妳越是流露出理所當然的恐懼，我越是喜歡妳。」

珍離開不到十五分鐘，愛瑪與父親剛看完幾張威尼斯聖馬可廣場的風景畫，法蘭克便走了進來。愛瑪根本沒想到他，但見到他仍然很高興。果然，法蘭克是被邱吉爾太太的病情絆住了，那是一次神經性發作，持續了幾個小時——他幾乎要放棄前來了。要是他知道一路上騎著馬多熱、而且還得花那麼多時間，那他肯定就不會來了。天氣真是炎熱，他從未吃過這樣的苦頭，簡直後悔不該出門——他最受不了的就是炎熱。他坐了下來，盡可能離伍德豪斯先生火爐裡的餘燼遠一些，看上去可憐兮兮的。

「好好坐著，馬上就會涼快了。」愛瑪說。

「等我一涼快了，就又得回去了。我真是脫不了身呀！可是不來又不行！我看你們都快走了吧？大家都要散了。我來的時候遇到一位——在這樣的天氣裡真是瘋了啊！絕對是發瘋！」

愛瑪馬上就意識到，法蘭克的心情不太好。有些人一遇天氣熱就要煩躁，也許他正是這樣的體質。愛瑪知道，食物往往能治好這種抱怨，於是便勸他吃點東西，還很好心地指了指餐廳的位置。

「不，我不吃。我不餓，吃了只會更熱。」然而，才過兩分鐘，他就對自己發了慈悲，說想喝杉樹酒，便走開了。愛瑪又開始照顧起父親，心想：

「幸好我不愛他了。只因為天氣熱就鬧脾氣，我才不喜歡這種人呢！哈麗葉性情隨和，她不會在意的。」

法蘭克離開了好久，痛痛快快地吃了一頓，回來時已恢復冷靜，變得像往常一樣彬彬有禮。他拉了張椅子坐到他們身邊，對他們的活動產生了興趣，還風度翩翩地說自己來晚了。他的心情還不算最好，但正在竭力使它好轉，最後終於能說些玩笑話了。他們一起看著瑞士的風景畫。

「等舅媽的病一好，我就要去國外，」他說，「不遊覽幾個這種地方，我是絕不會甘心的。有朝一日，你們會看到我的素描、讀到我的遊記、或是我的詩。我要好好表現。」

「也許吧，但不會是瑞士的素描——你絕不會去瑞士，你舅父母絕不會讓你離開英國。」

「也許可以說服他們也去。醫生叫舅媽搬去一個氣候溫暖的地方，我看我們很可能會一起出國，我敢說很有可能。今天早上我一直有種預感：我很快就要出國了。我應該旅行，無所事事讓我厭煩，我要換個環境。我是認真的，伍德豪斯小姐，無論妳那雙敏銳的眼睛在想什麼，我對英國已經厭煩了！只要可以，我明天就想離開。」

「你只是過膩了恣意享樂的生活。難道就不能找幾件辛苦的事，安份地留下來嗎？」

「我過膩了恣意享樂的生活？妳完全錯了，我認為自己從來沒有恣意享樂。我的生活沒一件事是稱心的，我根本就不認為自己是個幸運兒。」

「但你也不像你剛來的時候那麼可憐。再去吃一點東西吧！吃一片冷肉、喝一口摻水馬德拉白葡萄酒，你就差不多跟我們大家一樣了。」

「不——我不想動，我要坐在妳身邊。妳是我最好的良藥。」

「我們明天要去博克斯山，你跟我們一塊去吧。那不是瑞士，但是對於一個想換換環境的年輕人來說，還是很不錯的。你別走了，跟我們一起去吧？」

「不，我真的不能去。我必須趁晚上天氣涼快時回去。」

「你可以趁明天早上天氣涼快再來呀？」

「不——那不值得，來了又會覺得上火。」

「那就請你待在里奇蒙德吧。」

「要是那樣的話，我就會更火了，想到你們都去了卻丟下我，我可受不了。」

「請你自己解決這個問題，自己選擇上火的程度吧。我不再勉強你了。」

這時，其餘的人陸續回來，大家很快聚到了一起。一看到法蘭克，有些人興高采烈，有些人卻處之泰然。可是一聽說珍走了，大家都感到既惋惜又沮喪。不過，也差不多到了解散的時間，這件事就此不了了之。眾人把明天的活動計畫安排了一下，便各自離去。法蘭克本來就有點不願意，現在更不想被排除在外，因此他對愛瑪說：

「好吧，要是妳希望我留下，跟大家一起去，那我就聽妳的。」

愛瑪笑盈盈地表示歡迎。除非里奇蒙德下令召回他，否則他不會在明天晚上之前趕回去。

第四十三章

前往博克斯山那天，天氣非常好，加上各種安排都做得不錯，可以確保大家快快樂樂地出遊。韋斯頓先生擔任領隊，奔走於哈特菲爾德和牧師宅邸之間，穩妥地行使職責。所有人都準時趕到，愛瑪和哈麗葉共乘一輛車，貝茨小姐、珍與艾爾頓夫婦共乘一輛，男士們則騎馬。韋斯頓太太與伍德豪斯先生留在家裡。萬事俱備，只等抵達目的地了。大家在歡樂的期盼中走了七哩路，抵達目的地後，人人都驚嘆不已。不過，嚴格說來，這一天還是有所缺陷。每個人都懶洋洋的，既沒興致，也不融洽。隊伍太過於零散，艾爾頓夫婦走在一起，奈特利照顧貝茨小姐和珍，愛瑪和哈麗葉卻跟著法蘭克。韋斯頓先生試圖讓大家融洽一些，但無濟於事。一開始似乎是偶然分散的，但一直集中不起來。事實上，艾爾頓夫婦並非不願意與大家親近，也並非不願意表現得隨和；但在山上的兩個小時中，幾群人似乎註定非要分開不可，任憑景色多美、天氣多涼爽、韋斯頓先生多麼活潑，都無法改變。

愛瑪從一開始就意興闌珊。她從未見過法蘭克如此沉悶、如此遲鈍，他的話沒有一句中聽，既心不在焉，又言不由衷。而他的沉悶也傳染給了哈麗葉。這兩人簡直令愛瑪難以忍受。

當大家坐下後，情況有了好轉。法蘭克變得健談多了，而且還把她當成首要對象。他把心思全花在她身上，似乎一心逗她開心；愛瑪正想打起精神，聽了對她的奉承後，也變得快活起來，任憑他獻殷勤。在兩人關係最熱烈的時候，她曾鼓勵過他、放任過他；但現在，她認為這麼做已經毫無意義，不過在旁人眼中看來，他們仍然像是在調情。「法蘭克先生和伍德豪斯小姐又在調情了！」他們受到了這樣的非議——一位女士寫信把這件事傳到了楓樹莊，另一位女士又寫信把這件事傳到愛爾蘭。其實，愛瑪並不是真的快樂到忘我，正好相反，她一點也不快樂。她因為失望而放聲大笑，雖然她喜歡他獻殷勤，但這已經無法贏回她的心了。她仍然希望他當自己的朋友。

「妳今天邀請我來，」法蘭克說，「我有多麼感激啊！要不是妳，我肯定錯過了這次出遊的樂趣。我當時已經下定決心要走了。」

「是呀，你當時心情很不好，我也不知道為什麼，大概是來晚了，沒採到最好的草莓吧？不過你倒是挺謙恭的，一直求我命令你來。」

「我心情沒有不好。我是累了，熱得受不了。」

「今天更熱。」

「我倒不覺得。我今天非常舒服。」

「你是因為接受了命令，所以才覺得舒服的。」

「妳的命令嗎？是的。」

「也許我希望你這麼說，但事實上，是你自己的命令。你昨天不知怎地情緒失控——不過今天又控制住了。我不能常跟你在一起，因此你必須相信，你的脾氣是受自己控制，而不是受我的控制。」

「這是一樣的。既然沒有動機，也就不需要自我控制。無論妳說不說話，妳都能夠命令我。妳可以一直跟我在一起——而妳也的確一直跟我在一起。」

「從昨天下午三點開始吧？我對你的影響不可能早於這個時間，要不然，你在那之前不會鬧脾氣的。」

「昨天下午三點？那是妳的說法。我第一次見到妳是在二月。」

「你這樣的奉承，真叫人無法回答。不過，」愛瑪壓低了聲音，「除了我們以外，沒有其他人在說話。實在沒必要說些無聊的話為七個沉默不語的人解悶。」

「我可沒說什麼難為情的話，」法蘭克嬉皮笑臉地回答，「我第一次見到妳是在二月，要是別人聽得見我說話，就讓他們聽吧！我要拉高嗓門，讓聲音就這樣傳到密克漢，再傳到多爾金。我第一次見到妳是在二月！」隨即小聲說道：「我們的伙伴都傻傻的，我們要怎麼讓他們打起精神呢？無論怎麼胡鬧都可以，非逗他們說話不可。女士們，先生們，我奉我的主人伍德豪斯小姐之命對你們說：她想知道你們腦中在想些什麼。」

有人笑了，愉快地作了回答。貝茨小姐又喋喋不休了一番。艾爾頓太太聽說伍德豪斯小姐是主人，不禁氣呼呼的。奈特利的回答最獨特。

「伍德豪斯小姐真的想知道我們都在想些什麼嗎？」

「哦！不，不，」愛瑪快樂地叫道，「沒有這回事。現在，我不想因為這件事自討沒趣。跟我說什麼都行，就是別讓我知道你們在想些什麼。我不是說都不想聽，也許有一兩位——」她瞄了韋斯頓先生和哈麗葉一眼，「即使聽聽他們的想法也無妨。」

「這種事情，」艾爾頓太太大聲說道，「我不認為自己有權過問。雖然我身為這次活動的主辦人，也許我從未加入過什麼圈子——旅遊活動——年輕小姐——結了婚的女人——」

她的嘟噥主要是說給丈夫聽的，於是她的丈夫也嘟噥地回答道：

「說得對，親愛的，千真萬確——從沒聽說過——可是有些小姐就愛信口開河。就當作是開玩笑，別去理會吧！人人都知道妳應該受到尊重。」

「這可不行，」法蘭克小聲對愛瑪說道，「我們已經得罪大部分的人了。我要給他們一點顏色瞧瞧。女士們，先生們——我奉我的主人伍德豪斯小姐之命對你們說，她放棄探索你們想法的權利，只要你們說一些有趣的話。她只要求你們每個人講兩三段絕妙的話，不論是散文、還是韻文，無論是自己編的，還是引用別人的。她聽了一定會開懷大笑。」

「啊！那好，」貝茨小姐說道，「那我就不必擔心了。『兩三段絕妙的話』，你們知道的，這正合我意。我一開口就能說幾句可笑的話，是吧？」她愉快地四下環顧，相信人人都會表示贊成，「難道你們認為我不行嗎？」

愛瑪忍不住了。

「啊！小姐，那可有點難。對不起——數目上有限制，一次只能講三段。」

貝茨小姐沒有馬上領會她的意思，當她一醒悟過來，雖然不便發火，臉上卻微微一紅，可見心裡相當難受。

「啊！是呀，那當然——是的，我懂她的意思了，」她轉身對奈特利說，「我就盡量什麼也不說。我一定常惹人討厭，不然她不會對一個老朋友說這種話。」

「我贊成妳的辦法，」韋斯頓先生叫道，「同意！同意！我會盡力而為，我現在出一個謎語，一個謎語可以嗎？」

「也許太低級了吧？爸爸，太低級了，」他兒子回答，「不過我們必須包涵一些，尤其是對開頭的人。」

「不，不，」愛瑪說，「一點也不低級。韋斯頓先生出一個謎，就算是他和他鄰座的份。來吧，先生，請說給我聽聽。」

「我自己也不確定它是否絕妙，」韋斯頓先生說，「太現實了。是這樣的一個謎：哪兩個英文字母表示『完美』？」

「哪兩個字母？表示『完美』？我猜不出來。」

「啊！妳絕對猜不出的。」韋斯頓先生對愛瑪說，「我就知道是這樣，告訴妳吧！是『M』、『A』——『愛』、『瑪』，明白了嗎？（將M與A連讀，發音近似『Emma』。）」

愛瑪明白了，也很得意。這是個很普通的謎語，愛瑪卻覺得很有趣——法蘭克和哈麗葉也這樣想。其他人則似乎沒有同感，有的人看起來大惑不解。奈特利一本正經地說：

「這代表我們的確缺乏這種絕妙的事物，韋斯頓先生表現得很出色，但他真是把我們難倒了。」

「哦！至於我，你們一定得放過我，」艾爾頓太太說，「我真的猜不出來——我一點也不喜歡這種玩意。有一次，有人把我的名字拆成一首詩送給我，我就一點也不喜歡。我知道那是誰送的，一個令人討厭的傻瓜！你知道的，」她對丈夫點了點頭，「這種玩意在聖誕節時坐在火爐邊玩玩倒還可以，但是在夏天郊遊的時候就不太合適了。伍德豪斯小姐一定得放過我，我可不是那種妙語如珠的人。我是很活潑沒錯，但什麼時候該說話，什麼時候不該說話，這是勉強不來的。請放過我們吧！邱吉爾先生，放過艾先生、奈特利、珍和我。我們說不出什麼絕妙的話，誰也不行。」

「是呀，是呀，放過我吧！」艾爾頓帶著自嘲的口吻說道，「我可說不出什麼妙語來，供伍德豪斯小姐或是其他年輕小姐取樂。一個結了婚的中年人，完全派不上用場。我們去走走吧，奧古斯塔。」

「我贊成。在一個地方玩這麼久，真叫人厭煩！來吧，珍，挽住我另一隻手。」

但珍沒有聽從她的話，這對夫婦倆便自己走開了。「真幸福的一對呀！」等他們走遠後，法蘭克說道，「真是天造地設的一對！太幸運了——才在公共場合認識沒多久，居然就結婚了！我想他們只在巴斯認識了幾個禮拜吧？多麼幸運！要說在巴斯這樣的公共場合能瞭解一個人的真實品性——那簡直是痴人說夢！只有看見女人待在自己家裡，待在朋友中間時，才能作出正確的判斷，否則一切都只是猜測、只是碰運氣罷了——而一般人運氣往往不好。有很多人認識還不長就急著結婚，最後只是抱憾終身！」

珍平常很少跟別人說話，這時卻開口了。

「的確是這樣。」她的話被一陣咳嗽打斷了。法蘭克轉過臉來聽她說話。

「妳還沒說完吧？」他說道。珍的嗓子又恢復了正常。

「我只是想說，雖然男女都可能遇到這種倒楣的事，但我認為並不是很多。也許會產生倉促而輕率的戀情——但事後再彌補往往還是來得及的。我是指，只有意志薄弱、優柔寡斷的人，才會讓不幸的戀情釀成終身的痛苦。」

法蘭克沒有回答，只是望著她，謙恭地鞠了個躬，然後輕快地說：

「唉！我太不相信自己的眼光了。如果我想結婚的話，希望能有人為我挑選妻子。妳願意嗎？」他轉身對愛瑪說，「妳願意為我挑選妻子嗎？不管妳挑中誰，我一定會喜歡的。妳知道，妳最擅長為我們一家挑選伴侶，」他朝父親笑了笑，「幫我找一個吧！我不急。我願意供養她、教育她。」

「把她教育成我這樣的人。」

「能這樣當然最好。」

「好吧，我接受這個任務，我一定為你找一位迷人的妻子。」

「她一定要非常活潑，有一雙淡褐色的眼睛，我不喜歡別的。我要去國外兩年，回來的時候就找妳領妻子，記住。」

愛瑪是不會忘記的，這件事正合她的心意。哈麗葉不就是他所形容的那種妻子嗎？除了淡褐色的眼睛。再過兩年，也許她就能合乎他的喜好了，甚至是現在，他心裡想的也許就是哈麗葉，誰知道呢？他向她提起教育的事，似乎就是一個暗示。

「姨媽，」珍對姨媽說，「我們到艾爾頓太太那裡去好嗎？」

「好吧，親愛的，我完全贊成。我剛才就想跟她去。不過這樣也好，我們很快就能趕上她，她在那裡——不，那是另一個人。嗯，我敢說——」

她們走了，奈特利也跟著去了，只剩下韋斯頓先生、法蘭克、愛瑪和哈麗葉。那位年輕人的情緒變得越來越古怪，甚至愛瑪也終於對他的奉承和說笑感到厭倦，只希望能有個人陪她安靜地四處走走，或是獨自坐著，靜下來觀賞一下風景。僕人來了，告知馬車已經準備妥當，這是件令人高興的事。即使是動身前的忙碌情景，以及艾爾頓太太搶著要第一個走，都沒有令她介意。終於可以回家了，結束這本該快樂卻毫無快樂可言的一天。她希望以後再也不要上當，捲入這麼難堪的一場活動了。

等馬車的時候，她發現奈特利就在她身邊。他朝附近張望了一下，似乎想確認附近有沒有人，然後說：

「我要像過去一樣，再跟妳談一次。眼見妳犯錯，我不能不勸勸妳。妳怎麼能對貝茨小姐那麼冷酷無情呢？妳是個聰明人，怎麼能對一個像她那種個性、那種年紀、那種處境下的女人那麼傲慢無禮呢？愛瑪，我沒想到妳會這樣。」

愛瑪想了想，不禁臉紅起來，心裡感到愧疚，但又想一笑置之。

「不過，我怎麼能忍住不那麼說呢？誰也忍不住呀！事情沒那麼嚴重，我看她還聽不懂我的意思呢！」

「我敢說她懂，她完全懂得妳的意思。她事後一直在談這件事。我倒希望妳能聽聽她是多麼地——多麼坦率、寬厚。我希望妳能聽聽她多麼敬重妳的涵養，她說自己是個惹人討厭的人，但妳和妳父親卻依然這樣關心她。」

「哦！」愛瑪大聲說道，「我知道天底下沒有比她更好的人了，但你得承認，在她身上，善良與可笑兩個特質極為不幸地混合在一起了。」

「的確混合在一起了，」奈特利說，「如果她很富有，我也許會更注意她的可笑之處，而少注意她的善良；如果她很富有，我可以放任這些無傷大雅的荒唐行為，不會為此與妳爭論；如果她的家境跟妳一樣——可是，愛瑪，實際上遠非如此。她家境貧困，她出生時家裡還算富裕，後來就家道中落了，以後也許還會更加潦倒，她的處境值得妳同情。妳這次做得真不像話！當妳還是個嬰兒的時候，她就認識妳，看著妳從小長大，以前妳還以受到她的關懷為榮呢！現在呢？妳仗著一時的傲氣，嘲笑她、奚落她，甚至還當著她外甥女的面——當著別人的面，而在這些人中，有許多人將會完全學著妳的樣子來對待她。妳一定不想聽這些話，愛瑪，我也不喜歡講；但是，只要我還能影響妳，我就必須對妳說實話，藉此證明我是妳的朋友，並且我相信，即使這番好意妳現在無法理解，也總有一天會理解的。」

他們一邊談話，一邊朝馬車走去。馬車已經準備好了，奈特利把她扶上了車。他見愛瑪板著臉孔，嘴裡一聲不吭，以為她心裡不服氣。事實上，她只不過是對自己生氣，感到既羞愧又懊悔罷了。她說不出話來，一上車就將身子往椅背一靠，心裡難過極了——隨即便責怪自己忘了告別、沒有道謝。她連忙往窗外看去，想跟他說話，或是向他揮手。可惜為時已晚，奈特利已經轉身走了。她不停地往後看，但只是白費力氣。馬車似乎跑得特別快，沒過多久就下到了半山腰，把一切都遠遠拋在了後頭。她苦惱得無法形容，也幾乎無法掩飾。她長到這麼大，從未因為某件事如此激動、懊惱、傷心過。她受到了極大的打擊。無可否認，他的那一席話說得非常中肯，使她無可辯駁。她怎麼能對貝茨小姐那麼粗魯、冷酷呢？她怎麼能給一個她敬愛的人留下這種不良印象呢？她怎麼能不說一句表示感激、認錯或禮貌的話，就讓他走了呢？

時間也沒讓她平靜下來。她越想越難受，而且從沒有這麼沮喪過。幸好她不必說話，她的身旁只有哈麗葉，而哈麗葉似乎也不快樂，不想說話。一路上愛瑪感到淚水順著臉頰往下流，儘管很奇怪，但她並沒有試著去抑制。

第四十四章

博克斯山之行那令人沮喪的場面，在愛瑪的腦際縈繞了一整晚。她不知道別人會怎麼想，他們也許都在以各自的方式，愉快地回憶著。但在她看來，自己從未像這次一樣虛度了一個早上，當下既沒有任何樂趣，事後回想又感到厭倦。相比之下，跟父親下一整晚的棋倒是件樂事。因為雖然她認為自己不配受到父親那樣的疼愛和信賴，但至少她的做法不會引起人們的譴責。她不希望自己是個不孝的女兒，她不希望有人對她說：「妳怎麼能對妳父親那麼無情呢？我必須盡可能對妳直言相告。」貝茨小姐絕不會再——絕不會！如果未來的關心能彌補以往的過失，那她也許能得到原諒。她捫心自問，知道自己時常怠慢人，有時表現在思想上，而不是行動上。她目中無人，傲慢無禮，但是，未來再也不能這樣了。在真誠的懺悔驅使下，她打算明天早上就去拜訪貝茨小姐，並從此與她展開一種頻繁的、平等的、友好的來往。

第二天早上，愛瑪早早就出門了。她心想，說不定會在路上遇見奈特利，或是在貝茨小姐家看到他。她對此毫不在乎。她的懺悔是真誠的，絕不會感到羞愧，她邊走邊朝著唐維爾的方向望去，可是並沒有見到奈特利。

「太太跟小姐都在家。」在過去，當她聽到這個聲音，從不會感到高興；當她進了走廊、上了樓梯，也從不想帶給這家人歡樂，而除了取笑她們一番之外，也從未期望從她們那裡得到什麼快樂。

當她走近了，只見房裡一陣忙亂，有人在走動，有人在說話。她聽到貝茨小姐的聲音，好像有什麼事急著要辦；女僕顯得既驚慌又尷尬，希望她稍待一會，沒過多久又把她領了進去。姨媽和外甥女正躲到隔壁房間，她清楚地看見了珍，她彷彿病得很厲害。關門之前，她聽見貝茨小姐說：「噢，親愛的，我就叫妳躺在床上，我看妳確實病得很厲害。」

貝茨老太太跟平常一樣，既客氣又謙恭，似乎不太明白發生了什麼事。

「恐怕珍身體不太好，」她說，「但我真不懂，她們明明跟我說她很好。我女兒也許馬上就到，伍德豪斯小姐。希望妳找張椅子坐下。海蒂要是沒走就好了，因為我不太能——找到椅子了嗎？小姐，妳坐的地方好嗎？我敢說她馬上就來。」

愛瑪也一心希望貝茨小姐能來。她心裡閃過一個念頭，擔心貝茨小姐有意迴避她。可是，沒過多久，貝茨小姐就來了。「非常高興，非常感謝！」——不過愛瑪意識到，她不像過去那麼滔滔不絕，神情舉止也不像過去那麼自在。她心想，親切地問候一下珍，也許能喚起舊日的友情。這一招似乎立即奏效。

「啊！伍德豪斯小姐，妳真好！我想妳已經聽說了，是來向我們道喜的吧？但是，這實在不算什麼喜事，」她眨了眨眼睛，掉了一兩滴眼淚，「她在我們家住了這麼久，真捨不得讓她走啊！她一整個早上都在寫信，現在頭痛得厲害。妳知道，那封長信是寫給坎貝爾上校和狄克生太太的。我說：『親愛的，妳會弄瞎眼睛的！』因為她一直淚眼汪汪的，這也難怪，這個變化太大了，不過她的運氣好得令人驚訝——我想初次求職的年輕小姐是很難找到這種工作的——伍德豪斯小姐，請別以為我們運氣好還不知足，」說著又掉下淚來，「可憐的珍啊！要是妳知道她頭痛得多嚴重就好了。當人遭受病痛折磨，就算出現了值得高興的好事，也高興不起來。她的情緒低落極了，瞧她那副模樣，誰也不會想到她得到這份工作有多高興。請原諒她不能來見妳——她來不了，我叫她躺在床上。我說：『親愛的，我要妳躺在床上。』但她就是不聽，在屋裡走來走去。不過她已經寫好信了，說她很快就會沒事的。她一定很遺憾沒見到妳，伍德豪斯小姐，不過妳心地好，會原諒她的。剛才讓妳在門口等了一會，真不好意思，屋裡有點亂糟糟的，所以沒聽到妳敲門，直到妳走上樓梯，我們才知道有客人。我說：『一定是科爾太太，沒有人會這麼早來。』她回答：『唉，遲早要受的罪，不如現在就面對。』就在這時，帕蒂說妳來了。我說：『哦！是伍德豪斯小姐，我想妳一定想見她。』但她說：『我誰也不見。』隨即站起來要走，所以才讓妳在門口等了一會——真不好意思，非常抱歉。我說：『要是妳非走不可的話，妳就走吧，但我要妳躺在床上。』」

這些話引起了愛瑪的關心。她對珍早已變得仁慈，貝茨小姐對珍的遭遇的描述，徹底打消了她過去那些猜疑，心中充滿了憐憫。她想起自己過去對珍不夠公正、不夠寬厚，因此意識到，珍寧可見到科爾太太或是其他朋友，也不想見她。

她懷著真摯的懊悔和關切，說出了自己的心裡話——衷心希望貝茨小姐所說的這戶人家，能盡可能為珍帶來好處，讓她過上舒適的日子。「我們大家都會很難過的。我想要等坎貝爾上校回來再去吧？」

「妳真好！」貝茨小姐回答，「不過妳一向都好。」

愛瑪真受不了「一向」這個詞，為了打斷對方那可怕的感謝，她直截了當地問道：

「我是否可以請問——費爾法克斯小姐要去哪兒？」

「去史莫里奇太太家——一個可愛的女人，她人好極了——照顧她的三位小姐——討人喜歡的孩子。不可能有比這更棒的職位了，也許除了薩可林家和布雷格家以外，不過史莫里奇太太跟那兩家都很熟，而且住在同一區，離楓樹莊才四哩——珍以後離楓樹莊只有四哩呀！」

「我想，是艾爾頓太太幫了費爾法克斯小姐的忙——」

「是的，好心的艾爾頓太太。真是個可靠的朋友。她不准別人拒絕，當珍第一次聽到這件事（那是前天，我們在唐維爾的那天早上）的時候，說什麼也不肯答應，就是因為妳說的那些理由。就像妳說的，她打定了主意，在坎貝爾上校回來之前，她什麼工作也不接受——她一遍又一遍地告訴艾爾頓太太——我根本想不到她竟然會改變主意！可是好心的艾爾頓太太果然有眼光，看得比我準，無論如何也不理會珍的答覆。她昨晚斬釘截鐵地說，絕不會按照珍的意思寫信推掉這件事，她要再等待——果然，到了晚上，珍就改變心意了。真令我吃驚！珍把艾爾頓太太拉到一邊，告訴她說，考慮史莫里奇家的條件那麼好，她決定接受這個職位。在這之前，我是一無所知。」

「妳們晚上去了艾爾頓家？」

「是的，是艾爾頓太太叫我們去的。我們在山上跟奈特利先生一起散步時就說定了。『今晚妳們一定要到我家來，』她說，『我堅持。』」

「奈特利先生也去了嗎？」

「沒有，奈特利先生沒去，他從一開始就不肯去。艾爾頓太太說不會善罷甘休的。我還以為他會去，但他沒去。我母親、珍和我都去了，一整晚過得好愉快。伍德豪斯小姐，妳知道，跟好心的朋友在一起，總是會覺得愉快的，雖然玩了一個早上大家都很累——妳知道，玩樂也是很累人的——何況我也不敢說有誰玩得很快樂。不過，我會一直認為這是一次開心的活動，而且感激邀請我參加的朋友們。」

「我想，也許妳沒留意到，費爾法克斯小姐一整天都在下決心吧。」

「我猜是的。」

「無論什麼時候要去，她和她的朋友們一定都很難過。不過我倒希望，等她開始工作後心裡會好過一些——我是指那家人的名聲和為人。」

「謝謝，親愛的小姐，的確是這樣。凡是能讓她開心的東西，那家人樣樣都有。艾爾頓太太認識的人當中，除了薩可林和布雷格家以外，再也找不到這麼好的育兒室了，既寬敞又講究。史莫里奇太太是個可愛的女人！生活方式跟楓樹莊幾乎完全一樣；至於孩子，除了薩可林和布雷格家的以外，再也找不到這樣文靜可愛的小傢伙了。珍會得到應有的尊敬和禮遇。而她的薪水，伍德豪斯小姐，儘管妳對大筆的錢財早已司空見慣，但恐怕也很難相信珍居然能賺那麼多錢。」

「哦！小姐，」愛瑪叫道，「要是別的孩子也像我小時候那麼難照顧，就算把我聽到的薪水加上五倍，我想也不嫌多。」

「妳說得有道理！」

「費爾法克斯小姐什麼時候要離開妳們？」

「快了，就快了，不到兩個禮拜。史莫里奇太太催得很急，我那可憐的母親簡直受不了了！我盡可能不讓她想這件事，我跟她說：『好了，媽媽，我們別再想這件事了。』」

「她的朋友們一定捨不得她走。她在坎貝爾夫婦回來之前就找到了工作，他們知道了不會覺得難過嗎？」

「是呀，珍說他們一定會很難過的。可是那麼好的人家，她又覺得不該拒絕。當她把對艾爾頓太太說的話告訴我的時候，艾爾頓太太剛好也跑來向我道喜，我真是大吃一驚！那是在吃茶點以前——不，慢著，不可能是在吃茶點以前，因為我們正要打牌——不過，的確是在吃茶點以前，因為我記得我正在——哦！我想起來了，吃茶點以前的確發生了一件事，但不是這件事。吃茶點以前，艾爾頓先生被老約翰．阿布迪的兒子叫到屋外，可憐的老約翰，我很尊重他，他當了我父親的文書二十七年，如今患了嚴重的痛風病，臥床不起了——我今天得去看看他。要是珍能夠出門，我敢說她也會去的。約翰的兒子來找艾爾頓先生談談教區的救濟問題。妳知道，他在克朗旅店做領班、馬伕之類的工作，日子過得還不錯，但是少了救濟就養不活父親。所以，艾爾頓先生回來的時候，把約翰對他說的話告訴了我們，也就是馬車去蘭道爾接法蘭克先生回里奇蒙德的事。這是吃茶點以前發生的，珍是在吃完茶點後才跟艾爾頓太太說的。」

愛瑪一點也不瞭解這件事，但貝茨小姐簡直不給她插嘴的機會。她沒想到愛瑪對法蘭克離開的事一無所知，但還是把一切都講了出來，儘管這無關緊要。

艾爾頓一方面是從馬伕那裡聽說的，一方面又是從蘭道爾的僕人那裡打聽的，大致是說：從博克斯山回來以後，有人從里奇蒙德送來了信，邱吉爾先生寫給外甥一封短信，信上寫到邱吉爾太太健康好轉，但還是希望他在明天清晨前趕回；但法蘭克不想再等了，決定立即回家，而他的馬似乎病了，於是立刻派僕人去叫克朗旅店的馬車。當時這名馬伕就站在外面，看見馬車快速駛過。

這裡頭既沒有令人驚訝的地方，也沒有令人感興趣之處；之所以引起愛瑪的關注，只不過因為它牽扯到她的心事——邱吉爾太太和珍之間地位之懸殊，使她感慨不已：一個主宰一切，一個微不足道。愛瑪默默思索著女人命運的差異，直到聽見貝茨小姐說話，才回過神來。

「啊，我知道妳在想什麼了，在想鋼琴。那玩意兒該怎麼處理呢？是呀！可憐的珍剛才還在對鋼琴說話呢！她說：『你該走了，該跟我分開了，你在這裡沒什麼用了。不過，就放在這裡吧，等坎貝爾上校回來再說。我要跟他談談，他會為我安排的，我有什麼困難，他都會替我解決的。』我相信，直到今天，她還不知道這架鋼琴究竟是他送的，還是他女兒送的。」

這一番話，讓愛瑪也忍不住想起了鋼琴的事，想起自己以前胡亂猜測，感到心裡不是滋味。過了一陣子，她覺得自己坐得夠久了，於是硬著頭皮把真正想說的祝福又說了一遍，便匆匆告辭了。

第四十五章

愛瑪一邊走回家，一邊沉思。當她走進客廳，見到了兩個人之後，才終於清醒過來。原來，她不在家時，奈特利和哈麗葉來了，正陪她父親坐著。奈特利立刻起身，以比平常嚴肅的神態說道：

「我一定要見妳一面才走，不過我沒時間了，馬上就得走。我要去倫敦，在約翰和伊莎貝拉那裡住幾天。除了問候以外，還需要我帶上什麼嗎？」

「什麼也不用了。不過，你這個決定是不是太突然了？」

「是的——有一點——我並沒有考慮太久。」

愛瑪一看就知道，奈特利還沒有原諒她。他看起來跟往常不一樣。不過她心想，用不了多久，他又會跟她重歸於好的。他站在那裡，彷彿想走，卻又不走，這時她的父親問道：

「啊，親愛的，妳去了那裡嗎？我那可敬的老朋友和她的女兒怎麼了？妳去看望她們，她們一定很感激吧？奈特利先生，我跟你說過了，親愛的愛瑪剛才去拜訪了貝茨一家，她總是那麼關心她們！」愛瑪聽到這番誇獎，不由得臉紅起來。她意味深長地笑了笑，搖了搖頭，望著奈特利。奈特利似乎立即對她產生了好感，從她的眼中看出了她的真情。他以熱切的目光注視著她。愛瑪心裡正在得意，奈特利做了一個不尋常的友好舉動，又讓她更加高興——他抓住了她的手，握得緊緊的，無疑是想拉到他的嘴唇上。就在這時，他愣了一下，突然把她的手放下了。他為什麼猶豫？為什麼在吻之前忽然改變主意？她猜也猜不透，只是心想，要是他不停下來，豈不是更好。然而，奈特利生性純樸又莊重，只要想起他原先的意圖，就夠讓她滿意了。這說明他們已經完全和好。接著，他離開了，他做事一向果斷，毫不遲疑，但這一次似乎比平常更為突然。

愛瑪並不後悔去拜訪貝茨小姐，但覺得要是早十分鐘離開，就能跟奈特利聊聊珍找到工作的事了。他要去布朗斯維克廣場，她並不覺得難過，因為去那裡是多麼快樂的事呀！雖然他明明可以挑一個更好的時間去。不過，他們離別時已經完全和好了，他臉上的神情、他那未完成的殷勤舉動，都說明她已重新博得了他的好感。

奈特利要去倫敦，還這麼突然，而且要騎馬去，愛瑪知道這都很糟糕。為了轉移父親的注意力，別為此事煩惱，她講起了珍的事。這一招果然奏效，父親既感興趣，也沒有感到不安。他早就認定珍會去當家庭教師，而且也能興高采烈地談論這件事，只是奈特利要去倫敦仍是個意外的打擊。

「親愛的，聽說她找到這麼一個有錢人家，我的確很高興。艾爾頓太太為人敦厚、熱心，我敢說她認識的都是好人。但願那裡氣候乾燥，那家人好好照顧她的身體。這是最重要的，泰勒小姐跟我在一起的時候，我一直都是這樣關心她的。妳知道，她要跟著那位太太，就像以前泰勒小姐跟著我們一樣。我希望她能過得比現在更好，不要在那裡住久了又想離開。」

第二天，從里奇蒙德傳來一條消息，把別的事全都撇在一邊。一封快信送到蘭道爾，宣布了邱吉爾太太的死訊！她在外甥趕回家後只撐了三十六個小時，突然出現前所未有的症狀，掙扎一陣之後便咽氣了。可敬的邱吉爾太太終於與世長辭。

人們都表現出應有的態度。他們神情莊嚴、顯露出幾分悲哀；緬懷死者，關心活著的朋友。等過了一段時間後，又都好奇地想知道她葬在哪裡。詩人戈德史密斯說：「可愛的女人墮落到做出傻事，只能一死了之；墮落到令人厭惡，也只能以死來洗刷惡名。」邱吉爾太太討人厭已經二十五年了，現在大家提到她時卻抱著憐憫的心情。一個不白之冤被洗清了——過去誰也不相信她身患重病，如今她死了，證明她的確沒有裝病。

「可憐的邱吉爾太太！她一定受了不少的苦，害得脾氣也變壞了。這真是件悲傷的事，令人震驚——儘管她有不少缺點，但邱吉爾先生少了她該怎麼辦呀？他會傷心一輩子的。」連韋斯頓先生也搖搖頭，嚴肅地說道：「哎！可憐的女人，誰想得到啊！」他決定把自己的喪服做得體面一些。他的妻子一邊縫著衣服，一邊懷著真摯而深沉的哀悼。這件事會對法蘭克產生什麼影響，他們從一開始就思考過了。愛瑪也有所考慮。邱吉爾太太的人品、她丈夫的悲哀，掠過她的腦海，使她既敬畏又同情；隨即又想到這件事可能為法蘭克帶來的影響——他會得到什麼好處、怎麼獲得自由——心裡不禁高興起來。如今，即使他愛上哈麗葉，也不會有人阻止他了。邱吉爾先生脾氣隨和，無論外甥說什麼都會聽從。愛瑪只希望那個外甥是一片真心，因為她雖然已抱有好感，卻不敢肯定他確有情意。

這一次哈麗葉表現得極為出色，克制得非常好。即使感受到多大的希望，她仍然不動聲色。愛瑪看到她的性格變得堅強了，不禁十分高興，也不把事情點破，以免擾亂她的心思。當她們談論邱吉爾太太去世的事情時，兩人都有所節制。

蘭道爾收到了法蘭克的幾封信，信上把他那裡的情形一一作了介紹。邱吉爾先生的心情比預料中的要好。在約克郡舉行葬禮後，他們首先去了溫莎的一個朋友家，在過去的十年裡，邱吉爾先生一直想去拜訪他。如今，沒有什麼事是哈麗葉能做的，愛瑪只能對未來抱著美好的期待。

更迫切的事，是要關心珍。在哈麗葉的前景一片光明時，珍的好運卻結束了。她已接受了聘請，海伯里那些一心想關懷她的人，機會已經所剩不多——而這更成為愛瑪的首要願望。一想起過去對她的冷落，就比什麼都後悔。她要為珍做一些事，表示自己珍惜與她的交情，證明自己尊重她、體諒她。她決定要邀她來哈特菲爾德玩一天，於是便寫了一封邀請函。想不到，邀請被透過口信拒絕了：「費爾法克斯小姐身體欠佳，無法寫信。」那天早上，佩里先生來到哈特菲爾德，沒經過她的同意就去探望她。她頭痛得很厲害，還發了高燒，他懷疑她能否如期前往史莫里奇家。這一次她的身體似乎全垮了，一點胃口也沒有；雖然沒有什麼令人害怕的症狀，沒有大家擔心的肺病跡象，佩里先生還是為她擔憂。他覺得她的負擔太重。珍自己也察覺到了，只是不肯承認罷了。佩里先生看得出來，她現在的家對一個病人是不利的——而她那好心的姨媽，雖然與她感情甚篤，但不得不承認，她絕不是病人的最佳伴侶。她對珍過度關心，反而對她的病情有弊無利。愛瑪熱切地聽著，越聽越為她著急，想設法接她出來——哪怕只是一兩個小時，離開她姨媽，換換空氣和環境，自在地說說話。第二天早上，她又寫了一封信，以最深情的言語說，無論珍什麼時間方便，她都願意坐車去接她；並說明佩里先生也贊成這種活動。她只得到了簡短的回答：

「費爾法克斯小姐謹表敬意和感謝，但還不能作任何活動。」

愛瑪覺得自己應該得到更好的答覆，但又不便挑毛病；從那顫抖的字跡來看，珍顯然病得不清。因此她開始想辦法打消她那避不見面、不願接受幫助的心態。她坐車來到貝茨太太家，希望能說服珍跟她一起出去。貝茨小姐滿懷感激，也贊同她的看法，認為出去透透氣大有好處，而且還費盡唇舌——但完全是白費力氣。珍無論如何也說服不了。只要一提起出門，她的病似乎就越來越糟。愛瑪想親自去勸她，但她還來不及說出自己的想法，貝茨小姐就向她表示：她已答應外甥女，絕不讓伍德豪斯小姐進去。「說真的，可憐的珍的確無法見任何人——除了艾爾頓太太不能不見、科爾太太非要見她不可、佩里太太也苦口婆心了半天——除了她們幾個，珍不肯見任何人。」

愛瑪可不想被拿來與艾爾頓太太、佩里太太、科爾太太相提並論。她也不覺得自己有什麼特權，於是只好讓步。只不過，她又問了問珍的胃口如何，吃了什麼東西，希望在這方面提供一些幫助。一提到這個話題，可憐的貝茨小姐顯得憂心忡忡。珍幾乎什麼也不吃，佩里先生建議她吃些高營養的食物，但她們能弄到的東西都不合她的口味。

愛瑪一回到家，就立即叫管家去查看一下庫存的食物，並派人火速送了一些上等的葛粉給貝茨小姐，還附了一封十分友好的短信。半小時後，葛粉被退回來了，貝茨小姐說道：「親愛的珍堅持要我送回去，她不能吃這東西。還說她什麼也不需要。」

事後，愛瑪聽說，就在珍推說不能活動，斷然拒絕與她一起乘車出門的那天下午，有人看見她在海伯里附近的草場上散步。愛瑪把所有事情串聯起來，立刻意識到，珍已下定決心不接受她的心意。她很難過，唯一能夠聊以自慰的是，她知道自己的立意良善，而且可以對自己說：如果奈特利知道她一次次試圖幫助珍，甚至能看透她的一片真心，那他這回絕不會對她有所指責。

第四十六章

大約在邱吉爾太太去世十天後的一個早上，愛瑪被叫到樓下見韋斯頓先生。「他只待五分鐘，想找她談談。」他在客廳迎接她，剛向她問候完，便立刻壓低聲音，不讓她父親聽見，說道：

「今天早上妳能來蘭道爾一趟嗎？韋斯頓太太想見見妳。她一定得見見妳。」

「她不舒服嗎？」

「不，不，一點也沒有，只是有點激動。她本來想坐車來看妳，不過她想單獨見妳。妳知道的，」韋斯頓先生朝她父親點了點頭，「嗯！妳能去嗎？」

「當然。可以的話，這就出發吧。不過，究竟是什麼事呢？她真的沒生病嗎？」

「放心吧，別再問了。到時候妳就會知道了，真是莫名其妙的事！不過，別問了，別問了！」

從韋斯頓先生的神情看來，似乎有什麼緊急的事。不過，既然她的朋友安然無恙，愛瑪也就用不著擔心。於是，她跟父親說自己要出去散步後，便跟韋斯頓先生一起走出房子，朝蘭道爾趕去。

「現在，韋斯頓先生，告訴我發生了什麼事吧。」出了大門一段路之後，愛瑪說道。

「不，不，」韋斯頓先生一本正經地回答，「別問我，我答應我太太了，一切由她自己來說。這件事由她來透露更好。別急，愛瑪，妳馬上就會全知道了。」

「快告訴我吧！」愛瑪嚇得叫道，「天哪！韋斯頓先生，快告訴我吧！布朗斯維克廣場出了什麼事？我知道出事了，告訴我，我要你現在就告訴我！」

「沒事，妳真的猜錯了。」

「韋斯頓先生，別跟我開玩笑。你想想，我有多少親愛的朋友住在布朗斯維克廣場啊！是他們之中的一位嗎？我鄭重地請求你，千萬不要瞞著我。」

「我說的是實話，愛瑪。」

「實話？那為什麼不以名譽擔保，說這件事跟他們沒有關係呢？天哪！既然這件事跟那一家人沒有關係，為什麼又要告訴我呢？」

「我以名譽擔保，」韋斯頓先生認真地說道，「這件事跟奈特利家的人沒有絲毫關係。」

愛瑪放心了，又繼續往前走。

「我不該用『透露』這個詞，」韋斯頓先生接著說，「事實上，這件事與妳無關，只與我有關，也就是說，但願如此。嗯！總之，親愛的愛瑪，妳不必著急。我並不是說這是件愉快的事，但事情本來還可能更糟。我們要走快一些，馬上就到蘭道爾了。」

愛瑪覺得只能等待了，但已經沒那麼難熬了。她不再發問，只是發揮自己的想像，並且很快就冒出一個念頭：事情說不定跟錢有關係——是里奇蒙德最近發生的不幸引起的；也許又發現了五六個私生子，讓法蘭克被剝奪了繼承權！這種事雖然很糟糕，卻不會使她難過，頂多激起她的好奇心。

「那個騎馬的人是誰？」馬車行駛時，愛瑪問道。她故意說話，好讓韋斯頓先生能保守秘密。

「我也不知道，也許是奧特維家的人吧？不是法蘭克。我敢說不是法蘭克，妳是見不到法蘭克的。這時候，他正在前往溫莎的路上。」

「這麼說，你兒子剛才跟你在一起？」

「哦！是的——難道妳不知道？嗯，嗯，沒關係。」

韋斯頓先生沉默了一會，然後以更謹慎、認真的口吻說道：

「是啊，法蘭克今天早上來過，只是來問候一聲。」

兩人匆匆趕路，很快就抵達了蘭道爾。「喂，親愛的，」兩人走進屋時，韋斯頓先生說道，「我把她請來了，希望妳不會花太多時間。我讓妳們兩個單獨談談，別拖太久。要是妳有事找我，就叫一聲。」他走出房間以前，愛瑪清楚地聽見他悄悄地說道：「我遵守諾言，她一點也不知情。」

韋斯頓太太臉色不好，一副心緒不寧的樣子，愛瑪忍不住又著急起來。等到剩下她們兩人時，她急忙說道：

「怎麼了？親愛的朋友。我感覺一定發生了什麼很不好的事。快告訴我是什麼事！我一路上心裡一直很著急，別讓我再急下去了。不管妳有什麼苦惱，說出來對妳有好處。」

「妳真的一點也不知道嗎？」韋斯頓太太聲音顫抖地說，「難道妳，親愛的愛瑪，難道妳猜不出我要對妳說什麼嗎？」

「只要是跟法蘭克有關，我就猜得到。」

「妳說對了，的確跟他有關，我立刻告訴妳，」韋斯頓太太繼續手裡的針線活，彷彿不想抬起頭來，「他今天早上來過，為了一件極不尋常的事。我們驚訝得無法形容。他來跟父親談一件事，說他愛上了——」

韋斯頓太太停下來喘了口氣。愛瑪以為他愛上了自己，隨即想到哈麗葉。

「事實上，不僅僅是愛上，」韋斯頓太太說，「而且還訂了婚——確實訂了婚！法蘭克和費爾法克斯小姐訂了婚——而且已經很久了！妳會怎麼想呢？愛瑪，別人又會怎麼想呢？」

愛瑪驚訝得幾乎跳了起來。她慌慌張張地叫道：

「珍？天哪！妳不是當真的吧？妳是在開玩笑吧？」

「妳的確有理由感到驚訝，」韋斯頓太太回答，目光仍然迴避著愛瑪，「但事實就是如此。早在去年十月，他們就鄭重地訂了婚——那是在韋茅斯，對誰都嚴守秘密。除了他們自己以外，誰也不知道——坎貝爾夫婦、男女雙方的家人，全都不知道！真是奇怪，我相信這是真的，但又感到不可思議。真難以置信！我還以為我很瞭解他呢。」

愛瑪幾乎沒理會她的話，她心裡正想著兩件事：一是她過去跟法蘭克議論過珍，二是哈麗葉會多麼可憐。一瞬間她只能感嘆，而且拚命想查證這件事。

「唉！」她終於說話了，竭力想恢復冷靜，「這件事我無論如何也想不透啊！竟跟她訂婚整整一個冬天了——那不是兩人來海伯里之前的事嗎？」

「十月就訂婚了，秘密訂的婚。太令我傷心了，愛瑪，他父親也一樣傷心。我們無法原諒他的行為。」

愛瑪沉思了一下，然後回答：「我也不想裝作不懂妳的意思。為了安慰妳，我希望妳能放下心，他向我獻的殷勤並未產生妳擔心的那種結果。」

韋斯頓太太抬起頭來，簡直不敢相信。但愛瑪的確神態自若。

「為了讓妳更相信我確實不在乎，」愛瑪接著又說，「我還要告訴妳，我們最初認識的時候，我的確一度喜歡上他——不，是愛上了他——但一切都已經結束了。最近的至少三個月，我一點也沒把他放在心上。妳大可相信我，韋斯頓太太，這全是實話。」

韋斯頓太太含著喜悅的眼淚親吻愛瑪。等到能夠說話時，她說，聽到愛瑪這番表白，比世界上什麼東西都更珍貴。

「韋斯頓先生會跟我一樣放心了，」她說，「我們一直很苦惱，以前我們真心希望你們能相愛，而且也以為你們確實如此。妳想想，我們多為妳感到難受啊！」

「我逃過一劫了。這對你們、對我自己都是個值得慶幸的奇蹟；可是，仍然不能因此原諒他。我認為他應該受到嚴厲的譴責，明明愛上了別人，又跟人家訂了婚，憑什麼來到我們之間，裝得像是自由之身？他既然已經有了情人，憑什麼再去討好其他女孩，不斷地向她獻殷勤呢？難道他不知道自己在做什麼嗎？難道他認為我不會愛上她嗎？太缺德了！」

「按照他的話，親愛的愛瑪，我認為——」

「她怎麼能夠容忍這種行為？眼睜睜地看見了，卻若無其事！愛人當著她的面三番兩次向另一個女人獻殷勤，她卻袖手旁觀。這樣的涵養，我既難以理解，也無法敬佩。」

「他們之間有些誤會，愛瑪，他是這麼說的，只是來不及解釋。他在這裡只待了十五分鐘，由於心情激動，就連十五分鐘也沒好好利用。不過，他坦白說兩人之間有誤會，目前的局面似乎就是這些誤會引起的，而這些誤會又很可能是他的行為不端引起的。」

「行為不端？哎！韋斯頓太太，妳說得太簡單了。這只叫做行為不端？我對他的評價這下大大降低了。一點也不像個男子漢！男子漢應該為人正派誠實、堅持道德和原則、蔑視卑鄙的伎倆；但是這些優點他一概沒有。」

「不，親愛的愛瑪，我得為他說幾句話。儘管這件事他做得不對，但我認識他也不短了，可以擔保他的確有許多優點，而且——」

「天哪！」愛瑪根本不聽她的，大叫道，「還有史莫里奇太太！珍就要去做家庭教師了！他卻做出這麼可怕的舉動，究竟是什麼意思？居然讓她去工作——甚至讓她想出這種做法！」

「他不知道這件事，愛瑪。在這一點上，我敢說他完全是無辜的。那是珍擅自決定的，沒有跟他商量過。他說直到昨天他還被蒙在鼓裡，不知道珍的打算。我也不清楚他是怎麼知道的，也許是收到了什麼信——正是因為發現了珍的計畫，他才決定立刻採取行動，向舅舅坦白一切，求他寬恕。總之，這樁隱瞞已久的秘密終於被公諸於世了。」

愛瑪開始認真聆聽。

「我很快就會收到他的信，」韋斯頓太太接著說，「他臨走時說過會馬上寫信來的，從他說話的態度來看，他似乎要告訴我很多現在還不能說的細節。所以，我們就等他來信吧！也許信裡會作出許多辯解。我們別把問題看得太嚴重了，別急著責怪他。我必須愛他，既然認定了這一點，就希望事情能有個好的結果。他們倆這樣偷偷摸摸的，一定受了不少苦。」

「這種痛苦似乎沒為他帶來多少傷害，」愛瑪冷冷地回答，「那邱吉爾先生的態度呢？」

「完全聽他外甥的，幾乎毫無困難地同意了。妳想想，那一家在一週內出了那麼多事啊！邱吉爾太太在世時，一切都沒有可能發生；可是她的遺體才剛葬入墓穴，她丈夫就做出了完全違背她心意的事。人一過世，他的不良影響也就隨之消散了，這多麼幸運啊！幾乎沒費什麼口舌，他就同意了。」

「哦！」愛瑪心想，「換成是哈麗葉，他也會同意的。」

「這是昨天晚上說的，法蘭克今早天一亮就走了。我想他先去了海伯里，在貝茨家停了一下，然後再來這裡。不過，他又急著回到舅舅那裡，因為他很需要法蘭克，因此只能在我們這裡待十五分鐘。他很激動——非常激動，我從沒見過他那麼激動，跟以前簡直判若兩人。別的不說，看到她病得那麼厲害，他大為震驚，看來心裡非常難受。」

「妳真的認為這件事十分保密嗎？坎貝爾夫婦、狄克生夫婦都不知道嗎？」

說到狄克生時，愛瑪臉上不由得微微一紅。

「誰都不知道。他十分篤定：世上除了他們兩人之外，誰也不知道。」

「好吧，」愛瑪說，「我想我們會漸漸想通的，祝他們幸福美滿。不，我永遠認為這種做法十分卑鄙，除了虛情假意、招搖撞騙和爾虞我詐之外，什麼也不是。他在我們面前，不斷地強調自己多麼坦率、多麼單純，背地裡卻暗箭傷人！整整一年，我們完全上了當，以為彼此推心置腹，沒想到卻有兩個人，他們不斷地刺探別人的想法，然後在私底下說三道四。要是他們聽到了有人議論對方的不是，那就算他們自食惡果了！」

「幸好我心安理得，」韋斯頓太太回答，「我敢說，我從沒在他們兩人面前議論過對方，說些不該讓他們兩人都聽到的話。」

「妳真幸運。妳唯一犯的錯就是以為我們的一位朋友愛上了那位小姐。」

「沒錯。不過，我一向很欣賞費爾法克斯小姐，絕不會冒失地說她的壞話。至於法蘭克的壞話，當然更不會說了。」

就在這時，韋斯頓先生出現在窗外不遠處，顯然是在觀察她們的動靜。他的妻子朝他使了個眼色，要他進來。接著又說道：「親愛的愛瑪，我求妳留意自己的言語和神態，讓他心裡好過些，並對這門親事感到滿意。我們要盡量往好處想，的確，幾乎一切都對她比較有利，這門親事也並不完美；不過邱吉爾先生都不計較了，我們又何必計較呢？對法蘭克來說，愛上這樣一位穩重又聰明的女孩，也許是件幸運的事。儘管她這件事做得很不好，我還是認為，她處在這種立場上，即使犯了這種錯，也是情有可原的。」

「的確情有可原，」愛瑪感慨地說，「如果一個女人只為自己著想是可以原諒的話，那也只有像珍這種地位的人了。對於這種人，妳可以學莎士比亞說：『這世界不屬於他們，這世界的法律也無法約束他們。』」

韋斯頓先生進來了，愛瑪笑容滿面地說道：

「瞧，你真會開玩笑啊！我看你是用這一招來挑起我的好奇心，測試一下我的腦筋。真把我嚇壞了！我還以為你至少損失了一半的財產呢，結果，這不僅不是一件壞事，反而是件可喜可賀的事。衷心祝福你，韋斯頓先生，你馬上就會有一個全英國最可愛、最多才多藝的媳婦了。」

韋斯頓先生跟妻子對視了一兩眼，便同意了愛瑪的這番話，立刻變得高興起來，他的神態與聲音也恢復了往常的活潑。他滿懷感激地抓住太太的手，跟她談起了這件事，似乎相信這的確不是一件很糟的親事。兩位女士的話只不過是想為法蘭克開脫，使他不至於反對這門親事。當三人聊完之後，他送愛瑪回哈特菲爾德，途中又跟她聊了一會兒，終於完全想通了，幾乎快認定：這是法蘭克所做過最棒的一件事了。

第四十七章

「哈麗葉啊！可憐的哈麗葉！」愛瑪無法擺脫這些令人痛苦的思緒。法蘭克很對不起她——在各方面都有愧於她；但最惹她生氣的，與其說是他的行為，不如說是她自己的行為。為了哈麗葉，她害得他陷入窘境，而哈麗葉再一次成了她恣意幻想下的犧牲品。真的被奈特利說中了，因為他曾說過：「愛瑪，妳根本算不上史密斯小姐的朋友。」她擔心自己幫了哈麗葉一個倒忙。是的，這一次跟上次不一樣，並非由她一手造成了這起悲劇，也並非是她在哈麗葉心中挑起了情感；因為哈麗葉已經承認，在愛瑪暗示她之前，她就已經愛上了法蘭克。然而，她鼓勵了她本該加以抑制的感情，她認為這完全是自己的錯。如今，她深感自己應該加以制止，按照常理，她應該斬釘截鐵地告訴哈麗葉：千萬不要一廂情願地去愛他，他看上她的可能性微乎其微。「不過，」她又想道，「恐怕我從未考慮過什麼常理。」

她很氣自己，當然也很氣法蘭克；至於珍，至少她不用再為她操心了。哈麗葉已經夠讓她心煩了，她不必再為珍苦惱，她那出於同一原因的煩惱和疾病也一定會好起來——她那卑微不幸的日子已經結束了，她馬上就會恢復健康，獲得幸福。愛瑪可以想像，為什麼她的關心屢次受到怠慢。這一發現使得許多小事都迎刃而解。無疑地，那是出於嫉妒，在珍眼裡，愛瑪是她的情敵，只要她提出幫助她、關心她的想法，必然會遭到拒絕，無論是坐哈特菲爾德的馬車去兜風，還是吃哈特菲爾德儲藏室裡的葛粉。愛瑪明白了一切。她盡可能擺脫掉氣惱下的褊狹、自私心，承認珍能嫁給這樣的對象，確實是她應得的。但是，她始終念念不忘自己對哈麗葉應負的責任！她沒有心思再去同情別人了。她擔心，這第二次的打擊會比第一次來得更加沉重；尤其這個人在哈麗葉心裡顯然產生了更強烈的影響，導致了她的沉悶不語和自我克制。然而，她仍然得把這個痛苦的事實告訴哈麗葉，而且必須儘快。韋斯頓先生在臨別時特別叮囑要保守秘密。「目前，這件事還必須保密，邱吉爾先生特別強調這一點，藉此表示他對已故妻子的尊重。雖然這只不過是禮儀問題罷了。」愛瑪答應了，但是她認為哈麗葉應該除外。

儘管愛瑪很苦惱，卻又不由得有些好笑，她居然要在哈麗葉面前扮演一個韋斯頓太太剛扮演過的角色。韋斯頓太太惴惴不安地告訴她的消息，現在輪到她惴惴不安地告訴另一個人。一聽到哈麗葉的腳步聲，她的心怦然直跳，心想韋斯頓太太也曾有同樣的感覺。要是她的報告也能得到相同的結果就好了！不幸的是，完全沒有這種可能。

「喂，伍德豪斯小姐！」哈麗葉匆匆忙忙走進房間，大叫道，「這不是天底下最奇特的消息嗎？」

「什麼消息？」愛瑪回答，從神情和語氣判斷，她還不確定哈麗葉是否聽到了風聲。

「關於費爾法克斯小姐的消息。妳聽過這麼奇怪的事嗎？哦！妳不必瞞著我，韋斯頓先生已經親口對我說了。我剛才遇見他，他跟我說這是秘密。因此，除了妳之外，我絕不告訴任何人。不過他說妳已經知道了。」

「韋斯頓先生告訴妳什麼？」愛瑪還是困惑不解，說道。

「哦！他什麼都告訴我了，說費爾法克斯小姐和法蘭克先生就要結婚了，還說他們早就秘密訂了婚。多麼奇怪呀！」

的確很奇怪，哈麗葉的態度真是奇怪極了。她的性格似乎完全變了，得知這件事既不激動，也不失望，更不怎麼在意。愛瑪瞧著她，簡直說不出話來。

「妳能想像他愛她嗎？」哈麗葉說道，「妳也許想過，因為妳——」她臉紅了，「能看透每個人的心，可是別人卻不能——」

「老實說，」愛瑪說，「我開始懷疑自己是否有這種天分。哈麗葉，難道妳要說，當我鼓勵妳大膽表露情感的時候，卻又認為他愛著另一個女人？直到一小時前，我還從未想過法蘭克先生居然會對珍有意思。妳可以相信，要是我真的想到了，一定會勸妳小心點。」

「我？」哈麗葉紅著臉驚叫道，「妳幹嘛勸我小心呢？妳該不會認為我對法蘭克先生有意思吧？」

「我很高興妳說得這麼理直氣壯，」愛瑪笑著回答，「可是有一段時問——而且還是不久以前，妳卻讓我認為妳對他有意思，這點妳不否認吧？」

「他？絕對沒有，絕對沒有。親愛的伍德豪斯小姐，妳怎麼能這樣誤解我？」哈麗葉委屈地轉過頭去。

「哈麗葉！」愛瑪愣了一下，然後喊道，「妳是什麼意思？天哪！妳是什麼意思？誤解妳？那妳是希望我——」

她再也說不下去了。她的嗓子哽住了，只好坐下來，怯生生地等待哈麗葉回答。

哈麗葉站的地方離她有點遠，背對著她，沒有馬上回答。當她終於開口說話時，聲音幾乎跟愛瑪一樣激動。

「我沒想到妳居然會誤解我！」她說，「我知道，我們說好不再提他的名字——可是，想到他比別人不知好多少倍，我以為他不可能被誤認是其他人。法蘭克先生？真是的，他跟那個人在一起的時候，我真不知道還有誰會愛上他。我想我還不至於那麼沒有品味，居然會把法蘭克先生放在心上。妳居然會這樣誤解我，真令人吃驚！我敢說，要不是我以為妳滿心贊成我去愛他，我從一開始就會覺得那太不自量力，連想都不敢去想。要不是妳跟我說，門第比我們更懸殊的人都結合了，我絕不會認為有希望——但妳一向很熟悉他，要是妳——」

「哈麗葉！」愛瑪終於冷靜下來，大聲說道，「我們還是把話說清楚，免得再誤會下去。妳是指——奈特利先生吧？」

「我當然是說他，絕不會是別人。我還以為妳知道呢！我們說起他的時候，那是再清楚不過的了。」

「這可不見得，」愛瑪故作鎮靜地回答，「妳當時說的話，在我聽來都像是指另一個人。我幾乎可以說，妳甚至說出過法蘭克的名字，我想一定是說起他幫了妳的忙，保護妳不受吉普賽人的傷害。」

「哎！伍德豪斯小姐，妳真健忘！」

「親愛的哈麗葉，當時的話我還記得很清楚。我跟妳說，我對妳的心意並不感到奇怪，因為他幫了妳的忙，那是再自然不過了。妳同意我的說法，還十分熱烈地談了妳對他的感覺，甚至還說當妳看見他來搭救妳時，心裡是什麼滋味。我對這件事的印象很深。」

「哦，天哪，」哈麗葉叫道，「我終於明白妳說的是什麼事了。但我當時想的完全是另一回事。我說的不是吉普賽人——不是法蘭克先生，不是的！」她抬高了嗓門，「我想的是一件更難能可貴的事情——在艾爾頓先生不肯跟我跳舞，而屋裡又沒有其他舞伴的時候，奈特利先生走過來請我跳舞。正是這好心的舉動，讓我開始感覺到，他比世上的所有男人都要好。」

「天哪！」愛瑪叫道，「這是個極為不幸——極其可悲的誤會啊！這該怎麼辦呢？」

「這麼說，要是妳明白了我的意思，就不會鼓勵我了。不過，至少我的處境還不算太糟，要是我愛的是另一個人，我可能就要倒大楣了。現在，至少我還可以——」

哈麗葉停了下來，愛瑪也說不出話。

「伍德豪斯小姐，」哈麗葉接著說，「妳一定認為這兩個人的條件都比我好，但其中一個又比另一個高出好幾倍。但是我希望，伍德豪斯小姐，要是——儘管事情看來有些奇怪，但妳也說過，比法蘭克先生和我的門第更懸殊的人都結合了。因此，要是我夠幸運的話——要是奈特利先生真的會——要是他不在乎這種差別，我希望，親愛的伍德豪斯小姐，請妳不要反對。不過我知道，妳是個好心人，絕不會做那樣的事。」

哈麗葉站在一扇窗前。愛瑪驚訝地看著她，說道：

「妳認為奈特利先生也對妳有意思嗎？」

「是的，」哈麗葉回答得有點羞澀，但並不膽怯，「我是這樣想的。」

愛瑪忽地收回了目光，坐著一動也不動，默默沉思了一會兒。也就在這陣沉思之間，她終於摸透自己的心思了。她承認了一個事實。為什麼哈麗葉愛上奈特利比愛上法蘭克來得更糟呢？為什麼哈麗葉有了一點希望，說奈特利也對她有意思，會讓她覺得那麼可怕呢？她腦中閃過一個念頭：奈特利不能跟別人結婚，只能跟她自己！

一瞬間，她的行為、她的內心世界，全都清清楚楚地展現在眼前。她有多麼對不起哈麗葉呀！她的行為多麼輕率、粗魯、又冷漠無情啊！害得她誤入歧途的，是何等的盲目、瘋狂啊！她恨不得用盡各種惡名來詛咒自己的行為。然而，儘管有這些過錯，她還是必須保持一些自尊心——要顧及自己的顏面，也要對哈麗葉公正（儘管對一個自以為贏得奈特利愛情的女孩不需要憐憫）。於是，愛瑪決定靜靜地坐著，繼續忍受這一切，甚至裝出一副慈祥的樣子。的確，為了自身的利益，她要探討一下究竟有多大的希望。她一直心甘情願地關心哈麗葉，哈麗葉也從未做過什麼失去她歡心的事——或者應該受到從未給過她正確建議的人的蔑視；因此，她從沉思中醒來，克制住自己的情感，接著轉向哈麗葉，用比較熱情的口吻繼續跟她交談。然而，兩人都只想著奈特利和她們自己。

哈麗葉一直沉浸在愜意的幻想之中，她希望能由愛瑪這樣一個有見識的朋友，以鼓勵的姿態把她從幻想中喚醒；只要愛瑪一要求，她就會滿懷喜悅，羞怯顫抖地說出她那點希望的由來。愛瑪也在顫抖，雖然比哈麗葉掩飾得更好，但一樣抖得很厲害。她的聲音並沒有顫抖，但內心卻一片雜亂。她的內心出現這樣的變化、遇到這樣的事情，冒出這種複雜的情感，勢必會有這種反應。她聽著哈麗葉的敘述，內心痛苦不堪，外表卻若無其事。哈麗葉表達得並不好，但是把其中累贅的部分去掉以後，仍存在著令她沮喪的內容——特別是當她回想起奈特利對哈麗葉的看法已大有好轉，更證明了哈麗葉說的是事實。

自從那兩次跳舞以後，哈麗葉就看出他的態度有了轉變。愛瑪知道，當時的他發覺哈麗葉比他想像的要好。從那一晚開始，哈麗葉就發覺他跟她說的話比以前多了，對她的態度也大不一樣了！後來，她看得更加明白。當大家一起散步的時候，他常走到她旁邊，而且有說有笑，似乎想親近她。愛瑪知道的確有這麼一回事，她經常察覺到這種變化。哈麗葉一再重複他讚美她的話——愛瑪覺得這些話十分有道理。他稱讚哈麗葉不虛偽、不做作，稱讚她真誠、純樸、寬厚。她知道他看出了哈麗葉的這些優點，還不只一次地跟她談論過這些優點。有時候，哈麗葉受到奈特利的小小關注，例如一個眼神、一句話、一個換椅子的動作、一聲委婉的誇獎、一種含蓄的讚賞，這一切都被哈麗葉記在心裡，愛瑪卻由於毫不猜疑而從未在意過。不過，有兩件事值得一提，都是最近發生的。第一件事是他甩掉眾人，跟哈麗葉在唐維爾的菩提路上散步，直到後來被愛瑪追上。愛瑪相信，他一定煞費苦心，才把哈麗葉拉到自己身邊；而且打從一開始，他就以一種前所未有的特殊方式跟哈麗葉談話，他似乎想問她是否已有了心上人，可是一見到愛瑪朝他們走來，他立刻換了話題，談起了農事。第二件事是他最後一次來哈特菲爾德的早上，趁著愛瑪還沒回來，他跟哈麗葉坐著聊了將近半個小時——雖然他說自己連五分鐘也不能久待——在談話中，他對哈麗葉說，雖然他必須去倫敦，但他很不想離開家。愛瑪心想，她從未聽他對自己說這種話！這件事表明了他對哈麗葉更加推心置腹，令她心裡真不是滋味。

仔細思考了一下後，她大膽地對第一件事提出了質疑：「有沒有可能，當他詢問妳有沒有心上人時，可能是在為馬丁先生打算呢？」但哈麗葉斷然否定了這一猜測。

「馬丁先生？絕不可能！根本沒提到馬丁先生。我想我現在完全清醒了，不會去喜歡馬丁先生，也不會有人懷疑我喜歡他。」

哈麗葉提出了證據之後，便請愛瑪說說，她是否能因此抱有希望。

「要不是因為妳，」她說，「我原本還真不敢這麼想。妳要我仔細觀察他，看他的態度行事，我也這麼做了。但現在我似乎覺得，或許我配得上他，要是他真的看上了我，也不會是什麼怪事。」

愛瑪聽了這番話，感到滿腹酸楚，花了很大力氣才終於回答道：

「哈麗葉，我只想冒昧地說一句：奈特利先生要是不喜歡哪個女人，就絕不會虛情假意，讓她以為自己有意於她。」

哈麗葉聽到這句稱心的話，似乎對她的朋友感激涕零。就在這時，傳來了伍德豪斯先生的腳步聲，愛瑪才免於目睹那欣喜若狂的神態。她父親穿過玄關，走了進來，由於哈麗葉太過激動，不便跟他見面。「我冷靜不下來，會嚇著伍德豪斯先生的，我還是走開吧！」於是她從另一扇門出去了——她才剛離開，愛瑪就忍不住將情緒宣洩出來：「哦，天哪！要是我從未遇見她該有多好！」

白天剩下的時間，以及晚上的時間，還不夠她用來思考。過去的幾個小時裡，一切都來得那麼突然，讓她慌張得不知所措。每一刻都有新的驚奇，而每一次驚奇又使她感到屈辱。該怎麼看待這一切？該怎麼理解她自作自受的行徑、她盲目行事造成的大錯？她要不一動也不動地坐著，要不在房裡、在灌木叢裡踱步；但不管怎麼做，她都覺得自己太軟弱無力。她受了騙，真是太丟臉了；她還騙了自己，更是羞愧難當。不幸的是，她很可能還會發現：這只是不幸的開始。

徹底摸清自己的心思，是她首先要做的事。照顧父親之餘，每逢心不在焉的時候，她都在探究自己的心思。

她現在深感自己愛上了奈特利，但是愛上多久了呢？奈特利對她的影響，是從什麼時候開始的呢？她曾一度中意法蘭克，奈特利是什麼時候取代他的呢？她回想了一下，拿兩人作了比較——從她認識法蘭克開始，比較一下兩人在她心中所佔的比重——她本來可以更早作出這種比較，要是——唉！要是她早就恍然大悟，想到應該把兩人拿來比較的話。她發現，她總是認為奈特利要優秀得多，對她也親切得多；她發現，當她自我安慰、想入非非、作出違心之舉的時候，完全不瞭解自己的心思——也就是說，她從未真正喜歡過法蘭克！

這是她一開始思考的結果，是探究第一個問題時作出的結論，而且沒花多少時間就得到了。她非常懊悔，也非常氣惱，為自己的每一次衝動感到羞愧，除了剛意識到的這一次——她對奈特利的愛之外，她的其他想法都令人厭惡。

出於一種難以容忍的自負，她以為自己能看透每個人的內心；出於一種不可饒恕的自大，她硬要插手每個人的命運。結果，她一次次地犯錯——她害了哈麗葉、害了她自己，或許也害了奈特利。假如世上最不般配的這門親事成真的話，那她必須負起全部的責任，因為事情是她引起的；因為她堅信，奈特利的感情只可能是因為意識到哈麗葉愛他之後才產生的。即使並非如此，要不是因為她的愚蠢，他也不會認識哈麗葉。

奈特利娶哈麗葉？真是樁再怪不過的婚姻了。相較之下，法蘭克與珍相愛也變得平凡無奇，更沒有什麼值得非議的。奈特利娶哈麗葉？一想到這會讓奈特利在眾人眼中變得多麼不堪，大家會如何嘲笑他、捉弄他，他弟弟會覺得多麼羞恥，再也瞧不起他，他自己也會遇到無止盡的麻煩——愛瑪就覺得可怕。這可能嗎？不，不可能，但又絕非不可能。一個卓越的男人被一個平庸的女人迷住，這難道是什麼怪事嗎？一個無暇戀愛的人被一個愛上他的女孩俘獲了，這難道是什怪事嗎？人的命運被各種不平等、不協調的機遇左右，這難道是什麼怪事嗎？

唉！要是她沒有幫助哈麗葉該有多好！要是她讓哈麗葉過著原本的生活，保持奈特利說她應有的生活，那該有多好啊！要不是她不可言喻的愚蠢，阻止哈麗葉嫁給一個能使她幸福的好青年，這可怕的一切就不會發生了。

哈麗葉怎麼會這麼不自量力，居然想高攀奈特利？若非真的有把握，她又怎麼敢幻想自己被對方看上呢？不過，哈麗葉已不像以前那麼顧慮重重了，她似乎察覺不到自己的智力和地位多麼低下。以前要艾爾頓娶她，她就已覺得是委屈對方，現在要奈特利娶她，她反而沒有這種感覺。唉！這難道不是自己一手造成的嗎？除了她以外，還有誰費盡心思向哈麗葉灌輸自大的想法呢？除了她以外，還有誰教她拚命向上爬，認為自己完全有資格躋身上流社會呢？如果哈麗葉真的從自卑變成驕傲，那也是她一手造成的。

第四十八章

愛瑪面臨了失去幸福的危險，才終於意識到自己的幸福與奈特利息息相關。過去，她深信他將自己擺在第一位，最關心她、也最疼愛她，並覺得這是自己應得的；但現在，唯有到了害怕被人取代的關頭，才發現他對她多麼重要。奈特利沒有姐妹，就關係而言，只有伊莎貝拉可以與她相比。許多年以來，儘管他總是把她擺在第一位，但她卻常常漫不經心、執拗任性，無視他的規勸，甚至有意與他作對，只因為他不喜歡她過於高估自己——不過，出於天性和親戚關係，他仍然從小關心她，敦促她上進，希望她不要有什麼過失，這超出了一般朋友的情誼。雖然她有各式各樣的缺點，他仍然與她親近。就在她因此產生一線希望的時候，卻又無法盡情沉迷在其中。哈麗葉也許認為自己配得上奈特利那特有的、專一的、熱烈的愛，愛瑪卻不能這麼想；她不能自以為奈特利盲目地愛著她。她最近就遇過一件事，證明他並不偏愛她——他見到她那樣對待貝茨小姐，是多麼震驚啊！在這件事上，他對她多麼直言不諱呀！就她的過錯而言，他的責備並不算太重，但也很難從中看出什麼柔情。她並不指望他對自己懷抱任何情意，卻希望哈麗葉是在自欺欺人，高估了奈特利對她的感情。她必須這麼想，這是為了他——無論後果如何，她都無所謂，只要他一輩子不結婚。的確，只要他能一輩子不結婚，她就會心滿意足；只要唐維爾和哈特菲爾德不要失去那充滿友誼和信任的關係，她就能平平靜靜地生活下去。事實上，她也不能結婚，要是她結婚，就無法報答父親的養育之恩，也無法對他盡孝。是的，她不能結婚，即使奈特利向她求婚也不行。

她一心希望哈麗葉只是空歡喜一場，希望下次再看見他們在一起時，能弄清楚這件事究竟有多少可能性。從今以後，她要密切地注意他們。雖然她以前誤解過不少人，卻不知道自己為什麼連這件事都被蒙在鼓裡。她天天盼望他回來，在此之前，她決心不跟哈麗葉見面。這件事再談下去，對她們兩人都沒有好處。她打定主意，只要還有疑惑，她就絕不先入為主，儘管她沒有證據可以打消哈麗葉的信心。因此，她寫了一封信給哈麗葉，以親切而堅決的口吻請她暫時不要來哈特菲爾德；她說，對於這個話題，最好不要再多聊下去，並希望近日內兩人不要再見面，除非有別人在場。哈麗葉同意了，還很感激。

事情剛安排好，就來了一位客人，把愛瑪的注意力轉移開來——那就是韋斯頓太太，她去拜訪未來的媳婦，回家時順道前來哈特菲爾德，一方面看看愛瑪，一方面散散心，把這一場有趣的會面詳細地介紹一番。

韋斯頓先生陪妻子去了貝茨太太家，他們在客廳裡尷尬地坐了十五分鐘，什麼事也沒有發生；這時，韋斯頓太太勸珍跟她一起去兜風，這才讓她能與愛瑪說的話題變得比較多。

當韋斯頓太太剛出門時，心裡還有些忐忑不安。她原先只想寫封信給珍，等過一陣子後，邱吉爾先生同意公開婚約，再上門做一次禮貌性的拜訪，以免讓事情提早傳得沸沸揚揚。可是，韋斯頓先生卻不以為然，他急著向珍與她的家人表示認可，認為去一趟並不會引起別人懷疑，即便有也沒什麼關係。「這種事遲早會張揚出去的。」他說。於是，他們去了，那位小姐顯得極為窘迫不安，她幾乎一聲不響，每一個眼神、每一個舉動，都流露出難為情的樣子。老太太打從心底感到滿意，她女兒則欣喜若狂，高興得甚至說不出話來；那真是一個令人高興、令人感動的場面。珍最近生過病，正好為韋斯頓太太邀請她兜風提供了理由。她起初畏畏縮縮的不想答應，經不住韋斯頓太太大力勸說，只好聽從了。坐車的時候，韋斯頓太太溫聲細語地鼓勵她，大大減輕了她的不安，終於使她談起了那個重大的話題。她首先表示了歉意，說他們第一次來看她，她卻沉默不語，真是太失禮了；接著便激動不已地表達出她對韋斯頓夫婦的感激之情。傾訴完心意之後，兩人談了很多有關訂婚的事。韋斯頓太太心想，她的伙伴長期將苦衷埋在心裡，這回能說出口，一定感到如釋重負。

「她隱瞞了好幾個月，忍受了不少痛苦，」韋斯頓太太繼續說道，「從這點來看，她還是很堅強的。她說過：『我不能說訂婚以來從未快樂過，但我敢說，我沒有一刻是安寧的。』愛瑪，她說話的時候，嘴唇都在顫抖，我完全相信她說的是事實。」

「可憐的女孩！」愛瑪說，「這麼說，她承認秘密訂婚是錯的了？」

「是啊！我想她總是在責備自己，她說：『結果，我遭遇了無止盡的痛苦，這也是理所當然的。儘管得到了懲罰，但錯誤還是錯誤。痛苦並不能贖罪，我的行為違背了我的道德。雖然事情出現了轉機，我現在受到了禮遇，但我的良心告訴我，我不配得到這些，太太，』她又說，『妳不要以為我缺乏教養，千萬別責怪撫育我長大的朋友管教不嚴。這全是我自己的過失，老實跟妳說，雖然目前的處境似乎為我提供了藉口，但我還是不敢把這件事告訴坎貝爾上校。』」

「可憐的女孩！」愛瑪再次嚷道，「我想她一定很愛他，只有出於一片真情，才會訂下這樣的婚約。她的理由一定是被情感壓倒了。」

「是的，我想她一定很愛他。」

「很遺憾的是，」愛瑪嘆了口氣說，「我一定常惹她不高興。」

「親愛的，妳是無心的。不過，她提起法蘭克帶給我們的誤會時，心裡也許就這麼想。她說，捲入這場不幸後，自己的性情越來越古怪，動不動就發脾氣，他一定覺得難以忍受。『我應該體諒他的心情，』她說，

『但我沒那麼做——他性格開朗、精力充沛、愛開玩笑，要是換一個處境，我肯定會像一開始一樣為他著迷。』接著她就提到了妳，說妳在她生病期間對她關懷備至。她臉都紅了，我一看就明白怎麼回事。她要我找機會向妳道謝，她知道，自己從來沒有好好地謝謝妳。」

「我知道她現在很愉快，」愛瑪一本正經地說道，「儘管她有些良心不安，但一定很愉快，不然的話，我也承擔不起這種感謝。唉！韋斯頓太太，我該去計較珍做過的所有好事和壞事嗎？算了吧，」她頓了頓，想裝得快樂一些，「忘了這一切吧！感謝妳告訴我這些有趣的事，讓我可以充分看出她的優點。我認為她的確很好，也希望她幸福。對他們兩人來說，幸好男方很富有，因為美德都集中在女方這一邊。」

對於這種結論，韋斯頓太太無法不反駁了。在她看來，法蘭克幾乎十全十美，而她又很喜歡他，因此要竭力為他辯護。她說得入情入理，但因為喋喋不休，愛瑪很快就心不在焉，她時而想到布朗斯維克廣場，時而想到唐維爾，忘了去注意她的話。「妳知道，我們還沒收到那封關鍵的信，不過我想很快就會收到的。」韋斯頓太太說道。愛瑪愣了一下，後來不得已敷衍了兩句，因為她根本不記得什麼信。

「妳身體好嗎，愛瑪？」韋斯頓太太臨別時問道。

「哦！很好，一向很好。信來了一定要儘快告訴我。」

聽完韋斯頓太太的敘述，讓愛瑪越來越敬重和同情珍，越來越感到以前有愧於她，也越來越難過。她後悔應該跟她更親近一些，為自己的嫉妒心感到羞恥。正是因為嫉妒，妨礙了她們的親近。回想當初，要是她聽了奈特利的話，好好關心她、瞭解她、盡量去親近她，跟她做朋友，而不是跟哈麗葉的話，也許就不會有現在這些煩惱。就出身、天賦和教養來看，珍完全有資格做她的朋友，而另一位呢？她是什麼人呢？就算她與珍沒有成為親密朋友，就算珍在這件大事上沒有對她推心置腹，但光憑她對珍應有的瞭解，也不該胡亂猜疑她與狄克生先生有什麼曖昧。她不僅荒唐地胡亂猜疑，而且還到處散播，這更是不可原諒。她擔心法蘭克的輕率或粗心，為珍脆弱的感情帶來了很大的痛苦；但自從珍來到海伯里後，為她帶來最多痛苦的，恐怕還是自己。她簡直成了珍的老冤家，每次他們三人在一起時，她總要不斷刺傷珍的心；而在博克斯山，她那顆心也許痛苦到了極點，再也無法忍受。

這一天，哈特菲爾德的黃昏既漫長又陰沉，平添了幾分陰鬱的氣氛。驟然襲來一場陰冷的暴風雨，除了樹林和灌木叢中的綠葉受到狂風的摧殘，白晝延長可以讓人多瞧一瞧這淒涼的景象以外，已經絲毫看不到七月的景致。

受到天氣影響，愛瑪幾乎必須一刻也不停地照顧父親，才能讓他覺得好過一些。這時候，她不由得想起韋斯頓太太結婚的那天晚上，他們父女倆第一次孤單相處的情景；不過，那一天吃過茶點後不久，奈特利就來了，驅散了一切憂思。這說明哈特菲爾德是個令人喜歡的地方——但也許好景不長了。當時，她為即將到來的冬天描繪出一幅蕭颯的景象，結果卻證明她錯了。他們既沒損失任何朋友，也沒失去任何歡樂。但她還是在擔心，這次不祥的預感不會出現意外的結果。如果她的朋友們都結婚生子了，哈特菲爾德一定會變得冷冷清清，她只能懷著幸福破滅的心情，來逗父親高興。

蘭道爾的孩子出生後，韋斯頓太太的心思和時間將全部花在他身上。他們會失去韋斯頓太太，說不定還會失去她丈夫。法蘭克不會再來了，而且可以想像，珍馬上也會離開海伯里。他們將會結婚，在恩斯坎比或某個地方定居下來。一切美好的事物都將化為烏有。要是再失去唐維爾，那他們又該去哪裡尋找快樂而理智的朋友呢？奈特利再也不會來他們家消磨夜晚了！再也不會隨時走進來，彷彿把這裡當成自己的家一樣！這叫人怎麼忍受得了？如果他真的為哈麗葉拋棄了他們，如果哈麗葉真的成了他最親密的人、成了他的妻子、他幸福的歸屬，那愛瑪永遠不會忘記這都是她咎由自取，還有什麼比這更令她傷心呢？

想到這裡，她不由得嚇了一跳，嘆了一口氣，甚至在屋裡踱了幾步；唯一能讓她感到寬慰和平靜的是，她決定好好過日子，並希望這種低落的情緒能讓自己變得理智一些，有點自知之明，少做令自己後悔的事。

第四十九章

第二天早上，天氣就跟前一天一樣，哈特菲爾德似乎仍籠罩在一片孤寂、憂傷之中。但到了下午，天氣就轉晴了。愛瑪見到天氣好轉，心裡再也憋不住了，決定儘快出去散散心。暴風雨過後，大自然顯得既平靜又溫和，那優美的景色、清新的氣息、宜人的感覺，從未對愛瑪產生過這麼大的吸引力。她很想體會一下這一切帶來的短暫安寧。剛吃完午飯不久，佩里先生來了，可以陪她父親坐坐，愛瑪趁機來到小樹林。她精神好多了，心裡也寬慰了一點，剛在小樹林裡兜了幾圈，就看見奈特利穿過花園門朝她走來，她才知道他從倫敦回來了。她剛才還在想像，他肯定還在十六哩以外。才剛理好思緒，兩個人就碰面了。拘謹地打過招呼後，愛瑪問起兩人共同朋友的近況，奈特利回答說都很好；他是什麼時候離開他們的？就在那天早上；他一定是冒雨騎馬來的，是的。愛瑪發現，他想陪她一起散步。「我往餐廳裡看了一下，那裡用不到我，我還是喜歡到戶外。」愛瑪看到他的神情，聽見他的口氣，覺得他心情不大好。她首先想到的一個原因，就是他把自己的打算告訴了弟弟，而遭到了弟弟的反對。

他們一起走著，奈特利一聲不響。愛瑪覺得他似乎不時望向她，想仔細地瞧瞧她的臉，害得她很不自在。這個念頭又引起了她另一層憂慮——也許他想跟她說說他喜歡哈麗葉的事；也許他想等待她的鼓勵後再開口。愛瑪覺得這樣的話題不該由她先開口，但她又受不了這種沉默，因此沉思了一下後，強顏歡笑地說道：

「現在你回來了，你很快就會聽到一則讓你驚訝的消息。」

「是嗎？」奈特利一邊平靜地說道，一邊望著她。「什麼樣的消息？」

「哦！天底下最好的消息——一樁婚事。」

奈特利等待了一會兒，彷彿是想確定她不打算再往下說，才回答道：

「如果妳指的是費爾法克斯小姐和法蘭克．邱吉爾的話，那我已經聽說了。」

「怎麼可能？」愛瑪叫道，滿臉通紅地看著他。這時，她意識到也許他在歸途中已去過哥達太太家。「今天早上我收到了韋斯頓先生一封談公事的信，他在信末簡要地提及了這件事。」

愛瑪鬆了一口氣，心裡稍微平靜了一點，立即說道：

「也許你不像我們大家這麼吃驚吧？因為你曾經懷疑過，我記得你就曾告誡我一次。要是我聽你的話就好了，可是，」她的聲音低了下去，深深地嘆了一口氣，「我似乎什麼也看不清。」

兩人沉默了一會，愛瑪沒想到自己的話會引起什麼特別的興趣，直到發覺奈特利挽起了她的手臂，緊緊貼在他的胸口上，用深情的口吻輕聲說道：

「時間。親愛的愛瑪，只有時間能治好創傷。妳很聰明——妳為父親盡心盡力，我知道妳不會讓自己——」他又緊緊挽住愛瑪的手臂，同時用更不連貫、更加低沉的聲音說道：「最熱烈的友情——令人憤慨——可惡的無賴！」最後，他提高了嗓門，以較為鎮定的口吻說道：「他快走了，他們就要去約克郡了。我為珍感到惋惜，她的命運應該更好一些。」

愛瑪明白他的意思，她被這種善心感動了，高興得激動起來。當平靜下來後，她回答：

「你真是一片好心。不過你錯了，我要讓你明白是怎麼回事。我並不需要這種憐憫，我看不清眼前的事，對他們採取了那種態度，這會讓我羞愧一輩子。我太愚蠢了，還說了那麼多傻話、做了那麼多傻事，難免會引起她各種不愉快的猜測。不過，我沒有什麼好懊悔的，只怪我沒有早點知道這個秘密。」

「愛瑪！」奈特利大叫道，目光熱切地望著她，「妳真的是這樣想嗎？」但他又抑制住了自己，「不，不！我瞭解妳，請原諒我——我很高興妳能說出這些話，妳的確用不著為他感到惋惜！幸虧妳在感情上並未陷得太深！老實說，看到妳的樣子，我真摸不透妳的心思。我只知道妳喜歡他——我認為他根本不值得妳喜歡；他敗壞了男人的名聲，難道配得上那樣一位可愛的女孩嗎？珍，珍哪！妳真是太可憐啦！」

「奈特利先生，」愛瑪說，想盡量裝得輕快些，實際上卻很慌亂，「我不想讓你繼續誤會下去；不過，既然我的行為給人家造成了這樣的印象，我也就不好意思承認自己根本沒有愛過我們說的那個人，正如同任何女人都會羞於承認自己愛上了誰一樣——不過，我真的從未愛過他。」

奈特利一聲不響地聽著。愛瑪希望他說話，但他卻不說。她心想，自己必須再作些解釋，才能得到他的諒解。然而，她也不能讓他瞧不起，不過，她還是往下說道：

「對於自己的行為，我沒什麼好解釋的。我被他的殷勤迷惑了，露出一副洋洋得意的樣子。這也許十分平常，許多女人都會做這種事；然而，要是它發生在一個自以為聰明的人身上，那就無可原諒。許多因素使我受到了迷惑：他是韋斯頓先生的兒子——經常來我們家——我覺得他很討人喜歡——總之，」她嘆了口氣，「無論我說得多麼冠冕堂皇，最後還是得回到一點——他迎合了我的虛榮心，使我聽任他向我獻殷勤。可是，到了後來，我認為他那樣做並沒有什麼用意，我用不著當真。他欺騙了我，但是沒有傷害我。我從來沒有愛過他。現在，我總算可以理解他的行為，他從未想討我歡心，只不過是為了遮人耳目，想掩飾他跟另一個人的真實關係。我敢說，誰也不像我這麼容易受騙——不過，我還是沒有受騙，是我運氣好——總之，不管怎麼說，我沒上他的當。」

說到這裡，她希望對方能回答，希望聽他說一聲她的行為是可以理解的。但他卻沉默不語，而且據她猜想，他正在沉思。最後，他總算用平常的口吻說道：

「我對法蘭克的印象一向不是很好，我想我可能低估了他。他以後也許還是會變好的，跟珍這樣的女人在一起，他還是有希望的。我沒有必要詛咒他，因為珍的幸福與他的品行息息相關，看在她的份上，我當然希望他好。」

「我不懷疑他們會幸福地生活在一起，」愛瑪說，「我相信他們是真心相愛的。」

「他實在太幸運了！」奈特利回答，「這麼年輕——才二十三歲！在這樣的年齡選擇伴侶，一般都不會有好下場。二十三歲就挑中了這麼好的妻子！可以想像，這個人的一生會多麼幸福啊！有這樣一個女人愛他——純真無私的愛，一切都對他有利。他們兩人門當戶對——除了一點以外，而這一點，由於她的心地純潔，必然會讓他更加幸福，而她唯一的不足之處也能由他來彌補。男人總希望給妻子一個比娘家更好的歸宿。只要女方一片真心，能做到這一點的男人，一定會是世上最快樂的人。法蘭克的確受到命運之神眷顧，他在海邊遇到一位十全十美的女孩，贏得了她的愛情；他的舅媽阻撓他，但已經去世了。只要他開口說一聲，他的朋友都願意祝福他。他愧對每一個人，但大家都樂意原諒他。他真是個幸運的人！」

「聽你說的，好像你羨慕他一樣。」

「我的確羨慕他，愛瑪，他有一點值得我羨慕。」

愛瑪啞口無言。他們似乎就快扯到哈麗葉了，她感到應該立刻避開這個話題。她想到，可以聊聊布朗斯維克廣場的孩子們。正當她喘了口氣，正要開始說，不料奈特利忽然說出了下面的話，讓她吃了一驚：

「妳不想問我羨慕他什麼。我知道，妳絕對不會想問的。妳很聰明——但我卻無法那麼聰明。愛瑪，我非要把妳不想問的事告訴妳，雖然我可能馬上就會後悔。」

「哦！那就不要說，不要說了！」愛瑪急忙叫道，「別著急，好好想一想，不要勉強自己。」

「謝謝。」奈特利以十分委屈的口氣說道，隨即一聲不響。

愛瑪不忍心委屈他。他想跟她說心裡話——也許請她幫忙出主意。她很想聽聽看，無論要付出什麼代價。也許她能幫他下定決心，或是幫他打消顧慮。她還可以好好讚美哈麗葉一番，或是推他一把，要他別躊躇不決。這時，兩人已走到屋外。

「我想妳要進去了吧？」奈特利說。

「不，」愛瑪回答。看到他的情緒依舊消沉，她更加堅定了自己的想法，「我想再繞一圈。佩里先生還沒離開。」走了幾步以後，她又說：「剛才我很失禮地打斷了你，奈特利先生，恐怕惹你不高興了。不過，做為朋友，如果你想向我開誠佈公，或是想徵詢我的意見，那就儘管吩咐好了。無論你想說什麼，我都樂意聽，還會把我的想法如實告訴你。」

「做為朋友？」奈特利重複了一聲，「愛瑪，恐怕這個名稱——不，我不希望——慢著，是呀！我為什麼要躊躇不決呢？我已經表現得很露骨了，掩飾不住了。愛瑪，我接受妳的說法，儘管妳的說法似乎很不尋常，我還是樂於接受，並把自己當成妳的朋友。那麼，請告訴我，難道我沒有成功的希望嗎？」

他停住腳步，眼中顯露出急切的神色，愛瑪頓時不知所措。

「我最親愛的愛瑪，」他說，「因為，無論這段對話的結果如何，妳永遠都是我最親愛的愛瑪——請馬上告訴我。如果要說『不』的話，妳就說吧！」愛瑪目瞪口呆，「妳不出聲，」奈特利興奮地嚷道，「不出聲！那我也不再問了。」

一時間，愛瑪激動得差一點昏倒。她此刻的心情，也許最怕自己從這甜蜜的美夢中醒來。

「我不善於表達，愛瑪，」奈特利隨即又說道，口氣中帶著明顯的、真摯的柔情，「要不是我這麼愛妳，也許還能多說一些。可是妳明白我是怎樣的一個人。我對妳說的都是真話。我責備過妳、教訓過妳，要是換成別的女人，誰也不會像妳一樣容忍下來。親愛的愛瑪，我現在要跟妳說的，妳就像過去一樣容忍下來吧！從我的態度來看，妳也許不相信我說的話，我總是不動聲色。不過妳瞭解我，是的，妳瞭解我的情意——如果可能的話，還會報答我的情意。現在，我只想再聽聽，再聽一次妳的聲音。」

他說話的時候，愛瑪的腦子轉個不停，儘管如此，她還是能一字不漏地領悟這番話中的含意，並發覺哈麗葉所抱的希望毫無根據，只不過是個誤會，就跟她自己過去的誤會一樣——他心裡根本沒有哈麗葉，只有她。她不僅意識到這一點，心裡也伴隨著一股暖和的甜蜜感，並慶幸自己沒有洩露哈麗葉的心事，她斷定這份心事不必洩露，也不該洩露。如今，她對她那可憐的朋友只能做到這件事了。她不可能請求奈特利不要愛她，而去愛哈麗葉，也不可能下定決心拒絕他，只因為他不能娶她的朋友。她同情哈麗葉，感到既痛心又懊悔；她把她引入歧途，她將永遠為此自責。但是，無論在感情上，還是在理智上，她都一如既往地堅決反對他與哈麗葉結合。

經不住對方一再懇求，愛瑪終於說話了。至於說了些什麼？當然是該說的話——女人總是這樣，她向他表明不需要失望，還要他繼續說下去。說起來，剛才奈特利的確失望過——愛瑪要他再三考慮，一瞬間使他萬念俱灰。幸好她提議再繞一圈，重新回到了被她打斷的話題。她覺得這麼做有些前後矛盾，不過奈特利卻挺能包容的，沒有要她解釋這一點。

人們在吐露秘密的時候，很少有和盤托出的，也很少有絲毫不被誤解的；可是在這件事情上，儘管在動機上發生了誤會，但是感情上卻沒造成誤解，那也無傷大雅。奈特利不敢指望愛瑪會多麼寬容、心甘情願地接受他的情意。

實際上，他絲毫沒想到自己有那麼大的影響力。當他跟她走進小樹林時，並沒打算要試一試；他匆匆忙忙趕來，是想看看愛瑪聽到法蘭克訂婚消息後的反應，他或許會安慰她，或是勸導她，除此之外，並沒有什麼自私的想法，後來的舉動都是聽了她的話後才作出的反應。她說自己對法蘭克絲毫沒有意思，說她根本不把他放在心上，真令他感到高興，並燃起了一線希望。不過，這並不是全部的原因——他只是一時衝動、頭腦發熱，想聽她說：她並不反對他討她歡心。於是，不到半小時工夫，他的心境就從萬念俱灰變成了幸福無比，幾乎無法言喻。

愛瑪也經歷了相同的變化。在這半個小時中，兩人都難能可貴地意識到彼此的相愛，並打消了各種誤會、嫉妒和猜疑。奈特利已經嫉妒了很長一段時間，早在法蘭克出現、甚至聽說他要來的時候就開始了。大約從那時候起，他愛上了愛瑪，嫉妒起法蘭克。因為嫉妒法蘭克，他在博克斯山之行後決心一走了之，離開鄉下。他再也看不下愛瑪聽任、甚至鼓勵法蘭克獻殷勤，希望這麼做能讓自己的感情淡漠下來，想不到卻適得其反。他弟弟的家中充滿了天倫之樂，伊莎貝拉太像愛瑪了——雖然有些地方不如愛瑪，但這讓愛瑪在他眼中更加耀眼。當他待得越久，心裡就越痛苦。不過，他還是撐過一天又一天，直至今天早上接到一封信，得知珍訂婚的消息。當時，他不由自主地感到萬分高興，因為他一向認為法蘭克配不上愛瑪。他太關心愛瑪了，為她擔心、著急，於是冒著雨騎馬趕回來，想看看這個最可愛、最出色、雖有缺點但瑕不掩瑜的女孩會有什麼反應。

他發覺她既激動又沮喪——法蘭克真是個無賴！他聽說她從未愛過他——法蘭克也並非無可救藥；當他們回到屋裡的時候，她已經接受了他的求婚，要是這時他能想起法蘭克，也許會認為他是個不錯的人。

第五十章

愛瑪回家時的心情跟出門時有著天壤之別！她本來只不過想散散心，現在卻高興得飄飄然，而且還相信，等這一陣興奮過後，她一定會感到加倍幸福。

他們坐下來喝茶——仍然是同一群人，坐在同一張桌子旁——他們在這裡相聚過多少次啊！她的目光落在草地的灌木叢上多少次、觀賞過多少次夕陽的景色啊！可是過去卻從來沒有這樣的心情。她好不容易才恢復平常的態度，變回一個稱職的女主人，甚至一個稱職的女兒。

伍德豪斯先生萬萬沒有想到，他熱烈歡迎、一心希望騎馬途中沒有著涼的那個人，正醞釀著一項對他不利的計畫。要是他能看透他的心，就絕不會關心他的肺。他津津樂道地把佩里先生告訴他的消息重複了一遍，然後又自得其樂地暢所欲言，全然沒有料到他們可能帶給他什麼消息。

奈特利還在的時候，愛瑪一直興奮不已，直到他離開之後，她才平靜了一些。她度過了不眠的一夜，在這一晚，她發現有幾個嚴肅的問題必須考慮，這或許會讓她的幸福大打折扣：她父親，還有哈麗葉。她感到了對他們應盡的責任，必須盡力安慰這兩個人。她父親的問題很快就有了解答。雖然還不知道奈特利會提出什麼要求，但她在心裡思考了一會，就下定決心永遠不離開父親。只要父親還活著，那就只能維持訂婚關係。至於要如何補償哈麗葉呢？如何替她免去不必要的痛苦、如何使自己不遭受她的敵視？這些問題讓她大傷腦筋，不由得一次次地責備自己。最後，她只能決定不要跟哈麗葉見面，有事就寫信告訴她。讓她暫時離開海伯里，似乎是個再好不過的辦法；另外，她還在計畫，讓布朗斯維克廣場一家邀請她去作客。伊莎貝拉喜歡哈麗葉，讓她去倫敦住幾個禮拜，一定會讓她心情舒暢一些。她覺得，像哈麗葉這種性格的人，到了嶄新的環境中，有了豐富多彩的活動，逛街、逗孩子，對她一定有好處。無論如何，這能證明她是關心她、體貼她的，還能暫時避開見面的尷尬場合。

她立刻寫信給哈麗葉，寫完之後感到心情煩悶，幸好奈特利一早便趕到哈特菲爾德吃早飯。她花了半小時，跟他在原來的地方又繞了一圈，重溫了昨天傍晚的幸福。

奈特利離開後不久，她就收到蘭道爾的一封信——一封很厚的信。她猜得到信裡寫了什麼，覺得沒有必要看。她早已完全寬恕了法蘭克，用不著再聽他解釋，只想一個人安靜地思考一下。不過，她還是得勉為其難地瀏覽一下。拆開信後，果然，是韋斯頓太太寫給她的信，還附了法蘭克寫給韋斯頓太太的信：

親愛的愛瑪：

很高興能將這封信交給妳，我知道妳會十分公正地對待它。我想我們對這位寫信人的看法不會再有更多分歧了，不過我不想囉哩囉嗦地耽擱妳讀信。我們都很好，這封信消除了我近來小小的不安，我不太喜歡妳禮拜二時的神色，不過那天早上的天氣的確不大好，儘管妳絕不會承認自己是受了東北風影響。禮拜二下午和昨天早上都下了暴雨，我眞爲妳父親擔心，不過昨晚聽佩里先生說他安然無恙，我也就放心了。

妳最好的朋友

安妮．韋斯頓

親愛的夫人：

如果我昨天解釋得夠清楚，想必妳一直在等待這封信。可是，無論妳是否等待，我相信妳都會抱著公正和寬容的心情看待它。妳是個善良的人，我想妳甚至得拿出全部的善心，才能容忍我過去的一些行爲，不過，我已被一個更有理由埋怨我的人原諒，這讓我寫這封信時勇氣百倍。不過，太順利也不好，我接連獲得兩次寬恕，這會讓我變得過於自信，認爲還能獲得妳和妳那些朋友的原諒。請你們一定要理解我剛到蘭道爾時的處境，並考慮我有一個必須不擇手段保守的秘密。至於我是否有必要這麼遮遮掩掩，那就另當別論。我不敢公開向她求愛。我在恩斯坎比的處境是眾所皆知的，當我們在韋茅斯分手前，我幸運地讓天底下最誠實的女孩答應了我的求婚。假如她拒絕的話，我非發瘋不可。但我得到了美好的前景，她答應非我不嫁，並與我保持通信。如果妳還要更多的解釋的話，不如說我繼承了我父親樂觀的性格，這比繼承了田地家產都來得可貴。

我就是在這種情況下來到了蘭道爾的。我知道自己錯了，因為我應該更早來的。要是妳回想一下，就會發現我是緊隨著費爾法克斯小姐來到海伯里的，儘管雖然我對父親說是為了認識妳。我跟你們一起度過了快樂的兩週，我想自己在這兩週裡面，除了一件事情以外，沒有什麼可指責的。現在，我要談談這一件事，它引起了我的不安，需要作出非常詳細的說明。我以最崇高的敬意和最熱烈的友誼提到伍德豪斯小姐，也許我父親會認為，我應該再加上最深切的愧疚。我承認我的確該受到責備，我知道我對伍德豪斯小姐表現得太過分了。為了掩飾自己的秘密，我利用了我們之間的親密友誼。我無法否認，伍德豪斯小姐看起來像是我追求的目標——可是妳一定會同意我這麼說：要不是我確信她對我沒意思的話，我絕不會繼續這麼做。伍德豪斯小姐雖然又親切、又可愛，卻從未令我傾心，她也根本不可能傾心於我，我深信不疑。她對我的殷勤並不當真，顯得又大方又開朗，正合我的心意。我們似乎彼此心照不宣。從彼此的處境來看，這樣的殷勤是她應得的，看在別人眼中也是如此。

我不確定伍德豪斯小姐是否在那兩週間就真正瞭解了我；我只記得，當我向她告別時，幾乎要向她吐露了實情。不過，我想她之後一定察覺出了一些端倪，她未必能猜到全部事實，但她那麼聰明，一定能猜到幾分。我對此毫不懷疑。妳會發現，這件事無論什麼時候公開，她都不會大吃一驚。她曾多次暗示我，我記得她在舞會上跟我說，艾爾頓太太那麼關心費爾法克斯小姐，我應該感謝她才是。我希望，妳和我父親明白了我這樣對她的原因後，就會認為我沒有那麼大的罪過。只要你們認為我做了對不起伍德豪斯小姐的事，我就休想得到你們的原諒。現在原諒我吧！並在適當的時候，代我請求伍德豪斯小姐的原諒和祝福。我對她懷有深厚的兄妹之情，希望她能像我一樣，也沉浸在深深的、甜蜜的愛情之中、無論我在那兩週內說了什麼奇怪的話，做了什麼奇怪的事，你們現在都可以理解了。我的心全在海伯里，只想盡可能前去那裡，而又不引起別人的疑心。

如果你們還記得什麼可疑的事，這下應該都能想通了吧！至於大家議論紛紛的那架鋼琴，我只須說一句：

費爾法克斯小姐事前一點也不知道鋼琴的事，要是先問過她，她絕不會讓我送的。親愛的夫人，我眞誠地希望妳能很快地瞭解她。我無法用文字形容她是怎樣的一個人，非得由她親自告訴妳——但不是用言語，因爲沒有人會像她那樣故意貶低自己。

這封信比我預料的要長，在我開始動筆後，曾收到她的來信。她說她身體很好，但她從不說自己身體不好，我也不敢太相信她的話。我想聽聽妳對她氣色的看法，我知道妳不久後就會去看她，也許妳已經去過了。快來信吧！我急著想知道各種細節，請不要忘了我只在蘭道爾待了一下子，當時心亂如麻、手忙腳亂的——現在也好不了多少。一想起我受到的好意和恩惠、想起她的卓越和耐心、想起舅舅的慷慨大方，我便高興得發狂！但是，一想到我爲她們帶來的煩惱、想到自己多麼不可饒恕，我又氣得發瘋！我多麼想再見見她啊！可是現在還不能。舅舅人那麼好，我不能再讓他爲難了。

這封信還沒結束，還有一些事情必須告訴妳。昨天我無法敘述相關的細節，但這件事來得太突然，而且有些不合時宜，因此必須加以解釋。正如妳能猜到的，上個月二十六日那件事（即邱吉爾太太的去世）爲我帶來了最美好的前景，儘管如此，我不該這麼急著貿然採取措施，雖然我當時一刻也等不下去。要是我不這麼魯莽行事，她也會用加倍的堅強和體貼來對待我的謹愼；可是我別無選擇，她匆忙接受了那個女人的聘約——寫到這裡，親愛的夫人，我不得不停筆，好讓自己鎭定下來。我剛在田野散了步，希望腦袋清醒了一些，能把剩餘部分寫好。其實，這件事眞令我無地自容。我對伍德豪斯小姐的態度惹得費爾法克斯小姐不高興，雖然我說這是爲了掩飾，但她卻不以爲然，而且很不高興。我認爲她用不著這樣——她總是瞻前顧後、小心翼翼，我覺得沒那個必要。我甚至覺得她很冷淡。但她總是對的，要是我聽了她的話，好好克制情緒，也就能避免這種痛苦了。我們發生了爭執。

妳還記得我們在唐維爾度過的那個早上嗎？就在那裡，過去的種種不滿終於釀成一場危機。我來晚了，看到她一個人走出家門，就陪她一起走，但她不肯。我當時覺得莫名其妙，但現在卻意識到，那只是出於謹愼。不久前我才爲了掩飾訂婚，刻意去親近另一個女人，現在又爲何叫她做一件可能使一切前功盡棄的事呢？要是有人看見我倆一起從唐維爾走到海伯里，那事跡一定會敗露。不，我當時眞是瘋了，還發起脾氣。我懷疑她是否還愛我，第二天在博克斯山上，我更加懷疑。於是，我可恥而又無禮地怠慢她，明目張膽地去親近伍德豪斯小姐。她被我的舉動激怒了，向我宣洩她的憤慨。總之，親愛的夫人，在這次的爭吵中，她是沒有過錯的，而是我太可惡了。我本來可以跟你們待到隔天早上的，但我當晚就回到里奇蒙德，只爲了跟她賭氣。我很慶幸妳沒有一起去博克斯山，要是妳看到了我在那裡的行爲，恐怕妳再也不會看得起我了。這件事使她下定決心，她一發現我眞的離開了蘭道爾，就接受了艾爾頓太太的提議——順帶一提，艾爾頓太太對她的方式讓我又氣又恨，我不能跟一個對我如此寬容的人爭吵，要不然的話，我眞想責怪那個女人愛管閒事！「珍」？眞不像話！妳知道，我從未大膽到直呼她的名字，即使在妳面前也沒有。請妳想想，艾爾頓夫婦一再直呼她的名字，自以爲高人一等，我聽了有多麼難受啊！

請耐心地讀下去，馬上就要結束了。她接受了那個提議，決心跟我決裂，第二天就寫信給我，說永遠不要再見到我。她覺得這個婚約成了雙方悔恨和痛苦的根源，把它解除了。這封信我是在舅媽去世那天早上收到的，我在一個小時內就寫好了回信，由於心煩意亂，而且諸事纏身，那封信沒能跟當天的信件一起發出，而鎖進了我的書桌。雖然只是短短的幾行，但我相信寫得夠清楚了，足以讓她回心轉意，因此也沒感到什麼不安。她沒有立刻回信，我大失所望；不過，我設想了各種理由，加上我又很忙——或許再加上我很樂觀，沒有往壞處去想。

就這樣，我們搬到了溫莎。兩天後，我收到她的一個包裹，把我的信全退回來了！同時還收到她的一封短信，說我沒有回覆她的上一封信，眞令她驚奇萬分！還說在這樣一件事上保持沉默，意義不言自明，於是她把我所有的信退還給我，並提出要求：要是我不能在一週內把她的信寄到海伯里，那就寄到另一個地址——那是史莫里奇先生在布里斯托附近的住址！我立刻看出是怎麼一回事，我知道她是個性情果決的人，這麼做完全符合她的個性。她前一封信裡對這件事秘而不宣，說明她雖然心急如焚，但仍然謹慎細膩。她絕不願意威脅我。

妳想像得到我有多麼震驚，想像得到我在發現自己的疏失之前，是如何痛罵郵局和郵差的。該怎麼辦呢？

只剩一個辦法：我得找舅舅談談。沒有舅舅的准許，她就不可能再聽我說話。於是我這麼做了。事情發展得十分順利，我沒想到他那麼輕易就答應了。他深深嘆了口氣說，希望我結婚後也能像他一樣幸福。我心想，那將是截然不同的幸福。我跟他談這件事的時候心裡多麼難受、事情懸而未決時心裡多麼焦急，妳會因此憐憫我嗎？不，還是等我到了海伯里，看見我把她折磨成什麼樣子，妳再來憐憫我吧！等我看到她面色蒼白、滿臉病容時再來憐憫我吧！我知道他們家很晚吃早飯，特地挑了這個時間來海伯里，心想一定能單獨跟她談一談。結果沒有讓我失望，雖然我得苦口婆心地消除她心中各種不快，不過，至少最後還是消除了，我們重歸於好，也比以前愛得更深了。

親愛的夫人，妳就快解脫了，但我還要再三感謝妳對我的好意，再三感謝妳對她的好心關懷。如果妳認爲我在某種意義上不配得到這樣的幸福，那我完全同意妳的看法。伍德豪斯小姐說我是幸運的人，我想她說得對。就某方面而言，我的幸運是無庸置疑的，也就是我可以稱自己爲——

妳親愛的兒子

法蘭克．韋斯頓．邱吉爾

七月寫於溫莎

第五十一章

這封信想必會打動愛瑪的心。儘管她起初並沒打算認真看，但正如韋斯頓太太所料，她仍然看得很認真。一讀到自己的名字，她簡直無法不往下讀。與她有關的每一行都很有趣，幾乎每一句都合她的意。等到這封信的魅力消失以後，她對這件事依然興趣不減，因為她對寫信人的好感又恢復了，尤其是在這時，任何有關愛情的描寫對她都有著強烈的吸引力。她一鼓作氣地把信看完，雖說她仍然不感到他沒錯，但並不像她想像的那麼嚴重——況且他也有他的苦衷，並深感歉疚——再說，他那麼感激韋斯頓太太、那麼摯愛珍，加上她自己也遇上喜事，不會對人太過苛刻。假如他這時走進屋來，她一定會像以前一樣熱情地跟他握手。

她認為這封信寫得太好了，等奈特利再來時，她也要讓他讀一讀。韋斯頓太太一定希望她能把信拿給大家看，特別是拿給像奈特利這種對法蘭克頗有微詞的人看。

「我很樂意讀一讀，」他說，「不過信好像很長。我還是晚上帶回家看吧！」

這可不行，韋斯頓先生晚上要來，她要讓他把信帶回去。

「我本來想跟妳聊聊，」奈特利回答，「不過，看來是應該讀一下。」

他讀了起來，但很快又停了下來，說道：「要是幾個月前就讓我看這位先生寫給繼母的一封信，我就不會這麼漫不經心。」

他又往下看了一點，默默地唸著，然後微笑著說道：「哼！開頭就是漂亮的恭維話。不過，他一向如此，我們沒有必要用自己的風格來苛求他。」

「一邊看一邊發表意見，」他隨即又說，「這對我來說是很正常的。這樣做，我才會覺得在妳身邊，也不會浪費太多時間。不過，要是妳不喜歡——」

「沒有不喜歡，我很希望你這樣。」

奈特利頓時精神一振，又欣然讀起信來。

「真是一派胡言！他知道自己錯了，沒什麼理由好說。糟糕啊！他真不該訂婚的。『我父親的性格』，他這麼說對父親是不公平的。韋斯頓先生生性樂觀、為人正直、純潔；不過，他並未歷盡艱辛就得到了現在的幸福，這也是他應得的。一點也沒錯，他是在費爾法克斯小姐來了之後才來的。」

「我記得你說過，」愛瑪說，「要是他願意的話，大可以早一點來。雖然他沒有提起這件事，但你說得完全正確。」

「我的判斷並非完全公正，愛瑪。要不是事情與妳有關，我還是不會信任他。」

他讀到提及愛瑪的地方，忍不住把那一部分大聲唸了出來，同時根據內容需要，時而莞爾一笑，或是瞧她一眼、搖一搖頭、吐出一句話，時而表示贊同，或是表示反對，或是僅僅表示關心。不過，經過一番沉思後，他一本正經地說道：

「這很不好——雖然還可能變得更糟。這個把戲非常危險。為了替自己開脫，硬是把責任推給其他因素。事實上，他對妳的態度完全是鬼迷心竅，只圖自己方便，別的什麼也不顧。居然以為妳猜到了他的秘密？當然了！他自己詭計多端，就以為別人跟他一樣鬼鬼祟祟！我的愛瑪，這一切豈不更加證明了我們彼此的推心置腹多麼美好啊！」

愛瑪同意這一看法，而一想到她想成全哈麗葉的事，臉上不由得泛起紅暈，這件事她絕是不能明說的。

「你最好再讀下去。」她說。

奈特利繼續往下讀，但馬上又停了下來，說道：「鋼琴！哎！這真是件蠢事！太魯莽了，根本不考慮這件事帶來的麻煩遠遠超過快樂。真是太幼稚了！一個男人，明知道女方寧可不要他的信物，卻硬要塞給她，我真不懂他為什麼要這麼做。他哪裡會知道，女方要是可以，就絕不會接受他的鋼琴。」

之後，奈特利一直在往下看，沒有再停頓。讓他再次發表評論的事，是法蘭克承認自己的行為可恥。

「我完全同意你的說法，先生，」他說道，「你的行為的確很可恥，這句話說得再正確不過了。」信上接著談到兩人不和的原因，談到法蘭克堅持反對珍的觀點，奈特利忍不住發表了一番言論：「太不像話了。他害得她陷入一個極為困難的窘境，首要責任應該是不讓她忍受不必要的痛苦。為了保持通信，珍的困難肯定比他來得多。即使珍多慮了，他也應該尊重她才是，何況她的顧慮完全合情合理！我們必須記住，她答應求婚是做了一件錯事，因此應該受到這樣的懲罰。」

他讀到遊博克斯山那一段了，愛瑪的心裡感到不安起來。她為了自己當時的行為感到羞愧，有點怕他朝自己看。然而，他還是平靜地把信讀完了，一句評論也沒有，僅僅瞄了她一眼，由於怕她難受，很快又收回目光——他彷彿把博克斯山給忘了。

「說到我們的好朋友艾爾頓夫婦的關心，那倒不算過分，」他接著說道，「他有這種想法是很正常的。什麼！決心跟他決裂？珍認為訂婚成了雙方懊惱和痛苦的根源——她把婚約解除了。她對他的行為有什麼看法，從這件事上可以看得多麼清楚啊！唉，他真是一個極為——」

「不，不，再往下看。你會發現他也很痛苦。」

「但願如此，」奈特利冷冷地回答，「『史莫里奇』？這是什麼意思？」

「珍接受了聘約，要去當史莫里奇家的家庭教師。史莫里奇太太是艾爾頓太太的好朋友、楓樹莊的鄰居。順帶一提，艾爾頓太太的希望落了空，不知道她作何感想。」

「親愛的愛瑪，妳要我看信就別說話——連艾爾頓太太也別提。只剩一頁，馬上就能看完了。這傢伙寫了封什麼信啊！」

「希望你能懷著一顆仁慈之心來讀他的信。」

「啊，想不到還真有感情呢！他發現珍生病，似乎真的有些心疼呢！的確，我並不懷疑他喜歡珍。『比以前愛得更深了。』我希望他能永遠珍惜這次和好。他倒不吝於向人道謝。『我不配得到這樣的幸福』，瞧！他有了自知之明。『伍德豪斯小姐稱我為幸運的人』，這是妳說的，是嗎？結尾寫得不錯——看完了。幸運的人！這是妳替他取的外號嗎？」

「你對這封信似乎不像我這麼滿意。不過看完之後，你至少應該改變一下對他的看法。我希望這封信能多少扭轉你對他的印象。」

「是呀，當然了。他有很大的錯——思慮不周和莽撞行事。我很贊成他的看法：他不配得到這樣的幸福。不過，既然他是真心愛著費爾法克斯小姐，而且也許很快就能與她長相廝守，我倒樂意相信他的性格會好轉，會從珍那裡學到他缺少的穩重和謹慎。現在，我們談點別的事吧！眼下我還牽掛著另一個人，不能再想法蘭克的事了。愛瑪，自從我今天早上離開之後，我腦中一直在想這個問題。」

於是就談起了這個問題，也就是要如何讓她嫁給他，又不致引起她父親的不快。愛瑪立刻回答：「只要我親愛的父親還在世，我就不可能改變現況。我絕不能離開他。」然而，這個回答只有一半被接受。奈特利同意她不能離開父親；但說到不可能改變現況，他卻無法同意。他已經非常深入地考慮過這個問題，起初，他希望勸伍德豪斯先生跟女兒一起搬到唐維爾，但他很瞭解伍德豪斯先生，不得不承認，要勸說她父親換個住處，搞不好會危及他的安樂，甚至他的性命。讓伍德豪斯先生離開哈特菲爾德？不，絕不能這麼做；然而，另一個替代方案，他相信愛瑪一定不會有意見——那就是他搬來哈特菲爾德。要是她父親快樂的前提是要她繼續住在哈特菲爾德，那就只能這麼做。愛瑪也考慮過全家搬到唐維爾的事，也一樣放棄了；不過，她卻沒想到另一個變通的辦法。同時，她領會到了他這種做法背後的一片深情。她認為，要是他離開唐維爾，一定會犧牲大量屬於自己的時間與習慣，整天陪著她父親，又不能住在家裡，一定會遭遇各種不便。愛瑪答應他會再三考慮，但奈特利十分堅持自己的看法。他告訴愛瑪，自己避開威廉．拉金斯，一個人思考了一整個早上。

「啊！還有一個困難，」愛瑪叫道，「我想威廉．拉金斯一定不會贊成。你在徵得我同意之前，必須先徵得他的同意。」

不過她還是答應會加以考慮，而且幾乎同意這是一個很好的計畫。

奇怪的是，雖然愛瑪從各種角度考慮了唐維爾寺，卻從未想到事情會對她的外甥亨利不利——過去她一直很重視他的繼承權。她必須考慮這件事可能為那孩子帶來的影響；不過，她只是調皮地笑了笑，之前她據此反對奈特利與珍或任何人結婚，完全是出於一名妹妹和一位姨媽的關心，現在想通了真正原因後，不禁感到好笑。

奈特利的建議——這個既能結婚又能繼續住在哈特菲爾德的計畫，使她越想越滿意。對他既沒有壞處，對她又有益處，真是兩全其美！未來焦慮不安、悶悶不樂的時候，有這樣的丈夫該有多好啊！隨著時間推移，義務和操勞必然會帶來更多憂慮，那時有這樣的伴侶該有多好啊！

要不是因為可憐的哈麗葉，她真要樂不可支。可是她自身的幸福卻間接加深了朋友的痛苦，這個朋友今後甚至會被排斥在哈特菲爾德之外了。愛瑪為自己營造了一個和樂的家庭，出於善意的謹慎，必須讓哈麗葉與家中保持一定的距離。無論從哪方面看，哈麗葉都是個失意的人。即使以後見不到她，愛瑪也不會減少一絲一毫的快樂；在這樣的家庭裡，哈麗葉只會成為一個沉重的負擔。但是，對這個可憐的女孩來說，要遭遇這一切不該受的懲罰，實在是太殘酷了。

當然，她遲早會忘了奈特利——也就是說，由別人取而代之。但這種事可遇不可求。奈特利是無法醫治這種創傷的，他與艾爾頓不同，總是那麼心地善良、那麼富於同情心、那麼真摯地關心每一個人，大家永遠都會對他敬重有加。況且，即使是哈麗葉，要她在一年內愛上三個以上的男人，也確實太過分了。

第五十二章

愛瑪發現哈麗葉也在躲著她，這才大大鬆了一口氣。她們的書信往來已經夠折磨人了，假如還必須見面的話，那該有多糟糕啊！

哈麗葉沒有說出責備的話，也沒有露出被愚弄的感覺。不過，愛瑪總覺得她有幾分不滿，字裡行間透露著一些怨氣，因此越覺得兩人最好分開。這也許只是她自己過度敏感，但另一方面，只有天使才會在受了這樣的打擊後仍毫無怨氣。

她輕而易舉地讓哈麗葉獲得了伊莎貝拉的邀請，因為有個完美的理由——哈麗葉有一顆牙齒出了毛病，想找牙醫看看。伊莎貝拉總是熱心助人，無論誰生病了，她都願意出力——雖然她信任溫菲爾德先生勝過牙醫，但還是熱心地自願照顧哈麗葉。於是，愛瑪便向哈麗葉提出了這一建議，也得到了同意。伊莎貝拉邀請她至少住上兩個禮拜，就坐伍德豪斯先生的馬車去。一切都很順利，哈麗葉平平安安地住進了布朗斯維克廣場。

現在，愛瑪可以真正享受奈特利來訪的樂趣了，她可以滿心歡喜地說、滿心歡喜地聽，不必感到有愧於人。過去，一想起身邊有個心灰意冷的人，想起那個被她引入歧途的人正在不遠處受苦，她就心神不寧。哈麗葉在倫敦一定會和在哥達太太家有所不同，那裡有各種新奇的事物吸引她，讓她有事可做，不會再想著過去，進而從內心的痛苦中解脫出來。

卸下哈麗葉這個重負之後，她不想馬上再招惹任何煩惱。接下來還有一件事，只有她能辦到——那就是向父親承認自己訂了婚。不過，她目前還不想這樣做，打算等韋斯頓太太平安分娩後再宣布。在這之前，她不要再為她心愛的人增添激動，也不要提早自找麻煩。經歷了各種快樂之後，她也該平靜地過上兩個禮拜。

不久之後，她決定抽出半個小時去看望珍，這既是一種責任，又是一種樂趣。她應該去——渴望去拜訪她，她們目前的處境頗為相似，這更激發她親近珍的渴望，無論珍說什麼話，她都會興致勃勃地聽下去。

上一次她坐車來到她家，卻吃了閉門羹，因此擔心這次拜訪一樣不受歡迎。於是，儘管她預料她們都在家，還是決定先在走廊等候。她聽見帕蒂通報她的名字，可是並不像上一次來時那般忙亂。很快傳來一聲回答：「請她進來。」轉眼間，珍匆匆地跑下樓梯來迎接她。愛瑪從未見她氣色這麼好、這麼迷人。她有點難為情，卻充滿活力，熱情洋溢，過去她的儀容舉止中欠缺的東西，現在則一應俱全。她伸出手來，用小聲而真誠的語調說道：

「妳真是太好了！伍德豪斯小姐，我無法表達——我希望妳相信——請原諒我講不出話來。」

愛瑪非常高興，若不是從客廳傳來艾爾頓太太的聲音，使她欲言又止，把滿肚子的情誼和祝福凝聚在一陣熱誠的握手之中，那她馬上就會表明她有很多話想說。

貝茨太太正陪著艾爾頓太太，貝茨小姐出門了——難怪屋內這麼安靜。愛瑪沒料到艾爾頓太太也在，但她處於這樣的心情，對誰都十分有耐心。看到艾爾頓太太異常客氣地迎接她，愛瑪心想，見個面也沒什麼壞處。

過了不久，她就看透了艾爾頓太太的心思，明白她為什麼像自己一樣高興：因為珍向她吐露了真情，她自以為知道了別人不知道的秘密。愛瑪一邊向貝茨太太問好，一邊露出正在聆聽這位老太太談話的樣子，只見艾爾頓太太露出急切而神秘的神情，把她正在唸給珍聽的一封信摺起來，放回一旁的袋中，意味深長地點點頭說：

「我們改天再把它唸完吧，機會多得是。其實，主要的內容妳都聽到了。我只是想向妳證明，史莫里奇太太接受了我們的道歉，沒有生氣。妳瞧！她信裡寫得多麼中聽。哦！她真是個可愛的人！妳要是去了，一定會喜歡她的。不過，別再提這件事了。我們要小心一點——必須處處謹慎。噓！妳知道約翰・蓋伊的詩：『因爲關係到一位女士，所有的一切都得讓位。』」親愛的，在我們的情況下，對女士來說，讀吧——別唸出來！我要請妳別為史莫里奇太太的事著急。妳瞧，我已經取得她的諒解了。」

趁愛瑪回頭去看貝茨太太織東西的當下，她又小聲補充說：

「妳會發現，我並未指名道姓。哦！沒有，就像一名大臣一樣，處理得極為穩妥。」

她顯然是在炫耀，一有機會就要重複一次。幾個人一起聊了一會兒天氣和韋斯頓太太之後，只聽艾爾頓太太突然對愛瑪說：

「伍德豪斯小姐，妳看我們這位漂亮的朋友不是完全康復了嗎？她的病治好了，難道妳不覺得佩里先生非常了不起嗎？」說到這裡，她意味深長地瞥了珍一眼，「我敢說，佩里先生把她治好了，回復得真是驚人啊！哦！妳要是像我一樣，在她病得最重的時候看過她就好了！」當貝茨太太跟愛瑪說話的時候，她又小聲說道：「我們隻字未提佩里得到什麼幫助，隻字未提從溫莎來的一位年輕醫生。哦！不，必須歸功於佩里先生。」

「自從博克斯山之行以後，伍德豪斯小姐，」她隨即又說，「我幾乎不曾見過妳。那次玩得很快樂，不過我覺得還少了什麼，似乎是——也就是說，好像有人興致不怎麼高，至少我是這麼想的，但我也可能會看錯。不過，我認為還是挺有趣的，趁著天氣好，我們再找同樣一群人去一次博克斯山，妳們覺得怎樣？一定要同一群人，妳知道的，原班人馬，一個也不例外。」

過了不久，貝茨小姐回來了。愛瑪發覺她對自己說第一句話時有點困惑不安，不由得感到好奇。她心想，也許是因為不知道該說什麼，卻又什麼都想說。

「謝謝妳，親愛的伍德豪斯小姐，妳真是太好了。真不知該怎麼講——是呀！我心裡真的很清楚——最親愛的珍的前途——我不是那個意思，不過她完全康復了。伍德豪斯先生好嗎？我真高興，妳看我們幾個人多麼快活。是呀，一點也沒錯，多可愛的年輕人！那麼友善，我是指好心的佩里先生。對珍關懷備至！」艾爾頓太太能來，貝茨小姐感到非常高興，也很欣慰，愛瑪猜想牧師家與珍一定有過嫌隙，但後來又和好了。兩人小聲嘟噥了幾句後，艾爾頓太太又大聲說道：

「是呀，我來了，我的好朋友。我來很久了，要是換作別的地方，我看我非告辭不可了。不過事實上，我在等我丈夫，他答應來這裡找我，順便看看你們。」

「什麼！艾爾頓先生要光臨？真是榮幸！我知道男士們不喜歡早上到別人家來，而艾爾頓先生又那麼忙。」

「他的確很忙，貝茨小姐，他真是從早忙到晚！拜訪他的人絡繹不絕，不管是地方長官、負責救濟的人、教會幹事都要向他求教。少了他，他們似乎什麼事也做不成。我常說：『說真的，親愛的，幸好是找你，不是找我。要是有一半人找我，那我就沒時間繪畫和彈琴了。』事實上，我兩樣才藝都荒廢了，我想這兩週來連一小節都沒彈過。不過，妳們放心好了，他會來的，是的，的確是特地來看妳們大家。」她悄悄地說道，不讓愛瑪聽見，「來祝賀的，妳知道的。噢！是呀，不能不來啊！」

貝茨小姐四下張望，心裡喜不自禁！

「他答應一離開奈特利先生後，就馬上來找我。不過，他正在跟奈特利先生深入商談事情呢！艾先生可是奈特利的得力助手啊。」

愛瑪不動聲色地說：「艾爾頓先生是走路去唐維爾的嗎？那可真是夠熱的！」

「啊！不對，是在克朗旅店，一次例會，韋斯頓和科爾也去，不過人們只會提到那些幹部。依我看，一切事情都是艾先生和奈特利說了算。」

「妳沒搞錯日子吧？」愛瑪說，「我幾乎可以肯定，克朗旅店的會議是在明天。奈特利先生昨天還在哈特菲爾德，說是禮拜六開會。」

「噢！不對，肯定是今天，」艾爾頓太太斬釘截鐵地說，「依我看，這個教區的麻煩事最多了，楓樹莊可從來沒聽說過這種事。」

「那個教區很小。」珍說。

「說真的，親愛的，我也不知道，我從沒聽人說過這些。」

「不過這可以從學校規模看出來。我聽妳說過，那間學校是妳姐姐和布雷格太太辦的，就這麼一間學校，總共才二十五個學生。」

「啊！妳說得一點也沒錯，妳的記性真好！我說珍，要是我們能合為一體，那會變成一個多麼完美的人啊！我的活潑加上妳的穩重，就會十全十美。不過，我並不是指有人說妳還不夠完美。可是，噓！請別說了。」

這似乎是個不必要的告誡，珍不想跟艾爾頓太太說話，而是想跟愛瑪說話，這一點愛瑪看得很清楚。她想在禮貌的範圍內，盡量對她敬重有加，這個意圖透過眼神表露得一清二楚。

艾爾頓來了，他的妻子用一番歡樂的俏皮話來招呼他。

「親愛的，瞧你做的好事，把我打發到這裡來，給我的朋友添麻煩，你自己卻姍姍來遲？不過你知道我是個多麼聽話的人，一定要等丈夫來了才肯走。我一直坐到現在，給兩位年輕小姐樹立了一個完美妻子的典範——因為你知道，誰敢說她們什麼時候才能擁有我的涵養？」

艾爾頓又熱又累，似乎全然沒有理會這番俏皮話。他得向另外幾位女士寒暄一番，接下來就是抱怨自己熱得要死，白跑了一趟。

「我到了唐維爾，」他說，「卻找不到奈特利。真奇怪！莫名其妙！今天早上我送了封信給他，他也回了信，他理所當然應該在家等到一點。」

「唐維爾？」他妻子叫道，「親愛的，你沒去唐維爾吧？你說的是克朗旅店，你不是從克朗旅店趕來的嗎？」

「不，不，那是明天的事，我今天正是為此才去找奈特利的。今天上午熱死啦！我還在太陽底下走路——」他以苦不堪言的語調說道，「因此更受罪了！結果竟發現他不在家！老實跟妳說，我很不高興。沒留下任何道歉的話，也沒有留個言。管家說不知道我會去，真是奇怪！沒人知道他去哪了。也許是去了哈特菲爾德，也許是去了阿貝米爾，也許是跑進他的樹林裡了。伍德豪斯小姐，我們的朋友奈特利可不是這種人啊！妳能解釋嗎？」

愛瑪覺得很好笑，也的確很好奇，沒什麼要替他辯解的。

「我無法想像，」艾爾頓太太難為情地說，「我無法想像，他為什麼偏偏對你做出這種事來！你是最不應該受人怠慢的！親愛的，他一定有留言給你，我敢肯定他有。哪怕是奈特利，也不可能這麼古怪，一定是他的僕人忘了。沒錯，一定是這樣，唐維爾的僕人很有可能做出這種事來，我常常發覺，他們一個個都笨手笨腳的。我敢說，我說什麼也不會請一個像哈里那樣的人來做廚房總管。至於霍奇斯太太，萊特也很瞧不起她，她答應給萊特一張收據，但一直沒送來。」

「快到奈特利家的時候，」艾爾頓接著又說，「我遇見了威廉．拉金斯，他跟我說主人不在家，但我不相信。威廉好像很不高興，他說不知道自己的主人最近是怎麼了，一句話也不說。我不在乎威廉著急什麼，但是我今天非見到奈特利不可，這很重要。因此，在這種大熱天讓我白跑一趟，真令人無奈。」

愛瑪覺得最好馬上回家，奈特利很可能正在等著她。也許她可以勸奈特利不要進一步引起艾爾頓的不滿，甚至不要引起威廉．拉金斯的不滿。

告辭的時候，珍堅決要送她出房間，甚至送她下樓。愛瑪覺得很高興，便趁著這個機會說道：

「我剛才沒有機會說話，這或許也好。如果妳身邊沒有其他朋友，我會忍不住談起一件事，問一些問題，說一些沒有分寸的話。那肯定會很失禮的。」

「哦！」珍叫道，臉上一紅，又遲疑了一下，愛瑪覺得，她這副神情比平常沉靜和優雅的模樣不知要美豔多少倍，「一點也不會，只怕我惹妳不高興了。我很感謝妳的關心——真的，伍德豪斯小姐，」她較為鎮定地說，「我意識到我做得不好，非常不好，但令我欣慰的是，我還有些朋友，我最看重他們的感情，他們並不覺得事情糟糕到——我不知該怎麼說，我想道歉，為自己作點辯解。我覺得應該這樣做，但是很可惜——總之，如果妳不原諒我的朋友——」

「啊！妳多慮了，」愛瑪誠摯地說道，一邊抓住了她的手，「妳沒什麼需要道歉的，每個人都很滿意，甚至都很高興——」

「妳真好，但我知道自己是怎麼對待妳的。那麼冷淡，那麼虛假！我總是像在演戲，那是一種充滿欺騙的生活！我知道我一定很惹妳討厭。」

「別再說了，該道歉的是我。讓我們互相原諒吧！溫莎那裡有好消息嗎？」

「很好的消息。」

「我想下一個消息是我們將會失去妳——就在我剛開始瞭解妳的時候。」

「啊！還不必考慮這件事呢，我要在這裡待到坎貝爾夫婦叫我回去。」

「也許現在事情還定不下來，」愛瑪笑著回答，「可是，事情遲早得考慮的。」

珍也笑著回答：「妳說得沒錯，的確考慮過了。老實告訴妳，我們要跟邱吉爾先生一起住在恩斯坎比，這件事算是決定了。至少要服三個月的喪，服完喪之後，就什麼都不必等了。」

「謝謝。這正是我想知道的，哦！我喜歡乾脆俐落，要是妳知道就好了！再見。」

第五十三章

韋斯頓太太平安分娩了，朋友們都為之感到高興。愛瑪對自己做的好事一向很得意，要是有什麼事能讓她更加得意的話，那就是得知朋友生了一個女孩。她一心希望有一個韋斯頓小姐，她不會承認那是因為自己以後可以替她做媒，把她嫁給伊莎貝拉的某個兒子。她認為做父母的會更喜歡女兒，等韋斯頓先生上了年紀，火爐旁始終有一個女兒，用嬉戲、調皮、任性和幻想來帶動氣氛，那倒是個莫大的安慰。韋斯頓太太也一樣——誰也不懷疑她多麼需要一個女兒；再說，任何善於管教孩子的人，如果不能再一次發揮自己的才能，那是很可惜的。

「你知道，她有她的專長，還曾在我身上實踐過，」愛瑪接著說，「就像德．讓利夫人寫的《阿德雷德與希歐多爾》中的達爾曼男爵夫人以道斯達利女伯爵為實驗對象一樣，我們可以看到她用更完美的方式來教育自己的小阿德雷德。」

「也就是說，」奈特利回答道，「比對妳還要更嬌慣，卻以為自己根本沒有嬌慣。這就是唯一的差別。」

「可憐的孩子！」愛瑪嚷道，「那樣的話，她會變成什麼樣子呢？」

「沒什麼大不了的，這樣的孩子太多了。小時候惹人嫌，長大後會自己改正的。親愛的愛瑪，我對嬌慣的孩子也漸漸不那麼討厭了，我的幸福全歸功於妳，要是我對他們太苛刻了，豈不是忘恩負義嗎？」

愛瑪笑了，回答：「但是你努力替我消除了別人的嬌慣。要是少了你的幫助，我懷疑自己是否能變好。」

「是嗎？我倒不懷疑。上帝給了妳聰明，泰勒小姐給了妳原則，妳肯定會變好的。我的干涉可能帶來好處，也可能帶來壞處。妳完全可以說：他憑什麼教訓我？我怕妳會覺得我令人討厭，我也認為自己沒為妳帶來什麼好處。好處都被我撈走了，還愛上了妳。我一想起妳心裡就充滿了愛，即使是缺點也愛。正因為我知道妳犯過許多錯，至少從妳十三歲起，我就愛上了妳。」

「我敢肯定，你對我大有助益，」愛瑪說道，「我經常受到你的良性影響，只是當下不肯承認罷了。我敢說你帶給我助益。如果小安妮．韋斯頓被寵壞了，你就像以前對我那樣去對待她，那將是最大的仁慈。不過，可別在她十三歲時又愛上她。」

「妳小時候常露出一副調皮的神情對我說：『奈特利先生，我要做什麼什麼事，爸爸說可以，或是泰勒小姐同意了——』而妳當時也知道，我是不會贊成的。在這種情況下，我的干涉不只是讓妳不高興，而是非常地不高興。」

「我當時多可愛啊！難怪你會這麼深情地記住我的話。」

「『奈特利先生！』妳總叫我『奈特利先生』，這實在太一本正經了。我想讓妳換個稱呼，卻又不知道該換成什麼。」

「我記得，大約十年前，有一次我故意叫你『喬治』，想激一激你，可是你並不在意，我也就沒再這麼叫了。」

「現在妳不能叫我『喬治』嗎？」

「不可能！我只能叫你『奈特利先生』。我甚至不會學艾爾頓太太叫你『奈先生』，不過我答應，」她一邊笑，一邊紅著臉說道，「我答應叫一次你的名字。我不說在什麼場合，但你也許可以猜得到：在兩個人締結婚姻的地方。」

奈特利是個有見識的人，要是愛瑪能聽他的話，本可以避免犯下一位女性最愚蠢的錯誤——任性地跟哈麗葉處得那麼親密；可惜她不敢坦承這一點，這個問題太微妙了，她根本無法談。他們兩人很少談到哈麗葉，奈特利也許只是因為沒想到她，而愛瑪卻覺得問題十分棘手，她懷疑她們的友情不如從前。她自己也明白，要是兩人是因為其他原因分開，書信來往肯定會頻繁一些，不至於像現在這樣，幾乎完全靠伊莎貝拉的信提供消息。奈特利或許也看出了這一點。不得不向他隱瞞事實，這種痛苦絲毫不亞於傷害哈麗葉時帶來的痛苦。

果然不出所料，伊莎貝拉的信中詳細地介紹了她的客人的狀態。哈麗葉剛到的時候神情沮喪，這倒也非常正常，因為還要去看牙醫；可是看過牙醫之後，伊莎貝拉覺得哈麗葉似乎跟以前沒什麼兩樣。當然，她並不是個目光敏銳的人，但如果哈麗葉沒有心思跟孩子們玩，那她也不至於看不出來。哈麗葉能多住一段時間，從原訂的兩週延長到一個月以上，這使愛瑪感到相當欣慰。約翰夫婦將會在八月份前來，可以叫她住久一點，跟他們一起回來。

「約翰甚至沒提到妳的朋友，」奈特利說，「要是妳想看的話，他的回信在這裡。」

奈特利把他打算結婚的事寫信告訴了弟弟，弟弟寫了回信。愛瑪急忙接過信，迫不及待地想看看約翰是怎麼說的，至於是否提到她的朋友，她絲毫不在意。

「約翰由衷為我高興，」奈特利接著說，「但他不會恭維人。他是妳的姐夫，雖然十分疼愛妳，卻不會說花言巧語；換成別的年輕女人，可能會覺得他不夠誠心誠意，不過，我不怕讓妳看看他寫了些什麼。」

「他寫的信倒是通情達理，」愛瑪讀完信後回答道，「我敬佩他的真誠。顯然，他認為這次訂婚完全是我走運，但還是希望我能對得起你的一片真情，而且也覺得我受之無愧——要是他不這麼說，我還不會相信他呢！」

「我的愛瑪，他並不是這個意思。他只是說——」

「他對我倆的評價跟我很接近，」愛瑪打斷了他的話，正經地微笑道，「要是我們可以開誠佈公地談論這件事，那我們的分歧或許會更小。」

「愛瑪，親愛的愛瑪——」

「哦！」愛瑪更加興高采烈地嚷道，「要是你弟弟對我不公正，那就等我親愛的父親知道這樁秘密之後，再聽聽他的意見吧！他對你想必會更不公道，他會認為這全是你走運，是你佔盡了便宜。但願他不要稱我為『可憐的愛瑪』，對於受委屈的好人，他頂多只能表現出這樣的憐憫。」

「啊！」奈特利嘆道，「但願妳父親能有約翰的一半好說服，相信我們很般配，一起生活會很幸福。約翰的信中有一段我覺得很有趣——妳注意到了嗎？他說我的消息並未使他太意外，他早就預料到會有這種消息。」

「如果我瞭解你弟弟的話，他只是指他預料到你會結婚，卻沒想到會是跟我。看來他對此完全沒有心理準備。」

「是呀！是呀——但我覺得很有趣，他居然能猜中我的心思。他是怎麼判斷的呢？我覺得我的情緒和談吐跟平常沒有兩樣，他怎麼會猜到我想結婚？不過，我想是這樣的：我敢說，那次我待在他們家，表現是有些反常，我想我跟孩子玩得不像平常那麼多。我記得有一晚，幾個孩子說：『伯伯好像總是無精打采。』」

是時候了，應該把消息傳開，觀察別人的反應。當韋斯頓太太身體一恢復，可以接待伍德豪斯先生了，愛瑪便想利用一下她那委婉的勸說技巧，先在家裡宣布這件事，再到蘭道爾去宣布。可是，該如何向她父親說呢？她已經決定要趁奈特利不在的時候，由她親口來說。她不得不說，而且必須興高采烈地說，絕不能用憂傷的語調，讓父親聽了難過，認為這是一門不幸的親事。她鼓足了勇氣，先讓他有個心理準備，然後直截了當地說：這件事如果能得到他的恩准——她相信不會有什麼困難，因為這件事能促進大家的幸福——她和奈特利打算結婚。這就是說，這個人將會來哈特菲爾德與他們朝夕相伴。對她的父親來說，除了女兒和韋斯頓太太以外，最喜歡的就是這個人了。

可憐的老人！他起初大為震驚，苦口婆心地勸女兒別這麼做。他一再提醒愛瑪，說她曾發誓一輩子也不結婚，而且單身確實要好得多，不信就看看伊莎貝拉和泰勒小姐多麼可憐。可是他的話沒用，愛瑪親暱地纏住他不放，笑著說自己非結婚不可，還說不能把她與伊莎貝拉和韋斯頓太太相提並論，因為她們一結婚就離開哈特菲爾德，因而引起了令人心酸的變化。可是她並不離開，而要永遠守在家裡，這件事為家裡帶來的變化，除了人數增加、日子更加舒適之外，不會有別的了。她相信，只要父親想開了，有奈特利經常在身邊，那將會增添無窮的樂趣。她知道父親喜歡奈特利，每當他有事，除了找奈特利商量以外，還會找誰呢？還有誰對他這麼有用、這麼樂意幫他寫信、這麼樂於幫助他呢？還有誰對他這麼和氣、這麼體貼、這麼有感情呢？難道他不喜歡他始終陪在身邊嗎？是呀，一點也不錯，奈特利來得再頻繁，他也不會厭煩，他巴不得天天看見他——事實上，他們已經是天天見面了，為什麼不能一如既往地繼續下去呢？

伍德豪斯先生一時還想不通。不過，最大的難關已經過了，餘下的就是讓時間來改變。奈特利陪著愛瑪，也一再懇求，並一再對愛瑪讚譽有加，讓伍德豪斯先生聽了也樂不可支。這兩人一有機會就跟他聊起這個問題，過了不久，他也就不以為然了。加上伊莎貝拉居中斡旋，寫了一封封信，表達全力支持；韋斯頓太太也在第一次見面時，向他分析了各種好處。過去他信賴的幾個人，一一向他保證說，這是為了他的幸福好。老先生終於被說動了，便開始設想：再過一陣子——也許過一兩年，兩人結婚未必是件壞事。

當愛瑪第一次向韋斯頓太太透露這件事時，她大吃一驚。但轉念一想，又認為這件事能讓大家更為幸福，因此便毫不猶豫地鼓勵伍德豪斯先生答應。她很器重奈特利，認為他配得上她最親愛的愛瑪。無論從哪一方面來看，這都是一門最合適、最般配、最完美的親事。她覺得自己真是天底下最傻的人，居然沒有預料到這件事，早點向他們祝福。一個有地位的人向愛瑪求婚，願意捨棄自己的家搬進哈特菲爾德，這多麼可貴啊！除了奈特利，有誰能夠體諒伍德豪斯先生，作出這麼理想的安排？她和丈夫有心撮合法蘭克和愛瑪，卻覺得難以應付伍德豪斯先生；該如何兼顧恩斯坎比和哈特菲爾德的利益，一向是個難題——對於這個困難，韋斯頓先生比他的妻子還缺乏考慮，每當聊到這件事，他頂多只能說道：「事情總會解決的，年輕人總會想出辦法的。」可是現在不能光靠胡思亂想來考慮問題了，這麼做合情合理、光明正大，又萬無一失，誰也不吃虧。這是一門十分美滿的親事，沒有任何理由能夠加以阻撓。

韋斯頓太太抱著嬰兒，心裡浮想聯翩，覺得自己是世上最快樂的女人。如果還有什麼事能使她更快樂的話，那就是看著小寶寶的帽子變得越來越小。

這則喜訊傳到哪裡，哪裡就引起驚奇。韋斯頓先生也驚奇了五分鐘，但他腦筋靈活，五分鐘後就覺得不足為奇了。他看出了這門親事的好處，像他的妻子一樣感到高興。等到一小時之後，他幾乎認為自己早就預料到這件事了。

「我看還應該保密，」他說，「這種事必須保密，直到我可以說出去的時候再告訴我。不知道珍是否察覺到了。」

隔天一早他去了海伯里，讓這個疑問水落石出了。他把消息告訴了珍——她就像他的親女兒一樣，他非得告訴她不可。由於貝茨小姐也在場，消息自然又傳給了科爾太太、佩里太太和艾爾頓太太。兩個主要當事人早就預料到會這樣。他們已經估計過，當蘭道爾的人得知這則消息，多久之後就會傳遍海伯里。他們想像著自己在傍晚時會成為家家戶戶議論的話題。

大致上，所有人都很讚賞這門親事。有的認為男方幸運，有人認為女方幸運。有人認為他們應該搬去唐維爾，把哈特菲爾德讓給約翰一家；有人則預言兩家的僕人會鬧糾紛。不過，總體來看，沒有什麼真正的異議，除了一家人——牧師家。在那裡，驚訝之餘沒有半點高興。與妻子相比，艾爾頓倒不怎麼在乎，他只想：「這位小姐的虛榮心可以得到滿足了。」並認為：「她一直在想盡辦法勾引奈特利。」談到搬進哈特菲爾德一事，他又大言不慚地說道：「他願意，但我才不幹！」可是艾爾頓太太卻沉不住氣：「可憐的奈特利！可憐的傢伙！他倒大楣了！我真替他擔心。儘管他是個怪人，還是有各種優點。他怎麼會受騙呢？他才沒有墜入情網——絕不可能。可憐的奈特利！我們與他的往來徹底結束了。以前無論什麼時候邀請他，他都會興高采烈地來跟我們一起吃飯，但現在全完了！可憐的傢伙！再也不會邀請我們去唐維爾玩了。唉！不會了，有了一個愛潑冷水的奈特利太太，討厭透頂！我一點也不後悔那天罵了他的管家。真是令人震驚，居然兩家住在一起？絕對不行。據我所知，楓樹莊附近就有一家人這麼做過，不到一個季節就鬧翻了。」

第五十四章

時光飛逝。再過幾天，倫敦的一家人就要來了。這是個驚人的變化，有一天愛瑪心想，這一定會使她大為焦慮。這時，奈特利走了進來，她這些煩惱隨即被拋到一邊。他先是快活地聊了幾句，然後就陷入沉默。沒過多久，又用一本正經的口吻說道：

「我有件事告訴妳，愛瑪，一則消息。」

「好消息？還是壞消息？」愛瑪連忙問道，一邊抬起頭來盯著他的臉。

「我不知道該怎麼說。」

「哦！我看一定是好消息，我從你臉上看得出來。你在忍住笑。」

「我擔心，」奈特利沉著臉說道，「親愛的愛瑪，妳聽了會笑不出來。」

「真的嗎？為什麼？我很難想像，有什麼能使你開心的事，卻不能使我也跟著開心。」

「有一件事，」奈特利答道，「但願只有這一件，我們的看法不一樣。」他停頓了一下，又笑了笑，兩眼盯著愛瑪的臉，「妳還沒想到嗎？妳忘啦？——哈麗葉．史密斯。」

一聽到這個名字，愛瑪的臉頓時紅了。她心裡感到莫名的害怕。

「妳今天早上收到她的信了嗎？」奈特利問道，「我想一定收到了，一切都明白了。」

「沒有，沒收到。我什麼也不知道，快告訴我吧！」

「我看妳已經做好了聽到壞消息的心理準備——消息的確很糟糕。史密斯小姐要嫁給羅伯特．馬丁了。」

愛瑪嚇了一跳，看來似乎真的沒有心理準備——她兩眼著急地盯著奈特利，像是在說：「不，這不可能！」但嘴巴卻又緊閉著。

「真的，千真萬確，」奈特利接著說，「我是聽羅伯特親口說的。我們分手還不到半小時。」

愛瑪仍然驚訝不已地望著他。

「正如我所擔心的，我的愛瑪，妳不喜歡這個消息。但願我們的看法能一致——不過遲早會一致的。妳等著瞧吧，再過一些時日，我們之中肯定會有一個人改變看法的。在這之前，我們不必談論這件事。」

「你誤會我了，完全誤會我了，」愛瑪竭力辯解道，「現在的我不會為這種事不高興的，而是我不敢相信。這似乎是不可能的！你不會是說哈麗葉已經答應嫁給馬丁了吧？你不會是說馬丁又向她求婚了吧？你只是說他打算這麼做吧？」

「我是說他已經這麼做了，」奈特利得意而又堅定地說，「而且女方已經答應了。」

「天哪！」愛瑪叫了出來，然後低頭看著針線籃，藉以掩飾臉上既高興又好笑的微妙神情，她知道自己一定露出了這種表情。「好吧，把一切都告訴我吧，跟我說清楚一些。怎麼回事？什麼地方？什麼時候？全部都告訴我。我從來沒有這麼驚訝過——但我並沒有因此不高興，你放心好了。這怎麼可能發生呢？」

「事情很簡單。三天前，馬丁有事進城，我有幾份文件想託他交給約翰。他把信送到約翰家裡，約翰請他當晚跟他們一起去阿斯特利劇場。同行的有我弟弟、弟媳、亨利、約翰——還有史密斯小姐。我的朋友羅伯特無法推辭。大家都玩得很開心，我弟弟請他第二天跟他們一起吃飯，而他也去了。我想就在這段期間，他找到了與哈麗葉說話的機會，而且也確實沒有白說。哈麗葉答應了他，讓他高興得不得了。他昨天坐車回來，今天一吃完早飯就來找我，先是說了我交代的事，然後是他自己的事。我能說的就是這些，當妳見到妳朋友的時候，她會把來龍去脈講得更詳細。這些細節只有女人講起來才有趣，我們只講些大略的情形。不過，我得說一句：在我看來，羅伯特似乎得意忘形了。他提起一件完全無關的事情，說離開阿斯特利的包廂時，我弟弟帶著妻子和小約翰走在前面，他跟史密斯小姐和亨利在後面。有一陣子擠在人群中，搞得史密斯小姐很不自在。」

奈特利不說話了。愛瑪不敢馬上回答，她知道，一開口就會洩露出自己的歡喜；她得等一等，否則他會認為她瘋了。她的沉默引起了他的不安。他觀察了她一會，然後說道：

「愛瑪，親愛的，妳剛才說自己沒有因為這件事不高興，但我擔心並非如此。很不幸地，馬丁沒有地位——不過妳的朋友正是看上這一點，而且我敢擔保，等妳熟悉他之後，會越來越覺得他好。妳會喜歡他的聰明和品德。就人品而言，妳無法期望妳的朋友嫁給比他更好的人了，只要我能力所及，我一定會設法提升他的社會地位，這樣總可以了吧？愛瑪。妳常笑我太信任威廉．拉金斯，但我也同樣離不開羅伯特．馬丁啊。」

他要她抬起頭來。愛瑪這時已經克制住自己，於是快活地答道：

「你不必煞費苦心來勸我贊成這門親事，我認為哈麗葉做得好極了。她的家世也許還不如馬丁呢！就人品而言，她的親戚無疑遜於馬丁。我之所以沉默不語，只是因為感到驚奇——太驚奇了。你想像不到這件事對我來說多麼突然！我一點心理準備也沒有，因為我以為哈麗葉對他越來越反感了。」

「妳應該最瞭解妳的朋友，」奈特利回答，「不過我要說，她是個善良、溫柔的女孩，不會反感一個向她吐露過真情的年輕人。」

愛瑪忍不住笑了，「說真的，我相信你跟我一樣瞭解她。不過，奈特利先生，你是不是百分之百地確定她已經答應他了？我想她某天也許會答應——但她已經答應了嗎？你沒有搞錯他的意思吧？你們倆都在談別事情、談生意、談家畜、談新機器——這麼多事混在一起，你不會聽錯他的意思吧？他不是在說哈麗葉的事——而是在說哪一頭公牛多高多大。」

這時，愛瑪強烈地感受到奈特利和馬丁在儀表上的鮮明對比，想起了哈麗葉不久前表露出的態度，特別是她斬釘截鐵說的那句話：「我是不會喜歡馬丁的。」所以，她真心希望這個消息最後能被證明是錯誤的。

「妳竟敢這麼說？」奈特利大叫道，「妳敢把我當成傻瓜，連別人說的話都聽不懂嗎？妳該得到什麼樣的下場啊？」

「噢！我總是該得到最好的下場，因為我從來不能容忍。因此，你得給我一個直截了當的回答——你敢保證你很瞭解馬丁和哈麗葉現在的關係嗎？」

「我敢保證，」奈特利清楚地回答，「他告訴我哈麗葉已經答應他了，言語中沒有什麼含糊不清的地方。我想我可以提供妳一條證據：他徵詢我的意見，想知道自己現在應該怎麼辦。除了哥達太太以外，他誰都不認識，無法瞭解哈麗葉的親戚朋友。我除了建議他去找哥達太太之外，還能提出什麼更好的辦法呢？我老實跟他說，我沒有更好的辦法。於是，他說，他只好今天去找哈麗葉。」

「那我就放心了，」愛瑪笑逐顏開地說道，「並且由衷地祝他們幸福。」

「自我們上次談論這個問題以來，妳的變化真大。」

「但願如此──那時候我是個傻瓜。」

「我也變了，因為我現在願意把哈麗葉的好性格歸功於妳。為了妳，也為了馬丁，我一直試著瞭解哈麗葉。我常常與她往來，妳一定也看到了。有時候，我覺得妳懷疑我在替可憐的馬丁辯解，其實沒有這回事。據我觀察，我認定她是個天真無邪的女孩，既有見識，又講究道德，把自己的幸福寄託在溫馨美滿的家庭生活中。毫無疑問，她在很大程度上還得感謝妳。」

「噢！」愛瑪搖搖頭說，「唉！可憐的哈麗葉！」

她沒再說下去，默默地接受了對她的溢美之詞。

沒過多久，伍德豪斯先生進來打斷了他們的談話。愛瑪並不覺得遺憾，她心裡既激動又驚訝，無法冷靜下來，正想一個人獨處。她簡直要翩然起舞，要放聲大叫；除了來回踱步、自言自語之外，什麼也做不出來。父親進來是要告訴她，詹姆士去準備馬了，準備進行每天例行的蘭道爾訪問。她正好以此為藉口，立即離開了屋內。

她心中的愉快、感激和欣喜之情是可想而知的。影響哈麗葉未來幸福的唯一障礙，就這樣消除了。她還能奢望什麼呢？什麼也不要，只希望自己更能配得上他，他的籌劃和判斷一直比她來得高明；什麼也不要，只希望她過去做的蠢事能為她帶來教訓，今後能變得謙虛謹慎。

感激也好、下定決心也好。但她還是禁不住要笑──她一定是在為這樣的結局而發笑！五個禮拜以來她是那樣地悲觀、失望，現在卻有了這樣一個結局！這樣的一顆心──這樣的一個哈麗葉！

如今，她的回來將是一件樂事。一切都將是樂事，熟悉羅伯特．馬丁也是。

她打從心底感到最快樂的一件事，是很快就不必再對奈特利隱瞞任何事了。她最討厭的裝模作樣、含糊其辭、鬼鬼祟祟，也馬上就要結束了。現在她可以期待向他完全地推心置腹了，就性情而言，她最願意履行這樣的職責。

她懷著歡天喜地的心情跟父親一起出發了。她並非一直在聽父親說話，卻始終對他說的話表示贊同。無論是明說，還是默許，總之她聽憑他對自己好言相勸，說他每天都得去一趟蘭道爾，否則可憐的韋斯頓太太就會失望。

他們到了蘭道爾。韋斯頓太太一個人待在客廳裡，她先說了孩子的狀況，並對伍德豪斯先生的來訪表示感謝。話才剛說完，窗外忽然晃過兩個人影。

「是法蘭克和費爾法克斯小姐，」韋斯頓太太說，「我正想告訴你們，他今天一早就來了，讓我們又驚又喜。他會待到明天，我們就請費爾法克斯小姐也來玩一天。我想他們馬上就進來了。」

轉眼間，他們就進了房間。愛瑪見到他非常高興，但也難免有幾分尷尬。兩人都有些難為情，因此一開始沒說什麼話。坐下之後，大家先是沉默了一陣，愛瑪不由得心想：她本來早就期望再一次見到法蘭克，如今見到他和珍在一起，願望成真了，她卻懷疑自己是否能感到應有的欣慰。然而，等韋斯頓先生來了，孩子也被抱進來之後，就不再缺少話題了，氣氛也活躍了——法蘭克也終於有了勇氣，找機會接近愛瑪身邊，說道：

「我得感謝妳，伍德豪斯小姐，韋斯頓太太來信說妳好心原諒了我。希望隨著時間的經過，妳不會反悔。希望妳不要收回當時說的話。」

「絕不會，」愛瑪高興地說道，「絕對不會。能見到你，跟你握個手——當面向你祝賀，我再高興不過了。」

法蘭克由衷地感激她，並且又興高采烈地說了起來。

「她的氣色很好，不是嗎？」他把目光轉向珍，說道，「比以前還好吧？瞧瞧我父親和繼母多疼愛她。」

過了不久，他又興致勃勃，提到坎貝爾夫婦就快回來的事，然後眉開眼笑地提起了狄克生的名字。愛瑪臉一紅，不許他在自己面前說這個名字。

「一想到這個名字，」她叫道，「就讓我難為情。」

「難為情的是我，」法蘭克回答，「或者說應該是我。不過妳真的沒有懷疑過嗎？我是指最近，我知道妳最初沒有猜疑。」

「老實說，我絲毫沒有懷疑過。」

「事情似乎很奇妙。有一次，我差一點——我反倒希望那樣——不過我常常做錯事，很多一無是處的錯事。要是我當初向妳透露了秘密，把一切全告訴妳，錯誤就會少得多。」

「現在不必再後悔。」愛瑪說。

「我也許能說服舅舅來蘭道爾，」法蘭克又說，「他想見見她。等坎貝爾夫婦回來以後，我們去倫敦跟他們見面，我想可以在那裡待一段時間，然後帶她到北方去。但我們現在距離太遠了——這不是令人難受嗎？伍德豪斯小姐，從和好那天以來，我們直到今天上午才見面。難道妳不憐憫我嗎？」

愛瑪十分親切地表示了自己的憐憫，法蘭克心裡一陣高興，嚷道：

「啊！順帶一提，」隨即壓低聲音，露出一本正經的樣子，「我想奈特利先生身體還好吧？」他停住不說了。愛瑪臉上一紅，「我知道妳看了我的信，我想妳也許還記得我對妳的一片好心。讓我也向妳祝賀吧！說真的，我聽到這則消息時，心裡既激動、又高興。他是個我不敢妄加稱讚的人。」

愛瑪聽了滿心高興，希望他繼續說下去，想不到他的心思一下子又回到珍的身上。

「妳見過那樣的皮膚嗎？這麼光滑！這麼嬌嫩！然而又算不上白皙，妳不能說她白。配上黑睫毛和黑頭髮，那是一種很不平常的膚色——一種極為特有的膚色！女人能有這樣的膚色，真不尋常！這膚色恰到好處，真是美。」

「我一向羨慕她的膚色，」愛瑪調皮地說，「但我記得你曾經嫌她皮膚蒼白吧？那是我們第一次談起她的時候，你完全忘了嗎？」

「哦！沒有——我真是個冒失鬼啊！我怎麼敢——」

一想到這裡，法蘭克不由得哈哈大笑起來，愛瑪又說：

「我想你當時處境尷尬，騙一騙我們大家還挺有趣的吧？一定是這樣的，這對你來說或許是一種安慰。」

「哦！不，不！妳怎麼能這樣懷疑我呢？那時我真是個最可憐的人啊。」

「還沒可憐到不會自娛的地步吧？我想你把我們大家蒙在鼓裡，一定覺得很快樂吧？也許，我比較喜歡猜測，因為老實說，要是我處在一樣的立場，一定也會覺得很有趣。我看我們倒有點相像。」

法蘭克鞠了個躬。

「即使我們在性情方面不相像，」愛瑪又說，流露出感慨的神情，「我們的命運還是相像的。命運將我們與兩個比我們優秀得多的人聯繫在一起。」

「對呀，對呀！」法蘭克激動地答道，「不，妳不是的，沒有比妳更好的人了，但我倒是這樣沒錯。她是個十全十美的天使，妳瞧，她的一舉一動不都像個天使嗎？瞧她喉嚨的形狀，瞧她看著我父親時的那雙眼睛。妳聽了一定會很高興，」他低下頭，悄悄說道：「我舅舅打算把舅媽的珠寶全送給她，準備重新鑲嵌一下。我決定用其中一些製作頭飾。配上她那頭黑髮，豈不是很美嗎？」

「真的很美。」愛瑪回答，她說得非常親切，讓法蘭克不勝感激。

「我很高興又見到了妳，還看到妳氣色這麼好！我再怎樣也不願錯過這次的會面。即使妳不來，我也一定會到哈特菲爾德登門拜訪的。」

其他人都在談論孩子，韋斯頓太太說起昨晚孩子似乎不大舒服，讓她受了一點驚嚇。她覺得自己太傻，居然驚慌失措，差一點派人去請佩里先生。也許她的確該感到羞愧，但韋斯頓先生幾乎跟她一樣坐立不安。不過，十分鐘以後，孩子又恢復正常了。這是韋斯頓太太說的，伍德豪斯先生聽了特別感興趣，極力讚賞她想到要請佩里先生，只可惜她沒有這麼做：「孩子看上去一有點不舒服，哪怕只是一下子，妳也應該去請佩里先生。妳再怎麼擔憂都不過分，盡量去請佩里沒關係，昨晚他沒來，也許挺可惜的，別看孩子現在看起來好好的，要是佩里來看過，八成會更好。」

法蘭克聽到了佩里的名字。

「佩里？」他對愛瑪說道，一邊又想引起珍的注意，「我的朋友佩里先生？他們在說佩里先生什麼呀？他今天早上來過了？他現在怎麼出門呀？他的馬車買好了沒有？」

愛瑪馬上想起來了，也明白了他的意思，並跟著笑出來，而珍的神色則表明了，她也聽到法蘭克說的話，只是裝作沒聽見。

「我做了那麼奇特的一個夢！」法蘭克，「每次一想起來就忍不住要笑。她聽見我們說話了，她聽見了，伍德豪斯小姐。我從她的臉上、她的笑容、她那副想皺眉頭的樣子看出來了。妳看看她，她在信裡告訴我的那件事，這時正在她眼前閃過——那整件錯誤都出現在她面前——別看她假裝在聽別人說話，她卻心不在焉，難道妳看不出來嗎？」

珍一時忍不住笑了，她轉身面對法蘭克時，臉上還掛著笑，有些難為情地說道：

「你怎麼還記得這些事？真令我吃驚！回憶偶爾冒出來是難免的，但你怎麼會想起這些事呀？」

法蘭克有一大堆話要回答，而且還很有趣。但在這場爭辯中，愛瑪的心多半還是向著珍。離開蘭道爾以後，她自然而然將兩個男人作了一番比較。雖然她見到法蘭克覺得很高興，也確實把他當成朋友看待，但她卻從未像現在一樣深感奈特利人品出色，也從未像現在一樣快樂到了極點。

第五十五章

如果說愛瑪有時還會為哈麗葉擔心，懷疑她是否真的不再思戀奈特利，是否真的心甘情願嫁給另一個人，那麼沒過多久，她就不再這麼坐立不安了。幾天之後，那一家人就從倫敦來了。她與哈麗葉獨處了一個小時，從此深信不疑——儘管事情令人難以理解！馬丁已經完全取代了奈特利，逐漸成為她全部的幸福。

哈麗葉起初還有點苦惱——看起來有點傻乎乎的。但是，一旦她承認了過去的異想天開之後，她的苦惱和困惑似乎就煙消雲散，也不再留戀過去，而是對現在和未來充滿喜悅。愛瑪向她表示最熱烈的祝賀，也打消了她的顧慮。哈麗葉快樂地報告了在阿斯特利劇場度過的那一晚和第二天那頓飯的詳情細節。愛瑪終於明白，其實哈麗葉一直愛著馬丁，而馬丁也始終不渝地愛著她，這多麼可貴！

這的確是一樁大喜事，她每天都有開心的理由。哈麗葉的家世已經調查出來了，原來她是一位商人的女兒，那名商人相當富有，足以提供她舒適的生活。雖然他仍想掩飾這層關係。愛瑪早就認定她出身富貴，現在果真如此！她的身世也許就像許多上流人士一樣潔白無瑕；可是，她想攀附奈特利也好，法蘭克也罷——甚至還包括艾爾頓，又怎麼可行呢？私生女的汙點，要是少了金錢地位來粉飾，那還真是一大汙點呢！

她的父親沒有任何異議，年輕人受到了禮遇，一切都很正常：馬丁被介紹到哈特菲爾德，愛瑪跟他越來越熟識，發現他頭腦聰明，品性也好，完全配得上她的朋友。她相信哈麗葉嫁給任何一個性情溫柔的人，都能獲得幸福，而跟馬丁生活在一起、住在他們家，又會更加幸福，還能不斷進步。她置身於愛她又比她聰明的人中間，絕不會受到虧待。她會受人尊重，過得非常幸福。愛瑪承認她是世上最幸福的人，贏得了這樣一個男人忠貞不渝的愛情——即使不是最幸福的人，也只不過不如自己罷了。

哈麗葉必須常常去馬丁家，因此來哈特菲爾德的次數也越來越少。這倒沒什麼遺憾。她和愛瑪的親密關係漸漸淡漠，兩人的友誼也變成一種冷靜的友情。幸運的是，所有必須做的事都已經著手進行，並且是以自然而然的方式進行的。

九月底，愛瑪陪哈麗葉去教堂，滿懷喜悅地見她嫁給了馬丁。回首往事，甚至想起與證婚的艾爾頓有關的事情，都無損於這種喜悅。也許，她當時並沒把他當成艾爾頓，而是把他當成將在未來祝福她的牧師。在三對情侶中，馬丁和哈麗葉是最後訂婚的一對，卻第一個結婚。

珍已經離開了海伯里，回到跟坎貝爾夫婦一起生活的那個可愛的家，又過著舒適的生活。兩位邱吉爾先生也在倫敦，只等著十一月的來臨。

愛瑪和奈特利急著將婚期訂好。他們決定趁約翰和伊莎貝拉還在哈特菲爾德的時候完婚，讓他們可以按照計畫去海濱遊玩兩週。約翰、伊莎貝拉和其他朋友都一致贊成，但伍德豪斯先生——怎樣才能說服他點頭呢？

目前為止，他每次提起他們的婚事，都認為還是遙遠的事情。

第一次探他的口氣時，他黯然神傷，讓這對情侶以為這件事幾乎沒希望了。第二次提起時，他已經不那麼痛苦了。他覺得自己已經無法阻止——他的思想邁出了可喜的一步。不過，他還是不高興，是呀，他看起來不大高興，讓女兒心都碎了。眼看父親痛苦，讓愛瑪真是於心不忍。奈特利兄弟都要她放心，說事情一過，他的苦惱也就自動結束了，雖說她也同意這個看法，但還是遲疑不決，不敢貿然行事。

就在事情懸而未決時，他們的好運來了，倒不是伍德豪斯先生突然領悟了，也不是他的神經發生了神奇的變化，而是他面臨了另一個煩惱。一天夜裡，韋斯頓一家的火雞全被偷走了——顯然是十分聰明的小偷，附近一帶的一些禽欄也蒙受了損失。伍德豪斯先生心懷恐懼，覺得必須有一位女婿保護，才能讓他每晚免於膽戰心驚。奈特利兄弟強健有力，果斷鎮定，他完全可以信賴。只要其中一個能保護他和他的家，哈特菲爾德就會平安無事。可是，約翰在十一月的第一個週末就必須返回倫敦。

這一苦惱導致的結果，就是他終於同意了女兒的婚事，爽快的態度遠遠超出了女兒的期望，因此婚期立刻就訂下了——在馬丁夫婦結婚不到一個月後，艾爾頓又被請出來，為奈特利和愛瑪舉行了婚禮。

這次婚禮跟其他不重排場的婚禮一樣。艾爾頓太太聽了丈夫的詳細介紹後，認為這個婚禮實在太過寒酸，比自己的差得遠了。「沒有白綢緞，沒有帶花邊的面紗？太可憐了！賽琳娜聽了一定會目瞪口呆！」然而，儘管有這些缺陷，婚禮上那一群朋友的祝福、希望、信心和預言，在這樁美滿幸福的婚姻中全部成為了事實。

Persuasion

1818

勸導

貴族小姐安妮，邂逅了軍官溫特華
日久生情，互許終身，
卻不見容於家族，被迫割捨。
八年後，物換星移，
她再次遇上他，愛火一夕復燃；
一段因誤解而錯失的舊情，
一樁因勸導而放棄的婚約，
兩人能否忠於自我，重獲真愛？

Jane Austen

第一章

索默塞特郡凱林奇府邸的瓦爾特·艾略特爵士從不看書，唯獨愛看一本《准爵錄》，以作為自娛。一捧起這本書，他就在閒暇中找到了消遣，從煩惱中得到了安慰。讀著這本書，想起古時加封的爵位如今所剩無幾，他的心頭不由得激起一股崇敬之情。家中的事務使他感到不快，但是一想到上個世紀加封的爵位多如牛毛，這種不快便自然地化為憐憫和鄙夷。這本書裡，儘管別的頁面索然乏味，他仍能帶著經久不衰的興趣，閱讀自己的家史。每次打開他最珍視的那一卷，他總要翻到這一頁：

凱林奇府邸的艾略特家族

瓦爾特·艾略特，生於一七六〇年三月一日。一七八四年七月十五日娶葛羅斯特郡南方的詹姆士·史蒂文生先生之女伊莉莎白爲妻。該妻卒於一八〇〇年，爲他生下後嗣：伊莉莎白，生於一七八五年六月一日；安妮，生於一七八七年八月九日；一夭折男嬰，生於一七八九年十一月五日；瑪莉，生於一七九一年十一月二十日。

書上原本只有這樣一段文字。但瓦爾特爵士為了替自己和家人提供記錄，卻擅自錦上添花，在瑪莉的生日後附上一段話：「一八一〇年十二月十六日，嫁給索默塞特郡上克羅斯的查爾斯·瑪斯格羅夫先生之子查爾斯爲妻。」並添上了他喪偶的確切日期。

接下來便用慣常的字眼，記錄了他的家族青雲直上的歷史：起初如何到赤郡定居，如何被載入達格戴爾史書，如何出任郡守，如何接連當選三屆國會議員、盡忠職守、獲封爵位，以及在查理二世登基後的第一年，先後娶了瑪莉小姐、伊莉莎白小姐……等等，洋洋灑灑地擠滿了四開本的兩頁，文末是族徽和徽文：「主府邸：

索默塞特郡凱林奇府邸。」最後又是瓦爾特爵士的筆跡：

法定繼承人：瓦爾特二世爵士的曾孫威廉．瓦爾特．艾略特先生。

瓦爾特．艾略特爵士自命不凡，覺得自己既有儀表，又有地位，以至於愛慕虛榮構成了他的全部性格。他年輕時是個出類拔萃的美男子，到了五十四歲仍然一表人才。他是那樣注重自己的儀表，這對女人來說也很罕見。他認為，外貌僅次於爵位，而書中兩者兼具的那位瓦爾特．艾略特爵士，一直是他無限崇拜的對象。

他的相貌和地位使他贏得了愛情，娶了一位人品遠遠優於他的妻子。艾略特夫人是位傑出的女性，她明事理，又和藹可親；如果我們能原諒她因年少衝動而成為艾略特夫人，那麼，她之後的行為舉止也就無可指摘了。十七年來，無論丈夫有什麼缺陷，她總是盡可能地遷就、緩和、隱瞞，使丈夫變得越來越體面。她雖然不是世上最幸福的人，卻也在履行職責、結交朋友和照顧孩子中找到了足夠的樂趣，因此當上帝將她召回時，她不禁感到依依不捨。她留下了三個女兒，較年長的兩個分別為十六、十四歲，託付給一個自大而愚蠢的父親。幸好，她有個一位知心朋友——一位有智慧、值得器重的女人，她對艾略特夫人懷有深厚的感情，便住進了凱林奇，守在她身旁。艾略特夫人從朋友那裡得到了最大的幫助，她之所以能堅持正確的原則，對女兒們諄諄教導，全依賴這位朋友的指點。

無論親朋好友如何期待，這位朋友沒有嫁給瓦爾特爵士。艾略特夫人去世十三年，他們依然保持近鄰和摯友的關係，各自當著鰥夫、寡婦。

這位羅素夫人已經到了老成持重的年紀，加上生活條件優越，不會再起改嫁的念頭。不過，瓦爾特爵士之所以維持單身，卻必須解釋一下——他曾經很不理智地向人求過婚，但碰了幾次釘子，於是開始擺起慈父的姿態，聲稱要為幾個寶貝女兒不娶。為了他的大女兒，他倒真的能做出一切犧牲，只是目前為止他還不太願意罷了。伊莉莎白長到十六歲，漸漸繼承了母親的權利和影響力。她長得很漂亮，很像她父親，因此影響力也一直很大，父女倆相處極為融洽。其他兩個姐妹卻沒有那麼高貴，瑪莉當上了查爾斯．瑪斯格羅夫夫人，多少得到了一點身價；至於安妮，憑著她那溫柔的心靈和性格，要是遇見一位真正有見識的人，一定能大受抬舉，誰知道在她父親、姐姐眼中，她卻是個微不足道的小姑娘。她的意見無足輕重，她的舒適總是被撇在一邊。

但對於羅素夫人來說，安妮簡直是個最可愛的教女。羅素夫人對三個教女都很寵愛，但是只有在安妮面前，她才會顯露出一位母親的影子。

安妮．艾略特幾年前還是位美麗的小姐，如今早已失去了豔麗的容貌。不過，即使在她最青春的時期，她父親也不覺得她有什麼討人愛的地方，因為她五官纖巧，一雙黑眼睛流露出溫柔的神情，一點也不像自己。如今她年長色衰、瘦弱不堪，更難以贏得他的寵愛。他再也不期望在那本寶貝的家史中讀到她的名字。一切的希望全寄託在伊莉莎白身上了，因為瑪莉只不過嫁給了一個有錢的鄉巴佬，受益的盡是對方；有朝一日，伊莉莎白一定會嫁個門當戶對的好人家。

有時候，一位女子到了二十九歲，竟比十年前更加漂亮。一般說來，要是生活得無憂無慮，到這個年齡還不至於失去任何魅力，伊莉莎白就是這樣。十三年前，她就是一位漂亮的小姐，現在依然如昔。也因此，人們或許可以原諒瓦爾特爵士忘了女兒的年齡，眼看著親朋好友年華老去，卻以為自己和伊莉莎白依舊青春常駐。

不過，伊莉莎白並不像她父親那樣順心如意。她當了凱林奇的女主人十三年，掌管事務、制定家規、帶頭搭乘馬車，緊跟羅素夫人出入各種客廳、餐廳。十三個周而復始的寒冬，在這個小地方的每一場舞會上，她總是率先跳第一支舞；十三個百花盛開的春天，她每年都要隨父親去倫敦住上幾個禮拜，享受一下另一個世界的樂趣。她意識到自己已經二十九歲，不禁興起了幾分懊惱和憂慮。她為自己容貌仍然美麗感到高興，卻覺得自己正步步逼近中年，假如能在一兩年內嫁給一位准男爵，她將為之欣喜若狂。到那時候，她就能像小時候一樣，再次興致勃勃地捧起那本記錄——不過目前她並不喜歡這本書。書中總是寫著她的生日，除了一個小妹之外，沒有任何人結婚。不只一次，她的父親把書放在她面前忘了闔上，她厭惡地把書蓋上，然後推到一邊。

她還有另一樁傷心事。那本書，特別是她的家史，隨時提醒她不能忘了那位法定繼承人威廉．瓦爾特．艾略特，雖然她的父親仍然傾向維護他的繼承權，但他卻令她大失所望。

當伊莉莎白還是個小女孩，一聽說要是她沒有弟弟，威廉就會成為未來的准男爵時，她便打定主意要嫁給他，而她父親也一直這麼打算。他們小時候並不認識，等到艾略特夫人死後，瓦爾特爵士就主動結識了威廉。儘管他的主動表示沒有獲到熱烈的回應，但是考慮到年輕人難免靦腆、害羞，因此他仍然堅持結交對方。於是，就在伊莉莎白剛進入妙齡年華時，他們趁著到倫敦春遊的機會，終於認識了威廉。

當時，他是個年輕小伙子，正在埋首攻讀法律。伊莉莎白覺得他相當親切，更堅定了嫁給他的想法。他們邀請他到凱林奇府邸作客，這一年剩下的時間裡，他們不停地談論他、期待他，但他始終沒有上門。第二年春天，他們又在城裡遇見他，發現他還是那樣親切可愛，於是再次邀請他、期待他，結果還是落空了。接著便傳來消息，說他結婚了。威廉沒有照著這對父女為他訂下的計畫走，而是娶了一位出身低賤的有錢女人。

瓦爾特爵士對此大為不滿。他作為一家之主，認為這件事理應與他商量才是，尤其在他領著那位年輕人公開露面之後。「別人一定看見我們在一起了，」爵士說道，「一次在塔特索爾拍賣場，兩次在下議院休息廳。」他不贊成威廉的婚事，但表面上又裝得毫不介意。威廉也沒有表示歉意，顯然不想再受到爵士一家關照。瓦爾特爵士也認為他不配得到關照，於是兩人的交情完全中斷了。

幾年之後，伊莉莎白一想起與威廉這段尷尬的淵源，依然忿忿不平。她本來就喜愛威廉，加上他是父親的繼承人，又更喜歡他。她憑著一股強烈的優越感，認為只有威廉配得上自己。世上的准男爵中，還沒有一個人能使她如此心甘情願地承認與自己匹配呢！然而，威廉的表現的確卑鄙，雖然伊莉莎白目前（一八一四年夏天）仍然獨守空閨，她卻不得不承認：不值得再去想他。即使他的第一段婚姻不光彩，卻也不到遺臭萬年的地步；誰知道，有些朋友愛搬弄是非，告訴這對父女說，威廉曾經出言不遜地議論過他們一家，並用極為蔑視的口吻詆毀他的家族和未來將繼承的爵位。實在無可饒恕！

這就是伊莉莎白的思想情感。她的生活既單調又高雅，既富足又貧乏，這使她心事重重，迫不及待地想改變一切。她長年住在鄉下，生活平凡無奇，除了到外頭從事公益活動和在家裡施展持家的才能以外，還有不少發揮的空間，因此想為生活增加一些趣味。

可是目前，除了這一切之外，她又多了另一樁心事和憂慮——她的父親越來越為金錢所苦。她知道，父親之所以愛看《准爵錄》，是為了逃避他的累累帳單，逃避他的代理人謝法德先生的忠告。凱林奇莊園是一宗很大的資產，但是在瓦爾特爵士的眼中，仍然與他的身分不相稱。艾略特夫人在世的時候，家務管理得有條有理，足以供給瓦爾特爵士的開銷；但隨著夫人的去世，一切秩序也毀於一旦。從那時開始，瓦爾特爵士總是入不敷出，並一步步陷入可怕的債務之中。去年春天進城時，他向伊莉莎白做了一些暗示：「我們可以節省些開支嗎？妳能不能想到什麼東西可以節省的？」伊莉莎白除了表現出女性慣有的大驚小怪之外，也認真思考了一番，最後提出了兩點：一是免去不必要的施捨，二是取消為客廳添置新傢俱。這只是應急的辦法，後來她又想出了一個好點子：打破以往的慣例，不要再帶禮物給安妮。不過，儘管這是些好措施，卻不足以解決問題。沒過多久，瓦爾特爵士又向女兒承認了事情的真正嚴重性。伊莉莎白提不出有效的辦法，只能跟父親一樣自怨自艾。誰也想不出什麼辦法，既能減少開支，又不會有損他們的尊嚴，以及他們的舒適生活。

瓦爾特爵士的田產，他只能賣掉一小部分。即使他賣得掉每一畝土地，他也絕不願意。他寧願在可能的範圍內抵押土地，也不肯紆尊降貴地變賣土地。不，他絕不會把自己的家名辱沒到這種地步，他是如何繼承凱林奇莊園的，就要如何完整地傳下去。

他們的兩位好朋友——羅素夫人以及住在鄰鎮的謝法德先生，被請來為他們出主意。這對父女似乎覺得他們能想出個什麼好辦法，既能幫他們擺脫困境、減少開支，又不至於使他們失去顏面和自尊。

第二章

謝法德先生是位穩重的律師，無論他有什麼看法，總是推說自己沒有半點主意，委婉地建議他們聽聽羅素夫人的見解。羅素夫人是個有名的聰明人，他期望透過她，說出他最終想要瓦爾特爵士採納的具體建議。

羅素夫人對這樁事既焦急又熱心，認真地做了一番考慮。與其說她思想敏捷，不如說辦事穩健；在目前的這個問題上，她遭遇了天人交戰，一時難以打定主意。她本人十分誠摯，也很講體面，但又像其他通情達理的誠實人一樣，一心想顧全瓦爾特爵士的感情，維護他們家族的聲譽，從貴族的角度設身處地為他們的利益著想。她是個仁慈的好女人，感情強烈、品行端正，言談舉止被視為教養有素的典範；她心性嫻雅，通常也很明智，堅定。不過，她有些偏愛名門貴族，因此對達官貴人的缺點便視而不見。她自己只是個騎士的遺孀，因此對一位准男爵推崇備至——瓦爾特爵士不僅是她的朋友、鄰居、房東、密友的丈夫、教女的父親，而且還是她心目中的高貴之人，如今他陷入了困境，值得引起別人深切的同情和關心。

他們必須節省開支，這是無庸置疑的，但是她想把事情辦得更好，盡量不為瓦爾特爵士和伊莉莎白帶來痛苦。她擬定了節約計畫，進行了精密的計算，並且做出了別人意想不到的事情——她徵求了安妮的意見。在別人看來，安妮似乎與此事毫無關係，但在最後遞交給瓦爾特爵士的計畫中，卻多少受到了她的影響。安妮主張實事求是，她希望採取更加有力的措施，更快從債務中解脫出來，也更強調要合情合理。

「如果我們能說服妳父親接受這些意見，」羅素夫人一面看著她的計畫，一面說道，「那就萬事大吉了。如果他肯採納這些方案，七年後就能還清債務。我希望我們能讓他和伊莉莎白意識到：凱林奇府邸本身是尊貴的，這種尊貴不會因為節約而受到影響；瓦爾特爵士是有尊嚴的，這種尊嚴絕不會因為他堅守原則而受到損害。事實上，他要做的不正是許多名門世家做過的事嗎？他的情況並沒有什麼特別之處，我們很有希望說服他。我們一定要堅持己見，因為欠的債終究得償還。雖然我們必須照顧像妳父親這樣一位紳士、家長的感情，但我們更需要捍衛誠實的美德。」

安妮要父親遵循的正是這條原則。她認為，採取全面的節約措施，以最快的速度償還一切債務，是義不容辭的責任，也是維持尊嚴的唯一手段。她要求大家將這件事視為一項義務。不過，她高估了羅素夫人的影響力，也輕信說服大家進行一場徹底的改革並不會太過困難。她瞭解父親和姐姐，對比羅素夫人過於溫和的節約計畫，她認為減掉兩匹馬未必比減掉四匹馬更好。

安妮那些更嚴苛的要求會遇到何種反應，早已無關緊要。光是羅素夫人的要求就沒有獲得同意。「什麼？刪去生活中的一切舒適條件？旅行、進城、僕人、馬匹、用餐——樣樣都要縮減，樣樣都要限制！以後的生活連個紳士的派頭都沒有了！不，我寧可馬上離開凱林奇府邸，也不願意這麼屈辱地繼續住在這裡。」

「離開凱林奇府邸？」謝法德先生立刻回答道，他一心想使瓦爾特爵士真正厲行節約，但又十分清楚地意識到：假如不讓他換個住處，一切都只是枉然。「既然一家之主都這麼說了，」他說，「那我就大方地承認：我完全同意這個意見。依我看來，要是瓦爾特爵士仍想在府邸中保持殷勤好客的好名聲，就不可能徹底改變現在的生活習慣。換個別的住所，瓦爾特爵士才能自己作主，隨心所欲地選擇自己的生活方式，安排自己的家務，並且受到人們的敬仰。」

就這樣，瓦爾特爵士準備離開凱林奇府邸。猶豫了幾天之後，住處的問題解決了，這次重大改革的初步計畫也擬定好了。

有三個可以選擇的去處——倫敦、巴斯，以及鄉下的另一間住宅。安妮滿心期望後者，那是一棟離他們家不遠的小屋子，住在那裡可以繼續與羅素夫人來往，而且與瑪莉離得很近，有時還可以欣賞一下凱林奇的草皮和樹林，這是她夢寐以求的事。不過，也許是命中註定，安妮的意願往往與結果背道而馳。她不喜歡巴斯，覺得那裡不合她的意，卻偏偏得住在那裡。

瓦爾特爵士最初想去倫敦，但謝法德先生不放心讓他住在倫敦，便巧妙地勸他打消了這個念頭，並選了巴斯。對於一個境況不佳的人來說，這個地方好多了。在那裡，他可以花比較少的錢，而且又過得很舒適。巴斯與倫敦相比，有兩個優越的條件：一是它距離凱林奇只有五十哩，來往方便，二是羅素夫人每年冬天會去那裡住些日子。羅素夫人在一開始的改革計畫中，也曾考慮過巴斯，如今皆大歡喜了。瓦爾特爵士和伊莉莎白經過勸說，覺得搬到巴斯既不失身分，又不會失去樂趣。

羅素夫人明知道安妮的心願，卻又不得不加以反對——要委屈瓦爾特爵士住進莊園附近的一棟小房子裡，也實在太過分了，就連安妮自己也會發現，這比她原先想像的更加有失顏面，瓦爾特爵士一定無法接受。至於說安妮不喜歡巴斯，羅素夫人認為那只是出於一種偏見和誤解，之所以會有這種偏見和誤解，首先是因為她曾在母親死後，到那裡唸了三年書，其次是因為她與自己在那裡度過的那個冬天裡，精神狀態並不好。

總之，羅素夫人很喜歡巴斯，認為這裡一定很合大家的意。至於安妮的身體，只要她在天氣熱的時候回凱林奇與教母住幾個月，就沒什麼大礙。事實上，換個環境對她的身心都有好處。安妮很少出門，她的興致不高，多跟人往來能讓她的性情有所好轉。她希望有更多人能認識安妮。

對瓦爾特爵士來說，幸好這項搬遷計畫包含了十分重要的一項——這使他更不想在家附近找一棟房子。原來，他不僅要離開自己的家，而且還得眼看它落入別人手裡。即使是意志力比瓦爾特爵士更強的人，也難以承受這個事實：凱林奇府邸要出租。不過這是個秘密，不能洩露給外人知道。

瓦爾特爵士不願讓人知道他想出租房子，他無法容忍這種屈辱。有一次，謝法德先生提到了「登廣告」，但後來再也不敢提起。瓦爾特爵士堅決反對公告，無論採取什麼形式，都禁止向人透露他有這種打算。只有當一位完美的人士主動向他提出申請時，他才會按照自己的條件，勉為其難地將宅邸出租。

人一旦喜歡上什麼，找起理由也一點都不困難！羅素夫人之所以對瓦爾特爵士一家搬走感到高興，還有一個理由：伊莉莎白最近認識了一位知心朋友，羅素夫人恨不得她們兩人絕交。那是謝法德的女兒，由於婚姻不幸福，便帶著兩個孩子回到了娘家。她是個機靈的年輕女人，熟知討好人的訣竅——至少懂得討好凱林奇一家的訣竅。她贏得了伊莉莎白的好感。儘管羅素夫人認為這個朋友不值得結交，一再暗示她要克制，但那位朋友來宅邸作客已經不只一次。

的確，羅素夫人對伊莉莎白沒有什麼影響力，但她仍然喜歡她。這倒不是因為伊莉莎白討人喜愛，而是因為羅素夫人願意這麼做。她從伊莉莎白那裡只能得到表面上的客氣，從來無法說服伊莉莎白克服以往的偏見，接受自己的觀點。爵士父女每次去倫敦，都把安妮留在家裡，羅素夫人知道這種安排太過偏心，曾三番兩次為安妮爭取，並試著拿自己的見解開導伊莉莎白，但總是徒勞無功。而在結交克雷夫人一事上，她與羅素夫人的爭鋒相對又更加露骨。她拋開了一個如此可愛的妹妹，而去喜愛一個不配受到禮遇的女人，把她當作了知音。

從地位上來看，羅素夫人認為克雷夫人與伊莉莎白很不相稱；從人品上來看，羅素夫人又認為克雷夫人是個危險的伙伴。因此，透過搬家擺脫克雷夫人，讓伊莉莎白結交一些更合適的朋友，便成為一個首要目的。

第三章

一天早晨，謝法德來到凱林奇府邸，他放下手中的報紙，說道：「瓦爾特爵士，請聽我說，眼前的局勢對我們十分有利。戰爭結束了！有錢的海軍軍官就要回來，他們都要成家。瓦爾特爵士，時機太好了，你可以隨意挑選房客。戰爭期間，許多人發了大財，要是我們能遇到一位有錢的海軍將領——」

「我只能說，」瓦爾特爵士回答，「那他就走了好運了。凱林奇府邸的確要成為他的戰利品啦！就算他過去得了許多戰利品，但凱林奇府邸才是最偉大的一樣。你說對吧？謝法德。」

謝法德聽了這番俏皮話，不由得笑了出來，然後說道：

「瓦爾特爵士，我敢說，論起交易買賣，海軍的先生們是很好說話的。我多少瞭解一些他們做買賣的方式，因此可以坦率地告訴你：這些人非常大方，可以成為最理想的房客。因此，爵士，請允許我這麼建議：如果你不打算讓這件事張揚出去——雖然這種事很可能發生，因為你知道，當今世上，一個人有什麼行動或打算，很難不去引起附近人們的注意和好奇，這就是權位的壞處。我——約翰．謝法德，可以隨心所欲地隱瞞家裡的事，因為沒人會注意我；但你可是瓦爾特．艾略特爵士，別人總是張大眼睛盯著你，想躲也躲不了。因此，我敢冒昧地說，就算我們再小心，要是事情被傳出去了，我也不會感到意外。而假如出現這種情況，無疑會有人提出申請，到時候，對於大方的海軍軍官，我想應該給予一些優待。請允許我再補充一句：不管什麼時候，只要你說一聲，我在兩小時內就能趕到這裡，代你回信。」

瓦爾特爵士只是點了點頭。過沒多久，他站起身來，一邊在屋裡踱步，一邊諷刺地說道：

「我想，海軍軍官們住進這樣一棟房子，很難不感到受寵若驚的。」

「毫無疑問，他們會東張西望一番，慶幸自己有這麼好的運氣。」一旁的克雷夫人說道，她是跟著父親一起來的，「不過我很贊同我父親的觀點：一名水手能成為一名理想的房客。我很瞭解他們，他們除了大方以外，做什麼事都有條不紊，小心謹慎！瓦爾特爵士，即使你不把這些寶貝畫帶走，保證也萬無一失。他們會幫你把房子內外的東西保管得妥妥帖帖！花園也好，矮樹叢也好，都會像現在一樣井然有序。艾略特小姐，妳不必擔心妳那漂亮的花圃會被荒廢了。」

「說到這個，」爵士冷冷地回答，「假如我接受你們的慫恿，決定出租房子的話，也絕不會附加什麼優惠條件。我並不是很想厚待一位房客。當然，獵場還是會借他使用的，無論是海軍軍官還是其他人，誰能有這麼大的獵場？至於如何限制場地的使用就是另一回事了。我不喜歡有人可以隨意出入我的矮樹叢，我要奉勸伊莉莎白留心她的花圃。老實告訴你們，我根本不想給予房客任何特殊的優待，無論他是海軍還是陸軍。」

停頓了一會兒，謝法德忽然說道：

「這類事情都有前例可循，把房東與房客之間的關係明確訂出來，雙方都不用擔心。瓦爾特爵士，儘管交給我，我保證你的房客不會逾越他應有的權利。我敢說，瓦爾特．艾略特爵士對自身權利的捍衛，絕不會像他忠心的約翰．謝法德那樣小心謹慎。」

這時，安妮說道：

「我想，海軍為國家出了這麼大的力量，至少應該像其他人一樣，有權享受任何家庭所能提供的一切舒適條件。我們應該承認，水手們艱苦戰鬥，應該享有這些。」

「是的，是的。安妮小姐的話一點也沒錯，」謝法德回答，他女兒也附和了一聲。「哦！當然了。」可是瓦爾特爵士卻這麼說道：「海軍這個職業的確很有用，但要是見到我的朋友當上了水手，我會感到惋惜的。」

「真的嗎？」對方帶著驚訝的神氣說道。

「是的。它有兩點使我感到厭惡。第一，它一下子為貧賤的人帶來過高的榮譽，使他們得到前輩們從來不曾夢想過的高官厚祿。再來，它毀滅了年輕人的青春與活力，因為水手比任何人都容易衰老。我觀察了一輩子，一個人進了海軍，比參加任何行業都更容易遭受一個下人的兒子的羞辱，也更容易提早被人嫌棄。去年春天，我有次在城裡遇見兩個人，他們可以證明我的話。我們都知道，聖艾維斯勳爵的父親是個鄉下的牧師，窮得連麵包都吃不了。但我偏偏要讓路給聖艾維斯勳爵和一位鮑德溫將軍——這位將軍真是面目可憎，他的臉是紅褐色的，粗糙到了極點，滿臉都是皺紋，後腦勺長著九根灰毛，上面是個大禿頭。『天哪，那位老兄是誰呀？』我對站在旁邊的巴茲爾．莫利爵士叫道，『那是鮑德溫將軍。你猜他多大了？』他問道，我回答：『六十——也許六十二吧？』『四十，』巴茲爾爵士答道，『剛滿四十。』你能想像我當時多麼驚奇，我絕不會忘了鮑德溫將軍，我從不知道船艦生活能把人變成這副德性。我明白，他們東飄西泊，受盡風吹雨打，被折磨得不成樣子，就像鮑德溫將軍一樣。」

「別這麼說，瓦爾特爵士，」克雷夫人叫道，「你說得實在太尖刻了。請可憐可憐那些人吧！我們並非生下來都那麼美麗，大海也並非美容師。水手的確老得快，我經常注意到這一點：他們很早就失去了青春的容貌，但話又說回來，許多職業不也正是這樣嗎？步兵的處境一點也不比他們好。即使是那些穩定的職業，雖然不傷身體，卻會多傷腦筋。就像律師，被工作弄得面色憔悴；醫生則必須東奔西跑，風雨無阻；還有牧師——」她停了下來，思考該說些什麼，「你們知道，牧師必須走進病房，讓傳染病危害自己的健康和長相。其實，我向來認為，雖然每個行業都是必要的，但幸運的人只有一小部分——他們住在鄉下，不用從事任何職業，過著規律的生活，自己安排時間，靠自己的財產過日子，用不著為了錢煩惱——我想只有這些人才能盡情享受健康和美貌。至於其他人，只要一過了青春妙齡，就會失去幾分美貌。」

謝法德急著想引起瓦爾特爵士對海軍軍官的好感，彷彿有先見之明似的。因為第一個提出租屋申請的，正是一位姓克羅夫特的海軍將軍。謝法德不久前出席湯頓市議會的季會，偶然認識了他。其實，他早就從倫敦打聽到了有關這位將軍的事情。他迫不及待地趕到凱林奇報告說，克羅夫特將軍是索默塞特人，如今發了大財，想回故鄉定居。他這次來湯頓，本想在附近看看廣告中的幾棟房子，但那些房子都不合他的意。後來他意外地聽說凱林奇府邸可能要出租（謝法德說，正如他所預言的，這件事是紙包不住火的），而且又得知謝法德與屋主的關係，便主動結識了他，好打聽細節。在一次長談中，他表示非常喜歡這棟房子，而且千方百計地想向謝法德證明：他是個最可靠、最理想的房客。

「克羅夫特將軍是誰？」瓦爾特爵士懷疑地問道。

謝法德擔保說，他出身於紳士家庭，而且還提到了住址。停了片刻，安妮也補充道：

「他是白色中隊的海軍少將，參加過特拉法加戰役，之後一直待在東印度群島。我想，他駐守在那裡已經好幾年了。」

「這麼說來，」瓦爾特爵士說道，「他的臉色想必跟我僕人的衣服袖口和披肩一樣臘黃了。」

謝法德急忙解釋說，克羅夫特將軍是個健康俊俏的男人，雖然有些飽經風霜，但並不嚴重，思想舉止也頗具風範。他絕不會與瓦爾特爵士計較代價，只想找一個舒適的家，並能儘快搬進去。他知道，舒適是必須付出代價的，想住這麼一棟陳設齊全的宅邸，當然得多付一點房租。即使瓦爾特爵士開價再高一些，他也不會見怪。他希望能在獵場上打獵，但沒有極力要求，只說他有時會拿出槍來，但是從不殺生。真是個有教養的人。

謝法德滔滔不絕地說著，把這位少將的底細全講了出來，把他形容成一個最理想的房客。他結了婚但沒有孩子，這真是求之不得！謝法德說，屋裡少了個女主人，就絕對無法管理好；而一位沒有兒女的夫人正是最棒的傢俱保養員。他也見過克羅夫特夫人，她與少將一起來到湯頓，當他們兩個交談的時候，她幾乎都在場。

「看樣子，她是個談吐優雅、聰明伶俐的女人，」謝法德繼續說道，「對於房子、出租條件和稅金，她提出的問題比少將提的還多，彷彿比他更懂得做生意。另外，爵士，我發現她不像丈夫那樣，在這一帶完全無親無故。她跟曾經住在這一帶的一位紳士是親姐弟，這是她親口跟我說的。她還是幾年前住在蒙克福的一位紳士的姐姐。老天！他叫什麼名字？我想不起來了。親愛的潘妮洛普，妳能不能幫我想一下之前住在蒙克福的那位紳士，也就是克羅夫特夫人的弟弟叫什麼名字？」

誰知道，克雷夫人與伊莉莎白聊得正起勁，根本沒聽到他的問題。

「謝法德，我不曉得你指的是誰。自從特倫特老人去世以來，我不記得有哪位紳士在蒙克福居住過。」

「天哪，真是奇怪！我看不用多久，我連自己的名字都要忘了。我那麼熟悉的一個名字、與那位先生那麼面熟、見過他足足一百次！我記得他有一次來請教我，說有一位鄰居侵佔了他的財產──一位農場的僕人闖進他的果園，推倒圍牆，偷摘蘋果，被當場抓住。意外的是，後來他居然跟對方達成了和解。真是奇怪！」

又停頓了片刻，安妮說道：

「我想你是指溫特華先生吧？」

謝法德先生一聽大為感激。

「就是溫特華！那個人就是溫特華先生。你知道的，爵士，溫特華先生以前當過蒙克福的副牧師兩三年。我想他是一八〇五年來的，你一定還記得他。」

「溫特華？啊，對了，溫特華先生，蒙克福的副牧師。你稱他為『紳士』，害我完全被誤導了，我還以為你在談論哪一位有錢人呢！我記得溫特華先生是個無名小卒，與史特拉福家族毫無關聯。不知道為什麼，許多貴族的名字竟變得如此平凡。」

謝法德發覺，這位親戚並不能增進瓦爾特爵士對克羅夫特夫婦的好感，只好不再提他，將話題一轉，又滿腔熱情地聊起了他們那些有利的條件：他們的年齡、人數和財富；他們如何對凱林奇府邸推崇備至，唯恐自己租不到手。聽起來，他們似乎把成為瓦爾特爵士的房客視為最大的榮幸──當然，假如他們能得知爵士對房客抱有的看法，這種渴望也太不尋常了。

無論如何，這筆交易還是做成了。雖然瓦爾特爵士總是要用惡狠狠的目光注視著打算住進凱林奇府邸的任何人，認為他們能以最高的價錢把它租下來真是太幸運了；但是經過勸說，他還是同意讓謝法德先生繼續洽談，委任他接待克羅夫特將軍。將軍目前還住在湯頓，要訂個日期讓他來看房子。

瓦爾特爵士並不是個精明人，但憑著他的閱歷，仍能意識到：一個比克羅夫特將軍更加理想的房客，不太可能跟他租房子。同時，他的虛榮心還為他帶來了一點額外的安慰，覺得克羅夫特將軍的社會地位恰到好處，不高也不低。「我把房子租給了克羅夫特將軍」這句話，也比租給某個小人物聽起來體面多了。海軍將軍這個頭銜本身就說明了他的尊貴，又絕不會使一位准男爵相形失色。在雙方的往來中，瓦爾特爵士總是會高對方一籌。

凡事都必須先與伊莉莎白商量，不過她一心想搬家，能就近找到房客，迅速完成這件大事，她自然感到很高興，因此根本沒有提出異議。

謝法德全權負責這件事。安妮一直聚精會神地聽他們討論，不知不覺滿臉通紅，見到事情定下來後，她連忙走出屋子，想到外面透透氣。她一邊沿著心愛的矮樹叢走去，一邊輕輕嘆了口氣，說道：「也許再過幾個月，他就會在這裡散步了。」

第四章

無論這個人外表看來多麼可疑，他卻不是蒙克福以前的副牧師，而是副牧師的弟弟弗雷德里克·溫特華海軍上校。溫特華當年參加了聖多明哥附近的海戰，晉升為海軍中校，加上一時沒有任務，便於一八〇六年夏天來到索默塞特。他父母雙亡，不得已在蒙克福住了半年。當時，他是個出類拔萃的年輕人，聰明過人、朝氣蓬勃，而安妮是個美麗動人的少女，性格溫柔、感情豐富。本來，雙方只要具備一半的魅力也就足夠了，反正男方無所事事，女方又別無選擇；然而，雙方都有這麼多的優點，邂逅之後豈有不相愛的道理？他們逐漸結識，並迅速陷入了情網。

隨即是一段幸福無比的光陰，可惜好景不長。當年輕人向瓦爾特爵士提出請求時，瓦爾特爵士並未明確拒絕，而是用驚訝而冷漠的方式表示否定，並且清楚地說道：絕不給女兒任何嫁妝。他覺得，這是一樁有失顏面的親事，羅素夫人雖然不像爵士那樣不可一世，卻也認為這門親事極不恰當。

安妮出身高貴，才貌超群，十九歲就要葬送自己的一生，嫁給這樣的一個年輕人。除了人品之外，他別無長處，沒有致富的可能，全指望一門不可靠的職業，也沒有任何親友可以提攜他——這難道不是葬送自己嗎？羅素夫人一想起來就痛心！安妮還這麼年輕，見過的人這麼少，卻要被一個非親非故、身無分文的陌生人搶走，從此過著貧苦、憂愁的生活！這可不行，她對安妮懷著母親般的愛，也享有母親般的權利，要是她採取正當的方式出面干涉，向她分析利害，事情還有轉寰的餘地。

溫特華沒有家產。他在海軍過得不錯，但也揮霍無度，一直沒有積下財產。不過他確信，他很快就會發財的。他生氣勃勃、熱情洋溢，知道自己很快就能當上艦長——他一向很幸運，而且他有預感以後還會如此。有著這樣強烈的信心，加上時常表示得詼諧逗趣，讓安妮不禁為之心往神馳。但羅素夫人卻不以為然，溫特華的樂觀性格使她產生了截然不同的想法，她認為，這是一種危險的特質。他才華橫溢，卻過於剛愎自用。羅素夫人不喜歡輕佻的舉動，因此從各方面積極反對這門親事。

羅素夫人懷著這樣的感情表示反對，這是安妮無法抗拒的。雖然她年輕、溫柔，又得不到姐姐的安慰，但父親的惡意她仍然是可以忍得住的。然而，羅素夫人是她信賴的人，在她堅定、深情地的勸導下，她終於被說服了，認為兩人的訂婚是錯誤的，既不慎重又不得體，很難繼續下去。不過，她之所以能謹慎從事，解除了婚約，並不僅是出於自私的考量。假如她只為自己著想，根本不可能捨棄溫特華；她相信自己這麼做是為了他好，這也是她忍痛離開他的最大安慰。這一點安慰是十分必要的，因為令安妮更加痛苦的是，溫特華固執己見，堅信自己受到虧待，負氣離開了鄉下。

他們前後只交往了幾個月，但安妮心中的痛苦卻沒有在幾個月中消釋。長年下來，痴情和懊惱的陰影一直籠罩著她的心頭，使她絲毫享受不到年輕人的歡樂。最後，她早早失去了青春的容貌和性情。

這段令人鼻酸的往事結束七年多了。隨著時光的流逝，她對溫特華的感情早已大大淡去，也許幾乎完全淡忘了，但她過於依賴時間的影響力，沒有採取其他的療傷手段——例如換個環境（她只在兩人決裂後去過一趟巴斯），或是結交新朋友。在她的心目中，凡是來過凱林奇的人之中，沒有一個比得上弗雷德里克·溫特華的。

在她這個年紀，要治療心中創傷的最佳手段就是再找個對象。可是她十分挑剔，要在周圍的地區再找個對象，談何容易？當她大約二十二歲的時候，有位年輕人向她求婚，被她拒絕了，於是對方娶了她的妹妹。羅素夫人對她的決定表示惋惜，因為查爾斯·瑪斯格羅夫是個長子，他父親的財產和地位在郡內僅次於瓦爾特爵士，而且查爾斯本人聲譽很好，相貌堂堂。儘管安妮十九歲的時候，羅素夫人對她的期待很高，但等她到了二十二歲，她又想看她風光地搬出凱林奇府邸，擺脫她父親的偏心，在這一帶找個好歸宿。可是在這件事情上，安妮根本不給人提出忠告的餘地。雖然羅素夫人對自己的謹慎依然感到滿意，並不希望挽回過去的局面，但是她現在開始擔憂了。她認為，雖然安妮感情熱烈、善於持家，適合過小家庭生活，但現在的她恐怕再也不會被哪位有錢男人看上了。

在這個問題上，她們從不瞭解對方的想法，也從不曾談起過。不過當安妮到了二十七歲時，心裡的想法和十九歲時已大不相同。她曾經接受過羅素夫人的建議，為此她既不責怪夫人，也不責怪自己；但她覺得，假如有哪位處於同樣情形的年輕人向她請教，她絕不會給人家那樣的建議，以免誤人一生。她相信，雖然家人反對，雖然他們對溫特華的職業感到不安，雖然這可能引起憂慮、延誤和失望，但假如她保持婚約的話，仍會比解除婚約來得更幸福。事實上，溫特華發財走運的時間比人們推測的還要早，他的樂觀和信心最終被證明是有道理的。天賦與熱情似乎為他帶來了先見之明，指引他走上了成功之路。婚約解除後不久，他就得到了任用，而他原本的預感也全部應驗了。由於表現突出，他很快又晉升了一級，加上接連繳獲戰利品，他現在一定累積了一筆可觀的財產。安妮只能從海軍名冊和報紙得知這些消息，無法懷疑他發了財；不過，她相信他仍然忠貞不渝，還沒有結婚。

要是讓安妮說起這些事，那會多麼有說服力啊！至少，她早年對愛情的渴望、對未來的喜悅和憧憬，被證實是有充分理由的；而過去的小心謹慎似乎成了最愚蠢的行為！她年輕的時候被灌輸了成熟穩重的思想，隨著年齡的增長，她逐漸染上了浪漫色彩，這是一個不自然開端下的自然結果。

她懷著這樣的心情，回想起這一切情景，一聽說溫特華的姐姐可能住進凱林奇，心中怎能不勾起過去的隱痛？她需要不斷地散步、不斷地嘆息，才能消除心裡的忐忑不安。她經常告訴自己這麼做是愚蠢的，後來才鼓起勇氣，覺得大家討論克羅夫特夫婦的事並沒什麼不好。不過，令她欣慰的是，知道這段隱情的朋友總共才三個人，而這三個人看起來又無動於衷，彷彿根本不記得這件事了。她認為，羅素夫人這麼做的動機要比她父親和伊莉莎白來得光明磊落，她佩服她那鎮靜自若的體諒態度。這種若無其事的氣氛，對她來說至關重要。假如克羅夫特將軍真的住進凱林奇府邸，她可以一如既往地相信：她的親友中只有三個人深知她的過去，這三個人絕不會走漏任何風聲。而在溫特華的親友中，只有跟他同居的哥哥知道他們曾有過一次短暫的訂婚；這位哥哥早已離開了鄉下，他是個通情達理的人，又是個單身漢，安妮大可放心。

溫特華的姐姐克羅夫特夫人當時不在英國，隨著丈夫被派駐海外。而安妮的妹妹瑪莉正在上學，人們有的出於自尊，有的出於體貼，一絲消息也沒告訴她。

有了這些安慰後，她認為即使羅素夫人仍住在凱林奇，瑪莉就在三哩之外，她也必須結識一下克羅夫特夫婦，而不需要感到尷尬。

第五章

安妮每天早上都有散步的習慣。就在克羅夫特夫婦約定來看房子的那天早上，她自然而然地來到羅素夫人家，一直躲到事情結束。但在事後，她卻為了錯過一次見到客人的機會感到遺憾。

這次會見的結果十分令人滿意，當下就把事情談好了。兩位女士事前就滿心期待能達成協議，因此也發現對方都很和藹可親。至於兩位男主人，將軍是那樣和顏悅色、誠懇大方，很難不打動瓦爾特爵士；此外，謝法德還告訴爵士，將軍聽說他是卓有教養的典範，更讓爵士受寵若驚，言談舉止顯得極為優雅。

房屋、庭園和傢俱都得到了讚賞，克羅夫特夫婦也得到了認同，各個環節都沒有問題。謝法德的書記員開始進行必要程序，在整張契約中，沒有一處需要修改。

瓦爾特爵士毫不遲疑地當眾宣稱：克羅夫特將軍是他見過的最英俊的水手。甚至還說，假如自己的僕人能幫將軍把頭髮梳理一下，他樂意陪著他出席公開場合。至於將軍，當他乘車離開莊園時，帶著熱情的口吻對妻子說：「親愛的，儘管我們在湯頓聽到一些傳言，但我還是認為雙方能很快達成協議。准男爵是個碌碌無為的人，但似乎也不壞。」——這番評論大致可被視為旗鼓相當的恭維吧！

克羅夫特夫婦訂於米迦勒節住進凱林奇府邸。瓦爾特爵士建議提早一個月搬到巴斯，大家只好抓緊時間做好一切準備。

羅素夫人心裡明白，當瓦爾特爵士父女挑房間時，安妮是不會有任何發言權的，因此她不願意讓她這麼快走，想暫時讓她留下，等聖誕節後再親自送她去巴斯。然而，她有事必須離開凱林奇幾週，不能如願提出邀請。至於安妮，雖然她懼怕巴斯九月的炎炎夏日，不願拋棄鄉下清涼宜人的氣候，但是考慮過後，她還是不打算留下，而是與大家一起離開——這麼做為她帶來的痛苦也最小。

想不到，發生了一些突發狀況。原來，瑪莉的身體常有些小毛病，而她也總是大驚小怪，一有些病痛就要找安妮過去。現在她又覺得不舒服了，並預感自己整個秋天都無法過得安穩，便要求安妮到上克羅斯農舍陪她。

「我不能沒有安妮。」瑪莉解釋了理由。

「那麼，安妮當然最好留下啦，反正在巴斯也沒有人需要她。」伊莉莎白回答。

被人認為還有些用處，至少比被當成無用之人好。安妮很高興有人覺得她還有點用處，也很樂意讓人指派一些任務給她，尤其地點還是在自己的家鄉，於是也就欣然答應。

瑪莉的邀約省去了羅素夫人的麻煩。事情立刻定下了：安妮先不去巴斯，等羅素夫人回來之後再帶她一起去。這段期間內，安妮就輪流住在上克羅斯農舍和凱林奇小屋。

目前為止，一切都很順利。誰知道羅素夫人突然發現一個問題，幾乎把她嚇了一跳。這個問題就是克雷夫人，她正準備與瓦爾特爵士父女一起去巴斯，好做為伊莉莎白最得力的助手，協助她料理各項事務。羅素夫人對爵士父女的做法感到很遺憾。竟如此器重克雷夫人，而冷落安妮，這怎能不令人大為惱怒！

安妮本人對這種蔑視早已無動於衷，但她與羅素夫人有同感，認為這樣的安排有些輕率。她憑著自己的暗中觀察，憑著她對父親的瞭解，可以感覺到：父親與克雷夫人的親密關係很可能為這個家庭帶來嚴重的後果，雖然她並不認為父親已經有了這種念頭。克雷夫人滿臉雀斑，長著一顆大暴牙，有隻手腕不靈活，爵士常在背後嘲笑她；然而她年輕、又有活力，加上頭腦機靈，舉止討人喜歡，增添了她的魅力——這比起容貌上的魅力不知要危險多少倍。安妮深感這種魅力的危險性，義不容辭地想提醒姐姐。雖然成功的機會不大，但一旦發生這種不幸，至少伊莉莎白沒有理由責備她事前沒有告誡過自己。

安妮開口了，似乎只招來了非難。伊莉莎白無法想像她怎麼會有如此荒謬的猜疑，她保證那兩人是清白的，她十分清楚他們的關係。

「克雷夫人，」她激動地說，「從來沒有忘了自己的身分。我比妳更瞭解她的心。我可以告訴妳，在婚姻問題上，她的觀點是十分健全的。克雷夫人比大多數人都更反對不相稱的婚姻。至於父親，他為了我們一直沒有再娶，我們沒有理由現在又去懷疑他。假如克雷夫人是個美若天仙的女人，我一定會提防著她；我敢說，要是父親真的受到誘惑，娶了位有辱家門的女人，他便會陷入不幸。不過，雖然克雷夫人有不少優點，卻稱不上是漂亮。我完全相信，克雷夫人待在這裡萬無一失，你想必聽過父親提起她容貌上的缺陷——她的那顆牙齒、那些雀斑。我不像父親那麼討厭雀斑；我認識過一個人，臉上有幾顆雀斑，雖然這無傷大雅，但他本人卻十分自卑。」

「無論容貌有什麼缺陷，」安妮回道，「只要舉止可愛，總會讓人萌生好感的。」

「我不這麼想，」伊莉莎白慢條斯理地回答，「可愛的舉止可以襯托漂亮的臉蛋，但是絕不能改變難看的面孔。不過，反正這件事對我的影響最大，妳大可不必來開導我。」

安妮完成了任務。她很高興事情結束了，而且並不認為自己一無所獲。伊莉莎白雖然對她的猜疑忿忿不平，卻可能因此而留意一些。

馬車載著瓦爾特爵士、伊莉莎白和克雷夫人出發了。瓦爾特爵士已做好心理準備，要向那些可能出來為他們送行的寒酸佃戶和村民鞠躬致意。同一時間，安妮卻帶著幾分悽楚的心情，悄悄向凱林奇小屋走去，她要在那裡度過第一個禮拜。

她朋友的心情並不比她來得好。羅素夫人眼見著這個家庭的衰敗，心裡百感交集。她就像珍惜自己的面子一樣珍惜他們的面子，珍惜與他們一天一次的往來。一看見空空蕩蕩的庭園，她就感到痛心，更糟的是，這座庭園即將落到陌生人手中。為了逃避村子變遷後引起的落寞感，為了能在克羅夫特夫婦抵達時躲得遠遠的，她決定等安妮走後也離開原先的家。因此，她們一起前往了旅程的第一站——上克羅斯農舍。

上克羅斯是個不大不小的村子，就在幾年前，還完全保有英格蘭的古樸風格，村子裡只有兩棟比較高級的房子。那座地主莊園氣派豪華的花園裡，坐落著整潔的牧師住宅，窗外一棵梨樹修剪得整整齊齊，窗戶周圍爬滿了藤蔓。但是年輕的屋主一成家後，便以農場住宅的格式做了整修。於是，這棟設有遊廊、落地窗和其他裝飾的上克羅斯農舍，便和大約四分之一哩外那棟更協調、更雄偉的大宅一樣引人注目。

安妮以前經常在這裡留宿。她熟悉上克羅斯就像熟悉凱林奇一樣，兩家人過去時常見面，養成了你來我往的習慣。安妮見到瑪莉孤伶伶的一個人，不禁大吃一驚，在這種情況下，她身體不好、精神不振也是理所當然的。雖然瑪莉比姐姐富有，卻不具備姐姐的見識和脾氣。她在身體健康、精神愉快、有人妥善照顧的時候，倒能保持興致勃勃的樣子。但一遇到些小疾病，便頓時垂頭喪氣。她無法容忍孤獨，這有很大程度是繼承了艾略特家族的自大性格。從外表來看，她比不上兩個姐姐，即使在最青春的時期，也不過被人們稱為「好看」而已。目前，她正待在漂亮的小客廳裡，躺在那褪了色的沙發上。經過四個年頭和兩個孩子的折騰，屋裡精緻的傢俱逐漸變得破舊。瑪莉一見安妮走進屋，便向她表示歡迎：

「噢！妳終於來了，我還以為永遠見不到妳了呢！我病得幾乎連話都不能說了，整個上午誰都看不到！」

「我很遺憾看見妳這副模樣，」安妮回答，「妳禮拜四寄來的信裡還說自己好好的。」

「是的，我盡量往好的方面講，我總是如此。但我當時身體一點也不好，我這輩子從來沒有像今天早上病得這麼嚴重，怎麼能一個人待著呢？假如我突然病危了，鈴也不能拉，那該怎麼辦？羅素夫人都不肯來，我想她今年夏天來我們家還不到三次呢！」

安妮說了些場面話，並問起她丈夫的情況，「唉！查爾斯出去打獵了，我從七點鐘開始就一直沒見到他。我告訴他自己病得很重，但他堅持要出門。妳說他不會在外面待太久，但他始終沒有回來。現在都快一點鐘了！老實跟妳說吧，一整個上午我從沒見過一個人。」

「孩子們一直跟妳在一起吧？」

「是的，假如我能忍受他們吵鬧的話。可惜他們已經管不住了，對我只有壞處沒有好處。小查爾斯一句話也不聽我的，瓦爾特也跟他一樣壞。」

「噢！妳馬上就會好起來的，」安妮高興地答道，「妳知道，我每次來都能治好妳的病。妳們的鄰居最近怎樣？」

「我無法向妳說明他們的情況。我今天還沒見過他們，當然，除了瑪斯格羅夫先生——他也只是在窗外跟我說了幾句話，沒有下馬。雖然我跟他說自己病得很重，但他們一個也不肯接近我。我想，兩位瑪斯格羅夫小姐更沒有這種心思，她們絕不會給自己添麻煩的。」

「也許不用到中午，妳還會見到她們的。時間還早。」

「老實跟妳說吧！我才不想見到她們。她們總是喋喋不休的，令我難以忍受。唉！安妮，我身體這麼差！妳禮拜四沒來，真不體諒人。」

「親愛的瑪莉，妳好好回想，妳在信裡把自己寫得多麼健康啊！妳用輕快的筆調，告訴我妳安然無恙，叫我不必急著來。既然如此，妳一定明白我很想多陪陪羅素夫人；除此之外，我的確很忙，有許多事情要做，因此無法早點離開凱林奇。」

「天哪！妳還有什麼事情要做？」

「事情可多了，多到我一時都想不起來了。不過我可以舉出一些：我要為父親的圖書和繪畫複製一份目錄；我要陪麥肯吉去幾趟花園，讓他搞清楚有哪些花草是要送給羅素夫人的；我還有自己的一些瑣事需要安排、一些書籍和琴譜需要分門別類，然後收拾自己的箱子——因為我還不知道馬車什麼時候出發。我還有一件尷尬的事情要辦：挨家挨戶地跟教區的每一個人告別。這些事花了我好多時間。」

瑪莉停頓了片刻，「哎呀！妳還沒問我們昨晚去普爾家吃飯的情形呢！」

「這麼說來妳去了？我還以為妳一定因病失約了。」

「哦，怎麼會！我去了。我昨天身體很好，直到今天早上一直安然無恙。我要是不去，豈不成了件怪事。」

「我很高興妳當時情況良好，希望你們享受了一頓愉快的晚宴。」

「還好而已，因為事先就知道宴席上有什麼菜、有什麼人參加。而且自己沒有馬車，那真是太不舒服啦！是瑪斯格羅夫夫婦帶我去的，真是擠死了！他們兩個塊頭那麼大，佔了那麼多位子。瑪斯格羅夫先生總是坐在前面，我只好跟亨利葉塔和路易莎擠在後座。我想，我的病八成就是被這樣擠出來的。」

安妮耐著性子，強作笑顏，幾乎把瑪莉的病給治好了。過了不久，她就可以在沙發上坐直身子，並且期待晚飯時間能離開沙發了。隨即，她又把這些話題拋到腦後，走到屋子對面，把玩起花束。接著，她吃了些冷肉，之後就若無其事地建議出門散步。

兩人準備好以後，她又說：「我們要去哪裡呢？妳願意在大宅的人來看妳之前，先去拜訪一下他們嗎？」

「我沒什麼不願意的，」安妮答道，「對於瑪斯格羅夫太太和瑪斯格羅夫小姐們這樣的熟人，我絕不會在禮儀上斤斤計較。」

「唔！他們應該早點來看妳。妳是我的姐姐，他們應該對妳禮貌一些。不過，我們還是去陪他們坐一會兒吧，坐完之後再盡情地散步。」

安妮一向認為這種交往方式太過冒失，但也不想加以阻止，因為她認為，儘管兩家格格不入，但左鄰右舍難免要互相來往。因此，她們走到大宅，在客廳裡坐了足足半個小時。那是一間老式的方形客廳，地上鋪著一塊小地毯，地板閃閃發亮，家中的兩位小姐在四面八方擺設了大鋼琴、豎琴、花架和小桌子，使整個客廳漸漸呈現出一幅混亂的景象。噢！但願牆上的畫像能夠顯靈，讓身穿棕色天鵝絨的紳士和藍色綢緞的淑女能看到這些畫面，發覺竟有人如此不重視秩序、整潔！畫像本身彷彿正驚訝地凝視著一切。

瑪斯格羅夫一家就跟他們的住處一樣，充滿了變異。兩位父母保持著英格蘭的舊風範，幾位年輕人則染上了新派頭。瑪斯格羅夫夫婦都是好人，殷勤好客，沒受過多少教育，一點也不優雅，他們子女的舉止倒還時髦一些。原來，他們家中子女眾多，但除了查爾斯之外，只有兩個長大成人，一位是二十歲的亨利葉塔小姐，一位是十九歲的路易莎小姐。她們在埃克塞特唸過書，學了該學的知識，如今就像眾多年輕小姐一樣，一心想追求時髦，貪圖享受與歡樂。她們穿戴華麗、青春活潑，在家裡深受寵愛，到外面受人歡迎。安妮總是將她們視為朋友中最幸福的兩個姑娘。然而，任何人都有自己的優越感，安妮也不想放棄自己那更為優雅、有教養的心靈，去交換她們的樂趣。她唯獨羨慕這對姐妹能夠相互諒解、友愛，而她和自己的姐妹卻缺少這樣的感情。

她們受到了熱情的接待。安妮知道，她們在禮節上是無可挑剔的。大伙兒愉快地交談著，半個小時一晃而過。最後，在瑪莉的邀請下，兩位瑪斯格羅夫小姐也加入了散步的行列，安妮對此毫不驚奇。

第六章

即使不透過這次上克羅斯之行，安妮也能體會到：從一群人來到另一群人中間，雖然只差了三哩遠，卻往往包含了談話、見解和觀念上的差異。過去她來到這裡，總是對此深有感觸，希望其他家人也能有她這樣的福份，親眼看看在凱林奇府邸看來是驚世駭俗的事，在這裡有多麼習以為常。然而，經過這次訪問，她覺得自己應該吸取另一個教訓：人一離開自己的圈子，就必須明白自己的渺小。因為她一心想著凱林奇兩家人思考了好幾週的那件事，期待能引起對方的好奇與同情，誰知道瑪斯格羅夫夫婦卻先後說道：「這麼說來，瓦爾特爵士和妳姐姐已經走了。妳認為他們會住在巴斯的什麼地方？」說完也不期待得到回答，兩位小姐則補充說：「希望今年冬天我們也能去巴斯。不過，爸爸，要是那樣的話，必須住個好地方，別再讓我們去你的皇后廣場了！」這時，瑪莉惴惴不安地插嘴道：「聽我說吧，等你們都去巴斯逍遙的時候，我的耳根就能落得清靜了！」

安妮只能下定決心，將來不要這麼自欺欺人，並且懷著更加深切的感激之情，慶幸自己能有一個像羅素夫人那樣真心的朋友。

瑪斯格羅夫父子倆要狩獵、養馬、餵狗、看報，女士們則為其他的家務事忙得不可開交，像是管理家務、與鄰居來往、添購服裝、跳舞唱歌——她承認，每一個小團體都有權決定自己的談話內容。她希望自己很快就能成為這個小團體的一份子。她預計會在上克羅斯至少住兩個月，因此理所當然地應該使自己的思考、記憶和各種念頭，盡可能地不要與上克羅斯脫節。

她並不擔心這兩個月的日子。瑪莉不像伊莉莎白那麼惹人反感、那麼沒有姐妹之情，也不像伊莉莎白那麼全然無視她的話。農舍裡的人也沒有任何引人不快的地方。她與妹夫一向很要好，兩個孩子也像對母親一樣敬愛她，他們為她帶來了樂趣，也使她有了派上用場的地方。

查爾斯．瑪斯格羅夫為人謙和。他在智慧與性情上都勝過他的妻子，卻缺乏才幹、不善辭令、風度不足。不過，安妮和羅素夫人都認為：要是他能娶個更加匹配的妻子，也許會有很大的長進。他的身分能變得更加高貴，他的行為和喜好也會變得更加優雅。其實，他除了娛樂活動之外，對什麼都不熱衷，白白浪費時光，也從不看書，或是做點有意義的事情。他是個樂觀的人，從不受妻子的情緒左右，瑪莉再無理取鬧也能容忍——這有時真讓安妮欽佩不已。大致上，雖然夫妻倆常有些小爭執，但兩人仍像是幸福的一對。他們在錢的觀點上倒是十分契合，都想從他父親那裡大撈一筆。不過查爾斯還是理智一些，當瑪莉埋怨他父親不肯送禮時，他總是替父親辯解，說他的錢還有其他用途，他有權照自己的意志使用。

說到管教孩子，他的做法也比妻子高明得多。安妮經常聽他說：「要不是瑪莉從中干預，我會把孩子管得服服帖帖的。」她也十分相信他的話；相反地，當她聽見瑪莉抱怨：「查爾斯把孩子寵壞了，我都管不住了。」從來不想回答「的確如此」。

她住在這裡最不愉快的一件事，就是雙方都喜歡對她發牢騷。大家都知道她說得動妹妹，便一再不切實際地請求她。「我希望妳能勸勸瑪莉，不要老是幻想自己身體有病。」——這是查爾斯說的。瑪莉則悻悻地說道：「我相信，即使查爾斯看見我快死了，也會認為我沒什麼大礙。當然了，安妮，要是妳肯幫忙的話，就請妳告訴他：我的確病得很重——比我形容得還要重。」

「雖然做祖母的總會想見見孫子，但我可不想把孩子送去大宅，因為她太寵他們了，給他們吃那麼多甜食，害他們回來又吐又鬧的。」瑪莉說道。而當瑪斯格羅夫太太一找到機會與安妮說話，便會趁機抱怨：「哦！安妮小姐，要是查爾斯夫人能多跟妳學學怎麼管小孩就好了！他們在妳面前簡直判若兩人。當然了，大致來說，他們都被寵壞了！真遺憾，妳不能幫妳妹妹管教孩子。這些孩子既可愛又健康，完全不輸任何人。這可不是我偏心，查爾斯夫人根本不懂得如何管教孩子！老實告訴妳，安妮小姐，這使得我不太喜歡請他們來家裡。我想，查爾斯夫人一定很不高興；不過妳知道，跟那些老是跑來跑去的孩子在一起，可真令人傷腦筋。想讓他們老實一些，只能多給他們吃些糕點，這對他們一點好處也沒有。」

另外，她還聽見瑪莉說：「瑪斯格羅夫太太認為自己的僕人都很可靠。但我可以毫不誇張地說，她的上房女僕和洗衣工從來不幹正事，一天到晚在村裡閒晃，我走到哪裡都能遇見她們。我敢說，我每去兩次育兒室就能見到她們一次。如果傑米瑪不是世上最可靠的僕人，那一定會讓她們帶壞的！她跟我說，她們總是引誘她跟她們一起去散步。」這件事到了瑪斯格羅夫太太的口中卻變成：「我給自己訂下了一條規矩：絕不干涉媳婦的任何事。不過，安妮小姐，或許妳能幫我解決一些問題，所以我要告訴妳：我對查爾斯夫人的保姆沒有好感，我聽說過她的一些怪事，她總是遊手好閒。據我所知，她是個講究穿戴的女人，會帶壞所有僕人。我知道，查爾斯夫人很信賴她，我只是提醒妳一下，好讓妳多留心。要是妳有什麼看不慣的，要勇於提出來。」

瑪莉還抱怨說，大宅裡宴客的時候，瑪斯格羅夫太太從不給她應有的權利，她不知道他們為什麼要如此虧待她。有一天，安妮正在和兩位小姐散步，她們其中一位談起了「地位」、「有地位的人」和「人們對地位的嫉妒」，她說：「有的人真是荒唐，死死抱住自己的地位不放。大家都知道妳從不計較地位，但我希望有人能提醒瑪莉一聲，假如她不要那麼固執，總是盛氣凌人地霸住母親的座位，那就好了。誰也不懷疑她的地位比母親高，但要是她不時時刻刻計較這點的話，就會更得體一些。我不是說母親對此有所埋怨，但我知道有許多人注意到了這個問題。」

安妮該如何解決這些麻煩呢？她只能耐心地聽著，為各種苦衷說些好話，設法替雙方開脫。她暗示說大家住得這麼近，應該互相包涵才是。

從各方面來看，她的訪問進行得很順利。由於改變了住處和話題，搬到離凱林奇三哩遠的地方，她的心情也隨之好轉。瑪莉有了人陪伴，病情也有所好轉。她們與大宅的往來雖然有些過頭——每天早上都要聚到一起，晚上幾乎形影不離——不過安妮覺得，假如不能看到瑪斯格羅夫夫婦那可敬的身影，不能聽見他們的女兒談唱嘻笑的聲音，她與妹妹也不會過得這麼愉快。

她的琴藝比兩位瑪斯格羅夫小姐出色許多，但她嗓子不好，不會彈豎琴，也沒有慈愛的父母坐在旁邊欣賞。她很清楚自己的演奏並不受歡迎，只是出於禮貌，或是為別人提提神罷了。不過，她早已習以為常，自從十四歲那年失去親愛的母親以來，她幾乎沒有享受過被人洗耳恭聽的幸福，從未享受過真正的讚賞和鼓勵。在音樂的領域裡，她始終感到孤獨一人。瑪斯格羅夫夫婦只偏愛兩個女兒的演奏，對別人的演奏不屑一顧。這讓她與其為自己感到屈辱，不如為瑪斯格羅夫家的小姐們感到高興。

有時，大宅裡會有其他客人。上克羅斯地方不大，但是人人都來拜訪瑪斯格羅夫一家，因此這間府邸裡舉行的宴會、接待的客人比誰家都多。他們真是炙手可熱！

瑪斯格羅夫家小姐對跳舞如痴如狂，因此晚會最後偶爾會安排一場小型舞會。他們在上克羅斯不遠處有一家表親，家境並不富裕，全靠來這裡消遣取樂。他們隨時都會來彈彈琴、跳跳舞，而安妮寧可擔任伴奏的任務，連續彈奏圓舞曲一個小時，也不想做那種累人的事情。她的這種友好舉動總會贏得瑪斯格羅夫夫婦的歡心，使她們比任何時候更賞識她的音樂才能，而且經常恭維道：「彈得好啊！安妮小姐！真是好極了！天哪！妳的手指多麼靈活啊！」

就這樣，三個禮拜過去了，米迦勒節來臨了。現在，安妮的心又回到凱林奇了。一個可愛的家被讓給了別人，那些可愛的房間和傢俱、迷人的樹林和庭園景色，就要受到別人的觀賞，被別人所使用！九月二十九日那天，安妮無法想到別的事情，晚上又聽瑪莉說了一句觸動心事的話——當時，瑪莉一想起當天的日期，便驚訝地說道：「哎呀，克羅夫特夫婦不就是今天要來凱林奇嗎?幸好我一直沒想起這件事，這真令我傷心啊！」

克羅夫特夫婦雷厲風行地搬進了凱林奇府邸，而且等著客人光臨。瑪莉認為有必要登門拜訪，為此深感懊惱。「誰也不知道我心裡多麼難受。我要盡量往後延。」可是她又猶豫不決，後來仍然叫丈夫用車送她過去。回家後，她那副神氣活現的激動神情，簡直無法形容。安妮沒有車，不能前往，她為此感到由衷的高興。不過，她還是想見見克羅夫特夫婦，幸好當他們回訪的時候，她正在屋裡。那天，屋主剛好不在家，只有這對姐妹待在一起。克羅夫特夫人靠近安妮坐下，海軍少將則坐在瑪莉旁邊，他愉快地逗著她的孩子，顯得非常和藹可親，而安妮恰好可以在一旁觀察，看看姐弟倆有什麼相似之處，即使在容貌上發覺不到，也能從聲音、性情或談吐中找出來。

克羅夫特夫人既不高也不胖，但體態豐盈、亭亭玉立，顯得很有精神。她的眼睛烏黑明亮、牙齒潔白整齊、表情和顏悅色。不過，她在海上的時間幾乎和丈夫一樣多，面孔曬得又紅又黑，這使她看起來比實際年齡三十八歲要大上許多。她舉止坦然、大方，一點也不含糊。但她既不流於粗俗，又不缺乏風趣。只要聊到關於凱林奇的事情，她總是十分體諒安妮的心情，使得安妮大為讚嘆，特別是在最初的半分鐘裡，她就滿意地發現，克羅夫特夫人沒有露出任何知情或是懷疑的跡象，也沒有任何成見。這下安妮放心了，頓時勇氣大增。直到後來克羅夫特夫人突然冒出一句話，才讓她像觸電般嚇了一跳：

「我發現，我弟弟待在這一帶的時候，有幸結識了妳，而不是妳姐姐。」

安妮希望自己已經過了害羞的年紀，但她肯定還沒度過容易衝動的年齡。

「也許妳還沒聽說他結婚了吧？」克羅夫特夫人接著說道。

現在，安妮可以任意作出回答了。原來，當克羅夫特夫人接下來的話談到溫特華先生時，安妮很高興地發現，這些話適用於她的兩個弟弟。克羅夫特夫人心裡想的很有可能是指愛德華，而不是弗雷德里克。她為自己的健忘感到羞愧，便帶著相宜的興趣，傾聽克羅夫特夫人介紹她們那位前鄰居的現況。

剩下的時間平靜地過去了。最後，當客人起身告辭的時候，她聽見海軍少將對瑪莉說：

「我們正在期待克羅夫特夫人的一位弟弟，他不久後會來此地。妳想必聽說過他的名字吧？」

他的話被兩個孩子打斷了，他們像老朋友般一擁而上，把他纏住，不讓他離開。他的注意力完全被他們吸引住了，無暇把話說完，甚至也記不得自己說到哪了。於是，安妮只能盡量安慰自己：他指的一定還是同一個弟弟。不過，她還沒那麼有把握，急著想打聽一下克羅夫特夫婦有沒有在大宅裡提起這件事，因為他們已經先去那裡拜訪過。

當天晚上，大宅一家要來農舍作客。主人們正在等著馬車的聲音，就在這時，瑪斯格羅夫家的二小姐走了進來，眾人頓時產生一個絕望的念頭：她想必是來道歉的，這一晚他們必須自己打發時間了！瑪莉剛做好了忍受屈辱的心理準備，想不到路易莎忽然解釋道，只有她是走路來的，為的是騰出一塊空間，因為豎琴也被載來了。

「我必須告訴妳們原因，」她補充道，「所以提早過來。我爸媽今晚心情不好，尤其是我媽媽。她在思念可憐的理查！因此我們一致認為最好帶上豎琴，因為豎琴似乎比鋼琴更能使她開心。我要告訴妳們她為什麼心情不好。克羅夫特夫婦上午來訪的時候偶然提到，克羅夫特夫人的兄弟溫特華上校剛回到英國，很快就要來看望他們。不幸的是，他們走了之後，媽媽不由得想到，理查過去的長官就姓溫特華，或是發音很相似的姓氏。我不知道是在什麼時候、什麼地方，不過一定是在他去世以前，可憐的傢伙！媽媽檢查了他的書信遺物，發現確實如此，她百分之百斷定，他就是那個人。她滿腦子都在想著這件事，想著可憐的理查！所以，我們必須盡量裝得高高興興的，不要讓她一直想著這麼傷心的事情。」

這段令人鼻酸的往事是這樣的：瑪斯格羅夫夫婦很不幸地有個令人煩惱的不成材兒子，幸運的是，他不到二十歲便離開了人世。原來，他難以管束，因此被送到海上，從此被家人遺忘——不過他也不配得到關心。他杳無音訊，也沒有人感到遺憾，誰知道兩年前，上克羅斯收到噩耗，說他死在海外。

儘管他妹妹不斷地哀悼他，稱他「可憐的理查」，但事實上，他始終是個愚笨、冷酷、無用的理查·瑪斯格羅夫。他沒有什麼豐功偉業，不配享有其他的稱呼，無論是生前，還是死後。

他在海上服了幾年役。在這期間，他就像所有的海軍候補生一樣——特別是那些艦長都不想要的候補生一樣，總是被調來調去。其中包括在弗雷德里克·溫特華上校的拉科尼亞號護衛艦上待了六個月。他從拉科尼亞號上寄給父母兩封信，這是他離家期間僅有的兩封信，應該說——兩封正常的信，其餘的信全是來要錢的。

他在兩封信中都稱讚了他的艦長。然而，他的父母向來不太注意這種事，對人名與船名根本不怎麼留意，也不感興趣，幾乎沒留下什麼印象。不過，有時人總是會產生異常的靈感，瑪斯格羅夫太太那天突然想起溫特華的名字，還把它與兒子聯想在一起。

她去看信，發現跟她的記憶一模一樣，雖然時隔很久，她兒子也永遠離開了人世，他的過失已被人們淡忘，但是重讀這兩封信，仍使她深為感動，幾乎比最初聽到噩耗時還悲傷。他們來到農舍之後，最初希望大家傾聽他們重新談論這件事，後來又需要興高采烈的人安慰他們。

夫妻倆滔滔不絕地談論著溫特華上校，一而再再而三地重複著他的名字，對過去的歲月感到困惑不解；最後斷定，他也許就是他們從克利夫頓回來後，曾見過幾次面的溫特華上校——一個很好的年輕人——但是他們忘了究竟是七年前還是六年前。聽他們這麼說著，對安妮的神經是一種新的折磨；不過她覺得，她必須習慣這種折磨。既然溫特華真的要來鄉下，她必須告誡自己不要過於敏感。現在看來，問題不僅僅是溫特華馬上要來，而且由於瑪斯格羅夫夫婦十分感激他對理查的關照、十分尊重他的人格，一心想與他交個朋友。

這對夫妻打著這樣的主意，不知不覺為晚會帶來了幾分愉快的氣息。

第七章

又過了幾天，人們都知道溫特華上校已抵達凱林奇。瑪斯格羅夫先生拜訪他回來後，對他讚不絕口。他與克羅夫特夫婦約好，下週末來上克羅斯吃飯。不過，瑪斯格羅夫先生實在是迫不及待，想儘早把溫特華上校請到家裡來，用酒窖裡最上等的好酒款待他，藉以表達自己的感激。但是他還得等待一個禮拜。在安妮看來，一個禮拜實在太短了，再過一個禮拜，他們就要見面了。她不禁心想：要是能再多一個禮拜就好了。

溫特華上校很快回訪了瑪斯格羅夫先生，在這短暫的半小時裡，安妮差點也走進了瑪斯格羅夫家。實際上，她和瑪莉正動身走向大宅，幸好，就在這時，瑪莉的大兒子由於摔傷被抱回家，絆住了她倆。不過，當安妮聽說自己躲過了這次會面，又不得不感到慶幸，即使在她為孩子擔憂的時候，也是如此。

她們發現，孩子的鎖骨脫臼了。受了這麼重的傷，怎能不引起一些驚恐！那是個令人憂傷的下午，安妮立刻忙碌起來——派人去請醫生、吩咐人趕去通知孩子的父親、安慰孩子的母親不要悲傷、管好所有的僕人、安置好二兒子、安撫可憐的大兒子。除此之外，她又想起大宅的人還不知情，連忙派人去通知，想不到這引來了一大群人，既幫不了忙，還大驚小怪地問個不停。

首先令安妮欣慰的是，她妹夫回來了，他可以負責照顧妻子；第二個好消息則是醫生來了，直到他來診斷之前，大家因為不清楚孩子的傷勢，一個個擔心得要命。現在，鎖骨被推回原位了，儘管羅賓森先生揉了又揉，看上去非常嚴肅，與孩子的父親和姨媽說話時聲音很低，但大家還是充滿了希望，可以放心地去吃晚飯了。就在大家分手之前，兩個小姑竟拋開了侄子的病情，報告了溫特華上校來訪的消息。她們在父母離開後又逗留了五分鐘，拚命描述她們多麼喜歡他、他有多麼英俊、多麼親切，她們覺得自己認識的男人中沒有一個比得上他。她們聽見父親留他吃飯，心裡大為高興，不料上校卻說無能為力，讓她們相當遺憾。後來，經不住她們父母的懇切邀請，他答應隔天再來和他們共進晚餐，讓她們欣喜若狂。他答應時的態度那麼和悅，彷彿感受到了他們的一片盛情；總之，他的神態、他的一言一語是那樣地溫文爾雅，她們兩人完全被他迷住了。說完後，她們轉身就走，顯然一心想著溫特華上校，全然沒把小查爾斯放在心上。

黃昏時分，兩位小姐陪父親過來，又把那個故事和她們狂喜的心情重新敘述了一遍。瑪斯格羅夫先生不再像之前那樣為孫子擔憂，他現在也跟著稱讚起上校來。不過，對溫特華上校的宴請無法延後，這真是十分遺憾，因為農舍一家可能不願丟下孩子來參加他們的宴會。孩子的父母不久前還驚恐萬狀，哪裡忍心撇下孩子。「哦！不，絕不能丟下孩子！」安妮一想到自己可以逃過宴會，感到十分高興，便情不自禁地在一旁跟著附和，強烈反對丟下孩子不管。

後來，查爾斯有些動心，說道：「孩子的狀況很好，我真想去結識一下溫特華上校。也許我晚上可以去參加一下子，我不想在那裡吃飯，但可以進去坐半個小時。」他遭到了妻子的激烈反對：「哦！不，查爾斯，我不能放你走。你想想，萬一出了什麼事該怎麼辦？」

孩子一夜無恙，隔天情況仍然良好。看來，要確定脊椎沒有受傷，還必須經過一段時間的觀察；不過，羅賓森先生沒有發現更嚴重的症狀，因此查爾斯覺得沒有必要再守在家裡。孩子躺在床上，必須有人逗他開心，還要盡量保持安靜，但一個父親能做些什麼呢？這完全是女人的事，他在家裡沒有任何功用，再把他關在屋裡豈不是太荒唐了！他父親很希望他能見見溫特華上校，既然沒有理由拒絕，那就應該去一趟。於是，當他打獵回來的時候，他堅決要換裝去大宅赴宴。

「孩子的情況好得不能再好了，」他說，「所以我剛才告訴父親說我會去，他認為我做得很對。親愛的，有妳跟妳姐姐，我就不用擔心了。妳自己不肯離開孩子，但我又幫不上忙。要是有什麼狀況，安妮會派人去叫我的。」

做夫妻的往往明白，有些時候反對也是徒勞的。瑪莉從查爾斯的說話態度看得出他非去不可，因此她一聲不吭，直到他走出屋去，只剩下安妮的時候——

「看，又剩下我們兩個輪流看守可憐的小病人了。整晚不會有任何人來接近我們！我早就知道會這樣。這就是我的命！一遇到不愉快的事，男人們總是溜之大吉，查爾斯就跟那些男人一樣壞，真是冷酷無情！他竟然拋下自己可憐的兒子跑了，真是太冷酷了！他還說他的情況良好，他怎麼知道他的情況好不好？他怎麼能保證半小時後不會出現什麼變化？我還以為他不至於這麼冷酷無情，現在可好，他要去啦！去逍遙玩樂，而我卻可憐兮兮，就因為我是一位母親，只能關在家裡不准出門。但是我敢說，我比任何人都不適合照顧孩子——這就是我的感情經不起打擊的原因，我根本受不了！妳曾見到我昨天歇斯底里的模樣。」

「那只不過是因為妳受到驚嚇，妳不會再發作了。我想不會再有令人煩惱的事情了。我完全信任羅賓森先生的診斷，一點也不擔心。瑪莉，我認為妳丈夫的做法沒什麼奇怪，照顧孩子不是男人的事，生病的孩子總是由女人來照顧，這種情形都是母性造成的。」

「我希望我跟別的母親一樣喜歡自己的孩子，但我知道我在病房裡就像查爾斯一樣無能為力，因為孩子病得很重，我總不能責罵他、逗弄他吧？妳今天早上就看見了，當我要他安靜的時候，他卻非要踢來踢去不可。我的神經受不了這種刺激。」

「不過，要妳拋下可憐的孩子一個晚上，妳能安心嗎？」

「當然，他爸爸能，我為什麼不能？傑米瑪是個細心的人，她可以隨時向我們報告孩子的情況。我真希望查爾斯當初告訴他父親我們都會去。對於小查爾斯，我並不比查爾斯更擔心。昨天我被嚇壞了，但今天可就不一樣了。」

「哦，要是妳覺得還來得及，妳乾脆就和妳丈夫一起去吧！小查爾斯就交給我照顧。有我守著他，瑪斯格羅夫夫婦不會見怪的。」

「妳是說真的嗎？」瑪莉眼睛一亮，大叫道，「哎呀！這真是個好主意，好極了！的確，我還是去好了，因為我在家裡一點用也沒有——對吧？那只會讓我心煩意亂。妳沒有當過母親，留下來再合適不過了。小查爾斯對妳總是唯命是從，這比交給傑米瑪一個人好多了。哦！我當然要去了，就像查爾斯一樣，要是我能去，當然應該去，因為他們都想讓我結識一下溫特華上校，而我知道妳又不介意一個人留在家裡。安妮，妳的建議真好，我去告訴查爾斯，馬上作好準備。妳知道，要是出了什麼事，妳可以派人來叫我們，隨叫隨到。不過我敢保證，不會出現讓妳擔心受怕的事情，儘管放心好了，要是我對我的小寶貝放不下心的話，我也不會去的。」

轉眼間，瑪莉便跑去敲丈夫更衣室的門。當安妮隨後走到樓上的時候，正好聽見他們全部的談話內容，只聽瑪莉欣喜若狂地說道：

「查爾斯，我想跟你一起去，因為我在家也幫不了什麼忙。即使讓我留下來守著孩子，我也不能說服他去做他不想做的事。安妮要留下，她答應留在家裡照顧孩子，這是她自己說的。所以我要跟你一起走，這樣好多了，因為我從禮拜二以來，還沒去婆婆家吃過飯呢！」

「安妮真好，」她丈夫說道，「我很樂意讓妳一起去，不過讓她一個人留在家裡，照料我們那生病的孩子，似乎太無情了。」

安妮立刻上前解釋，很快就把查爾斯說服了。他不再為此感到良心不安，不過仍希望安妮也能一起去，等到孩子睡著時，他希望安妮讓他駕車來接她。想不到她無論如何也說服不了。於是，夫妻倆便興高采烈地出發了。至於安妮，她被留在家裡也許比任何時候都感到欣慰，她知道孩子最需要她，在這種情況下，即使弗雷德里克就在半哩之外，正在盡力取悅他人，與她又有什麼關係？

她倒很好奇他想不想見她。也許他無所謂——如果在這種情況下能表現得無所謂的話，要不就是不在乎，要不就是不願意。即使他還想再見到她，也不需要拖到今天，而是會採取行動，去做他認為自己早就該做的事情。過去他缺乏維持生計的收入，如今事過境遷，他早已擁有了足夠的財富。

查爾斯夫婦回來以後，對他們新認識的朋友和整個聚會都很滿意。晚會上樂曲悠揚、歌聲嘹亮，大家有說有笑，一切都令人愉快；溫特華上校風度迷人，既不羞怯，也不拘謹，大家一見如故。他準備隔天早上和查爾斯一同去打獵。雖然查爾斯夫婦曾邀請他來農舍吃早餐，但瑪斯格羅夫夫婦硬要他去大宅用餐，而他似乎考慮到農舍裡有病人，怕給查爾斯夫人添麻煩，最後決定：讓查爾斯到大宅與他共進早餐。

安妮明白這其中的奧妙——他想避開她。她發現，他曾經以一位舊識的身分打聽過她的事情，似乎也證實了她的一些猜測。他之所以這麼做，或許正是出於同樣的動機，等到將來見面時迴避自我介紹。

農舍早晨的作息時間向來比大宅來得晚。隔天一早，這種差別顯得格外大：當瑪莉和安妮剛開始吃早飯，查爾斯便跑進來說他們要出發了，他是來領獵犬的，他的兩個妹妹也要跟溫特華上校一起來，打算看看瑪莉和孩子。溫特華上校說，要是沒有不方便的話，他也能進來坐幾分鐘，拜會一下女主人。

瑪莉受到這樣的禮遇，不由得十分得意，高高興興地準備迎接客人。安妮卻思緒起伏，唯一使她感到欣慰的是，事情很快就會結束了。果真如此，不到兩分鐘，其他人一一來到客廳。安妮和溫特華上校的目光勉強相遇後，兩人一個鞠了躬，一個行了屈膝禮。安妮聽到他與瑪莉交談，每一句話都很有分寸。他還跟兩位瑪斯格羅夫小姐說了幾句話，足以顯示出他們那無拘無束的關係。屋裡充滿一片歡聲笑語，但是不到幾分鐘，一切就都結束了。查爾斯在窗外比了個手勢，一切準備就緒，客人便鞠了躬告辭而去。兩位小姐也告辭了，她們突然決定要跟著兩位獵人一起走。屋裡清靜了，安妮可以繼續吃早飯了。

「事情過去了！事情過去了！」她帶著緊張而感恩的心情，一再對自己說道，「最糟糕的事情過去了！」

瑪莉跟她說話，但她聽不進去。她見到他了，他們見面了！他們再次共處一室。

然而，她馬上又開始勸自己，不要那麼多愁善感。自從他們斷絕關係以來，過了將近八年。事隔這麼久，激動不安的心情早消失，變成了模糊不清的記憶，如今卻要重新回想起來，那是多麼荒謬的事！八年中能發生各式各樣的事——變化、疏遠、搬遷——這一切都會發生，還包括淡忘過去——這是多麼自然的事！這八年幾乎構成了她生命的三分之一。

唉！儘管她這樣開導自己，卻還是發現：對於執著的感情來說，八年也是微不足道的。

再說，該如何解釋他的感情呢——例如他想迴避她一事？轉念間，她又痛恨自己問出這樣的傻問題。

還有一個問題，也許任憑她再怎麼理智，也無法不去想它。不過她的懸念很快就被打消了，因為當兩位瑪斯格羅夫小姐回來看過他們之後，瑪莉主動告訴她這件事：

「安妮，溫特華上校雖然對我禮數周全，對妳卻不怎麼殷勤。亨利葉塔問他對妳有什麼看法，他說妳變得讓他幾乎認不出來了。」

瑪莉缺乏感情，不可能像一般人那樣尊重她姐姐的情感，但她也絲毫沒想到這可能對安妮的感情帶來什麼傷害。

「變得讓他幾乎認不出來了。」安妮羞愧不語，心裡完全認同了。這無疑是事實，她自己也承認這一點。讓他愛怎麼想就怎麼想吧！不，歲月雖然帶走了她的青春與美貌，卻使他變得更加容光煥發、氣度不凡，無論從哪個角度來看，他身上的優點都是有增無減。她看見了跟過去無異的弗雷德里克．溫特華。

「變得讓他幾乎認不出來了！」這句話很難不嵌在她的腦海裡。然而，她馬上又為自己聽到這句話感到高興，這句話具有驚醒人的作用，可以撫平激動不安的心情。它讓安妮鎮靜下來，也使她感到更愉快。

弗雷德里克說了這些話，卻沒想過這些話會傳到安妮的耳裡。他覺得她變得太多了，因此當別人一問到他，便把自己的感覺如實說了出來。他並沒有原諒安妮，她虧待了他、拋棄了他、讓他陷入絕望。更糟的是，這麼做顯示出她性格的懦弱，這與他那果決、自信的性情是格格不入的。她是聽了別人的話才拋棄他的，那完全是被別人影響的結果，也是她懦弱膽怯的表現。

他曾對她一往情深，後來見到的女子，也覺得沒有一個比得上她；不過，除了出於好奇心之外，他並不想再見到她。她對他的那股魅力已經永遠消失了。

他現在的目標是要娶位太太。他口袋裡有了錢，滿心期待遇見一位合適的女子，並立即成家。實際上，他已經在四處物色對象了，準備憑藉他那清楚的頭腦和靈敏的審美力，用最快的速度墜入情網。他對兩位瑪斯格羅夫小姐都有意思，就看她們的表現了；總而言之，他對於遇見的小姐都有好感——除了安妮以外。她是他回答他姐姐的話時，提出來的唯一例外。

「是的，蘇菲亞，我來這裡是想締結一門親事。從十五歲到三十歲之間的任何女人，只要願意，都可以當我的妻子。只要有點姿色、笑容可掬、能說幾句海軍的好話，那就能擄獲我了。我是個水手，沒認識什麼女人，本來就不能太挑剔，有了這些條件還怕不夠嗎？」

做姐姐的知道，他說這番話是希望得到反駁。他那雙炯炯有神的眼睛表明，他深信自己是挑剔的，並為此感到得意。而且，當他一本正經地描述理想的女人時，安妮並沒有被他拋諸腦後，「頭腦機靈、舉止溫柔」構成了這段描述的全部內容。

「這就是我要娶的女人，」他說，「稍微差一點也沒關係，但不能差得太多。要說我傻的話，的確很傻，因為我在這個問題上比多數人考慮得都要多。」

第八章

從此以後，溫特華上校和安妮經常出入同一社交場合。他們馬上就要一起去瑪斯格羅夫家赴宴，因為孩子的病情已不能再成為缺席的理由，而這僅僅是更多宴會、聚會的開端。

過去的感情能不能恢復，必須經過考驗。毫無疑問，雙方總會想起過去的時光；當談話涉及一些私事時，也總會提到他們訂婚的年份。他的職業使他有資格這麼說，他的性情也導致他這麼說：「那是在一八〇六年，在我出海前的一八〇六年。」他們一起度過的第一個晚上，他就說出了這樣的話。雖然他的聲音沒有顫抖，安妮也沒理由認為他在盯著自己，卻能憑著自己對他的瞭解，覺得他並未像自己那樣回想過去——那是不可能的。雖然安妮絕不認為兩人正在承受著同樣的痛苦，但他們肯定會馬上產生同樣的感觸。

他們在一起時無話可說，只是出於禮貌寒暄兩句。他們一度無話不聊，如今卻無話可說！過去，聚集在上克羅斯客廳的一大群人中，就屬他們兩人最難閉口不語；除了表面上十分恩愛的克羅夫特夫婦以外，沒有兩個人能像他們那樣推心置腹、情投意合。如今，他們竟成了陌生人——不，連陌生人都不如，因為他們永遠也結交不了，這是永遠的疏遠。

賓主之中，大多數的人對海軍一無所知，因此大伙兒七嘴八舌地問了許多問題，特別是兩位瑪斯格羅夫小姐，眼睛直直地緊盯著他。她們問起了他在船上的生活方式、日常的規章制度、飲食和作息時間等等。聽著他的敘述，得知軍人居然能把膳宿起居安排到這種地步，不禁大為驚訝，逗得他愜意地諷刺了幾句。這讓安妮想起了過去的日子——當時她也是一無所知，也受過他的嘲笑，說她以為水手在船上沒東西吃，即使有東西吃，也沒有廚師烹調、沒有僕人侍奉、沒有刀叉可用。

她就這麼想著，忽然被瑪斯格羅夫太太打斷了。原來，她實在悲痛難忍，小聲地說道：

「唉！安妮小姐，要是當初上帝能饒我可憐的孩子一命，他現在也一定是這樣的一個人。」

安妮忍住了笑，並且好心地又聽她傾吐了幾句心裡話。因此有一陣子，她沒有聽到眾人說了什麼。等她的注意力又恢復正常以後，她發現兩位瑪斯格羅夫小姐找來了海軍名冊，一起坐下讀了起來，表示要找到溫特華上校指揮過的船艦。

「我記得你的第一艘船是『阿斯普號』，我們來找找看！」

「它破舊不堪，早就不能用了，妳們在那裡是找不到它的。我是最後一任艦長，當時它幾乎快退役了，但報告指出它還能在本國海域服役一兩年，於是我便被派到了西印度群島。」

兩位小姐大為驚訝。

「英國海軍部真愛開玩笑，」他繼續說道，「不時就要派出幾百個人，乘著一艘破舊不堪的船隻出海。不過他們要養的人太多了，在那數以千計的、葬身海底也無妨的人們當中，他們無法辨別出究竟哪一伙人最不值得痛惜。」

「夠了！夠了！」將軍大聲嚷道，「這些年輕人在胡說些什麼！當時沒有比阿斯普號更好的船了，作為舊船，沒有一艘能比得上它的。能指揮它算你好運！要知道，當初有超過二十個比你優秀的人要爭取它，憑著你那點資格，能這麼快就坐上艦長的位子，算你走運！」

「將軍，我當然感到很幸運，」溫特華上校嚴肅地回答道，「我對自己的職位就像你希望的那樣心滿意足。對我來說，當時最重要的一件事就是出海找點事做。」

「當然了，像你那樣的年輕人何必在岸上耗掉半年呢？一個沒有家室的人，馬上就想再回到海上。」

「可是，溫特華上校，」路易莎嚷道，「當你到了阿斯普號上，發現他們指派給你這麼一艘舊船，那該有多麼生氣啊！」

「早在上船之前，我就瞭解了它的情況，」上校笑著回答，「我後來沒有太多新發現，就像妳對一件舊衣服的款式和強度不會有太多新發現一樣，因為妳曾看見這件衣服在妳的朋友中被借來借去，最後又在一個大雨天借給了自己。噢！它是我可愛的阿斯普號，實現了我的全部願望。我知道，要不我們一起葬身海底，要不一起飛黃騰達。我指揮它出航的期間，連兩天的壞天氣都沒遇過。第二年秋天，我俘獲不少私掠船，覺得收穫夠多了，便啟程回國。真是走運！我遇到我夢寐以求的法國護衛艦，把它帶回了普利茅斯。在這裡，我又走了一次運。我們在海灣裡待不到六小時，突然刮起了一陣狂風，持續了四天四夜，要是可憐的老阿斯普號還在海上的話，一定會因此報廢。再過二十四小時，我就會英勇殉職，成為報紙角落一則啟事的主角。葬身在一條小小的船上，誰也不會再想起我。」

安妮覺得自己在顫抖，不過兩位瑪斯格羅夫小姐倒是既誠摯又坦率，情不自禁地發出了憐憫和驚恐的喊叫。

「這麼說來，」瑪斯格羅夫太太彷彿自言自語說道，「他被調到了拉科尼亞號上，在那裡遇見了我那可憐的孩子。查爾斯，我親愛的，」她招手叫查爾斯過來，「快問問他，他最初是在哪裡遇見你弟弟的，我總是記不住。」

「母親，我知道，是在直布羅陀。理查因病留在直布羅陀，他之前的艦長就寫了封介紹信給溫特華上校。」

「唔！查爾斯，告訴溫特華上校，叫他不用害怕在我面前提起可憐的理查，因為聽到這麼一位好朋友談起他，我反而會感到舒坦些。」

查爾斯考慮了事情的各種可能性，只是點了點頭，便走開了。

兩位小姐目前正在查詢「拉科尼亞號」。溫特華上校沒有錯過機會，他為了替她們省去麻煩，興致勃勃地將那卷寶貴的海軍名冊拿到手裡，把有關拉科尼亞號的名稱、階級以及暫不服役的一小段文字朗讀了一遍，說它也是人類有史以來最好的一個朋友。

「啊，那是我指揮拉科尼亞號的愉快日子。我靠它賺了多少錢啊！我和我的一位朋友曾在西部島嶼一帶做過一次愉快的巡航，就是可憐的哈威爾，姐姐！妳知道他有多麼想發財，比我還想！他有個妻子，我永遠忘不了他那個幸福的模樣，他完全體會到了這種幸福——一切都是為了她。第二年夏天，我在地中海發財的時候，便又想念起他來。」

「我敢說，先生，」瑪斯格羅夫太太說道，「你登上那艘船的那一天，對我們可是個紀念日。我們永遠忘不了你的恩惠。」

她因為感情壓抑，聲音很低。溫特華只聽到了一部分，再加上或許他根本沒有想到理查，因此顯得有些茫然不解，似乎在等著她繼續往下說。

「我哥哥，」一位小姐說道，「媽媽想起了可憐的理查。」

「可憐的好孩子！」瑪斯格羅夫太太繼續說道，「他受到你關照的時候，變得多老實啊，信也寫得那麼好！唉！他要是始終不離開你，那該有多幸運呀！老實跟你說吧！溫特華上校，他離開你真叫我們感到遺憾。」

聽了這番話，溫特華上校的臉上掠過了一種神情，只見他那對炯炯有神的眼睛一瞥，漂亮的嘴巴一抿，安妮當即意識到：他並不想附和瑪斯格羅夫太太的話，相反地，反倒可能是他設法把他調走的。但是這種神情稍縱即逝，沒有其他人察覺到。轉眼間，他完全恢復了鎮定，露出嚴肅的樣子，走到安妮和瑪斯格羅夫太太就坐的長沙發前，在老太太身旁坐了下來，與她談起了她的兒子，言語中充滿了同情，表明他對那位做母親真摯的感情極為關切。

他與安妮坐在同一張沙發上，兩人之間只隔著一個瑪斯格羅夫太太。這是個不小的障礙，瑪斯格羅夫太太身材高大，個性中只有吵吵鬧鬧的一面，而不善於表露溫柔和體貼。安妮感到焦慮不安，幸好她那纖細的身影和憂鬱的面孔完全被遮住了。值得贊許的是溫特華上校，他盡可能克制自己，傾聽著瑪斯格羅夫太太為兒子命運的感嘆，事實上，當她兒子還活著的時候，誰也沒把他放在心上。

當然，身材的高低和內心的哀傷不一定成正比。一個高大肥胖的人和世上最纖細玲瓏的人一樣，都能夠陷入極度悲傷之中。但是，無論公平與否，它們之間的確存在不恰當的關聯，這是理智所無法接受的——是情趣所無法容忍的——也是會受到他人取笑的。

將軍想打起精神，背著手在屋裡踱了幾圈後，他的妻子提醒他要有禮貌，他索性來到溫特華面前，也不在意是否打擾別人，開口說道：

「弗雷德里克，去年春天要是你在里斯本多待一個禮拜，就會有人委託你讓瑪莉．格里爾森夫人和她的女兒們搭乘你的船艦。」

「真的嗎？那我倒要慶幸自己沒有多待一個禮拜！」

將軍責備他沒有禮貌。他為自己辯解，又說他絕不願意讓任何女士登上他的船艦，除非是來參加舞會、或是來參觀，而那只需要幾個小時。

「不過，這可不是因為我欠缺禮貌，」他說，「而是因為即使你作出再大的努力、付出再多大的代價，也不可能為女人提供合適的住宿條件。將軍，把女人對舒適的要求看得高一些，不代表對她們缺乏禮貌。我不願聽到有女人待在船上，不願看見她們待在船上。若非萬不得已，我指揮的船艦絕不會載任何女士到任何地方。」

這下子，他姐姐可就饒不了他了。

「噢！弗雷德里克！我真不敢相信你會說出這種話。女人待在船上可以像待在全英國最好的房子裡一樣舒適。我認為我在船上生活的時間不比大多數的女人短，我知道軍艦上的住宿條件再優越不過了，老實說吧！即使是在凱林奇府邸的舒適條件，」她向安妮友好地點點頭，「也不比我在大多數軍艦上享有的條件。我總共在五艘軍艦上生活過。」

「這不能說明問題，」她弟弟答道，「妳是和丈夫生活在一起，是艦上唯一的女人。」

「但你自己卻把哈威爾夫人、她妹妹、表妹以及三個孩子從普茲茅斯帶到了普利茅斯。你這種無微不至的殷勤又該如何解釋呢？」

「完全出於友情，蘇菲亞。只要在我能力所及，我願意幫助任何一位弟兄的妻子。如果哈威爾需要的話，我願意把他的任何東西從天涯海角帶來給他。不過，妳別以為我不覺得這麼做不好。」

「放心吧，她們都覺得十分舒適。」

「也許我不會因此喜歡她們，這麼一大群女性在艦上不可能感到舒適。」

「親愛的弗雷德里克，你說得倒輕鬆。我們這些水手的妻子，願意在一個個港口間奔波，追逐自己的丈夫。要是大家的想法都跟你一樣的話，那我們該怎麼辦？」

「妳知道，雖然我有這樣的想法，卻還是把哈威爾一家帶到了普利茅斯。」

「我討厭你裝腔作勢的說話態度，彷彿女人都是高高在上，一點也不近人情似的，我們從不期待每一件事都順順利利。」

「唔！親愛的，」將軍說道，「等他有了妻子，就會改變看法了。要是我們有幸再遇上另一場戰爭，就會發現他也跟妳我和其他人一樣。要是誰幫他把妻子送來了，他也會感激不盡的。」

「啊，那還用說。」

「這下子我就沒話說了，」溫特華叫道，「一旦結過婚的人對我說：『噢！等你結婚之後就不會這麼想了。』我只能回答：『不，我的想法不會變。』接著他們又會說：『會的，你會變的。』這樣一來，事情就沒完沒了了。」

他站起來走開了。

「妳一定是個了不起的旅行家！夫人。」瑪斯格羅夫太太對克羅夫特夫人說道。

「馬馬虎虎，太太，我結婚十五年來去過不少地方。不過有很多女人比我更厲害，我橫渡大西洋四次，去過一次東印度群島，然後再回來——不過只有一次。此外還去過英國周圍的一些地方：科克、里斯本，以及直布羅陀。不過我從來沒有去過直布羅陀海峽以內的地方，也沒有去過西印度群島；妳知道，我們不把百慕達和巴哈馬稱為西印度群島。」

瑪斯格羅夫太太也提不出什麼異議，她完全不知道這是些什麼地方。

「老實跟妳說，太太，」克羅夫特夫人接著說，「沒有哪裡比得上軍艦的生活條件——當然是指高級的軍艦。當然，要是妳到了一艘護衛艦上，就會覺得限制比較多；不過一個隨性的女人在上面還是會感到快活的。我可以這麼說，我這輩子最幸福的歲月是在軍艦上度過的，當我們夫妻倆在一起時什麼也不怕。感謝上帝！我的身體一直很健康，什麼氣候都能適應。出海的第一天總會有點不舒服，但後來就能適應了。我只有一次真正感到不舒服，或者說覺得有點危險——那就是我單獨在迪爾度過的那個冬天。那時候，克羅夫特將軍（當時是上校）正在北海，我無時無刻不在擔心受怕，也不知道何時能得到他的音訊，各式各樣的病症全都染上了。但只要我們待在一起，我從來不生病，也從來不會遇到半點不舒服。」

「啊，那還用說。哦，是的，的確如此！克羅夫特夫人，我完全贊同妳的觀點，」瑪斯格羅夫太太熱誠地答道，「沒有比夫妻分離更糟的事了，我完全贊成妳的觀點。我知道這種滋味，因為瑪斯格羅夫先生總會參加郡司法會議，當會議結束後他平安回家時，我不知道有多高興。」

晚會最後是跳舞，安妮像往常一樣主動出來伴奏。雖然她坐在鋼琴前，有時淚眼汪汪的，但仍為自己有事可做感到高興。她不希望得到什麼報酬，只要沒有人注意她就行了。

這是一個愉快的晚會。看來，誰也不像溫特華上校那樣興致勃勃。她覺得，他完全有理由感到興奮，因為他得到了眾人的賞識和尊敬，尤其是幾位年輕小姐。前面曾提到，瑪斯格羅夫小姐有一家表親，那一家的兩位海特小姐顯然都愛上了他；至於亨利葉塔和路易莎，她們也一心一意地想著他。要是他因為受到如此廣泛的愛慕而變得有些洋洋自得，又有什麼好奇怪的呢？

安妮就這麼想著，她的手指機械似地彈奏，既準確無誤，又渾然不覺。有一次，她覺得他在盯著她，也許是在觀察她那變了的容顏，試圖從中找出一度使他著迷的痕跡；還有一次，她意識到他在談論她，問她是否不跳舞？「哦！是的，從來不跳，她已經完全放棄了跳舞。她寧可彈琴，百彈不膩。」一次，他還跟她搭話。當時，舞已跳完了，她離開鋼琴，溫特華立刻坐了下來，想彈首曲子給瑪斯格羅夫小姐聽聽。沒想到安妮無意中又回到了那裡，溫特華當即站起來，拘謹有禮地說道：

「請原諒，小姐，這是您的位置。」雖然安妮果斷地拒絕，向後退了回去，但上校卻沒有因此再坐下來。

安妮不想再見到這樣的神氣，聽到這樣的言語。他的冷漠和故作優雅比什麼都令她難受。

第九章

溫特華上校在凱林奇就像回到了家裡，受到了姐姐和姐夫熱精的接待。他一開始還打算立即前往希羅普郡，拜訪一下住在那裡的哥哥，誰知道上克羅斯對他的吸引力太大了，只好再三拖延。這裡的人們對他那麼好、那麼尊敬，一切都令他目眩神迷。他決定待在這裡不走，晚點再去領教愛德華夫人的嫵媚和才華。

過了不久，他幾乎天天到上克羅斯，特別是早上他在家中無人作伴的時候，克羅夫特夫婦常常要出門欣賞他們的新莊園、牧草和羊群，以一個不容許第三者的方式遊覽一番，或是乘著他們新買的一輛輕便馬車兜風。

目前為止，瑪斯格羅夫一家與親友對溫特華上校只有一個看法，也就是他隨時隨地都受到人們的交相稱讚。但是，這種關係剛建立起不久，就冒出了一個查爾斯．海特，他對這種情況深感不安，覺得溫特華上校妨礙了他。

查爾斯．海特是瑪斯格羅夫小姐的大表哥，也是個可愛的青年。溫特華來之前，他似乎與亨利葉塔有過一段情。他在附近一帶當副牧師，因為不需要駐點，便住在父親家裡，離上克羅斯不到兩哩。在這關鍵的時刻，他外出了一會兒，使得愛人得不到他的殷勤關照，當他回來之後，痛苦地發現她的態度完全變了，感到傷心至極。當他見到溫特華，更感到十分痛苦。

瑪斯格羅夫太太和海特太太是姐妹，兩人本來都很有錢。出嫁以後，她們的社會地位產生了天壤之別。海特先生有一點財產，但與瑪斯格羅夫先生相比簡直微不足道。瑪斯格羅夫家是鄉下的高貴家族，但海特家地位低下，幾個兄妹又沒受過什麼教育，要不是跟上克羅斯攀親帶故，幾乎成了下等人。當然，那位長子應該除外，因為他是一位學者、紳士，修養和舉止比弟妹們強得多。

這兩家人素來關係良好，但兩位瑪斯格羅夫小姐有些優越感，因此也很願意提升表兄妹的地位。查爾斯向亨利葉塔示好早已被她父母注意到了，他們沒有表示異議。「這門親事並不怎麼匹配，不過只要亨利葉塔喜歡就行。」而亨利葉塔看起來的確如此。

在溫特華到來之前，亨利葉塔本人完全是這麼想的。誰知道從那之後開始，海特表哥便被忘得一乾二淨。

兩位瑪斯格羅夫小姐中，溫特華比較喜歡哪一位？根據安妮觀察，這個問題還難以推測。也許亨利葉塔的長相較漂亮，路易莎的性格較活潑；但目前，她不知道哪種特質比較吸引他，是溫柔？還是活潑？

瑪斯格羅夫夫婦或許是因為渾然不覺，或許因為相信兩個女兒，對一切聽其自然。大宅裡沒有半點擔心的氣氛，也沒有半點的閒言閒語。但農舍裡情況就不同了，那對年輕夫妻老是疑神疑鬼。溫特華與兩位瑪斯格羅夫小姐見面還不到四五次，查爾斯．海特才剛出現，安妮便聽到妹妹與妹夫談論起她們哪一位更受到喜愛。查爾斯說是路易莎，瑪莉說是亨利葉塔；不過雙方一致認為，無論上校娶了誰，都會令人無比高興。

「我從未見過比他更和善的人。我有一次聽上校提過，我相信他在戰爭中撈到的錢不小於兩萬鎊！除此之外，將來再打仗的話，他還會有機會發財。我深信，溫特華上校比海軍裡的所有軍官都更優秀。嗯！無論對我的哪個妹妹來說，這都會是一門極好的親事。」查爾斯說。

「我敢說是這樣的，」瑪莉答道，「天哪！但願他能得到最高的榮譽！但願他能當上准男爵！『溫特華爵士夫人』——聽起來多舒服。對亨利葉塔來說，這的確會是一門極好的親事！到時候她將取代我的位置，亨利葉塔一定會很高興的。『弗雷德里克爵士和溫特華夫人』！可是，那只不過是一個新加封的爵位，我對這些爵位從來不屑一顧。」

瑪莉之所以堅信溫特華看上亨利葉塔，完全是衝著海特先生。她很瞧不起海特一家，覺得要是她們兩家結親了，將是極大的不幸——對她和她的孩子都很不幸。

「你知道，」她說，「我認為他根本配不上亨利葉塔。考慮到瑪斯格羅夫家的地位，亨利葉塔沒有理由葬送自己，我認為一個女孩沒有權利做出這種選擇，為她的家庭帶來不快和不便，以及低賤的社會關係。查爾斯．海特算什麼？不過是個鄉下副牧師，根本配不上上克羅斯的瑪斯格羅夫小姐。」

不過，她丈夫斷然否定她的看法，因為他除了比較器重表弟之外，還以長子的目光來看待事情。

「瑪莉，這真是一派胡言。這門親事對亨利葉塔是不太好，但海特很有機會透過史派瑟一家的引薦，從主教那裡得到一些好處。還有，妳別忘了，他是個長子，等我姨父一死，他就會繼承一大筆財產。溫斯洛普的那塊地足足有兩百五十英畝，再加上湯頓附近的農場——那可是鄉下的黃金地段。我可以這麼告訴妳，除了海特以外，誰都配不上亨利葉塔。他是個忠厚老實的好青年，溫斯洛普一旦傳到他手裡，將會變得煥然一新，家境也會大大改善。不，不！要是亨利葉塔不嫁給海特，也許會更糟糕。要是她能嫁給他，路易莎再嫁給溫特華上校，那我就心滿意足了。」

「隨便他怎麼說，」當丈夫一走出房間，瑪莉便對安妮說道，「讓亨利葉塔嫁給海特？那太糟糕了，不僅對她而言非常糟糕，對我來說更糟糕。我希望溫特華上校能趕快讓她忘了海特，我相信他已經做到了這一點。昨天，亨利葉塔對海特簡直不理不睬，可惜妳不在場，沒有見到她的態度。至於說溫特華上校對兩個人都喜歡，這簡直是胡說八道！他當然比較喜歡亨利葉塔了。要是妳昨天也在就好了，那樣妳就可以幫我們兩個評評理。我想妳一定會同意我的看法，除非妳存心找我麻煩。」

假如安妮能到瑪斯格羅夫府上赴一次晚宴，就能見到這一切。然而她卻找了一個藉口，說自己頭痛，小查爾斯又舊病復發，硬是留在家裡。她本來只是為了避開溫特華，如今又多了一個目的——不會有人再請她評理了。至於溫特華的想法，安妮認為重點不在於他喜歡哪一位小姐，在於他應該早點下定決心，不要損害了她們的幸福，也不要敗壞了自己的聲譽。她相信，無論是哪位小姐，都能成為溫柔多情的好妻子。但一說到海特，她就對一個女孩的輕佻行為感到痛心，又對這件事引起的痛苦感到同情。不過，要是亨利葉塔能確認自己的感情變化的話，就應該儘快讓人知道。

海特受盡了表妹的冷落，變得心神不定，屈辱不堪。他只不過離開了兩個禮拜，當他們分手的時候，亨利葉塔還十分關心他的前途，而且希望他能放棄現在的副牧師職位，而獲得上克羅斯的同一職位。看來，她當時一心希望：教區長謝利博士能設一個副牧師職位，並且把職位交給海特；這樣一來，他就能來上克羅斯，而不必跑六哩路去別處。從各個角度來看，他能得到一個更好的副牧師職位，能充當她們親愛的謝利博士的助手；而善良的謝利博士也能從那些最勞累的事務中解脫出來。這些好處連路易莎也覺得十分了不起。然而，當海特回來後，她們對這件事的熱忱早已化為泡影，當他介紹他與謝利博士的一次談話內容時，路易莎根本聽不進去。她站在窗前，緊盯著外面尋找溫特華的身影；就連亨利葉塔也是充耳不聞，彷彿把過去的各種憂慮全忘了。

「唔，我的確很高興，不過我一向認為你能得到這個職位。據我看來，似乎——總之，你知道，謝利博士一定要有個副牧師，而你又得到了他的承諾。溫特華上校要來嗎，路易莎？」

一天早上，瑪斯格羅夫府上剛宴過客不久，溫特華上校走進了農舍的客廳，不料客廳裡只有安妮和正在生病的小查爾斯，小查爾斯躺在沙發上。

溫特華發現自己幾乎與安妮獨處在一起，儀態頓時失去了往常的鎮靜，驚慌地說道：「我原以為兩位瑪斯格羅夫小姐在這裡，瑪斯格羅夫太太說可以在這裡找到她們。」說完他走到窗前，好讓自己鎮定下來，同時思考該怎麼辦。

安妮當然也很慌張，回答說：「她們跟我妹妹一起待在樓上，我想馬上就會下來了。」要不是她必須照顧孩子，她馬上就會走出房間，解除這種尷尬的局面。

上校仍然站在窗前，鎮靜地說了聲：「我希望孩子好些了。」便又沉默不語。

安妮只好跪在沙發旁，盡心服侍她的病人，就這樣持續了幾分鐘。令她大為欣慰的是，她聽見有人穿過玄關，立刻轉過頭，希望見到屋主，豈知來者卻是個無濟於事的人——查爾斯．海特。就像溫特華不願見到安妮一樣，海特也不願見到溫特華。

「你好！請坐吧，其他人馬上就下來。」安妮勉強說道。

不過，溫特華卻從窗戶旁走過來，顯然想說些話。海特連忙坐到桌子旁邊，拾起一張報紙，給了他一個難堪。溫特華只好再次回到窗前。

過了一會兒，又來了一個人，原來是瑪莉的二兒子。他今年兩歲，長得又矮又胖，一進門後就直接走到沙發前，瞧瞧那裡有什麼好玩的，或是有什麼可以討的。

發現沒有東西可以討，他只好任意吵鬧。因為姨媽不讓他捉弄生病的哥哥，他便開始纏住姨媽不放。安妮正跪在地上忙碌，怎麼也擺脫不了他，有一次，她設法把他推開，但這小傢伙越玩越起勁，立刻又爬回到姨媽背上。

「瓦爾特，」安妮說道，「馬上下來。你太調皮了，惹我生氣。」

但瓦爾特卻賴著不動。

一瞬間，她覺得那個孩子正在慢慢地鬆開手臂，原來是有人把他從她背上拉開了。這時她才知道，伸出援手的竟是溫特華。

她激動得說不出話來。只能繼續跪在小查爾斯面前，心亂如麻。他好心替她解圍，卻一聲不響；隨後他又把孩子逗得哈哈大笑，讓安妮認識到他並不想聽她道謝，甚至不願意跟她說話。這些想法使她心裡亂糟糟的，既激動，又痛苦。

之後，瑪莉和兩位瑪斯格羅夫小姐進來了，她終於能夠把孩子交給她們，自己走出了屋子。她不能留下來，雖然這是個觀察他們四人感情的好機會，但她卻不能這麼做。顯然，海特並不喜歡溫特華，就在溫特華出面幫忙之後，他說了一句令安妮印象深刻的話。「你早該聽我的，瓦爾特，我告訴過你不要妨礙你姨媽。」安妮可以理解，溫特華做了他應該做卻沒有做的事情，一定使他非常懊惱。不過，無論是海特的心情，還是其他人的心情，她都不感興趣，除非她先讓自己平靜下來。她為自己感到害臊，為自己這麼輕易就不知所措感到慚愧。不過，情況就是如此，她需要經過長時間的思考，才能恢復鎮定。

第十章

總會有機會觀察的。過了不久，安妮就時常跟他們四個人待在一起，也有了自己的看法。只不過她是個聰明人，不會承認自己的看法，因為無論她說了什麼，查爾斯夫婦都不會感到滿意。原來，雖然她認為溫特華上校更喜歡路易莎，但又根據自己的經驗斷定出，他對兩個人都不愛。海特似乎也知道自己受了冷落，但亨利葉塔有時又像是腳踏兩條船。安妮希望自己能向大家說明他們在搞些什麼，並指出他們可能面臨什麼危險。使她深感欣慰的是，她並不認為任何人是惡意欺騙，她相信溫特華根本不覺得自己為誰帶來了痛苦，他的舉止中沒有志得意滿的態度，他也許從未聽說過海特與亨利葉塔的過去；他唯一的錯是不該馬上接受兩位年輕小姐的示好。

不過，經過一陣短暫的天人交戰，海特似乎退出戰局了。三天過去了，他一次也沒有來過上克羅斯，甚至拒絕了一次正式的宴請。瑪斯格羅夫先生曾發現他的面前擺著幾本厚重的書，他與妻子立刻斷定這孩子不太對勁，並帶著嚴肅的神氣議論說，他這麼用功非累死不可。瑪莉相信，他一定是受到了亨利葉塔的拒絕，她的丈夫則總是希望明天能見到他。安妮倒覺得海特這麼做是明智的。

一天早上，查爾斯和溫特華上校一起打獵去了，農舍裡的姐妹倆正一聲不響地做著針線活，大宅的兩位小姐來到了她們的窗外。

這時正值十一月，天氣又特別好，兩位瑪斯格羅夫小姐說她們想進行一次長距離散步。她們斷定瑪莉不會跟她們一起去，誰知道瑪莉最討厭人家小看她的體力，立即回答說：「唔，去吧！我很想跟妳們一起去，我很喜歡長距離散步。」安妮從兩位小姐的神色裡看出，這正是她們所不樂見的，但出於兩家的交情，她們無論遇到什麼事情，儘管多麼不情願、不方便，也必須互相知會。她對此羨慕不已。她想勸瑪莉不要去，但是無濟於事，於是索性也跟著一起去，以便陪妹妹一起回來，盡量少干擾她們的原定計畫。

「我簡直無法想像，她們憑什麼認為我不喜歡長距離散步，」瑪莉上樓時說道，「人們總是以為我不擅長走路。可是，要是我們不肯陪她們一起去，她們又會不高興了。別人特地來邀請我們，妳怎麼好意思拒絕呢？」

她們正要出發的時候，兩位先生回來了。原來，他們帶去的一隻幼犬壞了他們打獵的興致，兩人便提早返回了。由於時間正巧，加上體力充沛，他們便高高興興地加入了她們的行列。假如安妮事先能預見到事態的變化，她就會待在家裡了。不過，出於某種好奇心，加上已經來不及反悔，他們六個人便朝著瑪斯格羅夫小姐選擇的方向出發了——兩位小姐顯然認為這次散步得由她們帶路。

安妮的本意是不要妨礙任何人。當小路太狹窄需要分開走時，她就和妹妹、妹夫走在一起。她想趁著這大好的天氣活動一下，觀賞一年之中最後的明媚景色，看看那黃樹葉和枯樹籬，吟誦幾首描繪秋色的詩篇。她聚精會神地沉思著、吟誦著，但是溫特華和兩位瑪斯格羅夫小姐就在附近交談，她不可能聽不見。不過，她沒有聽到什麼異常的內容，只有一些年輕人的閒聊。上校較注意路易莎，而不是亨利葉塔。路易莎的活躍贏得了他的青睞，這種跡象似乎越來越明顯，尤其是路易莎的一席話為她留下了深刻的印象。本來，他們總會不時說出幾句讚美天氣的話，有一次讚美完天氣之後，溫特華接著說道：

「這天氣真是便宜了將軍跟我姐姐！他們今天早上就坐著車子跑得遠遠的，說不定我們還能從這些山上向他們打招呼呢！他們曾說過會來這一帶，我真不知道他們今天會在哪裡翻車。哦！老實跟妳們說，這種事經常發生，不過我姐姐毫不在意，她倒很樂意被甩出車外。」

「噢！我知道你在開玩笑，」路易莎嚷道，「不過，要是我處在跟你姐姐一樣的立場，也會這麼做的。假如我能像她對將軍一樣深愛著某個人，我就會永遠和他待在一起，無論如何也不分離。我寧可讓他把我翻到山溝裡，也不想坐別人的車子穩穩地行駛。」

這話說得熱情洋溢。

「真的？」上校帶著同樣的口氣說道，「妳真令我佩服！」說完兩人沉默了一會。

安妮再也背誦不出什麼詩句了。一瞬間，秋天的宜人景色被拋在腦後，除非她能想起一首動人的十四行詩，詩中充滿了對那夕陽晚年的比喻，絲毫見不到對青春、希望和春天的寫照。當大家走上另外一條小路時，她打斷了自己的沉思，說道：

「這條路不是通往溫斯洛普嗎？」可惜誰也沒聽見她的話語。

不過，溫斯洛普正是他們的目的地。他們穿過大片的圈地，順著緩坡向上又走了半哩路，只見農夫們正在耕田，坡上新闢了一條小徑。說話間，他們已到了那座最高的山峰上，這座山峰把上克羅斯和溫斯洛普隔開，站在山頂上，下方的溫斯洛普頓時一覽無遺。它既不美麗，也不莊嚴——一棟平凡的矮房子，四周圍著農場的穀倉和建築物。

瑪莉驚叫了起來：「我的天哪！這裡是溫斯洛普。真沒想到！唔，我想我們最好往回走吧，我累到不行了。」

亨利葉塔不禁害羞起來，加上又看不見海特表哥，便很想聽從瑪莉的建議。但查爾斯卻說：「不行！」路易莎更是急切地叫道：「不行！不行！」她把姐姐拉到一邊，似乎為這事爭得很激烈。

這時，查爾斯堅決表示，既然來到這裡，一定要去拜訪姨媽。儘管心裡有些害怕，他仍然邀請妻子跟著一起去。不料瑪莉這次態度十分固執，任憑他勸她去溫斯洛普休息十五分鐘，她卻毅然地回答：「噢！那可不行！還要爬上這座山一次，為我帶來的害處，再怎麼休息也彌補不了。」總之，她的神態表明：她堅決不去。

經過一陣短暫的爭執和商量後，查爾斯和兩個妹妹說定：他和亨利葉塔下去待幾分鐘，看看姨媽和表兄妹，其他人就在山頂等候。路易莎似乎是主謀者，她陪著他們往山下走了一小段路，一邊和亨利葉塔嘀咕著什麼。瑪莉鄙夷不屑地環顧一下四周，然後對溫特華說道：

「有這種親戚真叫人掃興！不過，老實跟你說，我去他們家不到兩次。」

聽了這話，溫特華只是故作贊同地笑了笑。隨後，他一轉身，眼裡又投出了鄙視的目光，安妮完全明白它的含意。

他們待在山頂上。瑪莉在一道樹籬的階梯上找了個舒適處坐下，看見其他人都站在她的周圍，感到十分得意。誰知道路易莎卻把溫特華拉走，要去附近的樹籬採堅果。這一來瑪莉就不高興了，她埋怨自己坐的地方不好，心想路易莎一定找到了一個比這裡更好的地點，自己說什麼也不能輸給她。她跨進了同一道門，但是卻看不到他們。安妮在樹籬下找了塊乾燥的土地讓瑪莉坐，但瑪莉還是覺得不滿意，她堅信路易莎一定在別處找到了更好的座位，她要繼續移動，直到找到她為止。

安妮確實累了，也跟著坐下來。過沒多久，她聽見溫特華和路易莎就待在身後的樹籬裡，似乎正沿著樹籬中央的小徑往回走。兩人漸漸接近，一面交談著。她首先分辨出路易莎的聲音，她似乎正在急切地談論什麼。

「就這樣，我把她打發走了。我不能容忍她因為聽信幾句謠言就不敢去見親戚了。什麼？我會不會因為遇到這樣一個人，或是被任何人裝模作樣地干涉，就不去做那些我原先下定決心的事？不，我才不沒那麼好說服呢！一旦我下定決心，那就永不動搖。看樣子，亨利葉塔今天本來是打算去溫斯洛普拜訪的，但她剛才出於無聊的顧慮，差點又不去了！」

「這麼說，要不是多虧有妳，她就會回家了？」

「不敢當，說起來真令我難為情。」

「她真幸運，有妳這樣的聰明人在一旁提醒！要是每次遇到要緊事、遇到需要下決心的情形時，她都一味優柔寡斷，顧慮一些芝麻小事的話，那豈不是活受罪嗎？妳姐姐是個好人，要是妳珍惜她的行為和幸福的話，就盡可能多向她灌輸一些妳的精神吧！不過，妳無疑一直在這麼做。對於一個百依百順、優柔寡斷的人來說，最大的不幸就是沒有人影響他。讓那些想獲得幸福的人變得堅定吧！」說著，他從樹上摘下了一顆堅果，「舉個例子，這是一顆漂亮光滑的果實，它靠著原先的力量，經受住了秋天的狂風驟雨，渾身找不到一處刮痕、一絲弱點。雖然它有那麼多同胞掉落地上任人踐踏，」他半開玩笑地說道，「但它仍能享有一顆堅果所能享受到的一切樂趣。」隨即他又恢復先前的嚴肅口氣，「對於我所關心的人們，我最希望他們堅定。如果路易莎．瑪斯格羅夫能有個美滿幸福的晚年，她將珍惜她目前的全部智慧。」

他的話說完了，但是沒有引起反響。假如路易莎能立刻對這番話作出答覆，安妮倒會感到驚訝。這番話是那麼地有趣，說得又是那麼地熱烈！她可以想像路易莎當時的心情。不過，她卻動也不敢動，唯恐被他們發現。一叢四處蔓延的矮冬青樹掩護著她。兩人繼續往前走去，還沒走遠，路易莎又開口了。

「從許多方面來看，瑪莉都是挺溫柔的，」她說，「但是，她有時既愚蠢又傲慢——艾略特家族的傲慢，真叫我惱火！她渾身上下都透著艾略特家族的傲慢。查爾斯當初要是娶了安妮就好了，我想你知道他當時想娶安妮吧？」

停頓了片刻，溫特華上校說：

「你是指她拒絕了他？」

「唔！是的，那還用說。」

「那是什麼時候的事？」

「我不清楚，因為我和亨利葉塔那時還在上學。不過我猜大約在他跟瑪莉結婚前一年。可惜安妮沒有答應他，要是換成她，我們大家會高興得多。我父母總是認為，她之所以沒有答應，是因為她的好朋友羅素夫人從中作梗。他們認為，也許是因為查爾斯書讀得不多，不討羅素夫人喜歡，所以才勸安妮拒絕了他。」

說話聲越來越小，安妮再也聽不見了。她心情過於激動，依然呆坐原地。常有人說，偷聽者永遠聽不到自己的好話，但她的情況卻不完全如此。她沒聽見自己的壞話，卻聽到了一堆令她十分傷心的話。她看出溫特華如何看待她的人格，回想一下他的言談舉止，正是由於他對她的感情和好奇心，才害得她極度不安。

她一鎮定下來，就連忙去找瑪莉，與她一起回到樹籬階梯上。轉眼間，大伙兒又到齊了，安妮才感到欣慰了一些。她的精神需要孤寂和寧靜，而這只有在人多的時候才能得到。

查爾斯和亨利葉塔回來了——而且可想而知，還帶來了查爾斯．海特。安妮猜不出事情的經過，卻看出男方有點退讓，女方有點心軟，無庸置疑，兩人已經高興地和好了。亨利葉塔看起來有些羞澀，卻十分愉快，海特則滿面春風。幾乎當一行人朝上克羅斯走去的那一刻起，兩人又變得情意綿綿起來。

現在，一切情況都表明溫特華是屬於路易莎的了。一路上，他們幾乎就像另一對一樣，盡量地並肩走在一起。當來到一條狹長的草地時，儘管地面寬闊，足夠大家並排，他們還是明顯地形成了三群人。當然，安妮屬於那最無精打采、最不熱情的一組——她與查爾斯和瑪莉走在一起，覺得有些疲勞，便挽著妹夫的另一隻手。不過，儘管查爾斯對她頗為客氣，對妻子卻很惱火。瑪莉也開始抱怨，為自己受到的虧待感到傷心，說自己走在樹籬這一邊，安妮卻走在舒服的另一邊。惹得查爾斯索性把兩人的手都拋開了，朝著一隻一閃而過的黃鼠狼追了過去。

這塊草地旁有一條窄路，與他們所走的小徑盡頭相交。他們早就聽見了馬車的聲音，等他們來到草地的出口處，馬車正好順著同一方向駛來，一看便知是克羅夫特將軍的馬車。他和妻子按照計畫兜完了風，正在回程中。一聽說幾位年輕人跑了這麼遠，他們好心地提出願意載一位女士回家，讓她少走一哩路。這個邀請受到眾人謝絕了，兩位瑪斯格羅夫小姐根本不累，瑪莉因為沒有得到優先邀請而生氣——也許就像路易莎說的，艾略特家族的傲慢使她無法容忍在馬車上當個第三者。

步行的人們穿過了窄路，正在攀越對面一道樹籬的階梯，將軍也策馬繼續趕路。這時，溫特華忽地跳過樹籬，去跟姐姐談了幾句。這幾句話的內容可以從結果推測出來。

「艾略特小姐，我想妳一定累了，」克羅夫特夫人說道，「讓我們載妳回家吧！放心好了，車裡坐三個人綽綽有餘。假如我們都像妳一樣苗條的話，搞不好還坐得下四個人呢！妳一定要上來，真的。」

安妮仍然站在小路上，她雖然本能地謝絕了，但克羅夫特夫人不讓她往前走。將軍附和妻子的話，慈祥地催促安妮快點上車，說什麼也不准她拒絕。他們盡可能把身子擠在一起，為她挪出了一塊空間，溫特華一聲不響地轉向她，悄悄地把她扶進了車子。

是的，他這麼做了。安妮坐進了車子，覺得是被他抱進去的——是被他心甘情願地親手抱進去的。使她感激不已的是，他居然察覺出她累了，而且決定讓她休息一下。這些舉動表明了他對她的一番心意，讓她大受感動。這件小事似乎為過去的一切帶來了圓滿的解釋，她終於明白他的心意了：他不能原諒她，但又不能無情無義。儘管他責備她的過去，感到滿腹怨恨；儘管他對她已經毫無情份；儘管他已經愛上了另外一個人；卻不能眼見她受苦受累而不幫她一把。這是舊情的痕跡，是友情的衝動，是他心地善良的證據。她一回想起來便內心澎湃，也不知道是喜是悲。

起初，她對同伴的關照和議論完全心不在焉。他們沿著崎嶇的小路走到一半，她才意識到他們的談話內容。當時她發現，他們正在談論「弗雷德里克」。

「他當然想娶兩位姑娘中的其中一位了，蘇菲，」將軍說道，「不過不知道是哪一位。人們會覺得，他追求她們夠久了，該下決心了。唉！這都是和平帶來的結果，假如現在是戰爭期間，他早就決定了。艾略特小姐，水手在戰爭期間是沒有時間談情說愛的。親愛的，從我第一次遇見妳到與妳在北雅茅斯結婚為止，這中間隔了幾天？」

「親愛的，我們最好別談這些，」克羅夫特夫人愉快地回答，「要是艾略特小姐聽說我們這麼快訂下終身，她說什麼也不會相信我們很幸福的。不過，我當時對你早有瞭解。」

「而我早就聽說妳是個漂亮的女孩，除此以外，我們還有什麼好等的？我在這種事上不喜歡拖泥帶水。我希望弗雷德里克加緊腳步，把這兩位小姐中的某一位帶來凱林奇。這樣一來，她們隨時都有人作伴。她們都是非常可愛的女孩，我簡直看不出她們有什麼差別。」

「確實是兩個非常溫柔、真摯的小姐，」克羅夫特夫人平靜地稱讚道，安妮聽了覺得有點可疑，說不定她心裡認為她們根本配不上她弟弟，「而且還有一個體面的家庭，你簡直找不到比她們更好的人家了。我親愛的將軍，那根柱子！我們快撞到那根柱子了！」

不過，她冷靜地往旁邊一拉韁繩，車子便僥倖地避開了。後來還有一次，多虧她急中生智地伸手，車子才沒有翻到山溝裡，也沒有撞上糞車。安妮看到他們的駕車方式，不禁覺得有幾分愉快，她心想這一定能反映他們是如何處理家務事的。想著想著，馬車不知不覺來到了農舍前，安妮安然無恙地下了車。

第十一章

羅素夫人回來的日子越來越接近，連日期都確定了。安妮曾與她約好，等她一安頓下來，就與她住在一起，因此她期望早日搬到凱林奇，並且開始想像這會為自己的生活帶來多大的影響。

這樣一來，她將和溫特華住在同一個莊園，離他不到半哩。他們將會出入同一間教堂，兩家人也難免有所來往，這是違背她意願的；話又說回來，他常常來上克羅斯，要是她搬到凱林奇，那反而是疏遠他，而非親近他。總之，她相信，離開瑪莉去找羅素夫人，對她肯定有好處。

她希望自己能夠避免在凱林奇府邸見到溫特華，因為他們曾在那些房間相會過，再在那裡見面會令她觸景生情。不過，她更急切地盼望，羅素夫人和溫特華再也不要見面。他們誰也不喜歡誰，即使言歸於好也不會帶來任何好處；況且，要是羅素夫人看見他們兩人在一起，或許會認為她有失理智。

她覺得自己在上克羅斯逗留夠久了，期待著早日離開那裡，這件事構成了她的主要憂慮。她對小查爾斯的照料，將永遠為這兩個月的訪問留下美好的回憶，不過孩子正在逐漸恢復健康，她沒有別的理由再待下去。

然而，就在她的訪問即將結束的時候，發生了一件出乎她意料的事。人們在上克羅斯已經整整兩天沒有看見上校的人影，也沒聽到他的消息，如今他又出現了，並解釋了這兩天沒有來的理由。

原來，他的朋友哈威爾上校寄來一封信，告訴他自己搬到了萊姆，準備在那裡過冬。從此，他們之間距離不到二十哩。哈威爾上校兩年前受過重傷，後來身體一直不好，溫特華迫不及待地想見到他，於是立即去了萊姆一趟。他在那裡逗留了一天，圓滿地履行了自己的責任，受到了熱情的款待。同時他的敘述也激起了聽者對他朋友的濃厚興趣。他描繪起萊姆一帶的秀麗景色時，他們一個個聽得津津有味，熱切地渴望親自去一趟萊姆，並真的訂出了去那裡參觀的計畫。

年輕人都迫不及待地想看看萊姆。溫特華說自己也想再去一趟，那裡離上克羅斯只有十七哩。目前雖然已經十一月，天氣卻不算壞。路易莎是所有人之中最期待的，決心非去一趟不可。她本來就我行我素，現在又多了一種動機，完全無視於父母希望她夏天再去的想法。於是，大伙兒——查爾斯、瑪莉、安妮、亨利葉塔、路易莎，以及溫特華上校決定前往萊姆。

他們起初考慮不周，計畫早上出發，晚上返回。誰知道瑪斯格羅夫先生捨不得自己的馬，不同意這種安排。後來經過再三考慮後，覺得目前已是十一月中旬，加上鄉下的路不好走，來回要七個小時，一天減去七個小時，就沒剩多少時間遊玩了。因此，他們決定在當地過夜，第二天吃晚飯時再回來。大家都覺得這是個不錯的方法。

當天一大早就吃過飯，準時啟程了。直到過了中午，兩輛馬車（瑪斯格羅夫先生的馬車載著四位女士，查爾斯的輕便兩輪馬車載了溫特華上校）才駛進萊姆，然後駛進該鎮陡斜的街道。他們才剛開始環顧四周，天色便暗了下來，同時也帶來了涼意。

他們在一家旅館訂好了房間和晚餐，下一件事就是直奔海邊。他們來的季節太晚了，萊姆當地能提供的各種娛樂，他們一概沒有趕上。一間間旅館都關著門，旅客差不多走光了，鎮上除了當地的居民，簡直沒剩下什麼人。無論是建築本身、城市的奇特位置、筆直通往海邊與碼頭的道路，這些都沒有什麼值得一提的，儘管在旅遊旺季時，海灣上到處都是更衣車和沐浴的人群。觀光客真正想觀賞的還是碼頭本身、它的古蹟奇觀和新式修繕，以及那陡峭無比的懸崖峭壁，一直延伸到城市的東面。要是誰見過萊姆近郊的嫵媚，卻不想進一步瞭解它，那他一定是個怪人！萊姆附近的查茅斯，廣闊高聳，景致宜人，還有個幽美的海灣，背後聳立著烏黑的絕壁，低矮的石塊散佈在沙灘上，形成了人們觀潮和冥思的絕妙地點。上萊姆是個生機盎然的村莊，長滿了各式各樣的樹木；尤其是皮尼，那富有浪漫色彩的懸崖之間夾著一條條翠谷，谷中長滿了茂盛的林木和果樹，顯示自從懸崖第一次塌陷，誕生這座翠谷以來，人類一定經過了許許多多個世代，而這翠谷呈現出的美妙景色，足以媲美聞名遐邇的維特島。

上克羅斯一行人經過一座座空蕩蕩的公寓，繼續往前走去，不久便來到了海邊。每當人們初次來到海邊，總會逗留、眺望一番，這幾位也只是逗留了一陣，就接著朝碼頭走去——那既是他們的目的地，也是為了溫特華上校。因為哈威爾一家就住在一條舊碼頭附近的小房子。溫特華自行進去拜訪的朋友，其他人則往前走，之後他再到碼頭找他們。

他們一個個興致勃勃、驚嘆不已，當溫特華趕到時，就連路易莎也不覺得與他離別了很久。上校帶來了三個伙伴，由於曾聽他介紹過，因此大家都很熟悉這三個人——分別是哈威爾上校夫婦、以及與他們同居的班維克中校。

班維克中校過去曾在拉科尼亞號當過上尉，溫特華從萊姆回來後提到過他，並熱烈地稱讚他是個傑出的青年，還是他一向器重的一名屬下，這番話使每個人都對班維克中校甚為景仰。隨後，他又介紹了一些關於他個人的生活，使所有女士都感到趣味盎然。原來，他與哈威爾上校的妹妹訂過婚，現在正在哀悼她的去世。曾經有幾年，他們一直在等待他發財和晉升。當錢賺到了，他也晉升了，范妮．哈威爾卻沒能活著聽見這些消息——今年夏天班維克出海的時候，她去世了。溫特華相信，對男人來說，誰也不可能像班維克對范妮那樣深情，誰也不可能在遇到這種變故時像他一樣柔腸寸斷。上校認為，他天生就具有那種忍耐的特質，能把強烈的感情與恬靜、莊重、矜持的舉止融合在一起，而且熱愛讀書和工作。更有趣的是，他與哈威爾夫婦的友誼，似乎是因為這起事件才進一步增強的。哈威爾上校租下現在這棟房子，打算居住半年。他必須找間便宜的住宅，而且要在海邊。鄉下景致壯觀，萊姆的冬天又比較僻靜，似乎正適合班維克中校的心境，也更能激起人們對他的同情與關心。

「可是，」當大伙兒上前迎接他們時，安妮自言自語地說，「他也許並不比我傷心。我無法相信他的前程就這麼葬送了。他比我年輕，在感情上比我年輕。他一定會重新振作起來，找到新的伴侶。」

大家相見了，也作了介紹。哈威爾上校是個高大黝黑的男子，聰敏和善，腿有點跛，由於面目粗獷和身體欠佳的關係，看上去比溫特華老得多。班維克中校似乎是三人之中最年輕的，事實上也是如此。與其他兩人相比，他是個小伙子，長著一副討人喜歡的面孔，不過神態憂鬱，不太說話。

哈威爾上校的舉止比不上溫特華，卻是個極有教養的人，他真摯熱情、樂於助人；哈威爾夫人不像丈夫那樣教養有素，不過一樣很熱情。兩人親切好客極了，一再懇請大伙兒與他們共進晚餐。眾人推說已在旅館訂好了晚餐，這個藉口雖然勉強被接受了，但對於溫特華把這樣一群朋友帶到萊姆，卻沒有和他們一起共進晚餐，彷彿感到有些生氣。

從這件事裡可以看出，他們對溫特華懷有無比深厚的感情，殷勤好客到這種地步，令人嘖嘖稱奇。他們的邀請不像一般的客套形式，既不拘泥於禮儀，也不炫耀自己的闊綽，因此安妮覺得，要是她能與這些人進一步往來，將永遠無法得到安慰。「他們本來都該是我的朋友。」她必須盡力克制自己，以免讓情緒變得過於低落。

他們離開碼頭，帶著新朋友回到了家裡。屋子實在太小，只有滿腔熱情的主人才會認為能容得下這麼多客人。安妮也驚奇了幾秒鐘，但當她看到哈威爾上校別出心裁地作了安排，使原有的空間得到了充分利用——添置了屋裡缺少的傢俱，加固了門窗以抵禦風暴的襲擊——她不禁沉浸在一種舒適感之中。瞧瞧屋裡的陳設，以及屋主提供的用品，一切都很一般，倒是幾件木製珍品，製作得十分精緻，另外還有幾個海外帶回來的新鮮玩意。這些東西不光使安妮感覺有趣，又因為這一切都與他的職業有關，是水手的勞動成果，是水手生活對他的習慣產生的影響，為他的家庭生活帶來了一派安逸幸福的景象，這使她多少產生了一種似喜非喜的感覺。

哈威爾上校不是個博學之人，但班維克中校收藏了不少裝幀精美的書籍，並製作了漂亮的書架。他由於腳跛，不能多運動，但富有才智，愛動腦筋，使他在屋內始終忙得不亦樂乎。他畫畫、塗油漆、作木工、勞作，為孩子製作玩具；要是事情都忙完了，就坐在屋子一角，把玩他的那張大魚網。

當大家離開哈威爾家時，安妮歡樂的心情蕩然無存。她走在路易莎旁邊，只聽她欣喜若狂地對海軍的氣質大加讚揚，說他們親切友好，坦率豪爽。她還堅信，在英國，水手比任何人都更優秀、更熱情，只有他們才知道如何享受生活，也只有他們值得尊敬和熱愛。

眾人回去更衣吃飯。他們的旅程已經得到了圓滿的成果，一切都很稱心如意。不過還是說了些諸如「來得不是時候」、「萊姆不是重要城市」、「沒遇見什麼旅伴」之類的話，害得旅館老闆連聲道歉。

安妮起初設想，她永遠不會習慣跟溫特華待在一起，想不到現在居然發現，她對於這件事越來越習以為常了。如今她與他坐在同一張桌前，說上幾句一般的客套話，已經變得司空見慣。

天色太暗了，女士們不便再相聚，只好等到明日，不過哈威爾上校答應晚上會來看望大家。他來了，還帶著他的朋友，讓眾人大為意外，因為大家都認為班維克中校是個沉悶的人。不過，他還是大膽地來了，儘管情緒與歡樂的氣氛極不協調。

溫特華和哈威爾上校在房間一側說著話，重新提起了逝去的歲月，用豐富多彩的奇聞軼事取悅大家。這時，安妮碰巧與班維克中校坐在一起，距離眾人很遠。她天性善良，情不自禁與他攀談起來。雖然他十分害羞，還常常心不在焉，但她溫柔迷人的神情很快就產生了效果，得到了充分的回應。顯然，班維克是個熱愛讀書的人，不過更喜歡讀詩。安妮相信，他的朋友們可能對這些話題不感興趣，但她卻與他暢談了一個晚上。談話中，她自然而然地提起了忍受痛苦的義務和好處，覺得這些話對他可能有些好處。因為雖然他有些靦腆，卻不拘謹，似乎很樂意掙脫感情的約束。他們談起了詩歌，談起了現代詩歌的豐富多彩，簡單比較了一下他們對幾位詩人的看法，試圖鑑別《瑪密安》與《湖上夫人》哪一篇比較好，評價《異教徒》和《阿比多斯的新娘》，以及探討《異教徒》的英文該怎麼唸。他對第一位詩人充滿柔情的詩篇和第二位詩人悲痛欲絕的深刻描寫全部瞭若指掌，並帶著激動的感情，背誦了幾節描寫痛不欲生心情的詩句。安妮因此冒昧地希望他不要一味地讀詩，必須對強烈的感情有所節制。

他的神色沒有太多痛苦，反而對她暗喻自己的處境感到高興，安妮也就放心地繼續說下去。她覺得自己忍受痛苦的經驗比他多一些，便大膽地建議他多讀些散文。當對方要求她說得具體一些，她提及了幾本優秀道德家的作品、卓越文學家的文集，以及一些曾遭受各種磨難的偉人的回憶錄。她認為這些人為道德和宗教上的忍耐樹立了最崇高的典範，可以激勵人的精神、堅定人的意志。

班維克中校聚精會神地聽著，似乎對她話中的關心十分感激。雖然他搖了搖頭，嘆了幾口氣，表明他不太相信有什麼書能解除他的痛苦，但還是記下了她推薦的書名，而且答應找來讀讀。

夜晚結束了，安妮一想起自己才剛到萊姆，居然就勸一位素昧平生的小伙子學著忍耐，不禁覺得十分好笑。但再仔細考慮後，她又覺得有幾分害怕，因為就像許多說教者一樣，儘管她說來頭頭是道，但自己的行為卻經不起考驗。

第十二章

第二天早上，安妮和亨利葉塔起得最早，兩人決定趁飯前到海邊走走。她們來到沙灘上，觀看潮水上漲，只見海水在東南風的吹拂下朝著平展的海岸上陣陣湧來，顯得十分壯觀。她們讚嘆這個早晨，誇耀這片大海，稱賞這陣涼爽的微風，接著就沉默不語了。過了一會兒，亨利葉塔突然叫道：

「啊，是呀！我完全相信，除了特殊情況之外，海邊的空氣總是對人有益。去年春天，謝利博士得了一場病，海邊的空氣幫了他不少忙。他曾親口說，在萊姆待一個月比吃那麼多藥更有用，還說來海邊使他變年輕了。遺憾的是，他沒有乾脆住在海邊，我認為他不如離開上克羅斯，在萊姆定居下來，妳覺得呢？安妮，難道妳不同意我的意見嗎？不認為對他或是謝利夫人來說，這都是最好的辦法嗎？妳知道，謝利夫人在這裡有幾位親戚，還有許多朋友，能讓她過得十分愉快。我想她一定樂於來這裡，即使她丈夫再發病，也能方便就醫。像謝利博士夫婦這樣的好人，做了一輩子好事，如今卻在上克羅斯這樣的地方度過晚年，除了我們家以外，幾乎與世完全隔絕，想起來真令人心寒。我希望他的朋友們能向他提出這個建議。至於外住的許可，憑著他的年紀、他的人格，那沒什麼困難的。唯一的疑慮是，該怎麼勸他離開自己的教區呢？他這個人非常謹慎——應該說多慮。安妮，難道妳不認為他有些多慮嗎？一個牧師明明可以把職務交給別人，卻偏要拚著老命做，難道妳不認為這很不好嗎？就算他住在萊姆，離上克羅斯那麼近，只有十七哩，教民心中有什麼話想說，他也完全聽得到。」

安妮聽著這番話，不只一次地暗自發笑。她很理解這位年輕小姐的心情，於是便想做點好事，接續這個話題——不過這只是一種簡單的善意，因為除了默許之外，她還能做出什麼表示呢？她盡可能說了些得體的話，覺得謝利博士應該休息，認為他確實需要找一個年輕人做留守牧師，甚至體貼入微地暗示說這位年輕人最好是結了婚的。

「我希望，」亨利葉塔說，她對伙伴的話大為滿意，「羅素夫人就住在上克羅斯，而且與謝利博士關係密切。我一向聽人說，羅素夫人是個很有影響力的女人！她能夠勸一個人做任何事！我以前跟妳說過，我很怕她，非常怕她！因為她太聰明了；不過我很尊敬她，希望我們在上克羅斯也能有這麼一位鄰居。」

安妮看見亨利葉塔感激的神態，覺得很有趣。同樣使她覺得有趣的是，由於事態的發展以及亨利葉塔腦中新的興趣，羅素夫人居然能得到瑪斯格羅夫家某個成員的賞識。不過，她僅僅客套地回答了一聲，祝福上克羅斯的確能有這麼一個女人。話題突然停止了，只見路易莎和溫特華朝著她們走來，顯然也想趁著早飯之前出來遛達。路易莎想起她要在一家店裡買點東西，便邀請他們跟她一起回到城裡。他們也都欣然答應了。

當他們來到由海灘通往街上的台階前時，正好有位紳士要往下走，他很有禮貌地退了回去，讓他們先走。雙方擦身而過時，他看見了安妮的面孔，目光裡流露出愛慕的神色，安妮也察覺到了。她看上去極為動人，她那端莊秀氣的臉龐被風一吹拂，煥發出青春的嬌潤與豔麗，雙眼也變得炯炯有神。顯然，那位紳士對她極為著迷。溫特華立刻轉頭望向她，顯示他注意到了這個情形。他和顏悅色地瞥了她一眼，彷彿是說：「那人迷上妳了，現在就連我也覺得妳又像過去的安妮．艾略特了。」

大伙兒陪著路易莎買好東西，在街上逛了一會，便回到旅館。後來，安妮從房間走向餐廳時，又遇見了剛才那位紳士，兩人險些撞在一起。安妮起初猜測他跟自己一樣是個客人，後來回旅館時見到一位馬伕，在附近踱來踱去，便斷定那是他的僕人；主僕都穿著喪服，更使她確信是這麼一回事。他們的第二次相會雖然非常短暫，但從那位紳士的神情裡一樣可以看出，他覺得她十分可愛，而從他那爽快得體的道歉中又能看出，他是個文雅的男子。這個人大約三十歲，雖然長得不算英俊，卻也討人喜歡。安妮心想，她應該瞭解一下他是誰。

大伙兒快吃完早飯時，忽然聽到了馬車的聲音，這幾乎是他們進入萊姆以後第一次聽見馬車聲。有一半的人被吸引到窗前。那是一輛輕便馬車，從馬車場駛到了正門口，似乎是什麼人要走了。駕車的是個穿著喪服的僕人。

一聽說是輛輕便馬車，查爾斯立刻跳了起來，想與自己的馬車比較一番。那名僕人激起了安妮的好奇心，當馬車主人就要走出正門，老闆一家恭敬地送客時，安妮一行六個人全都聚到窗前，望著他坐上馬車離去了。

「哦！」溫特華立刻叫道，一面瞥了一眼安妮，「這就是與我們擦身而過的那個人！」

兩位瑪斯格羅夫小姐贊同他的看法。大家深情地目送著那人朝山上駛去，直到看不見為止，然後又回到餐桌旁邊。不一會，侍者走進了餐廳。

「請問，」溫特華馬上說道，「剛才離開的那位先生姓什麼？」

「那是艾略特先生，一位有錢的紳士，昨晚從西德茅斯來到這裡。先生，我想您用餐時一定聽到了馬車的聲音，他現在正要去克魯肯，然後再去巴斯和倫敦。」

「艾略特？」不等侍者說完，眾人便面面相覷，不約而同地重複了這個姓氏一遍。

「我的天哪！」瑪莉叫道，「那一定是我們的堂哥，一定是我們的威廉，一定是的！查爾斯，安妮，難道不是嗎？你們看，還穿著喪服，就像我們的威廉一樣。多麼奇怪啊！跟我們住在同一間旅館裡！安妮，這難道不是我們的威廉先生嗎？不是我們父親的繼承人嗎？請問，先生，」她轉頭對侍者說，「你有沒有聽他的僕人說過，他是凱林奇家族的人？」

「沒有，夫人，他沒有提起家族名。不過他倒是說過，他的主人是位很有錢的紳士，有朝一日會成為准男爵。」

「哈，看吧！」瑪莉狂喜地叫道，「被我說中了！瓦爾特爵士的繼承人！我早就知道，如果事情真是這樣的話，遲早會真相大白的。你們儘管相信我，這件事他的僕人一定會到處宣揚的。安妮，妳想想這件事多麼離奇啊！真可惜，我沒能仔細瞧瞧他。要是我們早知道他是誰就好了，多麼遺憾啊，我們竟然沒有互相介紹一下。妳覺得他長得像艾略特家族的人嗎？我幾乎沒看他，只顧著看他的馬。真奇怪，我沒注意到他的家徽！哦！他的大衣搭在馬車的鑲板上，把家徽遮住了，不然的話我肯定能看見！還有制服，要是他的僕人不穿喪服，別人一定能從他的制服認出他的身分。」

「將這些奇怪的情況連接在一起，」溫特華說，「我們必須把妳不認識妳堂哥這件事視為上帝的安排。」

安妮等瑪莉冷靜下來後，便心平氣和地告訴她說，她們的父親與威廉多年來關係一直不好，要是設法與他結識，那將會很不恰當。

不過，使她暗自竊喜的是，她見到了自己的堂哥，知道凱林奇未來的主人是個有教養的人，而且看起來十分聰明。她不想提起自己二度遇到他的事，幸運的是，瑪莉並未注意到早上散步時曾與他擦身而過，要是她聽說安妮居然在走廊上遇見了他，還受到了他十分客氣的道歉，而她卻根本沒有接近過他，一定會覺得吃了大虧——不！他們堂兄妹之間的這次見面必須絕對保密。

「當然，」瑪莉說，「妳下次寫信去巴斯的時候，一定會提到我們遇到威廉的事，我想父親有權知道這件事。務必全部告訴他。」

安妮避而不答，不過她認為這件事不僅沒必要告訴他們，而且應該隱瞞。她瞭解父親與伊莉莎白多年前遇到的無禮行為，每當他們兩人一想起威廉，總會感到懊惱萬分。瑪莉從來不寫信，與伊莉莎白通信的苦差事完全落在了安妮的肩上。

吃過早飯不久，哈威爾夫婦和班維克中校來找他們。他們相約遊覽萊姆最後一次。溫特華一行人一點鐘就要動身返回上克羅斯，這時還想再聚一聚，盡情地出門走走。

一走上大街，班維克中校便湊到安妮身邊。像前一晚那樣談論著司各特和拜倫，不過仍一如既往地無法取得一致的評價。直到最後，眾人的走路順序不知不覺交換了，現在走在安妮旁邊的不是班維克中校，而是哈威爾上校。

「艾略特小姐，」哈威爾上校小聲說道，「妳做了件好事，讓那可憐人說了這麼多話。但願他能常有妳這樣的伙伴。我知道，他這樣關在家裡是沒有好處的，不過我們有什麼辦法呢？他離不開我們啊！」

「是的，」安妮說，「我相信是這樣。不過也許總有一天——我們知道時間對煩惱帶來的影響。你必須記得一點，哈威爾上校，你朋友的痛苦才剛開始不久——我想是今年夏天才開始的吧？」

「唉，一點也不錯，」上校深深嘆了口氣，「是從六月開始的。」

「也許他知道得更晚。」

「他直到八月的第一週才得知。當時，他剛奉命指揮『格鬥者號』，從好望角回到普茲茅斯。當時，我在普利茅斯，生怕告訴他這個壞消息。但是消息最後還是不脛而走，至於是誰告訴他的呢？才不是我呢！我寧可被吊死在帆桁上，也不忍這麼做。除了那位好心人——」他指了指溫特華，「就在事情發生一週前，拉科尼亞號開進了普利茅斯，不會再出海了。於是他請了假，日夜兼程地趕到普茲茅斯，接著又登上格鬥者號，整整一週再也沒離開可憐的詹姆士。這就是他幹的好事，艾略特小姐，妳可以想像他對我們做了什麼！」

安妮仔細想了想這個問題，並在感情允許的情況下盡量作出回答，因為哈威爾上校實在太激動了，無法繼續這個話題。當上校重新開口時，說的又是另一檔事。

哈威爾夫人提出了意見，說她丈夫走回家的距離就夠遠的了。

這個意見決定了眾人最後一次散步的方向。大家要先陪他們走回家，然後再回旅館啟程。按照估計，時間還很充裕；但當他們接近碼頭的時候，又想再去上面走走。既然有了這個想法，大伙兒又發現，就算晚十五分鐘也沒什麼差別。於是，到了哈威爾家門口後，人們深情地互相道別、提出邀請、做出應諾，然後便辭別哈威爾夫婦——但班維克中校仍然陪著，看來他已準備好奉陪到底——繼續向碼頭走去。

安妮發現班維克又來到了她身旁。看著眼前的景色，他情不自禁地吟誦起拜倫的《湛藍色大海》，安妮十分高興地與他交談，過沒多久，她的注意力卻被吸引到別處去了。

風勢很大，小姐們在新碼頭的上方覺得不舒服，決定沿著台階走到下碼頭。她們都一聲不響地走下台階，只有路易莎例外，她一定要溫特華扶著她往下跳，在過去的幾回散步中，他每次都得扶著她走樓梯——她感覺這很愜意。但這一次，由於地面太硬，溫特華有些不樂意，但還是扶她跳了。她安然無恙地跳了下來，而且為了顯示她的興致，又重新跑了上去，要他扶著再跳一次。他勸她別跳了，但無濟於事，只聽她笑著說道：「我一定要跳。」他剛伸出雙手，想不到她太過急躁，早跳了半秒鐘，咚的一聲摔在人行道上，不省人事。她身上沒有傷口，也沒有青腫，但雙眼緊閉，呼吸停止，面無人色，讓所有人都驚恐萬分！

溫特華先把她扶起來，用手臂摟著，跪在地上望著她，臉色跟她一樣慘白。「她死了！她死了！」瑪莉一把抓住丈夫，尖聲叫道。她丈夫本來就驚恐不已，再聽到她的尖叫，更是嚇得呆若木雞。亨利葉塔以為妹妹真的死了，悲痛欲絕，也跟著昏了過去，要不是班維克和安妮從兩旁扶住她，非摔倒在台階上不可。

「難道沒有人要幫我？」這是溫特華帶著絕望的口氣說出的第一句話，彷彿已經筋疲力盡似的。

「你去幫他，你去幫他！」安妮大聲說道，「我一個人就能扶住她，別管我，去幫幫他！揉揉她的手跟太陽穴，這裡有嗅鹽，拿去，快！」

班維克過去了，查爾斯也推開了妻子，跑上去幫忙。溫特華把路易莎抱起來，他們從兩旁牢牢地扶住。所有可行的辦法都試過了，但是毫無效果。溫特華踉踉蹌蹌地靠到牆上，悲痛欲絕地喊道：

「哦，上帝！快叫她父母來！」

「快找醫生！」安妮說。

溫特華一聽，似乎驚醒過來。「對，對！馬上去請醫生。」說完便轉身跑開，想不到安妮急忙喊道：

「班維克中校！讓班維克中校去是不是更好？他知道該去哪裡找醫生。」

一瞬間，班維克就把那死屍般的可憐人交給她哥哥照顧，自己飛快朝城裡跑去。

留在原地的人們之中，很難說誰最痛苦，是溫特華、安妮、還是查爾斯？查爾斯的確是個愛護妹妹的哥哥，悲痛得泣不成聲，只能看看兩個妹妹，或是看看妻子歇斯底里、拚命要他幫忙的樣子，但又無能為力。

安妮正全心全意地照顧亨利葉塔，有時還要設法安慰別人，勸瑪莉冷靜、查爾斯放心、溫特華不要那麼難過。兩位男士似乎都希望得到她的建議。

「安妮，安妮，」查爾斯嚷道，「下一步怎麼辦？天哪，下一步該怎麼辦？」

溫特華也把目光投向她。

「是不是該把她送回旅館？對，我想還是先小心地把她送回旅館。」

「對，對，送回旅館，」溫特華喃喃自語道，他已經鎮靜了一些，急著想做些什麼，「我來抱她。瑪斯格羅夫，你來照顧其他人。」

此時，這件意外已在碼頭周圍傳開了，許多人都聚過來看熱鬧，瞧瞧一位昏死的年輕小姐——不，是兩位，事實竟比傳聞中要嚴重兩倍！亨利葉塔被交給一些好心人照顧著，雖然她已逐漸恢復意識，但完全動彈不得。就這樣，安妮走在亨利葉塔旁邊，查爾斯扶著妻子，帶著難以言喻的心情，往剛才來的路上走去。

還沒走出碼頭，哈威爾夫婦便趕來了。他們看見班維克從屋外飛奔而過，推測出了什麼事，於是立即往這裡走來。哈威爾上校雖然大為震驚，但仍保持著理智和鎮定，他和妻子互相使了個眼色，立即決定了應該怎麼辦：必須把路易莎送回他們家，大伙兒也必須過去，在那裡等候醫生。於是，所有人又來到他的家中，在哈威爾夫人的指揮下，路易莎被送到樓上，放在她的床上，上校也在一旁幫忙，遞上鎮靜劑或是甦醒劑。

路易莎睜開了眼睛，但是很快又闔上了，不像是已經甦醒。不過，這至少證明她還活著，讓她的姐姐大為欣慰。亨利葉塔雖然還不能和路易莎待在同一間房裡，但她有了一線希望，沒有再昏厥過去。瑪莉也鎮靜了些。

醫生以最快的速度趕到了。他檢查的時候，眾人個個提心吊膽，但他倒不怎麼悲觀。雖然病人的頭部受了重創，但是比這更重的傷都能治好。眾人如釋重負，先是驚叫了幾聲，接著便暗自慶幸起來，心中的歡喜可想而知。

安妮心想，溫特華說「感謝上帝」時的那副態度，她永遠也不會忘記。她也忘不了他後來的那副姿勢：當時，他坐在桌子旁邊，雙臂交叉地伏在桌子上，捂著臉，彷彿百感交集，正想透過祈禱和反省，讓心靈平靜下來。

路易莎沒有傷到四肢，只有頭部受了些傷。

現在，大家必須考慮如何應付這個狀況。他們已經能互相交談了。毫無疑問，路易莎必須留在這裡，儘管這會為哈威爾夫婦帶來不少煩惱，但沒有別的辦法。哈威爾夫婦減輕了眾人的顧慮，甚至婉拒了眾人的感激之情。還不等別人開始考慮，他們就頗有遠見地把一切都安排好了——班維克要把房間讓出來，自己住到別的地方。這下子事情解決了，他們唯一擔心的是房間裡住不了太多人。不過，要是把孩子們安置在女僕的房裡，或是在什麼地方加個吊床，就能再騰出兩三個人的空間。至於亨利葉塔，他們完全可以把她交給哈威爾夫人，一點也不必擔心。哈威爾夫人和她的保姆都是很有經驗的看護，有了她們兩個，病人日夜都不會缺少護理。一切就這麼決定了。

查爾斯、亨利葉塔、溫特華上校三人正在商量。很快地，他們又陷入了新的煩惱與恐懼：「必須有人先回上克羅斯，告訴瑪斯格羅夫夫婦這件事！該怎麼告訴他們呢？上午就快過去了，他們本來一小時前就該動身回家，已經不可能在預定時間內到家了！」一開始，三個人只能驚慌失措地感嘆。過了一會兒，溫特華提出了自己的想法：

「我們必須果斷，而且不能再浪費任何一分鐘。必須有人立刻前往上克羅斯。瑪斯格羅夫，不是你去就是我去。」

查爾斯同意他的看法，卻堅稱自己哪兒都不去。雖然他不想給哈威爾夫婦添麻煩，但自己的妹妹變成這個樣子，他說什麼也不肯離開她。於是，由溫特華上校回上克羅斯通報。至於亨利葉塔，起初也堅持要留下，後來經過勸說，很快便改變了心意：她留下又有什麼用呢？一看到路易莎，她不但無能為力，而且只會更加傷心罷了；她又想起父母，終於放棄留下來的想法，同意離開。

當安妮走出路易莎的房間，輕巧地走下樓時，他們的討論已經告一個段落。恰巧客廳的門開著，她自然而然地聽見了接下來的談話。

「瑪斯格羅夫，事情就這麼說定了，」溫特華喊道，「你留下來，我帶你妹妹回家。至於剩下的人，如果需要人手幫忙哈威爾太太，我想有一位就夠了。你夫人一定想回家照顧孩子吧？要是艾略特小姐願意留下，那沒有人比她更合適、更幫得上忙了。」

其他兩人也贊同溫特華的話。安妮聽到自己被如此讚美，內心十分激動，不得不停下腳步平復心情。不久後才出現在大家面前。

「妳會願意留下來，我確信，妳會願意留下來照顧路易莎的。」溫特華對她說道，熱切與溫柔的語氣彷彿往日重現，讓安妮害羞得臉紅了。當他離開後，她向另外兩人表示，自己很樂意留下。「我一直打算這麼做，請允許我留下。如果哈威爾太太同意的話，就在路易莎的房間擺張床，我睡在那裡就好。」

還差一件事。要是他們返家的時間稍有延誤，就可能讓上克羅斯的瑪斯格羅夫夫婦有所警覺；但要是搭乘瑪斯格羅夫先生的四輪馬車，可能又會花費不少時間，讓他們更加掛念。溫特華於是建議，由自己向旅館租借輕便馬車，等明天一早再將瑪斯格夫先生的馬車送回，順便通報路易莎這一晚的最新情況。

溫特華上校匆匆離去，著手進行各項準備，兩位女士隨後與他會合。然而，當瑪莉知道了計畫內容後，一切又變樣了。她激動不已，對於別人竟要她離開，感到極不服氣——安妮跟路易莎有什麼關係呢？她是路易莎的嫂子，最有權利代替亨利葉塔留下，而不是安妮！而且她還必須自己回家，沒有丈夫陪伴——不！這對她太不公平了！總之，她滔滔不絕地抱怨著，查爾斯無力招架，只好讓步了，由瑪莉代替安妮留下來。

對於瑪莉充滿嫉妒而輕率的要求，安妮從未感到如此不滿，但事情已經決定了，於是一行人從城裡出發。查爾斯在一旁照顧亨利葉塔，班維克中校則陪著安妮。他們一路匆匆前行，一瞬間，安妮的腦中勾起了許多回憶，就在這個早上、在同樣的地點，竟發生了這麼多的事。一開始，她聽著亨利葉塔提到讓謝利博士離開上克羅斯的計畫；接著，她第一次見到威廉；但現在她全部的心思，都放在路易莎及那群照顧她的人身上，其他事物全被拋到了腦後。

班維克中校無微不至地關心她。發生了這樁不幸的事件，似乎將大家的心都拉到了一起，她對於班維克的好感也不斷增加，甚至欣喜地感覺到，這或許是他們繼續交往的好機會。

溫特華正在等候她們。為了方便起見，他將馬車停在街道的最低處。當他一見到姐姐變成了妹妹，顯然又驚又怒，聽查爾斯作解釋的時候，更是臉色大變，這讓安妮感到屈辱萬分，覺得自己之所以受器重，只不過因為她可以幫路易莎的忙。

她盡力保持鎮靜。看在他的份上，她能夠熱情地照顧路易莎，只希望他不要老是那麼不公正地認為，她會無緣無故地逃避做朋友的職責。

此時，她已經坐進了馬車。溫特華把她們扶了進來，自己坐在她們之間。就這樣，安妮懷著驚訝的感情，離別了萊姆。他們要如何度過這漫長的旅程、這會為他們的態度帶來什麼影響、他們將如何相處，這些她全都無法預見。不過，一切都很自然。他對亨利葉塔非常熱心，總是把臉朝向她；只要他一說話，總是盡可能增強她的信心、激勵她的情緒。大致來說，他在言談舉止上力求泰然自若，不要讓亨利葉塔更加激動。只有一次，當她為最後那次倒楣的碼頭之行感到傷心，抱怨說這是個餿主意時，他突然歇斯底里起來，彷彿失去了自制力。

「別說了，別說了，」他大叫道，「噢！上帝！但願我那時沒有放任她！我要是能堅持己見就好了！但她是那樣地急躁、那樣地堅決！啊，可愛的路易莎！」

安妮心想，不知道他是否開始懷疑自己對於堅定的性格能帶來幸福的想法；不知道他是否意識到堅定的性格也應該有個分寸。她認為他不可能不知道，脾氣溫和、容易說服有時也像堅定的性格一樣，有利於幸福。

馬車跑得很快，加之大家都害怕到達目的地，使得路程彷彿只有原本的一半遠。不過，他們還沒進入上克羅斯一帶，天色就已經暗了下來。三個人一聲不響地沉默了好一陣子，亨利葉塔仰靠在角落裡，用圍巾蒙著臉，似乎睡著了。當馬車向最後一座山上爬去時，安妮突然發覺溫特華在對她說話。

「我一直在想應該怎麼辦。亨利葉塔不能先進屋，那樣她受不了的；我在想，妳是不是應該跟她一起待在車裡，由我先進去見瑪斯格羅夫夫婦。妳覺得呢？」

安妮覺得可以，於是溫特華沒再說什麼。但是，想起他對她徵求意見的舉動，她仍然竊喜不已。這是友誼的證據，說明他尊重她的想法。即使在它成為一種臨別的象徵時，它的價值也沒有減少。

到上克羅斯傳遞消息的苦差事完成了，溫特華見到那一對父母正像人們希望的那樣，表現得相當鎮靜，加上女兒回到父母身邊也變得好多了，於是決定再坐著同一輛馬車回到萊姆。等馬匹吃飽喝足之後，他便出發了。

第十三章

安妮在上克羅斯的時間只剩下兩天，完全是在大宅裡度過的。她發現自己在那裡既是個不可或缺的伙伴，又可以為將來作好一切安排。

次日一早，萊姆就傳來消息，說路易莎的狀況依然不變，也沒有惡化的跡象。幾個小時之後，查爾斯帶來了更新、更具體的消息。他相當樂觀。雖然不太可能迅速痊癒，但就傷勢的嚴重程度而言，恢復過程還是很順利的。說起哈威爾夫婦，他怎麼也說不完他們的恩惠，特別是哈威爾夫人的精心護理。她什麼事也不讓瑪莉做。昨晚，查爾斯和瑪莉經她勸說，很早就回到旅館。今天早上，瑪莉又開始歇斯底里了；當查爾斯離開的時候，她正要和班維克出去散步，他希望這對她有所助益。

查爾斯下午就要回萊姆，起初瑪斯格羅夫先生也想跟著去，無奈他的妻女不同意。後來提出了一個更好的計畫：查爾斯派人從克魯肯趕來了一輛輕便馬車，然後載回一個能幹的老保姆。她曾幫他帶大所有孩子，並且眼見最後小兒子跟著哥哥們去上學，如今就住在那棟空蕩蕩的房子裡補補襪子、為鄰居治治膿瘡、包紮傷口，因此一聽說可以照顧路易莎小姐，真是喜不自禁。之前，瑪斯格羅夫太太和亨利葉塔也隱約想過讓莎拉來幫忙，但要是安妮不在的話，這件事就很難這麼快定下來。

第二天，多虧了海特，他們打聽到了路易莎的詳細情況。他特地去了一趟萊姆。據說，路易莎的神智越來越清醒。所有的證據都顯示，溫特華似乎在萊姆住下了。

安妮明天就要離開，這是大家都十分擔心的一件事。「她走了我們該怎麼辦？我們誰也安慰不了誰。」大家議論紛紛，安妮明白大家有個共同的心願，認為最好將事情挑明，請他們都去萊姆。她的建議立刻被接受了，大伙兒決定明天就出發，無論要住在旅館還是住在公寓都行，直到路易莎可以活動為止。他們要為看護她的好心人減少一些麻煩，至少也可以幫哈威爾夫人照顧一下她的孩子。總之，他們為這一決定感到欣喜，安妮也很高興。她覺得，她在上克羅斯的最後一個早上，最好用來幫他們作點準備，好讓他們順利上路——儘管這樣一來，大宅裡將變得冷冷清清，只剩下她一個人了。

除了農舍裡的孩子以外，為兩家人帶來朝氣、為上克羅斯帶來快樂的人當中，現在只剩安妮一個人了，幾天來的變化可真大啊！

路易莎痊癒之後，一切都會重新好起來。她將重溫以往的幸福，而且勝過以往。接著會發生什麼事，在安妮看來都是無庸置疑的。屋裡現在雖然冷冷清清，但是幾個月之後，就會重新洋溢著歡樂和幸福，充滿熱烈而美滿的愛情，一切都與安妮的處境截然不同。

這是十一月一個沉悶的日子，一場細雨阻斷了窗外本來清晰可見的景物。安妮百無聊賴地沉思了一個鐘頭，終於高興地聽到羅素夫人的馬車聲。不過，一想到要離開大宅、告別農舍，她的心中不由得十分悲傷。上克羅斯發生的一幕幕場景使她十分珍惜這裡，雖然這裡記錄著許多痛楚，這些痛楚一度是劇烈的，現在減弱了。這裡還記錄著一些往事、一些友誼與和好的氣息，這種氣息永遠無法再期待，卻值得珍惜。她把一切拋到腦後，只留下記憶。

自從安妮九月離開羅素夫人的小屋以來，從未踏入凱林奇。事實上，根本不需要這麼做；曾有幾回，她本來可以進到宅邸，但都設法避開了。她這一次回來，就是要在小屋那些別致的房間裡住下來，好為女主人增添一些歡樂。

羅素夫人見到她，欣喜之餘又夾帶了幾分憂慮。她知道上克羅斯有什麼客人，幸運的是，她認為安妮變得更加豐潤、漂亮了。聽到她的恭維，安妮開心地將這些話與她堂哥的愛慕聯繫起來，希望自己能因此重獲青春和美麗。

她們剛開始對話，安妮就察覺到自己在思想上的變化。她剛離開凱林奇時，滿腦子都在想一些問題，這些問題在瑪斯格羅夫家並未得到重視，因此她不得不埋藏在心底；直到如今，這些問題都成了次要的事。她甚至很久沒有想起她的父親、姐姐和巴斯，她對上克羅斯的關心勝過了他們。當羅素夫人舊話重提，談到她們過去的盼望和憂慮、談到她對他們在坎登廣場租的房子感到滿意、對克雷夫人仍然和他們如影隨形感到遺憾時，安妮實在不好意思告訴她：她更在乎的是萊姆和路易莎，以及她在那裡的朋友們，她更感興趣的是哈威爾夫婦和班維克中校的住處和友誼，而不是父親在坎登廣場的房子，也不是姐姐與克雷夫人的關係。事實上，她是為了迎合羅素夫人，才無可奈何地對那些她本該關心的事努力裝出關心的樣子。

談到另外一個話題時，起初有些尷尬。她們不可避免地會談到萊姆的意外。前一天，羅素夫人才剛抵達五分鐘，就有人將事情原原本本地告訴了她。她對這輕率的行為表示遺憾，對事情的結果表示傷心。兩人也不可避免地提到溫特華的名字。安妮意識到，羅素夫人竟比她更加坦然。她不敢說他的名字，不敢正視羅素夫人的目光，最後索性拐彎抹角地述說了她對溫特華與路易莎之間的看法。說完之後，他的名字終於不再使她煩惱了。

羅素夫人鎮靜自若地聽著，並且祝他們幸福，內心卻感到既氣憤又得意、既高興又鄙視——因為溫特華在二十三歲時就懂得安妮的好，但在八年過後，他竟然被一位路易莎小姐迷住了。

安安穩穩地過了三四天，沒有發生什麼大事，只收到了來自萊姆的一兩封短信，帶來了路易莎好轉的消息。羅素夫人是個禮貌周全的人，幾天過後，她再也沉不住氣了，帶著明確果斷的口氣說道：「我應該去拜訪克羅夫特夫人，是的，我應該立刻這麼做。安妮，妳方便陪我一起去宅邸拜訪嗎？這對我們兩人都是一樁痛苦的事情。」

安妮沒有畏縮，相反地，她心中所想的正如同她說出口的話一樣：

「我想，妳可能比我更痛苦。妳的感情不像我一樣適應這種變化。我一直待在這一帶，對這件事早已習以為常了。」

她本來還可以多聊幾句，因為她十分欣賞克羅夫特夫婦，認為父親能找到這樣的房客，真是再幸運不過了。教區裡有了這麼好的人物，窮人們肯定能受到無微不至的關懷。

無論她多麼懊惱、羞愧，良心上卻慶幸：不配住在裡頭的人搬走了，凱林奇府邸落到了更好的主人手裡。毫無疑問，這種認知必然摻雜著痛苦；不過，她與羅素夫人不同，重新進入府邸，走過那些熟悉的房間時，不會像她那麼痛苦。

此時此刻，安妮無法告訴自己：「這些房間本來應該屬於我們！噢！它們的命運多麼悲慘！裡頭住了身分多麼不相稱的人！一個名門世家就這樣被趕走了！被幾個陌生人取代了！」除非她想起母親，想起她在屋裡掌管家務的地方，否則她不會發出那樣的嘆息。

克羅夫特夫人待她總是客客氣氣的，使她感到相當愉快。如今，她在府邸裡接待她，更是關懷備至。

萊姆的可怕事件很快就成了主要話題。她們分享了病人的最新消息，顯然兩位女士都是昨天早上得到消息的。原來，溫特華昨天回到凱林奇，為安妮帶來了最後一封信，然後又回到萊姆，目前不打算再離開了。安妮又發現，他特別問起了她的狀況，希望她沒有累壞身子，並且把她的功勞讚美了一番。這比任何其他事都使她感到愉快。

兩人都是穩重而理智的女人，因此對於這次可悲的事件只有一種看法：這完全是輕率和魯莽造成的。一想到路易莎不知道何時才能痊癒，還可能會留下後遺症，就叫人不寒而慄！將軍大聲說道：

「唉！這件事真是糟透了。談個戀愛，竟然把愛人的腦袋都摔破了，艾略特小姐，難道這是年輕人談戀愛的新方式嗎？」

克羅夫特將軍的態度並不很合羅素夫人的意，卻能讓安妮感到開心。他心地善良、個性直爽，具有莫大的魅力。

「唔！看見我們住在這裡，妳心裡一定很不好受，」他忽然說道，「老實說，我之前從沒想過這一點，但妳一定很不好受。不過，請妳別客氣，要是妳願意的話，隨時可以來屋裡走走。」

「下次吧！先生，謝謝您，這次不了。」

「哈！什麼時候都行。妳隨時可以從矮樹叢那裡走進來，妳會發現，我們的傘都掛在那個門口，那地方很合適，對吧？不過——」他頓了頓，「妳一定不這麼想，因為你們的傘總是放在男管家的房間，是的，我猜是這樣的。雖然大家的習慣都是好的，但我們還是最喜歡自己的做法。因此要不要這麼做，就由妳自己作主了。」

安妮十分感激地作了表示。

「我們作的更動很少，」將軍沉思了片刻，「很少。我們在上克羅斯提過那扇洗衣房的門，我們把它換掉了。那個小門洞那麼不方便，你們居然能忍受這麼久，真令人感到奇怪！請妳告訴瓦爾特爵士，我們做了改建。謝法德先生認為這是這棟房子有史以來最了不起的改建。的確，我應該為自己說句公道話，我們所做的幾處修繕都比原來好多了；不過，這都是我妻子的功勞，我的貢獻很小，只讓人搬走了我更衣室裡的幾面大鏡子，那是妳父親的——他真是個了不起的人，一個真正的紳士，可是我覺得，艾略特小姐，」他若有所思地說道，「我認為就他的年齡而言，他也太講究衣著了。擺上這麼多的鏡子！於是我叫蘇菲幫了我一個忙，很快就把鏡子搬走了。現在舒適多了，角落裡有面小鏡子用來刮鬍子，還有個我從不使用的大鏡子。」

安妮喜不自禁，但又不曉得該回答什麼。將軍深怕自己失禮，便繼續說道：

「艾略特小姐，下次妳寫信給父親時，請代我和內人問候他，告訴他我們住得很舒服，這裡真是無可挑剔。雖然餐廳的煙囪有點破洞，但只有刮大風的時候才有影響，整個冬天或許遇不到三次。我們曾看過附近的大多數房子，可以斷定，我們最喜歡的還是這一棟。請妳這麼告訴他，並代為問候。他聽了會很高興的。」

羅素夫人和克羅夫特夫人對彼此都很滿意，不過，可以預料的是，這一段友誼暫時不會有什麼進展，因為克羅夫特夫婦在回訪時說道，他們要離開幾週去拜訪北部的親戚，可能無法在羅素夫人前往巴斯前回來。

於是，危機消除了，安妮不會在凱林奇府邸遇見溫特華了，不會見到他跟路易莎在一起了。一切都安全了，她為這件事的提心吊膽完全是虛驚一場，使她不禁感到好笑。

第十四章

查爾斯和瑪莉留在萊姆的時間雖然遠遠超出安妮的預料，但他們仍是所有人之中最先回家的。一回到上克羅斯，他們就乘車來到凱林奇小屋。他們離開萊姆時，路易莎已經能坐起身了，不過，她的身體仍然極為虛弱，暫時還經不起旅途的顛簸。

大家都住在公寓裡。瑪斯格羅夫太太盡可能將哈威爾夫人的小孩帶開，盡可能從上克羅斯運來一些生活品，以減少哈威爾夫婦生活上的不便，因為這對夫婦每天都會請他們吃飯——總之，雙方似乎在競賽，比誰更慷慨無私、更熱情好客。

瑪莉有自己的傷心事，不過，從她在萊姆待了那麼久可以看出，她的樂趣還是多於痛苦的。海特不管她是否高興，也經常跑來萊姆。他們跟哈威爾夫婦一起吃飯的時候，屋內僅有一個女僕在服侍，哈威爾夫人最初總是讓瑪斯格羅夫太太坐在上位，直到她發現瑪莉的身分之後，連忙向她不斷地道歉。從此瑪莉成了哈威爾家的上賓，整天在公寓和哈威爾家之間來來去去。權衡利弊後，她覺得萊姆還是不錯的，她被帶到查茅斯沐浴，到教堂做禮拜，發現萊姆教堂裡的人比上克羅斯的人來得多。她本來就覺得自己很了不起，再加上這些發現，使她更覺得這兩週過得很愉快。

安妮問起班維克中校的情況，瑪莉的臉上頓時蒙上了陰影。查爾斯卻笑了出來。

「哦！我認為班維克中校很好，但他是個古怪的年輕人。我們曾請他來家裡住一兩天，查爾斯還答應陪他打獵，他似乎也很高興；我還以為事情就這麼說定了，誰知道，他禮拜二晚上卻找了一個牽強的藉口，說他從不打獵，是我們誤會了他的意思。他明明作出了承諾，到頭來我們卻發現他根本不想來。也許他覺得來這裡沒意思，可是不瞞妳說，我卻覺得農舍裡熱熱鬧鬧的，正好適合中校這樣的傷心人。」

查爾斯又笑了起來，然後說道：「瑪莉，妳很瞭解事情的真相。這全是妳造成的，」他轉向安妮，「他以為來上克羅斯就能見到妳。但當他發現羅素夫人的住處離上克羅斯只有三哩遠時，便失去了勇氣，不敢來了。我以名譽擔保，就是這麼回事，瑪莉也心知肚明。」

但是瑪莉並不認同這個看法。究竟是因為她嫌班維克中校地位卑下，不配愛上安妮，還是因為她不願相信安妮的魅力比她自己還大，這就不得而知了；不過，安妮並沒有因為這些話削弱了一番好意，她說自己感到十分榮幸，並繼續打聽消息。

「哦，他常提起妳，」查爾斯叫道，「聽他的措詞——」話卻被瑪莉打斷了：「我敢說，查爾斯，我在那裡待了那麼久，聽他提起安妮還不到兩次。我敢說，安妮，他從來都不談論妳。」

「是的，」查爾斯坦承，「我知道他不隨便談論妳，不過顯然極為欽佩妳。他滿腦子都是妳推薦他的那些書，還想跟妳交換讀書心得。他從一本書中受到了什麼啟發，認為——噢！我記不太清楚了，不過確實是個美好的啟發。我聽見他一五一十地告訴了亨利葉塔，接下來又讚嘆不已地提到『艾略特小姐』！瑪莉，我敢說是這樣沒錯，是我親耳聽到的，當時妳正在另一個房間。『優雅、可愛、美麗。』噢！艾略特小姐具有無窮的魅力。」

「我敢說，」瑪莉激動地叫道，「他這麼做太可恥了。哈威爾小姐六月才過世，他就對別人動心！這種人太不可取了，妳說是吧？羅素夫人，我想妳一定會同意我的看法。」

「我要等見過班維克中校以後，才能下結論。」羅素夫人笑著說。

「那我可以告訴妳，夫人，妳也許很快就能見到他。」查爾斯說。

「雖然他不敢跟我們一起回來，也不敢獨自來這裡作正式訪問，但他總有一天會來凱林奇的，妳儘管放心好了。我告訴了他路多遠、怎麼走，還告訴他我們的教堂很值得一看——因為他很喜歡教堂，我想這能成為一個好藉口。從他那種嚮往的態度看來，我保證妳們很快就能見到他來這裡遊玩的。就是這樣，羅素夫人。」

「只要是安妮認識的人，我一向很歡迎。」羅素夫人和藹地答道。

「哦！我想我比安妮更熟悉他，」瑪莉說，「因為這兩週以來，我天天都見到他。」

「唔，這麼說來，既然妳們都認識班維克中校，那我就更歡迎他了。」

「老實告訴妳，夫人，妳會覺得他一點也不討人喜歡。他是天底下最無趣的人，有時候，他陪我從沙灘的一頭走到另一頭，一句話也不說，絲毫不像個有教養的男人。我敢說妳不會喜歡他的。」

「瑪莉，我們對這件事的看法不太一致，」安妮說，「我認為羅素夫人會喜歡他的，我認為她會欣賞他的博學，要不了多久，她就會忘了他在言談舉止上的缺陷。」

「我也這樣想，安妮，」查爾斯說道，「我想羅素夫人一定會喜歡他。他正是羅素夫人喜歡的那種人。給他一本書，他就會整天讀個不停。」

「是的，他當然會了！」瑪莉帶著譏諷的口氣叫道，「他會坐在一邊埋頭苦讀，別人跟他說話也聽不見，不管出了什麼事都不理會。你認為羅素夫人會喜歡這樣嗎？」

羅素夫人忍不住笑了。「老實說，」她說，「我真沒想到，我對一個人的看法竟然能引起這麼多的猜測，儘管我認為自己的看法始終如一。這個人能引起這麼多截然不同的評論，我還真想見見他！我希望你們能趕快邀請他來這裡。到時候，瑪莉，妳就能聽到我的意見。但在這之前，我絕不對他妄加評論。」

「妳不會喜歡他的，我保證。」

羅素夫人聊起了別的事情。瑪莉激動地提起了他們與威廉的奇遇，尤其是她竟然未能見到他。

「至於這個人，」羅素夫人說，「我就不想見。他拒絕跟一家之主和睦相處，這讓我留下了極壞的印象。」

這番話說得斬釘截鐵，頓時潑了瑪莉一盆冷水。她正在談論艾略特家族的相貌特徵，一聽到這句話立即停住了。

說到溫特華上校，雖然安妮沒有冒昧地開口詢問，但查爾斯夫婦卻主動談了不少事情。可想而知，隨著路易莎的痊癒，他的心情近來也大大好轉，跟第一週比起來簡直判若兩人。他生怕路易莎見到他會再度惡化，因此完全不急著見她。相反地，他想先離開幾天，等她情況更好些再回來。他曾說過要去普利茅斯住一個禮拜，而且還想讓班維克中校陪他一起去。不過，就像查爾斯說的，班維克似乎更想來凱林奇。

無庸置疑，從此刻開始，羅素夫人和安妮都會不時想起班維克中校。每當羅素夫人聽到門鈴聲，總覺得也許是他來了。安妮每次從父親的庭園裡散步回來，或是到村裡訪友回來，都期待能見到他，或是聽到他的消息。不過，班維克始終沒有來，也許他不像查爾斯認定的那麼想來，或是出於靦腆。羅素夫人等了一個禮拜之後，便斷定他不配引起她那麼大的興趣。

瑪斯格羅夫夫婦回來了，從學校裡接回自己的孩子，還把哈威爾家的小傢伙也帶來了，上克羅斯頓時變得更加嘈雜。瑪斯格羅夫家的人之中，除了亨利葉塔仍陪著路易莎以外，所有人都回到了自己家裡。

一天，羅素夫人和安妮來拜訪他們。安妮感到上克羅斯又熱鬧起來了，雖然亨利葉塔、路易莎、海特和溫特華都不在，但屋裡跟她離開時的情景卻有了天壤之別。

哈威爾家的幾個孩子緊緊圍著瑪斯格羅夫太太。她小心翼翼地保護著他們，以免他們被農舍的兩個孩子欺負——儘管他們只是在玩耍罷了。屋裡的另一邊有一張桌子，圍著幾個喋喋不休的女孩，正在剪紙和布料。另一頭立著幾個架子，架上擺滿了盤子，裡頭盛著豬肉和冷餡餅，把架子都壓彎了。

一群男孩正在狂歡大鬧。現場還少不了熊熊的聖誕爐火，儘管屋裡已經吵鬧不堪，它仍彷彿要叫給別人聽似的。兩位女士拜訪期間，查爾斯和瑪莉當然也沒缺席，瑪斯格羅夫先生一心想對羅素夫人表示敬意，在她身邊坐了十分鐘，熱情地跟她說話，但是膝蓋上的孩子卻鬧哄哄的，蓋過了他的聲音。好一首絕妙的家庭狂歡曲！

安妮心想，經歷過路易莎的大病後，眾人的神經一定十分脆弱，家裡這樣翻天覆地的鬧騰可不利於神經的恢復。瑪斯格羅夫太太把安妮拉到身邊，一再熱誠地感謝她的多方關照，並且簡單述說了一番自己遭受的痛苦，最後又喜滋滋地環顧屋裡一圈，說吃盡了這番苦頭之後，最好的補償就是待在家裡過幾天清靜的日子。路易莎正在迅速復原。她母親甚至在盤算，她可以在弟妹們開學之前回到家裡。哈威爾夫婦也答應陪路易莎來上克羅斯住一段時間。溫特華目前不在，他去希羅普郡拜訪哥哥了。

「我想我必須記得，」她們一坐進馬車，羅素夫人就說道，「以後可別在聖誕節期間來拜訪上克羅斯。」就像別的問題上一樣，人人對於噪音都有自己的一套看法。每一種聲音究竟是無害的，還是令人煩惱的，必須看它的種類，而不是響亮程度。

不久之後，羅素夫人在一個雨天的下午來到巴斯。馬車沿著長長的街道，從老橋往坎登廣場駛去。街上的馬車橫衝直撞，貨車發出沉重的轟鳴聲，賣報的、賣鬆餅的、送牛奶的，都在高聲叫喊，木製鞋的碰撞聲響個不停，可是她沒有抱怨——不，這是冬季最有趣的聲音，聽到這些聲音，她的情緒也跟著高漲起來。她就像瑪斯格羅夫太太一樣，雖然嘴裡不說，心裡卻覺得在鄉下待了這麼久，最好換個清靜、快樂的環境住幾天。

安妮並不這麼想。她雖然沉默不語，卻著實不喜歡巴斯。她隱約望見了陰雨籠罩、煙霧騰騰的高樓大廈，一點也不想仔細觀賞。馬車走在大街上，儘管令人生厭，卻又不希望它跑得太快，反正沒有人期待見到她。於是，她帶著眷戀惆悵的心情，回憶起上克羅斯的喧鬧和凱林奇的僻靜。

伊莉莎白最新的一封信告知了一則有趣的消息：威廉就在巴斯。他到坎登廣場拜訪了一次，之後又來了第二次、第三次，顯得十分殷勤。如果伊莉莎白和父親沒有搞錯的話，威廉彷彿在彌補過去的怠慢一般，不斷地巴結他們，稱讚他們的地位高貴。這讓羅素夫人對威廉既好奇、又納悶，高興之下，她拋棄了最近向瑪莉說的「不想見這個人」的那股心情，等不及想見見他。

要是他真的心甘情願成為艾略特家族的孝子，那麼人們的確該寬恕他過去對家族的背叛。安妮沒有這麼樂觀，但她不排斥再見威廉一面，反倒是對巴斯的其他人，她連見都不想見。

她在坎登廣場下了車。之後，羅素夫人獨自朝她在里弗斯街的住所駛去。

第十五章

瓦爾特爵士在坎登廣場租了一棟上好的房子，又高又威嚴，正好適合一名貴族。他和伊莉莎白住在那裡，感到十分稱心如意。

安妮懷著沉重的心情走進屋裡，一想到將在這裡度過好幾個月，不禁焦慮地喃喃自語道：「噢！我什麼時候才能離開你？」

出乎意料的是，她受到了相當熱情的歡迎，感到欣慰不已。她父親和姐姐想讓她看看房子、傢俱，不僅很高興見到她，對她也十分和氣。即使當大家坐下吃飯時，她發現屋內還有第四個人，也不以為意。

克雷夫人笑容滿面，但她的禮貌和微笑也是理所當然的。安妮總認為，只要她一出現，克雷夫人就會裝出禮貌周到的樣子，不過另外兩人的多禮卻是始料未及。顯然，他們都興高采烈的，至於原因，安妮馬上就會知道。他們並不想聽她說話，只不過隨便問了問家鄉的事，然後談話就由他們佔據了。上克羅斯激不起他們的興趣，凱林奇也是，談來談去全是巴斯。

他們告訴她，巴斯無論從哪方面來看，都超出了他們的期待。他們的房子是坎登廣場最好的，他們的客廳與他們見過的所有客廳比起來，擁有許多顯著的優點，這種優越同樣表現在擺設與傢俱上。人們都爭先恐後地結交他們，想上門拜訪他們。他們迴避了許多引薦，但仍然有素不相識的人絡繹不絕地送來名片。

這就是享樂的開始！安妮不對父親和姐姐的喜悅感到驚訝，只是嘆息。父親居然對自身處境的變化不覺得屈辱，對失去在家園的義務和尊嚴不感到懊悔，卻對待在一個小鎮裡沾沾自喜。當伊莉莎白打開折門，得意地從一間客廳走到另一間客廳，誇耀這些房間多麼寬敞時，安妮同樣為這位女人的行為感到可笑和驚奇。她原是凱林奇府邸的女主人，現在見到三十呎寬的房間，居然能夠如此得意。

然而，這並不是他們開心的全部理由，還包括了威廉。安妮聽到他們大聊威廉的事。他不僅得到原諒，還博得了他們的歡心。他在巴斯住了大約兩週（他十一月前往倫敦的途中曾路過巴斯，耳聞瓦爾特爵士移居這裡的消息。雖然他在此地逗留了二十四個小時，卻未能見上一面），到達後的第一件事就是到坎登廣場遞上名片，並設法求見。雙方見面的時候，他的舉止是那樣地誠懇大方，主動為過去的行為道了歉，又那麼急切地希望被家族重新接納，於是他們完全恢復了過去的友好關係。

他們發現他並沒有什麼錯。他為自己的怠慢作了辯解，說那純粹是誤會造成的，他從沒想過要脫離家族。他擔心自己被拋棄了，卻不知道原因何在，而且又不便詢問。一聽說他曾對家族的榮譽出言不遜，他不由得義憤填膺。他一向以身為艾略特家族的人自豪，有著極為傳統的家族觀念，因此對這種指控感到驚訝，不過他的人格和行為一定能對這種誤解加以反駁。他告訴瓦爾特爵士，他可以向熟悉他的任何人證明他的心意。當然，重修舊好之後，他又費盡心思，想恢復自己在家族中的地位，這件事充分證明了他對這個問題的看法。

他們發現，他的婚姻也是情有可原的。他有個非常親密的朋友——瓦里斯上校，那是位道道地地的紳士，在馬爾波羅大樓過著優裕的生活。經威廉介紹，他結識了爵士父女，並提到了有關威廉的婚姻細節，大大改變了他們的看法，覺得事情並非那麼不光彩。

瓦里斯上校早就認識威廉，也很熟悉他的妻子，因此對整件事瞭若指掌。當然，雖然她不是大家閨秀，卻受過上等教育，多才多藝，也很富有。上校還向瓦爾特爵士擔保說，她是個漂亮的女人。有了這些線索之後，事情就容易理解了：一個非常有錢、漂亮的女人愛上了他。瓦爾特爵士似乎認為，這完全是可以諒解的。伊莉莎白對此雖說無法完全贊同，卻也覺得情有可原。

威廉三番兩次地登門拜訪，還與他們一起吃過飯。顯然，他對自己受到的歡迎感到高興，因為瓦爾特爵士父女並不常請人吃飯。總之，他為自己受到伯父、堂妹的盛情接待感到高興，把自己的全部幸福寄託在與坎登廣場的關係上。

安妮一邊傾聽，心中一邊納悶。她知道，對於說話者的觀點，她必須大打折扣，因為這些內容全經過了一番粉飾。儘管如此，她仍然認為：事隔這麼多年，威廉又想重新討好他們，就算外表看不出來，但心裡一定打著某種主意。從世俗的角度來看，他討好瓦爾特爵士也無利可圖，關係破滅也沒有損失，因為目前的他或許比瓦爾特爵士還要富有；而且總有一天，凱林奇莊園與爵位都會歸他所有。他是個聰明人，為什麼要這麼做？她只能找到一種解釋：說不定是為了伊莉莎白。他過去也許真的喜歡過她，只因為貪圖享受和偶然的機遇，他選擇了別人。如今他可以按照自己的意願行事了，於是打算向伊莉莎白求婚。伊莉莎白很漂亮，舉止端莊嫻雅，但她的性格從未被威廉看透過。現在的他比過去更加老成，伊莉莎白的性情和見識能否經得起他的評價，卻是令人擔心的。安妮真誠地希望，如果威廉真的看上了伊莉莎白，那就別太挑剔了。伊莉莎白也以為威廉看中了自己，她的朋友克雷夫人更是經常鼓勵她這麼想。

安妮說自己曾在萊姆見過他兩眼，可惜沒有人注意聽。「哦！是的，那也許是威廉先生。也許是。」他們自顧自地說著，尤其是瓦爾特爵士，他稱讚他很有紳士風度，氣質優雅、長相好看，還有一雙聰明的眼睛。不過，他又不得不為他的下巴過於突出感到惋惜。雖然威廉認為爵士看起來和他們過去見面時一模一樣，但瓦爾特爵士卻不想回敬他一番。不過，威廉畢竟比大多數人都更好看些，無論走到哪裡，他都不會恥於被人看見他倆在一起。

整個晚上，大家都在談論威廉和他在馬爾波羅大樓的朋友，「瓦里斯上校是那麼想認識我們！威廉也想讓他認識我們！」至於瓦里斯夫人，他們只是有所耳聞，因為她很快就要分娩了。但威廉稱她是位「可愛的女人，值得坎登廣場的人們結交」，當她一恢復健康，他們便可見面。瓦爾特爵士十分欣賞瓦里斯夫人，渴望早日見到她。他在街上看到的盡是些難看的女人，希望瓦里斯夫人能彌補這個缺憾——巴斯最大的缺點，就是醜女人太多。

他不想說這裡沒有漂亮的女人，但是醜女人的比例太大。往往必須見過三十、甚至三十五個醜女人，才能見到一個漂亮女人；有一次，他站在龐德街的一家商店裡，數來數去，總共有八十七個女人經過過店外，卻沒有一個能看的！至於那些男人，他們更是不堪入目，這樣的醜八怪街上到處都是！這裡的女人很難見到一個可愛的男人，這從相貌端正的男人引起的騷動可以看得出來。瓦里斯上校也是個儀表堂堂的軍人，瓦爾特爵士無論與他走到哪裡，總是發現女人們的目光都在盯著他。是的，每個女人的眼光都盯著瓦里斯上校。不過，瓦爾特爵士也太謙虛了，他的女兒和克雷夫人都暗示說，瓦里斯上校的同伴也跟他一樣擁有漂亮的體態，而且他的頭髮不是淺棕色的。

「瑪莉看起來如何？」瓦爾特爵士興沖沖地說道，「我上次見到她的時候，她鼻子紅通通的，我希望她不是天天這樣。」

「哦！不是的，那一定是個巧合。自從米迦勒節以來，她的身體一直很好，長相也很漂亮。」

「我本來想送她一頂遮陽帽和一件皮衣，但又怕她冒著寒風跑出門，把皮膚吹壞了。」

安妮心想，自己是否該建議父親改送一件禮服或是一頂便帽，才不致被如此濫用，想不到卻被一陣敲門聲打斷了。時間已經這麼晚，都十點鐘了！難道是威廉？

他們知道他去蘭斯登新月酒店吃飯，回程途中可能順道進來問個安。他們猜不到會有別人，克雷夫人心想一定是威廉敲的門——她猜對了，一位管家禮儀周到地把威廉帶進屋裡。

這就是那個人，除了衣著之外，沒有什麼不同之處。安妮往後退了幾步，只見他正在問候別人，請伊莉莎白原諒他這麼晚還上門叨嘮，只是都來到門口了，他忍不住想知道她和她的朋友昨天身體是否無恙。他說得客客氣氣的，別人也客客氣氣地聽著。下一個就要輪到她了。瓦爾特爵士聊起了他的小女兒（他似乎忘了瑪莉）：「威廉先生，請容我介紹一下我的小女兒。」安妮露出了羞澀的微笑，恰好向威廉顯現出令他難忘的那張漂亮面孔。安妮發現他微微一愣，不禁有些好笑——他居然一直不曉得她是誰。他看起來大為驚訝，驚訝之餘更感到欣喜。他誠摯地歡迎這位親戚，還提起了過去的事情，請她不要見外。他看起來跟在萊姆時一樣英俊，說起話來更是儀表不凡。他的舉止既雍容大方，又和藹可親，安妮心中只有一個人能與之媲美。這兩個人的舉止並不相同，但同樣討人喜愛。

他與大家一起坐下，為原本的談話增添了光彩。他無疑是個聰明人，這在最初的十分鐘裡便得到了證實。他的語氣、神態、措詞，分寸的拿捏，處處都突顯了他的理智。他一找到機會，便與安妮聊起了萊姆，想交換一下對那裡的看法，尤其想談談他們住在同一間旅館的事，把自己的旅程告訴她，也聽她說說她的旅程，並為失去一個向她致敬的機會表達遺憾。安妮簡要述說了她們一行在萊姆的經歷，威廉聽了更加感到遺憾。當晚他一個人在隔壁的房間度過，時常聽到他們有說有笑的，心想他們一定是一群開心的人，渴望能加入他們；當然，他絲毫不覺得自己有任何權利這麼做。要是他能開口問問就好了，只要聽到瑪斯格羅夫這個名字，他就會明白一切了。「唔，那還可以幫我改掉獨來獨往的習慣，我還在很年輕的時候，就一直遵循著非禮勿視的原則。」

「我相信，」他說，「一個二十歲出頭的年輕人為了時髦所抱持的想法，比世上任何人的想法都要荒誕！他們採用的方式往往是愚蠢的，而能與這種愚蠢相提並論的，就只有他們那愚蠢的想法。」

但是他知道，他不能光對安妮談論自己的想法，於是很快又向眾人扯開了話題，萊姆的經歷只能以後再提。

不過，經他一再詢問，安妮終於說出他離開萊姆不久那裡發生的事。當他詢問時，瓦爾特爵士和伊莉莎白也跟著詢問，但兩者的提問方式卻又截然不同。安妮只能拿威廉與羅素夫人相比，看看誰真正想知道出了什麼事情，誰對她遭受的痛苦更加關切。

他和他們在一起待了一個小時。壁爐架上那只精緻的小鐘以清脆的聲音敲了十一點，遠處也傳來報更的聲音。直到此刻，威廉與大家才似乎意識到，他在爵士家待得夠久了。

安妮萬萬沒有想到，她在坎登廣場的第一個晚上會過得這麼愉快。

第十六章

安妮回到家以來，有一件事比弄清楚威廉是否愛上伊莉莎白更重要，那就是確認父親並未愛上克雷夫人。這件事在她剛回家的幾小時內並不容易做到。第二天早上下樓吃飯時，這位夫人似乎說道：「既然安妮小姐回來了，我認為你們就不需要我了。」伊莉莎白悄聲回答：「那可算不上什麼理由。跟妳相比，安妮對我們一點也不重要。」她父親的話，也被她聽到了：「親愛的夫人，這可不行。妳來這裡光顧著幫忙，還沒好好逛逛巴斯呢！妳還不能離開我們，妳必須留下來認識美麗的瓦里斯夫人。妳是個情趣高雅的人，我知道，欣賞美人對妳來說是一種真正的滿足。」

他說得十分誠懇，安妮看見克雷夫人偷偷瞥了伊莉莎白和自己一眼，她的臉上不禁流露出戒備的神情，但是這番讚美似乎並未引起伊莉莎白的疑心。克雷夫人只好順從主人的請求，答應留下來。

就在同一個早上，安妮找到了和父親獨處的機會。父親讚美她變漂亮了，皮膚和臉色也大有改善，變得更白淨、更嬌嫩了，難道是用了什麼特別的藥物嗎？

「沒有。」

「一定是用了高蘭洗面劑吧？」他猜道。

「不，真的沒有。」

「哈！」他說道，「當然了，妳無法一直保有現在的容顏，我建議妳在春天使用高蘭洗面劑。克雷夫人聽了我的建議，一直在用這種洗面劑，妳瞧效果多好！把她的雀斑都消掉了。」

要是伊莉莎白能聽到這番話就好了！這種讚美可能會讓她有所警覺，因為根據安妮看來，克雷夫人臉上的雀斑根本沒有減少。不過，一切都要碰碰運氣；要是伊莉莎白也要結婚的話，那父親再婚的缺點就會大大減少。至於她自己，大可以永遠跟羅素夫人住在一起。

羅素夫人的平靜和優雅在與坎登廣場的往來中受到了考驗。她在那裡見到克雷夫人如此得寵、安妮如此被冷落，無時無刻不感到生氣——要是一個人待在巴斯，除了喝喝礦泉水、訂購新刊物和結交一大群朋友人之外，還有時間生氣的話。

羅素夫人認識了威廉之後，似乎變得更加寬厚，或是更加漠不關心。他的舉止迅速博得了她的好感，經過交談後，更發現他表裡一致。她差一點要驚叫出來：「這難道是威廉先生？」她簡直無法想像有誰比他更討人喜歡了！他集一切優點於一身，富有理智、見多識廣、性格熱情。他對家族懷有深厚的感情，以及強烈的榮譽感，既不傲慢，也不懦弱；他作為一個富人，生活闊綽而不招搖；他在一切問題上都有主見，但在行事作風上從不違背世俗。他穩重機警、溫和坦率，從不過於興奮、過於自私；不過，他仍知道什麼是親切可愛的，十分珍惜家庭生活的幸福。她知道，他的婚姻一直十分不幸——這是瓦里斯上校說的，但羅素夫人也看出來了——不過這種不幸並不使他心灰意冷，而且也沒有引起他再娶的念頭。她對威廉先生的讚賞之情蓋過了對克雷夫人的厭惡。

安妮幾年前就開始意識到，她和這位朋友偶爾會有不同的看法，因此對於羅素夫人欣賞威廉一事並不感到奇怪。在羅素夫人看來，威廉已經成年，學會與一家之主和睦相處，這是天經地義的事情，只會贏得人們的稱讚。他的頭腦天生是聰明的，雖然年少時因無知而犯過錯誤，但隨著時間的推移，自然而然會改變。聽完這番解釋後，安妮仍然冒昧地笑了笑，最後還提起了「伊莉莎白」。羅素夫人只是謹慎地答道：「伊莉莎白？好吧，時間會作出解釋的。」

確實，只有時間能說明一切，目前的安妮可下不了結論。在這座房子裡，伊莉莎白有著優先權；再說，也不能忘了威廉喪偶還不到七個月。如果他想拖延一段時間，那也是情有可原的。事實上，她每看到他帽上的黑紗，就有些罪惡感。自己竟然把這種想像加在他的頭上，雖然他的婚姻極為不幸，但畢竟維持了好幾年，她無法想像他會這麼快忘了喪偶的打擊。

無論結果如何，威廉無疑是他們在巴斯最棒的朋友。安妮認為誰也比不上他，與他聊聊萊姆的事是一種莫大的享受；而他似乎也跟安妮一樣，迫不及待想再去看看萊姆。他們又把初次見面的情景詳細地聊了幾次，他告訴安妮，他曾仔細地端詳了她一番。她很熟悉這種目光，也記得另一個人的目光。

他們的想法並非總是一致。安妮看得出來，威廉比她更注重門第和社交。還有一件事，安妮認為並不值得擔心，但威廉跟她父親和姐姐卻都憂心忡忡。原來，巴斯的報紙有一天宣布，孀居的道林普子爵夫人與女兒卡特萊特小姐來到了巴斯。坎登廣場的歡樂氣氛從此蕩然無存，因為道林普母女跟艾略特父女是表親，使得瓦爾特爵士父女煩惱該如何會見她們。

安妮從未見到父親、姐姐與貴族往來過，她必須承認自己有些失望。他們對自身的地位頗為得意，安妮本來希望他們的舉動體面一些，但現在卻無可奈何地產生了一個自己從未有過的願望：希望他們能有自尊心一點。因為她一天到晚聽到的盡是「我們的表親道林普夫人和卡特萊特小姐」、「我們的表親道林普母女」。

瓦爾特爵士曾見過已故子爵一面，但是沒見過子爵家的其他人。事情難就難在自從子爵去世以後，兩家已經中斷了一切書信來往。當時，瓦爾特爵士身患重病，未能及時致上哀悼；這種疏失的下場就是當艾略特夫人去世時，凱林奇也沒有獲得致意，因此，他們擔心道林普母女與他們恩斷義絕了。當務之急是如何彌補這可怕的誤會，使她們重新承認這層表親關係。羅素夫人和威廉雖表現得較為理智，卻不認為這個問題無關緊要：「親戚關係值得保持，好朋友也值得尋求。」道林普夫人在羅拉廣場租了一棟房子，為期三個月，過得非常闊綽。她去年來過巴斯，羅素夫人聽說她是個可愛的女人。要是艾略特父女能與她們恢復關係，那就再理想不過了。」

不過，瓦爾特爵士寧可選擇自己的方式。最後他寫了一封謙卑的解釋信給這位尊貴的表妹，信裡洋洋灑灑，又是道歉、又是懇求。羅素夫人和威廉並不欣賞這封信，但它卻達到了預期的目的——子爵夫人草草寫了一封回信：「深感榮幸，非常樂於結識你們。」於是一切苦盡甘來，他們到羅拉廣場登門拜訪，拿到了道林普子爵夫人和卡特萊特小姐的名片，說她們願意在方便的時候前來回訪。此後，瓦爾特爵士父女逢人便說「我們在羅拉廣場的表親」、「我們的表親道林普夫人和卡特萊特小姐」。

安妮深感羞恥。縱使道林普母女都是些和藹可親的人，她也會對她們引起的騷動不以為然，更何況她們根本沒什麼了不起的。無論在風度上、還是才智上，她們都不比人高明。道林普夫人之所以被稱為「可愛的女人」，只不過因為她對誰都笑容可掬，說話又客客氣氣的。卡特萊特小姐更是沉默寡言，加上相貌平常、舉止笨拙，要不是因為出身高貴，坎登廣場才不歡迎這樣一位客人。

不過，她們還是值得結識的。當安妮大膽地向威廉說明了她對這對母女的看法時，威廉也覺得她們根本沒什麼了不起，不過仍認為，她們作為親戚、作為愉快的伙伴，加上本身又樂於結交愉快的伙伴，自有可貴之處。安妮聽了笑著說道：

「威廉先生，我心目中愉快的伙伴，應該要是些聰明人。他們見多識廣、能言善道，這才算得上愉快的伙伴。」

「妳說得不太對，」威廉溫和地說道，「那不是愉快的伙伴，而是最好的伙伴。愉快的伙伴只要出身高貴、受過教育、舉止文雅——教育就算了，出身高貴和舉止文雅卻不可少。不過，對於愉快的伙伴來說，有一些知識也無傷大雅，反而大有益處。妳搖頭了，看來不認同我的話。妳還挺挑剔呢！我親愛的堂妹，」他在她身旁坐下，「妳比我認識的任何女人都更有權利挑剔，但是這能解決問題嗎？能讓妳變得愉快嗎？接受羅拉廣場兩位女士的友誼，盡情享受這些親戚提供的一切有利條件，豈不是更好嗎？儘管相信我吧！她們今年冬天一定會活躍於巴斯的上流社會之中。地位畢竟是很重要的，一旦別人知道你們有親戚關係，你們一家將會受到世人的青睞。」

「是呀！」安妮嘆了口氣，「人們肯定會知道我們有親戚關係！」她不想聽到任何回答，於是又緊接著說道：「當然，一定有不少人不遺餘力想高攀她們，不過，」她微笑著，「我比你們更有自尊心。但是不瞞你說，我感到氣惱，我們居然如此急著要她們承認這層關係，我敢說，她們對這種事絲毫不感興趣。」

「請見諒，親愛的堂妹，妳小看了自己的權利。假如是在倫敦，妳也像現在這樣沒沒無聞地生活著，情況也許就會像妳說的那樣。但是在巴斯，瓦爾特爵士及其一家是值得結識的，也是值得被當成朋友的。」

「當然，」安妮說，「我很驕傲，驕傲得無法稀罕這樣的好處，以至於它還得因地而異。」

「我喜歡妳的想法，」威廉說，「不過，妳現在是在巴斯，首要之務是在這裡定居下來，而且保持瓦爾特爵士的一切榮譽和尊嚴。妳說自己很驕傲，我知道也有人說我很驕傲，而我也不想否認；因為我毫不懷疑，我們的驕傲都有個相同的目的。我敢說，我親愛的堂妹，」他悄悄說道，雖然屋裡沒有別人，「我們在一件事上肯定會有同感。我們一定都覺得：只要妳父親多交一個地位相當或是勝過他的朋友，就能使他少想一點那些地位比他低下的人。」

他一邊說，一邊朝克雷夫人常坐的位子望去，顯示這番話的特殊用意。雖然安妮不相信他們一樣驕傲，卻對他也不喜歡克雷夫人感到竊喜。從排斥克雷夫人的觀點來看，威廉希望她父親多結交些朋友，那是完全可以諒解的。

第十七章

正當瓦爾特爵士和伊莉莎白在羅拉廣場攀親帶故的時候，安妮卻恢復了一段性質截然不同的友誼。她去探訪過去的女教師，聽說有個老同學在巴斯，過去對她頗有交情，如今遭遇了不幸，自己應該多關心她才是。這位同學過去是漢米爾頓小姐，現在則成了史密斯夫人。她曾在安妮最無助的時刻向她表露了友情。當時，安妮悶悶不樂地來到了學校，一方面為失去母親而悲傷，一方面又為離開家庭而難過，這對於一個多愁善感的十四歲女孩來說，是多麼艱難的時刻！漢米爾頓小姐比安妮年長三歲，但舉目無親、無家可歸，便在學校多待了一年。她對安妮十分體貼，大大減輕了她的痛苦，每當安妮回想起來，總覺得十分感動。

漢米爾頓小姐離開了學校，不久後便嫁給一個有錢人。安妮知道的就這麼多了。現在，她們的教師更確切地敘述了她後來的情形，這與安妮認知中的大不相同。

她是個窮苦的寡婦。她的丈夫揮霍無度，大約在兩年前臨終前，家境早已衰敗不堪。她除了得應付各種困境，還染上了嚴重的風濕病，最終兩腿殘廢。正是由於這個緣故，她來到巴斯，目前就住在溫泉浴場附近，過著與世隔絕的簡陋生活，甚至連個僕人都雇不起。

女教師說，要安妮能去看望一下，一定會讓史密斯夫人喜出望外。安妮當即決定上門拜訪。她回到家裡，沒有提到她聽說的消息，也沒提到她的計畫——這在家裡不會引起任何興趣。她跟羅素夫人商量了一下，夫人極為高興，便根據安妮的意願，用馬車載她到史密斯夫人住處附近的西門大樓。

安妮進屋拜訪，與朋友恢復了交情，並激起了對彼此濃厚的興趣。最初的十分鐘還有些尷尬，她們十二年不見，早已不是對方記憶中的模樣。十二年來，安妮已經從一個花容月貌、沉默寡言的十五歲女孩，變成了一個雍容典雅的二十七歲小女人，體態嫵媚多姿，卻失去了青春的豔麗，舉止謹慎得體；而漢米爾頓小姐也從一個容光煥發、充滿自信的少女，變成一個貧病交迫、孤苦無依的寡婦。然而，這種拘謹感很快就消失了，剩下的只是對往日時光的快樂回憶。

安妮發現，史密斯夫人就像她預料的那樣，富有智慧、和藹可親；她那健談、樂觀的性情也出乎她的意料。無論是過去的放蕩，還是現在的節制，患病也好、悲哀也罷，似乎都沒能使她沮喪。

安妮第二次來訪時，史密斯夫人說話十分坦率，這更使她感到驚奇。她無法想像，誰的處境能比史密斯夫人更淒慘呢？她摯愛的丈夫死了，她的財產揮霍光了；她沒有兒女為生活帶來樂趣，沒有親戚幫她處理家事，加上身體不好，無法支撐今後的生活；她的住處只有一間吵雜的客廳，後方是一間昏暗的臥室，她要從一個房間移到另一個房間，非得有人幫忙不可，而整棟房子卻只有一個僕人，因此她除了讓僕人送她去溫泉浴場之外，從來不離家門。然而，儘管如此，安妮卻相信，她不快樂的情況並不多，大部分時間還是處於忙碌和愉快之中。

這怎麼可能呢？安妮留心觀察，仔細思考，最後得出結論：這不僅是性格堅強的關係。性情溫順的人善於忍耐，個性倔強的人較為果斷，但史密斯夫人卻都不是這樣。她性情開朗，容易得到安慰，也容易忘掉痛苦，事情總是往好處想，並且設法安慰自己。這完全出自天性，是最可貴的天賦，只要有了這種天賦，別的缺陷幾乎都能一筆勾銷。

史密斯夫人告訴她，曾有一段時間，她差點失去勇氣。跟她剛到巴斯時相比，她現在的身體好多了。她當時確實令人同情！在路上著了涼，才剛找到住處便臥病不起，需要請一個護士，卻又缺乏金錢，無法支付任何額外的開銷。不過她還是渡過了難關，而且因此得到了歷練。她覺得自己遇到了善人，因而感到更加欣慰。她過去見的世面太多了，認為世上沒有人會付出慷慨無私的關心，但在這一場大病中，她的女房東沒有虧待她，她的護士也十分細心——她是房東的妹妹，目前閒置在家，正好可以護理史密斯夫人。「她呀！」史密斯夫人說，「除了無微不至地照顧我之外，還成為我一個難能可貴的朋友。當我的手能動了之後，她就教我做編織，為我帶來了不少樂趣。妳看到我老是忙著編織這些針線盒、卡片架，就是她教我的，讓我能幫附近的窮人家做點好事。她還替我向朋友們推銷商品。妳知道，當一個人大病初癒時，都會有顆虔誠的心。盧克護士完全明白什麼時候該開口，她是個機靈的女人，這全歸功於她的行業。因此，她是個再好不過的伙伴，遠遠勝過那些『受過最好的教育』，卻不知道該做什麼的人。每當盧克護士有半個小時的閒暇陪我，她肯定會告訴我一些既有趣又有益的事，這能讓我更加瞭解人們。人人都愛聽八卦，對於孤獨的我來說，聽她說話真是一種難得的樂趣。」

安妮不打算挑剔這種興趣，回答道：「我可以想像。那種職業的女人有著各式各樣的見聞，她們平常面對的人真是五花八門！她們不僅熟悉人性的愚蠢，也見過不少熱情無私、自我克制的案例，或是堅韌不拔和樂天知命的事蹟，以及激勵我們的奮鬥精神和獻身行為。一間病房往往能提供大量的精神財富。」

「是的，」史密斯夫人不以為然地說道，「有時候是，不過，恐怕人性一般不像妳所說的那麼高尚。在某些場合下，人性是經得起考驗的，但是大致說來，在病房裡顯露出來的是人性懦弱的一面，而不是堅強，最常聽到的是自私與急躁，而不是慷慨與剛毅。世上真正的友誼如此少見！遺憾的是，」她帶著低沉而顫抖的聲音說，「有許多人忘了要認真自省，即便事後醒悟，卻為時已晚。」

安妮意識到這種痛苦的心情——丈夫的過世，以及現在的處境，使她覺得人生並不像她期待的那麼美好。不過，對史密斯夫人來說，這只是一種稍縱即逝的感情。她消除了這種感情，立即換了一種語氣說道：

「我認為盧克夫人目前的工作既不使我感興趣，也不會影響我。她在護理馬爾波羅大樓的瓦里斯夫人——我猜她只不過是個時髦、揮霍的蠢女人。當然，她除了花邊禮服以外，沒有別的優勢，但我還是想從她身上撈點好處。她有的是錢，我打算讓她把我手邊那些值錢的東西統統買下。」

安妮到朋友那裡拜訪了幾次之後，坎登廣場的人們才知道這一號人物，並且終於聊到了她。一天上午，瓦爾特爵士、伊莉莎白和克雷夫人從羅拉廣場回來，突然又接到道林普夫人的請帖，要他們一家晚上再次光臨。想不到，安妮今晚早已說好要在西門大樓度過。她並不為自己錯失機會感到惋惜，她知道，他們一家之所以受到邀請，是因為道林普夫人得了重感冒，無法出門，於是想從這些親戚身上找點樂子罷了。安妮高興地謝絕了：「我已經約好晚上要到一個老同學家裡去。」人們對安妮的事情並不感興趣，但還是提了一些問題，並瞭解到這位同學是誰。伊莉莎白大為蔑視，瓦爾特爵士則極為嚴肅。

「西門大樓？」他說，「艾略特家的小姐要去西門大樓拜訪誰呢？一位史密斯夫人，一位守寡的史密斯夫人！她的丈夫是誰呢？一位史密斯先生，這個名字隨處可見，他只是一個小人物。她有什麼吸引人的地方？就因為她老弱多病？老實說，安妮，妳的興趣真是獨特啊！別人厭惡的一切——例如卑賤的朋友啊、簡陋的房間啊、汙濁的空氣啊——對妳卻很有吸引力。不過，妳大可以明天再去探望她，我想她來日方長。她多老了？四十歲？」

「不，父親，她還不到三十一歲。不過，我想我不能延後約會，因為我們只有今天晚上有空。她明天要去溫泉浴場，而這禮拜剩下的幾天，我們又各自有事。」

「羅素夫人是如何看待妳這位朋友的？」伊莉莎白問道。

「她一點也不見怪，」安妮回答，「相反地，她很贊成，而且還用車載我去看望史密斯夫人。」

「西門大樓裡的人們見到一輛馬車停在外頭，一定非常吃驚，」瓦爾特爵士說，「的確，羅素家的家徽沒什麼好炫耀的，不過那輛馬車仍然算得上漂亮；毫無疑問，人們都知道車子裡載著一位艾略特小姐。但一位守寡的史密斯夫人？天底下這麼多姓氏，艾略特小姐偏要選個普通的史密斯夫人當朋友，而且把她看得比那些在英格蘭和愛爾蘭的貴族親戚還重要！史密斯夫人！這算什麼姓！」

就在眾人議論紛紛的時候，克雷夫人一直待在旁邊，她覺得還是離開現場為好。安妮本來可以力爭到底，而且也確實想這麼做，但她對父親的敬愛卻阻止她這麼做。她決定讓父親自己去想吧！反正在巴斯這個地方，年紀三四十歲、生活拮据、姓氏不夠尊貴的寡婦也不只史密斯夫人一個人。

安妮去赴約了，其他人也去赴另一場約會。當然，她隔天早上聽他們說，他們前一晚過得十分愉快。因為瓦爾特爵士和伊莉莎白不僅應邀去了子爵夫人府上，而且還有榮幸為她招徠客人，邀請了羅素夫人和威廉。為了赴約，威廉硬是提早離開了瓦里斯上校，羅素夫人則重新安排了晚上的計畫。安妮聽羅素夫人一五一十地把整晚的經過述說了一遍。其中最令她感興趣的是，她的朋友和威廉不斷聊到她，他們惦念她、為她感到可惜，同時又欽佩她對史密斯夫人的善心。這一善行似乎博得了威廉的好感，認為她是個可敬的女人，無論在性情、舉止，還是心靈上，都是優秀女性的典範。他甚至還投羅素夫人所好，與她談論安妮的各種優點。安妮得知自己受到一位聰明人的器重，心裡不由得激起了一股愉快的感覺——這也正是羅素夫人的目的。

現在，羅素夫人完全確定了安妮對威廉的看法。她相信，他遲早會娶安妮為妻，而且他也的確配得上她。她開始盤算，威廉還要守喪多少個禮拜，才能無拘無束地施展他那獻殷勤的高超本領。她覺得這件事十拿九穩，但是她絕不想對安妮說得那麼篤定，頂多給她一點暗示：威廉可能有意於她，假如他的情意是真的，而且得到了回報，那倒是一門美滿的婚事。安妮聽夫人說著，只是嫣然一笑，紅著臉，然後搖了搖頭。

「妳知道，我不是媒婆，」羅素夫人說，「因為我明白，人類的想法總是變化莫測。我只是想說，萬一威廉以後向妳求婚，而妳又願意的時候，我認為你們完全可以幸福地生活在一起。任何人都會說這是天作之合，我也不例外。」

「威廉先生是位極為和藹的人，我在各方面都很敬佩他，」安妮說道，「不過，我們並不般配。」

羅素夫人並未反駁，只是說道：「要是我能把妳視為凱林奇未來的女主人，能看見妳取代妳母親的位置、繼承她全部的權利、人緣，以及美德，那對我將是最大的美事。妳在相貌和性情上與妳母親一模一樣！我親愛的安妮，如果妳在地位、名譽和家庭方面也和她一模一樣，在同樣的地方掌管家務、安樂享福，但比她更受尊重；那麼，這將使我這個老人家感到無比快樂！」

安妮不得不轉過臉，站起身，朝遠處的桌子走去，靠在那裡假裝忙碌，試圖克制住心裡的激動。一時間，她的思想、她的心情彷彿著了魔似的。一想到由自己取代母親的位置、由她來再現「艾略特夫人」這個可貴的頭銜、讓她重新回到凱林奇、把它重新稱為自己的家，這種魅力是一時無法抗拒的。羅素夫人沒有再說話，她倒樂意讓事情水到渠成。她認為，要是威廉這時能現身求婚該有多好！安妮也想到了威廉，這一想使她又恢復了鎮定。凱林奇和「艾略特夫人」的魅力全部消失了——她絕不會接受他的求愛。不僅因為她只愛一個人，也因為她在經過一番認真思考後，在理智上是不接受威廉的。

他們雖然已經結識一個月，但她並不認為自己真正瞭解他。他是個聰明人、和藹可親、能言善道、富有見地，似乎也很果斷、很講原則，這些特點都是顯而易見的。然而，儘管她不懷疑他的現在，卻懷疑他的過去。有時，他無意間透露出一些老朋友的名字，提到過去的行為和抱負，不免引起她的疑心，覺得他過去的行為不太檢點。她看得出，他過去有些不良的習慣，禮拜天經常出門旅行；他的人生中曾有一段時間（可能還不短），以隨便的態度對待一切嚴肅的事情。也許他現在改弦易轍了，但誰敢為此擔保呢？如何斷定他已經洗心革面了呢？

威廉諳熟世故，舉止文雅，但是並不坦率。他對別人的優缺點從未表現出激動，也從未表現出強烈的喜怒。對安妮來說，這顯然是個缺陷。她最喜歡真誠、坦率而又熱情的性格——她依然迷戀熱情洋溢的人，她覺得有些人雖然外表漫不經心，說起話來有些輕率，卻比那些思想從不逾矩、舌頭從不闖禍的人更加真誠可信。

威廉對誰都十分謙和。爵士的家中有各式各樣的人物，他卻每個人都能討好。他對誰都相當容忍，受到大家的喜愛。他曾坦率地向安妮議論過克雷夫人，似乎完全明白她的詭計，因而很鄙視她。但克雷夫人卻覺得他很討人喜歡。

羅素夫人的目光比安妮更短淺一些——或者更長遠一些。她覺得這其中沒有什麼可疑的，她無法想像有比威廉更完美的男人。一想到秋天就可能看見他與安妮在凱林奇教堂舉行婚禮，心裡便覺得再愜意不過了。

第十八章

時值二月初，安妮已在巴斯住了一個月，越來越渴望收到上克羅斯和萊姆的消息。瑪莉遠遠滿足不了她的需求，她已經有三個禮拜沒寫信過來了。安妮只知道亨利葉塔又回到了家裡，路易莎雖然恢復順利，但仍然待在萊姆。一天晚上，當她正一心惦記著大家，忽然收到了瑪莉的一封長信。更令她驚喜的是，克羅夫特將軍與夫人還向她表示問候。

克羅夫特夫婦一定來到了巴斯！這件事引起了她的興趣。當然，她一直想念著這兩個人。

「這是怎麼回事？」瓦爾特爵士叫道，「克羅夫特夫婦來到了巴斯？就是租下凱林奇的克羅夫特夫婦？他們給妳帶來了什麼？」

「來自上克羅斯農舍的一封信，爸爸。」

「唔，這些信省下了介紹的麻煩。不過，無論如何，我早該拜訪一下克羅夫特將軍，我知道要如何對待我的房客。」

安妮一點也聽不進去，她正聚精會神地讀信。信是幾天前寫來的。

親愛的安妮：

我不打算爲這麼久沒寫信表示歉意，因爲我知道，在巴斯，人們根本不在乎信件。妳一定玩得不亦樂乎，把上克羅斯拋在腦後。妳很明白，上克羅斯實在沒什麼好寫的，我們過了一個無趣的聖誕節。在整個假期裡，瑪斯格羅夫夫婦沒有舉行過一次宴會，我又不屑與海特一家爲伍。不過，節日終於結束了，大宅裡總算安靜下來，只剩下哈威爾家的孩子。不過妳一定會覺得吃驚，他們居然一直沒有回家！我眞不懂，哈威爾夫人一定是個古怪的母親，才能離開孩子這麼久。依我看，這些孩子根本不可愛，但是瑪斯格羅夫太太卻像喜歡自己的孫子一樣喜歡他們。

我們這裡的天氣太糟了！你們在舒適的巴斯也許感覺不到，但在鄉下影響可就大了！從一月的第二週以來，除了海特，沒有別人來看望過我們，而他又來得太頻繁，害我們都有些討厭他。我們私底下曾說過，亨利葉塔沒能和路易莎一起待在萊姆眞是遺憾，那樣一來海特就無法見到她了。

馬車今天出發了，準備明天就載路易莎和哈威爾夫婦回來。我們要等他們抵達後的隔天才能跟他們一起吃飯，因爲瑪斯格羅夫大太擔心路易莎旅途勞累（事實上，有人照顧她，她根本不可能會累）。反正這一來我也方便得多。我很高興妳欣賞威廉先生，希望我也能結識他，可惜我一向運氣不佳，好事情總是與我無緣。

克雷夫人也待得太久了！難道她永遠不想走啦？不過，即使她不在了，應該也輪不到我。請告訴我你們的看法。妳知道，我不期待他們連我的孩子一起邀請。我大可把他們留在家裡，一個月也不成問題。我剛聽說，克羅夫特夫婦馬上要去巴斯，人們都認爲將軍得了痛風病——這是查爾斯偶然打聽到的。他們一點禮貌也沒有，也不跟我打個招呼，或是問我需不需要什麼紀念品。我認爲，他們跟鄰居的關係絲毫沒有改進。這足以證明他們是多麼目中無人！查爾斯向妳問好，祝一切順利。

妳親愛的妹妹

瑪莉．瑪斯格羅夫

二月一日

（遺憾的是我身體不太好。傑米瑪說附近正流行咽喉炎，我想我一定難逃一劫。妳知道的，每當我的喉嚨發炎，總是比任何人都嚴重。）

第一部分就這麼結束了，在信被放入信封前，又多了將近一倍的內容：

在把信封好之前，我還要再向妳報告路易莎一路的情形。首先，我昨天收到克羅夫特夫人的一張便條，表示願意捎東西給妳。那張便條寫得十分客氣——當然，是寫給我的。將軍的病看起來不重，我誠摯地希望巴斯能帶給他一切好處。我期待他們早日回來，這一帶少不了如此可愛的一家人。現在來談談路易莎，她跟哈威爾夫婦在禮拜二平安到家了，晚上我們去問候她，很驚訝地發現班維克中校沒有一起來。妳知道爲什麼嗎？因爲他愛上了路易莎！在得到瑪斯格羅夫先生的答覆之前，不願冒昧地前來上克羅斯。路易莎離開萊姆之前，兩人已得到了共識，班維克中校託哈威爾上校帶了一封信給她父親。事實的確如此！妳難道不覺得奇怪嗎？瑪斯格羅夫太太鄭重地表示，自己對此事一無所知。不過我們大家都很高興，因爲對方雖然比不上溫特華上校，但至少比海特好上幾百倍！

瑪斯格羅夫先生已經寫信表示同意，班維克中校今天就會來。查爾斯很好奇溫特華上校的感想；不過，要是妳還記得的話，我從不認爲他愛上了路易莎。妳瞧！我們原以爲班維克中校看上了妳，這下子全亂了。查爾斯怎麼會有這種想法，眞令我無法理解！當然，這對路易莎來說算不上最稱心的親事，但總比嫁到海特家好過一百萬倍。

安妮一點心理準備也沒有，她這輩子從未這麼驚奇過！班威克中校和路易莎？這件事實在令人不敢置信！她好不容易才克制住情緒，勉強待在屋裡，裝成若無其事的樣子，回答旁人的各種問題。幸運的是，問題並不多。瓦爾特爵士只想知道克羅夫特夫婦是不是坐四馬馬車來的、他們會不會住到高級豪宅；除此之外，他就沒有其他感興趣的事了。

「瑪莉還好吧？」伊莉莎白問道，還沒得到回答，又說：「克羅夫特夫婦來巴斯做什麼？」

「他們是為了將軍而來的，據說他有痛風病。」

「又病又老！」瓦爾特爵士說，「可憐的老傢伙！」

「他們在這裡有熟人嗎？」伊莉莎白問。

「我不清楚。但憑著克羅夫特將軍的年紀和職業，在這樣的地方不太可能沒有熟人。」

「我認為，」瓦爾特爵士冷冷地說道，「克羅夫特將軍很可能因為成了凱林奇府邸的主人而名揚巴斯。伊莉莎白，我們能不能把他們夫婦引薦給羅拉廣場？」

「哦，不行！我看行不通。道林普夫人是我們的表親，我們應該謹慎一些，別帶一些她可能不會喜歡的人去打擾她。還是讓克羅夫特夫婦自己去找地位相當的人來往吧！附近住了幾個怪模怪樣的人，我聽說他們都是水手，克羅夫特夫婦一定很樂意跟他們結交。」

這就是瓦爾特爵士和伊莉莎白全部的興趣了。克雷夫人還比較禮貌，詢問了瑪莉和她的孩子的情況。之後就沒有別的問題了。

安妮回到房間裡，試圖把事情想清楚。連查爾斯都不知道溫特華是怎麼想的！也許他退縮了，拋棄了路易莎，不再愛她了，或發覺自己根本不愛她。安妮無法想像，這兩位男士之間竟也會有這種背信忘義的事，她無法容忍這段友情竟然就這麼中斷了。

班維克和路易莎？一個活潑好動，一個鬱鬱寡歡，兩人似乎完全不相配。他們的想法更是南轅北轍！他們是如何吸引對方的呢？忽然間，她想通了——是環境造成的。自從亨利葉塔離開後，兩人一直朝夕相處，路易莎大病初癒，正處於一種生氣勃勃的狀態，而班維克也並非毫無熱情。雖然她有著與瑪莉不同的結論，也就是班維克曾對自己有過幾分柔情；不過，她不打算為了滿足虛榮心而去反駁瑪莉。她相信，任何一個可愛的年輕女孩，只要專心聽他說話，並且看來與他心意相通，就能博得他的歡心。班維克有著一顆熱烈的心，遲早會愛上某個人。

安妮沒有理由認為他們不會幸福。首先，路易莎很喜歡海軍軍官，他們很快就會相處愉快。班維克會變得活潑起來，路易莎則會漸漸愛上司各特和拜倫的詩——不，她或許已經讀過了，他們是因為讀詩而相戀的。一想到路易莎有了文學氣息，成了一個多愁善感的人，真令人嘖嘖稱奇！不過她並不懷疑情況如此。路易莎從碼頭上摔下來的那一天，或許影響了她終身的健康、神經、勇氣和性格，就像她的命運也徹底改變一樣。

不過，當安妮想到溫特華上校從這件事裡頭解脫的時候，情不自禁地臉紅心跳起來，不是因為懊悔，而是因為某種感情——她不好意思加以追究，因為那是一種欣喜的感覺，毫無理由的欣喜！

她渴望見到克羅夫特夫婦。等真的見面時，卻發現他們尚未得知這個消息。雙方進行了禮儀性的互訪，在言談中提到了路易莎，也提到了班維克中校，但是沒有任何笑容。

最讓瓦爾特爵士滿意的是，克羅夫特夫婦住在蓋伊街。他完全不會因為這位朋友而蒙羞。事實上，他對將軍的思念，遠遠超過了將軍對他的思念。

克羅夫特夫婦在巴斯的朋友不計其數，因此他們絲毫不把與艾略特一家的來往放在心上。他們帶來了鄉下的習慣，夫妻倆始終形影不離。將軍遵照醫生的囑咐，透過散步來治療痛風病，克羅夫特夫人也隨侍一旁。安妮時常能看見他們。羅素夫人幾乎每天早上都會用馬車載她出去，而她也每天都會想起克羅夫特夫婦。她瞭解他們的愛情，當他們走在一起，對她來說就像一幅最有魅力的幸福畫像。她總是長久地注視著他們，看到他們開開心心地走過來，便猜想他們在談論些什麼；她同樣高興地發現，將軍對老朋友一向十分親切，有時，他與幾名海軍同僚聚在一起，說起話來總是非常熱烈，克羅夫特夫人看上去也和周圍的軍官一樣聰明、熱情。

安妮時常陪著羅素夫人，不能常常自己散步。碰巧的是，大約在克羅夫特夫婦來了幾週之後的一個早上，她剛離開夫人的馬車，正要返回坎登廣場，途經米爾森街時，她幸運地遇見了將軍。他獨自站在畫店的櫥窗前，一本正經地望著一幅畫出神。安妮碰了他一下，並且喊了一聲，才引起他的注意。當他反應過來後，又變得像平常一樣爽朗。「噢！原來是妳！真是抱歉。妳瞧，我在看一幅畫。我每次經過這家店，總會停下來看看。這畫的是什麼呢？是一條船嗎？請妳看一看。妳見過這樣的船嗎？這些畫家真是些怪人，居然覺得有人敢乘坐這種破船出海！而且還悠然自得地觀賞著周圍的岩石，彷彿不怕翻船似的。我敢說這船很快就會翻的，真不知道是誰把它造出來的！」他縱情大笑，「即使叫我乘著它在池塘裡航行，我也不幹！」他轉過臉去，「妳要去哪兒呢？有沒有我幫得上忙的地方？」

「不，謝謝你。不過我們的家在同一個方向，能不能勞駕你陪我走走呢？」

「好的，樂意奉陪。我們可以舒舒服服地一起散步，一路上還能告訴妳一些事情。來，挽住我的手。對，就是這樣，要是沒有一個女人挽著我的手，我就會渾身不自在。天哪！那是什麼船呀！」出發前，他又望了那幅畫最後一眼。

「先生，你剛才好像說有事情要告訴我？」

「是的，沒錯，馬上就告訴妳。妳看，那是我的一位朋友，布里登上校，他看見我沒有和妻子在一起，簡直目瞪口呆。我可憐的妻子，她的腳跟長了個水泡，足足有一枚三先令的硬幣那麼大！看，對街的人是布蘭德將軍和他的弟弟。兩個窮酸的傢伙！我很高興我們走在不同側，蘇菲受不了他們。他們曾經搗過蛋，騙走了我幾名最好的水手，詳情我之後再告訴妳。瞧！阿奇博德．德魯爵士和他的孫子來了，他看見了我們，還向妳飛吻呢！他以為妳是我的妻子。唉！和平來得太快了，那位年輕人錯過了發財的機會。可憐的阿奇博德爵士！艾略特小姐，妳喜歡巴斯嗎？它很合我們的意，我們隨時都能遇到幾位老朋友。每天早上，街上盡是老朋友，聊起天來簡直沒完沒了！後來我們乾脆溜之大吉，整天閉門不出，就像住在凱林奇一樣舒服，甚至就像以前住在北雅茅斯和迪爾一樣。老實跟妳說，這裡的房子讓我們想起了我們一開始在北雅茅斯的房子，但是我們並不討厭這裡。這裡的牆壁也很透風。」

他們又走了一段，安妮再次問他有什麼事情要說。她原以為離開米爾森街後就能得到解答，但將軍早已打定主意，要等走到寧靜的貝爾蒙特街再開始說。安妮只好由著他。來到貝爾蒙特之後，將軍終於開口了：

「妳現在會聽到一些令妳吃驚的事。不過，妳得先告訴我那位小姐的名字——也就是我們大家都很關心的那位年輕小姐。我老是忘了她的教名。」

安妮回答出了「路易莎」這個名字。

「對了，就是路易莎小姐，就是這個名字。真希望小姐們不要有那麼多名字，要是她們全都叫蘇菲的話，我就絕不會忘記。好啦！來聊聊這位路易莎小姐吧！妳知道，我們本來都以為她會嫁給弗雷德里克。他對她的追求從未間斷，我們都很好奇他們還在等什麼。後來發生了萊姆那件事，顯然，他們打算等到她身體痊癒，但兩人的關係又有些奇怪。他沒有待在萊姆，卻跑去普利茅斯，然後又跑去找愛德華，至今一直待在那裡。自從十一月以來，我們就沒見過他的影子，就連蘇菲也覺得無法理解。如今，事情發生了更怪異的變化，因為這位小姐並不打算嫁給弗雷德里克，而想嫁給班維克。妳認識班維克吧？」

「算是，我與班維克中校有點交情。」

「她就是要嫁給他，不，他們搞不好已經結婚了，因為他們也沒什麼好等的。」

「我認為班維克中校是個可愛的年輕人，」安妮說，「據說他的風評很好。」

「哦，是的！他這個人無可挑剔，除了他只是個海軍中校，以後也很難晉升以外，再也沒有別的缺點了。我向妳保證，他是個心地善良的好男人，還是個熱情的軍官——妳也許想像不到，因為妳無法從他那溫和的舉止看出這點。」

「先生，你這話可就不對了。我絕不認為班維克中校的舉止缺乏活力。我認為他的作風平易近人，誰見了都會喜歡。」

「好，好，女人們的眼光最準確。不過我認為班維克太文靜了，也許是某種偏見，反正蘇菲和我都認為弗雷德里克比他優秀。我們更喜歡弗雷德里克。」

安妮愣了一下。她起初只想反駁「朝氣蓬勃」和「舉止文靜」兩者互相矛盾的觀點，根本不打算把班維克中校的舉止說成是最好的。她猶豫了一會兒，然後說：「我並沒有在比較這兩個人。」想不到被將軍打斷了：

「這件事情證據確鑿，我們是聽弗雷德里克親口說的。他姐姐昨天收到他的一封信，把這件事告訴了我們。當時他也才剛從哈威爾的信上得知此事，信是哈威爾從上克羅斯寫給他的，我想他們都在那裡。」

安妮見機不可失，說道：「我想，溫特華上校的信足以使你和尊夫人放心。去年秋天，他和路易莎看起來確實有點情意；不過，我想你們可能意識到，他們雙方的感情都已淡去了。我希望這封信裡沒有流露出怨恨的情緒。」

「沒有，沒有，從頭到尾一句怨言也沒有。」

安妮連忙低下頭去，將臉上的喜色藏起來。

「不，不，弗雷德里克不喜歡怨天尤人，他很有志氣，不會那麼做的。如果那個女孩喜歡另一個男人，她理所當然應該嫁給他。」

「當然，不過我想說的是，從溫特華上校的信來看，我希望沒有什麼內容使你認為他心懷怨恨。要是他和班維克中校的友誼因為這件事而產生裂痕，我將會感到十分遺憾。」

「是的，是的，我懂妳的意思。不過信裡根本沒有這種情緒。他一點也沒有埋怨班維克，或是說：『我很納悶這件事，我有理由納悶。』不，從信上完全看不出他曾把這位小姐當成自己的對象。他十分寬容地祝他們幸福。我想這其中沒有什麼難解的怨恨。」

將軍一心想說服安妮，但安妮卻不完全信服。不過，再追問下去也是無益的，她只是避重就輕地談論兩句，或是靜靜地聽著，好讓將軍盡情地說下去。

「可憐的弗雷德里克！」他最後說道，「現在他得重新尋找對象啦！我想我們應該叫他來巴斯，由蘇菲寫信給他。我敢說這裡有的是漂亮姑娘，他用不著再去上克羅斯，因為我發現，另一位瑪斯格羅夫小姐已經愛上她那位當牧師的表哥了。艾略特小姐，難道妳不認為我們應該叫他來巴斯嗎？」

第十九章

就在克羅夫特將軍和安妮一邊走著，一邊表示要把溫特華叫來巴斯時，溫特華就已在前往巴斯的路上，並且在克羅夫特夫人寫信前抵達了。安妮下一次出門時就見到了他。

威廉陪著兩個堂妹和克雷夫人來到米爾森街。想不到忽然下起雨來，伊莉莎白看見道林普夫人的馬車就在不遠處，希望她能送她們回家。於是一行人躲進了莫蘭糖果店，由威廉去向道林普夫人求助。他的請求迅速被答應，道林普夫人表示樂意送她們回家，幾分鐘後就會來載她們。

那是一輛四輪馬車，只能擠得下四個人。卡特萊特小姐必須陪著母親，因此坎登廣場的三位女士無法全部上車。伊莉莎白理所當然佔了一個名額，決定剩下兩個名額卻費了一番工夫。安妮不在乎這點雨，希望能與威廉一起走回家，而克雷夫人也是這麼想的。兩人互相禮讓了半天，爭執不下，只好由第三者代為決定。伊莉莎白認為克雷夫人有點感冒，威廉也識趣地表示安妮的皮靴更厚一些。

於是，大家決定讓克雷夫人坐上馬車。就在這時，安妮清楚地看見溫特華上校沿著大街走來。只有她知道自己多麼驚訝，但她很快又發現自己是世上最大的笨蛋！簡直荒唐至極！不可思議！一瞬間，她什麼也看不見了，眼前一片朦朧。她茫然不知所措，只能怪自己不夠冷靜。當她好不容易恢復了理智，發現其他人還在等車。一向殷勤的威廉正朝著聯盟街走去，想替克雷夫人辦點什麼事情。

安妮很想走到門外，看看雨停了沒。她何必懷疑自己的居心呢？溫特華上校一定早已走遠，她沒什麼不純正的動機，只是想看看雨停了沒。可是很快地，她又返回了，因為溫特華上校和一群人正好走了進來。顯然，這些人都是他的朋友，他或許是在米爾森街附近遇到他們的。一見到安妮，溫特華似乎十分震驚，安妮從未看見他這麼慌張過，而且滿臉通紅。自從兩人重逢以來，安妮第一次感到對方這麼激動。不過，她在一剎那做好了心理準備，那種震撼、暈眩、手足無措的感覺已經消失，儘管心裡仍然很激動——激動、痛苦又高興，真是悲喜交集。

溫特華對她說了兩句話，然後便走掉了。他的樣子十分尷尬，既說不上冷漠，也說不上友善。

過了一會兒，他又走過來跟她說話。兩人互相詢問了一些共同的話題，可是誰也沒有聽進去，安妮仍覺得他有些慌張。過去，他們說起話來十分自然、隨性，但他現在卻做不到了。時間使他產生了變化——或者是路易莎使他產生了變化。他總是有點局促不安，儘管看起來一點也不痛苦，他談起了上克羅斯，談起了瑪斯格羅夫一家，甚至談起了路易莎，而且在提到她時露出一副既俏皮又神氣的樣子。不過，他的確忐忑不安，無法裝出泰然自若的態度。

安妮發現伊莉莎白不肯認他，感到十分傷心。她知道兩人都明白對方是誰，也知道溫特華很希望被當成朋友，正在滿心期待著，卻看見姐姐把臉一轉，露出一副冷漠無情的樣子。

道林普夫人的馬車過來了，僕人進來通報。幾位女士先是磨蹭了一下，然後忙碌起來，大聲談論著，好讓店裡的所有人明白，是道林普夫人邀請艾略特小姐上車的。最後，伊莉莎白和朋友上了馬車，溫特華望了望她們，又轉過頭來看向安妮，似乎要送她一起上車。

「非常感謝，」她答道，「不過我不和她們一起走，馬車坐不下這麼多人。我要走路，我喜歡走路。」

「但是外頭在下雨。」

「哦！雨很小，根本算不上下雨。」

溫特華停頓了片刻，然後說道：「雖然我昨天才到巴斯，但該有的用具已經一應俱全。妳看，」他指著一把新傘，「要是妳堅持要走路的話，希望妳能撐這把傘。不過，我想最好還是替妳叫一台轎子。」

安妮十分感激他，但謝絕了他的好意。她說雨很快就會停，接著又補充說：「我只是在等威廉先生，我想他馬上就會回來。」

她的話剛說完，威廉就走進店裡。溫特華完全認得他，他就是站在萊姆的台階上，以愛慕的目光望著安妮走過的那個人，只是如今多了她的親戚這一身分，神情姿態已大不相同。他匆匆忙忙地走進來，似乎一心想著安妮。他為自己的耽擱表示歉意，迫切地希望能馬上帶她離開。轉眼間，兩人便一起離開了，安妮挽住他的手，從溫特華面前走過時，只朝著他溫柔而尷尬地望了一眼，說了聲「再見」。

他們走得看不見了，與溫特華同行的幾位女士開始議論紛紛。

「我想威廉先生並不討厭他的堂妹吧？」

「哦，當然不討厭。可想而知他們之間發生了什麼事。他總是跟她們在一起，我想有一半時間住在她們家裡。好一個美男子！」

「是的。阿特金森小姐曾經跟他一起去瓦里斯家吃飯，她說他是一位最可愛的男子。」

「我覺得安妮小姐很漂亮。要是妳仔細瞧瞧，她還真漂亮呢！也許現在不適合這麼說，可是老實告訴妳，我欣賞她勝過欣賞她姐姐。」

「哦！我也有同感。」

「我也是，但男人們都發瘋似的追求伊莉莎白小姐。他們覺得安妮太纖細了。」

威廉陪著安妮走向坎登廣場。要是他一路上一聲不響的話也就好了，安妮從未發現聽他說話這麼痛苦，儘管他對她極為關心，而且聊的都是些有趣的話題，例如熱烈地讚美羅素夫人，或是嘲諷克雷夫人。但如今的她一心只想著溫特華。她無法想像他現在的心情如何，不知道他是否忍受著失戀之苦。不弄明白這一點，她就很難恢復平靜。

她希望自己能快點恢復理智。可是，天哪！她必須承認，自己現在還不理智。

還有件重要的事——就是溫特華打算在巴斯待多久。他並未提到這個問題，或是她自己忘記了。他也許只是途經此地，但更有可能定居下來。真是這樣，在巴斯這個小城鎮裡，羅素夫人遲早會遇見他。她會認出他來嗎？到時又會怎樣呢？

她出於無奈，已經把路易莎要嫁給班維克中校的消息告訴了羅素夫人。見到羅素夫人那副吃驚的樣子，安妮心裡很不是滋味。這位夫人對情況並不十分瞭解，萬一遇見溫特華，也許又會對他增添幾分偏見。

第二天早上，安妮陪著夫人一起出去。最初的一小時裡，她一直提心吊膽地留意著，幸好沒有見到溫特華。然而，當兩人順著普爾蒂尼街返回時，她卻在右方的人行道上發現了他。他周圍有許多人，正朝著同一方向走去，不過誰也不會認錯。安妮本能地看了看羅素夫人，倒不是因為她心虛，認為羅素夫人也能立刻認出溫特華。不，除非正面遇上，否則羅素夫人絕不會認出來！不過，安妮還是有些惴惴不安。擦身而過的時刻來臨了，安妮雖然不敢轉頭，但她十分清楚，羅素夫人的目光正向著溫特華的那個方向——總之，她正目不轉睛地注視著他。她完全能夠理解，溫特華對羅素夫人有一種可怕的魅力，她無法將目光從他身上抽離，一見到他在海上服了好幾年役居然沒有失去半點風采，豈能不令她感到驚訝！

最後，羅素夫人終於轉過頭來。「現在她會怎麼評論他呢？」

「妳一定很好奇，」羅素夫人說，「是什麼讓我注視了這麼久。我在找一種窗簾，是阿利西亞夫人和法蘭克蘭太太昨晚告訴我的，她們說有一間房子的窗簾是全巴斯最美、最實用的，就在這一帶，但是她們忘了門牌號碼，我只好自己找找看。不過老實說，我還沒找到她們說的那種窗簾。」

安妮心中浮現了一股憐憫鄙夷之情，不由得滿臉通紅，嘆了一口氣。最令她惱火的是，她一廂情願地虛驚一場，結果錯失良機，連溫特華是否看見她都不知道。

無聲無息地過了一兩天。溫特華可能出入的戲院、交誼廳，對爵士一家來說有失時髦，他們晚上的唯一娛樂就是舉行一些風雅而無趣的家庭舞會，而且樂此不疲。安妮厭惡這種死氣沉沉的場面，迫不及待地想參加音樂會。這場音樂會是專門為道林普夫人的女兒舉辦的，她們一家人理所當然會參加。這將會是一場很好的音樂會，而溫特華又十分熱愛音樂。安妮只要能再跟他交談幾分鐘，也就心滿意足了；至於向他打招呼，她認為只要時機對了，她就什麼也不怕。伊莉莎白不理他，羅素夫人瞧不起他，這反而令她更加堅強，覺得自己應該關心他。

安妮曾經含糊地答應過史密斯夫人，說這一晚會陪她一起度過。她匆匆忙忙地到她家中稍坐了一會，傳達了歉意，表示今天不能久留了，明天一定會再來。史密斯夫人和顏悅色地同意了。

「當然可以，」她說，「不過妳下次來的時候，可得把音樂會的情形說給我聽。參加音樂會的有哪些人？」

安妮說出了所有賓客的姓名。史密斯夫人沒有回答。但當安妮起身要走的時候，她卻帶著半開玩笑的神情說道：「祝你們的音樂會成功。要是妳明天能來的話，請務必要來。我有預感，妳來找我的機會不多了。」

安妮忽地一驚，但又摸不著頭腦。她愣了片刻之後便匆匆離去，心裡並不感到遺憾。

第二十章

瓦爾特爵士一家以及克雷夫人是當晚最早抵達的人。他們在八角廳的一處爐火旁就座，才剛坐好，大門又打開了，只見溫特華上校獨自走了進來。安妮離他最近，立即走上前向他問好。他本來只打算鞠個躬就走開，但一聽見她那溫柔的「你好」，便又改變路線，走過來問候她。她那令人望而生畏的父親和姐姐就在背後，但這一來倒讓安妮更加放心，既然她看不見家人的神色，也就更有勇氣做她認為應該做的事情。

就在他們說話的當下，她聽見父親和伊莉莎白在竊竊私語。她聽不清楚他們的話，但猜得出這些話的主題。溫特華又鞠了個躬，安妮意識到父親認出了他，並向他做了些簡單的示意。安妮再往旁邊一瞧，正好見到伊莉莎白微微行了個屈膝禮，雖說動作有些傲慢，但總比毫無表示要好。她的心情頓時輕鬆了一些。

但是，談完了天氣、巴斯、音樂會之後，說話的興致又減弱了，之後簡直無話可談，安妮以為他隨時都會走掉，想不到他一直沒走。他似乎並不急著離開她。過了一會兒，他又恢復了興致，臉上泛出了笑容和紅暈，然後說道：

「自從離開萊姆之後，我幾乎一直沒有見過妳。我擔心妳受了驚嚇。」

安妮請他放心，自己並未受驚。

「那是段可怕的時期，」他說，「可怕的一天！」說著用手揉了一下眼睛，彷彿回憶起來依然十分痛苦似的，但轉眼間，他臉上又浮出了笑容，接著說道：「不過，那件事還是產生了一些影響，引起了一些預料之外的後果。當妳鎮定自若地建議班維克去請醫生時，根本想不到他最後會對路易莎的病情那麼關切。」

「我當然想像不到。但是看起來……希望他們幸福，他們兩人都擁有美好的信仰和性情。」

「是的，」他說，看起來並不高興，「不過我認為，這也是他們僅有的相似之處。我衷心祝他們幸福。他們的家人不會有什麼意見，也不會有人妨礙這門婚事。瑪斯格羅夫夫婦一向厚道，他們一定會盡力促成女兒的幸福。這對於他們的未來是很有利的，或許比——」

他停住了，只見安妮漲紅了臉，眼睛看著地面，他彷彿忽然想起了什麼往事，使他也嘗到了幾分與安妮相同的滋味。不過，他清了清嗓子，又接著說道：

「不瞞妳說，我的確認為兩人有所不同——極大的、本質上的不同，甚至是智力上的不同。我認為路易莎是一位溫柔、可愛的小姐，而且並不笨；但班維克卻更勝一籌，他不僅聰明，而且學識豐富。不瞞妳說，我對於他愛上路易莎確實感到難以置信。假如他是因為她先看中自己才開始愛她，那就另當別論；但是，我認為情況並非如此，相反地，他的感情似乎是自發的，真令我納悶不已。像他這樣一個人，又處在那種心境！范妮·哈威爾是一位完美的女性，他對她的愛可稱得上真愛。一個男人不會忘了這樣一位女子！他不應該忘記，也不可能忘記。」

他沒有再說下去，也許是意識到了什麼問題。儘管他後半段的話說得非常激動，儘管屋裡一片吵雜，安妮卻字字聽得很清楚，忍不住既激動、又興奮，又有些心慌，頓時感到呼吸急促、百感交集。她不可能去評論這樣的話題，卻又覺得自己也應該說些話，於是岔開了話題：

「我想你在萊姆待了很久吧？」

「大約兩週。在路易莎恢復健康以前，我無法走開。這次事件讓我激動不已，一時冷靜不下來。這是我造成的，全是我造成的。假如我不那麼軟弱，她也不會那麼固執。萊姆四周的景色相當秀麗，我常到那裡散步、騎馬，越看越喜歡那裡。」

「我很想再去萊姆。」安妮說。

「真的嗎？真沒想到妳會對萊姆產生這樣的感情。妳被驚恐和煩惱害得頭腦緊張，精神疲憊！我還以為妳對萊姆的印象一定是深惡痛絕的。」

「有一段時期的確十分痛苦，」安妮答道，「但是事後再回想，卻覺得那是一段開心的往事。人們並不會因為在一地吃過苦頭便討厭那裡。萊姆有那麼多新奇的事物，美不勝收！總而言之，」她不知想起了什麼往事，臉上有些發紅，「我對萊姆的印象算得上非常愉快。」

大廳的門又打開了，他們正在等候的人駕到了。只聽有人欣喜地說道：「道林普夫人！道林普夫人！」瓦爾特爵士和兩位女士帶著熱切而優雅的神態，迫不及待地迎上前去。道林普夫人和卡特萊特小姐在威廉和瓦里斯上校的陪同下走進屋裡，其他人也都湊到她們面前，安妮覺得自己也該這麼做，於是離開了溫特華。他們有趣的談話只好暫時中斷。但是，與這場談話帶來的愉快心情相比，這一點犧牲簡直微不足道的！在剛才的十分鐘裡，她明白了他對路易莎的看法，明白了他對許多問題的看法，這完全出乎她的意想之外。她帶著愉快而激動的心情一一應酬眾人，並在心底對所有不如她幸運的人深表同情。

她再次去找溫特華的時候，發現他不在了，心裡不禁有點掃興。不過，他們還會再次相逢，他會來找她的，在音樂會結束前就會來找她，暫時分開一會兒也好。她需要一些時間平復心情。

過了不久，羅素夫人到了，眾人聚在一起，等著依序步入音樂廳。每個人都裝出神氣十足的樣子，盡可能引起別人的注目、竊竊私語和心神不寧。

伊莉莎白和安妮喜滋滋地走進音樂廳。伊莉莎白與卡特萊特小姐手挽著手，望著走在前面的道林普子爵夫人的背影，似乎沒什麼願望是遙不可及的。至於安妮，對她來說，拿她的幸福與她姐姐的幸福相比，那將是一種恥辱，因為一個出於自私的虛榮心，一個出於高尚的愛情。

安妮完全沒有注意到這間屋子的富麗堂皇。她的快樂是發自內心的。只見她兩眼閃爍，雙頰紅潤，但她卻對此渾然不知。她腦中光想著半小時前發生的事——溫特華提到的那些話題、他的表情、尤其是他的舉止和神色，使她只能得到一個結論：他瞧不起路易莎，而且急著把這個想法告訴她。他對班維克的驚訝、對過去戀情的看法，才剛起了個頭就說不下去，加上那閃躲的目光，一切都表明了他正在恢復對她的情意。昔日的憤怒、怨恨和迴避已經不在了，取而代之的不只是友好與敬重，還有過去的柔情。她仔細思考這些變化，覺得意義非同小可。他一定還愛著她！

她一心轉著這些念頭，腦海裡浮現出過去的種種情景，害得她心慌意亂，無法再去留心周圍的事物。她走進音樂廳，並未看見他，甚至也不想搜尋他的身影。當排好位置，眾人都坐下之後，她環顧了四周，看看他是否也在房間裡，可惜他不在。音樂會開始了，她只得將就一下，享受這相形見絀的歡樂。

眾人被一分為二，安排在兩條相鄰的長凳上。安妮坐在前排，威廉在瓦里斯上校的協助下，十分巧妙地坐到了她的身旁。伊莉莎白一看周圍都是她的親戚，瓦里斯上校又不停向她獻殷勤，不由得十分得意。

安妮心情很好，對當晚的節目極為滿意。這些節目都能讓她從中取樂——無論是情意綿綿的、輕快有致的、內容精彩的，還是令人不耐煩的。她從來沒有這麼愛過音樂會，至少在上演第一組節目時是這樣。當第一組節目快結束時，她趁著一首義大利歌曲結束的空檔向威廉解釋歌詞。他們兩人正合看一份節目單。

「這就是歌詞的主要含意，」她說，「更準確地說，是歌詞的主要精神，因為義大利情歌的含意是無法言傳的，我只能解釋到這個程度。我的義大利文學得很差。」

「是的，看得出妳學得很差。妳只有一點語言概念，就能夠當場把這些倒裝、錯位、縮寫的義大利歌詞翻譯成清晰、易懂、優美的英語！妳不必再強調妳的無知了。這就是最好的證據。」

「你的恭維我收下了，但要是遇到真正的義大利文專家，我可就貽笑大方了。」

「我有幸拜訪坎登廣場，並認識安妮小姐。我認為，她在許多方面都表現得過於謙虛，使人們無法見識她的才能；而且，正因為她擁有謙虛的美德，讓那些故作謙虛的女性們更加相形見絀。」

「過獎了，真是過獎了。我忘了下一首是……」安妮一邊說，一邊把目光移向節目單。

「或許，」威廉小聲說道，「我對妳品格的認識，遠遠早於妳所知。」

「真的嗎？怎麼會？你認識我，應該是我到巴斯之後的事吧？也許你曾經聽我的家人談論過我。」

「早在妳來巴斯之前，我就聽說過妳，而且是與妳非常熟識的人告訴我的。妳的品格，多年前我即有耳聞；妳的容貌與性情、才能與儀態，我全都明白，我對它們早就不陌生。」

威廉的話引起了安妮的好奇心，畢竟，誰能抗拒與自己有關的謎團呢？這樣一位剛認識的人，卻在很久以前就聽聞過自己的事情；是誰告訴他的？安妮十分急切地想知道，不停地追問著，但威廉彷彿在享受這種感覺，遲遲不肯回答。

「不，不，總有一天我會揭開謎底的，但不是現在。他的名字我現在不能說，但我向妳保證確有其事。我在多年前就聽說過安妮．艾略特小姐才德兼備，使我打從心底想認識她。」

安妮不禁心想，多年以前就能如此欣賞她的人，除了溫特華上校的哥哥——也就是蒙克福的前任牧師以外，還會有誰呢？也許是威廉的朋友吧！但她沒勇氣開口問。

「『安妮．艾略特』這個名字，」威廉繼續說道，「一直令我很感興趣，它的魅力長久縈繞著我。請容我這麼說：我希望『艾略特』這個姓氏能永遠跟著妳。」

然而，安妮幾乎聽不進他的聲音，她的注意力都被身後傳來的談話聲吸引了，其他事物都變得無足輕重。是她的父親正在和道林普夫人說話。

「他是個英俊的男人，」瓦爾特爵士說，「一個非常英俊的男人。」

「這位年輕人的確非常體面！」道林普夫人說道，「比巴斯的所有男人好看。想必是愛爾蘭人吧？」

「不，我恰好知道他的名字。他是海軍上校溫特華。他的姐夫克羅夫特將軍租下了我在索默塞特的凱林奇府邸。」

瓦爾特爵士還沒說完，安妮的目光便已投向溫特華所在的位置。他和一群男人站在稍遠處。當她望向他時，他似乎正好轉移了目光；當她再次注視他時，他卻已不再看她。下一首曲子開始演唱了，她只好直視著前方，故意裝成專心聆聽的模樣。

當她再次瞥向他時，他已不在那裡。安妮的周圍坐滿了人，因此即使他想接近她，也很難越雷池一步。比起眾人的簇擁，她寧可接觸他的目光注視。

威廉的言語太令她困擾，她已失去了和他談話的興致，寧可他別離自己那麼近。

上半場的演出結束了，現在，安妮希望場面更有利於她。大伙兒閒談了一陣子後，有些人決定去喝茶。安妮坐在位子上沒走，羅素夫人也是；不過，至少她很高興擺脫了威廉，而且要是溫特華能給她機會的話，她也不打算顧慮羅素夫人的感受，而迴避與他交談。從夫人的表情看來，安妮相信她今晚已經看到他了。

然而，上校卻沒有過來。安妮有時以為自己見到了他，但他始終沒有過來。休息時間漸漸過去了，安妮焦慮不安地苦等了一場。其他人都回來了，屋內又擠得滿滿的，人們陸續坐在凳子上。要再堅持一個鐘頭，這對一些人來說是件樂事，對一些人來說是種懲罰——這取決於對音樂的熱愛程度。而對安妮來說，這可能成為心神不寧的一個鐘頭，要是她不能再次見到溫特華，不和他友好地對看一眼，便無法安穩地離開音樂廳。

大伙兒重新坐下時，座位發生了很大的變動，這對安妮相當有利。瓦里斯上校不肯再坐下，威廉受到伊莉莎白和卡特萊特小姐的邀請，不便推托，只好坐到她們兩人中間。有幾個人走了，加上她又挪動了位子，安妮坐到一個更接近凳子末端的地方，這樣也更容易接近經過的人。不過，由於她旁邊的人接二連三地離去，到音樂會結束之前，她發覺自己就坐在凳子盡頭，旁邊有個空位。

就在這時，溫特華又出現了，離她並不遠。他也見到了她，但是板著一張面孔，顯得猶豫不決的樣子，只是慢吞吞地走過來，和她說話。她覺得一定發生了什麼事，他現在的神色與剛才在八角廳顯然大不相同。這是為什麼呢？她想到了她父親，想到了羅素夫人。難道有誰向他投去了不快的目光？他談起了音樂會，嚴肅的神情就像在上克羅斯一樣。他承認自己有些失望，因為本來期望能聽到更優美的歌聲；總之，他必須承認，他絲毫不在乎音樂會什麼時候結束。安妮為演唱會辯護了一番，不過，為了顧及他的心情，她把話說得十分委婉。

他的臉色和緩下來，回答時幾乎露出了笑容。兩人又談了幾分鐘，他的臉色依舊和悅，甚至很想在她身旁的空位坐下。忽然間，有人碰了碰安妮的肩膀，安妮轉過頭去，發現原來是威廉。他向她道歉，並請她再解釋一下歌詞裡的義大利文，因為卡特萊特小姐急著想明白下一首歌曲是什麼意思。安妮無法拒絕，但當她出於禮貌表示答應時，心裡從來沒有這麼不情願過。

她雖然想節省一些時間，但還是不可避免地浪費了好幾分鐘。等她轉頭望向原來的方向時，發現溫特華走上前來，拘謹而匆忙地向她告別。「祝妳晚安，我要走了，我得儘快回到家裡。」

「難道這首歌不值得妳留下來聽聽嗎？」安妮說，她突然產生了一種想法，更加著急地勸他留下。

「不！」他斷然回答，「沒有什麼值得我留下的！」說完就走了出去。

他在嫉妒威廉——這是唯一可以想到的理由。溫特華在嫉妒她的感情！這在一週、甚至是三個鐘頭以前，簡直叫她無法相信！一瞬間，她感到大為得意，但後來心情越來越複雜。該如何消除他的妒意呢？如何讓他明白真相呢？他們兩人的處境都十分不利，他該如何明白她的心意呢？她一想起威廉的殷勤就感到痛苦，這番舉動真是後患無窮！

第二十一章

第二天早上，安妮愉快地想起她答應要去拜訪史密斯夫人，也就是說，要是威廉來訪，她也不在家裡。避開威廉簡直成了她刻不容緩的首要目標。

她對他仍然十分友好。儘管他的殷勤釀成了大禍，但她還是很感激他，也很尊重他——或許也同情他。她不禁會想起他們結識時的各種情形，想起他的地位、情感和對她的偏愛，這些似乎也有權利引起她的興趣。一切都太不尋常了，既令人開心，又惹人痛苦！

要是沒有溫特華會怎麼樣？這個問題無須多問，因為正是由於溫特華，無論最後的結局是好是壞，她都會永遠鍾情於他。她相信，無論他們最終能否結合，她都不會再跟別的男人親近。

安妮懷著熱烈而忠貞不渝的愛情，朝著西門大樓走去，巴斯的街道上不可能有過比這更美好的愛情，簡直在一路上灑下了純淨的芳香。

她知道自己會受到愉快的接待。她的朋友今天早上似乎特別期待她來，雖然她們有約在先，但她似乎並不指望她能來。

史密斯夫人要她敘述音樂會的情形。安妮興致勃勃地回憶著，史密斯夫人也聽得笑逐顏開。儘管她敘述的一切，對於一個親臨現場的人來說微不足道，甚至對史密斯夫人來說同樣乏善可陳。因為關於晚會多麼成功、上演了什麼節目，她早就從一位洗衣女工和一位僕人那裡聽說了，而且比安妮知道得還詳細。她想知道的是賓客的具體情況。在巴斯，無論是重要人士，還是無名小卒，史密斯夫人都能一一列舉。

「我猜，小杜蘭德一家人都去了，」她說，「他們從不錯過任何一次音樂會。」

「是的。我沒見到他們，不過我聽威廉先生說他們就在音樂廳裡。」

「伊柏森一家有去嗎？還有那兩個新來的美人和高個子愛爾蘭軍官──據說他會娶她們其中一個。他們也去了嗎？」

「不知道，我想沒有。」

「瑪莉．麥克林老太太呢？我不必多問了，我知道她從不缺席。妳一定有看到她，也許就在妳那個圈子裡，因為妳是跟道林普夫人一起去的，一定是坐在樂隊附近的貴賓席上。」

「不，我最怕坐貴賓席，那會讓我不自在。幸好道林普夫人總是坐得遠遠的。我們的座位好極了，這是以聽音樂的角度而言，從觀察的角度則不然，因為我似乎沒看見什麼。」

「哦！妳看得到的那些就夠了。我很明白，即使在人群之中也能感覺到一種家庭的樂趣，你們本來就是一大群人。除此之外不會有其他要求了。」

「我應該多留意一下周圍。」安妮說。她心裡明白，其實自己並不是沒有留意，只是沒見到目標罷了。

「不，不，妳在做更有意義的事情。可想而知，妳昨晚過得很愉快，我從妳的眼神裡看得出來。我完全清楚妳的時間是怎麼度過的——妳自始至終都有悅耳的歌曲可以聆聽，休息的空檔可以聊聊天。」

安妮勉強笑了笑。「這是妳從我的眼神裡看出來的？」

「是的，的確如此，妳的臉部表情清楚地告訴我，妳昨晚和妳認為世上最可愛的那個人待在一起，這個人比世上所有的人加在一起更能引起妳的興趣。」

安妮頓時滿臉通紅，啞口無言。

「既然如此，」史密斯夫人停頓了一下，然後說道：「我希望妳能相信，我懂得如何珍惜妳今天早上來看我的這份友情。妳本來有更愉快的事情要做，卻來陪我，妳真是太好了！」

這句話安妮一點也沒聽進去，朋友的洞察力使她感到驚訝和狼狽。她無法想像，關於溫特華的傳聞怎麼會傳進她的耳裡。又沉默了一會兒之後，史密斯夫人說：

「請問，威廉先生知道妳認識我嗎？他知不知道我在巴斯？」

「威廉先生？」安妮重複了一聲，驚奇地抬起頭來。她思考了片刻，頓時醒悟過來，感到如釋重負。便又恢復了勇氣，泰然自若地說道：「妳認識威廉先生？」

「我很熟悉他，」史密斯夫人嚴肅地答道，「不過現在似乎疏遠了，我們很久沒見面了。」

「我根本不知道這件事，妳以前從未提起過。要是我早知道的話，就會跟他聊到妳。」

「老實說，」史密斯夫人恢復了平常的神氣，「這正是我的希望。我希望妳在威廉先生面前談起我。我希望妳對他施加一些影響，讓他能幫我的忙。親愛的艾略特小姐，要是妳有心出一份力的話，這件事當然沒什麼困難。」

「我很榮幸。希望妳別懷疑我的心意，」安妮答道，「不過，我懷疑妳搞錯了事實，高估了我對威廉先生的情意以及影響力。我猜妳肯定是這麼想的。我只不過是威廉先生的親戚，如果妳明白了這點之後，認為我仍然能向他提出什麼要求的話，請妳不要客氣。」

史密斯夫人用銳利的目光瞥了她一眼，然後笑盈盈地說道：

「也許我太操之過急了，請妳原諒。我應該等一切更確鑿之後再說。現在，親愛的艾略特小姐，看在老朋友的份上，請給我一些暗示，我什麼時候才可以開口呢？下週？當然了，下週一切總可以確定了吧？可以從威廉先生那裡得到一點好處。」

「不，」安妮回答，「不是下週，不是下下週，也不會是再下一週。老實告訴妳，妳想像的那種事無論到哪一週都不會發生。我不會嫁給威廉先生。我倒想知道，妳怎麼會覺得我會嫁給他？」

史密斯夫人又朝她看去，神情十分認真，笑了笑，搖搖頭，然後叫道：

「唉，真希望我能搞懂妳的心思，真希望我能明白妳這些話的用意何在！我心裡有數，等時機到了，妳就不會再這麼冷酷無情了。當然，不到恰當的時機，女人絕不想要任何人。只要男人還沒提出求婚，我們都要拒絕。不過妳為什麼這麼無情呢？我不能把他稱為我現在的朋友，但他是我過去的朋友，讓我為他辯解幾句：妳能去哪找到一位更好的丈夫？妳能在哪遇上一個更有紳士氣質、更和藹可親的男人？我要推薦他。我敢說，只要妳問瓦里斯上校就知道了，有誰能比上校更瞭解他？」

「我親愛的史密斯夫人，威廉的妻子過世才半年。他不該向任何人求愛。」

「噢！如果這就是妳全部的顧慮，」她狡黠地說道，「那威廉先生就十拿九穩了，我也用不著再替他擔心啦！我只想說，你們結婚時可別忘了我。讓他知道我是妳的朋友，到時他就肯替我辦點事了。他現在有許多約會需要應酬，當然要小心地避免各種麻煩，這沒什麼奇怪的。好啦，親愛的艾略特小姐，我祝妳幸福。威廉先生很聰明，懂得妳的好。妳不會遇到跟我一樣的下場，不必為世事擔憂，也不必為他的品格擔憂。他不會誤入歧途，也不會被人帶壞。」

「是的，」安妮說，「我完全相信我堂哥，他的性情冷靜堅毅，絕不會受到壞人的影響。從我觀察到的一切來看，沒有理由不尊敬他。不過，我認識他的時間不長，我想他並非一個容易親近的人。史密斯夫人，聽我這樣評論他，妳還不相信他對我一點也不重要？我這時的心情十分冷靜，他對我的確一點也不重要。假如他向我求婚（我可不認為他想這樣做），我是不會答應他的。老實跟妳說，無論昨晚的音樂會是否有趣，都跟威廉先生無關。不是威廉，確實不是威廉——」

她閉上嘴巴，滿臉通紅，後悔自己說了太多。要不是史密斯夫人察覺出還有個第三者，也很難相信威廉竟會失敗。事實上，她當場認輸了，而且裝出一副沒聽懂弦外之音的樣子。安妮急著躲避史密斯夫人的追問，想知道她為何以為她要嫁給威廉，她是從哪裡得到這種靈感的？或是聽誰說的？

「請告訴我，妳是怎麼產生這個念頭的？」

「我最初產生這個念頭，」史密斯夫人答道，「是發現你們經常在一起，覺得這是對你們雙方都有益的事情。妳儘管相信我吧！妳的朋友們都是這麼想的。不過，我直到兩天前才聽人提起。」

「真的有人說過？」

「妳昨天來看我的時候，有沒有留意到幫妳開門的那個女人？」

「沒有。難道不是史皮德夫人？還是那位女僕？我沒有注意到什麼人。」

「那是我的朋友盧克護士。順帶一提，她非常想見妳，很榮幸能為妳開門。她禮拜天才離開馬爾波羅大樓，就是她告訴我妳要嫁給威廉先生——她是聽瓦里斯夫人說的，消息十分可靠。她禮拜一晚上陪我坐了一小時，把來龍去脈全都告訴了我。」

「來龍去脈？」安妮重複道，一面了笑出來，「我想，靠著一些無憑無據的消息，她根本編不出多少故事。」

史密斯夫人沒有出聲。

「不過，」安妮隨即說道，「雖然我並不會嫁給威廉，但我還是很樂意盡我所能幫妳的忙。要我告訴他妳在巴斯嗎？要捎個口信給他嗎？」

「不，謝謝。本來，出於一時的衝動，再加上這一場誤會，我或許會告訴妳一些事情——可是現在不行了，不，謝謝妳，我沒有什麼要麻煩妳的。」

「妳似乎說過妳認識威廉很久了？」

「是的。」

「該不會是在他結婚前吧？」

「是在他結婚前。我一開始認識他的時候，他還沒結婚。」

「你們很熟嗎？」

「非常熟。」

「真的？那麼請妳告訴我，他當時是怎樣的一個人。我很想知道威廉先生年輕時是什麼樣子。是不是像現在這樣？」

「最近三年我一直沒看見威廉先生。」史密斯夫人嚴肅地說道，之後就陷入沉默。最後——

「請妳原諒，親愛的艾略特小姐，」史密斯夫人熱情地叫道，「請原諒，我的回答很簡短，不過我實在不知道該怎麼辦。我心裡拿不定主意，一直在考慮該怎樣告訴妳。有很多問題需要考慮，不過我已經下定決心，認為這麼做是對的。我應該讓妳瞭解一下威廉先生的真面目，雖然我相信妳根本不打算接受他的求愛，但難保有什麼意外，說不定有朝一日妳會改變對他的感情。因此，趁妳還不帶有偏見的時候，我要告訴妳事實真相：威廉先生是個無情、卑鄙的男人，為了自己的利益，什麼冷酷、背信的勾當都幹得出來。他對別人沒有感情，對於那些被他毀滅的人，他可以不聞不問，也不會感到良心不安。他完全沒有正義感和惻隱之心。唉！他的心腸是黑的，既虛偽，又狠毒！」

安妮驚叫了出來，史密斯夫人不由得停下，然後更加鎮定地說道：

「妳得原諒一個受害的、憤怒的女人。不過我會盡量克制自己。我不想詛咒他，只想告訴妳他是什麼樣的人。他是我丈夫的摯友，我丈夫信任他、喜愛他，把他當成兄弟一般。他們之間的友誼在我們結婚前就存在了，出於愛屋及烏的心理，我也很喜歡威廉先生，我們時常待在一起。當時，威廉先生的家境較差，只能寄宿在教堂裡，勉強維持一副紳士派頭。只要他願意，我們家的大門隨時會為他敞開；我的丈夫是天底下最慷慨的好人，即使只剩下一枚四分之一便士的硬幣，也樂意與他分享。我知道他經常資助他。」

「我猜，大約就在這個時期，」安妮說，「威廉先生引起了我們的好奇心。大約就在這個時期，我的父親和姐姐認識了——我向來不認識他，只有聽說過而已——不過，他當時對我父親和姐姐的態度以及後來的婚姻都有些蹊蹺，我覺得與現在的情況很不協調。這似乎表明了他有另外一面。」

「我知道，我知道，」史密斯夫人大叫道，「在我認識他之前，他就認識了瓦爾特爵士和妳姐姐，我一天到晚聽他提起他們。我知道他受到了邀請，也知道他不想去。也許我還能告訴妳一些妳無法想像的秘密。對於他的婚姻，我更是一清二楚。當時，他向我吐露了他的計畫。雖然我一開始不認識他妻子（她的地位低下，我不可能認識她），但我知道她後來的處境——至少在她生命中的最後兩年——因此能回答妳想提出的任何問題。」

「不，」安妮說，「我沒有什麼想問的。我一向聽說他的婚姻並不幸福。不過我想知道，他當時為什麼不屑與我父親來往？我父親對他十分客氣，還想給他妥善的照顧。威廉先生為什麼不願意與我父親來往呢？」

「當時，威廉先生心裡只有一個目標，」史密斯夫人答道，「就是發財。而且要透過比當律師更快速的途徑——也就是婚姻。他不想讓一門輕率的婚事斷了財路，我知道他是這麼想的，他認為妳父親和姐姐一再邀請他，是想讓他當女婿，而這一門親事卻無法滿足他發財致富的夢想。我可以向妳保證，這就是他拒絕的理由。他把一切都告訴我了。真奇怪！我在巴斯剛離開妳，婚後第一個遇到的朋友就是妳的堂哥，我從他那裡不斷聽到妳父親和姐姐的事情。他提到了一位『艾略特小姐』，我卻自然而然聯想到另一位。」

「也許，」安妮恍然大悟，「妳時常向威廉先生提到我吧？」

「當然了，而且常常提到。我常誇獎我的安妮，說妳不同於——」

她突然停了下來。

「原來，威廉昨晚會那麼說，就是因為這樣，」安妮說道，「一切水落石出了。我發現他曾經聽人提到我，不知道是怎麼一回事，於是想入非非！原諒我打斷妳的話。這麼說來，威廉先生完全是為了錢而結婚的？也許就是這件事，才讓妳看清了他的本性吧？」

史密斯夫人猶豫了一下，「噢！這種事平凡無奇。世上的男女為了錢結婚實在太普遍了，誰也不會感到奇怪。我當時很年輕，只跟年輕人來往，他們既沒有理智，也沒有原則，光會尋歡作樂。我現在可不這麼想了，時間、疾病和憂傷帶給我不同的想法。不過在當時，我覺得威廉先生的行為並沒有什麼好指責的。」

「但她不是一位出身卑微的女人嗎？」

「是的。我曾提出過這一點，但他滿不在乎。錢！他要的只是錢，她父親是個牧場主人，祖父是個屠夫，但這都無所謂。威廉先生對她的出身既不計較，也不顧忌，他在乎的只是她的財產總額。妳儘管相信我吧！不管威廉先生如今對自身的地位多麼自豪，他年輕時對此卻毫不重視。繼承凱林奇莊園在他看來倒還不錯，但是家族的榮譽就不足掛齒。我經常聽他說，假如爵位能夠出售的話，誰都能用五十鎊買走他的爵位——包括家徽、徽文、姓氏和制服。不過，口說無憑，妳遲早會見到證據的。」

「老實說，親愛的史密斯夫人，我不要證據，」安妮叫道，「妳敘述的內容與威廉幾年前的作為毫無出入。相反地，這完全驗證了我們過去聽到的一些傳聞。我越來越好奇，他現在為什麼會判若兩人。」

「不過，看在我的份上，請妳拉鈴叫一下瑪莉。等等，我想還是麻煩妳親自到我的臥室，把壁櫥最上層那只嵌花的小匣子拿來給我。」

小匣子拿來了。史密斯夫人一邊嘆息，一邊打開匣子，然後說道：

「這裡頭裝滿了我丈夫的書信文件，這些只不過是冰山一角。我現在要找的一封信是我們結婚前威廉寫給我丈夫的，幸好被保存下來了。我丈夫就像一般的男人一樣，對這種東西漫不經心。當我著手整理他的信件時，發現這封信和其他一些沒價值的信件放在一起，那些信是各地的朋友寫給他的，但許多真正有價值的信件卻被毀掉了。好，找到了！我不想燒掉它，因為我當時對威廉頗有不滿，決定把我們過去關係密切的每一份證據都保留下來。我現在之所以要把這封信拿出來，還有另一層動機。」

這封寄給「唐橋威爾斯的查爾斯．史密斯先生」的信來自倫敦，日期是一八〇三年七月。內容如下：

親愛的史密斯：

我已收到你的信，十分感謝你的好意。我真希望世上能有更多像你一樣的好人。目前我還不需要你的幫忙，我又有現金了。恭喜我吧！我擺脫了瓦爾特爵士及他女兒，他們回到了凱林奇，還逼我發誓今年夏天去看望他們。不過，當我去凱林奇的時候，一定要帶上一位鑑定家，告訴我該如何用最好的條件把莊園拍賣掉。不過，准男爵或許會續弦——他真是愚蠢！不過，就算真的發生，我的耳根反倒清靜多了，這種好處就像繼承遺產一樣寶貴。他的身體已大不如前。

要我姓什麼都行，就是不要姓艾略特！我憎恨這個姓。謝天謝地，「瓦爾特」總算可以從我的全名中消失了！希望你也別再拿我的第二個W（威廉）來取笑我。

你忠實的朋友

威廉．艾略特

安妮一邊讀著，氣得滿臉發紫。史密斯夫人一看見她的表情，便說道：

「我知道，信裡的言詞十分無禮。從這裡可以看出他是怎樣的一個人。看看他對我的丈夫說的話，還有比那更肉麻的言語嗎？」

安妮發現威廉以這種言詞侮辱她父親，震驚和屈辱的心情難以平復。她情不自禁地想到，她閱讀這封信本身就是違背道義的，人們不該拿這樣的證據去評斷任何人。她恢復了鎮定，把信件還給史密斯夫人，一面說道：

「謝謝妳。這當然是充分的證據，足以證實妳所說的一切。但他現在為什麼要與我們往來呢？」

「這我也能解釋。」史密斯夫人笑著說。

「真的？」

「是的。我已經讓妳看清了十二年前的威廉，還要讓妳也看清現在的威廉。對於他現在的目的，雖然我拿不出書面證據，卻有口頭證據。他現在不再是虛偽小人了，他是真的想娶妳。他對你們家的態度是十分誠懇的，完全發自內心。證人就是他的朋友瓦里斯上校。」

「瓦里斯上校？妳認識他？」

「不認識，我不是直接聽他親口說的，而是繞了幾個圈子，不過這絲毫不影響消息的可靠性。威廉先生大膽地向瓦里斯上校談起了對妳的看法。我想這位上校是個聰明人，但他有個十分愚蠢的妻子，他把威廉的話一五一十地告訴了她，而她又原原本本地全告訴了她的護士。護士知道我認識妳，自然也就全告訴了我。禮拜一晚上，盧克夫人向我透露了馬爾波羅大樓的這些秘密。因此，當我說起整件事來龍去脈時，妳知道，我並不是在胡說八道。」

「親愛的史密斯夫人，這樣的證明是不夠的。威廉先生對我有意思，這絲毫不能解釋他為什麼要親近我父親。那都是我來巴斯以前的事，當我到達的時候，他們早已極為友好。」

「我知道妳發現他們極為友好，我完全明白，可是——」

「說真的，史密斯夫人，我們不能太過相信透過這種管道得到的消息。無論它是否屬實，經過人們以訛傳訛，剩下的內容恐怕很少有真實的。」

「請妳聽我說完。要是聽完妳能立刻加以反駁、或是加以證實的話，那麼妳就能斷定我的話是否可信。誰也不認為他一開始就愛上妳。他來巴斯之前的確見過妳，而且也愛慕妳，但不知道那個人就是妳。是不是這樣？他去年夏天或秋天是否在某個地方見過妳，卻又不知道那個人是妳？」

「是有這麼一回事。那是在萊姆，我碰巧待在萊姆。」

「很好，」史密斯夫人得意地接著說道，「既然第一個情況成立，那就證明我朋友的話還是可信的。威廉先生在萊姆遇見妳，非常喜歡妳，後來在坎登廣場再次遇到妳，知道妳是艾略特家的小姐時，簡直喜出望外。從那之後開始，我毫不懷疑他去坎登廣場有第二種動機——不過他還有第一個動機，一個更早的動機，我現在就來解釋。妳姐姐的朋友，也就是目前和你們同居的那位夫人，我聽妳提到過她，早在去年九月，當伊莉莎白小姐和瓦爾特爵士最初來到巴斯時，她也跟著一起來了，此後就一直待在這裡。她是個八面玲瓏的漂亮女人，從各種角度來看，瓦爾特爵士的親友們都會認為，她打算成為艾略特夫人。令大家意外的是，伊莉莎白小姐顯然看不出這層危險。」

史密斯夫人停頓了片刻，見到安妮無話可說，便又繼續說道：

「早在妳來之前，周遭的人就有這種看法。瓦里斯上校雖然不常去坎登廣場，但他很注意妳父親，察覺到這個情形。就在聖誕節前夕，威廉碰巧來到巴斯，準備住一兩天，瓦里斯上校便告訴他這些事情，消息於是傳開了。妳要明白，隨著時間的經過，威廉對爵位的看法有了劇烈的變化，在門第和親戚關係這些問題上，他已完全判若兩人。這些年來，他早已不愁吃穿，在享樂方面沒有別的奢望，於是開始覬覦他即將繼承的爵位。我認為他很早就有了這種想法，如今更是根深蒂固。因此妳可以想像，他從朋友那裡聽到的消息是很不愉快的，他決定儘快回到巴斯，在那裡住上一段時間，企圖恢復過去的交情，以及在妳家的地位，並弄清楚風險有多大。於是，如妳所知，他請求原諒，並得到了諒解，重新被接納為家庭的成員。在這裡，他有一個堅定不移的目標，就是監視瓦爾特爵士和克雷夫人。他從不錯過和他們共處的機會，不斷地登門拜訪，硬是夾在兩人中間。我不必說得太詳細，妳可以想像一個詭計多端的人會使出什麼伎倆。經過我這麼一開導，妳一定能回想起一些親眼見到的事情。」

「沒錯，」安妮說，「妳所說的內容，與我瞭解的情況完全符合。不過，這些事實並不讓我感到驚訝。我知道有些人聽妳這樣說起威廉先生，一定會大吃一驚，難以置信；但我一直存在著疑慮。我總認為他的行為背後一定有某種動機。我倒想知道他現在對那件事的看法，他是否認為風險逐漸在減少？」

「我想是的，」史密斯夫人回答，「他認為克雷夫人怕他，不敢再那麼膽大妄為了。不過他遲早得離開，只要克雷夫人維持著目前的影響力，我認為威廉先生是很難高枕無憂的。護士告訴我說，瓦里斯夫人有個可笑的主意，就是當妳嫁給威廉時，要在婚約裡附註一條：妳父親不能娶克雷夫人。大家都說，這種法子只有瓦里斯夫人想得出來。盧克護士看出了它的荒唐，她說：『哦，老實說，夫人，這並不能阻止他娶別人啊！』」

安妮沉思了一下。「我很高興能知道這一切。在某些場合，與他來往使我感到痛苦，不過我知道該怎麼做。我的態度將更加坦率。顯然，他是個虛偽做作、老奸巨滑的人，除了自私以外，他沒有其他原則。」

但是，威廉的秘密還不只這樣。史密斯夫人越扯越遠，安妮聽她仔細敘述，認為這些話要不證明她的怨恨是完全正當的，要不證明威廉對她既冷酷，又缺德。

安妮得知，威廉結婚以後，他與史密斯先生並未疏遠，兩人仍像過去一樣形影不離。在威廉的慫恿下，他的朋友變得揮霍無度。安妮從史密斯夫人的話中聽得出來，史密斯先生為人熱情、隨和、大而化之、頭腦簡單，完全被朋友牽著鼻子走。威廉結婚後一夕致富，他大可盡情滿足自己的欲望和虛榮，加上他儘管放蕩不羈，卻十分精明。因此當他的朋友越來越窮困潦倒時，他卻越來越富有；然而，他對朋友的經濟狀況毫不關心，反而一味慫恿他花錢，害得他終於傾家蕩產。

這位丈夫的死得正是時候，不必面對殘酷的現實。直到他死後，人們才完全明白他的家境落魄到何種地步。史密斯先生指定威廉做遺囑的執行人，誰知道威廉根本不肯幫忙，使得史密斯夫人遇到了一大堆困難和煩惱。這也是她敘述起來如此忿忿不平的原因，聽的人也難免感到義憤填膺。

史密斯夫人把威廉當時的幾封信拿給安妮看，這都是對史密斯夫人幾次請求幫助的回信。信上的態度十分堅決，執意不肯增加自己的麻煩，還擺出一副冷漠的姿態，對史密斯夫人不幸的遭遇漠不關心。這是忘恩負義、泯滅人性的可怕寫照！安妮有時感到，這比犯罪還要可惡。史密斯夫繼續說著。過去那些悲慘的場面、一件件煩惱的細節，在這時全部滔滔不絕地傾洩出來。安妮完全可以理解這種心情，只是對這位朋友平時竟能處之泰然感到驚訝不已。

在史密斯夫人的記憶中，有一件使她格外惱火。她相信丈夫在西印度群島有一份資產，多年來一直被扣押著，用來償還欠下的債務，要是採取妥當的手續，就有機會重新討回來。這筆資產雖然金額不大，但足以使她富裕起來。可惜的是，沒有人能幫忙辦理。威廉不肯代勞，她自己又無能為力，甚至沒有親戚能幫她出主意，更雇不起律師。明明就差一步，卻只能眼睜睜看著財產離自己越來越遠，真叫她心急如焚！

這正是史密斯夫人希望安妮拜託威廉的事。起初，她以為他們兩人要結婚，因此盡可能裝出尊敬威廉的樣子，想激起安妮的情意；想不到卻被安妮反駁說，他們根本沒有訂過婚，這一來計畫全泡湯了。不過，她至少還能按照自己的方式來敘述整件事情，從中得到安慰。

安妮聽了有關威廉的全部傳聞後，不禁對史密斯夫人一開始時如此稱讚威廉感到有些驚奇。「妳剛才不是在誇獎他嗎？」

「親愛的，」史密斯夫人答道，「我沒辦法呀！雖然他可能還沒向妳求婚，但我認為妳一定會嫁給他，因此我不能告訴妳實情。當我談論幸福的時候，我打從心裡為妳感到痛惜；不過，他生性聰明、謙和，有了妳這樣的妻子，幸福也是指日可待的。他對前妻很不仁慈，他們的婚姻是可悲的。不過她是個無知的女人，不配得到敬重，況且他也從未愛過她。我相信，妳一定會比她幸運。」

安妮心裡勉強承認，她本來是很有可能嫁給威廉的，一想到由此可能引起的不幸，她不禁不寒而慄。她完全有可能被羅素夫人說服！假如真的發生這種事情，等過了好幾年之後，這一切才慢慢被揭露出來，那不是太可悲了嗎？

最好不要讓羅素夫人再上當了。兩人這次重要的談話持續了大半個早上，最後得到的結論，就是每一件與史密斯夫人和威廉有關的事情，安妮都要盡可能告訴羅素夫人。

第二十二章

安妮回到家裡，仔細思考著她聽到的一切，她對威廉的瞭解令她心理感到一絲安慰。她對他再也沒有情份可言了。他與溫特華上校恰好相反，總是那樣咄咄逼人、令人生厭。昨晚，他居心不良的大獻殷勤，可能已經造成了不可挽回的損失，安妮一想起來便感慨萬千。她不再憐憫他了，這是唯一值得欣慰的地方。安妮考慮了一番，發現還有更多值得懷疑和憂慮的事。她擔心羅素夫人會感到失望、悲痛，擔心父親和姐姐會痛心疾首，她還預見許多不幸的事，卻完全不知該如何防範。她慶幸自己看清了威廉，她從未想過自己會因為關心史密斯夫人而得到報答，可是她確實受益良多！這些消息能不能告訴家人呢？這是毫無意義的。她必須找羅素夫人談談，把這些事告訴她，詢問她的意見；在盡了最大的努力後，就盡可能放下心來，靜觀事態發展。然而，使她最不安的是，她有一件心事不能向羅素夫人吐露，只能獨自為之焦慮不已。

她回到家，發現正如她預料的那樣，她躲過了威廉——他上午來過，待了很長一段時間。正當她感到放心時，卻又聽說他晚上還要來。

「我一點也不希望他來，」伊莉莎白漫不經心地說道，「但他做了那麼多暗示，至少克雷夫人是這麼說的。」

「的確，我是這麼說的，我從未看過任何人像他那麼希望得到邀請。可憐的人！我真替他難過。安妮小姐，妳那狠心的姐姐真是鐵石心腸。」

「噢！」伊莉莎白叫道，「我對這些事早已司空見慣了，不會因為一個男人暗示幾句，就變得不知所措。不過，當我發現他因為沒見到父親而感到萬分遺憾時，我又心軟了，因為我很樂意見到他和父親在一起，他們處得多麼融洽！舉止多麼討人喜歡！威廉先生是多麼畢恭畢敬！」

「太令人高興了！」克雷夫人說道，但她不敢看著安妮，「完全就像一對父子！親愛的艾略特小姐，難道不像嗎？」

「喔！別人怎麼說我都不反對。不過，老實說，我看不出他有哪裡特別殷勤的。」

「親愛的艾略特小姐！」克雷夫人喊道，接著又用沉默抑制住自己的驚訝。

「好了，親愛的潘妮洛普，妳不必這麼擔心。妳知道，我已經邀請他了，我滿臉笑容地把他送走了。當我發現他明天要去找桑貝里莊園的朋友時，我就一直很同情他。」

安妮很佩服這位朋友的演技，她明知威廉會妨礙她的目的，卻仍露出期望他到來的樣子。克雷夫人不可能喜歡威廉，但她裝出一副極其懇切、嫻靜的神情，彷彿很樂意把自己平時花在瓦爾特爵士身上的時間減去一半。

對於安妮來說，看見威廉走進屋裡是一件痛苦的事，更別提看見他走過來跟自己說話了。她過去就曾隱約感覺到，他並非完全誠心誠意，現在又覺得他無處不虛偽！拿他對父親的恭敬態度對比過去的言論，就實在令人作嘔！一想起他對待史密斯夫人的惡劣行徑，再看看他現在那副滿臉陪笑的神態、聽聽他那矯揉造作的語調，就令她無法忍受！

安妮心想，自己的態度轉變不能太大，以免引起他的怨言。她的最大目的是躲開他的攀談，躲開那些惹人注目的場合。不過她必須毫不含糊地對他冷淡。本來，她在威廉的引誘下，漸漸對他產生了幾分熱情，現在要盡可能無聲無息地冷卻下來。因此，她比昨晚來得更加謹慎、冷淡。

威廉原打算再次引起她的好奇心，問自己過去是從哪裡聽人讚美她的，並且為此洋洋得意；誰知道他的魔法失靈了，他發現這位堂妹十分謙虛，完全無法激起她的虛榮心，更沒有想到，這麼做對自己相當不利，它使安妮立刻想起了他那些最無可饒恕的行為。

安妮頗為高興地發現，威廉隔天一早就要離開巴斯，而且未來兩天幾乎都不在。他回來的那天晚上還會再來坎登廣場，但是從禮拜四到禮拜六晚上，他確定來不了了。對安妮來說，家裡有個克雷夫人已經夠討人厭了，再加上個更虛偽的小人，似乎破壞了一切安寧與舒適。想想這些人對父親和伊莉莎白的一再欺騙，想想他們一家以後還可能蒙受各種恥辱，真令她感到又羞又怒！克雷夫人的居心倒不像威廉那麼陰險惡，她嫁給瓦爾特爵士雖然有各種弊端，但是與威廉帶來的壞處相比，安妮寧可立即同意這門婚事。

禮拜五早上，安妮打算一早就去找羅素夫人，告訴她一些重要的細節。她原本打算吃完早飯就出門，不料克雷夫人也要出去，為伊莉莎白辦點事，因此她決定先等等，免得與她作伴。等克雷夫人走遠了，她才說自己要去里弗斯街。

「好吧，」伊莉莎白說，「我沒什麼事，代我問個好吧。噢！妳最好把她硬要借給我的那本破書帶回去，就騙她說我看完了。我才不想老是用英國出版的新詩、新書來折磨自己，但羅素夫人偏要拿些新書來找麻煩。這些話妳不必告訴她，不過我覺得她那天晚上的打扮糟透了。我本來以為她的穿著很風雅，但那次在音樂會上我真替她害臊！她的神態那麼拘謹，那麼做作！她的坐姿那麼僵硬！總之，代我致上最親切的問候。」

「也代我問好，」瓦爾特爵士說道，「順便可以告訴她，我打算不久後去拜訪她——其實只不過是去留個名片。女人到了她這種年紀就不太會打扮自己，因此早上拜訪她們是不恰當的。她只要化好妝，就不用怕被人看見。不過我上次去看她時，注意到她馬上放下了窗簾。」

就在爵士說話時，忽然有人敲門。會是誰呢？安妮一想到威廉說過隨時都可能上門，便覺得是他，但目前他遠在七哩之外。大家困惑不解地等了一陣之後，聽到了客人越走越近的聲音，緊接著，查爾斯．瑪斯格羅夫夫婦便被帶進屋來。

他們的到來使得眾人大為驚訝，但安妮見到他們來確實很高興，其他人也裝出一副表示歡迎的神氣。後來，當這兩位親人表示他們並不打算住在爵士家中時，瓦爾特爵士和伊莉莎白頓時熱情倍增，客客氣氣地招待了起來。他們很快就得知，查爾斯夫婦陪母親來巴斯逗留幾天，目前住在白鹿旅館。之後，瓦爾特爵士和伊莉莎白把瑪莉帶到另一間客廳，安妮才終於從查爾斯口中聽到他們來巴斯的真實經過。

原來，他們一行除了查爾斯夫婦以外，還有瑪斯格羅夫太太、亨利葉塔和哈威爾上校。事情是由哈威爾上校在一週前提起的，他想來巴斯辦點事；正巧，狩獵期結束了，查爾斯為了找點事做，也打算陪哈威爾上校一起來。哈威爾夫人似乎非常贊同，想不到，瑪莉不願一個人留在家裡，鬧了好幾天脾氣，一切就此不了了之。幸好查爾斯的父母對這項計畫也產生了興趣。他母親在巴斯有幾位老朋友，她想去看看他們；另一方面，此行還可以順便為亨利葉塔訂製婚紗。總之，一行人浩浩蕩蕩地出發了。只留下哈威爾夫人、她的孩子、班維克中校、瑪斯格羅夫先生和路易莎留在上克羅斯。

安妮唯一感到驚訝的是，事情發展得如此迅速，亨利葉塔竟然要準備婚紗了！她原以為他們經濟情況不佳，一時還無法成婚；誰知道查爾斯告訴她，近來有一位朋友向海特提議，要他代替一位年輕人接下牧師職務。憑著這筆收入，他可以獲得長期的生活保障，於是男女兩家也同意了他的心願。他們的婚禮可能跟路易莎來得一樣快，幾個月之內就會舉行。「那真是個好職位，」查爾斯補充說，「距離上克羅斯不到二十五哩，在一個美麗的鄉村。那是多塞特郡一個漂亮的地方，就在國內一些高級狩獵區的中央，周圍有三個大地主，海特至少可以得到其中兩個的眷顧。他應該好好珍惜這一點，海特太不積極了，這是他的最大缺點。」

「我真是高興，」安妮說道，「這是這對姐妹應得的。她們一向情深意切，也應該同樣有錢、同樣幸福。我希望妳的父母對這兩門親事都很中意。」

「哦，是的！假如兩個女婿再富有一些，我父親倒可能高興。不過他也沒有好挑剔的。錢——妳知道的，一下子要嫁兩個女兒，他肯定要花一大筆錢。這可不是一件輕鬆的事，會讓他一下子陷入窘境。然而，我並不是指女兒沒有權利要錢，她們理所當然應該得到嫁妝。我敢說，他一向是個慈愛、慷慨的父親。瑪莉不太喜歡亨利葉塔的對象，妳也知道，但是她太小看海特了，不知道他有多少財產。總之，這會是一門十分匹配的親事。我一向都很喜歡海特，現在也一樣。」

「像瑪斯格羅夫夫婦這麼慈祥的父母，」安妮說，「看著自己的女兒出嫁，一定會很高興。我想他們做的每一件事都是為了讓孩子幸福，有這樣的父母真是太幸運了！路易莎完全康復了吧？」

查爾斯吞吞吐吐地回答：「是的，我認為是這樣沒錯。康復是康復了，但個性卻變了。變得畏畏縮縮，少了笑聲，也不跳舞，和以前大不同了。班維克整天坐在她身邊，唸詩給她聽，或是跟她竊竊私語。」

安妮忍不住笑了。「我知道這不合你的意。不過，我相信他是個很好的年輕人。」

「當然，沒有人懷疑這一點，我希望妳別以為我的心胸那麼狹窄，容不下別人的愛好和興趣。我十分敬重班維克，要是有人能勾起他的興致，他也能口若懸河。他是個勇敢的傢伙，這個禮拜一，我對他有了更多的瞭解——我們在父親的穀倉裡抓老鼠，大鬧了一個上午。他幹得很出色，從此我更喜歡他了。」

他們的談話中斷了，因為查爾斯不得不陪著眾人去觀賞鏡子和瓷器。不過安妮聽到的消息夠多了，足以明白上克羅斯目前的情況，並為此感到高興。雖然她仍忍不住嘆息，但這種嘆息沒有絲毫嫉妒的意思。如果可以的話，她當然願意獲得他們那樣的幸福，不過她並不想損害他們的幸福。

這次訪問開開心心地過去了。瑪莉對於能出來換換環境，又遇到如此愉快的氣氛，感到相當滿意。她一路上乘著婆婆的馬車，到了巴斯又不必依賴娘家，對此也感到十分得意。她很有興致地欣賞一切事物，當娘家的人向她提起這棟房子的優點時，她還能欣然地應承幾句。她對父親或姐姐沒有什麼要求，只要能坐在他們那漂亮的客廳裡，就夠神氣的了。

伊莉莎白一時感到很苦惱。她覺得應該請這群客人來家裡吃飯，但是家裡境況已大不如前，僕人也縮減了，請他們吃飯是一件難堪的事。讓那些地位比自己低下的人們看笑話，真叫她無法忍受。這是禮貌與虛榮之間的鬥爭，幸好虛榮心佔了上風，伊莉莎白滿意地心想：「那只是些迂腐的觀念。鄉下人好客，但我們可不這樣，巴斯很少有人這麼做。阿利西亞夫人來這裡一個月了，卻從不請客，甚至連自己妹妹家的人都不請。這麼做想必會為瑪斯格羅夫太太帶來不便，讓她覺得很不自在，我敢說她寧可不來。乾脆請他們來玩一個晚上，這樣好多了，既新奇、又有趣。他們從沒見過這麼漂亮的客廳，一定會很樂意來的。這將是一次正式的晚會，規模雖小，卻十分講究。」這個想法使伊莉莎白感到很滿意。當她向在場的兩人提出邀請時，瑪莉感到同樣心滿意足。隔天早上，安妮陪著查爾斯和瑪莉一起出門，前去拜訪瑪斯格羅夫太太和亨利葉塔。

陪伴羅素夫人的計畫只好暫緩了。他們在里弗斯街待了幾分鐘，安妮心想，原本打算告訴羅素夫人的事，即使晚一天說也沒關係，於是便匆匆趕到了白鹿旅館，去看望去年秋天與她一起相處的朋友們。由於見面多次，她對他們懷有深切的情意。

他們在屋裡見到了瑪斯格羅夫太太和她的女兒，而且只有她們兩人。安妮受到了極為親切的歡迎。亨利葉塔因為人逢喜事，心情也變得愉快，對朋友充滿了體貼與關心；而瑪斯格羅夫太太也因為安妮曾在危急時刻幫過大忙，對她十分疼愛。安妮在家裡從未嘗過這種樂趣，如今卻受到這樣真心誠意的接待，不禁相當感激。她們希望她盡量上門，邀請她天天過來，並且整天與她們待在一起，簡直把她當成家庭的一員。作為報答，安妮也像過去一樣關心她們、幫助她們；當查爾斯走後，她就傾聽瑪斯格羅夫太太敘述路易莎的經歷，傾聽亨利葉塔說明自己的現況；安妮還聊了自己對物價的看法，推薦她們到哪些店買東西。說話中間，瑪莉不時要她幫些小忙，例如替換緞帶、算帳、找鑰匙、整理小飾品，或是聽自己訴苦——雖然她平常總是樂呵呵的，但現在被冷落一旁，不免又開始想像自己被人虧待了。

那是一個忙亂的早晨，旅館裡鬧哄哄的。安妮來了還不到半小時，大半個餐廳裡就擠滿了人，一群老朋友坐在瑪斯格羅夫太太四周。查爾斯回來了，帶來了哈威爾和溫特華兩位上校。

溫特華的出現只讓安妮驚訝了片刻，她早就預料到，查爾斯的到來必然會使他們很快重逢。他們上一次的見面至關重要，打開了他感情的閘門。安妮對此很有把握，但一看到他的表情，又不免有些擔心，上次他以為安妮愛上別人，匆匆離開了音樂廳，也許如今他仍然有這種想法。看樣子，他並不想走過來跟她說話。

安妮盡量保持鎮定，她試圖往合情合理的方面著想。「當然，要是兩人都忠貞不渝的話，那麼我們的心意很快就會相通。我們不是小孩子，不會互相吹毛求疵，無緣無故發怒，也不會讓一時的錯誤蒙蔽雙眼，拿自己的幸福當兒戲。」可是過了幾分鐘，她又覺得按照目前的情況，兩人待在一起只會產生不好的影響。

「安妮，」瑪莉仍然站在窗口，大聲叫道，「克雷夫人就站在下面！千真萬確，還有一個男的陪著她。我看見他們剛從巴斯街轉過來，兩人談得正起勁。那是誰？快告訴我。天哪！我想起來了，是威廉先生。」

「不，」安妮連忙喊道，「我敢保證，不可能是威廉先生。他今天早上九點離開巴斯，明天才會回來。」

她說話的當下，發覺溫特華上校在看著她，為此感到又羞又窘，後悔自己不該說那麼多無意義的話。

瑪莉最痛恨別人以為她不懂自己的堂哥，便激動地聊起了家族的相貌特徵，並一口咬定那個人就是威廉，還要安妮再確認一次。但安妮無動於衷，故意裝出漠不關心的樣子。不過她感覺得出，有幾位女賓相視而笑，拚命使著眼色，彷彿深知其中的奧秘似的，害得她又忐忑不安起來。顯然，關於她的流言蜚語早已傳開了。接下來是一陣沉默，似乎要確保這些流言蜚語進一步散播出去。

「快來呀！安妮，」瑪莉叫道，「妳來看看，再不看就來不及了。他們要道別了，正在握手。他轉身了。我認不出威廉先生！妳好像把萊姆的事忘得一乾二淨。」

為了讓瑪莉住嘴，或許也為了掩飾自己的窘態，安妮悄悄走到窗前。一看之下，發現那人果然是威廉。只見他朝一側走掉了，克雷夫人也從另一邊消失了。這兩人的利害互相衝突，卻擺出一副友好的樣子，令安妮大為驚訝。不過，她克制住自己的心情，坦然地說道：「是的，確實是威廉先生。我想他改變了出發時間，也可能是我記錯了。」說完，她回到椅子上，恢復了鎮定，心想自己表現得還不錯。

客人們告辭了，查爾斯客客氣氣地送走他們後，又朝他們做了個鬼臉，抱怨他們不該來，然後說道：

「唔，媽媽，我為妳做了一件好事，妳會喜歡的。我在戲院訂了一個包廂，就在明天晚上。我這個兒子還不賴吧？我知道妳愛看戲。我們大家都有位置，包廂裡能坐九個人。我已經約了溫特華上校，我想安妮也不會拒絕的，我們大家都喜歡看戲。這個計畫不錯吧？媽媽。」

瑪斯格羅夫太太和顏悅色地說道，假如亨利葉塔和其他人也喜歡看戲的話，她也會百分之百地喜歡，想不到談話被瑪莉打斷了，只聽她大聲叫道：

「天哪！查爾斯，你怎麼會想出這種事來？明天晚上的包廂？難道你忘了我們約好明晚要去坎登廣場嗎？伊莉莎白說要我們見見道林普夫人和她女兒，還有威廉先生，那都是我們家的重要親戚啊！你怎麼會這麼健忘呢？」

「夠了！夠了！」查爾斯回答，「一個晚會算什麼？根本不值得放在心上。我想，假如妳父親真的想見我們的話，他也許該請我們吃頓飯。隨妳愛怎麼做吧！反正我要去看戲。」

「哦！查爾斯，你已經答應去參加晚會了，要是再去看戲，那就太卑鄙了。」

「不，我沒有答應。我只是笑了笑，鞠了個躬，說了聲『我很榮幸』罷了。」

「可是你一定得去，查爾斯。人家特地要為我們作介紹，道林普一家和我們家族一向有著密切的關係。雙方無論發生什麼事情，都必須知會對方。你知道的，我們是至親。還有威廉先生，你更應該結交他！你想想，他是我父親的繼承人，艾略特家族未來的當家。」

「不要跟我提什麼繼承人，」查爾斯嚷道，「我才不會把目前的當家撇在一邊，卻去巴結未來的當家。要是我連妳父親的邀約都不顧了，卻又為了他的繼承人而去，那豈不是太荒唐了。對我來說，威廉先生算什麼？」

安妮聽到這句冒失的話，感覺相當痛快，只見溫特華全神貫注地聽著，聽到最後一句話，他不由得將好奇的目光從查爾斯身上轉向安妮。

查爾斯和瑪莉仍然持續爭論著，一個半開玩笑地堅持要去看戲，另一個則正經八百地極力反對去看戲，並且沒有忘了強調：她非去坎登廣場不可，要是他們撇開她去看戲，那她就會覺得自己受到了虧待。瑪斯格羅夫太太忍不住插嘴：

「看戲還是往後延吧，查爾斯，你最好去把包廂的日期改成禮拜二。再說，安妮小姐的父親家裡有晚會，她也不會跟我們去的，我可以斷定。假如安妮小姐不跟我們一起去，亨利葉塔和我也不想去了。」

安妮真誠地感謝她的這番好意，她因此可以直截了當地說道：

「太太，假如只問我的意見的話，那麼家裡的晚會絕不會成為任何阻礙。我並不喜歡那種晚會，寧可去看戲，而且要跟你們一起去。不過，也許最好別這麼做。」

她把話說出口了，但仍忍不住顫抖，因為她意識到有人在聽，她甚至不敢觀察她的話產生了什麼效果。

大家很快就得到共識，決定禮拜二再去看戲。只是查爾斯仍然繼續戲弄著妻子，一味地堅持說：明天即使有人不去，他也要去看戲。

溫特華離開座位，朝壁爐前走去，悄悄坐在安妮旁邊。

「妳在巴斯的時間不長，」他說，「還不能習慣這裡的晚會。」

「哦！不。一般來說，晚會並不合我的喜好。我不打牌。」

「我知道妳以前不打，那時妳不喜歡打牌。但時間可以使人產生很多變化。」

「我可沒有怎麼變化，」安妮說了一句，又停住了，深怕造成什麼誤會。停頓了片刻，溫特華彷彿發自肺腑地說道：「真是恍如隔世！八年半過去了！」

他是否還想進一步說下去，安妮只能事後再去琢磨了，因為就在她聽著他說話的當下，亨利葉塔卻扯起了別的話題，使她大吃一驚。原來，亨利葉塔一心想趁著空檔趕緊出門，便催安妮不要耽誤時間，免得又有客人上門。

大家迫不得已，只好準備動身。雖然安妮說自己很樂意走，而且竭力裝出樂意的樣子；但她覺得，要是亨利葉塔知道她在離開那張椅子、走出屋子的時候，心裡有多麼遺憾的話，她就會憑著對未婚夫的那種情感，對她加以同情。

這時候，忽然聽到一陣令人驚恐的聲音，人們連忙停下手邊的準備工作。又有客人來了，門一打開，進來的竟是瓦爾特爵士和伊莉莎白！眾人一見到他們，心裡不禁大為掃興。屋裡那種舒適、自由、快樂的氣氛消失了，取而代之的是冷漠與鎮定，面對安妮那冷酷而高傲的父親和姐姐，人們要不緘默不語，要不趣味索然地敷衍幾句。這種場面真令人感到羞恥！

只有一件事讓她比較滿意。她的父親和姐姐又向溫特華打了個招呼，尤其是伊莉莎白，表現得比過去更有禮貌了。她甚至還跟他說了一次話，且不只一次地朝他看去。其實，伊莉莎白正在醞釀一項計畫。她先是適當地寒暄了幾句，接著便提出了邀請，要求瑪斯格羅夫一家光臨。「明晚我們想跟幾位朋友聚一聚，這不是正式的晚會。」伊莉莎白的話說得十分得體，還帶來了請帖，上面寫著「艾略特小姐敬上」，她恭恭敬敬地把請帖放在桌子上，然後又笑盈盈地特地送給溫特華一份請帖。伊莉莎白在巴斯待久了，很明白溫特華上校這種人物的重要性。遞出請帖之後，瓦爾特爵士和伊莉莎白便起身告辭了。

這段打擾雖令人不快，但時間不長。兩位客人才走出門，屋裡的氣氛又變得輕鬆愉快起來，除了安妮以外。她一心想著伊莉莎白發請帖的場景，想著溫特華上校接過請帖的樣子，真是令人捉摸不定。那與其說是欣喜，不如說是驚奇；與其說是接受邀請，不如說是感謝邀請。安妮很瞭解他，她從他眼裡見到鄙夷的神情，認為他不會接受這麼一項邀請，只會把它視為是對過去傲慢無禮的補償。安妮不禁感到氣餒。溫特華把請帖握在手裡，彷彿在思考什麼。

「你們想想，伊莉莎白把每個人都邀請到了！」瑪莉低聲說道，不過大家都聽得見，「我毫不懷疑溫特華上校會很高興！你瞧，他拿著請帖都不肯放手了。」

安妮發現溫特華正看著自己，他滿臉通紅，嘴角浮現出一絲輕蔑的意味，但瞬息即逝。安妮走開了，既不想多看，也不想多聽，免得引起自己的苦惱。

眾人各自去忙自己的事。大家希望安妮能留下來吃晚飯，並陪著眾人一整晚。但安妮只覺得有點精神不濟了，一心想回家，好讓自己清靜一下。

她答應明天來陪他們玩一個早上，然後便結束了這次拜訪，回到坎登廣場。晚上剩餘的時間都在聽伊莉莎白和克雷夫人講她們如何為明天的晚會做準備，聽她們一共邀請了哪些客人，越說越詳細，越說越起勁，簡直想把這次晚會辦成巴斯最棒的一場。在這同時，安妮一直暗自問自己：溫特華會不會來？他們都認為他肯定會來，但她卻焦慮不安，想冷靜五分鐘都做不到。她認為他會來，因為他應該來。但又無法篤定。

等安妮回過神來，便對克雷夫人說，就在威廉預定離開巴斯的三個小時後，有人看見克雷夫人和他在一起。起初，安妮一直等克雷夫人自己坦承這件事，但遲遲等不到，於是她決定說出來。她發現，克雷夫人的臉上似乎浮現出愧疚的神色，但很快就消失了。安妮心想，或許是他們兩人暗中共謀，或許是懾於威廉的專橫跋扈，她只好屈服，放棄從瓦爾特爵士身上撈好處。不過，克雷夫人裝出十分自然的樣子說道：

「哦，天哪！一點也沒錯，安妮小姐，妳只要想想我當時多麼意外！我在巴斯街遇見了威廉先生，我從來沒有這麼驚訝過。他轉過頭來，陪我走到礦泉廳。發生了什麼事情，讓他沒有按照計畫去桑貝里，但我忘了是什麼事。我當時匆匆忙忙的，有些心不在焉。他想知道明天什麼時候可以登門拜訪。自從我進屋之後，得知你們要請很多客人來，我也滿腦子想著這場聚會，否則，我無論如何也不會忘記看見了他。」

第二十三章

安妮與史密斯夫人的談話才過去一天，又遇到了使她更感興趣的事。對於威廉的行為，除了某件事造成的後果仍令她關心以外，別的方面她已經不大感興趣了，因此到了隔天早上，她再次延後了里弗斯街之行。她先前答應過，早飯後要陪瑪斯格羅夫太太一家玩到中午。她遵守自己的諾言，於是，威廉的名譽得以再保全一天。

可是她未能準時赴約。外頭下起了雨，當她來到白鹿旅館時，發現自己已經遲到，也不是第一個到達。她前面就有好幾個人，瑪斯格羅夫太太正在和克羅夫特夫人說話，哈威爾上校在跟溫特華上校交談。她又聽說，瑪莉和亨利葉塔等得不耐煩，天一放晴就溜出門了，不過很快就會回來。她們走之前不忘叮嚀瑪斯格羅夫太太，一定要留住安妮。安妮只好坐下來，表面上裝得很鎮靜，心裡卻激動不安。本來，她以為要在接近中午時，才會嘗到這種激動不安的滋味，現在卻提早陷入了如此痛苦的幸福之中。她走進屋子才兩分鐘，就聽溫特華說道：

「哈威爾，我們剛才提到寫信的事，要是你能給我紙筆，我們現在就寫吧。」

紙筆就放在另外一張桌子上。溫特華走過去，背對著大家坐下，全神貫注地寫了起來。

瑪斯格羅夫太太在向克羅夫特夫人介紹大女兒的訂婚經過，用的還是那種令人討厭的方式——一方面假裝竊竊私語，一方面又讓大家聽得一清二楚。安妮覺得這個話題與自己無關，但哈威爾上校似乎思慮重重，無心說話，因此安妮不可避免要聽到許多細節，例如瑪斯格羅夫與海特家是如何一再接觸、反覆商量啦，老海特先生說了什麼話啦，瑪斯格羅夫先生隔天又提出了什麼建議啦，海特夫人有什麼想法啦，年輕人有些什麼意見啦，瑪斯格羅夫太太起先不肯同意，後來聽了別人的勸說，才終於點頭啦……她就這樣喋喋不休地說了一大堆。這些細枝末節，即使說得再動聽，也只有那些切身相關的人會感興趣。安妮真希望那些男士能說些話，讓她聽不見瑪斯格羅夫太太的聲音。

「就這樣，夫人，將整件事考慮過後，」瑪斯格羅夫太太說道，「雖然我們都不希望這樣做，但又覺得再拖下去也不是辦法，因為小海特都快急瘋了，亨利葉塔也同樣心急如焚，所以最好讓他們馬上成親，而且盡量把婚禮辦得體面些。我也說過，無論如何，這比拖延下去要好。」

「我也正想這麼說，」克羅夫特夫人回答，「我寧可讓年輕人早點結婚，憑著自己的力量應付生活中的困難，也不願讓他們一直拖延下去。我總是認為，要是彼此之間沒有——」

「哦！親愛的克羅夫特夫人，」瑪斯格羅夫太太不讓她把話說完，便大聲叫了出來，「我最討厭年輕人拖泥帶水啦！我過去常說，年輕人訂婚是件好事——要是他們有把握在六個月、甚至十二個月內完婚的話。」

「是的，太太，」克羅夫特夫人說道，「應該說，不太可靠的婚約、拖延很久的婚約，都不可取。在還沒有能力的時候就急著訂婚，我覺得這很不妥，也很不明智，所有做父母的都應該加以阻止。」

安妮聽到這裡，不禁來了興頭。她覺得這些話是針對她說的，頓時緊張起來。同時，她的眼睛本能地朝遠處的桌子望去，只見溫特華也停下筆，抬起頭，靜靜地聽著。隨即，他轉過臉，迅速地朝安妮看了一眼。

兩位夫人還在繼續交談，一再強調那些公認的真理，並用自己觀察到的例子加以印證，說明違反傳統帶來的不良後果。可惜安妮什麼也沒聽清楚，她們的話在她的耳裡嗡嗡作響，她的心裡亂糟糟的。

哈威爾上校一句話也沒聽見，他正朝窗戶走去。安妮發現，哈威爾上校示意她到他那裡去，他笑嘻嘻地望著她，露出真摯、和藹的表情，彷彿像一位老朋友一般。安妮於是站起身來走向他。哈威爾上校站立的窗戶位於房間一端，兩位夫人坐在另一端，雖然距離溫特華的桌子比較近，但算不上非常近。當安妮走到他面前時，哈威爾上校又露出一副嚴肅的神情，這似乎是他慣有的特徵。

「妳瞧，」他說，一邊打開手裡的包裹，展示出一幅小型畫像，「妳知道這是誰嗎？」

「當然知道，是班維克中校。」

「是的，妳猜得出這是送給誰的。不過，」哈威爾用低沉的聲音說，「這原先可不是為她畫的。艾略特小姐，妳還記得我們一起在萊姆散步，心裡為他憂傷的情景嗎？我當時完全沒有料到——算了，這無關緊要。這幅畫是在好望角畫的，他曾答應送給我妹妹一幅畫像，後來在好望角遇到一位很有才華的德國畫家，就請他畫了一幅，打算送給我妹妹。現在呢？我卻得派人把像裝幀好，送給另一個人！偏偏是委託我！但他還能委託誰呢？我希望我能原諒他。把這幅畫送給另一個人，沒什麼好遺憾的，」他朝溫特華望去，「他正在幫我這個忙呢！」最後，他嘴唇顫抖地補充道：「可憐的范妮！她可不會這麼快就忘了他！」

「不會的，」安妮感慨地回答，「我毫不懷疑這點。」

「她不是那種人。她太愛他了。」

「每個真心付出的女人，都不會是那種人。」

哈威爾上校笑了笑，說道：「妳在為妳們女人擔保嗎？」安妮同樣嫣然一笑，回答：「是的。我們才不會像你們一樣那麼快就忘記。也許，與其說這是我們的優點，不如說是我們的命運。我們別無選擇，整天關在家裡，生活平淡無奇，受盡感情的折磨；而你們男人卻勞勞碌碌。你們有一項職業，有各式各樣的事務要忙，忙碌可以讓人忘了一些事情。」

「就算妳是對的，認為俗事對男人有這麼大的影響力，但這並不適用於班維克。他沒有忙碌的工作，當時戰爭結束了，他回到陸地上，從此便一直跟我們住在一起，生活在我們的小圈子裡。」

「的確，」安妮說道，「的確如此，我沒有想過這一點。不過，該怎麼說呢？哈威爾上校，要是變化並非來自外在因素，那一定是來自內心。一定是性格——男人的性格幫了班維克中校的忙。」

「不，不，不是男人的性格。對自己喜愛或是曾經喜愛過的人朝三暮四，甚至忘情，我不承認這是男人的本性。我認為恰恰相反。我認為我們的身體和精神狀態是完全一致的。因為我們的身體更強壯，我們的感情也更強烈，能經得起驚濤駭浪的考驗。」

「你們的感情也許更強烈，」安妮答道，「但是憑著這身心一致的精神，我可以這樣說：我們女人的感情更加溫柔。男人比女人強壯，但是壽命不比女人長，這恰好說明了我們對他們的感情的看法。要不然的話，你們就會受不了啦！你們要跟艱難、困苦和危險作鬥爭；你們總是在艱苦奮鬥，遇到種種艱難險阻；你們離開了家庭、祖國和朋友。時光、健康和生命都不是你們自己所能掌握的。假如再具備女人一樣的情感，」她聲音顫抖地說，「那就的確太苛刻了。」

「在這個問題上，我們的意見永遠不會一致，」哈威爾上校才說了一半，只聽到「啪」的一聲輕響，兩人不約而同地望向溫特華所在的地方。原來是他的筆掉到了地上。安妮懷疑，他之所以讓筆掉到地上，只是因為他在注意他們，想聽清楚他們的話。

「你的信寫好了嗎？」哈威爾上校問道。

「還沒寫完，還差幾行，再五分鐘就夠了。」

「我不急，你隨時寫好都行。我正處在理想的錨地，」他對安妮笑了笑，「供給充足，什麼都不缺，根本不急著等信號。唔！艾略特小姐，」他壓低聲音說，「正如我所說的，我想在這件事上，我們永遠不會有共識。不過妳知道，人類歷史上所有的記錄都與妳的觀點相違背——所有的故事、散文和韻文。假如我有班維克那樣的記性，就能馬上舉出五十個例子來印證。每當我打開一本書，總會看見女人的朝三暮四，所有的歌詞和諺語都說女人反覆無常；不過妳也許會說，那都是男人寫的。」

「也許我會這麼說。是的，是的，請你別再引用書中的例子。男人比我們具有更多優勢，受過比我們更高的教育，可以盡情寫出他們的想法。我不承認書本能證明任何事情。」

「那我們要怎麼證明事情呢？」

「永遠證明不了。在這樣的問題上，我們永遠證明不了任何事。或許我們從一開始就偏袒同性的人；基於這種偏心，便會設法用周圍的所有事物來為自己的同性辯護。這些事物中，有些一旦提出來，就勢必會透露一些苦衷，或是說出一些不該說的話。」

「啊！」哈威爾上校激動地說道，「當一個人最後看見自己的妻兒，眼睜睜地目送把他們送走的小船，然後轉過身來，說出一聲：『不知道我們還能不能再見面！』時，我真希望妳能明白，此時此刻他心中多麼痛苦啊！同時，我也希望讓妳明白，當他再次見到妻兒時，內心有多麼澎湃啊！或許當他離別了一年之後，才終於回來，奉命駛入另一港口，他盤算著何時能把家人接來，騙自己說：『他們要到某月某日才能抵達。』但他一直希望他們能提早十二個小時到，而最後看見他們比預期的早了好幾個小時，就像上帝給了他們一對翅膀一樣，他心裡有多麼激動啊！要是我能向妳解釋這一切，說明一個人為了生命中那些珍貴事物，能夠承受多大的磨難、做出多大的努力，並且以此為榮——那該有多好！妳知道，我說的是那些有血有肉的人！」說著，他激動地按了按自己的心窩。

「噢！」安妮急忙叫道，「我絕不會低估你們熱烈而忠貞的感情！假如我認為只有女人才懂得堅貞不渝的愛情，那麼我就該受人鄙視！不，我相信你們在婚姻生活中，能夠做出各種崇高而美好的事情；我相信你們能做出一切重大努力，對家人百般包容，只要你們心裡有個目標——如果我可以這樣說的話，我是指，只要你們的愛人還活著，而且為你們活著。我認為女人的長處，就在於她們對於自己的戀人，即使人不在世，或是失去希望了，也能至死不渝地愛下去！」

一時之間，她再也說不出話了，只覺得心中百感交集，氣都快喘不過來。

「妳真是個賢慧的女人，」哈威爾上校說道，一面親熱地把手搭在她的肩上，「我辯不過妳，況且我一想起班維克，就無話可說了。」

這時，他們的注意力被吸引到眾人那裡。克羅夫特夫人正在告辭。

「弗雷德里克，我想我們該說再見啦！」她說，「我要回家，你和朋友還有事。今晚我們會在你們的晚會上再次見面，」她轉向安妮，「我們昨天收到妳姐姐的請帖，我聽說弗雷德里克也收到了。弗雷德里克，你今晚是否也會去呢？」

溫特華正急急忙忙地摺信，沒有空認真回答。

「是的，」他說，「的確如此。妳先走吧！哈威爾和我隨後就到。也就是說，哈威爾，要是你準備好了，再等我半分鐘就好。我知道你想走，再等半分鐘就好。」

克羅夫特夫人告辭了。溫特華火速封好信，露出一副惴惴不安的神情，表明他一心想趕快走。安妮有些莫名其妙，哈威爾上校親切地對她說了聲：「再見，願上帝保佑妳！」但溫特華卻一句話也沒說，連看都不看一眼，就這樣走出了屋外。

安妮走向溫特華剛才寫信的那張桌子，忽然聽到有人走回來。房門打開了，回來的正是他。他說自己忘了拿手套，隨即穿過房間來到桌前，背對著瑪斯格羅夫太太，從一堆散亂的信紙底下抽出一封信，放在安妮面前，用深情的目光凝視了她一陣子，然後匆匆撿起手套，又走出了屋子。

剎那間，安妮的心情簡直無法形容。顯然，這就是他剛才匆匆忙忙摺疊的那封信，收信人是「安妮．艾略特小姐」，字跡難以辨識。原以為他只是在寫信給班維克，想不到他竟然還寫了一封信給她！安妮的命運全繫在它之上，她等不及要看個究竟。瑪斯格羅夫太太就坐在自己的桌前，正忙著處理一些私事，因此不會注意到安妮在做什麼，於是她坐在溫特華坐過的椅子上，伏在桌前，兩眼貪婪地讀起信來：

我再也不能默默傾聽了。我必須盡我所能向妳表明：妳的話刺痛了我的心。我的心中半懷痛苦，半懷希望。請妳別對我說，我的表白來得太晚了，那種珍貴的感情已經一去不返了。八年半以前，我的心幾乎被你撕碎，現在我懷著一顆更加忠於妳的心，再次向妳求婚。我不認爲男人對於舊情淡忘得比女人快，我除了妳之外沒有愛過任何人。我可能不夠公正，可能意志不堅、怨天尤人，但我從未見異思遷。都是爲了妳，我才來到巴斯；我的一切考量、一切打算，都是爲了妳一人，難道妳看不出來嗎？難道妳不懂我的心意嗎？假如我能摸透妳的心思（就像我認爲妳摸透了我的心思一樣），我連這十天也等不下去！我寫不下去了，耳中聽到的盡是些使我傾倒的話。妳壓低了聲音，但我仍聽得一清二楚。妳眞是太賢慧、太高尚了！妳的確對男人做出了公正的評價，妳相信男人心中也存在著眞正的愛情與忠貞。請相信我最熾烈、最堅定不移的愛。

弗雷德里克．溫特華

（我無法預見自己的命運，只好離開。不過我會儘快回來，或是跟著你們一起走。妳的一句話、一個眼色，便能決定我今晚是到妳家裡去，或是永遠不去。）

讀了這樣一封信，心情是無法馬上平靜下來的。要是能單獨思考半個小時，也許能使她冷靜；但才過不到十分鐘，她的思緒便又被打斷了。加上她的處境受到各種約束，心裡不可能得到平靜。相反地，她的激動時時刻刻都在增加著。這是一種無法壓抑的幸福。就在這時，查爾斯、瑪莉和亨利葉塔全都走了進來。

她不得不盡力克制，讓自己恢復正常。可是沒過多久，她再也堅持不下去了。別人說的話她一個字也聽不進去，迫不得已，只好推說身體不適。大家看出她氣色不佳，紛紛對她表示關切，還說少了她，他們說什麼也不肯出門。糟透了！要是這些人能離開，讓她屋裡獨處一陣子，她就能恢復平靜；但如今他們全站在她周圍，真叫她心煩意亂。無奈之下，她便說了聲要回家。

「好的，親愛的，」瑪斯格羅夫太太叫道，「趕快回家，好好休息一下，才能參加晚會。要是莎拉在這裡就好了，可以為妳診療一下。查爾斯，叫台轎子來，安妮小姐不能用走的回去。」

她絕不能坐轎子，這比什麼都糟糕！要是她能一個人走在街上，或許能遇到溫特華，可以與他說幾句話，她說什麼也不想失去這個機會！安妮誠懇地說自己不要坐轎子，瑪斯格羅夫太太於是帶著幾分憂慮安慰自己說，這次的不適並非摔倒引起的，因此能放心地讓她自己回家，相信晚一點就能有所好轉。

為了預防萬一，安妮又吃力地說道：

「太太，我擔心妳還不明白。請妳告訴另外幾位先生，我們希望今晚能見到妳們所有的人，特別是哈威爾上校和溫特華上校，就說我們希望見到他們兩位。」

「哦！親愛的，我向妳保證，大家都明白。哈威爾上校是一定會去的。」

「妳真的這樣想？但我有些擔心。要是他們不去就太遺憾了。請妳答應我，妳再次見到他們的時候，務必轉告一聲。我猜妳今天早上還會再見到他們，請答應我。」

「既然妳都開口了，我一定照辦。查爾斯，不管妳在哪裡見到哈威爾上校，記得把安妮小姐的話轉告他。不過，親愛的，妳不必擔心，我敢說哈威爾上校一定會光臨的，溫特華上校一定也是。」

安妮仍怕有什麼閃失，為她的幸福的心情澆上一盆冷水。然而，這個念頭不會持續多久，即使溫特華本人不來坎登廣場，她也能委託哈威爾上校捎個口信。

這時候，又出現了另一件煩惱。查爾斯出於關心，想親自送她回家，怎麼也阻止不了。這簡直太殘酷了！但她又不便拒絕。查爾斯本來要去一家獵槍店，但為了陪安妮回家，寧可放棄計畫。於是安妮跟他一起動身了，表面上裝出十分感激的樣子。

兩人來到聯盟街，忽然聽到後方傳來急促的腳步聲，這種聲音有些耳熟，安妮很快就認出是溫特華上校。他追上了他們，但彷彿又有些猶豫不決，不知是該陪他們一起走，還是超到前面去。他一聲不響，只是看著安妮。安妮已經能夠克制自己，坦然面對他的眼光了。她的面孔變得通紅，溫特華也由躊躇不決變得果斷起來，他在她身旁走著。過了一會兒，查爾斯突然興起了一個念頭，便說：

「溫特華上校，你走哪條路？是去蓋伊街，還是要去更遠的地方？」

「我也不知道。」溫特華上校錯愕地答道。

「是不是要去貝爾蒙特街？還是坎登廣場？要是那樣的話，我就要請你代我將安妮小姐送回家。她今天早上太疲累了，走這麼遠的路沒有人陪伴不行。我得去市場巷的朋友家裡，他有一支頂級的槍要賣掉，答應先讓我過目，要是我再不去就沒機會了。從他的描述來看，很像我那支二號雙管槍，就是你那天拿去溫斯洛普附近打獵的那一支。」

這個提議不可能遭到反對，只見溫特華上校極有禮貌地欣然接受了。他收斂起笑容，心裡暗自竊喜。過了半分鐘，查爾斯又回到了聯盟街口，另外兩個人繼續往前走。他們商量了一番，決定朝比較安靜的礫石路走去。在那裡，他們可以盡情地交談，好好享受這名副其實的幸福時刻。於是，他們再次聊起了他們當年的感情和誓言，這些感情和誓言一度是幸福的保障，後來卻讓他們疏遠了這麼多年；他們又回到了過去的關係，對彼此的重聚感到喜不自勝。他們瞭解了彼此的品格、忠貞和情意，雙方變得更加親密、更加真誠、更加堅定，同時也更坦白地表現出愛意。最後，他們並肩朝緩坡上爬去，全然無視周圍的人群，既看不見逍遙的政客、忙碌的女管家和調情的少女，也看不見保姆和兒童，一味沉醉在對往事的回憶和反思裡，並分享最近發生的事——這些事既令人痛苦，又耐人尋味。上個禮拜的事全都聊完了，一聊起昨天和今天，更是沒完沒了。

安妮沒有猜錯，對威廉的妒意成了他的阻礙，引起了他的疑慮和痛苦。他在巴斯第一次見到安妮時，這種嫉妒便開始作祟，後來雖短暫收斂，但很快又發作，破壞了那場音樂會的興致。在最後的二十四小時中，這種嫉妒左右著他的每一句話、每一個舉動。然而，這種情緒漸漸被期盼取代。安妮的神情、言談和舉止激起了這種期盼；而當她與哈威爾上校說話時，他聽到了她的真實想法，嫉妒終於打消了，於是他克制不住內心的激動，抓起一張紙，傾吐了自己的心意。

他信中的內容句句真心，他堅持說，除了安妮以外，他從未愛過任何人。他甚至認為，他從未見過任何比得上她的人。事實上，他的忠誠是不知不覺的——或者說是無心的。他本來打算忘掉她，而且深信自己做得到；他以為自己滿不在乎，其實只不過是賭氣而已。他不能公正地看待她的優點，因為他曾吃過它們的苦頭；如今，他終於能承認她的個性是十全十美的。不過，他也不得不承認：他是在萊姆時，才開始公正地對待她，也才開始認清自己。

在萊姆，他受到了各種教訓，威廉對安妮的傾慕之情多多少少激勵了他，而他在碼頭上和在哈威爾上校家中見到的情景，也使他看清了安妮的優點。

當時，他出於憤怒與傲慢，試圖去追求路易莎，但他始終覺得那是不可能的，他不喜歡、也不可能喜歡路易莎。直到那天，直到他終於能靜下來好好思考，才明白安妮的崇高心靈是路易莎無法比擬的，這顆心牢牢地抓住了他的心。由此，他意識到了堅持原則與固執己見、膽大妄為與冷靜果斷的區別；由此，他發現這位小姐處處令他起敬。他開始懊悔自己的傲慢、愚蠢和怨恨，由於這些思想作祟，當安妮再度出現在他面前時，他卻不肯重新去贏得她的心。

從那時開始，他便感到極度的愧疚。他剛從這件意外帶來的驚恐和悔恨中解脫出來，剛發覺自己又恢復了活力，卻又意識到：自己雖有了活力，卻失去了自由。

「我發現，」他說，「哈威爾以為我已經訂婚了！哈威爾夫婦毫不懷疑我們之間的感情。我大為震驚，雖然我可以立即表示異議，但轉念一想，別人可能也有同樣的看法——她的家人，也許還有她本人——這時我就不由自主了。如果路易莎有這種願望的話，那我就應該屬於她。我太不謹慎了，在這個問題上從未認真思考過。我沒有想到，與她們過分親近竟會產生這麼多不良的後果。我沒有權利玩弄兩姐妹的感情，這麼做即使不會產生其他惡果，也會引起不好的傳言。我犯了一個嚴重的錯誤，咎由自取。」

總之，他發現得太晚了，他已經陷進去了。就在他認清自己根本不喜歡路易莎的時候，卻明白自己早已擺脫不了她了。於是，他決定離開萊姆，到別處等她痊癒。他希望透過正當的手段，來削弱人們對他們的想法和臆測，因此跑去找他哥哥，打算過一段時間再回到凱林奇，伺機行事。

「我和愛德華在一起待了六個禮拜，」他說，「發現他很幸福，但我不可能有更多歡樂了，我不配。愛德華特地問起了妳的情形，甚至還問妳的樣子變了沒有。他根本不知道：在我的心裡，妳永遠不會變。」

安妮嫣然一笑，沒有說話。他的話雖然極不理性，卻非常悅耳，令人難以指責。一個女人活到二十八歲，還能聽人說自己絲毫沒有失去青春的魅力，的確是一種安慰。不過對於安妮來說，這番溢美之詞卻具有更加重大的意義，因為與他先前的言詞相比，她認為這是他恢復舊情的結果，而不是原因。

他一直待在希羅普郡，後悔自己不該那麼傲慢，直到後來得知路易莎和班維克訂婚的消息，他知道，他從路易莎的束縛中解脫了。

「這麼一來，」他說，「我的不幸結束了，我有了一線得到幸福的機會，我可以努力、可以設法。然而，要是我等待了那麼久，得到的卻只是另一場不幸，那多可怕啊！我聽聞消息不到五分鐘，就決定禮拜三前往巴斯。於是我來了，我認為這一趟是值得的，來的時候還抱著幾分希望，這麼做難道有錯嗎？妳還沒結婚，可能也像我一樣，還保有過去的情意，而且還給了我鼓勵。我絕不懷疑別人會愛妳、追求妳，但我知道妳曾拒絕過一個條件比我更好的人，我不自覺地懷疑：『這一定是為了我吧？』」

他們在米爾森街的第一次見面有很多話題可以聊，但那次音樂會可以聊得更多。那一晚似乎充滿了各種奇妙的場景──一下子，安妮走上前跟他說話；一會兒，威廉進來把她牽走了；後來又有幾次，忽而重新燃起希望，忽而大失所望。兩人興致勃勃地說個不停。

「看見妳待在那些討厭我的人之中，」他大聲說道，「看見妳堂哥走近妳，對妳有說有笑，覺得你們真是天造地設的一對！再想想，這肯定也是妳那些親友們的心願，即使妳不願意、或是不感興趣，但他卻有那麼多的擁護者！這難道還不足以迷惑我？我在一旁看了怎能不痛苦？一看見羅素夫人坐在妳身後，一回想起過去的事情，知道她的影響力那麼大，難道這一切不都對我十分不利嗎？」

「這不能相提並論，」安妮回答，「你現在不該懷疑我。情況早已大不相同了，我的年齡也不同了。也許你會說，我以前不該聽信別人的建議，但他們也是為了我好。我服從他們的意志，就像是服從義務，但在這種問題上卻不能全憑著義務。假如我嫁給一個不愛我的人，那就可能招來各種不幸，違背他們的本意。」

「也許我該這麼想，」他答道，「可惜我做不到。我最近才明白了妳的人格，但我無法從中得到啟發。我的理智早已被過去的感情淹沒、葬送，多少年來，我吃盡了這些感情的苦頭。我一想起妳，只知道妳退縮了、拋棄了我，妳願意聽任何人的建議，就是不肯聽我的。我看見妳和羅素夫人待在一起，我沒理由相信她對妳的影響比不上從前了，況且，還要加上習慣的因素。」

「我還以為，」安妮說，「我對你的態度也許能打消你不少的疑慮。」

「不，不！妳的態度只會讓人覺得，妳和另一個男人訂了婚，因此心安理得。我抱著這樣的誤解離開了妳，卻想要再見見妳。到了早上，我又打起精神，覺得自己應該留下。」

最後，安妮回到家裡，家人都沒想到她竟會那麼快樂。早晨的驚訝、憂慮以及各種痛苦的感覺，全部被這次談話驅散了。不過，她必須克制自己，保持著一絲擔憂的心情，認真地思考一番。於是她回到自己的房間。

夜幕降臨了，客廳裡燈火通明，賓主齊集一堂。名義上是晚會，其實只不過是打打牌罷了。這些來賓不是素未謀面的，就是十分熟識的。這是一場平凡無奇的聚會，但安妮卻覺得這是最短暫的一晚了。她心裡樂不可支，顯得滿面春風、美麗動人，對周圍的每個人都充滿了喜悅或是包容。威廉也來了，安妮盡可能地避開他，但仍對他抱著一絲同情。瓦里斯夫婦——她很樂意結識他們；道林普夫人和卡特萊特小姐——她們很快就不會再那麼可憎了；她不去理會克雷夫人，對父親和姐姐的舉止也沒什麼好羞恥的；她跟瑪斯格羅夫一家人說話時，表現得悠然自得、好不愉快！與哈威爾上校的對話情深意切，就像兄妹一般。她試圖和羅素夫人說說話，但總是被一種微妙的心理打斷。她對克羅夫特將軍夫婦更是熱烈非凡，不過仍出於同樣的心理，千方百計地加以掩飾。她與溫特華交談了好幾次，但總是希望再多聊幾次，而且總是發現他就在附近。

在一次短暫的接觸中，兩人假裝在欣賞豐富多彩的溫室植物。安妮說道：

「我一直在思考過去，想公平地作出評論——我是指對我自己。我應該承認，當初我聽從朋友的勸告，雖然吃盡了苦頭，但仍然是正確的。將來你一定會更喜歡我的這位朋友，對我來說，她就像母親一樣。不過，請你不要誤解我，我並不是說她的勸告一定就是對的，這件事或許正是例外之一。就我而言，我當然不可能提出這樣的勸告，不過，我聽從她的勸告仍是正確的；否則，要是我繼續保持婚約的話，將比放棄婚約遭受更大的痛苦，因為我會受到良心的責備。只要我還有良知，就沒什麼好責備自己的。我相信，強烈的責任感也是女人一項財富。」

溫特華先瞧瞧她，再看看羅素夫人，然後又看著她，彷彿在沉思地說道：

「我還沒原諒她，但我遲早會原諒她的，希望不用太久。不過我也在考慮過去的事，我有一個疑問：我是否還有比那位夫人更可怕的敵人？那就是我自己。請告訴我，一八〇八年我回到英國，帶著幾千鎊，又被分派到拉科尼亞號上；假如那時候我寫信給妳，妳會回信嗎？總之，妳願意恢復婚約嗎？」

「我會嗎？」這是她的全部回答，不過語氣卻十分明確。

「天哪！」他嚷道，「妳當然會！我並非沒有這種想法，或是沒有這種盼望——事實上也只有這件事足以作為我成功的獎勵——但是我太傲慢了，不肯再次求婚。我不瞭解妳，也不想瞭解妳，不想公正地看待妳。在這件事上，我應該原諒任何人，除了自己以外。這本來能使我們免受六年的離別之苦，一想起這件事，就讓我更加難受。我總是自以為是地認為，我配得上一切幸福；我總是自恃功高，認為理應得到報答。我必須像那些受過挫折的偉人一樣，」他笑著補充道，「一定要讓思想順從命運的安排，一定要珍惜自己擁有的幸福。」

第二十四章

誰會懷疑事情的結局呢？無論是哪兩個年輕人，一旦決心要結婚，就一定會堅定不移地去實現它，儘管他們貧窮、輕率，難以為彼此帶來永久的幸福——這樣的結論或許是錯誤的，但我相信事實如此——要是連這種人都能幸福，那麼像溫特華和安妮這樣的人，既有成熟的思想，又懂得自己的權利，還有一筆豐厚的財產，豈能不克服各種阻礙呢？事實上，他們並未遭受太多阻礙，因為除了受到一些冷落、怠慢之外，他們沒什麼好苦惱的。瓦爾特爵士並未表示反對，伊莉莎白則是漠不關心；溫特華擁有二萬五千鎊的財產，在軍中又有很高的地位，完全有資格向一位愚昧無知、揮霍無度的准男爵的千金求婚。這位准男爵既缺乏原則，又缺乏理智，無法保持與生俱來的地位。她的女兒本該分得一萬鎊的嫁妝，但目前只能給她其中一小部分。

的確，瓦爾特爵士雖然並不喜歡安妮，虛榮心也沒有因此滿足，因此並未真心感到高興；但他絕不認為這是一門不匹配的親事。相反地，當他再仔細端詳溫特華上校時，不禁對他的相貌大為稱羨，認為他儀表堂堂，不會有辱安妮的高貴地位。有了這些優點，再加上他那動聽的名字，終於讓瓦爾特爵士欣然拿起筆來，在家史中添上了這樁喜事。

在那些不滿的人當中，唯一令人擔憂的是羅素夫人。安妮知道，羅素夫人明白了威廉的本性，終於放棄了他，這一定讓她感到痛苦。她必須經過一番努力，才能真正瞭解和公平地對待溫特華；她必須意識到：她受到外表的矇騙，只因為溫特華的風度不合她的意，便懷疑他是個魯莽的人，只因為威廉的舉止優雅，就立刻斷定他是個教養有素、博學多聞的人。羅素夫人只能承認自己完全錯了，重新修正自己的觀念。

有些人天生感覺敏銳、善於識人。在這方面，羅素夫人比不上安妮，不過，她仍是有智慧的女人，如果說她的第一目標是變得更加理智、能夠明辨是非，那麼第二目標就是看著安妮得到幸福。她愛安妮勝過愛自己。當最初的尷尬消釋之後，她發覺要像慈母般疼愛安妮的丈夫，並沒有那麼困難。

一家人之中，就屬瑪莉最開心。有個姐姐要出嫁，這是件光彩的事。她得意地認為，都是因為秋天時她叫姐姐來陪自己，才促成了這門親事。她很高興溫特華比班維克和海特富有。當他們再次見面時，她發現安妮的地位超過自己，成為一輛漂亮的四輪馬車的女主人，心裡不禁有些遺憾。不過，令她感到安慰的是，安妮沒有上克羅斯大宅、沒有地產，也無法成為一個莊園的女主人。

若是她們的大姐也能如此滿意自己的處境就好了，因為她的處境不太可能發生變化。過了不久，她很傷心地看著威廉離開了，她本來一廂情願地對他抱有期待，現在全成了泡影，而且此後再也沒有遇見一個合適的人，可以喚起她的這種期待。

威廉聽到安妮訂婚的消息，大為震驚。他那尋求家庭幸福的美夢破滅了，他企圖以女婿身分阻止瓦爾特爵士續弦的美夢也破滅了。不過，雖然他遭受挫敗，仍然不忘謀求利益和享受。他很快就離開了巴斯。沒過多久，克雷夫人也離開了巴斯，隨即人們便聽說她跑去倫敦當了他的情婦。顯然，威廉一直在玩弄兩面手法，至少，他不能讓一個狡猾的女人毀了他的繼承權。

克雷夫人的感情戰勝了她的欲望，她本來可以繼續勾引瓦爾特爵士，可是為了威廉，她寧可放棄這樁計畫。她不僅富有感情，而且工於心計。究竟誰的狡詐能取得最後的勝利，威廉在阻止她成為瓦爾特爵士夫人後，又是否會上當，最終娶她成為威廉爵士夫人，這在目前還是個謎。

瓦爾特爵士和伊莉莎白失去了伙伴，又發現受了騙之後，感到既驚訝又羞愧。當然，他們可以從顯貴的表親那裡尋求安慰，但是他們總覺得，光是奉承和追隨別人，而得不到別人的奉承和追隨，只有一半的樂趣。

沒有什麼事能妨礙安妮未來的幸福，唯有一點遺憾：她沒有值得器重的親戚能與丈夫來往。男女雙方在財產上的懸殊並未產生什麼阻力。她在溫特華的哥哥、姐姐家中被尊為上賓，受到熱情的歡迎，但她自己卻沒有一個家庭可以好好接待他、稱讚他，給他一個體面、融洽的去處，這在她幸福的心中增添了一絲痛苦。她只能讓他認識兩個朋友——羅素夫人和史密斯夫人。不過，他還是很樂意結識她們，他真心誠意地尊敬羅素夫人，至於史密斯夫人，很快也得到了他的敬重。

史密斯夫人最近幫了安妮的大忙，安妮與溫特華結婚之後，她不但沒有失去一位朋友，反而得到了兩位朋友。她是兩人定居下來以後，第一個去拜訪他們的朋友。溫特華試圖幫她重新取得她丈夫在西印度群島的那筆資產，替她寫信、做她的代理人。經過一番努力斡旋，終於幫史密斯夫人克服了各種小困難，充分報答了她對他妻子的幫助，或是即將給予她的幫助。

史密斯夫人的興致並未因為生活富足了、身體健康了、朋友變多了而有所減退，她並未改變她那快樂爽朗的性格。只要這些優點還存在，她甚至不需要更多的榮華富貴。她幸福的泉源在於樂觀的性格，正如同安妮的幸福泉源在於熱情洋溢一般。安妮一片深情，完全贏得了溫特華的愛。他的職業是安妮與朋友們唯一擔心的，雖然她以身為一名水手的妻子為榮，不過，這卻必須付出一定的代價，一旦戰事發生，就要提心吊膽。事實上，如果可以的話，讓這些水手安心顧家，一定比馳騁沙場要來得卓然有功吧！

關於珍・奧斯汀

珍・奧斯汀生於一七七五年十二月十六日，家鄉位於英國漢普郡的史蒂文頓，父親喬治・奧斯汀是當地的教區牧師。她在家中排行第七，擁有六位兄弟與一位姐姐。在傳統的英國社會中，婦女的教育程度通常不高，即使中產階級的女人有更多的機會追求知識，但仍以成為一名「賢妻良母」為學習目的。珍・奧斯汀出身於鄉間的傳統家庭，教育資源貧乏，除了九歲時受過短暫啟蒙外，大多靠著家庭教育以及家中藏書獲取學問。與一般女性不同的是，她不僅一面朝著時代為其塑造的宿命前進，還以自身的才能獲得了偉大成就。

從十八世紀末到十九世紀初，一成不變的「感傷小說」和「哥德小說」充斥著英國文壇，珍・奧斯汀亦從小閱讀類似作品，但她對於女性的宿命與價值卻別有一套看法，並且開始在創作中反映這些觀點。十一歲的時候，她完成了首部短篇小說《茱凡妮莉雅》，數年後又開始撰寫《蘇珊女士》，這是一本書信體的小說，雖然最終並未完成，但珍・奧斯汀從寫作過程中獲得啟發，於一七九七年發展出另一部小說《艾麗諾與瑪莉安》，這就是《理性與感性》的前身，也是珍・奧斯汀成名的起點。

一八〇五年，珍・奧斯汀的父親逝世，由於過度悲傷，加上家中財務面臨窘境，她一度暫停寫作。直到四年後，她與母親和姐姐投靠了查頓的兄長愛德華，才稍微自金錢煩惱中解脫。然而，或許是心情依舊沮喪，她作出一個相當衝動的行為——將所有手稿一口氣寄給了出版社。想不到，《艾麗諾與瑪麗安》一書意外獲得出版社青睞，但仍要求她自行負擔印刷費用；所幸最後她得到兄長的資助，在一八一一年將此書以《理性與感性》的新名稱出版。令她吃驚的是，一推出就大獲好評，進一步鼓勵了她的寫作事業。

一八一二年，《傲慢與偏見》出版，瞬間成為英國最暢銷小說，也成了珍・奧斯汀一生最重要的代表作；不久後，又發行了《曼斯菲爾德莊園》，依然炙手可熱。不過，在當時「婦女無才便是德」的英國社會中，她的小說始終以匿名方式出版，避免被保守人士批評。漸漸地，英國的上流社會也開始注意到她的作品，並為之瘋狂，甚至連當時的攝政王（後來的喬治四世）都迷上了她的創作，下令在所有住所都放置一套珍．奧斯汀的小說，甚至要求她將下一部創作《愛瑪》獻給王室。

此時的珍．奧斯汀已邁入中年，健康逐漸惡化。為了便於醫治，她於一八一七年遷至溫徹斯特，在此療養了兩個月，並忍著病痛完成人生的最後一部作品《勸導》。當年的七月十八日，她因愛迪生氏症與世長辭，享年四十二歲。葬於溫徹斯特的教堂。在她去世後四個月，她的兄長亨利將《勸導》與她另一遺作《諾桑覺寺》出版，成為珍．奧斯汀正式發表作品中的第五與第六部。

在珍的兄弟姐妹中，就屬姐姐卡珊德拉與她感情最好，如同《傲慢與偏見》中的伊莉莎白與珍姐妹情深一般，與書中主角不同的是，姐妹倆一生都未婚。一七八三年，奧斯汀姐妹與其表姐在牛津接受柯里夫人的教導，她是布萊森諾斯學院院長的遺孀；不幸的是，兩姐妹不久後就因感染斑疹傷寒，被迫回到家中。病癒之後又在伯克郡的住宿學校就讀，但一年之後便因無法負擔昂貴學費而返家，開始在家自學的日子。之後的歲月，這名姐姐溫柔的性格和堅定的信念伴隨珍．奧斯汀度過生命中的各個階段；雖然她一度與牧師湯姆．福爾訂婚，但未婚夫在結婚前就病逝，從此她一直過著隱居的生活。

珍．奧斯汀本人也有過幾段羅曼史。一七九五年，教區牧師的侄子湯瑪斯．勒弗洛來到鎮上，他是一名年輕英俊的紳士，就讀於英國著名的三一學院。在訪問期間，湯瑪斯與珍一同參加了幾場舞會，兩人逐漸陷入情網。然而，他的家人卻擔心這段戀情可能誤了他的大好前程（奧斯汀一家經濟狀況不佳），於是在兩個月後催促湯瑪斯前往倫敦，完成他的法學院學業。一段感情就此無疾而終，珍在傷心之餘，也逐漸內斂自己的感情。

數年後，珍與卡珊德拉結識了畢格姐妹，並進一步認識了她們的兄弟哈里斯．畢格．威勒。一八〇二年夏天，奧斯汀姐妹旅行返家，途中在畢格家中作客；期間哈里斯向珍求婚，她一度接受，卻又在隔天反悔，隨即匆匆返家。至於原因為何，至今仍眾說紛紜，尤其在珍過世後，卡珊德拉燒毀了她所有的私人信件，更讓真相成為一個永遠的謎團。

在珍．奧斯汀的小說中，故事主軸始終不離「婚姻」一事。對當時的婦女來說，至關大事就是找一個好丈夫；而在她們成為一名母親之後，首要任務亦是替子女們尋找門當戶對的好親事，最好的例子就是《傲慢與偏見》中的班奈特太太。為什麼「婚姻」對女人至關重要，因為它往往與「金錢」緊緊相扣。在當時的英國，女性沒有繼承權，僅能寄望父母過世時得到一小筆遺產。反之，男性除了擁有繼承權，在成家前還能年年從父母那裡得到一筆「年金」，這也是《理性與感性》中的愛德華、《愛瑪》中的法蘭克等角色得以終日無所事事的原因。若是家中沒有兒子，財產則由其他男性親戚繼承，而輪不到女兒。這一現象在《傲慢與偏見》中可見一斑，儘管在現代人眼中匪夷所思，卻顯示了當時婦女地位的低下。

這種習俗直接導致的就是建構在金錢上的婚姻，無論是男性或是女性，都有可能為了金錢而結婚。由於未婚子女都是由家裡扶養，如果女兒一直沒有結婚，而家裡又不富有的話，將會造成很大的經濟負擔。有些單身女子會到富人家中擔任家庭教師，自力更生，例如《愛瑪》中的珍・費爾法克斯；而絕大多數的女性則選擇結婚，藉此得到生活保障。男性亦有貪圖女方財產而結婚的，例如《理性與感性》中的威洛比。這種沒有情感基礎的婚姻，在當時屢見不鮮。

在當時的英國，大部分人的財產是由世襲獲得，尤以各地區的世襲大地主地位最高，例如《傲慢與偏見》的達西。經商也是一條致富之路，但商人地位較低，很難得到世人尊重。另一個致富方式則是從軍，若能在戰爭中立功的話，將能獲得大筆賞金，在短時間內致富，例如《勸導》的溫特華上校。

為了尋覓理想對象，舞會通常是個最快的管道。一般來說，舞會是由地方上較有地位、財富和權勢的人舉辦，只有受邀的人才能參加。對年輕男女來說，參加舞會就意味著成年；他們必須由家長陪同參加舞會，家長也便於監督子女與異性來往。跳舞是男女建立關係最好的方法，男女在跳舞當中會互相聊天，男性藉由不斷邀約心儀的女性跳舞，以增加互動的機會。舞會過後，男性可以到心儀的女性家中拜訪，找機會與對方接觸，例如一起聊天或是散步等；而如果男方家人也喜歡女方，就會邀請她到家中住一段時間，讓彼此有更多相處的機會。傳統的英國社會對於男女交往的規範十分嚴格，一般在舞會中，要是沒有經過介紹，女性不得與陌生男子說話，男女的交往也必須得到父母認可，訂婚之前男女不得私下通信——有趣的是，藉由彼此的姐妹、親友互相傳話卻不在此限。

有別於現代人先談戀愛再論婚嫁的「程序」，當時的男女一看上對方，就會直接求婚，求婚獲准後才算正式得到了「交往」的權利。可以說，男性的求愛其實就是求婚，要是沒有求婚，男女間只能算是「曖昧」而已。當然，即使女方同意，男方還必須再徵得家長同意，才算名正言順。由於長輩往往重視門第階級，當他們不滿意子女選擇的伴侶時，有權剝奪其財產，因此年輕人偶爾會「私訂終身」，以迴避父母的脅迫，例如《理性與感性》中的愛德華。

男女的稱呼也會隨著婚姻有所變化。例如《傲慢與偏見》中，班奈特一家共有五位女兒，只有長女珍能被稱為「班奈特小姐」；當她嫁給賓利後，稱呼將改為「賓利太太（夫人）」，她的大妹伊莉莎白則遞補成為新的「班奈特小姐」。男性也是一樣，對達西家族來說，能稱為「達西先生」的，只有身為一家之主或長子的費茨威廉·達西。

在珍·奧斯汀的作品中，除了能一窺這些英國傳統風俗外，還能體會鄉村中產階級的日常生活和田園風光。此外，字裡行間不時透露出十九世紀的政經發展情形，以及中下階級貧困生活的窘境。例如《傲慢與偏見》提到鞭刑，當時的英國曾就鞭刑的廢止作過一番辯論；而在《曼斯菲爾德莊園》中，范妮的貧困家庭與湯瑪斯爵士的富裕莊園形成強烈對比，還提到奴隸制度與黑奴交易，反映了上流社會中醜陋現實和道德淪喪的一面；《勸導》一書則帶出拿破崙戰爭後的英國社會。讀者能夠透過這些描寫，對作者的時代背景略知一二。

不過，也由於珍·奧斯汀一生歷練有限，她的作品在廣度和深度上略顯不足，題材總是圍繞著「婚姻」打轉。儘管如此，透過她敏銳的觀察力與細膩的刻畫，女性纖細的心靈被表現得淋漓盡致，而書中的各種描寫，無論是懸殊的家世、從中作梗的親戚、陰錯陽差的誤解、戲劇性的巧合，溫馨感人的場面……儘管千篇一律，卻百看不厭。她的作品間接改變了當時文學界的風氣，也在英國小說的發展史上留下了承上啟下的不朽地位。

加贈電子書
E-Book
愛情禮讚
傲慢與偏見
珍·奧斯汀浪漫作品集
PRIDE AND PREJUDICE
ANTHOLOGY OF JANE AUSTEN
破除傳統婚姻迷思的戀愛喜劇
一生不可不讀的傳世典藏
珍·奧斯汀 原著 丁凱特 編譯
6大長篇、269小節
英國最著名女性文學代表完整收錄
傲慢與偏見
任性的女主角遇上驕傲的男主角，將擦出何種火花？
曼斯菲爾德莊園
兩小無猜的表兄妹，譜寫出一段潔白無瑕的唯美戀曲
諾桑覺寺
神秘而古老的巨大寺院，藏著什麼不可告人的秘密？
帶您進入珍奧斯汀的異想世界，
體驗百年經典的全新生命力！
典藏價 420元
★書末加贈電子書E-Book，讓您閱讀無障礙，感動不間斷！
典藏閣
行銷總代理
采舍國際
www.silkbook.com

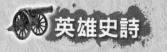

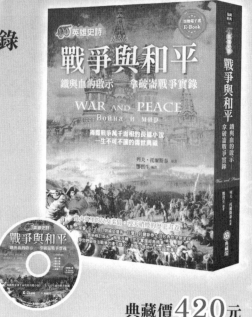

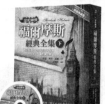

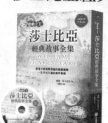

國家圖書館出版品預行編目資料

理性與感性：珍奧斯汀幽默作品集 / 珍・奧斯汀 原著 ; 丁凱特 編譯. -- 初版. -- 新北市 : 華文網, 2013.7
面； 公分

譯自 : Sense and sensibility

ISBN 978-986-271-393-8 (平裝)

873.57 102013198

愛情禮讚

理性與感性

珍・奧斯汀幽默作品集

Sense and Sensibility

典藏閣

理性與感性：珍．奧斯汀幽默作品集

出　版　者 ◤典藏閣
作　　　者 ◤珍．奧斯汀
品質總監 ◤王寶玲
總　編　輯 ◤歐綾纖
編　　　譯 ◤丁凱特
文字編輯 ◤林柏光
美術設計 ◤蔡億盈

郵撥帳號 ◤50017206 采舍國際有限公司（郵撥購買，請另付一成郵資）
台灣出版中心 ◤新北市中和區中山路2段366巷10號10樓
電　　話 ◤(02) 2248-7896
傳真 ◤(02) 2248-7758
ISBN ◤978-986-271-393-8
出版日期 ◤2013年8月

全球華文市場總代理／采舍國際有限公司
地址 ◤新北市中和區中山路2段366巷10號3樓
電話 ◤(02) 8245-8786
傳真 ◤(02) 8245-8718

全系列書系特約展示
新絲路網路書店
地址 ◤新北市中和區中山路2段366巷10號10樓
電話 ◤(02) 8245-9896
網址 ◤www.silkbook.com

線上pbook&ebook總代理／全球華文聯合出版平台
主題討論區 ◤www.silkbook.com/bookclub
● 新絲路讀書會
電子書平台 ◤www.book4u.com.tw
● 華文網雲端書城
紙本書平台 ◤www.silkbook.com
● 新絲路網路書店

本書係透過華文聯合出版平台自資出版印行。
採減碳印製流程並使用優質中性紙 (Acid & Alkali Free) 與環保油墨印刷。